Joochen Laabs

Späte Reise

Joochen Laabs

Späte Reise

Roman

Steidl

Erste Auflage 2006

Umschlaggestaltung: Steidl Design/Claas Möller
unter Verwendung einer Fotografie von Saul Leiter
Satz, Druck, Bindung:
Steidl, Düstere Str. 4, D-37073 Göttingen
www.steidl.de
Printed in Germany
ISBN 3-86521-246-8

»...und verstehe die Freiheit, aufzubrechen, wohin er will.«

Friedrich Hölderlin

I

Sphärenklänge umgaben mich, von mildem Licht gefiltert. Ohne daß man sagen konnte, woher das eine und das andere kam. In Hüfthöhe zog sich das lange Band der nicht sehr großen, abgerundeten Fenster in der beigegetönten Raumauskleidung hin. Die Leute folgten den Klängen.

Ich beschwor mich, um Gottes willen mißtrauisch zu bleiben, um so mehr, als alles ganz real anmutete. Es wäre Leichtsinn, so wie ich nun saß, mich einfach zurückzulehnen und die Dinge ihren Lauf nehmen zu lassen. Man weiß ja um die Hinterhältigkeit von Träumen. Kaum wird man aus der Traumwelt verwiesen, ist der Sturz in die Abgründe der Enttäuschung nicht mehr aufzuhalten. – Ich war alles andere als fallsüchtig. Eher süchtig, nie mehr zu fallen.

Ganz und gar verbot ich mir, freudige Erwartungen an das Geschehen zu knüpfen. Allerdings, von Geschehen zu sprechen wäre eigentlich viel zuviel. In lockeren Schüben kamen die Leute, ohne Hast, einzeln, zu mehreren, ganze Familien. Sie verstauten Taschen, Beutel, die zusammengefalteten Mäntel in Fächern über ihren Köpfen. Ließen die Klappen mit einem leichten Klicken zuschnappen. Manchmal war ein zweites Zufassen nötig. Manchmal halfen Platzanweiser nach.

Ich schämte mich nachträglich (wieder ein Zugeständnis an die eigentliche Wirklichkeit), daß ich im letzten Moment meine Befürchtung, für mich bliebe kein Platz, nicht gezügelt und unmittelbar vor dem Eintritt meinen Schritt beschleunigt hatte, um die beiden Männer zu überholen. Die schlenderten in saloppem Sommerzwirn, jeder eine Hand in der Hosentasche, den Ellenbogen abgewinkelt und als seitliche Sperre ausgestellt, halb vor, halb neben mir den filzbelaggedämpften Gang entlang. Ohne eine Spur von Anspannung. Business-class-Reisende eben.

Als sie unversehens ins Taumeln kamen, links eine Handbreit freigaben, sah ich meine Gelegenheit gekommen, setzte ich zum Überholschritt an und wurde kopfüber nach vorn gerissen. Mein Fuß fuhr ins Leere und stieß dann mit solcher Wucht auf den Boden, daß es mir die Wirbelsäule zusammenstauchte. Ich hatte in meiner Anspannung übersehen, daß sich der Gang absenkte, wodurch auch die beiden aus dem Schritt geraten waren. Die Tasche in meiner Hand schlug wild aus. Holala, rief mir einer der Männer, wahrscheinlich der, dessen Ellenbogen ich noch in meinen Rippen spürte, fröhlich hinterher. Ich drehte mich nicht um, schon weil ich damit zu tun hatte, nicht lang hinzuschlagen.

War ich etwa jenen Nachmittag immer noch nicht los, als ich mich als Hundertster oder Zweihundertster angestellt hatte, ohne den Eingang überhaupt in Sichtweite zu haben? Mit jedem, um den sich die Reihe auf den Kassenschalter zu verkürzte und um dessen Position ich vorrückte, war meine Zuversicht gewachsen. Allerdings auch meine Besorgnis, ein Saal ist schließlich kein Faß ohne Boden. Mein Herz pumpte mittlerweile wie auf der letzten Runde eines Zehntausendmeterlaufs, und so weit hatte ich es vergleichsweise auch geschafft. Doch als ich meine Hand unmittelbar vor der Ziellinie, wenn auch nicht zum Ausdruck des Jubels hochreißen, so doch nach dem Geld greifen lassen wollte, denn ich war bis an das Kassenhäuschen vorgerückt, schallte hinter der gläsernen Umpanzerung geradezu triumphierend die Stimme der Kassiererin: Karten aus! Vor meinem Kopf, den ich am Ärmel meines Vordermannes vorbeigeschoben hatte, knallte das Fensterchen herunter. Ich spürte den Luftzug auf der Stirn. Ich zuckte zurück – eine Guillotine, die mich um Haaresbreite verfehlte.

Worauf ich es abgesehen hatte, war der Film *Die glorreichen Sieben*, ein bißchen Illusion. Er wurde zu den Sommerfilmtagen im Hygienemuseum gegeben. Der Saal war groß, das Hygienemuseum kein prädestinierter Ort für Filmvorführungen. Ich glaubte, die Chance für eine Karte stünden gut. Yul Brynner, Steve McQueen, Horst Buchholz, sie alle waren mir kein Begriff; es war die Aura der mir vorenthaltenen anderen Welt, die an ihren Namen haftete und die mich lockte, die sonnendurchglühte, bizarre Landschaft von Mexiko oder Arizona, wie ich aus der kargen Vorankündigung wußte; für zwei Stunden wollte ich mich der Vorspiegelung falscher Tatsachen überlassen, das war alles. Denn falsche Tatsachen blieben sie in ihrer wirklichen Unerreichbarkeit. Den Gedanken, tatsächlich nach Arizona oder Mexiko zu kommen, leistete ich mir längst nicht mehr. Ich war damals knappe dreißig.

Als ich dann vom Lingnerplatz unter dem Baumbaldachin zurück zur Haltestelle trottete, am Georg-Arnhold-Bad vorbei, über dem die Haube aus kreischendem Lärm hing und an dessen Eingangstoren sich ebenfalls Menschen angesammelt hatten, schien mir, als drehten sie sich mit schadenfroh-hämischen Blicken nach mir um. Mir war zumute, als hätte ich mir eine fatale Peinlichkeit geleistet. Es war nicht das einzige Mal, daß ich leer ausgegangen war.

Natürlich hatte ich, als ich mit meinem Sturzschritt an den beiden Männern vorbeischleuderte, nicht im entferntesten an Steve McQueen, Yul Brynner und Horst Buchholz gedacht. Ich hielt vorweisungsbereit auch das Ticket in der Hand. Mir war durch die aufreizende Lässigkeit, Nachlässigkeit der beiden plötzlich der dumpfe Schreck in die Glieder gefahren, wiederum zu spät zu kommen. Im allerletzten Moment!

Keine Frage, der Raum verfügte über Kinoausmaße, in seiner Länge ohnehin (wobei die beiden Kabinen oder Kioske auf der Mittelachse eher an den Passagierraum eines Ausflugsschiffes denken ließen); aber auch in der Breite; zwei Gänge teilten ihn.

Mein Platz war der innere einer Außenreihe, auf dem etwas abgelegt war. Durch einen mehr bangen als fordernden Blick deutete ich dem Ehepaar, das die beiden weiteren Plätze innehatte, meinen Anspruch an. Sie griffen hastig die Sachen. Ich ließ mich auf meinen Sitz fallen, nun nicht nur, um mir seiner sicher zu sein, sondern auch, um aus dem Blickfeld der beiden Männer zu verschwinden.

Merkwürdigerweise beruhigte es mich, daß so gut wie alle Plätze besetzt waren und die Gesichter sich nach vorn ausgerichtet hatten (unwillkürlich dachte ich: in Fahrtrichtung). Das Gefühl, doch nicht dazuzugehören, wollte nicht verschwinden. Ich riß mich zusammen und entschied: Jetzt ist dir die Vorführung nicht mehr zu nehmen.

Vereinzelt kamen immer noch Leute, vom Lächeln der Platzanweiser und einer Stimme aus dem Off empfangen. Die Tonqualität ließ allerdings zu wünschen übrig. Aber vielleicht lag es auch an meiner immer noch nicht ganz gewichenen Anspannung, daß ich nicht einmal verstand, um welche Sprache es sich handelte. Die unmerkliche Musik nahm ich erst wieder wahr, als sie aussetzte und von einem ebenso unaufdringlichen Summen abgelöst wurde, das in ein gedämpftes Pfeifen überging.

Fasten seat belts.

Das Pfeifen übertrug sich in eine leichte Vibration, die Vibration in eine gleitende Bewegung. Konnte man sich einbilden.

Im Einbilden war ich versiert. Was hatte ich mir nicht alles eingebildet, um nicht gänzlich zu verzichten. Avocados und Auberginen, und wo sie herkamen, die Provence und Kalabrien, und wie man dort hinkommt, in einem Mercedes 300 SL mit Zentralverriegelung, ABS, SIPS (Side Impact Protection System)… Es war nun die vorenthaltene Wirklichkeit, die sich einmengte. Was heißt einmengte? Ich brauchte sie ja. Um mir zu sagen, daß es Dinge gibt, die außerhalb meiner Vorstellungskraft liegen. Diese Vorführungsart etwa, die nicht über eine Bildwand läuft, sondern über die wie zu Fensterbändern gereihten Monitore. Und folgerichtig auch das, was diese bieten. Man konnte sich in seiner konventionellen Befangenheit Dächer von oben gesehen einbilden, die sich entzogen, ebenso Baumgruppen, die zu Buschnestern verflachten, um in einer in wechselnd graugrüne und bräunliche Areale gegliederten

Fläche zu verschwimmen. Schließlich blieben in der immer mehr verblassenden Grundierung nur noch mattrote Punkte erkennbar, mal in lockerer, mal in gedrängter Häufung, die von grauen, teils straffen, teils geschwungenen Bändern verbunden waren. Das allererste Mal, schien mir nun, erlebte ich es ja auch wieder nicht! Endlich nahm ein Kameraschwenk, den ich mir auch als eine Neigung des Sitzes einbilden konnte, alles aus dem Bild, um einem konturenlosen, wehenden Grau Platz zu machen. Diese Vorführungsart empfand ich durchaus als gewöhnungsbedürftig. Sie war mir weder aus dem Capitol noch aus der Schauburg und schon gar nicht aus dem Weltspiegel geläufig.

Auch den Platzanweisern in grünen, operettenhaften Westen mußte ich, sozusagen, erst ihren Platz einräumen, zumal ihnen mehr zukam, als die Plätze anzuweisen, wie sich bald zeigen sollte. Sie hatten beladene Wägelchen die Gänge entlangzuschieben, mit Halt in jeder Reihe. Denn das ganze Ereignis sollte acht Stunden dauern, zu lange, um es nur dem Monitor zu überlassen. Es ist das Naheliegendste, sagte ich mir, daß die Vorführung im Wortsinn aus sich heraustritt und uns alle in der ihr eigenen unaufdringlichen Art mit einbezieht. Es war vorgesorgt. Ich klappte das tablettartige Tischchen aus der Rückenlehne meines Vordermannes und ließ mich mit jovialer Selbstverständlichkeit aus dem Wägelchen bedienen: Ein Glas (das sich beim Zugreifen als aus Plaste erwies) ließ ich mit Orangensaft füllen; eine Folie gab in den einzelnen Segmenten der Assiette zwei kleine Steaks frei, Kartoffelwürfel, ein Häufchen, das ich für Muscheln hielt, Jagdwurströllchen auf Weißbrot und Karamelpudding. Und ein Fläschchen Wein: Lacrimae Christi. Unwillkürlich, als hätte ich mich vergriffen, setzte ich es auf das Tablettischchen zurück.

Ich überließ mich dem gastronomischen Angebot und war beschäftigt: Die Steaks, medium gemeint, hatten sich ihre Natürlichkeit weitgehend bewahrt; die Kartoffelstückchen waren aus dem Zustand der Roheit ebenfalls kaum erlöst, die Muscheln entpuppten sich als etwas, das ich nur als eine Art Pelmeni (die Wirklichkeit!) zu bezeichnen in der Lage war.

Aber ich tat so, als hätte alles seine Richtigkeit. Lediglich auf das Weinfläschchen warf ich scheele Blicke. Obwohl ich es unwillkürlich so gedreht hatte, daß die Aufschrift mir abgewandt war. Doch das änderte nichts daran, daß ich wußte, was es verhieß. Nahm ich die Verheißung zu wörtlich? Als ich sah, wie mein Nachbar mit beherztem Griff den Schraubverschluß aufknackte, sich zurücklehnte, die Flasche an die Lippen setzte, wollte ich kurzentschlossen seinem Beispiel folgen. Aber mehr als ein Aufzucken gestattete ich meiner Hand doch nicht.

Als dann der Steward wieder mit seinem Wägelchen kam, die Rückstände des Imbisses einsammelte und, noch meine zerknüllte Serviette zwischen Daumen und Zeigefinger, auch nach der Flasche greifen wollte, schob ich meine Hand dazwischen, packte die kleine gläserne Last und ließ sie in das Netz an der Rücklehne vor mir gleiten. Der Steward lächelte entschuldigend. Ich lächelte zurück.

Und dann wechselte die Vorführung auf Monitore unter der Raumdecke, die, wie ich da erst bemerkte, etwa über jeder fünften Reihe angebracht waren. Offensichtlich war man mit dem Zustand der Bildschirme an den Längswänden nicht zufrieden, sagte ich mir. Obwohl, was jetzt auf den Innenmonitoren geboten wurde, klar erkennbar war und die hinlänglichen Erwartungen erfüllte – Sherlock Holmes und Watson, noch Pennäler, sind einer kreuzgefährlichen spiritistischen Bande auf der Spur, zu der einer ihrer Lehrer gehört –, es packte mich nicht. Dabei erfaßten den Raum Stöße und kleine Erschütterungen, die offensichtlich mit dem Filmgeschehen korrespondierten und über Bild und Ton hinaus eine zusätzliche Wahrnehmung erzeugen sollten. Wie gesagt, ich war auf Außerordentliches, Unerwartetes gefaßt. Die weichen Bewegungen des Raumes – egal, ob sie real oder eingebildet waren, ja mir war geradezu, als würde ich geschaukelt – machten mich müde. Obwohl die scheitelhohe Sitzschale unbequem war und ich weder für meinen Kopf noch für meine Beine eine geeignete Lage fand, war mir auf einmal, als löste sich alles um mich her von mir ab. Ich vernahm mal gedämpfte, mal erregte, dann monotone Stimmen, aber mit dem unerschütterlichen – was ich ganz direkt meinte – Gefühl, als ginge mich das nichts mehr an. Schließlich glitt ich aus allen Empfindungen und Wahrnehmungen wie aus einer Hülle, die ich abstreifte.

Irgendwann war ich wieder da. Verspannt und verrenkt, bemühte ich mich, meine Glieder in die richtige Ordnung zu bringen. Die Innenbildschirme hielten ihre grauen, toten Scheiben in den Raum. Der, wie mir schien, schwankte. Ein ungutes Gefühl bemächtigte sich meiner. Ich brauchte ein paar Augenblicke der Orientierung und wandte mich dann dem Seitenmonitor zu. Der zeigte zwar nichts als eine tiefblaue, seidige Dunkelheit, aber von einer merkwürdigen Faszination. Und als ich mich ihm noch etwas mehr zuneigte (soweit das Ehepaar es zuließ), über die Unterkante in das Gerät blickte, entdeckte ich in seiner Tiefe Lichtpunkte, Anhäufungen, die durch Lichterschnüre verbunden waren. Offensichtlich wird an der Funktionsfähigkeit der Geräte gearbeitet.

Ausgerechnet in diese Betrachtung hinein wurden Formulare zugereicht. Lang, schmal und gefaltet wie eine vierseitige Speisekarte. Und die Bewertung der Speisen wurde ausdrücklich erfragt. Auf einem kleineren beigelegten Bogen, den ich beinah übersehen hätte, waren dagegen merkwürdige Auskünfte abgefordert: Ob man (ich) körperlich oder geistig behindert sei, ob es in meiner Absicht läge, strafbare Handlungen zu begehen (soweit ich es verstand), ob ich in Spionage- oder terroristische Aktivitäten verwikkelt sei, einer kommunistischen Organisation angehöre, wer mich finanziere, ob man Geschenke und welchen Geldbetrag man bei sich führe …? Nach dem Filmprogramm wurde nicht gefragt. Ich fühlte einen Anflug von Erlösung, als der Steward die Formulare wieder einsammelte. Ich entschuldigte mich, daß ich nicht fertiggeworden sei. Aber das Blatt mit den irritierenden Fragen wollte er nicht.

Als ich mich wieder den Dingen um mich her zuwandte, sah ich, daß ein Drittel des Schirms jetzt mit Lichtpunkten angefüllt war, die sich, so schien es zumindest, dichter (an uns) heranschoben, auf jeden Fall vermehrten. Man konnte denken, der Himmel stünde Kopf. Und als wären seine Sternbilder nach unten gekippt und durcheinandergeraten. Als baute sich dort eine fremde Galaxis auf. Als tauchten wir in sie ein!

Und dann ließ es sich einfach nicht mehr verleugnen, die Lichter kamen nicht aus dem Hintergrund eines Bildschirms, sie waren kein kopfstehendes Firmament, sie befanden sich dort, wo sie hingehörten, außen in der Tiefe des Raums, von dem uns eine doppelte Scheibe trennte. Die ganze Fläche, bis zum Horizont, wagte ich mir nun einzugestehen, war von einem gelblich-grünen Leuchten überdeckt, ein immenses blinkendes Areal. Der Eindruck, die Lichter kämen näher, war zwingend. Und sie ordneten sich: zu Linien, Bögen, Bändern. Perlenschnüre, die sich kreuzten und zu einem großflächigen Raster fügten. Eine riesige elektronische Landkarte, ein leuchtender Stadtplan war unter uns ausgebreitet.

Fasten seat belts.

In der von Horizont zu Horizont reichenden, von Lichtern überzitterten Fläche waren deutlich zwei in spitzem Winkel aufeinander zulaufende dunkle Schneisen zu erkennen, die diese einmalige, unverkennbare Halbinsel bilden. Und wenn es noch eines weiteren Beweises bedurft hätte – mitten in den leuchtenden Teppich war das bis auf vereinzelte Lichtertropfen ebenfalls gerade an seiner Dunkelheit erkennbare Rechteck des Central Park geschnitten. Da saß ich, vorgebeugt und erstarrt in neuer Anspannung, die Sitznachbarn längst aus dem Auge verloren, und wußte nicht, ob ich es als unfaßbar oder ganz selbstverständlich hinzunehmen hatte, daß die Riesenstadt da unter mir genau dem Abbild auf den Landkarten entsprach; mit denen ich mich bis zu diesem Augenblick hatte begnügen müssen.

Im nächsten Moment zeigte sich, daß die Leuchtpunkte nicht flach am Boden hafteten, sondern sich zu Lichterburgen türmten, zu der einmaligen Silhouette fügten: der strenge Doppelturm des World Trade Center, dieses Jahrtausendmonument!; der in langgezogenen Stufen sich verjüngende Bau des Empire State Building; die elliptische Haube des Chrysler Tower (die Namen waren mir längst geläufig!). Auch die Lichterbögen der Brücken über den Hudson und den East River waren erkennbar und ganz draußen, vor der schwarzen Wand des Ozeans, die Verrazano Bridge. Die Avenuen durchzogen schnurgerade die ganze Länge des Lichterrasters, im rot-gelben Wechsel waren ihnen die gegenläufigen Fahrtrichtungen anzusehen.

Dann hob sich die aus Hunderttausenden von erleuchteten Fenstern bestehende Silhouette der Gebäude in unsere Höhe, was hieß, wir senkten uns in sie hinein. Sie wich zurück, Raum weitete sich um uns. Blaue und rote Flämmchen flitzten unter uns heran, orangefarbene Lichttraufen reckten sich. Rütteln, Dröhnen, Aufheulen. Und dann ging alles in ein vertrautes, geradezu behagliches Rollen über. Ich spürte, wie die Anspannung, die mir nicht bewußt gewesen war, von mir abfiel.

Unvermittelt rauschte Händeklatschen um mich auf. Ich machte schnell mit. Im hinteren Teil der Maschine hielt der Beifall noch an, als er bei uns schon verebbt war. Erklärlich, sagte ich mir in einem Anflug von scherzendem Übermut, als machte ich das Spielchen schon wer weiß wie oft mit, sie sind ja auch später angekommen.

Wir glitten auf der Betonfläche an einer gewaltigen Lichterhalle hin, an einem nicht enden wollenden Spalier zum Greifen naher Flugzeugkörper entlang. Selbstbewußt präsentierten sie ihre Aufschriften: United Airlines, Air India, Mexicana, Swissair, Delta, KLM... Ich buchstabierte ein blauweißes Leuchtschriftband im

Hintergrund, zerhackt vom Panorama der hochgereckten Leitwerke der Flugzeuge: John F. Kennedy International Airport.

Das gibt's also wirklich, dachte ich da, in den Sitz gepreßt, als sei es, obwohl es nun faßbar ist, doch unfaßbar. Ich holte den Blick von draußen zurück, und er landete auf der Weinflasche in den Maschen des Netzes vor mir. Lacrimae Christi. Und eh ich mich versah, dachte ich: Wenn das da draußen also wahr ist, gibt es womöglich Gott und den Himmel und das ewige Leben auch.

2

Ich frage mich, ob es einem von Natur aus auf den Lebensweg mitgegeben ist, vom Anspruch auf die Welt beseelt zu sein. Oder ob sich das Schicksal gerade an mir mit dem ursprünglich Menschlichen, dem Nomadischen, dem Drang nach dem besseren Ort erweisen wollte? Das Schicksal – diese Verknüpfung der Begebenheiten, die mittels menschlicher Leidenschaften, Sitten und Meinungen bewirkt werden, wie es ein redlich-kluger Mann einst in Worte fassen und damit wohl auch bändigen zu können glaubte. Es hatte sich nicht bändigen und uns (ich rede von meiner Mutter und mir) nicht ungeschoren davonkommen lassen. Aber doch mit heiler Haut, im großen ganzen. Im Gegensatz zu anderen, auch meinem Vater, der überhaupt nicht davonkam. (Aber der paßt jetzt nicht so richtig hierher, wie er überhaupt in meinem Leben keinen richtigen Platz mehr finden sollte.) Und er war noch nicht mal der ganze Preis.

Wir fahren zu Tante Erika und Onkel Robert, sagte meine Mutter. Es klang wie eine Drohung. Aber vieles klang damals wie eine Drohung. Ich weiß nicht, aus welchem Grund wir fuhren, es hing mit dem Krieg zusammen. Alles hing mit dem Krieg zusammen. Onkel Robert, der nicht *an die Front* mußte, weil er Bauer war, holte uns am Dorfbahnhof auf einem Ackerwagen ab und packte uns in Decken. Es war Winter, wenn auch kein Schnee lag. Am nächsten Morgen, als ich im unvertrauten Zimmer aufwachte, liefen die Erwachsenen verstört herum. Furchtbares sei passiert. Wir müßten erst mal hier bleiben, sagte meine Mutter mit starrem Gesicht. Dresden sei bombardiert worden. Man habe es sehen können, der Himmel sei blutigrot gewesen. *Blutigrot!* Danke bloß Gott, daß ihr hier seid, versuchte Tante Erika meine Mutter zu beruhigen. Ich war nicht in der Lage, mir vorzustellen, daß die Wohnung, die wir gestern verlassen hatten, daß außer Mutter alles, was bisher zu meinem Leben gehörte, womöglich nicht mehr da war. Obwohl immerzu irgendwo bombardiert worden war und Häuser zu Schutt und Trümmern wurden, Männer an der Front *fielen*, was hieß, es sollte auch sie nicht mehr geben, laufend etwas bis eben Selbstverständliches nicht mehr da war.

Es schien, als hätten es die *feindlichen* Flugzeuge auf uns, zumindest auf Mutter abgesehen. Als sie am nächsten Tag mit dem Rad nach Cottbus fuhr, in der Hoffnung, eine telefonische Verbindung nach Hause zu bekommen, holte sie Dresdens Verhängnis fast noch ein. Denn nun war Cottbus Ziel einer Bombardierung. Wir anderen standen vor Onkel Roberts Haus, durch den klaren Himmel zogen Flugzeuge in Schwärmen wie Jungfische im Teich, die Luft war mit monotonem Brummen angefüllt.

Kurz darauf rieselten aus den Flugzeugen Getreidekörner, erst einzelne, dann dicht an dicht, oder Brötchen oder ganze Brote. Es schien, als fielen sie auf die kahlen Bäume und Dächer des Dorfes, aber die Flugzeuge waren doch schon weiter weg; als Antwort quollen ihnen schwarze Rauchwolken entgegen. Die Detonationen waren wie fernes, gedämpftes Türenschlagen zu hören. Nach einer Weile pufften zwischen den Flugzeugen kleine graublaue Wölkchen auf. Das Abwehrfeuer der Flak. Plötzlich stand eins der grauen Schwarmteilchen tiefer als die anderen am Himmel. Es stand nicht, es sank, quoll zu einem schwarzen Rauchball, in dem es aufblitzte und der immer schneller und größer wurde, je näher er dem gezackten Grat der Kieferkronen kam. Dann entdeckten wir über dem Qualmball am Himmel zwei kleine weiße, schwankende Flecken und eine Winzigkeit unter ihnen schwarze Punkte, eigentlich Kommas. Sie sanken langsam. Die Piloten an Fallschirmen.

Meine Cousine Gitta stand neben mir und hatte den Mund aufgerissen. Tante Erika, der sich der Dutt aufgelöst hatte, rief immerzu: Warum ist Gerti bloß in die Stadt gefahren!

Meine Mutter kam wieder, weiß vor Schreck und von kalkigem Staub. Und ich erschrak auch.

Als wir zwei Monate später, wiederum an einem Vormittag, alle hinter Onkel Robert, der ein weißes Kopfkissen an einen Stock gebunden hatte, aus der Tür auf den Hof traten, war uns wieder bange zumute. Ein dröhnender Panzer, der Qualm und Staub aus sich herausrüttelte, hatte den Hof eingenommen, die Stallmauern schienen zu zittern, ein Gewimmel fremder, befremdlicher, schmaläugiger Soldaten richtete die Maschinengewehre auf uns. Die Soldaten erschossen uns jedoch nicht, und als der Panzer lostobte, nicht auf uns zu, sondern von uns weg, wobei er zwar die Fliederbüsche zerwalzte und den Zaun in seiner ganzen Länge niederstreckte, dachten wir, nun ist der Krieg überstanden. Das war er freilich nicht.

Es war zwar nur noch der Restkrieg, das Schlimmste war längst geschehen, aber es reichte aus. Der rauhstimmige Befehl: Dawai! Dawai! erlöste uns zwar aus dem beklemmenden Halbdunkel und der Angst, in der wir zusammengepfercht im Keller steckten, aber er trieb uns auch aus dem Haus. Auf dem Hof lag eine tote Kuh, halb zerfleischt, im Straßengraben eine Frau, wächsernes Gesicht, Strohhaare, starre Augen. Bäume an der Straße waren zerfetzt. In der Schmiede im Nachbardorf, in der wir auf zusammengescharrtem Laub, Säcken und Packpapier die Nacht verbrachten, hing im Nebenraum an den Rohren unter der Decke ein deutscher Soldat, schlappe Arme, der Kopf geneigt, die dunkle Zunge aus dem Mund, die Augen hinter der Brille verfolgten einen jedoch. Ich wagte nicht einzuschlafen.

Als wir am nächsten Tag weiterliefen, wimmelte es von den braununiformierten fremden Soldaten, von Panzern, Lastwagen und Gespannen. Die Russen. Die deutschen Soldaten waren auf einmal in erbärmliche Kolonnen verwandelt. Und alles war voller bedrohlicher, unguter Geräusche, Fußgetrappel, Stimmengebrodel, Motoren dröhnten, Panzer rissen die Erde am Straßenrand und quer über den Feldern auf, dumpfes Geknalle war zu hören.

Ein paar Dörfer weiter quartierten wir uns in einem leeren Gehöft ein. Mutter sah plötzlich furchterregend aus. Sie hatte irgendein Tuch um den Kopf geschlungen. Alle Frauen sahen beängstigend aus.

Nachts donnerte es an den Türen, sie wurden aufgerissen, Stiefel oder auch bloße Füße traten zwischen uns, so wie wir dicht an dicht auf dem Boden lagen, irgend jemand wurde hochgezerrt und rausgeführt. Daß es immer um Frauen ging, fiel mir nicht auf, es waren ja fast nur Frauen da. Mutter kam in dem Moment wieder, als mich die Angst lähmen wollte, nachdem ich in der fremden Dunkelheit wach geworden war.

Am Morgen auf dem Hof befahlen zwei Offiziere Onkel Robert zu sich. Idi ssjuda! Er blieb drei Tage verschwunden. Mehr, als daß er nicht da war, machte mir zu schaffen, daß es nichts zu essen gab. Ein neuer Zustand, ein quälendes, störendes Gefühl, das Lebensbegleiter und Herausforderung für Jahre bleiben sollte. Einer der fremden Soldaten verteilte an uns Kinder Brot aus einem Sack. Es war knochenhart und nicht zu beißen. Pferdebrot, sagte Tante Erika herablassend und wässerte es.

Als Onkel Robert wiederkam, konnten wir auf den Hof zurück. Er existierte noch, allerdings nicht so, wie wir ihn verlassen hatten. Was einst Einrichtung war, türmte sich als Unrat um das Haus herum, Fenster waren zersplittert, Türen zerborsten. Der Stall war leer, ein verstörtes Huhn irrte herum. Die drei Gehöfte auf der anderen Straßenseite starrten dächerlos und ausgebrannt aus geschwärzten Fensterhöhlen, und es roch brenzlig herüber.

Tante Erika, mit aufgelöstem Dutt, stand im türlosen Rahmen und zählte nach und nach auf, was fehlte: Geschirr, Vasen, Uhren, Teppiche, das Grammophon, von Onkel Robert Anzüge, Bestecke … Verschiedenes fand sich im Gelände wieder. Gitta und ich klaubten Einweckgläser aus dem Gerümpelhaufen. Tante Erika fing das Huhn ein. Onkel Robert, Mutter und die anderen Erwachsenen trugen Matratzen, Töpfe, Stühle, ganze und kaputte, was noch brauchbar schien, ins Haus.

Es sollte nun auch unser Zuhause sein. Nicht nur unseres. Es wimmelte von Menschen, Verwandten, wie es hieß, und Nichtverwandten, die blieben und wieder gingen. Manche gingen überhaupt nicht mehr, verharrten in der Waschküche, mit Tüchern abgedeckt, auf Brettern über Sägeböcken aufgebahrt, bis sie auf einem Leiterwagen, der geschoben werden mußte, denn es gab kein Pferd, abgefahren wurden. Ich umging die Waschküche. Die Beklommenheit war ich deswegen nicht los.

Mutter behagte mehr als die Waschküche nicht: daß sie mit dem Zimmer, den Möbeln, soweit sie wieder nutzbar gemacht worden waren, mit allem von ihrer Cousine abhängig war. Dann wieder tröstete sie sich. Na ja, immer noch besser, als sonstwo hingeraten zu sein.

Aber auch nach Jahren, als sich alles auf eine kärgliche Normalität eingespielt hatte, wenn die Stromsperre abends der Wohnküche mit dem immer noch türenlosen Buffet, dem Vorhang über Eck, hinter dem an einer gespannten Schnur unsere wenigen Kleidungsstücke hingen, und der Bank mit dem Wassereimer die Gnade erwies, in Dunkelheit zu verschwinden, und Mutter reglos am Tisch saß, war sie mit einiger Gewißheit im *Biedermeierzimmer* mit dem mahagonifurnierten Sekretär und dem von einer Gipskopie des Dornausziehers gekrönten Eckschrank, im *Herrenzimmer* mit dem Klavier, dem Schreibtisch, der auf Krallenfüßen protzte, und dem Bücherschrank, der in meiner Erinnerung seinen breitbrüstigen Platz über eine ganze Wandbreite einnahm und dessen Sinn für mich darin bestanden hatte, daß sich hinter den bleigefaßten geschliffenen Scheiben die Schriftprägungen auf den Buchrücken je nach Standort des Betrachters vergrößerten, verkleinerten oder verzerrten. Hätte meine Mutter in diesem Moment gesprochen, hätte sie *Wir hatten wirklich eine sehr, sehr schöne Wohnung* gesagt.

Ich wußte, wie ihre Gedanken weitergingen: Vater, der sei ein Schöngeist gewesen. Lieber hätte er Papier beschrieben, als damit zu handeln. Wenn schon Handel, dann mit Papier. Aber was sollte er? Die Belieferung Dresdens mit Verdunklungspapier übernehmen! Als noch gar kein Krieg war! Oh, da hätten sie Bescheid gewußt. Und trotzdem lehnte er ab. Er habe auch kein Bild *von dem Verbrecher* aufgehängt. Deshalb sei er am ersten – am allerersten! – Tag einberufen worden! Obwohl er eigentlich zu alt gewesen sei. Die Offiziersausbildung habe er auch abgelehnt… Meine Mutter war sich unschlüssig, ob sie es ihm zugute halten oder nun doch vorwerfen sollte. Der Typhus wäre ihm sicher erspart geblieben. Auch in sowjetischen Gefangenenlagern hätten die Offiziere bessere Bedingungen als die Mannschaften gehabt. Selbst Heydrichs Stellvertreter sei unter Adenauers Rückkehrern gewesen! Wir erhielten nach Jahren zwei unscheinbare Briefe vom Roten Kreuz aus München, der erste fragte nach der verwandtschaftlichen Beziehung, der zweite teilte den Tod mit.

Während durch die Wand Geräusche aus dem Stall zu hören waren und gedämpfte Rufe von Tante Erika, mit denen sie die Kühe in die Melkstellung beorderte, strich meine Mutter mit der einen Hand vom Wachstuch imaginäre Krümel in die andere, um sie in der Faust zu verwahren. Wobei unklar war, ob es ihr auf die Krümel ankam oder auf die Wachstuchdecke, die neu war und sich in den Falten aufbäumte, als wehrte sie sich gegen das ihr bei uns beschiedene Schicksal.

Einmal, als wir zu acht oder zehnt, Kinder und Erwachsene, in Tante Erikas Wohnzimmer zusammensaßen und im Hintergrund das Radio lief, das einzige, das es weit und breit gab, sangen, von Klavierakkorden umflossen, eine zarte Frauen- und eine samtene Männerstimme von einer unwirklichen Zeit, in der es eine kleine Konditorei gab, mit Kuchen und Tee. *Der Frühling kommt, der Sommer geht, die Jahre fliehn,* teilte wehmutsvoll das Lied mit, als sich das Gesicht meiner Mutter veränderte, es nahm etwas Maskenhaftes an, und sie lief hinaus. Bei diesem Lied, sagte Tante Erika streng, als müsse sie mich zurechtweisen, und auf einmal war es still im Zimmer, haben sich deine Eltern kennengelernt.

In meinem Leben war der Vater nicht genügend enthalten gewesen, als daß ich ihn wirklich vermißte. Wenn ich auf ihn hoffte, so weil ich mir irgendwie Erlösung versprach. Aber eigentlich rechnete ich nicht mit ihm, so wie mir alles von einst vorkam, als wäre es wie ein Traum nicht wirklich gewesen. Es war aus der Welt verwiesen, es hatte sein Anrecht verloren. Wir waren ja längst nicht die einzigen, denen das frühere Leben abhanden gekommen war. Es traf für die Hälfte der Leute im Dorf und die halbe Schulklasse zu. Und auch für die, denen Ort und Haus erhalten geblieben waren wie Onkel Robert, Tante Erika und Gitta, setzte sich das einstige Leben nicht fort.

Mehr als den Vater vermißte ich die Wohnung, und was zu ihr gehört hatte: das Dreirad, mit dem ich den Flur entlanggefahren war, die Märklin-Eisenbahn, die Ritterburg aus Pappmaché. (Die Spielsoldaten hatten sich freilich erledigt.) Und die Stadt hatte zur Wohnung gehört. Wenn der Store aufgezogen wurde, war es, als würde eine Bühne freigegeben: Hinter dem Spalier der Uferpappeln streckte sich die Carolabrücke über die braune, träge Elbe, und über ihren Bögen bot sich dem Blick das Stadtpanorama mit der Kuppel der Frauenkirche, mit Schloß und Hofkirche und dem gerundeten Fensterband des Belvedere, das von der Brühlschen Terrasse direkt auf uns gerichtet war. Auf dem Fluß zogen die weißen Dampfer vorbei, die unter den wappengeschmückten Schaufelradkästen das Wasser aufwühlten und die Essen vor den Brücken kappten, über die die gelben Straßenbahnen mit ihren verheißungsvollen Liniennummern fuhren. Die Zahlen auf den Glasscheiben der Dacheckkästen waren für mich Zeichen von magischer Kraft. Wenn ich mit Mutter hinunter auf die Straße und in die Stadt kam, erlebte ich, wie die Nummern die Menschen an den Haltestellen sortierten. Es faszinierte mich. Auch wir hatten uns nach ihnen zu richten. Je nachdem, ob wir ins Büro fuhren oder zu einem Kunden, war eine andere Linie zuständig. Ich wußte, daß es die 12 und 17 sind, die über die Carolabrücke fuhren, die 3, 5, 14, 16 auf der Albertbrücke, die flußaufwärts die Elbe überspannte. Ich kannte die Zahlen, längst ehe ich in die Schule kam. Ich hatte die Linien noch im Kopf, als es die Brücken nicht mehr gab, und für mich schon gar nicht.

An dem, was nun als unser Zuhause zu gelten hatte, bekümmerte mich weniger, daß in dem Fenster zwei der vier Scheiben mit Brettern vernagelt waren, die später durch, freilich kaum lichtdurchlässigere, Igelitplatten ersetzt wurden. Was mich tatsächlich deprimierte, war, daß es sich überhaupt nicht lohnte, nach draußen zu sehen. Mußte es zu all den Zumutungen, die uns aufgebürdet waren, auch noch diese Gegend sein! Platte, nichtssagende Felder, bis sich der Horizont ihrer erbarmte, sofern ihm nicht der Wald zuvorkam. Aber selbst der Wald war keiner von der grünen, überquellenden Üppigkeit, wie ihn Bilder in Büchern zeigten. Er bestand aus Heerscharen von Stangen, die dürftige Nadelbüschel in den Himmel streckten. Kein Berg, kein Tal, kein See, geschweige das Meer, nichts, nichts, nichts, das einem das Herz weit machen konnte!

Dennoch gingen mir die Felder beinahe wörtlich in Fleisch und Blut über. Der Wert der Dinge liegt halt nicht unbedingt in ihrer Wohlgefälligkeit fürs Auge. Jedes Gebund Getreide, das in der stechenden Julisonne auf das Fuder zu gabeln war, brachte ein paar Körner für uns ein, jede Leinsamenkapsel, die an ihrem Stengel aus der knochentrockenen Erde zu raufen war, daß es einem die Hände zerschnitt, ein paar Tröpfchen Öl, und von jedem Korb Kartoffeln, die aus der nassen, oktoberkalten Erde zu klauben waren, fiel eine Handvoll fürs Abendbrot ab. Und erst wenn überhaupt etwas zum Abendbrot auf dem Teller war, lohnte es sich, einen Gedanken auf den nächsten Tag zu richten.

Aber die Plackerei war nur das eine, das andere war, nicht das tun zu können, was ich wollte – mich wegzustehlen, davonzumachen, wohin auch immer. Denn es gab Schleichwege.

Welcher sich eröffnete und wohin er einen führte, war freilich dem Zufall anheimgegeben. Als erstes war mir Teilhabe am Leben und Treiben der *Spanischen Hofreitschule zu Wien* vergönnt. Dann eröffnete sich mir *Das Wesen des Genies* und *Das Leben von Herzog Karl von Mecklenburg-Strelitz.* Ich hatte bei Tante Erika einen Jahresband von *Westermanns Monatshefte* entdeckt. Die Schilderungen eines Tages *Auf dem Marschhof*, vom *Straßenleben in Peking* und erst recht die einer *Mondscheinnacht 6300 Meter über dem Meere* waren mir dann schon eine heftige Bestätigung meiner intuitiven Gewißheit, daß es lohnens-, lebenswerte Orte auf der Welt gibt.

Bei manchem, was ich las, war ich mir nicht so sicher, ob ich mich an Ort und Stelle der Ereignisse wünschte. Der seltsame Fall von Dr. Jekyll und Mr. Hyde beunruhigte mich sehr. Die Frage, ob ein Mensch so zweigeteilt sein kann, bohrte sich in mich hinein. Ich wollte mit Manne beim Ziegenhüten darüber reden, aber er las *Die Schatzinsel*, und so, wie es zwischen Jim Hawkins und John Silver stand, lagen die Dinge zwischen Gut und Böse für ihn ziemlich klar. Mir blieb nichts anderes, als in mich hineinzuhorchen, ob sich nicht in meinem Innern, wo die Gedanken und wohl auch die Stimmungen herkamen, in diesem Etwas, das ich so schlecht zu packen bekam, nicht ebenfalls ungute Absichten regten.

Mich beschäftigte sehr, was da eigentlich vorging, indem sich all das, was man lediglich sah, hörte, wovon man las, in einem in Stimmungen absetzte, in Freude, in Enttäuschung, Hoffnung, in Resignation, in Spannung. Wie Dinge und Ereignisse von irgendwo auf der Welt sich in einem Platz verschafften, Ansprüche erhoben oder einen warnten. Ich wollte auch darüber mit Manne reden, aber er staunte mich nur an. Es blieben Selbstgespräche.

Das Buch von Dr. Jekyll und Mr. Hyde war nicht das einzige, dessen Sinn und Wert sich mir nicht zur Genüge erschloß. Manchem mußten sehr viel spätere Zeitereignisse zu Hilfe kommen. In Begleitung von Major E. A. Powell gelangte ich *Mit Auto und Kamel zum Pfauenthron.* Der Übergang in die Zeit, die Jahrzehnte zurücklag, vollzog sich mir mühelos. Nachdem ich den letzten Satz in mich hineingesogen – »Als der ›Pierre Loti‹ langsam aus dem Hafen fuhr, lehnte ich gegen die Reling und schaute nach der schwindenden syrischen Küste« –, wußte ich nicht nur über zu bevorzugende und zu meidende Reisewege vom Mittelmeer nach Bagdad und Teheran Bescheid, wo Karawansereien und die heiligen Stätten lagen. Ich fühlte mich über Land und Leute bestens informiert, daß sich dort Kurden, Schiiten und Sunniten mischten und auch nicht mischten und daß es zwischen ihnen ein Mit- und Gegeneinander gab, bei dem Franzosen und Engländer kräftig ihre Hand im Spiel hatten. Ich durfte an Einsichten teilhaben, deren Weitblick nicht zu erahnen war: »England solle jetzt Mesopotamien räumen, bevor es noch tiefer in ein Unternehmen gerät, dessen Ende niemand voraussehen kann. Und ich bin überzeugt«, machte ich die Auffassung Major Powells zu meiner, »daß die britische Regierung diesem Rat folgen würde, wenn es sich nicht um das Petroleum handelte und um den mächtigen Einfluß der Anglo-Persian Oil Company, dieser Organisation, von der man allgemein sagt, ›niemand weiß, wo die Regierung von Mesopotamien endet und die Anglo-Persian beginnt.‹« Aber wie es so mit Büchern ist, sie gelangen in den seltensten Fällen in die richtigen Hände. Wäre es in diesem Fall gelungen, hätte der Welt einiges erspart werden können.

Als Gewinner eines Schülerwettbewerbs hatte ich die Auswahl zwischen einer blauen Pionierhose – genau in meiner Größe! – und dem Buch *Mit vollen Segeln durch die Ozeane* (Водители Фрегатов). Ich entschied mich zum Verdruß der Lehrer (die Plätze nach mir hatten Mädchen eingenommen, und die Hose war, sozusagen, nicht an den Mann zu bringen) und zum Entsetzen meiner Mutter für die Weltumsegelungen von Cook, La Pérouse und Krusenstern.

Nachdem ich sie hinter mich gebracht hatte, schloß ich mich sofort Marco Polo auf seiner Reise zum Groß-Khan an, landete mit Kolumbus auf Guanahani, begnügte mich aber keineswegs mit der Insel und machte mit Balboa und seinem verwegenen Trupp weiter, überquerte die Bergrücken von Panama und war in dem entscheidenden Augenblick, als sich das andere, das unendliche Meer auftat, der einzige, den Balboa an seiner Seite duldete und mit dem er den Anblick teilte, das Erleben – der neue Kontinent ist überwunden!

Und der ließ mich nicht mehr los. Mit Koch-Grünberg schlug ich mich durch die Urwälder *Am Roroima*, mit Jack London folgte ich dem *Ruf der Wildnis* in die Eiswelt Alaskas, und ich war einer aus der Reiterkette Tatanka Yotankas beim lautlosen Ritt durch die Nacht. Im Glanz der aufsteigenden Sonne breitete sich vor mir der tausprühende Teppich der Savanne aus, die den großen Frieden atmende Landschaft, die tatsächlich jedoch die finster bemalten Sioux-Krieger verbarg. Ich hatte das bittere Schicksal der Dakota noch nicht richtig überwunden, da stand ich schon in nächster Mission an der offenen Tür im Gepäckwagen des Pazifikexpreß, der auf silbern schimmerndem Schienenband durch die endlose, im Nachschein der untergegangenen Sonne purpurrot überzogenen Prärie dem Cimarron-Gebirge zujagte, und sog im Fahrtwind den strengen Duft des Salbeis ein. Ich nahm die hingeknurrte Bemerkung des Kompagnons »Jetzt kommt gleich Prettonville. Hoffentlich schläft das Nest den Schlaf des Friedens« reaktionslos hin, denn ich wußte, es schlief den Schlaf des Friedens sowenig, wie ihn das Land der Dakota schlief. Und schon zeigte sich in der Dämmerung, die im Schatten der Berge sich bereits zur Dunkelheit verdichtet hatte, ein hin und her schwingender Lichtpunkt, der dem Zug Halt gebot und mir Spannung verhieß ...

Davon etwas zu erahnen, half mir der Wald. Ich hatte Stubben zu roden, Kleinholz und Kienäpfel zu sammeln und zerrte einen Handwagen hinter mir her, von dem sich mal ein Rad löste oder überhaupt nur noch die Deichsel in den Händen blieb, weil der Draht gerissen war, der ihn in der Gabel halten sollte.

Wenn ich die letzten Häuser der Siedlung – kärgliche Behausungen mit Teerpappedächern, bedrängt von Bretterschuppen – hinter mir gelassen hatte, das Rauschen in den hohen Kronen über mir das Kläffen der geifernden Köter verschluckte, die auf die Zäune losstürzten, damit man der Dürftigkeit nicht zu nahe kam (und daß die Zäune dicht waren, darauf konnte man sich weiß

Gott nicht verlassen), schlossen sich die Stämme der Kiefern in meinem Rücken zu einer Wand, als wäre ich alle Bedrängnisse und Bedrückungen los, von denen der Alltag voll war. Wenn ich dann auf die große Lichtung trat, lag sie vor mir, die weite Prärie, deren hohes, trockenes Gras der Wind wie Wellen überwehte.

Andere an meinem Glück teilhaben zu lassen wollte nicht recht gelingen. Hardy half mir beim Holzsägen oder Gartenumgraben. Mit Kalle konnte man sich stundenlang an seinen durchgurrten Taubenschlägen beschäftigen. Fußball spielten alle. Am ehesten klappte es mit Manne, wenn er die Ziegen hüten mußte. Allerdings war er kleiner als ich, schmächtig und zaghaft, so daß er mir nicht so richtig dem Bild eines Westmanns entsprach, und außerdem hatten für ihn nicht geographische Bezeichnungen, sondern chemische Begriffe Leuchtkraft. Während ich mich auf der Acetophenschachtel oder dem Etikett eines Gurgelmittels über die Herkunft kundig machte, ob sie den Ankerwerken in Rudolstadt oder dem VEB Fahlberg-List in Magdeburg zu verdanken war, interessierte ihn der Anteil von Wasserstoffsuperoxyd oder Acetylsalicylsäure. Ohne eine Vorstellung vom Llano Estacado oder den Prärien am oberen Missouri war freilich auf die Suggestionskraft, die das klägliche Gemecker der Ziegen in Büffelgebrüll zu verwandeln hatte, kein Verlaß. Dann war es schon besser, die Tiere blieben still, tunkten, während wir von einem Sumpfloch zum anderen wechselten, ihre Mäuler ins Gras und ließen uns Zeit, Steine als Markierungen zu legen oder Zweige abzuknicken und Grasbüschel zu verknoten, wie ich es von den Irokesen kannte. Wir formten aus Lehm Pfeifenköpfe, in die wir sprechende Zeichen ritzten. Aus trockenen Hölzern Funken zu reiben gelang uns nicht. Die Friedenspfeifen blieben kalt.

Mit dem Frieden im Wald war es allerdings eine zwiespältige Sache. Den Boden durchzogen vom Krieg noch Schützengräben wie sandige Narben. Von zerschossenen Bäumen hingen die vertrockneten Kronen herab, und man mußte gefaßt sein, im Laub- und Nadelteppich auf verrottende Munition zu stoßen, Patronen, die ihre kupferne Farbe verloren hatten, nicht explodierte Eierhandgranaten, die von Kienäpfeln kaum zu unterscheiden waren. Ein paar Dörfer weiter waren fünf Kinder durch eine Granate zerrissen worden. Es war ein Schock. Tagelang wurde von nichts anderem gesprochen, und die Wälder wurden plötzlich gemieden.

Vielleicht trug der Vorfall dazu bei, daß ich den Abenteuern in den Büchern zu mißtrauen begann, denn ihre Spannung verdankten sie so gut wie immer irgendwelchen Erschossenen, Erschlagenen oder sonstwie zu Tode Gekommenen. Ich wollte keine Erschossenen und Erschlagenen. Ich wollte Landschaften frei von Nötigungen, Bedrängnissen und erst recht von Gefahren.

Und es gab sie ja. Auf Abbildungen sah man sie: die ockerfarbene Häuseransammlung Neapels, die sich amphitheatralisch auf sonneüberstrahlte Hänge hob, davor die tiefe Bläue des Meers und im Hintergrund der violett überhauchte Kegel des Vesuv, aus dem ein weißer Rauchfaden stieg. Oder das grün ausgepolsterte Tal, in das großgiebelige Berghöfe hineingesetzt waren, eingerahmt von bewaldeten und dahinter gratigen, mattroten Bergketten.

Mein Kiefernstangenrefugium hatte freilich natürliche Grenzen seiner suggestiven Kraft. Mich nach Neapel oder in eine Landschaft im Alpenglühen zu versetzen war ihm nicht gegeben. Aber die lockenden Bilder meiner Phantasie verbündeten sich auf verschwörerische Weise mit dem, was mich umgab. Ich brauchte mich nur auf das richtige Maß einzulassen, und die Bärlappgewächse im Gras und die Schachtelhalme nahmen ihre urzeitliche Riesengröße an und versetzten mich in Urwälder; während ich mir beim Leinraufen an den zähen Stengeln die Hände zerriss, gedieh Halm für Halm zum hitzeknisternden Tropenwald, den ich zu roden hatte. Der Teich zwischen Onkel Roberts und Karnopkes Feldern bedurfte nur geringer Hinzufügungen, und er verwandelte sich in die verschiedensten Weltgegenden. Zwischen die Uferböschung und ein paar grauerdigen Kuppen, die wie Inseln aus der Wasseroberfläche ragten, setzte ich aus Kiefernborke geschnitzte, halbfingerlange Boote. Und wenn ich mich – wortwörtlich – erniedrigte, den Kopf seitlich auf die feuchtkühle Erde drückte, hatte ich das Inselgewirr der norwegischen Lofoten und die Dorschfangflotte vor mir. Als sich eines Morgens eine dünne Schneeschicht über die kniehohen Sandbuckel und meine Liliputanerflotte gelegt hatte, war das verkleinerte Ebenbild jener fernen Nordlandschaft komplett. Wenn im Winter das Wasser vom Frost erstarrt war und der Wind den feinen Schnee zu fußhohen Wehen zusammenblies, fühlte ich mich in die endlose Eiswelt der Arktis versetzt. Und schließlich im März, wenn der Schnee auf den Äckern wieder taute und die Saat freigab, verwandelten sich die vom Schmelzwasserfächer überspülten Uferwiesen zum dschungeldurchquollenen Gangesdelta, und die sandige Böschung im steinwurfentfernten Hintergrund türmte sich zum Himalaja.

Mich erfaßte ein glückhafter Schwindel, wenn ich mir bewußt machte, daß allein die Vorstellung der Welt mir das Herz so aufgehen ließ. Wie sollte mir erst zumute sein, wenn ich ihrer tatsächlich teilhaftig würde! Glück ist eine Abhängige des Orts. *Am Glück erkennt der Mensch, wie weit er davon entfernt ist.* Ich fühlte mich sehr weit entfernt.

Jedes Buch bestätigte es erneut. Die Gegend, der ich ausgesetzt war, kam nicht vor. Nicht, wenn es um landschaftliche Schönheiten ging, um außergewöhnliche Bauten, auch wenn von bedeutenden Männern und Frauen die Rede war oder von historischen Ereignissen – sie wurde nicht genannt. Selbst Verheerungen, Schlachten und Kriege (vom letzten, der nichts ausließ, abgesehen) schienen die Gegend gemieden zu haben. Als gäbe es sie überhaupt nicht! – Von Straßenbahnen freilich war bei all den Weltaneignungen ebenfalls keine Rede.

Dem Menschen ist jedoch Zuversicht als Lebenskompaß implantiert. Und an diesem Morgen nun war ich überzeugt, daß sie ihre Bestätigung erhalten würde. Auch wenn sich in meine Erwartung etwas Bangigkeit mischte, als ich das Fahrrad aus der Waschküche holte. In meinen Vorstellungen war die Oberschule zu einer

Startbahn, einer Piste, einer Serpentinenstraße geworden, die uns herausführen sollte aus der Armseligkeit, dem Mangel, *den unwürdigen Verhältnissen*, wie sich Mutter ausdrückte, aus den Niederungen in jene verheißungsvollen Landschaften; nicht nur für Mutter und mich, sondern überhaupt. Den ersten Erfolg konnte ich bereits verbuchen, ich besaß endlich ein Fahrrad. Nachdem meine Versuche, mit einem Rahmen den Grundstock zu legen, gescheitert waren. Ich war auf ihn im Gestrüpp an der Abdeckerei gestoßen. Aber sosehr ich mich mit einer Drahtbürste und einer teerähnlichen Masse über ihn hermachte, er ließ sich nicht überlisten, seinen Alteisenzustand aufzugeben, und schon gar nicht trennte er sich von dem Brechreiz auslösenden Gestank, den er von den Tierkadavern angenommen hatte, die in dem alten Ziegelbau zerschrotet wurden. Meine Bemühungen, den beiden Felgen, die ich Hardy abgeschwatzt hatte, Vollgummistücke mit einer Drahtumwicklung aufzuzwingen, hätte ich mir schenken können. An einer Kette fehlte es ganz und gar. Mit dem Heranrücken des Oberschulbeginns blieb meiner Mutter nichts anderes übrig, als an Willi Burlack, der eine Mechanikerwerkstatt betrieb, wie er auf dem Schild seinen Schuppen bezeichnete, den Auftrag für ein Fahrrad zu erteilen. Als Willi ihr den Preis nannte, versteinte ihr Gesicht. Gute Gertrud, versuchte er ihr, wenn schon nicht mit Preisnachlaß, so doch mit Worten über das Ärgste hinwegzuhelfen. Sie ahne ja nicht, was sich diese Kerle, die das Zeug – Bereifung, Kette, Dynamo – von drüben mitbringen, bezahlen ließen …

Auf dem Hof herrschte die morgendliche Geschäftigkeit, Milchkannen klapperten, aus dem Stall hörte man Tante Erika die Kühe anschnauzen, die Schwalben schossen in schrägem Flug über die Dächer. Sosehr ich das alles hinter mir lassen wollte, das Dorf, die Felder, die Plackerei, als ich auf der Straße in die Pedale trat, der Vorderradreifen unter dem Schutzblech hervorspulte, das Profil verschwamm, war mir plötzlich zumute, als führe ich für immer davon und fände das alles nicht mehr vor, wenn ich wiederkäme.

Davon konnte natürlich überhaupt keine Rede sein. In ein paar Stunden würde ich zurück sein. Und dennoch wußte ich, etwas war vorbei. Ich hatte nun ohne Manne, ohne Hardy, ohne Kalle und irgendwie auch ohne Gitta auszukommen. Unsere Schule sollte mich nichts mehr angehen. Und wie sie hinter dem Eisenzaun und in sich zurückgezogen still dalag – nur Lehrer Werners Hühner waren schon draußen –, ging sie mich tatsächlich nichts mehr an. Ich fuhr vorbei.

Statt dessen hatte mich nun die Stadt anzugehen, die ohne Fahrrad so gut wie unerreichbar und mir den anderthalbstündigen Fußweg auch nicht wert gewesen war: Weil die Erinnerung an eine richtige Stadt in mir steckte, und weil ich von anderen richtigen Städten wußte. Nun allerdings reute mich meine Geringschätzung, und mir war nicht ganz wohl zumute. Den Weg wußte ich. Als mir Willi Burlack das Rad übergeben hatte, hatte ich ihn als erstes abgefahren: den leichten Anstieg zum Krankenhaus, über die Bahnhofsbrücke, dahinter in die Blechenstraße, die Taubenstraße, an der Katholischen Kirche vorbei, ein nur kurzes Stück Breitscheidstraße entlang bis in die Straße der Jugend, über den Thälmannplatz, rechts in die Burgstraße, die Neustädter, am Altmarkt die Sandower so gut wie nur überqueren, auf der Holzpflasterung um die Oberkirche herum, und den Rest, ein leichtes Gefälle bis zur Promenade fast direkt auf die Schule zu, machte das Rad alleine.

Aber ich kannte die Schule nicht, kannte überhaupt keine Stadtschule. Und nun stand ich vor ihr, vor ihrer bedrückenden Größe, viel zu früh. Von den hohen Fenstern ging abweisende Stille aus, die Türen blieben reglos. Nur den wilden Wein durchlief ab und zu ein Zittern. Den vereinzelten Leuten, die vorbeikamen, war ich gleichgültig. Die Sonne filterte ihr Licht durch das hohe Laub der Buchen. Alles war friedvoll und arglos.

So sollte es nicht bleiben. Denn was sich schon beim ersten Inaugenscheinnehmen der Schule nicht hatte klären lassen, war immer noch ungelöst: Wohin mit dem Fahrrad! Ich besaß kein

Schloß. Klingel, Griffe und selbst Nabenputzringe hatten sich schließlich auftreiben lassen, ein Schloß aber nicht.

Ich fuhr auf den Hof an der Rückseite der Schule, eine grausandige, leere Fläche. Im Winkel von Hauptgebäude und Anbau entdeckte ich eine kleine Tür, mein Herz machte einen freudigen Schlag. Ich langte vom Fahrrad aus nach der Klinke. Die Tür rührte sich nicht. In der Leere des Schulhofs hielt ich es noch weniger aus als vor der Schule. Ich fuhr wieder nach vorn. Und wieder auf den Hof und wieder zurück.

Plötzlich war die Zeit, die vorher stillgestanden hatte, so gut wie um. Es kamen Schüler in Mengen, aber niemand mit einem Rad. Ich fragte zwei Mädchen, sie sahen mich verstört an, einen Jungen, der zuckte die Schultern. Ich stand immer noch da, als wäre ich mit dem Rad verwachsen wie mit einem siamesischen Zwilling. Und so war es ja. Ohne Rad hätte sich die Schule für mich erledigt. Ich entschloß mich, das Rad an den Zaun zu lehnen, um im Gebäude jemand zu suchen, der Bescheid wissen könnte. Ich zog den Ranzen vom Gepäckträger, blickte hilflos in die eine, dann in die andere Richtung, mischte mich unter die aufs Gebäude zuströmenden Kinder, war plötzlich in einem hohen Treppenhaus, verfehlte die erste Stufe, klatschte mit der flachen Hand auf, rappelte mich, ein Dutzend weitere Stufen, oben eine Doppelschwingtür, Schülergewimmel und Lärm um mich, ein halbdunkler Flur mit offenen Türen. Wohin? Und schlagartig der Schreck: Du kannst das Rad doch nicht einfach auf der Straße lassen! Wie der Blitz runter und raus. Es lehnte unverändert am Zaun. Ich wußte nicht, wie weiter.

Einem Mann in Eile, der schon den Fuß auf die unterste Stufe gesetzt hatte, verdankte ich schließlich die Antwort: Auf dem Hof, die kleine Tür. Vor der hatte sich dann auch ein Männchen postiert, blinzelnd und die Pfeife stopfend und mir ein gutgelauntes Na, bist neu hier, entgegenrufend, während von dem aufragenden Schulgebäude beklemmende Stille ausging, bis auf eine Unruhe, die hinter den Wänden zu spüren war. Fahrräder hier, und er nickte auf die Tür hinter sich. Mit der ich es bereits versucht hatte.

Als ich schließlich die grauen Stufen bis zur Tür zum Musiksaal im obersten Stock bewältigt hatte, lärmten die Spatzen so laut, als säßen sie unter den Dachziegeln, so daß ich nicht hören konnte, was sich hinter der Tür tat.

Ich war mir nicht sicher, ob ich anklopfen sollte oder nicht. Ich tat es, aber wahrscheinlich wuchtete mein Herz lauter. Ich klopfte noch einmal. Ehe ich es eigentlich wollte, ging die Tür auf. Ein heller Raum lag vor mir, mit einem Fensterband über die gesamte Länge der gegenüberliegenden Wand, so daß ich ins Licht sehen mußte. Den Mann hinter einem Pult nahm ich nur schemenhaft wahr. Lediglich das rote Fahnentuch behauptete seine Farbe gegen die Helligkeit. Die Tiefe des Raumes war voller Gesichter, die sich mir zugewandt hatten. Ich konzentrierte mich auf den Mann, weil es auf ihn anzukommen schien. Ich ging auf ihn zu – der Ranzen, den Mutter mit einem Griff zu einer Tasche verändert hatte, schlenkerte mir gegen das Knie –, ich blieb stehen. Entschuldigen Sie … Aber der Mann blickte in den Saal, als gäbe es mich nicht. Ich setzte noch einmal an, etwas lauter: Entschuldigen Sie …

Plötzlich tönte seine Stimme: Hat dir irgend jemand das Wort erteilt! Er blickte unverwandt geradeaus. Wahrscheinlich meinte er nicht mich. Seltsamer Zufall seiner Worte.

Oder hast du einen Gehörfehler? Der Mann riß den Kopf herum. Ein rundes, flaches Gesicht war mir zugewandt. Ich rede mit dir!

Entschuldigen Sie …

Raus! Und dann wollen wir sehen, ob du in der Lage bist, ein den Gegebenheiten gemäßes Verhalten an den Tag zu legen …

Ich wußte nicht, wie mir geschah. Ich stolperte davon. Die Tür hinter mir zu. Ich war wie betäubt. Irgendwann entschloß ich mich, nach abermaligem Klopfen wieder hineinzugehen, obwohl ich wiederum keine Aufforderung gehört hatte. Ich lastete es meinem pochenden Blut und den lärmenden Spatzen an. Ich trat wieder auf den Mann zu. Und er ließ mich abermals stehen.

Um mich nach einer Weile wieder unvermittelt anzudonnern: Menschenskind, begreifst du nicht, daß du störst! Du stiehlst hundert pflichtbewußten Menschen Zeit! Du störst und bist deswegen nicht gefragt. Ist das so schwer zu begreifen! Also raus.

Und nun wollte ich auch raus. Aber als ich die Hand auf der Klinke hatte, befahl er mich zurück. Komm her. Ich drehte um, blieb stehen. Hältst du das für die Entfernung, in der man miteinander reden kann?

Ich machte zwei weitere Schritte auf ihn zu.

Du hast mir doch was zu sagen.

Ich wußte leider nicht...

So, du wußtest nicht. Du weißt nicht. Aber um die Oberschule des Staates der Arbeiter und Bauern in Anspruch zu nehmen, weißt du natürlich genug. Ich will dir sagen, was du dir als erstes einprägen wirst: daß du dir diese bourgeoise Arroganz abzugewöhnen hast, Arbeiter und Bauern weiterhin als deine Fußabtreter zu behandeln. Diese Zeit ist vorbei, falls dir das noch nicht aufgegangen ist.

Ich wollte es noch immer für möglich halten, daß er mich mit irgend jemanden verwechselte.

Name, befahl er.

Ich sagte ihn.

Herkunft. – Und da begannen doch Befürchtungen Oberhand zu gewinnen. Ich nannte das Dorf, obwohl ich nun schon sicher war, daß es ihm darum nicht ging.

Der Mann – es war selbstverständlich der Direktor, Wruck hieß er, wie ich bald wissen sollte – drehte sich in der Hüfte und stieß seltsame Lachkoller aus. Spricht das nicht Bände, rief er in den Saal. *Was* dein Vater ist? Ich hoffe, du verstehst wenigstens Vorschuldiktion.

Mein Vater hatte einen Papierhandel. Daß es ein *Groß*handel gewesen sein soll, diese komparative Erhöhung ließ ich aus Selbstschutz ungesagt.

Hatte! So. Und damit *hat* es sich erledigt? Denkst du. Jetzt hat er nicht mehr?! Du meinst, so leicht könnt ihr euch aus eurer Ausbeutervergangenheit stehlen!

Trotz all meiner Fluchtversuche in Phantasiewelten war ich freilich ständig dem ausgesetzt, was täglich geschah. Von Bauer Lischka hieß es, er sei nicht nur mit seinem Ablieferungssoll im Rückstand gewesen, sondern bei einer Fahrt von Berlin aus dem Zug geholt worden. Er habe in Westberlin ein geschlachtetes Schwein verschoben. Ob er es bei der Verhandlung bestritt oder zugab, darüber waren die Meinungen geteilt. Dreieinhalb Jahre habe er bekommen. Man könne nur Gott bitten – von dem sonst bei uns keine Rede war –, sagte meine Mutter, daß die einen bloß nicht auf dem Kieker haben. Nun hatten sie mich! Ohne daß ich ein Schwein oder sonstwas verschoben hatte. Der Mann ließ ein klassenkämpferisches Wortgewitter über mir, und natürlich auch über allen anderen, hereinbrechen, über das Verwerflich-Verbrecherische der Ausbeuterklassen und den Heroismus des Proletariats, das mit den Zuständen der Vergangenheit ein für alle Mal aufgeräumt habe, und wenn es einen wie mich hier noch dulde, sei es allein dessen Großmut zu danken …

Er beorderte einen Stuhl nach vorn. Drei wurden ihm eilfertig gereicht. Setz dich. Ich tat es, in seinen Schatten, in den Blickpunkt aller, damit ihnen eventuelle Zweifel am proletarischen Großmut vergingen.

Ich weiß nicht, wie lange er an mir seinen Klassenkampf exerzierte. Ich saß reglos. Und war weltenweit entfernt von dem, der ich zuvor gewesen war, der geglaubt hatte, daß es auf ein Fahrradschloß oder eine gründlichere Besichtigung der Schule ankäme. Mir wollte, als wir in die Klassenzimmer beordert waren, zu niemandem ein Wort gelingen. Zu Hause wußte ich nicht, wie mir geschehen war.

Weil ich am nächsten Morgen nicht bereit war, meine so hart erworbene Kenntnis, wo das Fahrrad unterzubringen war, ungenutzt zu lassen, und nicht wußte, was ich sonst hätte tun sollen, machte ich mich dennoch auf den Weg zur Schule.

Es zeigte sich, daß es alle in der Klasse für angeraten hielten, den Kopf einzuziehen, wenn der Stundenplan Chemie verhieß und Wruck die Tür aufriß. Tatsächlich brachen Sturzfluten klassenkämpferischer Drohungen über uns herein, die mit Begriffen wie stöchiometrische Wertigkeiten, Atomgewicht und Ionenradius durchsetzt waren. Alle paar Wochen sah er sich berufen, den Erfolg seiner pädagogischen Rundumschläge zu bilanzieren. Er schritt von Bank zu Bank die Klasse ab und entschied an Gottes Statt: Du bleibst sitzen! Du bleibst sitzen! Du bleibst sitzen! Wobei die im Klassenbuch vermerkten Zensuren lediglich eine Nebenrolle spielten. Es konnte beinah jeden treffen.

Mit dem Kopfeinziehen allein war es nicht getan. Ein Extrablatt der Jungen Welt, des Organs der Freien Deutschen Jugend, titelte: *Junge Gemeinde – Tarnorganisation für Kriegshetze, Sabotage und Spione im USA-Auftrag.* Die Unterzeile teilte im Fettdruck mit: *Junge Gemeinde wird von westdeutschen und amerikanischen Imperialisten dirigiert. Ehemaliger Gestapo-Agent als »Diakon« getarnter USA-Spion.* Ich hatte mit der Jungen Gemeinde zwar nichts zu tun, aber mit Gerhard, der hager und bescheiden vor mir saß, wobei ich ihn mir durchaus kompakter wünschte, um hinter ihm für Wruck weniger sichtbar zu sein, mit Ludwig, der ein Aquarium besaß, das ich bestaunte, und der mich animierte, mir ebenfalls eins zuzulegen, weil es einem die Wunderwelt der Südsee ins Haus brächte, und auch die drei, vier weiteren Mitglieder der Jungen Gemeinde waren mir allein durch die gemeinsame Schicksalsfügung, Wruck ausgesetzt zu sein, entschieden näher als der Berserker Wruck oder die gesichtslosen Schreiber in der Jungen Welt. Erst recht fühlte ich mich Gerhard verbunden, als Wruck ihn drohend aufforderte, seine weitere Zugehörigkeit zur Jungen Gemeinde zu begründen. Er sei kein Spion, sagte Gerhard erstaunlich ruhig, wenn auch mit angespanntem Gesicht, und was er sagte, stand für uns außer Zweifel. Als Wruck ihn daraufhin herausfordernd fragte, ob er es etwa mit seiner Moral, auf die er ja so viel Wert läge, vereinbaren könne, Mitglied einer Organisation zu sein, die sich als Deckmantel für verbrecherische Elemente erweise, sagte Gerhard, er, Wruck, könne sicher auch nicht für jeden Genossen die Hand ins Feuer legen...

Damit war es um Gerhard, aber auch um Ludwig und einige Schüler anderer Klassen geschehen.

Im Juni brach hoffnungsvolle Unruhe aus, von Berlin griff sie auf Cottbus über, selbst auf die Schule. Wir hatten überlange Pausen, in denen wir wild debattierten. Von Wruck war nichts zu sehen. Zwei Tage später jedoch wurde alles von lähmender Stille erfaßt. Unter den starr ausgerichteten Geschützrohren der Panzer mit den kyrillischen Schriftzeichen, die an allen möglichen Stellen in der Stadt aufgefahren waren und den Weg in die Schule flankierten, zog ich wieder den Kopf ein. Mir war, als sei der Krieg zurückgekehrt. Die Ferien erlösten schließlich davon. Eine wirkliche Erlösung war sie freilich nicht. Zwar kamen Gerhard, Ludwig und die anderen, soweit sie nicht die DDR inzwischen ganz und gar hinter sich gelassen hatten, an die Schule zurück, an der erteilten Lektion aber änderte sich nichts: Der Sozialismus läßt mit sich nicht spaßen. Es war nur eine Frage der Zeit, irgendwie, irgendwo an die Grenzen der proletarischen Großherzigkeit zu stoßen.

Womöglich hätte ich mich auf das Wagnis der Geographiebewerbung überhaupt nicht eingelassen, wenn Mutter nicht die Stelle als *Schreibkraft* im Gemeindebüro bekommen hätte. Die neue Ordnung ließ sich ohne Rechtschreibung und Bruchrechnung halt nicht durchsetzen. Wie gegenüber General Paulus, Baron von Ardenne und Johannes Dieckmann, dem Volkskammerpräsidenten, hatte sich die Arbeiter- und Bauernmacht ein weiteres Mal als kompromißbereit erwiesen.

Damit aber hatte sie sich an unserer Familie offensichtlich verausgabt. Das ist das reinste Lotteriespiel, sagte Frau Bernauer, die

Sekretärin, die ich im Laufe der vier Schuljahre um anderthalb Köpfe überwachsen hatte. Sie warf einen mitfühlenden Blick zu mir hinauf, als sie mir den abschlägigen Bescheid gab.

Es war natürlich kein reines Lotteriespiel, auch wenn ich mich schuldbewußt fragte, ob sich nicht die eine oder andere Zensur hätte verbessern lassen können. Aber womöglich wäre eine Eins in Englisch eher verräterisch, sagte ich mir. So wie es am ersten Schultag nicht auf ein Fahrradschloß angekommen war, kam es jetzt nicht auf ein Zahlenspiel an. Was da kollidierte, waren zwei verschiedene Welt*anschauungen*: Was mich auf der Erde lockte und was mir weniger zusagte, deckte sich nicht mit der politischen Kartographierung in Freund und Feind. Das Gefühl, am richtigen Ort zu sein, wollte sich mir nicht einstellen.

Manne hatte seinen Vater überzeugt, daß Andrees allgemeiner *Hand*atlas, 126 Haupt- und 138 Nebenkarten, nebst vollständigem alphabetischen Namensverzeichnis, Verlag von Velhagen & Klasing, 1900, bei mir in den richtigeren Händen wäre. Was die Hände betraf, war es keine passende Feststellung. Unter der Last des großformatigen Quaders ging ich fast in die Knie. Erst als ich ihn zu Hause der Wachstuchdecke aufbürden konnte, vollzog sich die Inbesitznahme: Da breitete sich Seite für Seite vor mir die Welt aus, die Landschaften, die Orte voller Glücksversprechen, die Verlockungen: Tiefblaue ozeanische Weiten, in die die buchtigen grünen, braun gemaserten Kontinente gelagert waren, von den Flüssen blau durchädert, überstreut mit den Punktierungen der Städte. Mir war, als läge er nun in meiner Hand, der Rotationsellipsoid mit seiner ganzen Faszination!

Geographie, das hieß für mich nicht nur Anschauung des planetaren Gebildes Erde, sondern Beschäftigung mit der Bühne allen Menschheitsgeschehens. Der Turm zu Babel war auf ihr errichtet worden, der Trojanische Krieg geschlagen, Odysseus hatte seine Wege auf ihr genommen, und Pharaonen ließen die Pyramiden aufschichten; Akropolis, Cäsaren, Spartakus, Völkerwanderung, Hunnensturm, Taj Mahal, Inka- und Aztekenreiche, Eiffelturm und Empire State Building, auch Konzentrationslager und Hiroshima gehörten schlimmerweise mit dazu, ein diffuses Konglomerat, das sein imaginäres Dasein in mir trieb und verlangte, sich an Ort und Stelle seiner zu vergewissern. Es gibt die Welt, damit sie einem zur Verfügung steht!

Sonnabends im Gasthof glaubte ich manchmal zu spüren, als züngelte sie nach mir. Auch wenn ich dem Saal auswich, weil es mir am Eintrittsgeld haperte; selbst die Gaststube konnte sich als heikles Terrain erweisen, falls ich zu Hardy oder Kalle in eine Runde an der Theke geriet, die einen noch teurer zu stehen kam als der Eintritt. Obwohl ohne sich auf Saal oder Theke einzulassen, der Gasthof im allgemeinen Verständnis seinen Sinn verlor, behielt er ihn für mich durchaus. Denn die schmachtend-scheppernde Musik der robusten Vier-Mann-Kapelle war weder durch die Saaltür aufzuhalten noch durch das Treiben an der Theke zu übertönen. Ich saugte mich mit Sehnsucht voll.

Wenn ich mit dem Fahrrad hinter Woitkes Scheune auf den nächtlichen Feldweg nach Hause eingebogen war, die Schattenkulisse des Dorfs hinter mir zurückblieb, hatte ich, sosehr der Dynamo auch vor Überforderung jaulte, die Musik noch im Ohr. Mit all ihrer inspirierenden Kraft, gereinigt von Dissonanzen, bemächtigte sie sich meiner. *Macky war ein Seemann.* Ich fühlte mich ihm verbunden. Nicht sosehr, weil *ein Herz voller Liebe unter seinem Hemd klopfte*, wie etwa unter meinem auch eins. Sondern weil ihm vergönnt war, was sich in dem grandiosen Ausruf *Und kein Hafen war ihm fremd!* entlud, richtete sich mein innerer Blick sehnsuchtsvoll auf ihn und die Weltmeere. Oder: *Wenn bei Capri die rote Sonne im Meer versinkt,* tremolierte Rudi Schuricke in mir, während mein Fahrrad von den Unebenheiten des durch das schlaffe Aufflackern der Lampe nicht aus der Finsternis erlösten Weges durchgerüttelt wurde. *Komm mit mir nach Tahiti …* Auch wenn ich mich hütete, wörtlich zu nehmen, was da verheißen wurde, warum sollte man, fragte ich mich, dort am Strand von Tahiti nicht glücklich sein!

Geographie, Erdkunde, das Wort sagte es, ist die Kunde von der ganzen Erde und nicht bloß vom *ersten Arbeiter- und Bauernstaat auf deutschem Boden.* (Man mußte ja guten Willens sein, um ihn auf dem Globus nicht gänzlich zu übersehen.) Wer es auf Geographie abgesehen hatte, den gelüstete es auch nicht nur nach den Moskauer Metrotempeln und den Großbauten am Wolga-Don-Kanal, den Weiten der sibirischen Taiga und den usbekischen Baumwollsteppen; der liebäugelte – *nahe*liegenderweise – etwa mit der ungarischen Pußta. Doch da fingen die Probleme schon an. Gerade als meine Bewerbung für das Geographiestudium ihren Weg machen sollte, durchzogen das Land an Theiß und Donau heftige und keineswegs tektonische Erschütterungen. Aber dem wirklichen Geographieaspiranten ging es natürlich um *weit* mehr, um die Savannen am Sambesi und – selbstverständlich – die Prärien am Missouri. Durch seine geistige Bilderwelt trommelten Antilopen und Büffelherden, in seinem Kopf gingen Apachen und Aborigines um, Marco Polo und James Cook, Humboldt und Amundsen hatten ihre Spuren gezogen. Mir schwebte weniger die Sinnerfüllung eines Alexej Meresjew vor, um mich als Fliegerkämpfer für die Sowjetunion vom Himmel holen zu lassen, und dann, zwar ohne Beine, doch heroenhaft als *wahrer Mensch* auf kommunistischem Boden aufzuerstehen. Ich unternahm im Geiste Flüge mit Saint-Exupéry nach Arras und Südamerika. Der Zuckerhut und der Fujiyama füllten meine visionäre Szenerie, Minarette und Pagoden, Iglus und Wolkenkratzer, ein nicht nur architektonisch suspektes Gemisch; der Broadway und die Champs-Élysées kreuzten sich in meinem Kopf… Ich mußte zubilligen, daß gegenüber einem wie mir Mißtrauen angeraten war!

Alexander von Humboldt, Carl Ritter und Ferdinand von Richthofen, als deren geistiger Erbe ich mich gesehen hatte, waren fraglos keine klassenkämpferischen Leitfiguren. Und die ungläubig-freudige Beglückung, die mich erfaßt hatte, als ich erfuhr, daß ich Ludwig Leichhardt als Cottbuser Gymnasiasten quasi als Vorläufer für mich in Anspruch nehmen konnte, führte ebenfalls auf einen Abweg, indem ich mich als sein Nachläufer sah, um seine nicht zu Ende gebrachte Expeditionen durch Australien fortzusetzen. Es bedurfte eines Akts der Selbstzügelung, mit der abgegebenen Bewerbung mich nicht schon so gut wie vor der Berufung als Gentleman Fellow in der Royal Geographical Society zu sehen. Eine Resthoffnung hatte sich freilich gehalten.

Die geplatzte Hoffnung war allerdings nur das eine. Das andere war, daß mit der Ablehnung die Serpentinenstraße, die mich – und ebenso Mutter – aus den Niederungen, den *unwürdigen Verhältnissen*, in die sonneüberstrahlten Gefilde hinaufführen sollte, uns unvermittelt ins Nichts stürzen ließ. Wenn Mutter im Gemeindeamt Feierabend hatte, war sie von den Auseinandersetzungen – inzwischen ging es um die Bildung einer LPG, die aber kaum ein Bauer wollte – so am Ende ihrer Kräfte, daß es sich nur mit reiner Rücksichtnahme der Schwerkraft erklären ließ, daß sie mit dem Fahrrad nicht umkippte, so zeitlupenhaft, wie sie die Pedale durchtrat. Tante Martha, die keine Tante war und ein Häuschen neben dem Friedhof bewohnte und wußte, wie kurz der Weg dahin war, steckte ihr manchmal einen Blumenkohl, zwei Gurken oder eine Handvoll noch nestwarmer Eier zu. An dem Tag, als ich die Ablehnung mitbrachte, hatte sie ihr nichts zugesteckt, ich sah es der zusammengefallenen Kunstledertasche an.

Es blieb mir also gar nichts anderes übrig, als drei, vier Tage darauf wieder bei Frau Bernauer im Sekretariat zu erscheinen, um mir die Broschüre mit den offenen Studienplätzen geben zu lassen. Und mich erfaßte Schreckensstarre. Was von den Angeboten noch ein bißchen Zusammenhang mit Naturwissenschaften hatte, lief auf Chemie hinaus (Chemie bringt Schönheit, Wohlstand, Brot! Manne hätte eine große Perspektive gehabt; aber ich war nicht Manne), der Rest waren gesellschaftswissenschaftliche Fächer. Die jedoch verlangten geradezu drohend Parteilichkeit, Klassenstandpunkt und tiefverankertes sozialistisches Bewußtsein. Ich fühlte mich geradezu gedemütigt, als ich Frau Bernauer die Broschüre zurückgab. Was leicht getan, womit aber nichts erreicht war.

In diesem Moment trat das Schicksal in Gestalt von Kati durch die Tür. Kati in ihrer madonnenhaften Schlankheit; die verschenkt war, wenn sie in der Klasse zwei Reihen vor mir in der Bank saß. Deren halb lockenden, halb fordernden Blicken ich stets ausgewichen war, aus Furcht, ich könnte in ihre Pupillen wie in einen zu tiefen Schacht gezogen werden, aus dem ich nicht mehr herauskäme. Wenn sie manchmal in der Pause, ans Fensterbrett gelehnt, sich mit beiden Händen versonnen in die Haare fuhr, ihr Körper sich streckte und die Brust gegen den Pulli spannte, ging es mir durch und durch. Von uns Jungen war sie großmütig in die Rubrik *erfreuliche Erscheinung* eingestuft worden. Und einmal hatte sie mich zu einer Fete bei sich eingeladen. Es waren ungefähr zwanzig Leute da, die Hälfte der Klasse, drei Jungen aus höheren Klassen, ein paar *Freunde des Hauses*. Und daß das Haus Freunde hatte, verstand sich von selbst. Es waren höchst noble, durch doppelflügelige Glastüren verbundene Räume, in die ich trat. Vielleicht hätte sich unsere einstige Dresdner Wohnung mit ihr messen können. Katis Eltern besaßen eine Tuchfabrik, nun aber wohl nicht mehr, oder nicht ganz, was heißt, es war ein Betrieb mit staatlicher Beteiligung geworden. Der Vater war entweder noch Betriebsleiter oder anderweitig am Unternehmen beteiligt. Nicht nur, daß mich diese Atmosphäre, der ich entwöhnt war, hemmte, ich hatte mit einem Handicap zu kämpfen. Auch drei Jahre nach der Konfirmation besaß ich noch keinen anderen Anzug. Die Ärmel bestanden inzwischen auf fünffingerbreitem Abstand zu den Handgelenken, die Hosenbeine hatten sich längst den Knöcheln entzogen. Das war zwar insofern von Vorteil, als ich dadurch auf Fahrradspangen verzichten konnte, jedoch ein Vorteil, der erstens für die Einladung belanglos war und zweitens den entscheidenden Makel nicht wettmachte. Am Hintern war die Hose durchgescheuert. Mutter hatte sie mühevoll gestopft. Da aber nicht nur Ärmel und Hosenbeine sich meiner nur noch unvollständig annahmen, sondern das Jakkett insgesamt sich als nicht mehr paßgerecht erwies, lag die Schadstelle der Hose frei. Ich rührte mich den ganzen Abend nicht von dem Biedermeiersofa, auf dem ich mich sofort niedergelassen hatte. Bis auf den einen Tanz, zu dem mich Kati aufforderte. Ich war jedoch so von meinen Bemühungen in Anspruch genommen, den Rücken immer der Wand zuzuwenden, daß sich der eigentliche Zweck des Tanzes erledigt hatte. Fraglos empfand das auch Kati. Nur daß sie es falsch auslegte. So tat sich mit uns nichts, außer daß sie gelegentlich das Objekt meiner erotischen Phantasien wurde.

In diesem Moment im Schulsekretariat stand das freilich nicht zur Rede. Ob ich auch so 'n fabelhaften Blabla-Brief bekommen hätte, von so 'm Prorektor für Studienangelegenheiten, fragte sie angriffslustig. Für Nichtstudienangelegenheiten müßte so was heißen! Ihr war das Biologiestudium abgelehnt.

Mich hemmte keine Stopfstelle, und ich setzte mich mehr als bereitwillig, so wie sie mich mit ihrem Blick halb lockte, halb aufforderte, auf den zweiten der Stühle vor dem Wandregal neben sie, während sie in dem mit Blüten und Gräsern gemusterten Rock ihre langen Beine übereinanderschlug und hilflos in dem Heft herumfingerte.

An der Broschüre besserte sich auch bei nochmaliger Zuwendung nichts. Aber auf Katis bloßem Nacken flatterten die flaumigen Härchen in meinem Atem, so dicht war ich ihr, mußte ich sein, wie sie die Broschüre nun mal hielt. Und auch unter dem dünnen Gewebe der Bluse war sie plötzlich regelrecht faßbar. Ich mußte mich hüten, ihre Nähe nicht doch als Aufforderung zu deuten. Von einem Moment auf den anderen gerieten meine Blutkörperchen völlig durcheinander.

Als sie sich wieder einigermaßen geordnet hatten, waren wir bei der Hochschule für Außenhandel angekommen. Wenn es dabei um Außen und nicht um Handel ginge, sagte ich in gebührender Herablassung. Schon allein wegen des nicht gerade glücklichen Agierens meines Vaters in diesem Gewerbe empfand ich eine intuitive Aversion gegen Handel. Außerdem konnte Außenhandel vielleicht noch zu meinen geographischen Ambitionen in Beziehung gebracht werden, zu Katis Biologiewünschen wohl kaum, sagte ich mir, als sich ihre Pupillen wieder auf mich richteten. Von ihren mattroten Lippen perlten jedoch die Worte: Was haben wir eigentlich zu verlieren!

Ich lehnte mich unwillkürlich zurück. Ich fürchtete, Kati könnte hören, wie mein Herz losging. Wir – was haben *wir* zu verlieren!

Als ich nach Hause fuhr, war mir, als sei eine Schutzschicht weggeschmolzen, mit der ich mich ihr gegenüber immer gewappnet hatte. – Wir! – Und da fragte ich mich, was bei einem Geographiestudium eigentlich hätte rausspringen sollen! Daß ich Abenteurer oder Weltreisender würde? Ich bekannte mich zu meiner Infantilität und entschied, daß sie jetzt überwunden sei. Und plötzlich wollte mir scheinen, als lohnten Eiffelturm und Empire State Building ohne Kati eigentlich nicht.

Vier Wochen später fuhr ich geradezu beschwingt dem Vorstellungsgespräch entgegen. Selbst das Wetter schien mit mir im Bunde. Über den Blätterhauben der Chausseebäume war ein makelloser Himmel ausgespannt, der sich in einer tiefen gleißenden Bläue verlor. Die Lerchen, kleine schwirrende Punkte, schienen nicht genug von ihm bekommen zu können. Der blühende Kerbel stand mannshoch und macht die Straße zu einem grünen, weißüberhauchten Hohlweg. Ein behutsamer Schiebewind drückte gegen Rücken und Schultern, daß die Pedale wie von allein rotierten und meine Füße kaum nachkamen.

Selbst für den Teich, der in den Lücken der Weiden sichtbar war, hatte ich kaum einen Blick. Daß er mir einst die Welt bedeutet hatte, berührte mich nun fast peinlich. Auch seine Zeit mit Lucie und Gitta auf der Decke im Schilf war vorüber und die der wolkenverhangenen Tage, an denen ich ihn für mich allein hatte, wenn er, unbeachtet und abgeschirmt durch das wispernde Schilf, auf sich selbst zurückgezogen, nur die Welt der Teichrohrsänger war, die es damals noch gab, der unsichtbaren Frösche, die allein mit sprödem Knarren ein Zeichen ihrer Existenz gaben, und von einem Windhauch aufgebrachte Wellen hastig über die Wasserhaut wehten, als wäre ihnen ein verheißungsvolles Ziel gewiesen. Er hatte seine Kraft verloren.

Obwohl sich inzwischen in der dunstigen Himmelsbläue ein paar Haufenwolken geformt hatten und über das Roggenfeld Schatten wie weitausholende Wellen strichen, konnte ich mir das Leben, dem ich nun entgegenfuhr, nicht anders als übersonnt vorstellen.

Als mich die beiden Abgesandten der Außenhandelsschule zwischen sich nahmen und geradezu mit einem Ausdruck von Respekt durch die Tür ins Direktorenzimmer geleiteten, zwinkerte mir Kati komplizenhaft zu.

Es war wohl das erste Mal, daß ich ohne Beklemmung in diesen Raum trat. Obwohl selbst an einem so blendend hellen Tag wie diesem die hohen Buchen vor den Fenstern nur gedämpfte Helligkeit zuließen. Ich setzte mich den beiden – Genossen, wie sich bei näherem Hinsehen zeigen sollte – gegenüber, und mit heiterer Selbstverständlichkeit bestätigte ich, was sie mich, in meinen Unterlagen blätternd, zur Bestätigung abfragten. Ich hatte mich entschieden. Ob richtig oder falsch, das war erledigt. Und von den beiden Außenhandelsbefugten, das stand für mich außer Frage, war, so wie sie um Studenten warben, nur die Bestätigung abzuholen.

Ich nickte, als sie, mit dem Anschein von Beiläufigkeit, fragend feststellten, ich hätte keine gesellschaftliche Funktion in der Klasse, der Schule oder anderswo innegehabt? Und ich nickte immer noch bedenkenlos, als dem mit dem kantigen Gesicht auf halber Länge des Satzes die Fragetonlage abhanden kam: Sie dürften doch davon ausgehen, daß ich ein gesellschaftlich interessierter Mensch sei! Der die Zeitung verfolge! (Frage oder schon mehr Drohung?) Möglicherweise brachte ich daraufhin das Nicken nicht mehr ganz zu Ende. Zweifellos könne ich die fünf Punkte nennen, die der sowjetische Außenminister Molotow bei seinem unlängst erfolgten USA-Besuch zur friedlichen Koexistenz der beiden Großmächte und für die weltweite Friedenssicherung in San Francisco …

Natürlich konnte ich nicht. Ich wußte nicht einmal, daß Molotow in den USA war. Ich wußte gerade, wer Molotow war. Und von einem Moment zum anderen, der sich jedoch zeitlupenhaft dehnte, begriff ich, woran ich war. Und was sie erwarteten. Das, was ich nicht hatte. Denn das einzige, womit ich mich gegen die äußeren Umstände wehren konnte, war, mich ihnen nicht preiszugeben. Ich war stolz, mich bewahrt zu haben. Nun kam die Quittung.

Ich spürte, wie mir die Felle davonschwammen, und war drauf und dran, aufzustehen, ist gut, hat sich erledigt zu sagen, als es mich wie ein Blitz die Erleuchtung traf. Mir war zumute, als hätte ich genau diese Situation gerade schon einmal erlebt, nur in einem anderen Raum und mit anderer Personage. In der Geschichtsprüfung zum Abitur. Und hatte sie mit Bravour bewältigt! Obwohl mir völlig unvermittelt zunächst ebenfalls der Schreck in die Glieder gefahren war.

Ich hatte mich für einen der dreißig Fragezettel, die mit den weißen Rückseiten nach oben auf dem Tisch vor der vierköpfigen Prüfungskommission ausgelegt waren, zu entscheiden. Bedenken, daß es in Geschichte schiefgehen könnte, hatte ich ebensowenig wie gegenüber den beiden Außenhändlern. Ich hatte mich vielmehr geschmeichelt auf Lehrer Ottos Vorschlag eingelassen – dem es schmeichelte, wenn wir ihn Meister Otto nannten, am liebsten hätte er sich Kaiser Otto nennen lassen, aber dem stand sein (wenn auch halbherziges) Klassenbewußtsein im Wege –, die fünfzehn Minuten Vorbereitungszeit nicht in Anspruch zu nehmen (es ging auf die Mittagszeit zu) und mich auf zwei, drei Minuten Konzentration im Prüfungsraum zu beschränken, als ich, noch stehend, die Frage las und erstarrte. Mein erster Gedanke: An der Frage stimme etwas nicht. Ein Irrläufer, es ist eine dazwischengeraten, die nicht dazugehört. *Erläutern Sie die II. Internationale und gehen Sie auf Solidaritätsbeispiele ein.* Natürlich war mir in Vorbereitung auf die Geschichtsprüfung einigermaßen klar gewesen, daß mit allem möglichen, was sich da auf der historischen Spielwiese in meinem Kopf tummelte, kein erster Arbeiter- und Bauernstaat auf deutschem Boden zu machen war: mit den Herrscherdaten des Heiligen Römischen Reichs etwa; auch das Gesetz zur Aufteilung des *ager publicus*, so klangvoll der Name seines Urhebers, Tiberius Sempronius Gracchus, auch sein mochte, hatte nicht viel mehr Wert als den einer Arabeske, passender gesagt, einer Romaneske. Bescheidwissen über die Goldene Bulle, über Wallenstein und Prinz Eugen, sagte ich mir, könnte sich eher als Ballast erweisen. Ich hielt es nicht nur für banausisch, sondern für bedenklich, daß diese schwergewichtige Plattform Arbeiter- und Bauernstaat von nur so vereinzelten dünnen Pfeilern, die in die Geschichte getrieben wurden, getragen werden sollte und der ganze übergroße Rest des Untergrunds ignoriert, mit großmäuligem Gerät wie Abfall beiseitegeschoben wird. Ich hatte allerdings keinen Zweifel daran, daß mein Fundus an Wissen von dem, worauf es ankam, auf jeden Fall ausreichen würde. Ich wußte über Hus, Zwingli und Müntzer Bescheid, wußte den Bauernkrieg als Höhepunkt der deutschen frühbürgerlichen Revolution zu werten. Ich traute mir zu, Luther mit einem Sowohl-als-auch abzuwägen. Ich wußte genau, wann die Versammlung des dritten Standes die alte Ständeordnung verworfen und die französische Nationalversammlung proklamiert hatte: am 17. Juni 1789. (Daß es, was Tag und Monat betraf, zu einem heiklen Datum geraten war, konnte schwerlich mir angelastet werden; eine Merkhilfe war es fraglos.) Aber auch der Kölner Kommunistenprozeß hatte sich mir, und zwar ebenso aufs Datum genau – 4. 10. bis 12. 11. 1852 –, eingeprägt. Und selbstverständlich war mir die Internationale nicht ungeläufig, als Begriff. Ganz so rabiat, wie mir mein erster Schreck suggerieren wollte, hatte ich die Aussortierung keineswegs betrieben.

Wahrscheinlich lag es überhaupt an Köln, daß ich vor meinem inneren Auge die Europakarte der Bodenschätze aufklappte, während ich wie betäubt das Wort II. Internationale auf dem Zettel anstarrte, womöglich in der abwegigen Hoffnung, daß es sich verwandelte. Es war der Nachhall der Vorbereitung auf die Geographieprüfung. Die Karte der Bodenschätze wurde dominiert von einem gewaltigen schwarzen Fleck: den Kohlelagerstätten, von Frankreich über Belgien bis ins Ruhrgebiet. Köln war ihm gerade noch entkommen, andere Städte nicht, im Gegenteil, die Kohle brauchte Städte. Städte, die auf der Karte sonst mit einem ebenfalls schwarzen Punkt markiert waren, bedurften, um auch im Kohleareal sichtbar zu werden, einer anderen Kennzeichnung. Sie waren als kleine weiße Ringe in die Schwärze gefräst. Das Kohleland sah mich aus dunklen weißumrandeten Augen an, Rabenaugen, die Namen hatten. Und eins hieß Charleroi. In die absolute Leere, wie sie in der Welt vor dem Urknall bestanden haben mußte, in die das Stichwort II. Internationale die Höhlung unter meiner Schädeldecke zurückversetzt hatte, sandte dieses Rabenauge nun seinen Namen. Scharrleroah. Ich hatte ihn mir von Mutter vorsprechen lassen. Er löste den Urknall aus.

Plötzlich formte sich der rettende Gedanke hinter meiner Stirn. Und fand seine Worte: Die II. Internationale (darum ging es schließlich), ein den weiterentwickelten Verhältnissen (Verhältnisse bestanden immer, und daß sie sich weiter entwickelten, da- oder dorthin, lag in der Natur der Sache) weiterentwickeltes – wäre es mir fast noch einmal über die Lippen gekommen, so berauscht war ich von dem Jokerwort, konnte es in der Not der Eile gerade noch transformieren – also: den weiterentwickelten Verhältnissen angepaßtes Instrument der Verwirklichung des proletarischen Internationalismus (in der Reihung von Genitivversatzstücken zum Zweck der Verleihung erhöhter Bedeutung waren wir geübt) in der Phase der aggressiven Ausprägung des Kapitalismus der zweiten Hälfte des neunzehnten Jahrhunderts ... Ich horchte einen Moment nach, ob das Fundament ausreichte, um das zu tragen, weswegen mir das Herz beinahe sichtbar schlug – den heroischen Akt der Solidarität, den ersten Bergarbeiterstreik der Geschichte überhaupt, in Scharrleroah! Notlüge ist ein viel zu harmloses Wort für das, worauf ich mich einließ – was heißt einließ? –, das sich mir aufzwang, mich hinriß! Notschöpfung. Notkreation. Ich war in einem Sog, in einem Rausch, in einem Zwang. Durch das bestätigende Nicken von Herrn Otto aufgemöbelt, schwelgte ich in der faszinierenden Urgewalt des brodelnden Aufstands Zehntausender (auch die Faszination der Genitive hielt an), ließ ich elende, ausgemergelte Gestalten mit geballten Fäusten, der eine oder andere mit einem Holzscheit oder sogar mit einer Hauerhacke ausgerüstet, von ihren erbärmlichen Behausungen zu den Zechen drängen – *Alle Räder stehen still ... !* –, ließ das gewaltige Aufbäumen auf Lille und Roubaix, also nach Frankreich, übergreifen und liebäugelte mit einem Zugriff auch in die entgegengesetzte Richtung nach Gelsenkirchen und Castrop-Rauxel (was ja von Roubaix nur einen kleinen Klangschritt entfernt war).

Meine Schilderung entsprang nicht purer Phantasie. Sie war durch die Lektüre von *Germinal* entflammt. Es war die Fassungslosigkeit über solche Art von Leben, das Menschen zugemutet wurde, die aus mir herausplatzte. Die Suggestion und meine Schilderung bemächtigten sich meiner, als sei dieses Elend augenblickliche Gegenwart, als trüge sich das alles in eben diesem Moment zu und als hätte ich das Schicksal dieser Entwürdigten und Entrechteten in der Hand, als müßte ich sie aus ihrer Bitternis erlösen.

Lehrer Otto riß beide Hände hoch – wahrscheinlich nicht zum ersten Mal –, Abbruch signalisierend, aus Selbstschutz, um sich vor dem Eingeständnis der Lückenhaftigkeit seiner Kenntnisse zu bewahren, die, wenn der Streik tatsächlich nach Castrop-Rauxel expandiert wäre, zur Peinlichkeit hätte geraten können ...

Non scholae, sed vitae discimus: Wo immer ein geographisches Signal aufleuchtete, schien mir ein Weg gewiesen. Und: Never change a winning team, hatte ich als Selbstbewußtseinsstütze aus dem Englischunterricht parat, was mir sagte, meine von so exorbitantem Erfolg gekrönte Strategie in Wissensnotsituationen nicht aufzugeben. Sosehr der teils fordernde, teils vorwurfsvolle Blick des Hartgesichtigen der beiden Außenhandelsexaminatoren mir auch Unbehagen verursachte, verschaffte mir der Anblick des anderen, dauerwellengelockten Deputierten in seinem Kampf gegen die Müdigkeit ein Gefühl von Überlegenheit. Und das geographische Leuchtzeichen war aufgeflammt: San Francisco – der Name der Stadt, dem die Weihe der Molotowschen Verlautbarung zuteil geworden war. Auf meiner geistigen Projektionswand erschienen die Golden Gate Bridge, pazifische Strände, dahinter türmten sich die Felsenketten der Rocky Mountains auf, nach Norden hin immer rauher werdend, um in Alaska im Eis zu erstarren. Ich sah verwegene Männer, die Goldgräber vom Klondike, ihre wilden Bärte zu Eisgestrüpp erstarrt, auf Hundeschlitten ihre Spur durch die frostklirrende Leere zu den Goldcamps ziehen. Auch wenn es mir angeraten schien, mich nicht zu sehr zu Details hinreißen zu lassen, fragte ich mich, warum Kenntnisse über Kalifornien und Alaska weniger mit Außenhandel zu tun haben sollten als die Molotowschen Verlautbarungen. Ich entschloß mich aber doch, Jack Londons Wolfsblutfährte zu verlassen, und hörte mich unter dem bohrenden Blick des Wachsamen der beiden Außenhändler darüber reden, daß die Koexistenz der Großmächte schon deshalb geboten sei, weil die USA und die Sowjetunion (wobei ich mich zu spät fragte, ob mir die Reihenfolge der Nennung womöglich zum Nachteil gereicht) über die Beringstraße, sozusagen hintenherum, benachbart seien, was man sich als Europäer nicht immer bewußt mache. Wir dächten automatisch in der Linie Moskau–Berlin–Atlantik–New York. Tatsächlich handele es sich zwischen der Sowjetunion und den USA (jetzt hatte ich sie richtig im Geläuf) um einen Abstand von nicht mal hundert Kilometern. Eine Bagatelle. Auch für die Natur sei die Beringstraße, erdgeschichtlich gesehen, womöglich nur eine vorübergehende Laune. Im Pleistozän habe eine Landbrücke bestanden, Sibirien und Alaska seien eine kontinentale Einheit gewesen, über die vor zehn- bis fünfzehntausend Jahren Amerika von Asien aus besiedelt worden sei, also vom heutigen Fernen Osten der Sowjetunion aus, dem Autonomen Gebiet der Tschuktschen, die Oblast Kamtschatka und Jakutien … Ich griff beidhändig in meine geographische Klaviatur, und dennoch wollte nicht die gleiche Vehemenz wie in der Geschichtsprüfung zustande kommen. Denn während ich mich in Fahrt zu bringen bemühte, stutzte ich, ob es denn eigentlich meine Absicht war, *hintenherum* – wie ich mich ausgedrückt hatte – in der Sowjetunion zu landen, auf die ich es am wenigsten abgesehen hatte. Dazu traf mich einigermaßen unvermittelt die geradezu niederziehende Erkenntnis, daß es ja, soweit es den Handel betraf, eine Zwangsläufigkeit sei, in der Sowjetunion zu landen. Sechzig Prozent des Außenhandels wickele die DDR mit der Sowjetunion ab. Plötzlich war mir, als sei ich in eine Falle getappt. Ich brach ab. Obwohl ich noch alles mögliche parat hatte: angefangen davon, daß die Besiedlung Amerikas von Sibirien aus durch Holzkohlefunde in vermutlich urzeitlichen Feuerstellen auch wieder in Frage gestellt wurde, denn die Radiokarbon-Datierung schreibe ihnen ein Alter von annähernd 40 000 Jahren zu, bis hin zu der Tatsache, daß auch ohne kontinentale Verbundenheit Alaska ja zu Rußland gehört habe, ehe es Zar Alexander II. 1867 an die USA verscherbelt hatte, für gerade mal achteinhalb Millionen Golddollar …

Der Verschwiemelte nickte. Der Strenge sah mich irritiert, dann unwillig an. Plötzlich fragte er schroff: Warum haben Sie sich für dieses Studium beworben?

Und wieder war mir einen langen Moment zumute, als stelle er eine abwegige Frage. Ich griff bei der Suche nach einer Antwort einmal mehr in totale Leere. Ich nuschelte schließlich etwas vom Interesse an anderen Ländern, anderen Lebensweisen. Als nun beider Blicke einigermaßen konsterniert auf mir verharrten, wenn auch mit variiertem Nachdruck, rang ich mir noch ab: Und wie diese Unterschiede sich in Austausch ausdrückten, materiellem, äh, in Handel …

Da erst war ich bei der Sache und wußte, daß ich es bis dahin nie gewesen bin. Das Gespräch, so lange im voraus es auch angekündigt war, hatte nicht einen einzigen vorbereitenden Gedanken bei mir ausgelöst. Selbst noch als ich ins Sekretariat getreten war und die beiden mir entgegengeblickt hatten, war ich nicht auf sie eingestellt, sondern überließ mich dem kleinen glückhaften Schauer, weil Kati mir zugezwinkert hatte. Jetzt war ich schlagartig ernüchtert. Und wußte, daß es zwei sehr verschiedene Dinge waren, eine Prüfung von Lehrer Otto oder den Tauglichkeitstest für diese Gesellschaft zu bestehen. Denn das war es, worum es hier ging. Ausgerechnet bei der Rekrutierung von Kadern für die vorderste Kampflinie, Auge in Auge mit dem Klassenfeind, sollte man sich ideologischen Großmut, Leichtfertigkeit leisten? Natürlich hätten sie sich mit mir ein Kuckucksei ins Nest gelegt. Und da sie das nicht dulden konnten, hätten sie es kleingeklopft. Armer Kuckuck, sofern das, was nach dem Klopfen geschlüpft wäre, noch als Kuckuck hätte bezeichnet werden können.

Den Bescheid, das war mir klar, konnten sie sich und mir ersparen. Sie geleiteten mich zur Tür. Der mit dem dauergewellten Haar gab sich in Anbetracht seiner vorherigen Wortlosigkeit fast redselig-kumpelhaft, als sei alles höchst erfreulich und zu seiner Zufriedenheit verlaufen. Im Gesicht das Kantigen zuckte es ein-, zweimal. Er war wohl der Ehrlichere.

Na, da werde ich in den geradezu kalifornischen Sommer hinaustreten, sagte ich. Ich hatte nichts mehr zu verlieren. Nachdem wir uns die Hände gegeben hatten, fühlte ich mich, als wären mir Handschellen abgenommen. Ich wollte nichts wie raus. Und weg. Als sei ich haarscharf an einem Verhängnis vorbeigeschrammt. Die Tür hinter mir zuzuziehen erwies sich als voreilig. Mit einem Lächeln, das zwar zur Hälfte mir galt, griff Kati nach der Klinke. Im nächsten Moment stand sie zwischen den beiden Männern, die sichtlich auflebten. Der Müde breitete die Arme aus, als wollte er sie zum Tanz führen.

Im leeren, hallenden Treppenhaus stutzte ich. Es war eigentlich nicht ich, der davonging. Es waren meine Beine.

3

Nun waren es wieder die Beine, denen ich mich überließ. Ein halbwirklicher Zustand, in dem sie mich als Teil eines Menschenstroms, der immer mehr anschwoll, winklige Gänge entlangtrugen, mit mehr irritierenden als helfenden Piktogrammen an den Wänden. Mir kamen Zweifel an der Ortskenntnis meiner Laufwerkzeuge. Um mich wogten Turbane, ich mußte mich hüten, nicht auf bloße braunhäutige Kinderfüße zu treten, denen die Sandalenriemchen nicht gerade Schutz boten, oder mich in wehenden Saris zu verfangen. Schließlich eine hallenartige Ausweitung, Anstau des Menschengewoges. Vorn, zwischen Schultern und Köpfen, der Kordon der Abfertigungsschalter, ausstaffiert mit uniformierten Beamten. Und prompt ein ungutes Gefühl. Das sich, obwohl es nur in Halbschritten vorangeht, mit jedem verdoppelt.

Denn in dem Stäpelchen, das ich der uniformierten Frau in ihrem Schaltergehäuse reiche, befindet sich das Formular mit meinen treuherzigen Nos zu meiner geistigen Behinderung, Spionageabsichten, der Mitgliedschaft in einer kommunistischen Organisation – obwohl ich Mitglied der FDJ, der GST, des FDGB, der KdT, mehrfach Angehöriger eines Kollektivs der sozialistischen Arbeit war. Oder bin! Warum soll es sich erledigt haben, weil die Gesellschaft sich erledigt hat! Mit Unterschrift und Datum enthält das Papier außerdem meine *Renunciation* – Verzichtserklärung! – auf Einspruch gegen die Entscheidung des Einwanderungsbeamten. Wenn auf meine Nos mit No geantwortet wird, hat sich alles erledigt...

Meine Finger sind so feucht, daß sich die Papiere nicht von ihnen lösen, als ich sie auf das Schalterbrett legen will. Als es gelingt, ist es kein Stapel mehr, ein Durcheinander. Die Beamtin muß die zweite Hand zu Hilfe nehmen, um ihrer Aufgabe nachzukommen. Das sich über die Papiere beugende Gesicht bleibt regungslos. Was die Frau sagt, ohnehin zu den Papieren, verstehe ich nicht. Ich sehe später, daß sie mein J-Visum (Das ist das A und O! hatte mich Fred geradezu beschworen) auf acht Monate befristet hat. Jetzt greife ich lieber zu schnell als zu langsam nach dem Stäpelchen, das, um einige Blätter vermindert, dafür aber um Stempel bereichert, die vom Bund der Beamtenbluse freigehaltene schmale Frauenhand mir zuschiebt. Ich mache ein halbes Dutzend Schritte, es gibt nur eine Richtung, und sicherheitshalber das andere halbe sofort dazu. Dann stehe ich am Grund eines überdimensionierten Glas-Beton-Kessels, der brodelt und dröhnt. Ich spüre geradezu die Luft, also das Nichts um mich, das von Menschen über Menschen durchwimmelt ist. Blasse Gesichter, braune, schwarze. In allen nur denkbaren Physiognomien. Und alle fremd. Kaum diese kernigen, selbstsicheren Siegertypen, von denen ich Amerika eigentlich bevölkert erwartete, nicht nur dank der drei Western, zu denen ich es schließlich doch gebracht hatte. Wenn es mir einen Gedanken wert wäre, hielte ich es nicht für ausgeschlossen, gerade den Treffpunkt der Teilnehmer einer Kur gegen Fettleibigkeit erwischt zu haben. Aber es ist mir diesen Gedanken nicht wert. Auch nicht den, daß außerdem womöglich noch eine Altersheimverlegung stattfindet, denn immer wieder durchkreuzen Rollstuhlfahrer, ältere Leute, heitere, rotlippige Frauen auf blinkenden Gefährten das ungeordnete Menschengewoge. Und ich höre meine Mutter sagen: Das ist nun also Amerika. Sie kann sich diesen leichten Anklang eines Vorwurfs leisten, denn sie hat immerhin ein Jahr in einem Mädchenpensionat in Kassel-Wilhelmshöhe und mit ihren Eltern zwei Kuraufenthalte in Bad Kissingen verbracht, Orte, die für mich bereits unerreichbar waren. Und selbst Misdroy, wo sie einige Badeurlaube genoß, was braunstichige Gruppenfotos bezeugen, war inzwischen zu Ausland geraten, wenn auch nicht unzugänglichem, so doch zu nicht eigentlich verfügbarem. Ich sah meiner Mutter die Bemerkung nach. Denn die das stählerne Gebälk schmückenden Sternenbanner lassen keinen Zweifel am Ort meines Daseins zu. Und darauf kommt es an!

Doch nun fragt meine Mutter mit unüberhörbarem, allerdings an mich gerichtetem Vorwurf: Und wo ist dein Gepäck!

Die Beine sind mit ihrem Latein am Ende, aber die Piktogramme und Beschriftungen helfen weiter. Baggage claim. Um mir auch den letzten möglichen Zweifel zu nehmen, postieren sich fünf Schritt weit von mir am Gepäckband die beiden Businessclass-Reisenden. Ich bin beinah bereit, ein wärmendes Gefühl menschlicher Verbundenheit mit ihnen zu teilen. Tatsächlich kommen, wenn auch durch andere, monströse Gepäckmöbel getrennt, meine Taschen und der Koffer angezockelt. Ich nehme sie an mich wie säumige, aber letztlich doch folgsame Kinder, die den Ernst der Situation nicht ganz begreifen. Es ist geschafft!

Ich habe es geschafft.

Aber ich bin nicht am Ziel. Unvermittelt packt mich Elan. Der Flughafen ist zu wechseln. Ich muß nach La Guardia, um weiterzukommen. Was ist ein Flughafenwechsel gegen einen Weltenwechsel!

Die ratternde Gepäckkarre weist den Weg, hinaus in die luftumkühlte, nächtliche, im diffusen Licht sich weitende, aber außer in der unübersehbaren Herde gelbschaliger Taxentiere sich eigentlich verlierende Wirklichkeit. New York.

Die bleichen Fahrzeugkarossen sind von dunklen Gestalten umwimmelt. Noch ehe ich mir Bangigkeit leisten kann, werde ich in eine Richtung gewiesen, right there. Es gibt ein Prinzip, eine Ordnung. Dem mutmaßlichen Fahrer überlasse ich betont bedenkenlos mein Gepäck und mich der Weichheit der Fondsitze. Von vorn glimmen mir die Armaturen entgegen, sonst ist alles dunkel, auch der Fahrer. Die durchlichteten Hallen draußen, denen ich das Brodeln in ihrem Innern ansehe, setzen sich in Bewegung. Leuchtschriften in unterschiedlicher Höhe und Helligkeit wischen vorbei: TWA International, TWA Domestic, British Airways, United Airlines ... Als wolle die Stadt mich vor Überforderung schützen, entzieht sie sich in eine von diffusem Lichtschleier überlagerte Finsternis, in den wir hineinschießen.

Auch ihre weitere Vergegenständlichung erschöpft sich in den uns entgegenblendenden Scheinwerfern, den vor uns her wippenden voluminösen Rücklichterpackungen, die uns lotsen. Wir werden beidseitig von einem Fahrzeuggewoge in die Zange genommen. Mir ist, als sei nun ich in dem gepolsterten Blechbehältnis auf ein Transportband geraten, auf dem sich ein sechs-, achtfaches, fast bis in die Uferlosigkeit gedehntes paralleles und gegenläufiges Gleiten vollzieht.

Es bleibt den Schildertafeln, die matt beleuchtet halb vor und halb über uns auftauchen, um ebenso schnell zu verschwinden, vorbehalten, dem Lichterfluß und der Dunkelheit Namen und das Versprechen auf Wirklichkeit zu geben: Next exit Brooklyn, Queens, Manhattan.

Ich tue, als beunruhigten mich die gelb leuchtenden Ziffern, die der Taxameter in die Höhe treibt, kein bißchen, als sei es die selbstverständlichste Sache der Welt, drei Zehndollarscheine aus der Hosentasche zu fummeln, als hastete ich zum Gott weiß wievielten Male in die Helligkeit eines Weltstadtflughafens, um mich der behutsam schwankenden Flugröhre zu überlassen.

Natürlich ist es nicht so. Lautsprecherbegrüßung durch den Captain Lee Marvin. Ich bin mir nicht sicher, ob ich ihn mir wünschen solle. (*When I get to heaven*) Oder doch besser nicht. Hinter dem Doppelglas der Rundfenster setzt sich unten die leuchtende Landkarte fort: Während sich nach links der gewaltige Lichterteppich New Yorks, der zunächst nicht zu enden schien, doch entzieht, nähert sich von rechts die schwarze ovale Fläche des Ontariosees, auf seiner gegenüberliegenden Seite das Lichtergezweig von Toronto. Meine jahrzehntelange Hingabe an Landkarten und Atlanten zahlt sich aus. Siebenmeilenstiefel, der Fliegende Teppich, alles wahr... Gänzlich unvorbereitet bin ich auf das Phänomen, wie leicht die Erde zu überwältigen ist, nicht. Mein erster Flug Dresden–Erfurt, eine IL 14, allerdings nur so hoch, daß der Lauf der Autobahn im Blick blieb; der zweite Flug nach Burgas, im Bogen an Wien vorbei, als setzte sich die Teilung der Welt als Glaswand hoch oben in der dünnen Luft fort. Außerdem mein Platz auf der falschen, Wien abgewandten Seite. Für mich blieb von Wien lediglich die Wirkung auf die Leute auf der richtigen Seite. Jetzt sitze ich auf der richtigen. Zwischen dem schwarzen Oval des Ontariosees und der nächsten Eindunkelung ein grellweißer Schnitt – die Niagarafälle im Licht gleißender Strahler; die Schwärze des Eriesees sichtbar im Zugriff der Lichterspinne von Buffalo.

Plötzlich ist es mir unglaubhaft, daß ich den Verzicht so lange ausgehalten habe. Ich spüre körperlich, wie sehr ich das alles brauchte, obwohl ich nur den Widerschein wahrnehme. Die Welt ist eng, der Kopf ist weit. Das Leben, dieser eigenartige Zustand, dieses welterfassende Gefäß, ein Faß ohne Boden (kein günstiger Gedanke in einem Flugzeug) ...

Wo die Nacht Dunkelheit ausbreitete, nur von vereinzelten Lichtern perforiert, erstrecken sich nun tatsächlich die Savannen, steigt das Cimarrongebirge aus der Ebene, liegt irgendwo Prettonville. Ich hatte sie ja längst durchlebt, die Grasweiten, die Prärien, die Wälder, die sich bis zu den großen Strömen dehnen und darüber hinaus.

Seht, da sitzt er auf der Matte,
Aufrecht sitzt er da,
Mit dem Anstand, den er hatte,
Als er's Licht noch sah.

Doch wo ist die Kraft der Fäuste,
Wo des Atems Hauch,
Der noch jüngst zum Großen Geiste
Blies der Pfeife Rauch ...

Weiter hatte mich Lehrer Werner nicht kommen lassen. Der Welt in meinem Kopf ihren Platz in der Wirklichkeit zu verschaffen klappte nicht. Das übrige könne ich auch zum Großen Geist blasen. Die freie Wahl des vorzutragenden Gedichts beschränkte sich auf die im Unterricht behandelten: *Der Handschuh* (Schiller), *Die Weber* (Heine) und *Ich war mit dem Mann auf dem Baugerüst* (Majakowski).

Zum Kindertag waren wir aufgefordert worden, uns zu kostümieren. Einen Tag lang Indianer sein! An armlangen, eindrucksvollen Putenfedern für den Kopfschmuck mangelte es nicht. Es hätte sich ein ganzer Stamm ausrüsten lassen. Mit dem Rest der Ausstattung war es schwieriger. Einen Kartoffelsack schnitt ich mir als Hose zurecht. Ein Bündel Schilfrohre hatte Pfeile zu imitieren, mit Wasserfarben verschaffte ich meinem Gesicht Kriegsbemalung. Meine Aufmachung war wirkungsvoll, aber wenig zweckmäßig. Beim Eierlaufen scheuerte mir das grobe Gewebe die Schenkel wund. Beim Sackhüpfen rutschte mir die Federhaube vor die Augen, und mein eigenes sackenes Beinkleid war dieser Art Fortbewegung überhaupt nicht gewachsen und zerriß. Aufs Stangenklettern ließ ich mich nicht mehr ein, ich entzog mich hinter Karnopkes Gartenzaun, der den Festplatz begrenzte, und fummelte aus dem sich auflösenden Kleidungsstück Jutefäden, um es wieder halbwegs tragbar zu machen. Immerhin erhielt ich den siebenten – allerdings letzten – Preis für die Kostümierung. Der erste wurde einer Prinzessin, der zweite einer Königin der Nacht, der dritte einer Gestiefelten Katerin zugesprochen. Das Preisgericht waren Lisa Koppatz, die Bäckersfrau, Frau Diedendorf, die Schrankenwärterin, und Fräulein Belz. Sie unterrichtete die erste bis vierte Klasse, die nun auch die erste bis sechste Preisträgerin stellten. Der internationalistische Aspekt meiner Aufmachung, sie als Ausdruck der Verbundenheit mit einer Völkergruppe zu werten, die durch den Raubtierkapitalismus an den Rand ihrer Existenz gebracht worden ist, lag außerhalb dörflichen Wertverständnisses. Der mir ausgehändigte Preis wurde auch in seiner materiellen Natur meinem Habitus nicht gerecht: Es war ein zwei Kinderhandteller großer Apfelkuchen. Ich erinnere mich sehr genau daran, mußte ich ihn doch auf der Bühne zwischen der Prinzessin und der Gestiefelten Katerin minutenlang dem Saal präsentieren, während ich mindestens eine Hand dringend gebraucht hätte, um meine Hose vor dem Hinabrutschen zu bewahren. So bemühte ich mich, mit krampfiger Spreizhaltung mein ramponiertes Beinkleid zumindest auf halber Höhe zu halten. Wenn schon weder eine

Bärentatze, die bekanntlich erst von Maden wiederbelebt zum richtigen Genuß wird, noch ein Biberschwanz, eine Delikatesse der Delawaren, nicht verfügbar waren, so hätten ein Streifen Speck oder ein Stück Wellfleisch zumindest ein gewisses Verständnis für die von mir bemühte Rolle ausgedrückt und meinem Appetit mehr entsprochen. Es war das Ende meiner Karriere als Indianer.

Ich preßte die Stirn gegen die vibrierende Kühle der Doppelglasscheibe, hinter der die vermißte Wirklichkeit in der Finsternis lag, ein schwarzes Tuch, das an einigen Stellen den darunter abgedeckten Lichtern nicht standhielt. Plötzlich stieg die lichtpunktierte Schwärze am Fenster hoch, dann wich sie wieder einem matteren Dunkelblau. Mein Sitz neigte sich, alle Sitze neigten sich, die ganze Flugzeugröhre. O Gott, es ist klar. Es kann nicht gutgehen! Ich hatte das Gefühl, als hebe sich mein Gestühl (mein Magen mit) und als blicke ich über die Lehne direkt vor mir und die Kaskade aller weiteren Lehnen in einen Schacht hinab auf die Kanzeltür am Grund, und durch sie hinaus in Tiefe! Die Triebwerke laufen doch deutlich verschieden! Es mußte so kommen! Wie konnte ich glauben, daß Knall auf Fall (genau so wird es sein!) mein Leben ein anderes sein würde, sich aus den Jahren, Jahrzehnten häutet wie aus einer unpassenden Verkleidung. Als sei alles bisher ein falsches Spiel gewesen, das sich erledigt hat. Daß meine Wünsche – infantile Wünsche! unbewältigte Kindheitsphantasien – sich plötzlich erfüllen würden! Daß mir auf einmal die Welt zur Verfügung stünde, wie es sich gehört… Die Flugröhre hatte sich wieder waagerecht ausgerichtet. Mir war bereits über dem Atlantik ein-, zweimal mulmig geworden. O du Straßenbahner! Pilot – das wäre eine echte Herausforderung gewesen. Kosmonaut – Sigmund Jähn ist dein Jahrgang –, das wäre eine Möglichkeit, sich der Welt zu bemächtigen. Ich drückte mich von meinem Platz hoch. Ich will nicht sagen, ich hätte die Nerven verloren, aber ich mußte aufstehen. Ich schwankte den Gang nach vorn, indem ich mich an den Sitzlehnen mal auf der einen, mal auf der andern Seite abstieß. Die Stewardeß kam mir entgegen. Sie zwängte sich in eine Sitzreihe vor die Knie eines Mannes, um mir auszuweichen, und reichte mir dennoch ein knisterndes Beutelchen vom Tablett, das sie vor sich hielt, gesalzene Erdnüsse, wie sich zeigte.

Ich will zum Piloten, sagte ich. Ein Wunsch, dem nichts entgegenstand. Glückliche Zeiten! Außer daß die Unterhaltung mit dem Wagenführer, wie ich von den Emailleschildchen in den Straßenbahnen zur Genüge wußte, untersagt war. Was freilich Ausnahmen zuließ. Ich erhob Anspruch auf Ausnahme!

Die Stewardeß gab mir noch ein Beutelchen. Ob für den Piloten oder als zusätzliche Wegzehrung, war nicht ganz klar.

Ich öffnete die Tür zum Cockpit (ohne jedes Problem!), schloß sie hinter mir und stand in der gedämpft beleuchteten Kanzel, zwei Schritte vor mir die Instrumentenfront mit ihren verwirrenden grün und gelb leuchtenden Dioden und zuckenden Zeigern, selbst die Decke war voller Schalter und Hebel. Ich zog unwillkürlich den Kopf ein. Durch die geschwungene, segmentierte Verglasung der Kanzel waren draußen zwei steife Lichtfinger sichtbar, die wie Flachbänder in die Dunkelheit griffen, auf denen das Flugzeug entlangzugleiten schien.

Der Pilot, der mir das Gesicht halb zugewandt hatte, war tatsächlich Lee Marvin, den Kopiloten kannte ich nicht. Nichtsdestotrotz begrüßte auch er mich mit einem freundlichen Hallo und winkte mir über die Schulter zu, indem er eine Hand vom Steuerknüppel nahm. Als habe er mich erwartet.

Die selbstverständliche Freundlichkeit der beiden nahm mir die letzte Scheu, meinen Wunsch zu äußern: Ob wir etwas tiefer gehen könnten? Ich würde gerne – es ließ sich einfach nicht mehr unterdrücken! – Unkas, Chingachgook, Natty Bampoo wenigstens zuwinken; daß wir landen, so weit wolle ich nicht gehen.

Kaum ausgesprochen, zog Marvin den Steuerknüppel herum, die rechte Tragfläche, ein grauer Schatten in der dunklen Bläue, stieß fast senkrecht nach unten, die linke Tragfläche fuhr steil aufwärts. Ich griff in die Rückenlehne seines Sitzes, um mich zu halten. Wir sanken im Nu bis auf Hubschrauberhöhe. Jetzt machte es mir nichts aus. Die Fichten, die das Ufer wie eine Polsterung bedeckten, gaben einen schwachen Schimmer von sich. Auf der Schwärze des Sees zuckten Schaumkronen. *Das Wasser unten schlug an Steine und Wurzeln, als wäre es nicht schon spätabends.*

Sie sind heute nicht da, sagte Lee Marvin, nachdem er in die eine und dann in die andere Richtung geschwenkt war. Der Kopilot bestätigte es nickend.

Vielleicht sind sie am Glimmerglassee, sagte ich (Glamourglass sea; vermutlich hätte ich lake sagen müssen), bei Tom Hunter in der Arche.

Dort sei es zu gefährlich. In den Wäldern steckten die Huronen, das wüßte ich doch, die warteten nur darauf…

Ja, natürlich, beeilte ich mich zu sagen. Magua, mit dem sei nicht zu spaßen. Aber eine Schleife über die Niagarafälle könnten wir doch sicher drehen.

Das habe keinen Sinn. Den Niagara höre man jetzt nicht.

Höre man nicht?

Nein, es sei zu dunkel.

Ich hätte vorhin doch die Beleuchtung gesehen.

Die sei jetzt abgeschaltet, Energieersparnis, Schonung der Umwelt.

Aber das Wasser ströme doch Nacht wie Tag, also auch durch die Turbinen, sie abzuschalten ergebe doch keinen Sinn…

So denkt man sich das.

Ich stand nun etwas hilflos da, zum Glück im Rücken der beiden, und sie merkten mir meine Verlegenheit nicht an, hoffte ich. Die Maschine stieg wieder. Ich spürte, wie es mich zurückdrückte. Ich mußte wieder in die Sitzlehne greifen.

Aber sie hatten mir wohl doch etwas angemerkt. Ob ich Bescheid wüßte? fragte Lee Marvin mit seiner kehligen, sonoren Stimme und deutete mit einer Kopfbewegung auf die Armaturen. Ob ich es erklärt haben wolle, den Höhenmesser, den Magnetkompaß…?

Den Ladedruckmesser, bot der Kopilot an.

Drehzahlmesser…

Kurskreisel, Horizontkreisel, Kreiselhorizont, VOR-Leitungskursanzeiger – Very high frequency omnidirectional range … Sie lachten herzlich.

Herrliche Zeiten …

Da fühlte ich die Erdnußtüten, die ich beim Festhalten gegen Marvins Rückenlehne gepreßt hatte, und gab jedem eine. Ich bedankte mich und ging.

Ich brauchte ein paar Sekunden, um in der totalen Schwärze der gegen meine Stirn schwingenden Scheibe den Lichtfaden zu entdecken. Allmählich verstärkte er sich, zerfloß zu einem Gespinst, das sich dehnte und wiederum zu einem leuchtenden Raster entfaltete. Millimeter um Millimeter stiegen aus dem orange und grünlich durchflammten Boden abermals Hunderte geometrische Lichterburgen heraus.

Chicago.

Von der grandiosen urbanen Lichterinszenierung blieb mir jedoch lediglich ein hallendes, gegliedertes Mammuttreibhaus voll hastenden Gewimmels. Der einzige Ortshinweis – eine übereinandergeschichtete Staffel erleuchteter Fensterbänder: *Hilton Chicago O'Hare Airport Hotel.*

Abermals lange Gänge, Baggage claim, bange Geduld und durchatmende Erleichterung. Das Weltpanorama mit der Zuiderzee (bei deren Anblick ich mich hüten mußte, ihre Parzellierung für die Peitzer Teiche zu halten), dann die matt grünbraun gerundete, kluftige Düsternis Islands, die im Nebel verschwamm, schließlich das überwaldete tiefblaue Versprechen Nova Scotias, von einem rotgoldenen Himmel umflammt, in dem die glühende Sonne schwamm, Glanz verschwendend über dem Land der Verheißung – das alles war unversehens einer Schwere in den Beinen gewichen, als sei ich auf dem harten Boden der Tatsachen gelandet. Einen Moment lang ist mir, in einem gläsernen Käfig abgesetzt zu sein.

Ich weiß nicht, worauf ich eingestellt war. Darauf, daß sich, noch ehe ich mich meiner Ankunft versichert hatte, das Leben um mich her entzog, jedoch nicht. Lampen verlöschten, Gates und Schalter versanken in Lichtlosigkeit, Läden wurden geschlossen. Die Warenauslagen hinter sparbeleuchteten Glasfronten waren unerreichbar, auch die Sternenbanner, die mal als Großtuch an schräger Halterung schlaff vor einem Regal im eingedunkelten Raum hingen, mal in doppelter Handtellergröße als Girlande die Scheibe entlanggespannt waren. Eine mir nicht fremde Art der Dekoration, wenn auch mit anderem Design, der wiederzubegegnen ich ebenfalls nicht unbedingt erwartet hatte. Die gelb, rot, blau aufzuckenden Signale Exchange, Post Office, Coffee Shop, Budweiser stellten sich als uneinlösbare Versprechungen heraus. Reihen unbeanspruchter Sitze blieben sich selbst überlassen. Ich fühlte mich im Stich gelassen, wenn nicht gar mißachtet.

Indem ich auf die gedämpfte Unruhe zuhielt, die ich in einem der Gänge vernahm, kam ich gerade noch zurecht, um zu sehen, wie am Gate von Mexicana der Pulk der Leute wie von einem Sog erfaßt wurde und verschwand. Als letzte knipsten die beiden dunkelhaarigen, schmaläugigen Hostessen das Licht am Schaltertresen aus und warfen sich ebenfalls in die Klapptür.

Die elektronischen Abflug- und Ankunftstafeln verschluckten klappernd ihre Schriften, um sich in schwarze, blinde Flächen zu verwandeln: Departure, Arrival, Scheduled, Remarks – nichts. Lediglich die Monitore flimmerten stoisch die Flugverbindungen des bevorstehenden Tages in die Leere: St. Louis; Atlanta; Pittsburgh; Twin City (eine geographische Kenntnislücke); abermals St. Louis; Lafayette, Ill. Einen halluzinativen Moment lang schien mir, als sei ich einem Ulk des Bahnhofvorstehers von Wittenberge zur Vertreibung der nächtlichen Langeweile ausgesetzt, der die Ziele Pritzwalk, Salzwedel und Ludwigslust welthaltig kaschiert. Tatsächlich kam mir die nächtliche Menschenlosigkeit des *Flughafens der Superlative* so sehr verschieden von der eines heimatlichen Bahnhofs nicht vor.

Die englischen Beschriftungen halfen mir denn doch, mich meinem amerikanischen Dasein zu stellen. Ich entschloß mich, meine englischen Sprachkenntnisse zu überprüfen, und verschaffte mir dadurch gleichzeitig eine gewisse Sinngebung. Security Area – no entry. Get the most from your pictures – Kodak. The best to run a business … Ich war mir freilich nicht sicher, ob ich dem Sinn dieses Satzes Rechnung trug, indem ich mich auf den Weg von einem Terminal ins andere machte, Gate um Gate bis ans Ende der *finger* und wieder zurück. Den ersten Durchlauf absolvierte ich Schritt für Schritt, die Karre vor mir herschiebend, auch den langen Übergang von einem Terminal zum anderen, ich war nicht auf das Personentransportband gefaßt. Beim zweiten Rundgang war ich soweit, mich vom Transportband bedienen und hinziehen zu lassen, an der endlosen Fensterreihung entlang, den Blick in die bleich ausgeleuchtete Dunkelheit gerichtet, auf die harmonikaartig zusammengeschobenen Gangways an der gegenüberliegenden Gebäudefront mit den wie in Schlaf verfallenen Flugzeugen. Ein spielzeugartiges Servicefahrzeug irrte über die Uferlosigkeit der Betonfläche. Cabin baggage – one piece per passenger, ließ mich KLM wissen. Es war nicht mein Problem.

Mein Problem war unvermittelt ein ganz anderes.

Ich mußte mit mir allein zu Rande kommen. Ein Anflug von Übermut packte mich: Sieh da, ein Flughafen für dich allein! Diese ganze Airport-Metropolis, sie wäre zu dieser nachmitternächtlichen Stunde zur Attrappe degradiert, wenn du, endlich von deinem realsozialistischen Hinterland erlöst, dich seiner nicht angenommen hättest! Über sechzig Millionen Passagiere jährlich (ich hatte mich informiert)! Aber auf dich ist er angewiesen! Das Nachtleben von O'Hare bist du! Ohne dich könnte er glatt einpacken, nachts. Das kannst du dir zugute halten. Ich war dankbar für diesen Einfall, verhinderte er doch, daß ich meine ersten amerikanischen Stunden etwa als vergeudet hätte abbuchen müssen. – Ich war erst für den nächsten Morgen mit Fred verabredet.

Nachdem ich ein paar Sekunden lang bedauert hatte, mich gegen meinen Hang zur Kleinbürgerlichkeit behauptet und den geradezu zwanghaften Wunsch niedergekämpft zu haben, sofort Ansichtskarten zu kaufen, um den Triumph meiner Ankunft zu vermelden, blieb mir nichts, als mich dem Verrinnen der Zeit zu überlassen. Der Wunsch, es schlafend, zumindest halbschlafend zu tun, wuchs von Minute zu Minute. Unerwarteterweise mangelte es an Voraussetzungen dazu. Was aus einiger Entfernung den Anschein von Bänken erweckte, stellte sich aus der Nähe als in Reihe gebrachte, durch harte Kanten und sperrige Zwischenräume getrennte Einzelsitze heraus. (Der Zweck, unerwünschten Schläfern keinen Vorschub zu leisten, war mir noch nicht einsichtig.)

Mit gebührendem Unverständnis für die ein legitimes Schlafbedürfnis mißachtende Ausrüstung entschied ich, mich auf drei Sitzen liegend einzurichten, indem ich einen mit meiner kleineren Tasche für den Kopf unterpolsterte und das übrige Gepäck so um mich gruppierte, daß ich die Arme darauf ablegen konnte. Außerdem wollte ich mit meinen Habseligkeiten in Kontakt bleiben. Ich war mir in Anbetracht des Drucks, den ich in der linken Kniekehle, in der rechten Niere und im Nacken spürte, noch nicht schlüssig, ob ich eine erträgliche Lage eingenommen hatte, als ich aus der Richtung meines Hinterkopfes befremdliche Geräusche vernahm – befremdlich über das Maß hinaus, das jedes Geräusch in einer fremden Umgebung an sich hat. Ich riß die Augen auf, horchte, drehte mich auf die Seite, lediglich mit dem Effekt, daß die selbstverursachten Geräusche alle anderen unhörbar machten. Und noch ehe ich mich wieder in eine Sitzhaltung aufgerichtet hatte, war ich hellwach.

Wenn man sein Hotelzimmer betrete, habe man sich noch bei geöffneter Tür davon zu überzeugen, daß sich niemand darin befinde. Die Tür sei mit allen Verschließmöglichkeiten (es gebe stets mehrere) zu sichern. Man solle niemanden eintreten lassen, bevor man sich durch den Spion überzeugt habe, daß es unbedenklich sei. – Solche Ratschläge würden den Hotelgästen auf Handzetteln an den Rezeptionen ausgehändigt, hatte ich gelesen. – Nie einen Fahrstuhl betreten, bevor man sich im Deckenspiegel vergewissert habe, allein zu sein! Wenn man angegriffen werde, keinen Widerstand leisten, auch nicht inmitten anderer Menschen, etwa in Erwartung von Unterstützung, die würde nicht eintreten; stets zehn Dollar griffbereit haben … Selbstverständlich hatte sich die Glaubwürdigkeit derartiger Sätze erledigt, noch ehe ich sie zu

Ende gelesen hatte! Denn was sonst sollte ein in der DDR publiziertes Buch leisten, als die USA zu diskreditieren. Es ging mit Statistik weiter, wie viele Handfeuerwaffen es in den USA gebe (200 Millionen), wie viele Morde stattfänden (einer auf 10 000 Bewohner, in den Kapitalen das Fünffache) … Zu allem Überfluß kam mir meine Kindheitslektüre in den Sinn. Prärie ohne Schießerei war wie Suppe ohne Salz. Auf dem langen Weg von Königsberg über den Ozean und bis tief ins Innere dieses Kontinents hatte sich der kategorische Imperativ offensichtlich verwandelt: Ein sicherer Colt ist so gut wie Gold, Bonanza! Mit dem Schießen waren sie ja wohl nie zimperlich, ging es mir durch den Kopf. Nicht nur am Sand Creek gegenüber den Cheyenne und anderen Bösewichten, und nicht nur in früherer Zeit, in Vietnam sind sie ja auch nicht gerade wie Ribbeck auf Ribbeck übers Land geschritten und haben Birnen verteilt. Die Durchsetzung der Demokratie mit landeseigenen Mitteln! Auch im eigenen Hause, Lincoln und Kennedy hätten ein Lied davon singen können, wenn sie noch gekonnt hätten! – Bei uns wußte man zumindest, wo geschossen wurde, und man konnte sich danach richten. Wie aber wird hier geschossen? – Auf keinen Fall den Eindruck erwecken, daß man krank oder gebrechlich sei!

Ich hatte den denunziatorischen Ratschlägen der klassenkämpferischen Lektüre meine Verachtung erwiesen. Ich lehnte es rundweg ab, ein Land, das mir verweigert wurde, überhaupt als Ort von Widersprüchen anzusehen, geschweige denn mich für die mir vorenthaltenen Nöte in ethische Verantwortung nehmen zu lassen. Ich verstand diese Haltung als Akt der Selbstachtung. Daß ich damit den Nöten der guten Hälfte der Welt den Rücken kehrte, entging mir.

Auf gar keinen Fall einschlafen!

Zu viert und schwarzhäutig, schlurfenden Schritts, Lässigkeit vortäuschend, kam nun die Wirklichkeit orangebewestet auf mich zu. Eine Gang in Uniform? In ein merkwürdig rauschend-raschelndes Geräusch gehüllt. Es dauerte noch drei, vier mit Anspannung geladene Sekunden, bis die Ursache sichtbar wurde und im Rükken der vier eine ebenfalls knallorange getönte Kehrmaschine in mein Blickfeld bog.

Drei Schritte an mich herangekommen, riefen sie mir freundliche His zu, als träfen sie einen alten Bekannten, und sahen sich veranlaßt, ihren rotierenden Besen, indem sie ihn auf Höchstumdrehungen schalteten, an meiner Ruhestätte pflegerisch tätig werden zu lassen.

Mit dem Ausdruck beflissenen Verständnisses für die Pflichten der Männer, tatsächlich jedoch erleichtert, raffte ich mein Hab und Gut, packte es auf die Karre, trottete, nicht ohne den Männern einsichtsvoll zuzunicken, davon, um in ausreichender Entfernung – ich wechselte wieder das Terminal – in der geübten Weise neue Anstalten für die Nachtverbringung zu treffen. Mit dem Ergebnis, daß, als ich mich, wenn auch wiederum nur mit mäßigem Erfolg, gegen den Widerstand der Schalensitzkanten und der Tasche als gebettet zu betrachten entschloß, wieder eine Kehrcrew auftauchte. Mehr resigniert als vorwurfsvoll fragte ich mich, ob es sich vielleicht um eine andere Option als die des Reinigungszwecks handeln könnte. Ein Gedanke, der sich in Anbetracht dessen, wo ich herkam, hinlänglich erklärt.

Beim vierten Versuch hatte ich die Kehrmaschinenfahrer abgeschüttelt. Einen Arm über meinen Koffer links neben mir, einen über den beiden Taschen rechter Hand, konnte die Unwirtlichkeit der Sitze schließlich nicht mehr verhindern, daß mir die Augenlider zufielen.

Ich bekam sie einigermaßen wieder auseinander, als sich graue Helligkeit hinter den Scheibenflächen ausbreitete. Die Gänge belebten sich, uniformiertes Personal öffnete, noch ohne sichtbare Hast, die Gates. Ich streckte meine Glieder und stellte halbwegs ihre Funktionsfähigkeit wieder her. Als sich gegenüber meinem Übernachtungsplatz der Coffeeshop als geöffnet erwies, hatte ich nicht nur ein Ziel vor Augen, ich wurde mir auch meiner Situation wieder bewußt. Jetzt beginnt Amerika!

Der Ceylonese oder Pakistani reichte mir den kaffeegefüllten Pappbecher und 35 Cent Wechselgeld auf den Dollar, den ich ihm ausgehändigt hatte. Als ich, obwohl das, was mir über die Zunge und in die Kehle rann, meine Geschmackspapillen nicht gerade in Euphorie versetzte, mich entschloß, mich auf einen zweiten Kaffee einzulassen und abermals einen Dollar bereitlegte, fing der Mann ein Palaver an. Mein Unverständnis ausdrückendes Gesicht animierte ihn, seine Worte mit heftiger Gestik zu unterstreichen. Obwohl der Dollarschein noch unberührt zwischen uns lag, fügte ich einen zweiten hinzu, was mir schwerfiel, überhaupt und weil es mir widerstrebte, Kaffee, der nicht mal die Mitropa-Norm erfüllte, in Dollar zu bezahlen. Aber der Wortschwall des Mannes, der mir nur von wenigen englischen Anklängen durchsetzt schien, nahm kein Ende. Ich griff – kurz konnte man nicht mehr sagen, aber doch entschlossen – den gefüllt bereitstehenden Becher, wandte Mann, Tresen und den zwei Dollarscheinen entschieden den Rükken zu und strafte von da an diesen Teil des Flughafens mit Mißachtung. Was schwerfiel, denn durch mein Gepäck war mein Platz bestimmt, ausgerechnet in Blickrichtung des Buffets. Freds Erläuterung der Situation, daß mit dem ersten Kaffee alle weiteren als bezahlt gelten – was recht und billig sei –, kam freilich zu spät. Obwohl Fred exakt Punkt neun – middle eastern time – sich zielbewußt durch die nun wieder von Menschengewimmel gefüllte, trotz der Tageshelligkeit von Leuchtschriften durchzuckte hallende Weiträumigkeit auf mich zupflügte, als hätten wir uns weiß Gott wie oft schon am Lufthansaschalter verabredet. Es war mehr als Erleichterung, was ich bei seinem Erscheinen empfand, auch wenn ich nicht auf die moosgrüne Jacke gefaßt war, die er trug. Als er in einer Art Sorgepflicht meine Karre übernahm und ich mich treuherzig an seiner Seite hielt, wurde mir unvermittelt klar, daß ich ihn, alles in allem, kaum mehr als vier Stunden kannte und bis unlängst dem Lager des Klassenfeinds hätte zurechnen müssen und daß auch an seiner Seite jeder Schritt, den ich machte, einer ins Unbekannte war, ins Ungewisse, wenn nicht gar riskant.

Ich spürte, wie meine Beine dabei waren, kleinmütig zu werden. Nun, da ich dort angekommen war, wohin ich mich mit meinen Wünschen nicht mehr gewagt hatte.

4

Iowa war mir nicht an der Wiege gesungen worden, wie meine Mutter gesagt hätte. Selbst als Fünfzigjährigem nicht. Visafrei nach Hawaii, wurde da endlich gerufen. Ich hatte Fred bei meiner Cousine Gitta kennengelernt. Er war ein Freund ihres Mannes Peter, eine frühe Fußballfreundschaft bei Rhenania.

Mein Gott, ist das nicht ein Wunder! Gitta nahm mein Gesicht zum wiederholten Mal in ihre Hände und sah mich an. Ist das nicht ein Wunder. Nun bist du hier!

Ihr Gesicht war – wie soll ich sagen? – fraulicher, kleine fächerartige Kerben gingen von den Augenwinkeln aus, aber es war mir ganz vertraut. Der glatte Schwung der Augenbrauen war unverändert, und die Pupillen in dem changierenden Blau der Iris hatten, so wie sie auf mich gerichtet waren, nichts an Kraft verloren.

Unsere frühe gemeinsame Zeit hatte den Grundstein gelegt, daß wir uns auch später nie ganz verlorengegangen waren. Obwohl ich mich in meinem vorpubertären Verständnis gefragt hatte, warum sie ein Mädchen war und wozu es überhaupt Mädchen gibt. Sie waren als Seefahrer unbrauchbar, als Cowboy und erst recht als Häuptling. In meinen Vorgriffen auf das weitere Leben, wenn sich Mannes Ziegen in Bisons, der Kahlschlag in die Prärie zu verwandeln hatte, war sie nicht enthalten. Onkel Robert sorgte dafür, daß uns immerhin beim Kartoffelabkeimen, beim Dreschen oder Ausmisten genügend Gelegenheiten zusammenhielten und uns ein weitgehend gleiches Schicksal beschieden war. In der Schule war ich ihr zwar eine Klasse voraus, aber wir hatten den gemeinsamen Weg und die gleichen Pausen. Im Lauf der Zeit änderte sich mein Blick auf Gitta und mein Verständnis für sie. Mir entging nicht, daß sie sehr schön war, langbeinig, und im Hochsprung die Beste.

In meiner Gegenwart wagte nur Atze einmal eine zotige Bemerkung über sie zu machen, während sie sich vom Boden abstemmte, die langen Zöpfe um ihren bloßen Hals schlugen und sie ihren Körper über die Sprungschnur zwischen den beiden Pfosten streckte. Ihre Hausaufgaben und Aufsätze überließ sie am liebsten mir. Dafür gab sie mir am nächsten Tag ihre Schulstullen oder abends Mehlsuppe, die sie nicht aufaß, so daß das beste davon, die Klumpen, die sich auf dem Tellerboden absetzten, mir zugute kamen. Mancher hielt uns für Geschwister. Zum Schulende hin war sie unschlüssig, wie es weitergehen sollte. Ihre Freundin Lucie überredete sie schließlich, mit ihr eine Ausbildung als Krankenschwester zu machen. Gitta sah in dem taillierten Kittel und der weißen Haube fabelhaft aus, doch es war der falsche Beruf für sie. Tante Erika, deren würdevolle Art, sich zu geben, mehr einer Herrin als einer Bäuerin entsprach, fand, daß Gitta nicht nur den falschen Beruf hatte, sondern überhaupt im falschen Staat sei, bei diesem Gesockse. Eines Tages war Gitta verschwunden. Nach einer knappen Woche ließ ihre Mutter wissen, Gitta sei bei Hilde, in Frohnau, in Westberlin also. Es dauerte nicht lange, und Tante Erika hielt mit verschwörerischem Stolz jedem, der es sehen wollte oder auch nicht, ein Stück Seife hin, das heißt, die Verpackung, wie es sie bei uns nicht gab. Das sagte schon alles über die Herkunft. Auf dem Lackpapier strahlte einem Gitta entgegen. Nach und nach sammelten sich bei Tante Erika Zeitungsausschnitte und bunte Seiten aus Journalen, die Gitta mal im Porträt, mal in ihrer ganzen körperlichen Schönheit zeigten, freilich immer anonym, im Dienst von Kosmetika, Schreibgeräten, einmal sogar von Nietenhosen. Eines Tages zog Tante Eri die Schublade des Vertikos auf und legte mit einem Gesicht, als hätte sie mich des Diebstahls überführt, einen Filmprospekt vor mich hin: Gitta, zwar im Hintergrund, aber unverkennbar! Im Abstand von Monaten durfte ich sie nun als Weinkönigin, als Barmädchen, als Farmerstochter vor der Kulisse kanadischer Berge bestaunen. Die es mir besonders antaten. Ausgerechnet Gitta in Kanada, die auf der Wandkarte nicht mal Rom oder Amsterdam fand! Irgendwann vermehrten sich die Prospekte nicht mehr. Dafür schrieb Gitta, daß sie heiraten werde, allerdings weder O.W. Fischer, Blacky Fuchsberger oder Freddy, mit denen sie auf den Filmprogrammen zu sehen war, sondern einen Peter Bürgel, den sie zwar von Berlin her kannte, wo er Markscheidewesen studiert hatte, der jedoch aus Aachen stamme, dorthin zurückgehe wegen des Bergbaus, und sie nun eben mit.

Ob Frohnau oder Aachen, es spielte, was die Erreichbarkeit betraf, keine Rolle mehr. Inzwischen stand die Mauer. Als es wieder möglich wurde, kam Gitta zu Besuch, einmal pro Jahr. Sie ließ mich auch zwischendurch teilhaben an ihrer Welt, mit einem Matchbox-Auto, mit einer Platte der Les Humphries Singers, mit einem Päckchen Jacobs Krönung. Sie wollte uns und wir sollten ihr nicht verlorengehen. O ja, manchmal hab ich Heimweh, aber hierher zurück, um keinen Preis, war ihr ständiges etwas zwiespältiges, aber entschiedenes Fazit. Allein daß man nicht rauskönne, das würde sie nie, nie aushalten! Im Lauf der Zeit wurde sie Mutter dreier Jungen. Rom und Amsterdam auseinanderzuhalten machte ihr keine Mühe mehr, auch nicht Pörtschach und Lanzarote, ihre Urlaubsziele im Wechsel. Cottbus, so regelmäßig sie auch kam, zählte, was Rauskönnen betraf, nicht. Ihr Mann kam nie.

Für mich zählte, als die Mauer fiel, dagegen Aachen sehr. Für mich hätten auch Ludwigshafen oder Holzminden oder Plochingen gezählt, wenn ich dort jemand gekannt hätte.

Nun bist du wirklich hier! Gitta konnte es nicht fassen. Sie ließ mein Gesicht nicht aus ihren Händen, drückte es etwas von sich, um mich ansehen zu können. Mich machte die Nähe ihrer auf mich gerichteten schwarzumwimperten Augen verlegen. Peter stand in der Zimmertür im Hintergrund und beobachtete uns, womöglich war ihm unsere Begrüßung nicht ganz geheuer.

Gitta führte mich in Broichweiden – dort hatten sie inzwischen gebaut – die Hauptstraße rauf und runter von einem Geschäft ins nächste, in Aachen die Jakob- und die Großkölnstraße runter und die Kleinkölnstraße wieder rauf oder umgekehrt und zu Hertie und H&M und Karstadt, auch zu Aldi. Hier gibt's doch alles, was man braucht! sagte ich erschüttert. Gitta rümpfte die Nase. Es war wie Einführung ins Wunderland. In der Krämerstraße drückte sie mir in einem Laden, dessen süß-würziger Duft mich fast betäubte, eine Kilotüte Printen in die Hand. Mit denen ließ sie mir eine Stunde für den Dom, die sie für die Kosmetikerin brauchte. Mir war, als sei das alles nicht wirklich, eine Inszenierung in Kulissen, aus denen ich an der nächsten Ecke, die Stufen vom Dom hinab, wieder heraustreten würde, und meine Wirklichkeit hätte mich wieder. Gitta lud jeden Abend Freunde ein und wer ihr gerade über den Weg lief. Es mußte gefeiert werden. So begegnete ich Fred.

Die Wege von ihm und Peter waren nach ihrer Fußballerzeit in verschiedene Richtungen gegangen, beruflich und geographisch. Fred hatte Anglistik, Germanistik und Soziologie studiert und war in den USA gelandet. Nun war er bei seiner Mutter in Eschweiler zu Besuch.

Er wich nicht von meiner Seite. Ich war für ihn erst der wirkliche Beweis für den Fall der Mauer. Ich hatte ihm die Geschehnisse zu autorisieren, auch das Vorher. Ich war Historie! Für ein paar Augenblicke erfaßte mich ein Gefühl, als hätte ich tatsächlich meinen Anteil. Ich sollte ihm *Symptome der Erosion* nennen. Ich redete von Gorbatschow, über das Aufflackern von Erwartungen (Glasnost und Perestroika), denen ich nicht traute, sprach von den Anzeichen, die auf die bröselnde Macht wiesen, die inoffiziellen Zusammenkünfte an jedem 13. Februar an der Ruine der Frauenkirche nach den Gedenkgottesdiensten in der Kreuzkirche, erzählte von der »stummen Demonstration« der Ausreisewilligen über die Augustusbrücke schon im Vorjahr zu Ostern; sagte ihm auch, daß ich das Ausreisen mit zwiespältigen Gefühlen sah, denn es gehe dem Land dabei Substanz verloren; berichtete von den Zugeständnissen, die Partei- und Staatsführung machten, nicht nur dadurch, daß sie ausreisen ließen, auch damit, daß sie jemanden wie Joe Cocker einreisen und auftreten ließen; hunderttausend seien zu seinem Konzert am Fučikplatz gekommen. Ich erzählte ihm von der Volkskammerwahl im Mai, bei der wir – Karin und ich – das erste Mal in die Kabine gegangen waren. Ich mußte mich in Einzelheiten ergehen, das Wahlverfahren erklären, daß jeder der dreiundzwanzig Kandidaten einzeln zu streichen war, damit der Zettel als Neinstimme galt. Ich schilderte, wie totenstill es im Wahllokal gewesen sei, zumindest sei es mir in der Kabine so vorgekommen. *Aber der Bleistift lärmte*! Dreiundzwanzigmal! Ich war überzeugt, die Wahlkommission zählte mit. Ich *er*zählte ihm, wie wir in unserem Hundert-Mann-Betrieb, Ingenieurbüro, lauter, heftiger und ungeschützter unsere Unzufriedenheit ausgesprochen hatten, wie wir mutig wurden, als in Ungarn die grüne Grenze geöffnet worden war, wie wir uns auch nicht zurückhielten, wenn Siggi, unser Parteisekretär, die personifizierte Staatsmacht im Hause, in den Konstruktionssaal kam, wo wir uns zwischen den angekippten Zeichenbrettern versammelten, um uns zu ereifern. Ich machte den Vorschlag – in diesem Moment dachte ich wirklich historisch –, es müßte eine Kommission gebildet werden, von Personen aus den verschiedenen Lebensbereichen, Leuten, die von der Bevölkerung akzeptiert würden und die das Politbüro nicht zurückweisen könne: Kurt Masur, Manfred von Ardenne, Stefan Heym. Als es um jemanden aus dem Sport ging, wurden wir uns schon nicht einig. Täve Schur wurde vorgeschlagen, und abgelehnt – Volkskammermitglied! Auf einen Vorschlag aus dem *Apparat* konnten wir uns schon gar nicht einigen, nicht auf Berghofer und noch weniger auf Modrow. Siegfried stand angespannt im Hintergrund, die Hände in den Hosentaschen offensichtlich zu Fäusten geballt, wie an den Ausbuchtungen zu sehen war, ohne einen Versuch zu machen, wie sonst üblich uns auf Linie zu bringen, weil die Erosion längst auch die Partei ergriffen hatte, erklärte ich Fred. Ich erzählte von der Gruppe der Zwanzig und den Rathausgesprächen, vom Staatstheater, dem Aufruf »Wir treten aus unseren Rollen heraus«, der jede Vorstellung einleitete. Ich war zwar selber in keiner Aufführung, aber durch Karins enthusiastische Schilderungen hatte ich doch fast jede erlebt. Ich schilderte, wie ich mit Silke – da war sie sechzehn, es lag also etwas länger zurück, aber bereits damals rumorte es – zu einem Liederabend im Theater der Jungen Generation gewesen bin. Allein daß die junge Sängertruppe »Die Gedanken sind frei« mit unschuldig anmutender, tatsächlich aber mit hinterhältiger Arglosigkeit sang, genügte, daß ein Funke zündete, das Publikum fiel jubelnd ein. Ich sagte ihm, daß ich mich insofern etwas zurückhielt, als die Opposition zumeist von der Kirche oder Kirchenleuten ausging, mit dem Ökologischen Arbeitskreis etwa, und ich das Gefühl nicht loswurde, die Kirche zu mißbrauchen, wenn ich mitmachte und so tat, als sei ich einer der Ihren. Ich schilderte, wie ich in meine erste Demonstration auf dem Altmarkt geraten war, vier, fünf Tage noch vor jenem 4. Oktober, an dem es zum Ansturm auf die Züge mit den Prager Botschaftsflüchtlingen auf dem Hauptbahnhof kam. Als alles noch unübersichtlich, unbehaglich war. Der verabredete oder auch nicht verabredete Sammelpunkt sei eben die Kreuzkirche gewesen. Ich hatte mir nicht vorgenommen, hinzugehen, ließ es aber drauf ankommen. Die abendliche Rückfahrt mit der Straßenbahn aus Löbtau, wo ich etwas zu erledigen hatte oder die mir ein Vorwand war, um in die Stadt zu kommen, bot die Gelegenheit. Ab dem Postplatz stauten sich die Bahnen, ruckten nur noch meterweise voran. Und der Fahrer ließ die Türen offen, was gegen jede Vorschrift war, quasi eine Aufforderung, auszusteigen. (Erosion überall, fügte ich ein, bemüht, Freds Stichwort gerecht zu werden.) Ich stieg aus.

Vor der Kreuzkirche staute sich eine Ansammlung von Menschen zu einer dunklen Masse. Das Licht der Lampen auf den hohen Betonschäften schwamm über den Köpfen, noch war der Altmarkt nicht übervoll. Es waren die Menschen, die in der Kirche keinen Platz mehr gefunden hatten. Lautsprecher übertrugen Reden nach draußen. Aber auch als ich dicht an den Menschenstau herangetreten war, nahm ich in dem sich überlagernden Hall nur Bruchstücke von Sätzen wahr. Als heftiger Beifall aufbrandete, klatschten auch die Menschen um mich herum. Ich klatschte mit, schon um nicht in falschen Verdacht zu geraten. Nach einer Weile mischte sich in die Stimmen und den Beifall aus der Kirche Unruhe aus der dunklen Schlucht der Kreuzstraße, andere, rhythmische Stimmen, und ein Zug Menschen drang von dort auch noch auf den Altmarkt. Schließt euch an, wir brauchen jeden Mann! wurde skandiert. Ich schloß mich an. Ich lief neben einem jungen Ehepaar her, das seine ungefähr zehnjährige Tochter zwischen sich führte, und rief, wenn auch sie riefen: Schließt euch an, wir brauchen jeden Mann.

Ich schilderte Fred die Zögerlichkeit, Bangigkeit, mit der ich mich von der Straßenbahn her dem Altmarkt genähert hatte, und wie sie mehr und mehr in Entschlossenheit überging. An der Ruine der Frauenkirche staute sich der Zug, aber es tat sich nichts, dann zwängte er sich in die Enge der Augustusstraße. Mir sei zumute gewesen, als wären wir in eine dunkle Schleuse geraten. Als wir Körper an Körper standen und kaum vorankamen (im Gegenlauf zu der auf die Kachelwand gebannten Prozession der wettinischen Fürsten!), erfaßte mich das beglückende Gefühl, dabeizusein. Und daß es – daß wir! – so viele waren. Je langsamer wir vorankamen, desto mehr mußten wir sein. Vor der Dimitroffbrücke staute es sich wieder, ich wurde gegen die sandsteinerne Massigkeit der Hofkirche gezwängt. Auf der Erhöhung der Brühlschen Terrasse, zu der die breite Treppe zwischen den allegorischen Skulpturen der vier Tageszeiten hinaufführt (erklärte ich Fred), wechselten sich die Redner ab. Als die Stimme des Mannes über die Tausende Köpfe hallte, es gehe nicht darum, Tapeten zu wechseln, sondern Wände zu versetzen – Mauern wagte er noch nicht zu sagen, aber jeder verstand! –, warf ich meine Hände enthusiastisch klatschend über den Kopf. Nur dort oben hatten sie den Platz, um sich so heftig zu gebärden, sagte ich, nun etwas verlegen lächelnd, zu Fred. Dann zeigte sich, daß Brücke und Theaterplatz von einer Kette Polizisten oder Armisten abgeriegelt waren. Mir habe das Herz geflattert. Ich erzählte Fred von den Vorgängen am Hauptbahnhof mit den Zügen der Botschaftsflüchtlinge aus Prag, dann über das, was sich auf der Prager Straße getan hatte. Ich mußte ihm klarmachen, daß es sich bei der Prager Straße um eine Straße in Dresden handelte...

Gitta war zu uns in die Küche getreten, wohin Fred sich mit mir zurückgezogen hatte; halb gespielt, halb ernsthaft beschwerte sie sich, ich sei nicht nur für Fred da, die anderen wollten auch etwas von mir haben. Es schmeichelte mir; ein Mensch aus der DDR galt mehr als einer aus Amerika! Sie zog mich von der Bank hoch und umarmte mich erneut. Und zu Fred gewandt, sagte sie über meine Schulter: Hol ihn dir doch nach Iowa, da kann er dir alles klitzeklein erzählen. Den Amis würde es auch nicht schaden, wenn sie erfahren, was hier los ist. – Und ihm tust du was Gutes. Plötzlich wußte, spürte ich, sie ist die geblieben, die sie war. Nicht, weil sie etwas für mich tun wollte, sondern in ihrer Art, scheu und zurückhaltend, wenn sie sich in ungewohnter Umgebung befand oder sich ihr nicht gewachsen fühlte; aber entschieden und selbstbewußt, wenn sie sich ihrer sicher war. Gitta gab mich aus der Umarmung frei, und Fred sah sie ernst an: Das ist keine schlechte Idee, sagte er in seiner bedächtigen Art. Und noch einmal: Das ist überhaupt keine schlechte Idee. Und rieb sich die Hände.

Ich wußte wieder nicht, wie mir geschah. Mir fuhr der Schreck in die Glieder. Ich hab keine Ahnung, sagte ich verwirrt.

Fred sah mich an und lachte los.

Worauf es dir ankommt, versuchte ich meine Irritation zu erklären. Ich bin Ingenieur, und das für Straßenbahnen. Ich warf die Worte wie einen Rettungsanker aus.

Ingenieur ist gut, das ist sehr gut. Einer aus dem richtigen Leben, nicht bloß *second hand* wie die Literaten. Das machen wir. Straßenbahnen lassen wir mal weg.

Ob ich selbst wollte oder nicht, stand überhaupt nicht zur Debatte. Und stand ja tatsächlich nicht.

* * *

Für Fred sagte es sich leicht, Straßenbahnen wegzulassen. Für mich war es unmöglich.

Die Außenhandelsschule hatte sich erledigt, ohne daß ich den Bescheid abzuwarten brauchte. Überflüssigerweise traf er ein. Auch Kati war mir so schnell, wie sie mir nah gekommen war, wieder entschwunden. Gott sei Dank, ohne Schaden bei mir zu hinterlassen. Ich hatte bei ihr erst recht keinen angerichtet. Sie hatte eine Zusage erhalten.

Mein Problem war, daß die Tür zur Welt zugeschlagen war. Ich sah mein Leben albtraumhaft auf einen Werkstattbunker zulaufen, auf Schraubstöcke, Drehbänke, den Geruch von Metallspänen und Maschinenöl (wie ihn Manne inzwischen seit Jahren ertrug), oder auf eine Bürokemenate, mit Formularen und Karteikästen, an der Wand der wachsame Blick von Pieck oder Ulbricht als Großporträts im Rücken. Mir war zumute, als bliebe mir nur die Wahl zwischen zwei Arten von Einkerkerung.

Wahrscheinlich hatte sich diese deprimierende Perspektive wieder mit aller Wucht meiner bemächtigt, als ich am Berliner Platz stand und einer dieser kantig-steifen Straßenbahnkästen sich nicht nur um die Kurve aus der Friedrich-Ebert-Straße quälte, sondern mir auch in die Gedanken fuhr. Denn wenn es etwas gab, was in meinen Augen der Stadt einen Hauch von Großstädtischem verlieh, dann waren es die Straßenbahnen. Das alte Geographiebuch, dem ich bereits die Sehnsucht nach Neapel und Alpenglühen verdankte, hatte auch dafür gesorgt, daß sich bei mir Straßenbahnen eine gewisse Wertschätzung erhielten. Auf Abbildungen von Berlin und Wien, Lissabon und Glasgow – Städte, die ausschließlich von Männern mit kreisrunden Strohhüten bevölkert und in denen Autos über Einzelstücke noch nicht hinaus gekommen waren – bestimmten Straßenbahnen, doppelstöckige mitunter, selbstbewußt das Bild. Das lag zwar lange zurück, aber der Krieg hatte in den Städten nicht nur Häusern zugesetzt, er hatte auch für den Rückfall in die neuerliche Abwesenheit von Autos gesorgt. Und Straßenbahnen wieder zu ihrem Recht kommen lassen. In den Schneisen, die die Straßen durch die Trümmerlandschaften zogen, verharrten – wenn auch mitunter mehr ahnbar als wirklich vorhanden – in trotziger Widerständigkeit die Gleise im Pflaster, ein Versprechen zumindest auf die Aussicht einer Bahn, also ein Weiterkommen. Die Schienen waren das Stützgewebe, an das sich die Stadt halbwegs halten, an dem sie sich aufrichten konnte. Die Grundlage für Verläßlichkeit und Ordnung, deren jedes Sozialgefüge bedarf, wenn es funktionieren will. Ordnung, die schon Platon zur Tugend erklärt hatte. Die Straßenbahn als verwirklichtes Prinzip Ordnung, Zeichengeber für das Not*wendige.*

Und an der Cottbuser Straßenbahn tat sich einiges, was als Ausdruck ihrer Wertschätzung anzusehen war. In der Spremberger Straße wurde zwischen Schloßkirche und Altmarkt die Strecke zweigleisig ausgebaut. In der Straße der Jugend erhielt sie bis zur ebenfalls neu angelegten Gleisschleife am Stadion sogar einen eigenen Gleiskörper neben der Fahrbahn. Die Linienkennzeichnung nach Farben (die Rote, Gelbe, Blaue, Grüne, sagten die Leute) wurde durch Nummern abgelöst, was ich ganz besonders als Aufwertung empfand, nicht nur für die Straßenbahn, sondern für die Stadt überhaupt. Auf der Linie 2 kamen neue Beiwagen zum Einsatz, die zwar nicht neu waren, aber aus Dresden kamen. Etwas Dresdner Straßenbahnglanz fiel auf Cottbus ab.

Was meinen Blick in jenem Moment jedoch auf den Bahnen verharren ließ, war kein höheres Sinnen, sondern eine handfeste Erleuchtung. Ich wußte, die Verkehrsbetriebe suchten Leute. Wenn ich mich als Fahrer bewerben würde, wäre ich der drohenden Einkerkerung in Büro oder Werkstatt entronnen. Daß mit diesem Entschluß mein Anspruch auf die Welt zusammenschrumpfte, ließ ich mich besser nicht denken.

Mitunter kann man sich auf seine Intuition verlassen. Es wurde tatsächlich ein großer Moment. Ich muß bekennen, schon die grauschwarze, kratzige Uniform mit Goldknöpfen verschaffte mir ein Gefühl von Weihe. Ich packte die massive Kurbel – im ersten Zugriff fühlte sie sich wie der Griff der alten Brotschneidemaschine an, die sich bei uns eingefunden hatte. Sie setzte das massive, verandaartige Metall-Holz-Gehäuse in Bewegung. Der Fahrschalter, der Lattenrost, auf dem ich stand, machten die Vorwärtsbewegung mit. Das Pflaster mit der Doppelspur der Schienen draußen wurde unter die Bahn gesaugt. Dem Triebwagen folgte der Anhänger, wie mir der kurze Blick, den ich in den Rückspiegel wagte, bestätigte. Der Fahrlehrer neben mir zählte in diesem Moment nicht. An der Seite von Saint-Exupéry in der Flugzeugkanzel hätte ich mich nicht besser fühlen können. Mir war, als erwiesen sich meine wirklichen Kräfte. Ich fühlte mich wie erlöst!

Und ich war es ja, vom Getreidedreschen, vom Kartoffelsäckeschleppen, vom Stallausmisten, Jauchepumpen, von Onkel Robert, vom Dorf, von der Belanglosigkeit. Vorbei, vorbei, vorbei. Ein minimaler Handdruck, und mir gehorchte die Bahn.

Doch der Zweck war nicht das Gefährt, es waren die Leute. Was ich bisher getan hatte, mein Eigentliches – Schule, Klassenarbeiten, Prüfungen, das Abitur –, hatte ich für mich getan. Ob ich bestand oder scheiterte, davon hing nur für mich etwas ab, für keinen Lehrer, keinen Außenhandelsexaminator, nicht mal für Kati, wie sich gezeigt hatte. Jetzt hatte ich Sinn für andere. Ich wollte Sinn für andere haben. Und mir war zumute, als lasse sich auf Straßenbahnstrecken durchaus ins Leben, in diese unendliche Landschaft hineinfahren, um mitzutun, sie sinn- und glückverheißend zu ordnen.

Als ich mich acht Wochen später nach überstandener Prüfung hinter den Fahrschalter stellte, statt Fahrlehrer Karschin neben mir freien Raum, fühlte ich mich wirklich freigesprochen, empfand ich das Einschalten der Fahrschalterkurbel wie den Ritterschlag zum Erwachsensein. Ich las auf der Dienstplantafel meinen Namen zwischen denen der anderen Fahrer wie eine Auszeichnung. Wenn ich die Bahn durch die Spremberger Straße rumpeln ließ; wenn sich, nach der Ankunft der Frühzüge, die Menschen aus der Bahnhofsbaracke zu mir in die Bahn zwängten, mich gegen die Schaltapparatur drückten, daß ich kaum Platz für die Armbewegung fand, um die Bremse auszuklinken; oder wenn ich den Nachtwagen hatte und die letzten, sichtlich ermatteten Gestalten sich schweren Schrittes zu mir auf die Plattform hoben, um sich von mir ihrem Feierabend entgegenfahren zu lassen. Ich genoß es, im Pausenraum zwischen den Straßenbahnern als einer der Ihren zu sitzen, mit ihnen über die blockierende Weiche an der Bahnhofsbrücke zu räsonieren oder über Schultkas derbe Witze zu lachen, wenn auch vielleicht nicht ganz mit der Inbrunst der anderen. Ich konnte das Gefühl von Wichtigkeit nicht verleugnen, wenn ich mich auf dem Altmarkt, wo die Ablösungen stattfanden, aus dem Kreis der Straßenbahner löste, um *meine* Bahn zu übernehmen, in der die Leute sich ganz selbstverständlich mir anvertrauten, um ans Ziel gebracht zu werden.

Allem Anfang wohnt ein Zauber inne. Nur ist Anfang kein Dauerzustand. Nachdem ich jede Linie zum dreihundertsten, vierhundertsten Mal hin- und zurückgefahren war – die 2 zwischen Ströbitz und Madlow war mit einer halben Stunde Fahrzeit noch die längste, für die anderen betrug sie keine zwanzig Minuten –, als ich jede Weiche und alle Signale, sämtliche Blechtäfelchen an den Spanndrähten der Fahrleitung kannte, jeden Quadratmeter Straßenfläche mit ihren Rissen und Schlaglöchern, beinahe jeden Baum am Straßenrand, die Fassadenfronten Haus für Haus, nicht nur den Spremberger Turm und die Oberkirche geradezu Ziegel für Ziegel auch geschlossenen Auges vor mir sah, überließ ich zum Schichtwechsel ohne Wehmut meine Bahn Herbert Lobke, Ulla Schmolka, Hentschel oder wer auch immer den Dienst fortsetzte.

Ich hätte mühelos das spärliche Dutzend Leuchtreklamen der Stadt aufzählen können, die weniger sich ins rechte Licht als ihre Umgebung in doppelte Dunkelheit versetzten: das schrille Rot der SED-Kreisleitung am Thälmannplatz, das sich einen Hauch von Verführung abzustrahlen bemühende Violett des Kammerbrett'l und die lächerliche Reverenz an die deutsch-sorbische Zweisprachigkeit, die das linke Schaufenster des tristen Ladens an der Eisenbahnunterführung mit »Strümpfe«, das rechte mit »Strumpy«

überglimmte. Ich konnte die Inschrift auf dem Ehrenmal für die gefallenen sowjetischen Soldaten am Südfriedhof auswendig hersagen, weil ich, ausgerüstet mit jugendlichem Elan, am Beginn der eingleisigen Strecke oft genug auf den Gegenzug warten mußte – Героям Великй Отечественной Войны (*Gerojam Welikoj Otetschestwennoj Woiny*). Ich kannte die markigen Losungen auf rotem Tuch am Rathaus, am Max-Reimann-Stadion, über der Einfahrt zum Kraftverkehr: Der Marxismus-Leninismus ist kein Dogma, sondern eine Wissenschaft! Die unverbrüchliche Freundschaft mit der Sowjetunion – Unterpfand der Erfolge der Werktätigen der DDR. Das Fahren war mir in Fleisch und Blut übergegangen, es waren ja immer dieselben Stellen der Strecke, an denen zu schalten, der Strom zurückzunehmen, die Bremse einzusetzen war, so daß ich genug Muße hatte, mich mit andern Dingen zu befassen, etwa mich zu fragen, was ein Oberpfand sei, und unterstellt, es gäbe eines, ob dadurch die Losung einen sinnvolleren Sinn erhielte.

Ich kannte mittlerweile die halbe Stadt persönlich; Arnold, den Gasableser, der sich keine Gelegenheit mitzufahren, und sei es nur eine Haltestelle, entgehen ließ, der seinen erheblichen Bauch in die Nische zwischen Bremskurbel und Seitenscheibe zwängte und daraus den Anspruch auf einen Stammplatz ableitete; Elvira, die *Russennutte*, die mir beim Einsteigen jedesmal mit reglosem Gesicht zunickte; Genosse Brinkmann, der beim Rat des Bezirks *ein hohes Tier* war und es sich nicht nehmen ließ, sich nach meinem Befinden zu erkundigen und jovial mit mir zu plaudern; selbst die Scharen von Schülern, die an der Drebkauer und August-Bebel-Straße über die Bahn herfielen, kannte ich von ihren Zurufen. Ich machte mir die Kenntnis ihrer Namen zunutze, um sie zur Ordnung zu rufen, wenn sie meinen Wagen durch ihre Lebendigkeit aus den Schienen zu schwingen drohten.

Ich kannte nicht nur die Stadt und ihre Leute, sondern auch die Gräfin von Werben. Die sich, obwohl ihr, wie allen *Großgrundbesitzern*, Ländereien und Herrenhaus abgenommen worden waren, zumindest den Anspruch auf Stand und Adel nicht hatte nehmen lassen. Wie aus dem Theaterfundus als Lady Mitford gekleidet, schritt sie auf hochhackigen Schuhen, die ihre sehnigen Waden spannten, die Strecke vom Bahnhof zum Café Lauterbach ab. Sie hielt dem Ziel, das sie einstmals im Doppelspänner, im Landauer oder in der Kalesche angefahren hatte, die Treue. Für den Rückweg nahm sie die Straßenbahn. Sie setzte sich nicht, sondern postierte sich neben mich, wo Arnold gerade mal nicht stand. Und ich erschrak. Ihr längst nicht mehr junges Gesicht war maskenhaft geschminkt und gepudert. Ihre Augen waren auf seltsame Weise eigentlich überhaupt nicht vorhanden. Aber als sich ihre harten, überroten Lippen bewegten und die Worte freigaben: Sie haben sehr schöne Zähne, junger Mann, wurde ich vor Verlegenheit rot. Als ich mir nach Tagen eingestehen mußte, daß mich diese Begegnung nicht in Ruhe ließ, mehr noch, daß die meinem Gebiß zugesprochene Wertschätzung zu einem Höhepunkt meines Straßenbahnfahrerdaseins kulminierte, bemächtigte sich meiner in Wellen nagendes Unbehagen: Worauf hast du dich eingelassen!

Richtig beklommen wurde mir zumute, wenn einstige Leidensgefährten aus der Klasse auf die Bahn kamen, besonders wenn sie zum Wochenendbesuch eintrafen oder, noch besser, wenn ich sie am Sonntagnachmittag wieder zum Bahnhof fuhr, sie, die nun keine Gefährten, sondern lediglich von mir Gefahrene waren, wenn sie sich arglos (Reni) oder prahlerisch (Klinke) darüber ausließen, was nun ihren Lebensinhalt ausmachte, wie sie sich in Anatomie oder Statik durchbissen, mit Begriffen wie Beleg, Klausur, Mensa und Audimax um sich warfen, die mir wie Messerstiche ins Gemüt fuhren. Es kostete mich Selbstverleugnung, ihnen, indes ich in einer Hand die umzusetzende Perrontür hielt, mit der anderen nachzuwinken, während sie mir und der Stadt den Rücken kehrten und auf die Bahnhofsbaracken zugingen, sich aber tatsächlich auf dem Weg zur Ärztin oder zum Diplomingenieur befanden, zu einem Leben von Belang. Ich hatte das Fahrzielschild umzudrehen: Aus Bahnhof wurde Schmellwitz – Außenposten meiner Welt!

Wenn meine Bahn mühevoll die Steigung zur Brücke über die Schienenlandschaft des Bahnhofs erklommen hatte und die Rauchfahnen der sich entfernenden Züge zwischen den beiden hohen Schornsteinen des RAW in den sich einrötenden Abendhimmel stiegen, konnte es passieren, daß meine Sehnsucht nach der weiten Welt wieder ihr Recht einforderte. In meiner Vorstellung gingen die Eisenbahnstrecken selbstverständlich über Berlin, Dresden und Leipzig hinaus und nahtlos – was zählte schon das bißchen Atlantik – in die Gleise der Kanada-Pazifik-Bahn über, um die Weiten von Ontario, Manitoba und Saskatchewan zu durchqueren. Wenn ich die Linie 2 fuhr, der Abzweig zum Stadion und die Stadt hinter mir zurückblieb und ich auf dem seitlichen Gleis nach Madlow unterwegs war, der Perron um mich leer, und rechter Hand, von Bäumen lückenhaft verdeckt, der Ziegelkasten der Priormühle mit seinem halbhohen Schlot sichtbar wurde, war es nur ein Gedankensprung bis zu Don Quijotes Mühlen in der Mancha; und wenn die Bahn in dem maroden Gleis nicht so gelärmt hätte, wären die sich zischend drehenden Mühlenflügel ohne weiteres zu hören und der Ritter, lanzebewehrt über Rosinantes Mähne gestreckt, im Anritt zu erspähen gewesen.

Auf der Strecke nach Schmellwitz, nach Norden, blieb die Bahn zwar in der Häuserschlucht gefangen, und das Gezweig der Linden gab auch den Blick nach oben nicht richtig frei; dennoch geschah es, daß mir die unter den Wolken hinziehenden Gänse nicht entgingen, und obwohl Nils Holgersson, däumlingsgroß wie er war, im Gefieder verborgen blieb, waren sie doch unverkennbar auf dem Weg zum Kebnekajse, auch wenn sie erst mal Saspow, Skadow und Döbbrick hinter sich zu bringen hatten.

Ich kam nicht mal bis Saspow, Skadow oder Döbbrick, und zudem waren acht, zehn oder auch elf Stunden hinter der Fahrkurbel ziemlich kräftezehrend. So erlösend, wie ich mir im ersten

Überschwang das Straßenbahnfahren ausgemalt hatte, erwies es sich nicht. Fürs weitere Leben, wie sich später herausstellen sollte, war es ein Training in Stehvermögen, zumindest im körperlichen Sinn.

Allerdings sollte zunächst noch mehr gefordert sein als Stehvermögen. Der Winter war von einer Grimmigkeit, die ihm bis heute einen Platz in der Wetterstatistik bewahrt. Von dem Hauch von Wärme, die der Küchenherd am Abend dem nassen Kiefernholz außer dem Qualm abzuringen und abzustrahlen sich mühte, war morgens nicht mal eine Ahnung mehr erhalten. Ich wußte, was mir bevorstand, wenn ich mich aus der mehr lastenden als wärmenden Nachtverpackung der drei übereinandergeschichteten Pferdedecken vom Eisenbett löste, das tagsüber ein Sofa darstellen und dem Raum einen Anschein von Wohnlichkeit geben sollte. Ich knipste das matte Licht an, und die Kälte blitzte in den Eisblumen der nachtschwarzen Fensterscheiben auf. In weißen Gobelins aus funkelnden Kristallen hing sie an den putzbrüchigen Wänden. Die Müdigkeit, die mir morgens um drei noch in allen Gliedern steckte, war das kleinere Problem, nach einigen Minuten war sie überwunden. Die Kälte blieb. Ich mußte mit dem Becher die Eishaut im Eimer durchstoßen, um ans Wasser zu gelangen.

Das Wasser war nicht warmzubekommen, selbst wenn keine Stromsperre war. Die Spirale im elektrischen Kocher war x-mal durchgebrannt, geflickt, zu einem einzigen Faden gedehnt, der mit seiner eigentlichen Aufgabe, Wärme zu entwickeln, überfordert war und sich in neuerliches Durchbrennen rettete. Die Stullen, die mir Mutter am Abend zuvor gemacht hatte, waren in Handtücher gewickelt und lagen unter einem Kissen auf dem Stuhl. Eine Vorsorge, die insofern zwecklos war, als sie ohnehin gefroren waren, wenn ich im Depot ankam.

Daß mich so ein Winter erwischen würde, hatte ich mir nicht vorgestellt. Ich wickelte die aus einer Decke geschnittenen Lappen über die Socken, zwängte die Füße in die klobigen Filzstiefel, stopfte mich in die Wattejacke. Der Uniformmantel ließ mich unter seinem Gewicht zusammensacken. Ich hatte schwer zu tragen, und letzten Endes half doch nichts gegen die Kälte. Auch nicht, daß ich meinen nachpubertären Widerstand gegen die lange Unterhose aufgegeben hatte.

Der Schnee, der der morgendlichen Dunkelheit die Schwärze nahm, schrie unter meinen schweren Schritten. Ich wuchtete mich schwerfällig – schwerfellig! – auf das Fahrrad. Die Reifen jammerten, die Kette knackte, der Dynamo jaulte und gab nur stoßweiße Licht. Spätestens nach zwanzig Minuten, wenn ich am Zollhaus die Stadtgrenze erreichte, hieb der Frost wie mit Klingen auf mich ein. Er schnitt durch die doppelten Handschuhe wie durch Papier in die Finger. Mit einer Hand schlug ich mir hektisch gegen die Hüfte. Ich hätte am liebsten auch die zweite Hand vom Lenker genommen, um ebenso vergeblich wie mit der anderen herumzufuchteln. In den Ohren wütete der Frost geradezu, die Nase wagte ich nicht anzufassen, die Zehen schienen in den Stiefeln bereits abgefallen. Auf Brust und Rücken aber schwappte der Schweiß unter dem Panzer aus Hemd, Pullover, Wattejacke und Mantel wie in einem Gefäß hin und her.

In der Stadt wurde der Schnee eine stumpfe, zerfurchte Pulverschicht, auf der das Rad nur schwer in der Balance zu halten war. Ich schnaufte. Der Atem, der mir sichtbar aus dem Mund fuhr, setzte sich in Eiskristallen auf Kinn, Wangen, an Wimpern und Augenbrauen fest. Mein Gesicht spannte. So wie es zu dieser frühen Stunde kein Anzeichen von Leben um mich gab, keinen Laut, keine Bewegung, kamen mir Zweifel, ob es mit der Welt und mir noch seine Richtigkeit habe. Wenn mir dann am Bahnhof zwei, drei sowjetische Militärfahrzeuge entgegenkamen, die aus den Auspuffen die Straße vernebelten, war ich geradezu dankbar, wieder der Wirklichkeit versichert zu werden; allerdings um den Preis, daß mir die Abgase brennend in die Bronchien fuhren. Möglicherweise war entfernt noch ein Automotor zu hören, der sich weigerte anzuspringen. Vermummte Gestalten stapften mit knirschenden Schritten an den eisigen Hausmauern dahin. Die Fenster in den Fassaden waren vom Frost milchig erblindet. Nur ganz vereinzelt glimmte Licht.

An dem Morgen hatte ich den ersten Dienst, vier Uhr dreiunddreißig aus der Halle. Nur der Nachtwagen mußte irgendwo unterwegs sein. Die Hoffnung, daß für mich womöglich keine Bahn zur Verfügung stehen würde und ich mich in die Kantine oder wenigstens in die Werkstatt retten konnte, schenkte ich mir. Auch wenn der Gedanke nicht ganz abwegig war, denn Frost und Schneefall setzten auch den Bahnen zu, das Tausalz in den Weichen zerfraß die Kabel, Motorschäden am laufenden Band waren die Folge, es gab Achs- und Federbrüche, mitunter war nicht einmal die Hälfte der Bahnen einsatzbereit, doch der erste Einsetzer morgens war es immer. Der Gedanke, daß etwa ein Schienenbruch genau an der Ausfahrt vom Depot den ganzen Betrieb blockierte, kam mir allein deswegen, weil ein paar Tage zuvor auf dem Anstieg zur Bahnhofsbrücke eine Leitschiene gebrochen war, die dann eine darüberfahrende Bahn aus dem Rillenkopf riß, so daß für Stunden außer der Linie 2 alles stillgelegt war.

Es gab keinen Schienenbruch am Betriebshof, und hinter den hohen Toren der Wagenhalle waren, die Stirnfronten wie zum Angriff gegen mich gerichtet, die Bahnen aufgereiht. Sie stammten von der Firma Gebrüder Hofmann, Breslau, Baujahr 1904. Nicht nur, daß Ort und Jahrgang, denen die Wagen ihre Herkunft verdankten, sehr fern gerückt waren, sie kamen auch aus einer Zeit anderer Zumutungen, als die Fahrer sich auf offenen Perrons zu beweisen hatten. Im Lauf der Jahrzehnte – Kaiserreich, Republik, Naziherrschaft und nun schon ein gutes Jahrzehnt Arbeiter-und-Bauernstaat hatten sich einander abgelöst – ist zwar dem Ärgsten insofern abgeholfen worden, indem die Vorderfront verglast wurde, doch für verschließbare Türen auf beiden Seiten hatte die evolutionäre Kraft nicht gereicht. Es gab für jeden Perron lediglich eine Türfüllung, die an den Endstationen umzusetzen war. Auf der Einstiegsseite klaffte ständig eine Öffnung, auch nachts in der Wagenhalle. Man sah es dem Wagen an. Die Scheiben waren hoch mit Eisblumen überzogen, der Lattenrost war von Schnee überweht.

Hertha Schultka, die Schaffnerin – in meinen Augen mit ihren knapp vierzig Jahren indiskutabel alt, was ich sie wohl mal hatte spüren lassen –, kam, in dicken Sachen zu doppelter Breite aufgepackt, auf die Bahn zu, den Geldwechsler, in dem die Münzen klapperten, auf der Hüfte, die Hände in Handschuhen, von denen die Fingerspitzen abgeschnitten waren. Sie verzog sich sofort ins Innere und warf die Zwischentür hinter sich zu. Sie hielt prüfend die dreiviertel behandschuhten Hände über einen der Ecksitze, unter denen sich die Heizungen befanden. Obwohl es in den Hauptbelastungszeiten verboten war, sie einzuschalten – und Hauptbelastungszeit war so gut wie immer –, glimmte der Heizdraht. Der Schlosser vom Nachtdienst sorgte aus Mitgefühl dafür. Für mich spielte es keine Rolle, der Perron bekam davon nichts ab.

Die Fahrkurbel faßte sich selbst mit Handschuhen wie blankgefrorenes Eis an. Sie rutschte durch meinen tauben Zugriff bis auf die zweite Schaltstufe, so daß die Bahn lossprang. Ich hörte Hertha Schultka hinter der abgedunkelten Tür hin- und hertaumeln. Der Stromabnehmer riß knatternde Lichtbögen von der vereisten Oberleitung. Während der Wagen ächzend den Gleisbogen auf die Berliner Straße hinausrollte, tastete ich mit dem Filzstiefel vergeblich nach dem unter der Schneeschicht verschwundenen Stöpsel der Fußglocke. Es war zehn Minuten nach halb fünf, sieben Minuten zu spät, wie die halb überwehte Uhr an der Betriebsausfahrt anzeigte. Dann dröhnte die Bahn durch die frostige Straßenschlucht. Ich hatte das Gefühl, als erstarrte unter der eisigen Luft, die vom Fahrsog durch den Türschlund hereingerissen wurde, die Schweißhülle um meinen Körper zum Eiskorsett.

Ich hatte nicht nur den ersten Wagen, sondern dazu die Linie 1 zu fahren. Das bedeutete noch mal erschwerte Bedingungen. Die 1 war in zwei Teilstücke zerhackt, so daß man, kaum an einem Ende abgefahren, am anderen schon angekommen war. Die Zeit verging nicht. Idiotenschaukel nannten wir sie. Die Spreebrücke war abgerissen, ein hölzerner Behelf, der für die bei Kriegsende zerstörte Brücke errichtet und, so sagten wir Straßenbahner selbstgefällig, ohnehin nur vom darüberführenden Gleis gehalten worden war. Die ungute Vision, die sich ein paarmal meiner bemächtigt hatte, daß auch Cottbus das Schicksal einer halbierten Stadt, wie es Frankfurt, Guben und Görlitz getroffen hat, hätte erwischen können, wenn für die deutsche Ostgrenze nicht Oder und Neiße, sondern die Spree bestimmt worden wäre – was von Jalta aus gesehen ein so großer Unterschied nicht gewesen wäre –, war nun auf ihre Weise Wirklichkeit geworden. Drei, vier Meter tief klaffte der Abbruch, froststarr, und unten, zwischen den von beiden Ufern her entgegenwachsenden Eisdecken, wand sich, zu bleichem Rinnsal geschrumpft, abweisend der Fluß. Das Straßenbahngleis endete abrupt in einem Sand- und Geröllhaufen. Das war alles, wozu das Bauvorhaben der neuen Brücke gediehen war.

Auf der östlichen Seite, in Sandow, wo im Unterschied zu Görlitz oder Frankfurt keine Bevölkerung ausgetauscht worden war, pendelte auf dem Reststück der Strecke ein Wagen. Alle zehn Minuten hatte er den Anschluß an die Bahn auf der Stadtseite herzustellen. Ein anderthalb Meter breiter Bohlensteg mit Geländer war als Provisorium des bisherigen Provisoriums errichtet worden und ließ Fußgänger und Radfahrer über den vereisten Fluß wechseln.

Ich allerdings konnte mir nicht genug Dienste auf der 1 wünschen. Für mich war die jähe Unterbrechung der Strecke zur beflügelnden Verheißung geworden, trotz der Kälte.

Von der ersten Anfahrt in der morgendlichen Dunkelheit konnte ich mir noch nichts versprechen. Die Stadt war ein lebloses, in kalten, labyrinthischen Straßen erstarrtes Gebilde. Die Bahn rumpelte durch die steinernen Hohlwege. Die Hauswände warfen den Lärm zurück. Über die dunklen Fenster wischte das trübe Licht, das die Bahn im Vorbeifahren warf. Ich hatte mit dem Salzsäckchen (um das die Ausrüstung der Fahrer erweitert worden war) die Frontscheibe in ihrer ganzen Breite vom Eis freigerieben, damit mir auch nicht das geringste Anzeichen entging. Nachdem die Bahn die Massigkeit der Oberkirche umdröhnt hatte und die Sandower Straße bis hin zur Vertiefung, in der die Spree nun das Ende der Linie bestimmte, vor mir lag, sah ich im Draufzufahren nur um so deutlicher die lichtlose Verlassenheit des Kiosks am Straßenrand unter der Haube seines schneebeladenen Dachs. Im Lichtkegel der ein Stück entfernten Lampe, an deren Betonschaft das gelbe Schild mit dem grünen H für die provisorische Haltestelle befestigt war, erwartete eine einzige hin und her trampelnde Gestalt die Bahn.

Es dauerte drei, vier Anfahrten, bis sich eine stahlgraue Dämmerung hinter dem kahlen Geäst der Weiden, die den Lauf der Spree markierten, in den dunklen Himmel schob, bis das Licht der Lampen verblaßte, die Häuserfassaden ihre Gesichter annahmen, die Straßen sich belebten und die Bahn voller wurde.

Da endlich, ich hatte mich so weit vorgebeugt, daß der Mützenschirm gegen die Frontscheibe stieß, sah ich hinter dem zwar immer noch geschlossenen Schiebefenster des Kiosks wie einen auffliegenden Vogel eine winkende Hand. Prompt zündete in meiner Brust ein Feuerchen. Die Kälte hatte ausgespielt!

Natürlich nicht, weil mir der kleine, mit Warenstiegen vollgepackte, von einem rot leuchtenden Strahler freilich nur mäßig erwärmte Raum für ein paar Minuten in Aussicht stand. – Es lag an ihr – wie soll ich sie zu Beginn nennen? –, der Verkäuferin, dem Mädchen, Karin. Obwohl es nicht leicht war, sie in der düsteren Enge des Kiosks als die zu erkennen, die sie wirklich war. Denn auch sie war unter ihrem weißen Kittel bis zur Unförmigkeit in Sachen verpackt. Wenn ich zwei, drei Minuten der Fahrplanzeit herausgefahren hatte – und das hatte ich fast immer! – ließ ich meine Bahn Bahn sein und stapfte zum Kiosk. Was zählte, war, daß sie sich, wenn ich durch die Tür auf der Rückseite eintrat, vom Bedienungsfenster halb ab- und mir zuwandte, ihre Augen, die nur aus kreisrunden, dunklen Pupillen zu bestehen schienen, auf mich gerichtet verhielt, eine kleine Ewigkeit, während sie ein in Pergamentpapier geschlagenes Päckchen nach draußen reichte. Ich wußte inzwischen, wie faßlich schmal ihr Körper war, auch wenn ihr Rücken unter dem spannenden Kittel massiv erschien. Sie strich das ihr zugereichte Geld vom Fensterbrett, sortierte es in die Kassenfächer, und obwohl sofort ein anderer Kunde ans Fenster trat, machte sie eine kleine Bewegung auf mich zu, viel ließ der enge Raum ohnehin nicht zu. Unter dem gestrickten Stirnband, das sich über ihren Ohren verbreiterte, fransten halbblonde Haarsträhnen hervor. Sie griff nach meinen Händen, von denen ich die dicken, vereisten Handschuhe gezerrt hatte. Sie hatte Pulswärmer bis auf die Handteller gezogen, drückte meine Finger in der weichen Wärme ihrer Hände und legte sie an die heiße Metallfläche des Bockwurstkessels. Und hielt sie dort fest.

In solchem Moment war ich drauf und dran, an das Schicksal oder eine andere höhere Macht zu glauben, die trotz allem, was sie einem zumutet, die Dinge letztlich doch absichtsvoll zum Guten fügt: indem sie mir den Entschluß, zur Straßenbahn zu gehen, eingegeben hatte; den Rat der Stadt die Entscheidung hatte treffen lassen, die alte Brücke in diesem Herbst abzureißen; die Leute vom Konsum bewogen hatte, Karin in diesem Kiosk einzusetzen, und Fahrdienstleiter Krüger, mir die Dienste der Linie 1 zu geben, auch wenn das kein Entgegenkommen war.

Wissen Sie, was das heißt, jetzt zehn Stunden auf der Bahn durchzuhalten! sagte Karin zum Fenster hinaus, in der fraglos richtigen Annahme, daß meine Anwesenheit im Inneren des Kiosks einer Erklärung bedurfte, zumal derjenige draußen ebenfalls dem Frost ausgesetzt war; sie schickte einen verschwörerisch glimmenden Blick zu mir hin und bannte meine Hände mit ihren weiter auf die warme Rundung des Bockwurstkessels. Von draußen kam kein Widerspruch. Mit der Bestätigung ihres Tuns nahm Karin ihre Hände von meinen, allerdings nicht ohne mir mit einem leichten Fingerdruck Order zu geben, meine auf dem Kessel zu lassen.

Sie legte drei Päckchen Zigaretten, Turf, in das Bedienungsfenster. Dann wechselte draußen der Schatten.

Auch ich war ihr das erste Mal als Zigarettenkäufer gegenübergetreten. Und als ich die Packung ergriffen hatte, war ihr Blick aus den braunen Augen auf mich gerichtet geblieben, mit tastender Neugier, jedenfalls länger als nötig, und er irrlichterte in mir herum, auch als ich längst wieder auf der Bahn war.

Es waren drei lange Tage für mich, bis ich endlich wieder die 1 hatte. Mein Blick richtete sich geradezu magnetisiert auf den Kiosk aus, und als meine Bahn in dem abgesackten Gleis schwankend vorbeirumpelte, flatterte hinter dem kleinen Fenster die Hand auf. Als ich schließlich das dritte Mal an ihrem Fenster erschien, lud sie mich ein, hineinzukommen. Zum Aufwärmen! Ich füllte in der Unförmigkeit meiner Kleidermassen das bißchen Raum fast völlig aus und wagte mich nicht zu bewegen. Ein-, zweimal schien mir, als nutze sie die Enge aus, um mich zu berühren. Wobei durch unser beider Kleidungsverpackung freilich nicht viel zu empfinden war.

An dem Tag, an dem ich den Pausenablöser hatte, verabredeten wir uns. Das Bedienungsfenster hatte sie bereits geschlossen, als ich am Kiosk eintraf, und es war düster in der kistenvollen Enge. Sie hatte den weißen Kittel schon über einen Haken gehängt, setzte ein paar Kartons übereinander, bückte sich, um eine Stiege zurechtzurücken, eigentlich ohne groß von mir Notiz zu nehmen. Doch plötzlich richtete sie sich direkt vor mir auf, so dicht, daß ihre Stirn fast mein Kinn berührte, und noch ehe ich begriff, daß es unausweichlich war, hatte sie sich noch etwas höher gereckt, berührten ihre Lippen meine, tasteten sie ab und preßten sich auf sie. Mir war im ersten Moment, als spürte ich die feuchte Festigkeit eingeweckter Glaskirschen auf meinen Lippen, bis mir klar war, was geschah. Trotz der Verpackung in Uniformmantel und Wattejacke entging mir nicht, wie sich ihr Körper meinem mitteilte. Daß ihre Hände meine Schultern gefaßt und sie sich an mir heraufzogen hatte, merkte ich erst, als sie mich wieder losließ…

Jetzt aber warf sie sich vom Bedienungsfenster herum und rief in einem fremden schrillen Ton: Deine Bahn fährt!

Die Bahn fährt? Mein erster Gedanke: Hentschel. Der leistete sich so etwas. Der Witzbold unter den Fahrern. War mit dem Sandower Wagen angekommen. Aber wenn schon, dann soll er sich an den Fahrplan halten. Ich habe noch gute zwei Minuten! Ich löste die Hände vom Bockwurstkessel, streckte den Kopf zum Bedienungsfenster hinaus, und der Schreck schoß in mich. Die Bahn fuhr nicht. Sie rollte. Rückwärts. Auf die Spree zu. Auf den Abgrund.

Ich war draußen, noch ehe ich weiter dachte. Ich stampfte, ohne voranzukommen. Es dauerte zehn Schritte, bis sich der Abstand zu der rollenden Bahn verringerte. An der Schwärze hinter den gefrorenen Scheiben und in der offenen Perrontür sah ich, daß die Bahn mit Leuten vollgestopft war. Der Sandower Wagen hatte seine Ladung gebracht.

Meine Knie knickten ein. Es lag nicht an der Last der Sachen. Ich rutschte bei jedem Schritt. Ich sog die kalte Luft in die Lunge. Ich kam der Bahn näher. Sie hoppelte – gemächlich, aber unbeirrt – auf die Spree in der Tiefe zu. Der Stromabnehmer auf dem Dach peitschte hin und her. Ich erfaßte die Griffstange, riß mich hoch, stieß mich zwischen die Leute. Ich sah mit dem Bruchteil eines Blicks, wie verdattert und unwillig sie über mein grobes Auftreten waren. Die rollende Bahn hatte sie nicht beunruhigt. Sie hatten mich, den Fahrer, irgendwo im Wagen vermutet und das Rückwärtsgleiten für Absicht gehalten. Ebenso Hertha Schultka, die, eingezwängt zwischen den Leuten, im Innenraum beflissen kontrollierte und kassierte. Ich warf mich mit aller Wucht gegen die Kurbel der Handbremse. Sie riß durch. Die Bahn rollte weiter. Mit der linken Hand jonglierte ich den Schalthebel auf den Stutzen. Er faßte. Ich stieß die Kurbel in die Fahrstufen, also gegen das Rückwärtsrollen. Die Motoren jaulten auf. Ich riß den Sandhebel auf. Der Automat an der Wagendecke knallte heraus. In dem Moment griff die Handbremse. Die Bahn bäumte sich auf, fiel förmlich in sich zusammen und stand.

Kein Problem, sagte ich halb an die Leute gewandt, halb zu mir, während ich mich nach dem Automatenhebel unter der Decke reckte und ihn wieder einrastete. Ihr seid auf einen Schlag immer ein bißchen viel für die Bahn, tat ich leichthin. Ich unterließ es, nachzusehen, wie viele Meter der Wagen noch gehabt hätte, bis er abgekippt wäre. Niemand begriff, was ihnen gedroht hatte, auch Hertha nicht. Ich steckte reflexartig den Kopf noch mal in die eisige Luft hinaus. Ich trat auf die Fußglocke, schaltete auf die erste Stufe, die Bahn fuhr an. In die richtige Richtung. Ich vergaß, zum Kiosk zu sehen. Nach einer Weile, während ich ruhig schaltete – über die vierte Stufe ging es in der Kurve um die Oberkirche nicht hinaus – spürte ich, wie mein Herz unter dem Pullover wuchtete.

Es stimmte, was ich den Leuten gesagt hatte, daß sie auf einen Schlag zuviel für die Bahn waren. Ich hatte, als ich angekommen war, selbstverständlich die Bremse angezogen. Wenn der Wagen belastet wurde, drückten sich die Federn zusammen, die Bremsbacken senkten sich und lösten sich dadurch von den Rädern. Ein Konstruktionsmanko, von dem wir wußten. Natürlich verstieß es gegen die Order, daß ich die Bahn im Gefälle sich selbst überlassen hatte.

Am Altmarkt, am Thälmannplatz und schließlich am Bahnhof blickte ich beklommen den aussteigenden Leuten hinterher. Ich war erleichtert, daß Arnold nicht dabei war. Ihm hätte ich nichts vormachen können. Hertha Schultka gegenüber wiegelte ich ab, ich hätte die Bahn im Auge gehabt. Ich lud sie in die *Russenmitropa*, die zu benutzen auch wir das Privileg hatten, zu einem Kaffee ein.

Als ich später das Foto von der Dampflokomotive sah, die die Fassade des Gare du Montparnasse in Paris in der Höhe des oberen Stockwerks zur Straße hin durchbrochen hatte und samt Tender kopfüber auf die Pflasterung gestürzt war, stockte mir der Atem. Das Foto hielt die schräg verharrende, fehlgeleitete Massigkeit für alle Zeiten als Menetekel fest. Der Vorfall hatte sich 1895 ereignet. Wobei es nicht mal zur Katastrophe gekommen war, so wie Lok und Tender sich zwischen Gleishöhe und Straße verkeilt hatten und dadurch den Absturz der Wagen mit den Reisenden verhinderten. Meine menschenvolle Bahn wäre von keiner schützenden Lok und keinem Tender aufgehalten worden!

Ich fuhr wie mechanisch meine Runden und wagte kaum einen Blick zum Kiosk. Irgendwann stand Karin an der Bahn, eine Männerjacke über dem Kittel, die schmale Nase vom Frost gerötet, die Augenbrauen an der Nasenwurzel zusammengezogen, als wolle sie das Gesicht der Kälte entziehen. Ob ich sie nachher abholen könne? fragte sie zu mir hinauf. Um sechs. Ihr Atem wehte in die Frostluft.

Ich hätte nicht sagen können, was ich wollte. Statt in die Kantine im Depot ging ich nach der Ablösung in Erich's Bierhaus. Ich schälte mich aus Mantel und Wattejacke, bestellte Tiegelwurst mit Sauerkraut für eine Mark zehn und eine Limonade. Danach trank ich einen Kaffee, rauchte zwei, drei, vier Turf und blickte auf den in Schnee und Frost erstarrten und entfärbten Altmarkt hinaus. Die Leute stapften vermummt durch die Kälte. In regelmäßigen Abständen rumpelten die Bahnen vorbei, mal, um in Richtung zur Spree zu verschwinden, dann, um von dort wiederzukommen, ganz selbstverständlich. Mich hatte tatsächlich Hentschel abgelöst, die Schirmmütze tief in die Stirn gezogen, einen Schal hoch übers Kinn gewunden, so daß von seinem Gesicht fast nichts übrig blieb. Hättest mir 'ne große Freude gemacht, wenn du nicht gekommen wärst, sagte er, als er sich an den Griffstangen hochzog.

Fast hätte's geklappt. Aber ich sprach es doch nicht aus.

Die Zeit kam nicht von der Stelle. Ich trank einen weiteren Kaffee und rauchte die nächste Zigarette. Es war erst ein paar Tage her, daß ich mit Karin zum ersten Mal in Erich's Bierhaus war. Sie trug einen fliederfarbenen, flauschigen Rollkragenpullover, und wie sie zum Greifen nah war, ihre braunen Augen auf mich in meiner zellwollenen Straßenbahnerkluft gerichtet hatte (die Filzstiefel versuchte ich unter dem Tisch ihrem Blick zu entziehen), kam es mir wie ein Wunder vor, mit ihr zu sitzen und sie ansehen zu können. Natürlich war es mit dem Ansehen nicht getan, auch nicht damit, daß ich dem Ober winkte, so wie sie halb heiter und halb herausfordernd ihre Augen auf mich gerichtet hatte und die Ohrringe zitterten, obwohl sie scheinbar ganz reglos saß.

Sie bestellte einen Kaffee komplett, und nachdem sie Sahne und Zucker ausgiebig verrührt hatte, sagte sie über die Tasse hinweg, die sie in Kinnhöhe hielt: Na, Herr Straßenbahner.

Es konnte alles heißen, und hieß es wohl auch. Und nachdem sie einen Schluck genommen hatte, sagte sie, ihr Großvater sei bei der Post gewesen, über vierzig Jahre lang.

Ich verstand es als einen Brückenschlag von ihrer Familie zu mir. Eine Art Kollege? sagte ich erfreut. Und mit verändertem Tonfall: O je, muß ich aber noch 'n paar Jährchen durchhalten.

Wir erzählten uns unsere Geschichten. Ihr Vater war wie meiner *im Krieg geblieben* (ich mußte mich hüten, nicht auch das als Zeichen von Verbundenheit, gar von Vorsehung zu nehmen). Sie hatte Verkäuferin gelernt, war danach auf die ABF gegangen, nach Greifswald, worum ich sie beneidete, denn Greifswald bedeutete Meer (das ich noch nie gesehen hatte!), Schiffe, Weite und Welt. Sie hatte im Sommer das Abitur gemacht und sich für ein Ökonomiestudium beworben, naheliegenderweise. Lieber wäre ihr etwas mit Kunst oder Kultur gewesen, das habe aber nicht geklappt. Und wieder registrierte ich Schicksalsgleichheit... Als wir uns in ihrem Hausflur verabschiedeten, schlug sie vor, wir sollten ins Theater gehen. Innerlich jubelte ich. Ich mußte mich bremsen, um es nicht als Liebeserklärung zu nehmen. Doch im selben Moment ärgerte ich mich, daß ich nicht selbst auf diese Idee gekommen war. Meine Vorstellungskraft hatte bloß bis zum Kino gereicht. Weil ich aber zweifelte, ob *Lohn der Angst* der passende Film war, ließ ich es nicht mal darauf ankommen. Als ich im Wirrwarr meiner Gefühle nicht sofort reagierte, hielt sie es für nötig, ihrem Vorschlag Nachdruck zu verleihen, und ich spürte in der Dunkelheit des Hausflurs wieder ihre Glaskirschenlippen, zuerst auf meiner Wange, sie brauchten ein bißchen, um sich auf meinem Gesicht zu orientieren, bis wir uns aneinander festsogen...

Nun aber war dem Herrn Straßenbahner anders zumute, nachdem ihm um ein Haar die Straßenbahn zum Verhängnis geworden wäre. Ich zerknautschte die Zigarettenschachtel, die aufgeraucht war.

Als ich zum Kiosk kam, stand Karin schon davor. Statt des Stirnbands hatte sie eine flauschige Wollmütze bis an die Augen herabgezogen. Sie trat auf der Stelle hin und her. Sie griff noch mal prüfend nach der Klinke. Mir war eigenartig leer im Kopf. Mir fiel nichts Besseres ein, als wieder Erich's Bierhaus vorzuschlagen. Sie sagte, indem sie sich nach der derben Tasche bückte, die sie neben sich abgestellt hatte, ihre Mutter sei für drei Tage zu einem Lehrgang in Großräschen (ich wußte, daß sie ebenfalls im Konsum angestellt war). Deshalb müsse sie noch mal bei ihrer Großmutter vorbeigehen, in der Virchowstraße. Sie sah mich an. Die Leuchtkraft ihrer Augen war von der Kälte unversehrt geblieben. Aber sie könne es auch lassen, sagte sie.

Plötzlich hatte ich das eigenartige Gefühl, so wie ich neben ihr herging, als folgte ich einer Entscheidung, die längst gefallen war.

Sie trug ein dunkelblaues Plisseekleid, wie sich zeigte, als sie Mantel, Jacke, Pullover ausgezogen hatte. Das Kleid formte ihren Körper nach. Ich kam mir plump vor in der derben Uniformhose und dem verschossenen grünen Pullover. Die Stiefel hatte ich an der Wohnungstür ausgezogen, bemüht, die Fußlappen nicht zum Vorschein kommen zu lassen. Die Wohnung bestand aus drei hintereinanderliegenden Räumen, Küche, Wohnzimmer, Schlafzimmer. Ich hatte wohl kaum so eine mondäne Wohnung wie die bei Kati erwartet und war erleichtert, daß es tatsächlich eine bescheidene war.

Karin fragte mich, ob ich Bockwurst essen würde, sie habe welche mitgebracht. Sie lächelte verschmitzt, als wir am Küchentisch saßen. Bockwurst sei ein gutes Geschäft. Die werden nach Gewicht geliefert, aber nach Stück verkauft. Eigentlich sollte jede hundert Gramm wiegen, tun sie aber nicht.

Wir wechselten ins Wohnzimmer, das warm war, und ich spürte, wie der Schreck über die abrollende Bahn sich irgendwo in meinem Inneren verkrümeln wollte.

Ich glaube, ich habe etwas wiedergutzumachen, sagte sie.

Sie richtete einen halb scheuen, halb listigen Blick auf mich, öffnete den Glasschrank, nahm eine Flasche Pfefferminzlikör heraus, wie die grüne Flüssigkeit unschwer zu deuten war, zwei kleine Gläser und stellte sie so auf den Tisch, daß unsere Plätze nebeneinander auf dem Sofa bestimmt waren. Sie füllte die Gläschen, hob das ihre und sagte kryptisch: Das muß sein! Ihr Blick leuchtete auf, sie wölbte die Glaskirschenlippen um den Glasrand, die Augenlider senkten sich, und die grüne Flüssigkeit aus dem Glas verschwand, bis auf einen Tropfen, der der Nacharbeit ihrer Zungenspitze bedurfte.

Ich neigte den Kopf zurück und sog die scharfe, klebrige Süße in mich hinein.

Auf einem Bein kann man nicht …, sagte Karin, und ich fühlte, wie ihre Hüfte mich berührte, während sie sich vorbeugte, um die Gläschen von neuem zu füllen.

Auf zwei Beinen wollten wir auch nicht. Und nach dem dritten Glas verselbständigten sich meine Arme, schlangen sich um Karin, zogen ihren Körper, der durch das Plisseekleid deutlich spürbar war, an mich. Nach dem vierten oder fünften Glas hüpfte sie vom Sofa, knipste das Deckenlicht aus, so daß nur der matte Schein der seidenbespannten Lampe auf dem Vertiko blieb.

Als sie in ihrer betörenden Blöße neben mir lag, sich an mich klammerte, als könne sie nicht genug von mir bekommen, nahm es mir fast die Besinnung.

Es war nicht ganz einfach, auf dem schmalen, kurzen Sofa zurechtzukommen. Doch ich spürte ihre Finger in meinen Schultern und die Aufforderung ihres ganzen Körpers. Und es war ja nicht nur ihr Körper. Ich wußte es und wußte nicht, wohin mit mir und meinem Jubel. Ich konnte es nicht glauben, daß sie sich mir so ganz und gar überließ, hüllenlos, schutzlos, preisgegeben, sich mir auslieferte, mich verlangte, mit Heftigkeit. Ich hielt ihren Kopf in meinen Händen. Ihre Augen waren groß und dunkel und glänzend auf mich gerichtet, als wollte sie mich beschwören.

Du bleibst hier, sagte sie dann.

Ich ging aber doch zum Nachtwagen, zerrte im Depot mein froststarres Rad aus dem froststarren Radständer und fuhr in die Nacht, automatisch, wie betäubt. Die Straßen mit der festgewalzten Schneeschicht waren leer. Vom Bahnhof hörte ich auf dem Ablaufberg das Kreischen der abgebremsten Räder und das hallende Zusammenschlagen von Waggons. Die schwarzen Stämme des Kiefernwäldchens um das Wasserwerk standen mit ihren senkrechten Schneestreifen an der Wetterseite wie eine weiße Wand vor mir, die aber im Draufzufahren wich. Mir war, als sei ich durch eine Schutzschicht von der beißenden Kälte abgeschirmt, obwohl ich sie spürte. Ich wußte überhaupt nicht, wohin mit meinen Empfindungen. In mir war Chaos, und in dem jubelnden Aufruhr regte sich wohl die Vermutung, daß vielleicht doch nicht alles der fernen Welt bedarf. Ich sah immerzu ihre Augen auf mich gerichtet. Und hatte einen einzigen Gedanken, genaugenommen keinen Gedanken, eine Überzeugung, einen Zustand. Er hatte sich Worte gesucht, ohne mein Zutun, als würde er durch Worte erst Wirklichkeit. Wären mir die Bücher mit den Goldprägungen aus der Dresdner Wohnung erhalten geblieben, hätte er sich vielleicht aus ihnen bedient: *Ihr Leben hing mit diesem Blick an meinem Leben.* Mir standen aber nur Worte von Tante Erika zur Verfügung: Solche Augen lügen nicht! Es war das höchste Lob, das sie im nachträglichen Gespräch jemandem zusprach. Die liefen nun durch meinen Kopf, ununterbrochen, wie Rosenkranzperlen immer wieder durch die Finger laufen. Solche Augen lügen nicht!

Ich wurde die Botschaft nicht los, mein ganzes Leben lang.

5

Wenn es damals mit den Außenhandelsexaminatoren nicht um San Francisco gegangen wäre, hätte ich mich ebensogut über Iowa statt über Kalifornien auslassen können, wenn mir Iowa eingefallen wäre.

Jetzt war ich zu allem Überfluß, genau als wir Iowa erreichten, eingeschlafen. Die Anspannung des Weltenwechsels war verflogen, in des Wortes eigentlicher Bedeutung, und ich hatte nichts mehr, was der Müdigkeit Widerstand entgegensetzte. Der schwingende Volvo trug das Seine bei, die Landschaft von Illinois das Ihre. Halbwachen Sinnes und schubweise immer noch von Zweifel befallen, ob ich mich wirklich jenseits des Ozeans befände, schien es mir nicht ausgeschlossen, auf der Autobahn zwischen Ortrand und Thiendorf unterwegs zu sein. Nur daß die Gegend hier kein Ende nehmen wollte. Als sie dann doch eins nahm, Fred an seiner Zigarre vorbei grummelnd den Mississippi ankündigte, mobilisierte ich meine letzten Reserven.

Da mir Chicago schon entgangen war, denn von O'Hare am Nordwestrand der Stadt kehrten wir mit unserem weiter westwärts gelegenen Ziel der Stadt den Rücken, wollte ich mich nicht auch noch um den Mississippi bringen. Obwohl mir Fred tröstend in Aussicht gestellt hatte, Chicago holen wir nach, das sei ein Katzensprung, kamen mir nun Bedenken, nicht so sehr wegen der Sprungkraft amerikanischer Katzen, sondern ob es angesichts der erheblichen Strecke so ohne weiteres getan sein würde. Zumal eine Meile sich mehr als ein Kilometer streckt und meine innere Uhr sich auf die langsamere Verminderung der Entfernungsangaben nicht einstellen wollte. Daß die Entfernung üblicherweise auf eine Flugstunde schrumpfte, war mir noch nicht vertraut.

Der Highway senkte sich in weitem Bogen in eine Vertiefung, in der sich in wechselnder Breite ein graues Etwas hinstreckte, der Fluß. Nicht mehr als eine mittlere Elbe. Die Stadt – Dubuque (phonetisch *Duhbjuck*) –, die die Uferausweitung füllte, zeigte sich mit dem Charme von Riesa. Kais, backsteinerne, vielfenstrige Industrieklötze, Öltanks und flußabwärts die robuste Stahlgitteraufwölbung einer Brücke. Als wir, den Fluß unter uns, direkt in die Aufbauten von Schuten und Schleppern blickten, soweit der sechsspurige Fahrbahnbeton das zuließ, zwang ich mir noch eine Reminiszenz an Tom Sawyer und Huckleberry Finn ab. Die mich so überanstrengte, daß mir die Augen endgültig zuklappten, in dem Moment, als wir den jenseitigen Uferanstieg hinaufrollten – Iowa.

Nachdem ich Iowa drei Stunden lang schlafend mit Mißachtung gestraft hatte, wollte es mir auch nach Freds Weckruf »Wir sind da« in meiner Schlafschwere nicht gelingen, irgend etwas zu entdekken, das seine Äußerung rechtfertigte. Die beiden gegenläufigen Fahrbahnen des Highway waren durch einen fußballfeldbreiten Mittelstreifen auseinandergeschoben, und anstelle der Standspuren unserer heimischen Autobahnen zogen sich auch an den Außenrändern steinwurfbreite Grasbänder hin, die in die grünbraune, horizontweite Landschaft übergingen. Unvermittelt wurde sie von Böschungen verstellt, in deren Schneisen wir gerieten. Wir hoben uns über Brücken, andere Highways mündeten aus dem Nichts, wie mir schien, in unseren, um sich kurz darauf wieder zu lösen und in ein anderes Nichts zu führen. Dann erst gewahrte ich laubverpackte Dächer und Giebel, die auf eine Schrebergartenanlage schließen ließen. In einiger Entfernung wurden sie in der Unschärfe des dunstigen Lichts von einem auf Stelzen emporgehobenen kugeligen Etwas überragt, ein paar geometrische Betonwandungen und eine helle, schildkrötenartige Aufwölbung zeichneten sich ab, die denn doch auf mehr als eine Ansammlung von Wochenendgrundstücken wiesen. Randers.

Ich kam eigentlich erst am nächsten Tag an. Als mir die Kassiererin vom Jack & Jill Food Center ein so einnehmendes Have-anice-day entgegenstrahlte, daß ich mich unwillkürlich umdrehte, ob nicht jemand hinter mir stünde, dem es galt, obwohl ich wußte, da war niemand. Nicht daß mich, wie einst durch Karins Lächeln ausgelöst, abermals ein kleiner Glücksstoß traf – dein Schicksal sind Verkäuferinnen! –, dazu lagen die Dinge denn doch zu anders, aber mich überschwemmte das wärmende Gefühl, als würde mir mit der Tüte aus braunem Packpapier mehr als das sorgfältig einsortierte Einkaufsgut zugereicht.

Ich entschwebte aus der Umschattung des Food Market. Die Sonne breitete eine sanfte Wärme über den holzverschalten, pastellfarben getünchten Musterhäusern mit den verglasten oder offenen Veranden und den Basketballkörben über den Toren der Doppelgaragen aus. Hier und da zwischen den Laubhauben der Bäume bemühten sich Stangenmasten, die blauweißrot gestreiften und besternten Fahnen zu ihrem Recht kommen zu lassen, aus welchem Anlaß auch immer. Mangelnder Wind versagte ihnen die Entfaltung. Die Assoziation Laubenkolonie verwarf ich hastig als fahrlässig. Eine propere Gartenstadt umgab mich, und mein heimatliches Zuhause erschien mir als eine Art Kasernierung in Trutzburgen, denen eine Ausstrahlung von Verbissenheit anhaftete.

Amerika, du hast es besser. Zu den Häusern führten Zufahrten durch die akkuraten, zaunlosen, von großblättrigen Eiben und Ulmen teils beschatteten, teils der Sonne hingegebenen, von Eichhörnchen überhüpften Rasenflächen, die bis an den Rand der Fahrbahn reichten. Was hieß, es gab keinen Fußweg und außer mir niemanden, der einen benötigte. Es machte mir meinen Ausnahmezustand bewußt. Denn ich veranlaßte die gelegentlichen, ohnehin nur im Tempo von Fahrschülern über den Asphalt hinrollenden Autos, sich auf Schrittgeschwindigkeit zu verlangsamen. Statt Anzeichen von Unwillen zu geben, wurde mir durch das geöffnete Fenster ein wohlgemutes Hi zugerufen. Es brachte mich in Verlegenheit. Womit sollte ich soviel *Entgegenkommen* verdient haben. Mir war zumute, als gelte hier tatsächlich Regel 1 sozialistischer Umgangsformen: Vorsicht und gegenseitige Rücksichtnahme. Ich setzte Fuß um Fuß geradezu mit Scheu auf, als fürchtete ich, dem Land Schaden zuzufügen, so unversehrt wie es schien. Und so erschien es ja nicht nur, so war es auch. Ich wußte, daß seit hundertzwanzig Jahren kein Krieg drüberhin gegangen war, und über Randers, Iowa, nicht mal der, der die USA damals zerriß und schließlich zusammenfügte. Man sieht, was man weiß. Mir war, als ginge vom Boden ein Auftrieb aus, der den Schritt leicht machte und mich hob, in jeder Weise, immer noch bis über die Wolken. Der ozeanüberblaute Globus in seiner sanften Krümmung spannte sich vor meinem inneren Auge aus. Mir war, als spürte ich die Wölbung nun unter meinen Füßen, als sei mir endlich der Beweis erbracht, die Erde ist rund!

Fred hatte mir den Trip zum Food Market zur Überbrückung seiner Abwesenheit und als *Akklimatisierungsdosis* vorgeschlagen. Deren Wirkung aber nicht seinen Vorstellungen entsprach. Als er am Nachmittag eintraf, sah er sich in seiner knappen Art genötigt, meinen Eindruck zu korrigieren: Jack & Jill sei keine gut geführte Kette.

Ich war nicht nach Iowa gekommen, um mit ihm zu streiten, am ersten Tag schon gar nicht. Seinem Beispiel und Wink zu folgen, sich in einem der Lederfauteuils niederzulassen, die Beine auszustrecken, lässig, also in der Art, die ich für amerikanisch hielt, lieferte dagegen keinen Grund zum Widerspruch. Ich spreizte die Arme, daß sie sich in die weichen Lehnen senkten, ließ den Blick über die in dunklem Schleiflack glänzende Regalwand schweifen, die mit Nippes gefüllt war, mit indischen, indonesischen, inkaischen und was weiß ich sonst noch für Figuren, Leuchtern, Kästchen. Ich nahm mir vor, sie bei Gelegenheit zu würdigen, im Moment war mir nicht nach noch mehr Welt zumute. Ich war von der mich umgebenden, der hierher gehörenden Wirklichkeit gebannt, die sich dem Blick durch das Fensterband zur Veranda hinaus bot in Gestalt zweier wellensittichähnlicher Vögel, die vom kurzgeschorenen Rasen in die durchlichteten Blätterglocken der

Bäume flatterten. Durch die Scheiben gedämpft, klimperte auf der Veranda ein metallenes Spielwerk. Äolsharfe, dachte ich und genoß die sanfte Gefälligkeit der Töne.

In der Nacht im Gästezimmer wurde ich grundlos wach, abgesehen davon, daß ich mich unter dem am Bettrahmen festgeklemmten Deckbett wie gefesselt fühlte, das ich nicht aus seiner Verankerung zu lösen wagte; ich spürte die Fremdheit des Raumes und sah in dem Grau hinter dem Sprossenkreuz des Fensters den Schattenriß eines Baumes, ein Stück entfernter im Hintergrund einen weiteren, reglos, und ich regte mich ebenfalls nicht.

Das also ist Amerika.

Meine Sachen solle ich nicht groß auspacken, hatte mir Fred empfohlen, er habe für mich ein Haus organisiert, in ein, zwei Tagen sei es soweit.

Außerdem, zwischen ihm und seiner Frau stünde es nicht zum besten. Er wolle mir den Aufenthalt bei sich auf Dauer nicht zumuten. Und auch sich so wenig wie möglich, wie sich zeigen sollte. Er hatte irgendwo vier Autostunden entfernt eine Freundin, vier Flugstunden entfernt eine weitere. Und Margie (Margot), seine Frau, trat mir mit ihrem strengen Lehrerinnengesicht entgegen, als mute Fred ihr mit mir seine Kurtisane (!) im eigenen Haus zu. Am Abend, als sie in der Küche beschäftigt war und ich anbot, ihr zur Hand zu gehen, entging mir nicht, daß in ihr so hart anmutendes Gesicht Enttäuschung und Bitterkeit ihre Spuren eingekerbt hatten. Ich spürte, daß ich fehl am Platz war zwischen den beiden. Ich dachte, so anders trägt sich der Umgang zwischen Mensch und Mensch auch hier nicht zu, und fühlte mich weniger fremd.

Ich bin am frühen Abend wieder hier, sagte Fred, als er mich und meinen Koffer in dem *kleinen* Haus, was in Amerika so klein heißt, mitten auf dem leuchtend blauen Synthetikteppich abgesetzt hatte. Fred war in Eile und in Gedanken offensichtlich bereits dort, wo er längst hätte sein müssen. Da ist das Telefon, rief er mir noch im Hinausgehen zu. Ich nickte, als sei damit alles für die Inanspruchnahme eines Hauses gesagt, und machte folgsam einen

Schritt auf das gedrechselte Tischchen zu. Hinter Fred klickte die Tür ins Schloß. Ich sank bis an die Knöchel in die blaue Synthetik ein, blieb stehen und überließ die weitere Inbesitznahme des Raumes meinem Blick. Ein weinrotes, mit glänzenden Satinkissen beladenes Sofa, ein Couchtisch davor, ein Ohrensessel, und, von der Weite des Raumes auf Distanz gehalten, an der Wand gegenüber ein massiver Eckschrank.

In ihm verbarg sich das Innenleben des Raumes, was hieß das Außenleben, der Fernsehapparat, wie sich zeigte, nachdem ich mich zu weiterem Vor*gehen* über den Teppich entschlossen hatte und die Schranktüren aufklappte. Nach hinten weitete sich der Raum in eine Eßnische mit einem runden Tisch für acht Personen, auf dem sich dann meine Frühstücksutensilien, so großzügig ich sie auch immer arrangierte, verloren, wie überhaupt meine Sachen, die meinen Koffer und die Taschen bis an die Grenze ihres Fassungsvermögens aufgedunsen hatten, im *kleinen* Haus spurlos verschwanden. – Ich hatte noch nie ein ganzes Haus zur Verfügung gehabt.

Die Eßnische hatte einen Durchgang zur Küche, deren Fenster nach Süden gingen, so daß sie nicht nur von Sonne überflutet wurde, sondern das Kühlschrankmöbel, sowenig ich es auch durch Inhalt forderte, zu andauernder summender Aktivität zwangen. Der Kühlschrank war mit einem Dutzend bunter Magneten geschmückt, Zettelhalter in den Umrissen der einzelnen Staaten: You've Got a Friend in Pennsylvania. Aha, sagte ich und wußte, mir fehlte noch einiges. Arizona empfahl sich mit einem Kaktus als Thermometer, dessen Skala auf verblüffende 120 Grad hochging. Minnesota – Land of 10 000 Lakes. Diese Charakterisierung irritierte mich, schien sie mir bisher doch Finnland zuzustehen, wenn auch ohne meine beglaubigte Erfahrung. Der Magnet von Iowa enthielt auf seiner signalgelben Kontur eine stilisierte Farm und drei Maisstauden (vermutete ich) – A Place to Grow.

Im Hängeschrank Gläser in allen Versionen, mit Mickey-Mouse-Signet und, um jeden Irrtum auszuschließen, auch noch mit *Walt*

Disney's Mickey Mouse umschriftet. Was wie Glas aussah, war freilich Imitat. Die Kaffeemaschine mit der bauchigen, ebenfalls Glas imitierenden Ballonkanne löste einen Wiedersehenseffekt aus, wenn auch widersprüchlichen. Es war das Modell aus dem Coffeeshop von O'Hara. Als einprägsamster Bestandteil der Küche sollte sich jedoch der Rauchmelder erweisen. Er ging los wie die Sirene eines Polizeiautos auf Verbrecherjagd, sobald ich mit den Weichbrotscheiben dem Toaster auch nur drohte, ihn in Betrieb zu nehmen. – Ich greife vor. Im Obergeschoß befanden sich ein weitläufiges Bad und zwei Schlafzimmer mit jeweils einem Doppelbett. Ich hätte getrost Karin und Silke mitnehmen können, und das Haus wäre immer noch nicht ausgelastet. Ich fühlte mich zur einen Hälfte beglückt, in ein neues Leben versetzt zu sein, zur anderen befremdet, daß die Dinge und ich doch nicht richtig zusammengehörten.

Für mich war es ein doppelter Hürdenlauf. Der Zwischenschritt von der Anspruchs- in die Dingwelt, von Ost nach West über gleichsam gemäßigtes Terrain zwischen Helmstedt und Lörrach war mir so gut wie vorenthalten worden. Außer den vier Tagen Aachen und einem Abstecher in die einstige *Frontstadt*, der gut ein halbes Leben zurücklag (ich komme noch auf ihn zurück), war mir von der anderen Welt vordem nichts beschieden. Trotzdem war ich bemüht, Haltung zu wahren. Ich kam mir im Farmers Market in einem Labyrinth schulterhoher Pyramiden aller denkbaren, eigentlich undenkbaren Früchte nicht nur auf das Maß eines Kleinwüchsigen geschrumpft vor, sondern sah, daß überhaupt meine Größenvorstellungen nicht mehr stimmten: Tomaten waren zu den Ausmaßen von Melonen angeschwollen, Himbeeren verfügten über das Volumen von Pflaumen, Pflaumen von Zwiebeln, Auberginen gaben sich in der beängstigenden Stattlichkeit von Wikingerkeulen. Ich schritt, von sichtbarer Kühle umhaucht, die Fleisch- und Käsetheken ab; in der Fischabteilung kam ich mir vor, als hätte ich die hingestreckte Ehrendivision auf Brucheis gebetteter schiffsankergroßer Hummer abzunehmen, Getier, das ich eigentlich einer untergegangenen Gattung zuzuschreiben gewillt war, die sich lediglich im Cottbuser Stadtwappen noch ihr Abbild bewahrt hatte. Dann erregte auf einem Tresen die Galerie von zwanzig Saftkaraffen mein Erstaunen. In allen Farbabstufungen reihten sie sich von reinem Deckweiß, wie ich es zu definieren versuchte (cocos taste), über Tieforange (orange taste), bedrohliches Grün (mint taste) bis zu Schrillviolett (caribbean taste). Anzeichen der Irritation gab ich erst von mir, als ich mich einem Bataillon Feuerlöscher gegenübersah. Sie erwiesen sich als Ketchupamphoren. Von da an schützte ich mich durch Wahrnehmungsverweigerung, ignorierte die Umwandung einer offenen Kabine, an der hunderte von Telefonen plaziert waren, vor der wir uns plötzlich befanden, insofern die Utensilien überhaupt als Telefone erkennbar waren – Sonnenblumen, Revolver, Schildkröten. Ich wunderte mich auch nur noch verhalten, als wir im Dschungel ankamen, zwischen doppelt mannshohen Bambusgewächsen, lianenumrankten Palmen, irgendwo aus dem glasüberdachten Himmel stürzten kristallklare Wasserfälle, inwieweit zum käuflichen Erwerb, erfragte ich nicht.

Daß der Gebäudekomplex über die Ausmaße eines Flugzeughangars verfügte, die Betonfläche, die ihm vorgelagert war, die eines Rollfelds übertraf, auf dem die Jahresproduktion mehrerer Kraftfahrzeugkonzerne abgestellt war, nahm ich als zwangsläufige Entsprechung hin. Auf dem Giebel des Strawberry Inn war, aus welchem Material auch immer, eine Erdbeere von der Größe eines Heißluftballons angebracht. Aber es kamen wesentlichere Dinge hinzu, die mich erstaunten, beeindruckten und irritierten und der Gewöhnung bedurften: daß die Einladung an mich allein auf Freds Kappe ging, keine Anträge, Genehmigungen, Begründungen erforderte (lediglich das Geld habe einiger Erklärungen bedurft); daß man mit langen Nummern nicht nur nach Key West, Florida, und Fairbanks, Alaska, sondern auch nach Aachen (ich mußte Gitta sofort die vollzogene Ankunft mitteilen) und in die halbe Welt telefonieren konnte; daß man selbstverständlich um

Mitternacht einkaufen fährt; daß nicht nur der Supermarkt, der Uni-Campus, sondern jede Highschool von einem ausufernden Kordon parkender Autos umgürtet ist; daß man, auch wenn man ein Auto und zwei Farbfernseher besitzt, als arm gelten kann...

Freilich offenbarten sich Tücken, als es darum ging, mir die Dinge dienstbar zu machen. Von jeder zweiten Wasserarmatur wendete ich mich, als sich auch das letzte Mittel, sie zu hypnotisieren, als wirkungslos erwies, unverrichteterdinge wieder ab. Als ich das erste Mal ein Hotelzimmer in Anspruch nahm und Fred mir über die Klippe der Verfügbarkeit von Wasser im Badsalon hinweggeholfen hatte, mußte ich mir von ihm realsozialistische Bescheidenheit nachsagen lassen. Statt des in halber Bettlakengröße verfügbaren Frottiertuchs hatte ich den in seinen Ausmaßen mir zum Zweck des Abtrocknens der Hände entsprechenden Wannenvorleger benutzt. Mit dem gebührenden Respekt gegenüber Unvertrautem betrat ich im Windschatten von Fred Pizza Hut, Burger King und Chinese Temple. Ein unverhofftes Gefühl des Heimischseins erfaßte mich, zu erleben, daß das Einnehmen eines Platzes keiner eigenen Entscheidung, sondern der Zuweisung des Personals oblag.

Daß im Chinese Temple diese Rolle Chinesinnen zukam und hinterm Buffet ebenfalls Asiaten uns lächelnd entgegennickten, hatte seine Folgerichtigkeit. Als Fred auf dem Weg zum Auto auf dem Uni-Parkplatz zu einem Mazda abbog und auf seine Ankündigung hin, er werde mich mit einem Philosophieprofessor bekannt machen, sich hinter einer zufallenden Kofferraumklappe uns ein braunhäutiger, dunkeläugiger, schwarzhaariger Mann zuwandte (That's Mister Gopal, your neighbor), war ich doch etwas überrascht. Dennoch ließ sich ein Inder als Philosoph auch am unerwarteten Ort noch erklären. Auch daß ein Romanist sich als Franzose erwies, war naheliegend. Ein Philippino als Mathematiker dagegen weniger! Die Leiterin des Sprachlabors war eine Libanesin. Ich weiß nicht, ob ich nach diesen Begegnungen aufmerksamer in die Gesichter blickte: Jedem Zweiten, Dritten, dem ich auf dem Campus begegnete, war seine Herkunft aus anderen Weltgegenden ins Gesicht geschrieben. Aber auch die, denen es nicht anzusehen war, entpuppten sich oft genug als Dazugekommene, als Schwede, Kroate, Russin und Südafrikanerin. Schwarzen, von denen man ja wußte, daß sie zur US-Bevölkerung gehören, begegnete ich weniger. Indianern überhaupt nicht.

Schließlich lösten auch mir völlig vertraute Dinge und Erscheinungen irritiertes Staunen bei mir aus. Zum Beispiel die Wolken, wie sie, die Unterseite glattgeschliffen, nach oben bauschig aufgetürmt, durch die lichte Weite des Iowanischen Himmels glitten, von Wisconsin nach Missouri, von Nebraska nach Illinois je nach Windrichtung oder Thermik. Ich gab mich auf der verglasten Terrasse viertelstundenlang dem himmlischen Treiben hin, als hätte ich noch nie ziehende Wolken gesehen. Meine Sinne waren wach, überwach, als gelte es nichts, aber auch nicht das geringste zu übersehen. Hurrikanwolken hatte ich wirklich noch nicht gesehen, schiefe, verdrillte, tintendunkle Trichter mit der Spitze nach unten, die zum Glück – sofern man das so sagen kann – entfernt am Horizont entlangzogen. Einige Zeit später allerdings prasselte schwerer Regen gegen die Verandascheiben, schloßte am Glas herab und peitschte die großen Blätter von den schwingenden Zweigen.

Als ich eines Abends mit Fred das erste Mal außerhalb von Randers unterwegs war, die schnurgerade Straße entlang, die sich hügelauf hob, hügelab senkte, um sich wieder hügelauf zu heben, beiderseits die eingedunkelte, gewellte Landschaft aus Maisfeldern, die als solche nicht mehr erkennbar waren, und die Lichter einer entfernten Farm in einer Vertiefung versanken, stand, vom Abbruch einer bewaldeten Höhe freigegeben, unvermittelt der Mond am Himmel, übergroß und so deutlich, daß ich ihm nicht nur seine Wölbung anzusehen meinte, sondern es mir schien, als könnte man ihn unterlaufen und sich seiner Rückseite zuwenden. Das fleckige Gesicht hastete über der dunklen, ausgefransten Silhouette des Horizonts in unserem Tempo mit.

Man könne glatt denken, auch der Mond sei hier bei euch von anderem Format.

Es war der Anstau von Jahrzehnten, der hinausmußte, ein bißchen irrational und unvorhersehbar, was Gelegenheit und Moment betraf, der Preis der Verhinderung, die genau das Gegenteil von dem angerichtet hatte, was sie bezwecken sollte – die Verzauberung des Unerreichbaren. Der Wunsch nach dem Besseren hatte sich in der Überzeugung verfestigt, draußen vollzöge sich das richtige, das wahre Leben. Das Staunen über den Mond war der verfremdete Jubel darüber, daß aus dem Wechselbad von Sichabfinden, Resignieren, Selbstaufgabe einerseits und dem Beharren auf Zuversicht andererseits, die mir mit zunehmenden Lebensjahren immer suspekter wurde, die Zuversicht doch als Sieger hervorgegangen war. Nun wollte ich die Befreiung aus den *falschen* Bindungen und Zwängen empfinden, wollte die *richtigen* Regeln in ihrer Nichtspürbarkeit spüren, wollte ihrer habhaft werden, wollte es genießen, am Ziel zu sein, auch wenn ich in diesem Moment unterwegs war, wollte gerade in der Inanspruchnahme des Raums die Erlösung fühlen, und sie bedurfte eines Zeichens.

Das Leben, in das ich geraten war, sagte ich zu Fred, und fühlte mich durch das Halbdunkel im Auto geschützt, verschaffte mir eine einfache Philosophie. Die Welt ist groß, vielfältig und reichhaltig, und sie kann einem den Glauben verschaffen, in ihr seine Lebenserfüllung zu finden. Aber weil die Idioten, die bei uns die Macht hatten, unfähig waren, die Bedingungen so zu organisieren, daß sie diesen Glauben zuließen – egal, ob sie sich in eine falsche Idee verbissen hatten oder ob es ihnen überhaupt an Format für solch ein Vorhaben mangelte –, die Dinge aber auch nicht aus der Hand lassen wollten, wie trotzige Kinder, die das Spielzeug längst ruiniert haben, errichteten sie die Mauer. Jenseits der Mauer aber, hieß das für unsereinen, sind die Verhältnisse dem, was einem vorschwebte, zumindest näher. Und nun solle es sich mir erweisen! Ich hoffte, Fred hörte den ironisierenden Beiklang in meiner Stimme heraus.

Und so wie die Umstände sich um mich fügten, konnte ich gar nicht anders, als sie als prompte Bestätigung meiner Erwartungen zu nehmen. Insofern ich mich von ihnen nicht aus der Fassung bringen ließ. Daß ich von einem Tag zum andern nach Amerika gekommen war, war ja längst nicht alles. Es kostete mich zudem nicht nur keinen Pfennig, mir wird der Aufenthalt mit einem Honorar in einer Höhe entgolten, die mir den Schreck in die Glieder fahren ließ. (Nimm und frag nicht, entschied Fred mit faunischem Lächeln.) Und noch mehr: Ich darf das Geld nicht mal für meine Ausgaben in Anspruch nehmen. Die erledigen sich durch einen Zauberspruch an der Kasse: Charge to the Modern Languages Department. Allerdings nicht bei Jack & Jill. (So daß ich gewillt bin, mich Freds Urteil über diese Ladenkette anzuschließen.) Die Dinge standen kopf, was, Marx zu Hilfe genommen, hieß, auf den Füßen, wo sie hingehörten, endlich. Es war mehr, als Mutter und ich einst in der Lage waren, uns vorzustellen, wohin ein Studium führen sollte.

Es war jener Abend im letzten Winter, an den ich dachte, als das Land gärte, Honecker zurückgetreten, die Mauer gerade geöffnet war. Ich war bei meiner Mutter vorbeigefahren. Oh Junge, wenn das bloß gut geht. Von mir aus mußte das jetzt auch nicht mehr sein, in meinem Alter. Ich hab genug von all dem (sie meinte die ganze Kette von Umbrüchen – Kaiser, Weimar, die Nazis, Sozialismus –, die sie überstehen mußte). Aber für euch ist es ja wohl besser. Wenn's bloß gut geht. – Es muß, Mutter. Es muß! – Na, wenn du's sagst. Als sie die Haustür hinter sich geschlossen hatte und das Licht im Türfenster erloschen war, zwängte ich mich noch einmal aus dem Auto, um mir den Mantel auszuziehen. Das Haus war zu einem dunklen Schattenkoloß entseelt, und im Halblicht der Nacht lag die leichte Aufwölbung des Felds winterlich kahl und menschenleer vor mir. Darüber, im milchigen Nachthimmel, stand kalt und bleich der Mond, unbeteiligt und unfaßbar wie immer. Von nirgends ein Ton, kein Geräusch, nichts von Aufbruch, von Erschütterung, keine Eruptionen. Als sei gar nicht wahr, was da gerade ablief und alles und jeden in Atem hielt; oder als sei es schon wieder in der Geschichte versunken, Hunderte, wenn nicht Tausende Jahre tief, als hätte ich das, was alles veränderte, verpaßt, als hätte es nie stattgefunden. Die Wende eine Episode, die DDR eine Episode, wie alles Vorangegangene und alles Kommende von der unerbittlich drüber hingehenden Zeit verschluckt. Wie es schließlich das Dasein der Menschheit überhaupt sein wird. Was bleibt, ich sah es, spürte es fröstelnd in der winterlichen Erstarrtheit, ist eine unbetroffene Erde und ihr ungerührter bleicher Begleiter da oben.

Ich hatte mich hastig hinter das Steuer in der dunklen Umhäusung des Skoda gesetzt, die Tür zugeworfen, als wäre das die Rettung...

Fred hatte sich eine Zigarre aus dem Etui auf der Konsole gefingert, steckte sie zwischen die Lippen, beugte sich vor, brachte den Anzünder zum Glühen, hielt ihn an die Zigarre und paffte drei Rauchstöße gegen den Mond, mit einem Ausdruck – soweit das dunkle Zwielicht im Auto überhaupt einen Gesichtsausdruck wahrnehmen ließ –, als wolle er sagen, so macht man das.

Ich versagte mir jedes weitere Wort über das, was mir noch durch den Kopf ging. Denn meine Anfälligkeit für den Mond zu erklären bedeutete, Fred einzugestehen, daß ich von meinem Wesen her kein Zustandsverbesserer sei, kein Zoon politikon, sondern Naturwesen geblieben sei, ein Landschaftsinhalierer. Es bedeutete, meine Einladung ist ein Irrtum, nicht nur, weil ich Straßenbahner war. Tatsächlich seien die Straßenbahnen eigentlich eine Notlösung gewesen. In einer Gesellschaft wie der DDR, die ein politisches Konzept zum Lebensdogma erhoben hatte, sei ich doppelt falsch am Platz gewesen. Fast möchte ich behaupten, mich interessiert ein Gesellschaftssystem eigentlich nicht als sozialer Organisationsrahmen, was er den Menschen zubilligt und was nicht. Mich interessiert, was mit den natürlichen Gegebenheiten angerichtet wird, wie Natur zu Landschaften geformt wird, Bauten plaziert, zu Städten geordnet, Verbindungen materialisiert werden, wie Straßen, Bahnen – *Straßen*bahnen, wäre ich nicht umhingekommen zu nennen –, eingefügt werden, ob das Ganze damit bereichert oder beschädigt wird. Die Gefahr der Beschädigung sei unbezweifelbar vorhanden, denn die Erde sei hervorragend vorgearbeitet gewesen, ehe der Mensch sich an ihr vergriff. Gewiß, der eine oder andere Zugriff tat und tue ihr gut. Für mich stecke die Faszination der Erde in ihren Landschaften. Ich sei ja weiß Gott nicht der erste, dem es so gehe. Er wüßte ja besser Bescheid als ich. Bruegel, die heimkehrenden Jäger im Schnee – das Bild sei mir als Kind in irgendeiner Zeitschrift vor Augen gekommen, ich habe es immerzu angesehen und wurde selber einer der Leute, die mit ihrer Hundemeute unter dem grauen Himmel und den kahlen Bäumen mit den Raben im Geäst in das Dorf zwischen den Eisfeldern hinunterstapfen, im Hintergrund die gratigen, verschneiten Felsenberge; später habe ich mir einen Druck von Vermeers Ansicht von Delft, dieses unwahrscheinliche Licht um die Stadtkulisse, an die Wand im Wohnzimmer gehängt; und in Dresden sei ich selbstverständlich nicht um die Caspar-David-Friedrichschen Seelandschaften, Mondlandschaften, Eislandschaften herumgekommen; ich sei in die Kunstausstellungen der DDR gegangen, die alle vier Jahre stattfanden; auch da hätten mich vor allem die Landschaftsbilder interessiert, selbst wenn die politische Absicht unübersehbar gewesen sei, zum Beispiel habe es dort ein Bild von Eisenhüttenstadt gegeben, der ersten *sozialistischen* Stadt der DDR, in der Wirkung der Landschaft, der Weite und des hohen Himmels habe sich für mich der ideologische Unterton verloren! Vielleicht war es vom Maler sogar so gewollt, die Stadt nur eine Beigabe. Die Künstler, die Schlitzohren! Und wenn mich je Gedichte berührt hatten, so seien es Naturgedichte gewesen, *Abseits* von Storm oder *Am Waldsaum träumt die Föhre* (Fontane?), die legten Glanz auf meine Kindheitswälder, oder: *Das Wasser rauscht', das Wasser schwoll, Ein Fischer saß daran,* es fuhr mir in die Brust, als ginge es um mich an unserem Teich; *sah nach dem Angel ruhevoll* – ich hab mir's überhaupt nur wegen *dem* Angel gemerkt –, aber daß es mit dem Fischweib auf etwas ganz anderes hinauslief, mißfiel mir; in Landschaftsdarstellungen hätten Menschen für mich den Zweck, die Stimmung mitzubewirken, die Bruegelschen Jäger eben, oder Pissarros Postkutsche, überhaupt die Impressionisten … Worum es mir geht, das sind glückliche Landschaften. Aber nur, solange die Landschaft nicht verfremdet wird, das Gemalte nicht zum Selbstzweck gerät, also zu Kunst. Das Gewimmel halbnackter Menschen im Ganges vor der Pagodenkulisse von Benares – es hieß noch nicht Varanassi – hatte für mich seinen Sinn in der Faszination, die im Kontext mit Stadt und Fluß entstand, nicht, daß ich mich durch ihren sozialen Zustand herausgefordert fühlte. Genauso nehme ich die schnurgerade Straße durch die Maislandschaft hier um uns wahr, so erging es mir mit dem nächtlichen Anblick von New York aus dem Flugzeug. Obwohl – vielleicht wäre ich mir nun doch ins Wort gefallen –, Baumwollfelder zum Beispiel –, also wenn es sich hier in der Dunkelheit um Baumwolle und nicht um Mais handelte –, die waren für mich mit den Schicksalen aus *Onkel Toms Hütte* verbunden. Notgedrungenerweise fühlte ich mich durch menschliches Schicksal schon herausgefordert, aber eben *notgedrungenerweise* … Ich will Landschaften genießen, in mich hineinsaugen, mit Augen, Ohren, allen Sinnen. Ich genieße Landschaften wie Essen und Trinken. Sie wahrzunehmen ernährt mich, seelisch. Davon abgesehen, bin ich vielleicht auf einer vormenschlichen Entwicklungsstufe steckengeblieben. Menschsein heißt ja vor allem, auf geistige Freiheit aus zu sein. Mir kommt es auf räumliche Freiheit an. Ihr Fehlen war für mich die Crux an der DDR. Weißt du, wodurch mich Marx am meisten herausforderte? Durch seine Lebensstationen – Trier, die Pfalz, Berlin, Jena, das Rheinland, Paris, Brüssel, London. Und das zu einer Zeit, als jeder Ortswechsel ein Kraftakt von Tagen, Wochen war. Aber nach all der technischen Entwicklung seit Marx, die dazu führte, daß man sich in einen Polstersitz fläzt, mit Drinks und Imbiß bedienen läßt und im Handumdrehen von einem Ort zum andern gelangen kann, sollte ich mich, wenn nicht einem Natur-, so doch einem

Gesellschaftsgesetz fügen, das die Marxschen Orte außer Jena und dem Halbberlin zu Phantomen, Phantasmagorien entwirklicht, also als unerreichbar bestimmt! Sich darauf einzulassen hieß doch nichts anderes, als den Sinn der Entwicklung der Produktivkräfte zu verleugnen, auf deren optimale Entwicklung wir eingeschworen wurden! Ein Anachronismus! Schlimmer noch, ich sollte mich dankbar erweisen, daß mir die nach wie vor vom harten Schicksal des Kapitalismus geschlagenen Orte erspart blieben! Und das Sinnbild gesellschaftlicher, sozialer Apokalypse hatten die USA zu sein! Mit den USA zu liebäugeln war politischer Tabubruch, war moralische Disqualifizierung, war ein Sakrileg. – Es ist schwer, so selbstlos zu sein, sich für die Verbesserung von Zuständen ins Zeug zu legen, deren schlimme Zustände einem als Erfahrung oder wenigstens als Anschauung verweigert werden. Mir wollte diese Selbstlosigkeit nicht gelingen. Im Gegenteil, meine Selbstsucht kehrte sich um und zielte auf die Verbesserungen der mich bindenden Umstände ab. Daß sie sich öffnen für das tatsächliche Potential der Produktivkräfte, was für mich hieß, die Welt, in welchem Zustand auch immer sie sei, erfahren, erleben zu können! Dies verweigert zu haben, das ist es, was ich dem Sozialismus vor allem anlaste. – Insofern, wäre ich nun vielleicht dem Selbstlauf meiner Worte ins Wort gefallen, sorgen die gesellschaftlichen Zustände dafür, daß man unweigerlich doch zum homo politicus wird. Wenn auch nicht in dem beabsichtigten Sinn. Mein Credo war kein ideologisches, sondern ein praktisches. Worauf es mir ankam, war, mich für Dinge einzusetzen, die das Leben erleichtern oder lebenswerter machen, und da ich nun mal einen Narren an Straßenbahnen gefressen hatte, waren es eben Straßenbahnen, in die ich meine Kraft steckte, damit sie ihren gesellschaftlichen Zweck erfüllen… Ein rotes Ampellicht zwang uns in der leeren Schwärze der Landschaft zum Halten. Freds Gesicht hatte im Halbschatten etwas Maskenhaftes angenommen. Die Zigarre steckte befremdlich wie ein Geschoß zwischen den Lippen. Es war nicht die Gelegenheit, meine Seelenlandschaft auszubreiten. Es wird sich eine passendere ergeben, auf der Terrasse konnte ich sie mir vorstellen, in den Korbstühlen sitzend, wenn er bei mir vorbeikäme.

Er kam, aber nicht die Gelegenheit. Er brachte Piet mit, ebenfalls Professor für Deutsch. Seine Mutter sei Holländerin, sein Vater Bayer. Da siehst du, was bei rauskommt, stellte Fred ihn mir vor und lachte schallend.

Piet hatte bei sich, was seinem Leben Sinn gab. Erstens, was in seinen Kopf *hinein* sollte: kalifornischen Chablis, den er kartonweise gleich im Keller deponierte, von dem ich noch gar nicht wußte, daß er vorhanden war. Die abendliche Grundversorgung, wie er lächelnd sagte. Zweitens, was aus seinem Kopf *heraus* wollte: Ich würde doch den, also wir hätten doch einen ausgezeichneten, wirklich ausgezeichneten, den Dingsda, also, den hätten sie nicht nach Frankreich…, also er wolle nicht mehr damit anfangen, das sei ja nun vorbei…

Während Fred seine Frau zuviel war, mangelte es Piet an der Anwesenheit der seinigen. Sie unterrichte in Wyoming, an der Uni, die Kinder längst aus dem Haus… Nun sag doch, wandte sich Piet unwillig an Fred, wie heißt der Dingsda…

Mach erst mal die Flasche auf, bestimmte Fred die Abfolge der Wichtigkeiten, dann werden wir sehen, ob dein Dingsda überhaupt noch an die Reihe kommt.

Piet stand vornübergebeugt und zerrte am Korken. Sein kleines Gesicht unter dem schütter gewordenen blonden Haarflaum bäumte sich in einem Ausdruck von Traurigkeit und Vorwurf auf. Warum soll er ihn nicht kennen! Und nachdem er den Korken aus der Flasche hatte: Man kenne doch Leute…

Er ist Straßenbahn-Ingenieur. Was hat Chamisso mit Straßenbahnen zu tun! Und an mich gerichtet: Piet ist Chamisso-Spezialist.

Ich brauchte einen Moment der Besinnung, was ein Chamisso-Spezialist sei. Mir waren Fahrzeugspezialisten, Fahrplanspezialisten, Gleisbauspezialisten ein Begriff, in der Medizin etwa Herz-, Lungen-, Nierenspezialisten geläufig, von Feldbau- und Tierzuchtspezialisten wußte ich aus der Landwirtschaft. – Das Leben ist immer reicher als das Denken, sah ich mich wieder einmal genötigt, Lenin zu Hilfe zu nehmen.

Chamisso wird dir nicht erspart bleiben, eröffnete Fred mir einen Blick in meine Iowanische Zukunft. Piet sah über die in seiner Hand auf die Glasimitate gesenkte Chablisflasche Fred sofort hoffnungsvoll und großäugig an, soweit das seine kleine Augen zuließen.

Aber nicht heute! entschied Fred. Prost!

Er bestand darauf, mir erst mal klaren Wein einzuschenken. Damit ich wüßte, wo ich gelandet sei, sagte er gegen das hochgehaltene Glas. Und ich ließ mich instruieren, daß Randers eine noble Universität sei, die Wert darauf lege, es zu sein. Sie zähle zu den Upper Twenties oder zumindest Thirties; in jüngster Zeit nicht mehr ganz. Die Einsicht, daß nicht nur ich nobel behandelt würde, sondern daß dies offensichtlich Standard sei, milderte meine Skrupel. Ich hörte dann von Fundraising, privaten Trägerschaften, was mir erläuterungsbedürftig war, von Studiengebühren, die mich erschreckten, über departments, instructors, lectures, panels. Als die Rede auf assistant professors kam, wobei Fred dem Begriff eine nachdrückliche Betonung gab, ging die Systematik in die Binsen.

Hör mir mit Ham-Burger auf! Piets blondbewimperte Augenlider flatterten.

Hab ich mit ihm angefangen? wehrte sich Fred mit gespielter Unschuld.

Assistant professor war für beide (die sie selbstverständlich associate professor, Fred sogar ordinary professor waren) ein Reizwort, wie mir zu erfahren noch bevorstand. Es war der *nickname* für den eigentlich Dritten im Bunde. Fred riet mir, ihm auszuweichen. Piet stufte ihn als gefährlich ein. Ich nahm mir vor, gefaßt zu sein, daß noch manches auf mich zukam.

Als erstes doch Chamisso. Aus gutem Grund, wie Piet behauptete. Er sei in San Francisco angelandet. In der spanischen Zeit. 1816. Ob ich seine Reise um die Welt gelesen hätte?

Hatte ich nicht. Mein geographisches Gewissen regte sich schuldbewußt. Ich hatte *Mit vollen Segeln durch die Ozeane gelesen, Die Entdecker der Welt, Reise um die Erde in 80 Tagen, Jack, der Seekadett, Dersu Usala, der Taigajäger.* Nun schlug Piets Stunde. Stunden, muß ich präzisieren. Er fühlte sich herausgefordert, mir die Schmach des Versäumnisses zu nehmen.

Seinen Schilderungen haftete jedoch die Eigenart an, daß mir ihr Sinngehalt verschlossen blieb. Ich erfuhr, daß das Schiff, Rurik geheißen, unter dem Kommando von Kapitän Otto von Kotzebue, einem Onkel des Trivialdramatikers (?) August von Kotzebue, mit Chamisso an Bord in der Bucht von San Francisco angekommen und sieben Salutschüsse zur Begrüßung abgegeben habe. Von den Spaniern auf dem Fort sei dies jedoch mit zwei Schüssen weniger erwidert worden, was einem Eklat gleichgekommen sei! Die Spanier hätten sich dann rauszureden versucht, das Fort habe unter dem Befehl eines Interimskommandanten gestanden, des Leutnants Don Luis de Arguello…

Mich an dem schadlos zu halten, was Amerika sonst bot, glückte ebenfalls nicht. Am Nachbarhaus öffnete sich geisterhaft das Garagentor über einer Leere; nach einigen Sekunden glitt ein Auto darauf zu, vorsichtig, als befürchte es, auf eine Mine zu fahren, und tauchte in das Halbdunkel der Garagenhöhlung; die Heckfront, nun alles, was meinem Blick noch ausgeliefert war, verharrte reglos; nach einer spannungsgeladenen Weile senkte sich, wiederum geisterhaft, das Tor darüber.

Die Schilderung der Ankunft des Seglers Rurik vor San Francisco stellte sich als neuerlicher Anlauf heraus, um auf den Dingsda zu sprechen zu kommen. Auch als Piet nun den richtigen Namen nannte, war mir nicht im geringsten geholfen. Ein ausgezeichneter Chamisso-Kenner, Biograph. Den die DDR-Behörden nicht zur Konferenz der internationalen Chamisso-Gesellschaft in die Champagne gelassen hätten, wo Chamisso herstamme. Das Schloß Boncourt gebe es zwar nicht mehr…

Piet nutzte jede Gelegenheit, wenn Fred nicht da war, weidlich aus. Ich mußte mir die Lebensstationen Chamissos aufzählen lassen, in Piets erstem Eifer nicht ohne Vorwurf über meine Unkenntnis, schließlich lägen sie *alle im Osten*: Schloß Kunersdorf (wo Chamisso den *Schlemihl* geschrieben habe), ach ja, das sei freilich im Krieg zerstört (ich hatte keine Ahnung, von welchem Kunersdorf er redete), der Botanische Garten in Berlin (wo er Kustos gewesen sei), ach ja, da hätte ich nicht hingekonnt. Damit war ich halbwegs entschuldigt. In der nächsten Lektion ging es um Freunde, Geistesverwandte, Gesprächspartner: Julius Hitzig, Varnhagen von Ense, Rahel Levin, Ehteeah Hoffmann... Was sollte ich dazu sagen! Ich gestand mir im Stillen ein, daß Wilfried (von ihm wird noch die Rede sein) doch der richtigere Mann für die Einladung gewesen wäre. Was mir bitter ankam. – Wenn mich an Chamisso etwas interessierte, so war es die aus meiner momentanen Not geborene Frage, wie ein Landesfremder, der er ja in Berlin war, einer anderen Sprache so mächtig werden konnte, daß er es in ihr zum Nationaldichter brachte. Ich hütete mich jedoch, das Gespräch in diese Richtung zu lenken, nicht, weil mir keine Absicht ferner lag, als amerikanischer Nationaldichter zu werden, sondern aus Furcht, mich weiteren Pietschen Lektionen auszusetzen. Ich rettete mich damit dennoch nicht.

Bei der nächsten Gelegenheit schichtete mir Piet drei in grüngraues Leinen gebundene, mit Jugendstilornamenten verzierte, goldschriftgeprägte Bücher auf die Hand. Meyers Klassiker-Ausgaben, Chamissos Werke. Ich hielt sie, als hätte er mir Blindgänger zugereicht.

Meinen Entschluß, mich des Chablis zu enthalten, erkannte Piet nicht als Zeichen, daß ich mich ihm zu entziehen versuchte. Er erwies sich als doppelter Fehlschlag. Dem Wechsel zu Bier lag die Annahme zugrunde, daß es sich bei Budweiser um Bier in meinem Verständnis handelte. Nachdem ich mich auch noch an Genuine Draft, Miller und Mooshad gewagt hatte, die alle als Biere gelten, war ich bereit, einzusehen, abermals das Opfer mangelnder Weltläufigkeit geworden zu sein.

Es liegt in der Natur der Dinge, daß sie sich durch ihren Gebrauch entmythisieren. Nach Kaffee und Bier folgte auch Brot dieser Logik. Ich nahm zur Kenntnis, daß sich die Qualität von Brot hierzulande in seiner Leichtig- und Luftigkeit erweist, daß es bei neutralem Zugriff zwei Drittel seines Volumens zurücknimmt, aber der Eigenschaft entbehrte, sich einem an handfesten realsozialistischen Backprodukten geschulten Gaumen als schmack- und nahrhaft zu erweisen. Mein Blick schweifte morgens durchaus bekümmert über das reichlich scheinende Frühstücksarrangement auf dem Achtpersonentisch; sosehr ich Kelloggs Cornflakes, Snacks, Orange Juice, ein Kiloglas Strawberry Jam und die Pfundpackung Philadelphia Cream Cheese darauf bemühte. Die Erdnußbutter hatte sich nach dem ersten Versuch erledigt.

Auch Freds Mitteilung, es habe sich eine kleine Veränderung ergeben, machte mich nicht gerade froh. Die Reihenfolge meiner Auftritte müsse getauscht werden. Als erstes stünde mein *paper* an, ab Montag dann die Seminare. Es bedarf keiner Erörterung, daß mir ein, zwei Seminare in Deutsch als Probelauf für das Wagnis des Uni-offenen *paper* in Englisch mehr behagt hätten. Ich warf mir vor, Fred gegenüber leichtfertig gewesen zu sein, und zwar schon bei Gitta, als ich an die Einladung längst noch nicht zu glauben wagte und zugab, daß sechs Jahre Englischunterricht über mich ergangen waren, vier an der Oberschule, zwei an der Uni, wo es zwar auf technisches Englisch hinauslief, aber doch Englisch blieb. Sechs Jahre, eine Zeit, in der sich Fred ein halbes Dutzend Sprachen perfekt aneignete. Denn außer Englisch und Deutsch beherrschte er von Portugiesisch bis Finnisch so gut wie alles, was diagonal durch Europa – Westeuropa, sofern man den Begriff nicht geographisch nimmt – gesprochen wurde. Daß meine Bemühungen um Sprachaneignung zudem ein halbes Menschenleben zurücklagen, mit wenig Gelegenheiten zum Gebrauch, zählte für ihn nicht viel: Sprachen können ist wie Radfahren, was da ist, ist da.

Wie gesagt, ich war nicht zum Streiten nach Iowa gekommen. Mit Fred wollte ich es am allerwenigsten, auch wenn sich unsere Erfahrungen nicht deckten. Denn was ich in harten Stunden in einer dem äußeren Anschein nach anderen Sprache zu Papier gebracht hatte, war weniger meinen bilingualen Fähigkeiten zu verdanken als dem Collins Dictionary, den ich mir *unverzüglich* zugelegt hatte und aus dem ich durch langwieriges Blättern Wörterreihungen zusammenstellte, die sich, so mußte ich befürchten, zu einer Art Reißbrettenglisch nach DIN (*Deutscher* Industrie-Norm) fügten. Ingenieur bleibt Ingenieur.

Als ich Fred mein *paper* gab, vierzehn und eine halbe Seite, sagte ich: Ich fürchte, wir Ostmenschen stehen sprachlich – und womöglich nicht nur in dieser Hinsicht – schlecht bekleidet da, so gut wie nackt. Es ist schon ein starkes Stück, wie diese Gesellschaft so mir nichts, dir nichts den Löffel abgibt und unsereinen als Waise zurückläßt, und nun soll er zusehen, wo er bleibt.

Hast du was gegen Iowa? Fred tat empört und sah von meinen Blättern auf.

Da siehst du's. Es unterlaufen einem ständig Fehler.

Ich überließ Fred meinem Schriftgut. Mit undeutbarer Mimik wendete er in größeren Abständen die Seiten. Ein dutzendmal griff er zum Stift. Dann erhob er sich, drehte die Blätter zu einer Rolle und sagte: Das ist okay. Er bückte sich zu dem Tischchen, um seine Rauchutensilien an sich zu nehmen. Um noch etwas Grundsätzliches zu sagen: ein Beweis mehr, er winkte mit der Papierrolle als Hinweis, daß er von ihr sprach, die sekundärgenetischen Prägungen haben nicht mehr Tiefenwirkung als eine Frisur. Im Eigentlichen ist der Mensch ziemlich universell ausgerüstet, mit dem, worauf es ankommt. Der Haarschnitt spielt keine Rolle. Verlaß dich auf dich.

Wegen meines Haarschnitts hatte ich eigentlich die wenigsten Bedenken.

Fred klatschte sich mit der Rolle auf die Hand. Wir reden noch mal kurz drüber.

Ich war im Wasser und mußte schwimmen. In wohltemperiertem Wasser, das schien offensichtlich. Wie unbeschwerte, gefällige Zierfische zwischen den Grünpflanzen und Steinlandschaften eines Aquariums herumwedeln, so wimmelten die Studenten kreuz und quer über die Grünflächen und zwischen den Ziegelgebäuden des Campus mit den weißgerahmten Fenstern, den in Frische prangenden Fassaden, als wären sie gerade durch eine Waschanlage gezogen. Jungen wie Mädchen in Jeans aller Blauschattierungen, in khakifarbenen, knielangen Shorts, dazu T- und Sweatshirts, die als Werbeflächen dienten, für IOWA in knallgelben Großlettern oder die Universität, die sich mit ihren Initialen R.A. beschied. Sie brüsteten sich in des Wortes eigentlichem Sinngehalt mit Lackporträts von Madonna, Michael Jackson und Arnold Schwarzenegger. Auf federnden Tennisschuhen – während ich mir den Blick auf meine Rindsledernen, sozusagen betreten, versagte – schwärmten sie, von imaginären Strömungen gelenkt, in die Gebäude, belebten die Gänge, um von Klassenräumen aufgesaugt zu werden. Aus den offenstehenden Türen schwappte eine von Stimmen durchsetzte Unruhe in die Flure.

Auch die Türen der Büros standen offen, und wenn mein Blick im Vorbeigehen halb scheu, halb neugierig das Innenleben streifte, löste er zwischen den Computern und den buch- und aktenbeladenen Regalen ein heiteres Hi aus, das mich erschreckte, insofern mir der Zurufer verborgen blieb. Ich kam mir wie ein ertappter Voyeur vor. Um dem vorzubeugen, rief ich von mir aus His in die Räume. Wodurch sich meiner nun jedoch das zwiespältige Gefühl bemächtigte, mir eine Vertraulichkeit herauszunehmen, die mir denn doch wieder nicht zustand. Aber ich wurde behandelt, als stünde sie mir zu, als gehörte ich wie jeder andere an der Uni dazu. Nachdem mich Fred zwei Dutzend Leuten vorgestellt hatte und mir zwei dutzendmal Nice-to-meet-you versichert worden war, glaubte ich es.

Zweifel, ob ich den Erwartungen genügen würde, kamen niemandem in den Sinn. Mangelnde Befähigung war überhaupt kein

Thema an dieser Universität. Wer hier war, war befähigt. Schließlich gab auch ich die Zweifel an mir auf und überließ mich einem Anflug von Stolz, daß mir hier, wo soviel Wissen, Fähigkeiten, Kraft und Können vorhanden waren, eine derartige Rolle zugesprochen wurde.

Mit dem Büro, das man mir zur Verfügung stellte, sah ich mich zusätzlich bestätigt. Ein nicht richtig genutzter Raum im obersten Geschoß wurde teilentleert, einige anderenorts nicht unterzubringende Kartons und Reinigungsgeräte wurden zwischen Waschbecken und Tür gezwängt. Den so geschaffenen Freiraum hatten ein Schreibtisch und ein Drehsessel ansatzweise wieder zu füllen. Einen Computer mußte ich ablehnen. Ich hatte natürlich keine Ahnung, wie man damit umgeht. Eine Schreibmaschine aufzutreiben brachte Probleme mit sich, was selbstverständlich freundlich-entschieden in Abrede gestellt wurde. Die sich schließlich fand, verfügte über keine Umlaute, dafür über manche Tücke. An die Wand über meinem Schreibtisch hatte ich eine Karte der USA geheftet, die Brian, Geschichtsprofessor mit der Statur eines Catchers, mir zuliebe mit entschlossenem Schwung aus einem Exemplar des National Geographic Magazine herausgelöst hatte. Mit einem 180-Grad-Schwenk des Drehstuhls hatte ich durchs Fenster das reale Pendant der kartographischen Wiedergabe vor Augen: hinter den Dächern und Grünflächen des Campus die mattbraune Iowanische Landschaft, die im umdunsteten Horizont nach Illinois, Missouri und Kansas überging. Mitunter stand ich auf, stemmte die Hände auf das Fensterbrett, um mit durchgedrückten Ellenbogen, in der Pose eines Feldherrn, meinen Blick wie über Eroberungen sich ergehen zu lassen. Wenn ich mich zum Fenster hinausbeugte und in der verlängerten Geraden der Fassade von Taylor Hall nach links sah, weitete sich der Gesichtskreis bis New York. Von dort ließ sich der Blickbogen die Ostküste am Atlantik entlang nach Süden bis Florida schlagen, dann westwärts nach Texas und weiter nach Arizona und Kalifornien schwenken, um schließlich der Pazifikküste nordwärts bis hinauf nach Oregon zu folgen. Dort setzte der rechte Fassadenflügel das Ende. Ich spürte den milden Luftzug, der mir zum Hemdkragen aufs Schlüsselbein (collar bone) fuhr, und vermeinte die Weite zu spüren, *and I think for myself, what a wonderful world.* Und – merkwürdig, merkwürdig! – ich empfand einen Anflug von Dankbarkeit gegenüber der DDR, nun, da sie sich ohne großes Geschrei oder Schlimmeres, also durchaus würdevoll verabschiedet hatte, fühlte ich ihr diesen Dank schuldig, daß sie mir das alles so lange vorenthalten hatte. So konnte es in seinem Wert strahlen, ohne vom Rost des täglichen Gebrauchs zerfressen zu sein. Und ich konnte es in diesem Augenblick genießen!

Der Grund meiner Anwesenheit dämpfte freilich die Hochstimmung. An meine Erfahrungen bezüglich höherer Bildungseinrichtungen schien es mir besser, nicht zu denken. Trotz Freds Ermunterung. Nicht nur, daß mir der gedankliche Rückgriff auf eine sozialistische Hochschule für eine amerikanischen Eliteuniversität nicht gerade vielversprechend schien, und ganz abgesehen davon, daß es sich für mich ausgerechnet um Straßenbahnen gehandelt hatte, es waren ja Erfahrungen aus der Optik des Kenntnisbedürftigen, die eines aus dem universitären Fußvolk. Nun sollte ich die Rolle des *Vor*gesetzten einnehmen, des vor anderen Sitzenden, ihnen Ausgesetzten. Des zum Fraß Vorgeworfenen zu denken, vermied ich gerade noch.

6

Während mein Blick auf das Stück Straße fiel, das ich vom Fenster aus zwischen Baker Hall und der Library sehen konnte, und einer dieser Straßenkreuzer, die es immer noch gab, über die Welle in der Asphaltdecke wippte, daß ich gewärtig war, er würde mit den Heckflossen aufschlagen, wollte es mir nicht gelingen, meine Erinnerungen zu ordnen. Mein Gedächtnis verhielt sich beim Umstieg vom Kurzzeit- ins Langzeitgedächtnis leider ziemlich eigenwillig. Aber es ist ja nicht Aufgabe des Hypocampus und seiner Helfer aus der Schwadron der grauen Zellen, wahre Bilder aufzurufen. Erinnerungen stehen im Dienst der individuellen Nützlichkeit, sie basteln ein Selbstbildnis, mit dem man zu Rande zu kommen meint. Es ist schon einigermaßen beunruhigend, was sich da jenseits des eigenen Willens in einem zuträgt. Welches Ego mir nun in Iowa hilfreich sein sollte, wagte ich mich nicht zu fragen.

Unbestritten ist, es gab mit der Bewerbung für das Studium Ingenieurökonomie des Transportwesens, Fachrichtung städtischer öffentlicher Personenverkehr, keinerlei Probleme. Vielleicht galten Straßenbahnen ideologisch nicht als subversiv. Sie zeichnen sich bekanntlich durch Bodenhaftung und Linientreue aus. Einerseits hing ihnen der Ruf eines Relikts, eines Störfaktors auf den Straßen in die Zukunft an, andererseits sah man sich nicht in der Lage, gänzlich auf sie zu verzichten. Im Westen allerdings entledigten sich die Städte der Bahnen im Stile von Entrümpelungen. Mobilität, Individualität, Wohlstand, Freiheit bemächtigten sich eines einzigen Zauberworts – Auto. Der Blick in die glückverheißende Zukunft war der übers Lenkrad, eine Art Urkraft. Gegen die auch der Arbeiter-und-Bauern-Staat nicht resistent war, egal, ob sie ihm behagte oder nicht. Aber was behagte ihm? Auch dort, wo er das Sagen hatte, drängten Kraftfahrzeugenthusiasten in die Hörsäle, dazu Eisenbahn- und Schiffahrtverfechter. Der Zulauf von Straßenbahnern beschränkte sich auf zwei, Heinz Zimmermann (Hezi) und mich. Wir fühlten uns einigermaßen alleingelassen. Was für mich Ströbitz und Madlow bedeuteten, waren für ihn Zippendorf und Schelfstadt. Seine Bahnen beim Wort der Zielschilder genommen, war es noch ärger: Krankenhaus und Friedhof. Er kam aus Schwerin. Soviel allerdings war uns sofort klar, wenn wir überhaupt etwas ausrichten wollten, mußten wir zusammenhalten.

Fast bin ich geneigt zu sagen, es gab nicht nur keine Probleme mit der Bewerbung, es gab auch sonst keine mit dem Studium. Es war ein Förderband, das uns aufnahm, voranbugsierte, manchmal holpernd und quietschend, wie es Förderbänder so an sich haben, aber doch stetig, und das uns am Ende absetzte. Eine solide Einrichtung mit Stipendium (selbst die ideologisch anrüchige Kategorie *Sonstige*, die mir als Geburtsfehler halt anhaftete, wurde mit 120 Mark bedacht, die sich um 60 Mark Leistungshonorierung erhöhen ließen), Internaten (die monatlich mit 10 Mark pro Liegeplatz zu Buche schlugen), Mensaverköstigung (55 Pfennig pro Bohneneintopf oder Jägerschnitzel) und mit Studentenrückfahrkarte, die den zähen Restbestand des bourgeoisen gesellschaftlichen Versagens, die Deutsche Reichsbahn, zur Abgabe ihrer Dienstleistung für vier Pfennig pro Kilometer verpflichtete. Ich machte jedes Wochenende von ihr Gebrauch. Cottbus, die Stadt, die ich einst nur hinter mir lassen wollte, züngelte nun, da ich ihr den Rücken gekehrt hatte, verlockend nach mir. Ich war wehrlos gegenüber der Wucht, mit der Karin in meinem Kopf steckte, und natürlich nicht nur im Kopf. Es genügte nicht, daß wir uns alle zwei Tage Briefe voll rührender Peinlichkeiten schrieben. Ich mußte mich ihrer versichern. Wenn ich nachzudenken begann, wollte es mir unglaubhaft erscheinen, daß mir solches Glück widerfahren sein sollte. Manchmal im Zug, wenn er mich durch viertelstundenlanges Stehen in Senftenberg beim Anblick der verrußten backsteinernen

Brikettfabriken und der qualmenden Schlote auf eine harte Geduldprobe stellte, war ich drauf und dran, in Panik zu geraten: Ich käme bei Karin zu Hause an, und es sei wieder Schluß mit uns. Es schien mir zwangsläufig, daß etwas, was so plötzlich da war, genauso schlagartig wieder zu Ende sein müsse. Ich spürte beschämt, daß Mutters tätige Besorgtheit allein, vom Wäschewaschen bis zum Freßpaket (besonders, wenn Onkel Robert geschlachtet hatte, war es lohnend), mir kaum die acht Mark achtzig Bahnfahrt wert wäre. Na, haste dir für deine Mutter 'n paar Stunden von deiner Käthe-Kruse-Puppe abgeknapst, stichelte Tante Erika, wenn ich zu Hause auftauchte.

Ohne Karin wäre es mir wie den meisten anderen ergangen, und ich hätte Erwartungen an den neuen Ort gehegt, die nicht nur dem Studium galten. Die Tanzgaststätten, die sofort zu Pflichtveranstaltungsorten erklärt wurden, leisteten kaum, was sie leisten sollten. Und wenn, dann ausgerechnet am falschen Subjekt. So einer Frau zeigst du die kalte Schulter! grummelte Hezi halb bewundernd, halb vorwurfsvoll. Wir waren auf dem nächtlichen Weg zurück zu den Internatsbaracken auf dem von den Ruinen freigeräumten Gelände hinterm Hauptbahnhof. Wahrscheinlich schüttelte Hezi den Kopf, was ich in der Finsternis nicht sah. Die vereinzelten matten Gaslaternen ängstigten sich mehr, als daß sie uns leuchteten. Er spielte auf das hochbeinige Mädchen in dem Schwingrock an, die mit ihren beiden Freundinnen ebenso wie wir unschlüssig am Durchgang zu dem Raum, der in der Kaskade als Saal galt, herumstand, und die, weil wir steinerweichend über unseren Geldmangel lamentierten, mich aus unserer Meute pflückte und an die Bar einlud. Sie legte ihre Hand auf meinen Unterarm, glänzte mich aus Perlmuttaugen an und entlockte mir irgendwelches Schwadronieren. Sie ließ mich wissen, daß sie in der Buchhaltung im Sachsenwerk arbeitete. Wir tanzten zwei, drei Touren, in der Art, daß sie sich für vier Takte von mir löste, um sich selber drehte, so daß ihr leichter Rock wie eine Glocke schwang, dann zog sie sich wieder an mich heran. Offen tanzen galt als kühn.

Aber damit hatte es sich, abgesehen von dem Zettelchen mit der Telefonnummer in meiner Jackentasche, auf das ich nicht zurückgreifen würde, wie ich Hezi versichert hatte. Was ihn in tiefes Sinnen versetzte: Mal abgesehen davon, daß du jetzt wie ich lediglich unserer Grotte zustrebst, als würde es dir auf sie ankommen, bist du bereits am Ziel. Du bist frühreif, min Jung, entschied er. Was willst du mit dem Rest deines Lebens anfangen, wenn du jetzt schon die Frau fürs Leben hast!

Guter Freund, wenn man sie nicht rechtzeitig findet, ist sie keine Frau fürs Leben.

So was geht nicht mit rechten Dingen zu, sinnierte Hezi. Und als ob das nicht genug ist, läuft dir schon wieder eine zu. Soviel Glück hat man nicht.

Von wegen Glück *haben.* Von nichts kommt nichts.

Dann teil mir dein Geheimnis mit.

Leistung, junger Freund, Leistung.

Leistung? Worin besteht deine!

Darin, eine Straßenbahn in den Abgrund gefahren zu haben. Zumindest hab ich's drauf ankommen lassen. – Ein Restbestand des Schrecks hallte in mir nach.

Quatscher, sagte er mißbilligend.

Die Baracke gähnte uns grau entgegen. Der Gang warf uns seine Dunkelheit zu.

Hezi sah sich wieder zu handfesterem Denken veranlaßt: Die Liga – »Drei Säle, drei Möglichkeiten« – biete mehr als die Kaskade. Das Ergebnis des Abends, das für ihn keins war, verdroß ihn. Denn als wir das erste Mal in der Wismut beim Bier saßen und er Zutrauen zu mir zu fassen begann, hatte er mir seine Vorstellung von Lebensglück mitgeteilt: Es gibt nichts Schöneres, als sich dem Körper einer Frau hinzugeben. Der Körper müsse natürlich danach sein. Und Gegenseitigkeit sei Voraussetzung. Selbstverständlich komme es nicht nur auf den Körper an. Glück müsse man fühlen! Verstehst du? Und sich nicht zusammendenken!

Auf meine Frage, welche Bedeutung noch für das Studium bleibe, erwiderte er: Der Rahmen, das Drum und Dran muß erträglich sein, aber es bleibt Drum und Dran!

Mit der Zeit wurden wir in verschiedenen Lokalen – Nahkampfstätten, denn wir lebten in einer Zeit der Kämpfe! – Stammkunden. Wenn von den in weinroten Jacketts dekorierten »Vier Teddys« im Schillergarten »Auf der Treppe liegt ein Lappen« intoniert wurde – die Eigenkreation, mit der sie den guten Willen erwiesen, sozialistische Tonschöpfungen nicht gänzlich zu ignorieren –, wußten wir Bescheid: Die Pause ist signalisiert, die entscheidende Zäsur: *Wer jetzt kein Haus hat*... Rüdiger, der sich von uns dadurch unterschied, daß er die Fingernägel feilte und nicht schnitt, ließ es sich nicht nehmen, mit solchen Sprüchen kulturhaltige Ingredienzien in unsere Pragmatikersuppe zu mischen. Wir übertrugen sie handfest für unseren Gebrauch. Wenn einer von uns unter den Mädchen an den Tischen die Frau fürs Leben entdeckt zu haben glaubte, verstellten wir anderen, sobald die Musik einsetzte, mutmaßlichen Mitkonkurrenten den Weg. Da ich lebenspartnerschaftlich versorgt war, kam mir die Rolle des Prellbocks zu.

Ich mußte mich geradezu bemühen, mir bewußt zu machen, wieder in Dresden zu sein. Ich ging zum Terrassenufer, wo sich *unsere* einstige Wohnung befunden hatte, und stand vor einer von Ruinen geräumten Fläche, einer gestrüppüberwachsenen, stadtentleerten Brache. Aus den Holunderbüschen schwirrten Spatzen auf. Die Elbe floß teilnahmslos in der Vertiefung der sich absenkenden Uferwiese dahin. Auf der Neustädter Seite, am Fuß des großfenstrigen Ministeriumskolosses, lag keine Badeanstalt mehr auf dem Flußwasser. Es war auch besser so, der Fluß war eine braune Lauge. Die Albertbrücke hieß Brücke der Einheit, und eine Carolabrücke gab es überhaupt nicht mehr. Bis auf die zwei massigen Steinstümpfe, über denen, von der Brühlschen Terrasse emporgehoben, die glaslose Kuppel der Kunstakademie wie ein Halbkugelskelett aufragte, auf dem die goldene, fanfareblasende Fama sich in ihrer graziösen Haltung verwunderlicherweise unversehrt dem Himmel entgegenstreckte. Sonst war der Himmel leer. Es war, als hätte, was mich umgab, nichts mit der Stadt von einst zu tun. Als sei die Kindheit, die sich auf sie berief, etwas aus der Zeit Gefallenes. Ich drehte um und ging lange nicht wieder hin. Ich wollte die Erinnerung an den Ort, der mir, ob es mir bewußt war oder nicht, zum Maß der Dinge geworden war, nicht der Wirklichkeit aussetzen.

Es war nicht mehr die Kindheitsstadt, überhaupt nur eine Stadt aus Bruchstücken. Es fehlte mehr als Brücken und Gebäude. Die Zerstörung hatte der Stadt das Gesicht genommen. Der Zwinger war von Brettergerüsten verstellt. Vom Dachsims der Hofkirche streckten die steinernen Heiligenfiguren kopflos ihre Armstümpfe über den Abgrund. Aus dem hohlfenstrigen, rauchschwarzen Gemäuer des Schlosses hob sich der auf halbe Höhe gestutzte haubenlose Turm. Der Name der Stadt, der beibehalten war, galt einer ramponierten Kulisse, hinter der sich Ödland mit vereinzelten bizarren Gebäuderesten erstreckte, durchzogen vom Raster geborstener und halb überwucherter Asphaltbänder, die ihren Sinn verloren hatten. Durch die Wüstung schwankten gelbe Straßenbahnzüge.

Wenn etwas einen Anklang an die Kinderzeitstadt hervorrief, so waren es die Straßenbahnen, die breitbrüstigen Wagen mit den Liniennummern an den Eckkästen und die an Front und Heck spitz zulaufenden *Hechte*, dieser fahrzeugtechnische Vorgriff auf die Zukunft, der immer noch galt, in der verschmalten Stirn der Nummernkasten, als hätte sich an dessen Verheißungen nichts geändert. Die Bahnen hielten nun die Reststadt zusammen, die sich in die grüne Baumpolsterung auf den Kranz der Höhenzüge zurückgezogen hatte, wo sie sich mitunter fast schadlos gehalten zu haben schien. Den Weißen Hirsch und Coschütz mit ihren Steigungsstrecken hatten die Hechte der Linie 11 zu verbinden. Wenn Hezi und ich auf dem Weg zur Kakadu-Bar im Parkhotel waren, stellten wir uns hinter die kanzelartige Fahrerkabine, verfolgten das Hantieren des Fahrers, der, statt an einem Schaltrad zu drehen, lediglich faustgroße Knöpfe zu bedienen hatte. Die Hechte erhielten uns den Glauben an die Zukunft der Straßenbahnen.

Die Vorlesungen waren keine Sache des Glaubens. Spätestens der Wecker, der uns am Morgen aus schwerem Schlaf herausschrillte, ließ keinen Zweifel zu. Was nicht hieß, daß er uns auch der Müdigkeit entledigt hatte. – Das eigentliche Dauerproblem des Studiums, will mir scheinen.

Das einen seiner Höhepunkte in einem Materialkunde-Seminar erreichte, einer Großveranstaltung, die für alle Seminargruppen des Studienjahres galt. Natürlich stelle ich die Notwendigkeit zu wissen, was die materielle Welt im Innersten zusammenhält, in keiner Weise in Abrede. Aber es gibt Sachfragen, die gleichsam mit Abstoßungspotential gegen sich selbst gerichtet sind. Materialausnutzung: prozentuales Verhältnis zwischen Masse, Fläche oder Rauminhalt eines fertigen Teils beziehungsweise Erzeugnisses und dem Materialeinsatz. Materialausnutzungskoeffizent: Quotient aus der Gegenüberstellung der Masse, der Fläche, des Rauminhalts des fertigen Teils beziehungsweise Erzeugnisses und des Materialeinsatzes in Mengeneinheiten… Seminarvorsorge hieß Präsenz bei größtmöglicher Abwesenheit. Die erforderte rechtzeitiges Erscheinen. Der sichtbare Ausdruck dafür war, daß sich die Hörsaalreihen von hinten nach vorne füllten. An jenem Tag wäre mir fast der ideale Platz vergönnt gewesen. Wenn nicht Brumme der Vorsprung eines halben Schritts geglückt wäre und er seine behäbige Masse auf dem bevorzugten Außenplatz der letzte Reihe abgesenkt hätte; dem Platz, der am weitesten vom Katheder entfernt war. Von ihm ließen sich die Beine entspannt in den abgestuften Gang strecken, und der Blick konnte zum Fenster hinaus an den sich im Wind wiegenden Pappeln vorbei freien Auslauf nehmen. Ich hatte also mit dem Nebenplatz vorlieb zu nehmen, der den Freiraum der Beine einschränkte, zum Katheder freilich immer noch beruhigenden Abstand wahrte. Beim Blick hinaus mußte ich freilich Brummes von der Kaskade oder dem Schillergarten gezeichnete Gesichtszüge und sein braunkariertes, über seinem

Bauch spannendes schmuddliges Hemd ignorieren. Ich weiß nicht, wie weit ich mich mittlerweile geistig entfernt hatte, über die Nossener Brücke hinaus, die damals noch unschuldige Weißeritz entlang und die Elbe abwärts an Meißen, Riesa, Torgau vorbei nach Hamburg, oder ob ich bereits längst über den Ozean hinweg war, vielleicht gerade von der Freiheitsstatue her in New York einschwebte und in staunender Beglückung meine Runde über den Hudson aufs Chrysler- und Empire State Building zu machen wollte, als ich mich einem von Brumme verursachten Stoß in die Milz ausgesetzt sah. Die Äuglein zwar halb von Schlafschwere gezeichnet, halb aber merkwürdig hellwach, nuschelte Brumme mir zu: Der meint dich! und deutete mit einer Kopfbewegung zum Katheder. In dem Moment schien auch mir, als vernähme ich so etwas wie den Nachhall eines Rufs: Der letzte Mensch da hinten!

Mich deuchte, daß er mir gelten könnte. Doch ich spürte als Folge der nächtlichen Eskapade, die auf eine halbe Flasche Obstwein *Lockwitzgrund Keltertrüb* zu zwei-siebzig im Schillergarten hinausgelaufen war, meinen Riesenkopf, diese überdimensionale Kugel, die zwangsläufig auf meinem Körper thronte. Es war nicht das erste Mal, daß mein Schädel sich zu diesem Überwasserkopf gebläht hatte. Es erklärte sich leicht, denn mein Kopf hatte ja die ganze Welt aufzunehmen. Mir war auch sofort die Lächerlichkeit bewußt, mit diesem Monstrum mich verstecken zu wollen. Als ob die letzte Reihe ihn aus seiner Unförmigkeit erlöste. Doch in dem Moment, in dem ich mir des Großraumkopfes bewußt wurde, war mir zumute, als sei ich in ihm verlorengegangen, in diesem leeren Hohlkörper, den mein armer, viel zu kleiner Körper zu tragen hatte.

Der Aufrufer löste sich vom Katheder. Ihn bekleidete ein kanariengelbes, von schwarz kontrastierendem Gittermuster überzogenes Sakko. In der Halbdüsternis des Hörsaals ein Leuchtpunkt, der sich aus der Verschattung des Katheders löste und sich an der vordersten, weitgehend leeren Bankreihe entlang auf die Fensterseite zu bewegte. In der Aufhellung durch die Fenster entpuppte sich der Träger des Sakkos als stirngefurchter, schmallippiger Mensch, der mit herausfordernder Bedachtsamkeit die Laufrichtung änderte und auf die unterste der langgezogenen Stufen des treppenartigen Aufstiegs einschwenkte.

Ich wand mich von meinem Sitz hoch. Dieses Zeichen von Bereitschaft zur Kommunikation schien mir unvermeidbar. Worin jedoch mein Anteil bestehen sollte, war ich nicht mal in der Lage, mich zu fragen! In gelassenem Wechselschritt, eine Stufe nach der anderen hinter sich lassend, näherte sich mir der Mann, und zwar mit dem Ausdruck unschuldiger Erwartung. Es beunruhigte mich zusätzlich. Einen Stufenanstieg lang seufzte ich inbrünstig, freilich lautlos, dem Schicksal gegenüber auf, ob es mit mir nichts anderes anzufangen in der Lage sei, als mich immer wieder auf dem falschen Fuß erwischen zu lassen! Ich sah mich wiederum in eine geistige Notlage stürzen wie damals in der Geschichtsprüfung und ihrer Fortsetzung mit den Außenhandelsexaminatoren, als der Lehrbefugte, schon bedrohliche nahe, seinen Blick zwischen mir und Brumme hin und her wechselte, um ihn letztlich doch auf mir zu fixieren: Eigentlich meinte ich Ihren Nachbarn. Nun gut, bleiben wir bei Ihnen. Ich weiß nicht, ob ich mir einen halben Blick zu Brumme leistete oder ob ich mir seinen in unterdrücktem Gekicher unter dem karierten Hemd wabernden Bauch nur einbildete – ich brauchte alle Kraft, um zwischen heiliger Wut und der Konzentration auf die bevorstehende Wissensentäußerung die nötige Entscheidung zu treffen. Ich entschied mich für letztere, was natürlich insofern leichtfertig war, als kein Wissen da war. Mir blieb abermals nur, wie ein Ertrinkender die Hände nach dem ominösen Strohhalm ausfährt, meine geistigen Tentakel nach dem Jokerwort herumfuchteln zu lassen, wie einst nach der II. Internationale und San Francisco. Nur mußte ich diesmal des Jokerworts überhaupt erst noch habhaft werden: Materialgemeinkosten, entschlossen sich meine Gehörknöchelchen mir, freilich sehr unwillig, zuzuraunen. Ich war hinlänglich verwundert, wieso es um Kosten gehen sollte. Zum Glück ist Material nur ein Halbwort, an das sich ergänzende Begriffe fast im Selbstlauf andocken, um einen Sinngehalt überhaupt erst herzustellen: Materialart, Materialbedarf, Materialfluß, Materialbestellung, Materialprüfung, Materialmangel… Ich brauchte nur zuzugreifen. Das Problem lag darin, die greifbaren Begriffe mit einem Anschein von Sinn auszustatten, unpassenden Assoziationen wie Materie oder Materialismus nicht auf den Leim zu gehen und den Begriff Kosten nicht aus dem inneren Auge zu verlieren. Ich redete ohne Punkt und Komma, war auf Materialfonds gestoßen, der mir nun eine Wortfolge wie *seinem adäquaten Ausdruck im Kostenbild* zuspielte, während der Dozent, indem er sich mir die allerletzte Stufe entgegenhob, also bis in Greifweite, in unangenehme Nähe vorgedrungen war. Es bewog mich, zu versteifen, Abwehrhaltung einzunehmen, gefaßt, daß der Mann nicht nur verbal, sondern auch physisch zudringlich werden würde, als von einem Moment zum andern die herausfordernde Strenge aus seinen Zügen entwich, er seinen Kopf, aber als fehlte es ihm eigentlich an Kraft dazu, schüttelte und mit resignierender Milde sagte: Ich kann Ihnen nicht folgen.

Überrumpelt von der unerwarteten Wendung, schoß mein bis eben in der hintersten, dunkelsten Ecke meines Ichs bis zur Nichtexistenz geschrumpftes Selbstbewußtsein wie ein Springteufelchen aus der Kiste, blähte sich auf, besann sich jedoch im selben Moment und entschied – eigentlich statt meiner! –, sich nicht banausenhaft im Gefühl des Triumphs zu brüsten, sondern dem Kontrahenten einen Abgang in Würde zuzubilligen und sich selber somit außer mit intellektuellem auch noch mit menschlichem Format ausgestattet zu erweisen. Sie sind nicht der erste, erwiderte ich mit gebotener Zurückhaltung.

Das ist tröstlich für mich, entgegnete mein gescheiterter Herausforderer.

Ein Orkan des Jubels brandete auf, die Knöchel traktierten dröhnend die Schreibklappen. In diesem Moment glaubte ich an meine Größe, obwohl mein Kopf sich wieder auf sein übliches Format zurückgenommen hatte, wie ich spürte. Es dauerte Minuten, bis das Intermezzo ausgekostet war. Ich senkte mich in der Jubelwoge auf meinen Sitz ab.

Soweit zum Thema Selbstbild. Vielleicht sollte ich mich gegenüber Insidern mit dem Verweis schützen, daß das Telefon auch nicht nur einmal erfunden worden ist. Wahrscheinlich ging es meiner Erinnerung an diesen lichten Moment meiner universitären Lebensphase überhaupt darum, mich im fremden Iowa der Intuition zu versichern, die ihr Mögliches tut, um einem aus der Klemme zu helfen.

Von Iowa war ich damals freilich weit entfernt, dagegen hatte ich Brummes von einem schadenfroh-genüßlichen Lächeln breitgezogenes Gesicht geradezu überdicht vor mir, sowie ich wieder saß, und meine durch die Anspannung überdeckte Wut auf ihn verschaffte sich ihr Recht: Du bist ein Arsch.

Was willst'n damit sagen?

Daß du einen nicht einfach ans Messer liefern kannst, raunzte ich ihn mit gedämpfter Stimme an.

Ans Messer! So 'n Auftritt grichste ni wieder!

Prima, und wenn's schiefgegangen wär?

Man wird's doch ma versuche könne, grunzte er in seinem Restrhöndialekt.

Freilich ist nicht unbedingter Verlaß darauf, daß einen eine intuitive Kraft vor Verhängnissen bewahrt. Die Aufgabenstellung des Zwei-Mann-Belegs im Fach Straßenwesen lautete: *Entwerfen Sie auf der Grundlage technischer Berechnungen für den beigefügten Lageplan im Maßstab 1:5 000 unter Berücksichtigung der Geländebeschaffenheit eine Fernverkehrsstraße mit einer Fahrgeschwindigkeit von V=90 km/h zwischen den Punkten T und L.* Es ging um Längsneigungen, Querneigungen und Schrägneigungen, um Radien und Krümmen, um Mindestwinkel, Tangentenabrückungen, Bezugslinien, um Bogenlängen, Vorbogenlängen, Verwindungsstrecken und Klothoidenübergriffe… Es waren an die tausend Rechenschritte auszuführen, und zwar in Kopf- und Handarbeit – das einzige, was zur Verfügung stand, war der Rechenstab –, nach Formeln, die so aussahen:

Psi–min gleich 180 dividiert durch Pi mal Wurzel aus 32 mal Delta R dividiert durch R. Das Wunder geschah: Wir gerieten in die Faszination der Schlüssigkeit, zu der sich die Zahlen fügten. Im Schein der Tischlampe rechneten wir uns in einen Rausch, bis die Internatsbaracke längst in tiefe Lautlosigkeit versunken war, abgesehen von dem widerstrebenden Schlurfschritt draußen auf dem Gang eines vom Harndrang zur Toilette genötigten Leidensgenossen. Und als wir unser mühevoll ermitteltes, sich über seitenlange Tabellen ausweisendes Resultat mit Tusche, Feder und Lineal in den Lageplan zeichneten, was ebenfalls ein heikler Vorgang ist, zwangen die errechneten Zahlen den Bogen der simulierten Trasse auf einem zentimeterlangen Stückchen über die Markierung des Bachrands, was hieß, unsere elegant geschwungene Straße griff in der Wirklichkeit auf fünfzig Metern Länge für eine Reifenbreite in den Bach hinein. Das allein für die Anmutigkeit der Landschaft zuständige Gewässer entpuppte sich als topographische Hinterhältigkeit. Wir hatten uns vertan!

Das kann kein Gott da oben wollen! schrie Hezi auf und reckte die gefalteten Hände gen Himmel, der durch die Barackenabdekkung allerdings vor Zugriff geschützt war. Hezi senkte seinen Blick und ließ ihn am Kasernenmobiliar verenden.

Auch meiner Geste, mit der verfügbaren Restkraft in Arm und Zeigefinger auf die denkerische Vorleistung in serifenloser Linear-Antiqua-Schrift zu weisen, die wir auf die Wandfläche über Rüdigers Bett geheftet hatten, entbehrte es an Überzeugungskraft: *Das schlimmste Gift: an eigener Kraft verzagen.* Heinrich Heine.

Dafür erschien Brumme, sank auf den erstbesten Stuhl, ließ unser Klagen über sich ergehen, sah uns dabei aus kleinen, verständnislosen Äuglein an und fiel uns schließlich ins Wort: Ach Männer, und er machte eine ausholende Armbewegung, als lösche er etwas aus. Bin ich auf dem Weg hierher, wo ich mir Rettung versprechen konnte, passiere den Sportplatz Zellescher Weg, da kommt mich schlagartig ein Bedürfnis mit solcher Wucht an, daß mir der halbe noch zu bewältigende Kilometer zum Verhängnis zu werden droht. Also nehme ich stabile Grundstellung ein, en face zum Gebüsch, um mich urinal zu entlasten, genieße den Ablauf in vollem Zug, wie das Kerlchen an mir diesen Dienst tut, ohne zu murren, als plötzlich neben mir der Kuckuck loslegt, der erste dieses Jahr, isch hädd'n abflügge könne vom Zweisch, wenn'sch de Händ frei gehabt hädd, verfiel er vor Begeisterung wieder in seine heimatliche Ausdrucksart. Der erste im Jahr! Ihr wißt, was 's bedeutet. Also Schnulliputz, sagte ich, nicht zu dem Schreivieh, versteht sich, sondern mit Blick hinab, also, das wird ein gutes Jahr für uns. Wirst viel zu tun haben, wird dir gut zu Gesicht stehen. Leute, es wird ein gutes Jahr!

Für mich hing die Güte des Jahres mehr als von Kuckuck und Straßenwesenbeleg von Karin ab. Sie studierte an der Binnenhandelsschule in Blankenburg. Zwei-, dreimal besuchte ich sie. Öfter ließ sich die Fahrt nicht machen, weil meine Studentenrückfahrkarte dafür nicht galt. Mir gefiel die Stadt mit den Fachwerkhäusern an den engen Straßen, die anmuteten, als habe die Gegenwart sich noch nicht gänzlich ihrer bemächtigt, obwohl die stereotypen Zeitzeichen HO, Konsum, VEB und ausgebleichte Transparente auch ihr nicht erspart geblieben waren. Über die Stadt hoben sich die bewaldeten Vorberge des Harzes, die zerklüftete Felsaufschichtung der Teufelsmauer, die wir bis zum Großvater abliefen. Wir gingen natürlich zum Regenstein, stiegen auf den rund geschliffenen Stufen in den steinernen Burgresten herum, die mir einen Schauer über den Rücken laufen ließen, als mir die Durchmischung von Vergänglichkeit und Dauer zu Bewußtsein kam, und wir ließen den Blick in die weite Landschaft des Vorlandes schweifen. Als Karin erzählte, daß in den Kavernen, die das Gelände unterhöhlten, die Nazis Vorbereitungen getroffen hätten, um Raketen zu bauen, wurde mir anders zumute. Einmal gingen wir zum Kloster Michaelstein, und einmal fuhren wir nach Rübeland in die Tropfsteinhöhlen. Ich bestaunte auch das massive Schloßgeviert, in dem die Schule untergebracht war, den satten, grünen Buchenwald im Rücken. O ja, das sei alles ganz schön, und die Stadt habe ihren Charme, bestätigte Karin meinen Eindruck, aber davon lebt man nicht. Du bist meine Erlösung für drei Tage, flüsterte sie mir im Bett ins Ohr, und wir zogen uns aneinander, als müßte tatsächlich einer den anderen retten. Die Tür in dem dunklen Raum war von einem Lichtspalt umrahmt und alles andere als dicht. Auf dem Gang knarrten von Zeit zu Zeit die Dielen, wenn jemand vorbeiging. Karin hatte uns in einem Internatszimmer einlogiert, dessen vier Bewohnerinnen in Wochenendurlaub gefahren waren. Einmal hatten wir meinen vorgesehenen Besuch wieder fallenlassen, weil sich überhaupt keine Lösung fand, mich unterzubringen. Insofern trauerte ich Blankenburg, als die Zeit vorbei war, nicht nach.

Im siebenten Semester öffnete das Studium unerwarteterweise ein Fenster zur Welt – Verkehrsgeographie. Öffnete es mit einer Hand, um es mit der anderen gleich wieder zuzuziehen. Das Lehrbuch entpuppte sich als Anweisung zur geographischen Selbstverstümmelung: Indem Karl Marx die Produktionsweise der materiellen Güter als die letztlich bestimmende Triebkraft definiere, trete er mit dieser einzig richtigen wissenschaftlichen Auffassung den Theorien der Physiokraten entgegen. Damit habe er den Platz der Geographie klar umrissen. *Die Überbewertung des geographischen Milieus sei Ausdruck bürgerlich-reaktionärer Auffassung.* In engster Zusammenarbeit mit der Wirtschaftspraxis stehe die progressive ökonomische Geographie im Dienst des Aufbau des Kommunismus in der Sowjetunion und des Sozialismus in den Volksdemokratien …

Es ging denn auch weniger um Geographie als darum, dem Wirken des ökonomischen Grundgesetzes des Sozialismus und dem Gesetz der planmäßigen proportionalen Entwicklung der Volkswirtschaft Ortsnachweise zukommen zu lassen – Wolga-Don-Kanal, Transsibirische Eisenbahn, modernisierte Häfen der Volksrepublik China mit wachsenden Umschlagleistungen – und im Gegensatz dazu das erste Transatlantikkabel, den Suez- und den Panama-Kanal, das Streckennetz der Kap-Bahn, die Transamazonica-Autostraße als zwar Verkehrsobjekte aufzulisten, an denen sich aber der erbitterte Konkurrenzkampf der Monopole erweise. Die USA wurden freilich bis an die Grenze der Verleugnung gemieden. Und dennoch machte der große, als Terrain des Klassenkampfs delegitimierte Rest des Globus allein mit seiner Nennung seinen geographischen Anspruch geltend. Prompt keimte in mir Zuversicht, daß der Welt trotz der politargumentatorischen Keile, die allenthalben brachial eingeschlagen wurden, um sie zu zweiteilen, eine ihr eigene Adhäsionskraft innewohnt, die sie zusammenhält.

Der Dozent war mit rhetorischem Phlegma gesegnet. Er klammerte sich an das Katheder und säuselte geneigten Antlitzes auf die Manuskriptblätter vor sich ein, als fürchte er, indem er überhaupt etwas verlautbarte, schon zu weit zu gehen.

Dr. Bruns dagegen lud jede seiner wirtschaftsgeschichtlichen Lektionen mit inbrünstiger Leidenschaft auf, in regionaler Tönung: Bolledigg und Gabbidahlismuhß, Deschnigg und Grohsbrodduggsschohn, gommblisierte Gommbleggse und briehmähre Dähdischgaid, Dohdengräbr, Deadr un Gihno … Leider nur für eine Doppelstunde wöchentlich. Wir schrieben im O-Ton mit.

Die Doppelstunden in Politischer Ökonomie, Grundlagen des Marxismus-Leninismus, Planung der Volkswirtschaft enthielten keine kabarettistischen Einlagen. Abgesehen davon, daß jede Bereitschaft zum Zuhören nach einer halben Stunde erodierte, ganz ohne Wirkung blieben die uns gereichten denkerischen Ingredienzien nicht: Die Existenz einer Gattung gründe sich auf die im Verlauf der Evolution entwickelten spezifischen Eigenschaften und Fähigkeiten. Da der Mensch die ihn von allen anderen Gattungen unterscheidende Fähigkeit zum Denken erworben habe, komme der Ratio eine außerordentliche Rolle zu, dergestalt, daß menschliches Handeln Denken als Voraussetzung verlange. Genau darauf gründe der wissenschaftliche Sozialismus, im Vorausdenken eines Gesellschaftsentwurfs. Geschlußfolgert heiße das, die Menschheit nicht mehr vagabundierenden Kräften zu überlassen, nach dem animalischen Muster, der Starke frißt den Schwachen, sondern gefordert sei, das Verhältnis von Mensch zu Mensch auf eine optimale Daseinsstruktur hin auszurichten: Eine Gesellschaft der gegenseitigen Verantwortung habe die Praxis der gegenseitigen Übervorteilung, der Ausbeutung zu übernehmen. Der Denkfähigkeit, zur großen Idee gebündelt, eigne die Rolle des Transmissionsriemens in die Zukunft. Der fatale Lauf der Geschichte habe den Anspruch auf Fortsetzung der bisherigen Gangart verwirkt! Über Nacht sei der Wechsel von der sich den Umständen überlassenden Kreatur zum strategischen Denkwesen freilich nicht zu haben. Ein tiefgreifender Umformungsprozeß stehe an, bei dem nicht wenige Erfahrungen, die bisher als selbstverständlich galten, abzuschütteln seien. Seine Erscheinungsform – der Kampf der Widersprüche – werde heftigeren Ausdruck annehmen als je zuvor. (Was eine mehr mit Beunruhigung als mit Mobilisierungswillen aufgeladene Zwischenbemerkung war!) So wie es eines Kopernikus und Galilei bedurft hatte, um die Vorgänge am Firmament auf den richtigen Nenner zu bringen, eines Darwin, um die Gesetzmäßigkeiten in den Abläufen der Natur zu erkennen, stelle es eine zwangsläufige Entsprechung dar, aus der Wirrnis menschlichen Tuns und Lassens die sinnvollen Folgerichtigkeiten herauszudestillieren. Marx schließlich habe es getan, und wir seien berufen, die praktischen Konsequenzen zu ziehen!

O große Zeit, du zwanzigstes Jahrhundert! Und wir können sagen, wir sind dabei gewesen!

Die Profitrate als treibende Kraft der kapitalistischen Produktion zu definieren ließ kein Entkommen aus der Lehre zu. Die Produktion von Mehrwert zum ökonomischen Grundgesetz des Kapitalismus zu erklären war die einleuchtende Konsequenz. Die weitere Unumstößlichkeiten bedingte. Was unumstößlich ist, ist Gesetz: die Akkumulation, der zyklische Charakter der Produktion, die territoriale Ungleichmäßigkeit der ökonomischen und politischen Entwicklung …

Die Crux bestand allerdings darin, daß der suggestive Glanz der Theorie dahinschwand, sobald wir die Meßlatte unseres ökonomischen Grundgesetzes, dem die Erlösung aus dem gesellschaftlichen Übel oblag – maximale Befriedigung der ständig wachsenden Bedürfnisse aller Mitglieder der Gesellschaft –, an die unerbittliche Realität anlegten. Die war nicht recht gewillt, dem hehren Anspruch der gebündelten Großidee zu folgen. Und schon gar nicht schien sich uns der Kapitalismus in seiner höchsten Stufe als parasitär, faulend und sterbend zu erweisen, wie es die Gesetzmäßigkeit verlangte!

Weniger als sein Ludergeruch drangen die tönenden Verlokkungen eines Billy Vaughn in unsere Internatsklause. Aus der vibrierenden Bespannung des Lautsprechers umströmte mit der Beihilfe von Radio Luxemburg der *Trompetenglanz* Tisch, Betten und Spinde. Wenn Hezi in der oberen Etage und ich im unteren Fach unserer Schlafstellage das Bettzeug ans Kinn gezogen, die Schirmlampen auf dem Tisch von ihrem Dienst über den Statiknachschriften entbunden hatten und die Dunkelheit unsere Augen vom Anblick der nüchternen Internatsraumlandschaft erlöste, flößten die schmeichelnd-schmelzenden Töne eine Ahnung von den Herrlichkeiten der Welt in uns, nachdrücklicher, als es die Vier-Mann-Kapelle beim Dorfschwof zu leisten in der Lage war. Dann machte sich so etwas wie Sehnsucht klammheimlich auf, entwischte durch das einen Spaltbreit geöffnete Fenster und über die Teerpappedächer der Baracken, die massigen dunklen Stahlaufwölbungen des Hauptbahnhofs, ließ die von matten Lichtern punktierte Gleisschneise durch die Stadt unter sich zurück und war nicht zu halten. Nur die wallende Gardine und die klappernden Ringe auf der Stange verrieten sie.

Frank Sinatra, Rosemary Clooney, Elvis Presley – Stimmgeber für das uns Vorenthaltene. Louis Armstrong ließ den Mond über Blue Berry Hill strahlen, wie er bei uns nie strahlte; Harry Belafonte sang von unserer Sehnsucht – Oh Island in the Sun; Wanda Jackson – Zehntausend Meilen von Kingston Town –, und das weißstrandige, palmengesäumte Inselparadies breitete sich in unseren Köpfen in sonneüberglänzter Karibikbläue aus …

Auch wenn uns nicht entging, daß so ausschließlich paradiesisch die Zustände auch dort kaum seien. Sonst wäre es einem gewissen Fidel Castro und seiner Heerschar bärtiger Mannen wohl kaum gelungen, die Zuckerinsel zu überrennen und sie auf den Sozialismus einzuschwören. Doch wenn es sein mußte, rockte Bill Haley Castro nieder. Und es mußte sein! See you later, Alligator, um wen auch immer es ging, wir vermißten ihn. Bill Ramsey mit seinem heiseren Jubel Souvenirs, Souvenirs ließ uns spüren, wie leer unsere Taschen waren, in die wir griffen, keine Pfeife von Ricky Nelson, kein Führerschein von Stirling Moss, kein Schwamm von der Monroe geriet uns zwischen die Finger.

In unseren Bettgefachen sannen wir in nachmitternächtlicher Stunde auf Satisfaktion: Daß es bei uns die Dinge nicht so üppig wie im Westen gebe, sei zwar lästig und bedauerlich, aber nicht unerträglich. Früher oder später werde, *müsse* es sich beheben. Ich glaubte ans Prinzip der kommunizierenden Röhren.

In Peru, in Peru, in den Anden, lockte das Radio. – Die prompte Antwort vom anderen Kontinent: Jambalaya! sagt der Senor, und dann küßt er. Jambalaya, die er küßt, die vergißt er.

Leben sei mehr als Ideologie! Man ist, was man fühlt und denkt. Hofft und Will!

Doch wir sind von ganz anderem Zeug! Wir schwingen die Sense, den Hammer, wir gehen als Pflüger durchs Land! Hezi ließ sich aufs Bett zurückfallen. Das Bettgestell um mich schwankte in der Dunkelheit, der Zugfederboden über mir ächzte. Oh, Scheiße! Jeder soll nach seiner Fasson selig werden! Menschenskind, war der alte Reaktionär schon weiter? Es ist einfach Mist, sich immerzu auf die Zunge beißen zu müssen. Sich bei jedem Wort zu fragen, ob du dich damit ins Lager des Klassenfeindes katapultierst!

Na und! knurrte da Rüdiger. Mitunter vergaßen Hezi und ich, daß er überhaupt da war.

Na und! Na und! äffte Hezi ihn nach und fuhr wieder hoch und erschütterte abermals das Bettgestell. Worauf lassen wir uns ein! Daß uns das Leben gestohlen wird! Hezi ließ sich wieder zurückfallen. Ich fürchtete, der Matratzenboden würde sich auf mich absenken.

Wir haben zu essen, zu schlafen und beizuschlafen … knurrte Rüdiger, voller Unwillen und Überdruß darüber, daß es stets an ihm sei, die Dinge auf den Punkt bringen zu müssen.

Am nächsten Tag in der FDJ-Versammlung sollte uns das KPD-Verbot in Westdeutschland erbosen. Es erboste mich nicht. Denn ein paar Tage zuvor hatten uns die Nachrichten von Radio Luxemburg wissen lassen, daß vor einem DDR-Gericht ein Prozeß gegen hohe SED-Funktionäre stattgefunden habe. Der schuldhafte Tatbestand – *sozialdemokratistische* Positionen vertreten zu haben. Das Urteil: fünf- bis siebenjährige Haftstrafen. Während sich Herbert, unser Seminargruppen-Sekretär und nun in der Rolle als Versammlungsleiter, parteilich empörte, schwieg ich. Herbert war der älteste von uns, Anfang dreißig. Da er in den fachlichen Leistungen schwächelte, stilisierte er sein Alter zum Wert an sich. Nicht ohne Erfolg. Er war noch im ersten Semester in die Hochschulleitung der Partei kooptiert worden.

Als er nun mit Rundumblick unser aller Zustimmung einsammeln wollte, sagte ich mit betonter Beiläufigkeit: Die holen mit der KPD nach, was bei uns für die SPD gilt.

Einen Augenblick stutzte Herbert. Kommst du aus dem Mustopf?

Na, versuch's doch mal bei uns mit 'ner SPD.

Du hast noch nicht viel begriffen, sagte Herbert mit blasierter Verächtlichkeit.

Und du verwechselst begreifen mit gehorchen!

Komm, komm, komm, Dietmar packte mich an der Schulter und drehte mich von Herbert weg. Es war das beste, was getan werden konnte. Dietmar war der Mäßiger.

In unserem Zimmer ging die Debatte weiter. Genau besehen diskutierten wir ununterbrochen. Dietmar kam zu uns, um Freistunden zu überbrücken. Er wohnte in Striesen. Mit fragendem Blick zu Rüdiger holte er die Erlaubnis ein, sich auf die graue

Decke setzen zu dürfen, die über dessen Bett geschlagen war. Seine Tasche, eine Art Feldsack, der mit Büchern absichtsvoll beschwert war und einem die Arme langzog, hatte er an der Tür aus der Hand gelassen. Er trieb Kraftsport bei Dynamo in der Sektion Gewichtheben. Es genüge nicht, etwas im Kopf zu haben, der Kopf brauche seine körperliche Entsprechung. Eine Lehre seines Vaters. Wenn der Körper schlappmache, sei es auch um den Kopf geschehen, habe ihm sein Vater schlüssig beigebracht. Er war vor 1933 KPD-Mitglied und hatte bei den Nazis vier Jahre gesessen. Kaum hatte Dietmar den Feldsack abgesetzt, suchten seine Augen nach dem nächsten Gegenstand für seine kraftsportlichen Exerzitien. Wir hatten uns gezwungen gesehen, sie ihm in unserem Zimmer zu untersagen, seit ihm ein Stuhl, den er am hochschwingenden Arm umsetzen wollte, aus der Hand gerutscht und haarscharf an Rüdigers Bierkrug vorbei auf den Tisch geschlagen war.

Nun steckte er seine Kraft ins Argumentieren: Das KPD-Verbot sei Klassenkampf, ob wir das nicht erkennen würden.

Man könne nicht von andern etwas fordern, was man selber nicht zu leisten bereit sei. Das gilt für den einzelnen und für die Gesellschaft, beharrte ich auf meinem Standpunkt.

Klassenkampf spiele sich nicht nach demokratischen Regeln ab.

Na gut, sagte ich, das sei ein klares Wort. Das erkläre auch, warum es sozialistische Staaten nur dort gebe, in denen die Sowjetunion das Sagen habe.

Und warum gebe es überall dort kapitalistische Staaten, wo die Kapitalisten das Sagen hätten! Ich solle doch nicht annehmen, daß der Kapitalismus mit seiner vielbeschworenen Demokratie sich abwählen ließe. Daß er das eben nicht zulasse, dafür sei das KPD-Verbot das beste Beispiel.

Na, na, na, er solle doch nach Frankreich, nach Italien sehen. Allerdings seien das kommunistische Parteien von anderem Format. Er könne mir glauben, ich wünschte mir von Herzen, daß die sich durchsetzten. Daß eine andere Version von Sozialismus auf der Bühne erschiene.

Du Nase, kam es da von Rüdiger, der auf seinem Bett lag. Er hob den Kopf, aber nicht weiter als unumgänglich, stützte das Kinn in die Hand und nuschelte durch die Finger: Du glaubst doch nicht, damit wäre für uns was gewonnen. Denen würde es wie Jugoslawien ergehen. Togliatti wäre über kurz oder lang Handlanger des Imperialismus ...

Komm, komm, bleib sachlich. Dietmar gab sich verstimmt.

Rüdiger zog die Hand unterm Kinn fort, ließ sich aufs Bett sinken und drehte sich zur Wand.

Weißt du, was ich erwarte, sagte ich zu Dietmar, daß so ein beeindruckendes Konzept wie das des Sozialismus seine innere Kraft auch nach außen als Faszination spürbar werden läßt. Anstatt ... ich zögerte, ob ich weiterreden sollte ... einem ständig zu drohen, lag mir auf der Zunge.

Na, was?

Wasser kocht! rief es in dem Moment auf dem Gang. Ich fuhr vom Stuhl hoch, griff die Teedose vom Spind, warf die Tür hinter mir zu und hastete in die Küche. Als ich zurückkam, war Dietmar gegangen.

Er sei der einzige Genosse, mit dem man überhaupt so ein Gespräch führen könne, sagte ich.

Hoffentlich, sagte Hezi. Er lag bäuchlings auf seinem Bett und hielt ein aufgeschlagenes Buch in der Hand.

Jetzt erst fiel mir auf, daß er sich nicht an dem Gespräch beteiligt hatte. Ich trat zu ihm und drehte das Buch in seiner Hand so, daß ich den Titel lesen konnte: Das Mädchen von Fanö.

Was ist denn mit dir los! – Es war nicht gerade das übliche, daß er oder überhaupt einer von uns einen Roman las. – Findest du *hier* keine Frau?

Er schniefte verächtlich durch die Nase, drehte sich auf den Rücken und hielt sich das Buch vors Gesicht.

Na bitte, zieh den Schwanz ein, kapituliere! Laß dich einlullen von solchem Gesäusel. Ich weiß nicht, was in mich gefahren war. Plötzlich hatte ich das Gefühl, Hezi habe mich mit dem Gespräch im Stich gelassen. Wenn er sich den Dingen nicht mehr gewachsen fühle, bitte. In einem könne ich Marx hundertprozentig recht geben, Religion sei Opium fürs Volk. Und zwar nicht nur Religion, der ganze Schmonzes von Literatur, deren Sinn in nichts anderem bestehe, als einen aus der Realität in Scheinwelten zu locken…

Ich erinnere mich nicht, etwa weil Dietmar seinen Vater als Trumpf eingesetzt hatte, an meinen Vater gedacht zu haben, mit dem ich in dieser Situation kaum hätte punkten können. Aber vielleicht fühlte ich mich gerade deshalb in dieser Situation von ihm im Stich gelassen? Und ging deshalb auf Hezi los, weil er las! Weil ich darin eine Parallele zum Schicksal meines Vaters spürte – ein Schöngeist, wie meine Mutter ihn zu bezeichnen pflegte, der sich moralische Prinzipien leistete und dafür hatte zahlen müssen! Tatsache war, daß ich außer Studien- und Fachliteratur schon lange nichts mehr las, keinen Karl May, keinen Edgar Wallace, geschweige einen – ich warf noch einen unwilligen Blick auf den Buchdekkel – Günther Weisenborn. Es bereitete mir geradezu Unbehagen, mich auf diese Art Texte einzulassen… Klares Denken, Sachlichkeit und sich den Dingen stellen, das allein galt für mich.

Freilich war denkerisch manchmal weit auszuholen, um schließlich die praktischen Schlußfolgerungen ziehen zu können. Zum Beispiel, ob Egoismus eine natürliche Determinante des Menschen oder sekundärgenetische Prägung sei, Erblast des Wolfsgesetzes, der Existenz von Gesellschaftssystemen antagonistischer Widersprüche. Darüber zu diskutieren war zumindest unverfänglich.

Selbstverständlich hatte mich Hezi nicht im Stich gelassen. Die Zweifel am Zustandekommen des neuen Menschen teilten wir brüderlich. Und es zeigte sich, daß Rüdiger mehr mit uns im Bunde war, als ich zu vermuten gewagt hätte. Er setzte seine rotbraune Schweinsledertasche mit der ihm eigenen Behutsamkeit senkrecht auf den Tisch, als enthielte sie Meißner Porzellan, zog ebenso behutsam den Reißverschluß auf und fingerte ein postkartengroßes Blatt heraus. Er sah uns prüfend an, als müsse er sich erst noch versichern, ob er uns ins Vertrauen ziehen könne, und hielt uns den Zettel hin. Es war einer der DIN-A6-Vordrucke, auf denen man seine Bestellungen in der Bibliothek abgab. Ich las seine Eintragungen: Schopenhauer – Die Welt als Wille und Vorstellung; Wiesbaden, 1948. Kierkegaard: Die Krankheit zum Tode; Jena, 1925. Nietzsche: Jenseits von Gut und Böse, Leipzig, 1930.

Ich blickte Rüdiger an und reichte Hezi das Papier weiter.

Nichts, sagte er. Nichts bekommt man. Das heißt, eventuell – eventuell! wiederholte er – mit einer Begründung für Studienzwecke durch den Lehrstuhlinhaber. Ich laß mir vielleicht begründen, was ich lesen darf. Und was ich denken will! – Er holte eine Schachtel Zigaretten aus der Tasche und ein in Pergamentpapier eingeschlagenes Päckchen, der Form nach zu urteilen ein Stück Wurst. – Wir sprächen doch wie die Blinden von der Farbe. Philosophie, wir hätten ja keine Ahnung! Bürgerliche Philosophie, die sei für uns doch nichts weiter als »Das Elend der Philosophie«.

Hezi reichte mir den Zettel zurück, und ich gab ihn an Rüdiger weiter. Ich fühlte mich überfordert. Allein die Vorstellung, worüber alles bereits nachgedacht worden war, bereitete mir Schwindel.

Hegel, sagte Rüdiger, indem er mir den Zettel abnahm. Was bleibt selbst von Hegel nach Ströbers parteilicher Aussortierung? Eine Madame Tussaudsche Wachsfigur, die Marx vom Kopf auf die Füße gestellt hat. Dessen Verdienst darin bestand, daß er sich auf die Füße hat stellen lassen! (Stöber war unser Dozent für Marxismus-Leninismus.)

Jeder Mensch ist seines Glückes Schmied, sagte ich in etwas verquaster Logik. Ich meinte, wir hätten die besseren Eisen im Feuer, weil wir keine Philosophen, sondern Ingenieure werden wollten. Aber damit waren wir nicht vor allem bewahrt. Nicht vor der im Studienplan enthaltenen GST-Ausbildung überhaupt und demzufolge auch vor jenem GST-Nachmittag nicht, an dem wir, in der sackähnlichen Kluft und zu Hundertschaften portioniert, zu einer Ödfläche unterhalb des Plauenschen Rings getrottet waren, um von Offizieren der Militärakademie, die sich überraschend für uns zuständig erklärten, mit Gewehrattrappen ausgestattet zu werden.

In die Grundausbildung, linksum, rechtsum, stillgestanden, Geländelauf und Sturmbahn hatten wir uns lustlos gefügt. Und geglaubt, damit sei es getan. Nun hatte sich ein Offizier vor uns aufgebaut und fuhr uns an: Tagesbefehl – Nahkampf! Achtung! Stillgestanden. Ich demonstriere: Er hatte sich spreizbeinig im Boden verankert, packte barsch die Holzattrappe und stieß rauhe Laute aus: Die Waffe, in Kampfsituationen mit Seitengewehr versehen, in Hochhaltung! Er riß den Holzprügel über den Kopf, drehte ihn so, daß er auf uns wies, als seien wir der Feind, stieß ihn mit heftigem Ruck schräg abwärts, als gelte es, die Erde aufzubrechen. Er wiederholte den Vorgang. Grundbedingung: Standfestigkeit, Spreizhaltung. Er rüttelte seine bestiefelten Beine. Stoßrichtung: von rechts oben diagonal nach links unten, gilt für Rechtshänder; Linkshänder, klar, entgegengesetzt, maximaler Armkrafteinsatz. Ziel: Unterleib des Feindes. Endgültige Kampfunschädlichmachung erfolgt durch Drehbewegung der Waffe, Eingeweide des Feindes …

Hezi und ich, die wir uns in der letzten Reihe in ausreichender Distanz zum Geschehen glaubten, sahen uns an, nickten einander zu, ich weiß nicht mehr, wer Komm sagte, gingen, uns an den wie zur Kapitulation hochgestreckten Armen der Vordermannen vorbeiwindend, nach vorn, legten mit betonter Hingabe die Holzflinten vor die im Spreizstand verharrenden Stiefelkuppen des Offiziers in den Staub des Bodens, und einer sagte: Bitte. So etwa, wie man bei einer Klausur seine Arbeit abgibt. Bitte, sagte auch der zweite.

Dem Offizier fehlte es erst mal an Worten, dann verhaspelte er sich in denen, die ihm unsortiert auf die Zunge gerieten, endlich hatte er sie in der richtigen Marschordnung: Waffe aufnehmen! schnauzte er. Ins Glied zurücktreten.

Wir traten beiseite.

Was das solle? rief er dann mehr verdutzt, als daß er befahl.

Mir liege das nicht, sagte ich.

In dem halb geordneten Haufen war Unruhe entstanden, die mit den falschen Gewehren hochgestreckten Arme senkten sich, zwei, drei ließen, mutig geworden, die Hölzer sogar fallen. Herbert, ein paar Mann von uns entfernt, sah uns in erstarrter Blässe nach. In den anderen Hundertschaften, die sich in einigem Abstand aufgestellt hatten, lief das makabre Ballett programmgemäß weiter.

Hezi und ich gingen davon. Erhobenen Hauptes, wie man so sagt. Zunächst. Je weiter wir uns von der Truppe entfernten, desto mehr zeigte sich, daß uns der eigene Mut überrascht hatte, was heißt Mut?, es war intuitive Hemmung. Und schließlich wurde uns mulmig zumute.

Eine gute Stunde nach uns trafen die anderen in den Baracken ein. Manche beglückwünschten uns, einige grinsten, die meisten hielten sicherheitshalber Abstand. Rüdiger, der sich dem GST-Nachmittag entzogen hatte, wie er sich manchem entzog, setzte den hellblau glasierten Bierkrug auf den Tisch, die Dose Geraer Schmalzfleisch, den Salzstreuer, und sagte, ohne den Blick von seinen Verrichtungen zu lassen: Das Leben ist der Güter höchstes nicht.

Blödmann, zischte ihn Hezi an.

Am nächsten Tag, als wir uns zum Pol-Ök-Seminar einfanden, hatte Herbert seine verbalen argumentatorischen Truppen gesammelt: Ob wir nicht spürten, wie wir uns mit unserer humanistischen Gefühlsduselei unglaubwürdig und lächerlich machten!

Wenn er den letzten Krieg verschlafen habe, was ich ihm ohne weiteres zutraue, sagte ich, könne er Frieden gerne als Gefühlsduselei bezeichnen. Wie blind er eigentlich sei? Und ob er sich etwa einbilde, der nächste Krieg fände am Südpol (ich war sofort wieder Geograph) oder in Sibirien statt? (Meiner These der amerikanisch-sowjetischen Nähe *hintenherum*, die ich gegenüber den

Außenhandelsobservanten zu verfechten versucht hatte, schenkte ich für den Ernstfall wenig Zutrauen.) Hier, genau wo wir stünden! Ich wies mit steifem Zeigefinger auf das braunrote Linoleum.

Auf dem Territorium des Feindes! Und damit das garantiert ist, machen wir solche Übungen, fauchte er mich an.

Des Feindes, echote ich. Gewiß doch, Hamburg, Braunschweig und Coburg sind keine Städte, sondern Territorium des Feindes... Und die Wasserstoffbomben, die werden einer exakten Choreographie folgend immer schön messerscharf die Grenze entlangtänzeln und vom Himmel hoch auf der bösen Seite ihren klassenkämpferischen Auftrag...

Wir wurden zu Erwin bestellt, Erwin, der in Reitstiefeln und Breecheshosen im Stil eines Rittmeisters die Hochschulflure abschritt, in seinem Selbstbild sich jedoch als Budjonnyscher Reiter oder, dank des seitlich versetzten Mittelscheitels und der Stirnlocke, als Majakowski verstand. Die Zuständigkeit für die GST ließ nach seinem Verständnis das eine wie das andere zu. Was in uns gefahren sei. Ob wir etwa dächten, in der Armee des Gegners gehe es anders zu. Ob uns etwa noch nichts über den Drill in der französischen Fremdenlegion zu Ohren gekommen sei. Er habe von uns – gerade von uns! – erwartet, daß wir die Spielregeln beherrschten.

Wieso gerade von uns? Es war mir wirklich nicht plausibel. Und welche *Spiel*regeln? Ich sei für ein Studium der Ingenieurökonomie immatrikuliert, da stellte ich mir andere Spielregeln vor.

Also *Spiel*regeln, das Wort behage ihm keineswegs, sagte Hezi, was da am Umgang mit dem Stechgerät von rechts oben nach links unten – er streckte die Arme, um den Vorgang zu demonstrieren – und rumdrehen, und der andere könnte der schnellere sein, was daran Spiel... Hezi versetzte den GST-Wimpel vor uns auf dem Tisch in Schwingungen.

Er solle mal ganz schnell die Albernheiten lassen! Wir könnten von Glück reden, daß der Offizier die Sache *gemeistert* habe. Unsere Hundertschaft abmarschieren zu lassen, das sei das klügste gewesen, was er habe tun können, ehe es auf die anderen übergegriffen habe. Es hätte sonstwas draus werden können ...

Erwin entschied, daß die Übung psychologisch nicht ausreichend vorbereitet gewesen sei. Ich setzte an, es gehe mir nicht um Psychologie, spürte aber Hezis Faust gegen meine Hüfte drücken.

Ich will mal eins klarstellen, sagte ich (ich sagte tatsächlich klarstellen). Von mir aus kann alles Mögliche passieren, aber von einer Sache habe ich die Schnauze voll, und das ist Krieg!

Erwin tat, als hätte ich den Mund überhaupt nicht aufgemacht. Ob wir ihn verstanden hätten.

Das schon ..., entschloß sich Hezi zu halbem Einlenken.

Na also. Das wär's, was ich euch zu sagen hatte. Im Guten!

Keine Frage, die Grenze der Güte war erreicht.

Als wir das Gebäude hinter uns gelassen hatten, sagte ich zu Hezi: Weißt du, was ich ihm hätte sagen müssen? Lieber besser nicht rot als tot. Und zwar allemal!

Bist du verrückt? Hezi sah mich böse an.

Ich? Ich nicht, die sind es. Mensch, steckt dir der Krieg etwa nicht in den Knochen?

Frag nicht so blöde!

Als kristalliner Zustand sich aufbauender Zukunftsgewißheit, von Randproblemen nur etwas aufgerauht, wie es mir beim ersten Erinnern hatte scheinen wollen, erwies sich das Studium bei näherem Hinsehen denn doch nicht.

Es lag weder an der *Meisterung* durch den Offizier noch an Erwins Güte, daß nicht *sonstwas* draus wurde, es lag an den *Spielregeln*. Wobei wir bis dahin nicht wußten, in welchem Spiel wir steckten. Das uns zugedachte Spiel hieß »Sozialistisches Studentenkollektiv«.

Was sollen wir? fragte ich Herbert, der uns dies zwei Tage später eröffnete und sich beflissen bemühte, seinem Gesicht einen Ausdruck von Verklärung zu verleihen. Hezi kicherte.

Er gebe Hezi den guten Rat, sich mit seiner Unreife besser zurückzuhalten.

Es war mir sowenig einsichtig wie Hezi, was außer Herberts Parteifunktion an unserer Gruppe so außerordentlich sozialistisch sein sollte. Ernteeinsätze machten alle Studenten. Es zählten auch unsere Vorleistungen, hieß es. Daß gut die Hälfte von der ABF kam, entweder einen Berufsabschluß (Schlosser, Feinmechaniker) oder praktisch gearbeitet hatte, auch mein Jahr als Straßenbahner zählte unerwarteterweise. Daß die Betreuung des GST-Motorstützpunkts in unseren Händen lag, was in Erwins Augen als besonders beispielhaftes sozialistisches Verhalten galt. Er brachte seinen Skoda Felicitas regelmäßig vorbei, zum Ölwechsel, Kerzenerneuern, Keilriemenspannen. Brumme und Dietmar erledigten das mit Eifer. Die Studienleistungen brauchten nur zu stimmen. Sie stimmten, trotz Herbert.

Das Foto, das während der Auszeichnung im Audimax von uns gemacht wurde, zeigte, welches Bild wir abzugeben hatten. Die vier Genossen unserer Gruppe, am Revers deutlich zu erkennen – Herbert, Dietmar, Brumme und Tunke – bestimmten den Vordergrund. Bei uns übrigen kam es auf Vordergründigkeit nicht mehr an.

Seine Magnifizenz schüttelte unter roten Fahnen und blauen Spruchbändern jedem von uns mit halbem Diener die Hand, um zwölfmal seine gehaltvollen Worte zu hauchen: Sie sind wirklich eine tolle Seminargruppe. Aus den amphitheatrischen Reihen waren vierhundert Gesichter auf uns gerichtet, in den ersten Reihen Professoren, auch mein Materialkundeherausforderer. Ich kann nicht leugnen, daß es mir schmeichelte, so hervorgehoben im Blickpunkt zu stehen. Wenn mein Denken und Tun sozialistisch ist, sagte ich mir, könnte es überhaupt mit dem Sozialismus klappen.

Zu meinem Tun gehörte allerdings, daß ich die Fahrt zum Zwischenpraktikum bei den Rostocker Verkehrsbetrieben für vier Tage in Westberlin unterbrochen hatte. Was nicht nur nicht sozialistisch war, sondern an einen kriminellen Tatbestand grenzte. Ich empfand es allerdings nicht so. Ich tat es wegen Westberlin im allgemeinen und Gitta im besonderen. Es war die Zeit, in der sie beim

Film war. Nachdem sie die Wandlungen zum Barmädchen, zur Weinkönigin und zur kanadischen Farmerstochter vollzogen hatte, war ich gespannt, ob von ihr, so wie sie für mich existierte, etwas erhalten geblieben war. Nofretete in Bluejeans, die Augen mandelförmig schwarz gerahmt, ein knallroter Lackgürtel um die Taille, stand sie in der Tür, zweite Etage rechts, Dankelmannstraße Nummer soundso. Und dennoch war sie Gitta.

Tante Hilde, bei der sie wohnte, war natürlicherweise nicht Tante Erika. Mein erstes Westabendbrot wurde eine Enttäuschung. Für jeden am Tisch gab es eins-Komma-sechs-Periode Scheiben Wurst – fünf dividiert durch drei, ich fühlte mich als angehender Diplom-Ingenieur zu dieser Umrechnung verpflichtet –, sehr dünne außerdem. Und Rollmops in Mayonnaise, immerhin für jeden einen. (Wenn es bei uns zu Hause überhaupt etwas mit anhaltender Zuverlässigkeit gab, so war es Rollmops in Mayonnaise.) Schließlich für jeden noch eine Pampelmusenhälfte. Ich kannte Pampelmusen nicht und erschrak über ihre Bitterkeit, die mir in die Zunge fuhr.

Es lief gerade kein Film mit Gitta. Auch nicht *Endstation Sehnsucht.* Da gehe es um eine Straßenbahn, das wäre was für dich, hatte Gitta gejubelt und das mehrseitige Filmprogramm der Zeitung abgesucht. Sie war begeistert, daß es eine Verbindung zwischen Tennessee Williams und mir gab. Aber ein anderer Film von ihm laufe gerade an! Im Zoo-Palast. Premiere. Es werde nicht leicht sein, noch Karten zu bekommen, aber sie schaffe das schon. Sie schaffte es. *Plötzlich im letzten Sommer.* Italien, mondän-morbide Salon-, Hotel- und Halbwelt. In heißer, schwüler, wie sich dann erwies: schwuler Atmosphäre. Es dauerte eine Weile, bis ich begriff, daß ich vergeblich auf eine Straßenbahn wartete. Ich war wie betäubt, als ich aus dem Kino taumelte, in das Menschengewusel um die Gedächtniskirche hinein, und fühlte mich fremd vor dem Ansturm der Autos, dem Geflimmer der Leuchtreklamen, den in Glanz gebadeten Schaufenstern mit den tausend Dingen darin, trotz Gitta, oder wegen ihr.

Mein fast euphorisches Gefühl, in das ich am Tag zuvor versetzt worden war, kam mir abhanden. Gitta hatte gerade den Hörer nach der gelungenen Kartenbestellung aufgelegt, als das Telefon wieder klingelte. O Rexi, das geht nicht, absolut nicht, ich bin bereits verabredet, trällerte sie in den Hörer.

Und das war es, woran ich, als ich wieder zurück war, am meisten litt. Ich hatte keine Manchesterhose im Gepäck, nicht mal einen Druckstift. Aber ich durfte meinen großen Erfolg nicht ausspielen. Ich, der Mann, der Rex Gildo ausgestochen hat!

Es ließ sich zunächst insofern verschmerzen, als die vier Tage Westberlin ja lediglich der Auftakt zum Sommer waren, Zwischenstation auf dem Weg zum Praktikum. Rostock nahm mich sofort für sich ein. Die Werften, die Speicher, der Hafen – die Stadt dehnte, streckte sich dem Meer entgegen, dem Offenen; die Warnow mit den Schiffen – ein Tor zur Welt. Um so frevelhafter schien es mir, die Zeit in der Buchhaltung, in der Materialversorgung, beim Sicherheitsinspektor abzusitzen, worin freilich der Sinn des Praktikums bestand. Der technische Direktor, ein jovialer älterer Herr, der statt des Parteiabzeichens den Anstecker der Kammer der Technik am Revers trug, fand, daß sowohl dem Betrieb als auch meiner Praxiserfahrung am besten gedient sei, wenn ich als Fahrer eingesetzt würde. So er*fuhr* ich die Stadt. Die Linie 1, die 2, die 12 nach Marienehe – die Linien, die die Nummern dazwischen hätten ausfüllen sollen, gab es leider nicht, außer der 4 nach Gehlsdorf, ins Vorfeld des Überseehafens, der im Bau war. Wenn ich ihm auf dem allerdings in miserablem Zustand befindlichen Gleis mit verhaltener Geschwindigkeit entgegenfuhr – Blockweg, Landreiterstraße –, irgendwo hinter den dörflichen Häusern und Grundstücken die schimmernde Wasserbreite der Warnow wußte, war mir, als hätte auch ich mit dem Hafen zu tun, als stünde ich in Verbindung zur Welt. Und der Sommer verlieh dem Leben in der Stadt Unbeschwertheit, zumindest schien es so. Die Leute flanierten die Kröpeliner Straße entlang, genossen die Sonne, man sah es ihnen an. Die Tage wollten kaum enden, der helle Schein hielt sich lange in den Abend hinein von der Ostsee her am nördlichen Himmel. Und es war *Ostseewoche*. Ich begegnete zwar keinem Dänen, Schweden oder Finnen, aber die Straßen waren mit den Flaggen der Ostseeanrainer geschmückt, großformatige Fahnen wehten an Masten, und in den Schaufenstern waren Wimpelketten gezogen, nicht nur mit denen der DDR, Volkspolens (wie es hieß) und der Sowjetunion, auch dänische mit weißem Kreuz auf rotem Grund, schwedische mit gelbem Kreuz auf Hellblau, dem finnischen blauen auf Weiß, selbst Schwarzrotgold ohne Emblem kam vor, wenn auch weniger häufig, Norwegen und Island galten ebenfalls als zugehörig. Transparente waren aufgestellt: Die Ostsee muß ein Meer des Friedens sein. Achtsprachig. Ostersoen skal blive et fredens hav. Itämerestä pitää tulla rauhan Meri... Ich nutzte die Fahrten zwischen Marienehe und Bahnhof, um mich polyglott auf die Welt vorzubereiten. Mir war zumute, als läge Rostock auf halbem Weg nach Westberlin. Was natürlich rein geographisch ein Widerspruch war. Und ein Irrtum.

Aber meine Stimmung war bestens. Zweimal ging ich mit Sigrun, einer zierlichen Schaffnerin mit schwerem pechschwarzem Haar, die man eher für eine Bulgarin halten konnte, auf der Kröpeliner Straße Eis essen. Am letzten Tag des Praktikums, acht Uhr zweiunddreißig, traf Karin mit dem Zug ein, fast auf die Minute genau nach Fahrplan. Noch von der Nachtfahrt gezeichnet, das Haar etwas wirr, drückte sie ihr warmes Gesicht mir in die Beuge zwischen Hals und Schulter, die mein offenes Hemd freigab. Ich spürte die Bewegung ihrer Wimpern auf meiner Haut. Unter der Bahnsteigüberdachung war es schattig und kühl, aber der Himmel darüber spannte sich wolkenlos und versprach einen herrlichen Tag. Die Möwen, die kreischend die Unruhe des Bahnhofs überflogen, signalisierten das Meer. Sieben Wochen waren Karin und ich noch nie getrennt gewesen. Es kam uns fast vor, als stünden wir überhaupt erst an unserem Anfang. Anderthalb Stunden später ging der Zug. In Velgast stiegen wir nach Barth um, dort in den

Bus nach Prerow. Das Zelt und die Ausrüstung waren bereits angekommen, Karin hatte sie vorausgeschickt.

Ach, mein großer Sommer mit dem blonden Haar. Wenn Karin aus den Wellen auftauchte und sie tropfend, glänzend einen Teil des Meeres mit sich heraustrug, lag ihr Haar freilich eingedunkelt um Stirn und Wangen. Das Zelt hatten wir auf der Dünenkuppe aufgeschlagen, zwanzig Meter vor uns die grünblauen Wellen, die sich unablässig vor dem Strand aufbäumten, sich fünf Schritte weit über den Sand warfen und wieder zurückspülten. Eine Villa am Meer mit dem Geruch von Sonnenöl und von Petroleum, den der Kocher von sich gab. Über das durchscheinende Gewebe der Zeltbahnen pendelten die Schatten der Spannleinen. Am Sonnabend gingen wir ins Dünenhaus. Wir bestellten eine Flasche Szürkebarat (Grauer Mönch), prosteten uns zu, drückten unsere Hände über dem Tisch, und beim Tanzen genoß ich Karins Körper, der sich mir mit weichen Bewegungen mitteilte. Sail along silvering moon. Draußen, hinter den hochgeschobenen Holzrahmen der Fenster, rauschte es dunkel. Wir liefen auf dem mattlichtigen Sandstreifen zurück, der festgeschwemmt war von den in regelmäßigen Abständen darüberhinspülenden und versickernden Wellen. Auf dem schwarzen Wasser leuchtete an wechselnden Stellen die Gischt auf. Als atmete das gewaltige Wassertier, zwar schmollend, aber doch folgsam auf dem ihm angewiesenen Platz. In einer Hand trugen wir jeder die Sandalen, mit der anderen faßten wir uns, ich Karin an der mir abgewandten Schulter, die bis auf den schmalen Träger der Batikbluse bloß war, und sie hielt meine Hand auf ihrer Schulter fest. Vom Dünenhaus folgten uns durch das Rauschen der Wellen die wehmütigen Melodien wie ein Versprechen.

Am nächsten Tag gab es in der Baracke der Verkaufsstelle marokkanische Ölsardinen. Wieder draußen, die sengende Sonne auf den bloßen Schultern, mußte es im Moment von der Welt mehr nicht sein als die dumpf klappernden Dosen im Netz. Ich folgte meinem Schatten und zog die Füße durch die weiche Wärme des

Sands. Am Nachmittag, als die Sonne an Kraft verloren hatte, liefen wir den langen Strandbogen entlang bis zur Darßer Spitze, wateten durch den flußbreiten Streifen Flachwasser, umgingen die Tangbatzen, überquerten die grausandige Leere der Bernsteininsel und waren am Ende der Welt. Kein Mensch, und vor uns nichts als das unruhige Meer. Wenn es hier eine Erhöhung oder einen Baum gäbe, sagte ich, müßte man über der Linie, die das Meer und den durchlichteten Himmel trennt, Dänemark sehen. Eine graugrüne Aufwölbung stellte ich mir vor. Karin lehnte sich an mich. Ich spürte die Wärme ihrer Schulter an meinem Oberarm.

Dann sah ich am dunstigen Horizont eine dunkle Kontur, ein Stück weiter noch eine. Kein Land, kantige Formen, Schiffe, Küstenwachboote, reglos. Am nächsten Vormittag donnerte ein Flugzeug über den Zeltplatz, bedrohlich schwarz und so niedrig, daß wir unwillkürlich die Köpfe einzogen. In der gläsernen Kanzel war der lederbehelmte Pilot zu sehen. Wir blickten ihm nach. Gut gegen Übermut, sagte ich zu Karin. Man hat nicht immer Lust, über alles viele Worte zu verlieren. Von dem Abstecher nach Westberlin wollte Karin ebenfalls nicht viel hören. Und schließlich war mir beinahe, als habe es ihn gar nicht gegeben.

Bis zur Seminargruppenversammlung zum Auftakt des neuen Semesters. Herbert leitete sie. Es ging um Organisatorisches und den Vorlesungsplan. Und er wolle uns auf die FDJ-Fakultätsversammlung vorbereiten. Entgegen der von jedem Studenten eingegangenen Verpflichtung, Westdeutschland oder Westberlin nicht zu bereisen, habe es derartige Vorkommnisse gegeben. Es handele sich dabei nicht nur um Regelverstöße, sondern auch um den Ausdruck einer fragwürdigen politischen Haltung von Studenten einer sozialistischen Bildungseinrichtung...

Ich weiß nicht, ob ich mir einbildete, daß Herbert an Brumme vorbei, der vor mir saß, kleine scharfe Blicke auf mich richtete.

Diese Vorfälle würden Gegenstand der Fakultätsversammlung sein... In mir riß etwas. Wer hatte mich gesehen und wo? Im Zoo-Palast? Oder bloß in der S-Bahn? Ich war nicht in der Lage, Herberts Gesichtsausdruck zu deuten, ob er mir drohte oder mich warnen wollte. Die Fakultätsversammlung als Pranger, um dann demokratisch exmatrikuliert zu werden? Selbstverständlich würden alle Hände hochgehen.

Als ich mit Rüdiger zur Baracke zurückging, sagte ich: Ich geh da nicht hin. Um vielleicht mitzumachen, jemanden über die Klinge springen zu lassen...

Ich gehe, sagte er ungerührt. Ich wußte wie so oft nicht, woran ich bei ihm war.

Die Tage bis zur Versammlung quälte ich mich mit der Frage ab, ob ich Hezi, Rüdiger oder sogar Herbert einweihen sollte. Ich tat es nicht und hatte das ungute Gefühl, daß dieses bißchen Teilhabe an der anderen Welt womöglich auf einen hohen Preis hinauslief! Rollmops und ein Film über Schwule. Was ist es denn tatsächlich wert, so wie es verflogen ist?

Ich hatte feuchte Hände, als ich mich im Audimax setzte, einigermaßen hinten, was aber, sagte ich mir, kein Vorteil sein muß, wenn du dran bist, vorgerufen wirst, hast du das doppelt lange Spießrutenlaufen vor dir...

Die Mannschaft der FDJ-Fakultätsleitung nahm, einer wie der andere im Blauhemd, auch Roswitha, das einzige Mädchen, auf dem Podium Platz, Herbert unter ihnen. Die übliche Leier hob an, über die Brutalität des Klassenfeindes und den Anspruch sozialistischen Bewußtseins von Studierenden einer sozialistischen Hochschule. Herbert kümmerte sich nicht um mich. Kurz bevor es soweit war, sprach es sich flüsternd herum: Thomas Lippert. Ein bläßlicher Student aus der Parallelgruppe. Die Transportpolizei hatte während einer der üblichen Kontrollen im Zug aus Berlin bei ihm einen Druckstift und eine ungetragene – das Verhängnis! – Manchesterhose gefunden. Lippert bestritt den Abstecher nach Westberlin nicht. Unter den roten Spruchbändern und blauen Fahnen, in deren Rückendeckung unsere Seminargruppe ein halbes Jahr zuvor sozialistisch geadelt worden war, wurde er ideologisch und moralisch abgekanzelt und mit Drohungen belegt, die allen galten. Jeder wußte, es hätte schlimmer ausgehen können – Exmatrikulation. Staatsfeindliches Verhalten, Verbindung zum Klassenfeind, ideologische Koexistenz – die justitiablen Tatbestände lagen als entsicherte Fangeisen auf dem Weg.

Dumm gelaufen, sagte Hezi. Rüdiger enthielt sich jedes Kommentars, und ich schwieg besser auch.

Erst nach Monaten rückte ich gegenüber Hezi und Rüdiger mit der Sprache heraus. Das leichte Unbehagen, das ich bei Rüdiger empfand, verdrängte ich.

Rüdigers Talent zur Unauffälligkeit ging so weit, daß wir mitunter gar nicht merkten, wenn er fehlte, in einem Seminar, bei einer Bierrunde und eben auch an jenem Nahkampf-Nachmittag. Er tauchte kaum im GST-Stützpunkt auf, obwohl er geradezu kraftfahrzeugbesessen war. Er frönte seiner Leidenschaft auf seine Weise. Er konnte stundenlang, während wir beiden anderen redeten oder uns sonstwie und durchaus nicht leise beschäftigten, am Tisch sitzen und Motorräder zeichnen. Er entwarf Modelle und Konstruktionsskizzen. Sein Favorit war eine DKW RT 100. Drei PS für drei Personen!

Vier Tage bevor wir in die Weihnachtsferien fuhren, begann er mit der ihm eigenen stillen Sorgfalt seinen Schrank auszuräumen und ausgiebiger zu packen, als es die zwei Wochen Studienunterbrechung erforderten. Am nächsten Tag sagte er, indem er in seinem Hantieren innehielt, er komme nach den Ferien nicht wieder, am vorletzten Tag ergänzte er, er lasse nicht nur die Hochschule hinter sich, er gehe ganz und gar. In den Westen.

Er sei sich nicht sicher gewesen, wie er sich uns gegenüber verhalten solle. Er wolle uns nicht als Mitwisser in Schwierigkeiten bringen, aber wir sollten auch nicht denken, daß er uns nicht vertraue. Was ja eines sozialistischen Studentenkollektivs nicht würdig sei.

Hezi und mir mangelte es an klassenkämpferischer Überzeugung, ihm den Westen auszureden. Allerdings schien uns nicht plausibel, daß er nicht bis zum Diplom durchhalten wollte.

Er habe schon drei Jahre zu lange durchgehalten. Das führe doch alles nur immer mehr in die Enge. Vielleicht empfänden wir es als *Straßenbahner* nicht so. Man dürfe sich nicht für einen Mercedes begeistern, keine Manchesterhose tragen, nicht seine schöne Cousine vorzeigen. Gitta hatte doch mehr Eindruck auf ihn gemacht, als er sich hatte anmerken lassen. Was sicher auch an dem halben Dutzend Glanzfotos lag, die sie mir mitgegeben hatte und die, in braunes Packpapier eingeschlagen, auf dem untersten Einlegebrett im Spind, abgedeckt mit den Vorlesungsnachschriften von Materialkunde, Verkehrsströmungslehre und Pol-Ök, lagerten und die ich, freilich selten, zur Ansicht freigab.

Natürlich ist manches zum Kotzen, sagte ich. Aber es ist so zum Kotzen, daß es so nicht bleiben kann. Und ich entwickelte meine Hoffnungstheorie, an der ich durch alles Unbehagen hindurch festhielt: Weil keine Gesellschaft es bis zur Selbstzerstörung treibe, werde sich etwas ändern. Und das hänge auch von uns ab. Derzeit hätten die Ideologen und Funktionäre das Sagen, das wüßten wir doch. Das ließe sich bei einer so kolossalen Umstülpung der Gesellschaft nicht vermeiden. Noch hielten sie sich, weil es an fachlich kompetenten Kadern nach wie vor fehle, an Ökonomen, Ingenieuren und so weiter. Leute, die zu den richtigen Entscheidungen fähig sind. Aber wir kämen! Es gäbe hoffnungsvolle Zeichen, sagte ich, ungarischen Roquefort und Letscho, und ich setzte das Käsepäckchen und das Glas mit den gelben Paprikaschnitzeln in der roten Tomatensoße auf den Tisch.

Rüdiger stellte wortlos eine Dose Geraer Schmalzfleisch in die Mitte des Tischs. Ist noch so gut wie voll. Er drückte den halb aufgeschnittenen Deckel zu. Er baute ein ebenfalls angebrochenes Glas Golßener Vierfruchtmarmelade daneben auf, einen Kanten Brot, seinen übergroßen Salzstreuer und den hellblau glasierten Bierkrug, aus dem er morgens Tee, mittags Milch und abends Bier trank. Der bleibt hier, sagte er, in einem Tonfall, als hinterließe er einen Canaletto. Er nahm den Kamm aus der Gesäßtasche, zog ihn mehrmals durch sein Haar, als verlange der Vorgang Distinktion. Das wär's, sagte er.

Am nächsten Tag brachten wir ihn zum Bahnhof. Den abfahrbereiten Zug im Rücken, standen wir beklommen da, am letzten Wagen, außerhalb der Halle, dem Nieselwetter ausgesetzt. Als der Pfiff gellte, umarmten wir uns, klopften uns auf die Schultern. Ich stieß ihm mit der Stirn sein Mützenschild schief. Er stieg die zwei hohen Stufen rückwärts den Waggon hinauf und richtete die Mütze wieder. Unter dem Bahnsteig, der die Straße überbrückte, rumpelte eine Straßenbahn. Haltet durch, rief er von seiner erhöhten Position, indem er sich uns in der offengehaltenen Tür des abfahrenden Zugs entzog. Ihr Straßenbahner! Ob er dies wirklich nachrief, dessen bin ich mir nicht sicher. Das Getöse der rollenden Wagen verschluckte jedes Wort.

Wir stellten uns im Januar ahnungslos, als er nicht erschien, und taten, als ob wir ihn jeden Tag erwarteten. Es fiel uns allerdings von Tag zu Tag schwerer, den Mutmaßungen über den wirklichen Grund seines andauernden Fernbleibens auszuweichen. Schließlich traf im Prorektorat ein Brief seiner Mutter ein. Herbert teilte es uns mit prüfendem Blick mit. Ich weiß nicht, ob er uns etwas ansah. Der Abgang eines Angehörigen des ersten Sozialistischen Studentenkollektivs war schlimm genug, eine konspirative Verschwörung mehrerer in der Gruppe allerdings noch schlimmer. In unserem Zimmer zurück, bekam Hezi einen Lachanfall. Sie seien Gefangene ihrer eigenen Falle.

Erst mal abwarten, sagte ich.

Als wir eine Karte aus Hannover bekamen, mit englischer Anrede, Dear Number Seven Play Ground (wir bewohnten das Zimmer sieben), und einigen weiteren englischen Brocken im Text, konnte Herbert seinen Argwohn nicht verbergen. Er schob die Karte wie ungewollt zwischen Papiere, die er vor sich liegen hatte. Es entging Hezi nicht. Herbert beherrschte kein Englisch. Uns wurde auferlegt, den Kontakt zu ihm zu unterlassen. Es war Rüdiger, der verstummte.

Unvermittelt frage ich mich jetzt, den Blick nach wie vor auf den Straßenausschnitt zwischen Baker Hall und Library gerichtet, obwohl der Straßenkreuzer längst davon ist: Sollte Rüdiger etwa in Amerika gelandet sein? Wie Fred, wie Piet. Eine merkwürdige Spannung erfaßt mich, als gäbe es meiner Reise einen zusätzlichen, ganz konkreten Grund, wenn ich ihn suchte. Und als erhielte mein Studium erst dadurch für Amerika seine Rechtfertigung.

Und mir fällt ein, daß ich mich, gleichsam zu guter Letzt, einmal zum Fürsprecher der USA zu machen versucht habe. Zum Studiumende hin wurden die Vorlesungen und Seminare sachbezogener: Organisation des öffentlichen Personennahverkehrs, Verkehrsströmungslehre, Verkehrsplanung. Unser Arbeitsmaterial enthielt die Abbildung einer kolossalen Highwaykreuzung in Los Angeles. Auf einem quadratkilometergroßen Areal, das eine enorme Lücke in die vorstädtische Bebauung riß, verflochten sich über mehrere Etagen aufgeständerte sechsspurige Fahrbahnen, von Autos überwimmelt. Der Beitext lautete: Sinnbild der Zerstörung des Stadtorganismus durch Schaffung unmäßiger Verkehrsanlagen für den Kraftverkehr. Rein sachlich war der Bewertung kaum zu widersprechen. Von mir schon gar nicht, so wie mir öffentliche Verkehrsmittel am Herzen lagen. Aber ich sagte im Seminar: Man sollte aus der Ferne ein bißchen zurückhaltender mit seinem Urteil sein.

Was meiner Meinung nach an der Wertung falsch sei, fragte mich der Assistent.

Daß sie von weit her käme, sagte ich.

Wie ich das meine?

Wir bekämen hier ein Bildchen vorgesetzt. Man könne weder die Rolle des Bauwerks in der gesamten Stadtanlage erkennen, noch würden wir den Funktionsmechanismus dieser Riesenstadt auch nur ansatzweise kennen. Es sei doch wohl etwas überheblich (einfältig, verkniff ich mir zu sagen), unsere Vorstellungen zum Maß für eine amerikanische Millionenstadt zu machen, der gegenüber alles bei uns dörflich wird.

Ich weiß nicht, was du willst, widersprach mir Hezi mit konzentriertem Blick auf das Foto. Die Sache ist mehr als eindeutig. Das ist doch grauenhaft.

Du sagst es, grauenhaft. Ich schob das Blatt beiseite.

Hezi sah mich irritiert an, sagte aber nichts mehr.

Erst in der Mensa, als wir die Bohnensuppe in uns hineinlöffelten, fing er wieder an: Ich weiß nicht, was du wolltest. Was das Foto zeige, sei doch der Ausdruck puren Wahnsinns. Da stünden die Dinge doch Kopf, das Auto als Maß des Menschlichen! Sozialismus hin, Kapitalismus her, wenn das auf dem Foto keine Sackgasse sei! Betonierter Ausdruck für die Herrschaft der *un*menschlichen Macht (Marx!).

Du bist ein gelehriger Schüler, raunzte ich ihn an. Nur daß es mit dem Foto um etwas ganz anderes gehe, nämlich um die Denunziation der USA. Weil wir ihnen nicht das Wasser reichen können, weil es sieben Achtel der Menschheit nach einem Leben läppert, wie es die Amis führen, mit Autos und Highways und was weiß ich sonst noch, aber weil nicht sein kann, was nicht sein darf, muß denunziert werden, bei jeder Gelegenheit. Wir könnten ja zum Beispiel in Statik, um bei Brücken zu bleiben, auch Abbildungen von der Verrazano Bridge oder der Golden Gate Bridge vorgesetzt bekommen, sicherlich beeindruckende statische Lösungen, die auch uns nutzen könnten. Und er glaube doch nicht etwa, daß wir nicht genauso dem Autowahn verfallen würden, wenn wir's bloß könnten. Es lange bei uns halt nicht hinten und nicht vorne! Das sei der ganze Unterschied.

Ich hätte eine merkwürdige Haltung, sagte Hezi. Was ich am Westen schätzte, würde ich dem Sozialismus nicht zutrauen, aber wo der Westen Mist baue, genau das unterstellte ich dem Sozialismus als verhinderte Absicht. Diese Sicht auf die Dinge sei genau dieselbe, die ich unseren Ideologen vorwerfe. Das Foto gebe ein Faktum wieder, und wenn etwas schwarz sei, müsse man doch wohl sagen können, es ist schwarz.

Wenn es darum ginge, wäre ja alles in Ordnung. Den Sputnik kannst du in höchsten Tönen loben, von Los Angeles kannst du sagen, es sei die beschissenste Stadt der Welt. So verteilten sich schwarz und weiß.

Anderthalb Jahre nach Rüdigers Weggang machten wir das Diplom, ohne Probleme.

Seinen Platz in unserem Internatszimmer hatte in den letzten Monaten Sylvia eingenommen. Sie ist süß, sie ist süß, sie ist süß, bemühte sich Hezi sie nach der ersten Verabredung mir zu beschreiben. Sylvia war zierlich, feingliedrig. Als sie in unser Zimmer trat, schien mir, als bestünde ihre gesamte Körperlichkeit nur aus Länge. Dabei war sie keineswegs besonders groß. Hezi nahm ihr schmales Gesicht in seine Hände und sah sie minutenlang an, als müsse er sich nochmals überzeugen, ob sie wirklich die Frau fürs Leben sei. Sie war Diätköchin mit Ingenieurabschluß. Mir fiel es ein bißchen schwer, mit ihr Gespräche zu führen.

Am 17. Juni, es war ein Sonnabend, heirateten Hezi und Sylvia.

Hättest du diesen Termin nicht vermeiden können, erregte sich Herbert.

Kannst ja dafür sorgen, daß der 17. Juni überhaupt aus dem Kalender gestrichen wird, konterte Hezi.

Karin und ich hatten bereits im Jahr zuvor geheiratet. Es war ein großes Fest, aber ein merkwürdiges Ereignis. Dank Tante Erika. Sie stellte nicht nur ihre beiden Wohnzimmer zur Verfügung, sondern auch Haus, Hof und Garten und lud Leute ein, die es von uns aus nicht hätten sein müssen. Zum Beispiel Willy Burlack, der mit demselben Feingefühl, mit dem er Speichen in Felgen einzog und Fahrradketten spannte, Klavier spielte. Tante Erika konnte es nicht verwinden, daß sie bei der Hochzeit ihrer einzigen Tochter nicht dabeigewesen war, geschweige denn sie ausrichten durfte. Die Reise nach Aachen war ihr nicht genehmigt worden. Also nahm sie sich meiner an und traf die Entscheidungen. Das Essen bestimmte sie nach dem, was der Bauernhaushalt hergab oder was sich sonstwie besorgen ließ. Etwas Besseres konnte uns nicht passieren: Spargelsuppe, Rindsrouladen, zum Nachtisch Fürst-Pückler-Eis, zum Kaffee Buttercremetorten, abends kalte Bratenplatten. Zu später Stunde holte sie noch Eierlikör und Curaçao aus ihren Beständen. Karin und ihre Mutter hatten nichts einzuwenden gehabt, zumal Tante Erika sich auch, was den Kreis der Teilnehmer von deren Seite betraf, großzügig gab. Ich lernte dadurch Tante Valeska kennen, Kettenraucherin und Dauertänzerin, die Willy Burlack nicht vom Klavierschemel ließ. Sein Repertoire beschränkte sich allerdings auf Schlager der zwanziger Jahre: *Waldeslust*, *Zwei Herzen im Dreivierteltakt*, und zu Hochform lief er mit *Wilja, o Wilja, du Waldmägdelein* auf, nur tanzen ließ sich danach kaum. Karin und ich störten in dem Trubel nicht weiter.

7

Nun war mir allerdings sehr viel anders zumute als bei der Hochzeit. Mir wurde von Sekunde zu Sekunde mulmiger. Ich war Iowa ausgesetzt, in des Wortes ganz direktem Sinn, auf dem Podium. Die Gesichter waren ebenso amphitheatrisch aufgereiht wie damals bei der sozialistischen Kollektivauszeichnung, aber damit erschöpfte sich die Gemeinsamkeit. Sie tasteten mich ab. Studenten, Professoren, Angestellte. Meine Gegenleistung für die Nice-to-meet-you-Zurufe auf den Gängen oder aus den offenen Bürotüren war fällig. Auch der Silberblick der blonden Frau vom Buffet war auf mich gerichtet; in deren Sturzbach von Worten ich ebenso unterzugehen drohte wie die French fries im Ketchup, den sie freigebig aus der Maschine hebelte. Selbst der war also abzugelten.

Der *Randers University Trumpet* hatte kräftig ins Horn gestoßen: *Former East German engineer will discuss »The Current Incredible Changing in (East) Germany« 5:30 p.m. Wednesday, in H. S. Johnson Auditorium.* Als former engineer waren mir Symposien und Kolloquien nicht fremd. Auf Straßenbahn-Fachkongressen hatte ich vor Fachleuten Fachvorträge gehalten, über Dinge, mit denen ich mich jahrelang beschäftigt hatte, in einem Land, das jahrelang mich beschäftigt hatte, und in der Sprache, die mir über Jahrzehnte, wie ich nun sehr deutlich empfand, zugewachsen war. Diese Sprache, das stand schon mal fest, galt an diesem Nachmittag nicht. Und daß sonst etwas galt, was mir bisher hinlänglich zu Diensten war, mußte ebenfalls bezweifelt werden.

Während sich die letzten Lücken in den Sitzreihen füllten und mich die Frage plagte, ob jeder Dazukommende mir schmeicheln oder mich ängstigen sollte, war plötzlich Fred vom Stuhl neben mir verschwunden. Am liebsten hätte ich meine Blätter wieder zusammengerafft und ebenfalls das Weite gesucht. Etwas in mir wehrte sich, einzusehen, daß es sich überhaupt um mich handelte. Den die Flyers annoncierten und der vor den Leuten saß, war *born in Dresden, Germany, attended the Niederlausitz High School*, hieß es. *He worked as a streetcar conductor, studied at the Technical University of Dresden, graduated with a graduate degree in civil engineering, and worked for the Research Institute for Traffic. He was participant of high-ranking national and international congresses and has a lot of scientifical publications on this topics in Germany, Hungary and Czechoslovakia. Now he is visiting professor at the Department of Modern Languages and Contemporary Studies at Randers University.* Ich fühlte mich, als sei mir eine Verwandlung verordnet worden, oder als wäre ich in Sachen gesteckt, die, obwohl an mir Maß genommen war, nicht paßten.

Ich spürte die brodelnde Unruhe in dem Raum wie eine körperliche Bedrohung. Zu allem Überfluß fiel mir jener unbehagliche Traum ein, in dem ich aus irgendwelchen Kulissen auf eine Bühne trat, von Scheinwerfern nach vorn dirigiert; aus dem Halbdunkel eines plüschigen Theatersaals mit zwei oder sogar vier Rängen im Halbrund und rotsamtener Sitzpolsterung sahen mir die Leute entgegen, mit meinem Erscheinen erfüllte ich offenbar durchaus die Erwartungen, auch wie ich das Mikrophon hob, lässig, war noch in Ordnung, ebenso der Moment der Konzentration, mit dem es still wurde. Aber nun mußte er kommen, der erste Ton, mein Gesang. Denn ich stand auf der Bühne, um zu singen, vom Licht geblendet, die Menschen nur durch die erwartungsvolle Anspannung spürbar. Ich, der beim Gruppengesang ausgesondert wurde. Der keinen richtigen Ton traf. Ich weiß nicht, ob es Hybris war, die mich auf die Bühne gelockt hatte, weil ich ebenfalls können wollte, was andere konnten, weil ich einmal diesen Rausch des Beifalls, der Huldigung erleben wollte, diesen Moment, als löste sich die Schwere von einem, als verlöre man seine Begrenzung und höbe sich über die Dinge, oder ob ich mich aus purer Gefälligkeit, der vielleicht ein Mißverständnis zugrunde lag, hatte überreden lassen, für jemand, der plötzlich nicht da war, einzuspringen. Was ich wußte, war: Ich kann nicht singen! Doch es gab kein Zurück mehr. Die Kapelle irgendwo hinter mir setzte ein. Ich rang mir den ersten Ton ab, den zweiten, und es waren unangenehme Laute, wie immer, die nichts mit Melodie zu tun hatten; beim dritten Ton war unüberhörbar, wie furchtbar war, was meinem Mund entfuhr. Die Leute wußten eine kurze Zeitlang nicht, wie ihnen geschah. Dann begriffen sie, rumorten, stießen Rufe des Unwillens aus, der Empörung. Und gingen wie auf Verabredung hinaus.

Hier nun aber saßen sie noch! Am liebsten hätte ich loslamentiert: Worauf hast du dich bloß eingelassen! Mein Gott, hattest du nicht Zeit genug, dir deinen Infantilismus, den Anspruch auf die Welt, abzugewöhnen! Nun zahl den Preis für deine Anmaßung!…, als Fred, etwas echauffiert, aber lächelnd sich auf den Stuhl neben mir warf, okay? fragte, ohne mein Nicken abzuwarten das Mikro einschaltete und seine verstärkte Stimme ins Auditorium schallte: Ladies and Gentlemen…

Ich brauchte nicht zu singen. Und wovon ich zu reden hatte, davon war ich übervoll. Was ich zu sagen hatte, stand fest, Wort für Wort, freilich in einem Vokabularium, dem sich meine Zunge nicht recht fügen wollte. Zum Glück hatten die Ereignisse, in deren Mitte ich geraten war, zumindest von Iowa aus gesehen, ihre eigene Kraft. Sie machten es mir leicht.

In gradlinigen Sätzen und mit hölzernem Tremolo sprach ich enthusiastisch und treuherzig vom *real socialism,* den Erwartungen, die sich in früher Phase mit ihm verbunden hatten, wie sich die Menschen mehr und mehr von ihm im Stich gelassen sahen, wie er sich schließlich mehr gegen sie richtete, als ihnen zu nutzen, sprach vom *unavoidable disaster*, von der Gunst weltpolitischer Konstellationen (der Lockerung der Nabelschnur zum Muttertier Sowjetunion) und der Mithilfe von Lappalien, deren große historische Ereignisse offensichtlich bedürfen: Ich ließ mich in drei Sätzen darüber aus (Fred: Du mußt etwas sinnliches Futter bieten!), wie ein nicht gerade sympathischer Mann von einem Podium aus auf die Frage eines Pressemannes, ab wann jeder Bürger einen Reisepaß beantragen könne, einen Zettel hilflos in der Hand hin und her drehte, um dann zu antworten: Unverzüglich. (Ich fügte das Wort deutsch ein; Fred schrieb es an die Tafel.) Zerstreut habe er die Antwort gegeben, als hinge von ihr die Freigabe eines Stücks Autobahn ab, aber nicht die Entriegelung des *iron curtain*, dieses Monstrums, das die Welt zweiteilte. An dieser Stelle des Manuskripts hatte mich Fred zu einer Abschweifung über die Wahrheit der Märchen inspiriert: Der Pressemann – der Königssohn; die Mauer – die Dornenhecke unserer Zeit, die der rechten Frage im rechten Augenblick bedurfte. Nur, daß sich hinter ihr nicht gerade ein Schloß verborgen habe. Ich sprach schließlich über die Chancen, die sich nun für das desolate Gemäuer ergäben: für Demokratie, Freiheit, Freizügigkeit (ich sei ein promptes personifiziertes Beispiel) und für all das, woran es gemangelt habe. Und das sei nicht wenig gewesen…

Der Lautsprecher warf mit erschreckender Deutlichkeit mein knarriges Englisch auf mein Trommelfell zurück. Ein-, zweimal verweigerte sich meine Zunge überhaupt der mir unvertrauten Sprache. Als mir *aidiolodshigcal* zum dritten Mal in die Quere kam, hatten mich die vorausgegangenen Anläufe belehrt, es auf einen weiteren Versuch gar nicht mehr ankommen zu lassen, und Fred, der mit maliziösem Lächeln beobachtete, wie ich der Fallgrube unausweichlich näher kam, nickte mir zu, als wären wir ein jahrelang eingespieltes Team, und übernahm das Wort. Es wurde mit beifälliger Heiterkeit quittiert.

Dann beugte sich Fred zu mir: Time has gone. Er tippte mit spitzem Finger auf das Zifferblatt seiner Armbanduhr. Ich solle das Folgende überspringen, nur noch die Passage von den freshwater fishes anfügen, die beschreibe bildhaft alles weitere.

Im weiteren war von Schwierigkeiten die Rede, die beim Übergang nicht zu vermeiden seien, und obwohl mich einiges mit Unbehagen erfüllte, als ich meinen Text schrieb – Betriebe wurden geschlossen, Leute aus ihren Ämtern entfernt, fremde Menschen standen vor Häusern und erklärten sich zum Eigentümer –, hatte die bevorstehende Reise die Beunruhigung überstrahlt. Ich war nicht gewillt, etwa Arbeitslosigkeit, dieses Mittel der Parteipropaganda zur Diskreditierung des Westens, als Mitgift der Staatsvereinigung anzusehen! Begriffe wie Identitätsberaubung oder Evaluierung kamen bei mir nicht vor. Ich blieb behutsam mit meinen Bedenken und schrieb von einer *Janus headed situation.* Was Fred allerdings mit gerunzelter Stirn quittiert hatte, ob wegen der sprachlichen Findung oder der Aussage, war mir nicht klar. Nun sollte ich abrupt ins Maritime wechseln. Obwohl es mir nicht ganz behagte, griff ich fahrig in mein Manuskript um den gewünschten Textanschluß zu suchen. Es kostete Zeit, die Fred mit *Our guest isn't only an engineer, he's a poet too* überbrückte. Ich fühlte mich geradezu erlöst, als ich den richtigen Absatz gefunden hatte, und ließ die Ostler folgsam von den dornröschenhaften Festungsinsassen zu Fischen mutieren, die in ein Dasein verwiesen waren, das durch Dämme und unpassierbare Schleusen von den Ozeanen abgetrennt gewesen sei, aber selbstverständlich nicht vom Wissen um die Weltmeere mit ihren faszinierenden Weiten und der Wunderwelt der Korallenriffe. Mit dem Dammbruch habe es kein Halten mehr gegeben. Aber die Wirklichkeit, wie man wisse, sei immer reicher als das Denken: Die Wasserwelt da draußen erwies sich nicht nur als viel größer, sondern ebenso als kraftvoller. Und während die Ostler hinausdrängten, sei die andere Wirklichkeit mit Überdruck in die Randgewässer geflutet. Die Ostfische spürten die Veränderung. Eine andere Substanz bemächtigte sich ihrer; Salzwasser, wie sich zeigte. Indessen sie hinter dem Damm in Süßwasser gelebt hatten. Wobei die englische Version die süß-salzige Association ausschloß: *They were freshwater fishes.*

War gut, sagte Fred knapp, aber ich sah ihm die Erleichterung an. Er lud in die *lounge* ein. Dreißig, vierzig Personen kamen, es gab Weißwein in Plastebechern und englisch artikuliertes Schulterklopfen. Mich erfaßte nun doch ein erhebendes Gefühl, fast von solcher Kraft wie an jenem Tag, als ich das erste Mal die Straßenbahn in Bewegung gesetzt hatte. Ich hatte meine Bewährungsprobe vor der Welt bestanden. Als läge sie mir jetzt zu Füßen. Als sei gelungen, woran ich längst nicht mehr zu glauben gewagt hatte. Bis eine ältere, sehr gepflegte Dame mit dem Glasimitat in der Hand auf mich zutrat. Sie hoffe, daß ich das personifizierte Gegenbeispiel zu meinen Äußerungen über die Fische sei und daß mir das Salzwasser von Randers gut bekomme; es habe ja den Anschein. Sie hob den durchscheinenden Becher mit der bernsteinfarbenen Flüssigkeit, so daß ihre violett umschatteten Augenlider dahinter verschwammen. Dann wedelte ein smarter Physikprofessor mit einer blauweißrotgestreiften Fliege auf mich zu: Wie lange ich in Ostdeutschland in Haft gewesen sei? Ich ließ mir die Frage von Fred sicherheitshalber übersetzen.

Sorry, I wasn't arrested, erwiderte ich verwirrt.

Your English, by the way, is quite excellent! sagte er daraufhin.

Während sich meiner die nächste Verwirrung bemächtigte, entgegnete Fred dem Mann: Thank you. Und mit seinem faunischen Lächeln setzte er hinzu: For your very important question. Meine Verwirrung war dabei, in Verstörtheit überzugehen, als er zu mir gewandt auf deutsch sagte: Nun weißt du, wo du bist.

Schließlich stand ein kleiner Mensch vor mir. Ich sah in ein männlich-schmallippiges Gesicht hinunter. Der Mann hatte die Brauen hochgezogen, als ließe sich damit der Größenunterschied verringern. Er bewirkte aber nur, daß seine Stirn bis unter die tiefschwarze, perückenartige Haarhaube von Falten zerfurcht wurde. Burger, sagte der Mann, Stefan Burger, und streckte mir seine Hand aufwärts gerichtet entgegnen. Ich werde durch Fred ja von ihm gehört haben... Meine Ausführungen, hochinteressant. Er würde gern mehr erfahren... Ich solle unbedingt mal bei ihm im Büro vorbeikommen, eine Etage direkt über Fred. Er würde mich gerne in seine Klasse mitnehmen... Als Fred auf uns zukam, zog er sich zurück. Ich sah, daß er hochhackige Schuhe trug, vermutlich eine Art Cowboystiefel, deren Schäfte in den Hosenbeinen steckten.

Als ich beim nächsten Chabliskolleg das Gespräch auf ihn brachte, löste es bei Fred einen Lachanfall aus. Ham-Burger, das Laufende Meter! Stefan, hat er sich als Stefan vorgestellt? Stephen, Stefano, Stéphane … Der wisse selber nicht mehr, wie er heiße.

Piet drückte ebenfalls die Augenbrauen in Burgerscher Manier in die Stirn, nur daß sie nicht die gleiche Wirkung erzielten. Der setzt seinen Namen als Joker ein. Vor dir hält er es für sinnvoll, Deutscher zu sein.

Seine Mutter sei Spanierin. Es klang fast wie ein Vorwurf. Das sei einigermaßen unbestritten. Der Vater Deutscher – aber wisse man's? Ob der allerdings Interbrigadist oder bei den Faschisten gewesen sei, alles möglich. Geboren sei Burger in Frankreich, angeblich in Roanne.

Piet: In Rodez.

Fred winkte ab. Aufgewachsen in der Pfalz, behauptet er, von Fall zu Fall auch etwas anderes.

Piet: Ob ich ihn mir genau angesehen hätte? Seine Haare! Ob ich die für echt oder für eine Perücke halte?

Es war einer der seltenen Fälle, in dem beide gleicher Ansicht waren. Ich erfuhr noch, daß er seit vier Jahren in Randers sei, Freshmen in Anfänger-Deutsch unterrichte, mit dem Ergebnis, daß sie Freshmen blieben. Sein Deutsch als Deutsch gelten zu lassen verlange ohnehin Nachsicht. Seit ein neuer Spanischkurs zu vergeben sei, habe er seine spanische Identität entdeckt.

Am nächsten Tag lag Fred daran, mir mitzuteilen, daß sich zwölf Teilnehmer für mein Seminar eingeschrieben hätten. Das sei sehr gut, und ich glaubte ihm eine Spur von Stolz anzusehen. *Graduate students*, keine *freshmen*, etwa von Burger, die habe er aussortiert.

An der Tür des Klassenraums hing der Plan mit den Seminarzeiten, Dienstag 10.15–11.50. a.m. und Donnerstag 2.00–3.35 p.m., und meinem Namen, bereichert um ein davorgesetztes Prof. Ich konnte einen Anflug von Stolz nicht verhindern. Obwohl mir Fred in seinem Hang zur Unmißverständlichkeit zu verstehen gab, daß

Professor nicht mehr wert sei, als wenn Lehrer oder gar nichts dastünde.

Dann wedelte das Dutzend Aquarienfische, das sich mit dem von Fred geschwenkten Kescher The Wonder of German Unification hatte einfangen lassen, in den Seminarraum und verteilte sich auf die Stühle mit den seitwärts wegklappbaren Schreibbrettern. Beim ersten Anblick hatte ich gedacht, in einen für Kleinkindbetreuung vorgesehenen Raum geraten zu sein.

Allerdings wollte sich der Eindruck graziler Aquarienfische, den ich angesichts der Studenten auf dem Campus gewonnen hatte, aus der Nähe nicht einstellen, so wie sie ihre Eastpaks, die nun eine zusätzliche Bedeutung erhielten, von den Schultern rutschen ließen und sich im ungeordneten Halbrund in die Klappbrettstühle zwängten. Einige überhaupt als Studenten anzusehen gelang mir nicht ohne weiteres, am wenigstens bei der etwas derben, gut vierzigjährigen Frau in ihrem abgetragenen olivgrünen T-Shirt mit dem Lackbild eines Feuervogels. Ihr nicht mehr jugendlich straffer, nichtsdestoweniger üppiger Busen verhalf den Schwingen zu voller Spannweite. Nachdem sie sich gesetzt, beidseitig die Lehnen gegriffen, sich zurechtgeruckelt hatte, drehte sie ihr breitwangiges, gutmütiges Gesicht mir zu und schaltete ein Dauerstrahlen ein. Schräg hinter ihr hatte eine jüngere Frau Platz genommen, schmalschultrig, das dunkle Haar in einem zopfähnlichen Geflecht an der Wange herabgeführt. Als mein Blick auf sie fiel, rief sie mir I am Mary zu. Ich wich in meiner Verlegenheit mit einem steifen Lächeln aus. Als sie sich zur Pause aus dem Klappbrettstuhl löste, kam ich mir geradezu getäuscht vor. An der Taille ihres schlanken Oberkörpers setzte ein Unterleib von solcher Massigkeit an, daß es aussah, als habe der liebe Gott sich beim Zusammensetzen der Körperteile vergriffen. Schwarze waren nicht unter den Eleven.

Es bedurfte der informativen Nachhilfe und einiger Seminarstunden, bis die Irreführungen durch die ersten Eindrücke korrigiert waren. Die kühn proportionierte Mary, wie sich Fred ausdrückte, sei eine hochgeschätzte Psychologie-Professorin, die demnächst an eine deutsche Universität gehen werde. Cathreen, die den Feuervogel an ihrem Busen hegte, sei Mutter von sechs Kindern, der diese Stunden den Weg von dreißig Meilen zwischen ihrer Farm und der Uni wert seien. Daß sie, wenn auch bedächtig, ein einwandfreies Deutsch sprach, ohne jemals in Europa gewesen zu sein, und mit einer Gründlichkeit über Dinge nachdachte, die mich in Verlegenheit brachte, offenbarte sich mir erst allmählich.

Ben war tatsächlich eine geradezu perfekte Erscheinung, drahtiger *dress man*. Ich dachte, ein Filmstar sei in meine Gruppe geraten. Sein Entschlossenheit ausdrückendes Kinn und die schmalgezogenen prüfenden Augen ließen es mir angeraten scheinen, mich ihm gegenüber innerlich zu wappnen. Doch es zeigte sich, er war von samtener Friedfertigkeit, entwaffnender Höflichkeit und zurückhaltend. Nach jeder Stunde kam er zu mir, um mir zu versichern, wie sehr, sehr interessant meine Ausführungen gewesen seien. Auch Cindy (das also war sie, die Margot Eskens einst schluchzend in unser Leben gerufen hatte!) zollte mir mit inbrünstiger Heftigkeit dieses Lob, obwohl sie zwei Drittel der Zeit ihre Augen mit den wie von glänzenden Spinnenbeinen bewimperten Lidern geschlossen hielt und das übrige Drittel damit rang, sie zumindest einen verführerischen Spalt weit zu öffnen. Sie würde in den Ferien den Champion der Football-Mannschaft heiraten, nahmen die anderen sie freundschaftlich-verständnisvoll in Schutz, und es war ihnen keine Ironie oder Hinterhältigkeit anzumerken.

Nur das Bild von Steven blieb das der ersten Stunde. Er saß phlegmatisch in seinem Stuhl neben der offenen Tür, die Baseballmütze mit dem Schirm im Nacken, und sagte kein Wort. Über ihn wußte auch Fred nichts.

Freds Order, im Kurs deutsch zu sprechen – die Studenten sollten ein *natürliches Deutsch* hören –, nahm ich dankbar an. Der Ratschlag war nicht grundlos: durch ihre Mühe, mit einer ihnen ungewohnten Sprache umzugehen, fühlte ich mich ihnen verbunden. Indem ich erlebte, wie in den Pausen die ihnen *zugewachsene Aus-*

drucksweise sich prompt ihr Recht verschaffte, fühlte ich mich nicht nur fremd, sondern es kam mir vor, als verginge ich mich mit der Nötigung zu der anderen Sprache an ihnen. Es schien mir absurd, ausgerechnet im tiefen, tiefen Westen, im *stomach of the whale*, eine deutsche Sprachblase installieren zu wollen. Noch dazu eine ostdeutsche!

Ich befolgte auch Freds Rat, mit der *freshwater story* zu beginnen. In *natürlichem* Deutsch! Ich sah es den mir zugewandten Gesichtern an, wie sie die Sehnsüchte der Stichlinge und Karpfen nach den Korallenbänken mitempfanden. Ich gestand, daß für mich Süßwasserfisch die USA – im besonderen Iowa, fügte ich mit einem, wie ich hoffte, nicht despektierlichen Lächeln hinzu – als solch eine Korallenbank erschienen sei. In den Köpfen meiner Klientel formte sich die hydratische Landschaft meiner Herkunft zu einem düsteren Brackwasser, in dem man nach dem knappen Sauerstoff schnappte. Daß man als Süßwasserfisch im Süßwasser schlechterdings leben kann, zwar ohne die Verlockungen der Ozeane, aber auch – um im Bild zu bleiben – ohne den Abgründen der Witjas-Tiefe mit ihren 11 022 Metern (respektive mehr als 33 000 Fuß!) oder den Unheimlichkeiten des Bermuda-Dreiecks ausgesetzt zu sein, hatte für sie mehr Unterhaltungs- und Informationswert.

Überfrachte sie nicht gleich mit zu vielen Problemen, hatte Fred seinen Rat noch ergänzt. Also blieb ich anfänglich bei meinen Erlebnissen. Ich schilderte, wie meine Frau und ich nur ganz allmählich den Bildern, die das Fernsehen von der geöffneten Mauer zeigte, zu glauben in der Lage waren; wie wir uns am nächsten Morgen in den Skoda warfen und auf den Weg nach Berlin machten, wie wir, als wir das Auto am Stadtrand in Altglienicke geparkt hatten, kaum in die S-Bahn kamen. Und die Mauer verstopft vorfanden, von Menschen. Die sich in deutscher Weise zu Tausenden anstellten, um hindurchgelassen werden. Ich erzählte, wie mir auf der Suche nach einem weniger belagerten Übergang Karin abhanden kam, wie mich in diesen brodelnden Menschenmassen, obwohl sie sehr diszipliniert, unaggressiv und fröhlich waren, Beklemmung erfaßte, wie ich es schließlich aufgab, meine Frau weiter zu suchen, und überhaupt aufgab, durch die Mauer zu kommen, umdrehte und zurückfuhr, in einer gänzlich leeren S-Bahn, kein Mensch außer mir in ihr, während die entgegenkommenden Züge schwarz von Menschen waren auf dem Weg zur Mauer, auf dem Weg hinaus. Wie mich ein eigenartiges Gefühl aus widersprüchlichen Empfindungen erfaßte, als verweigerte ich mich dem Außerordentlichen, der historischen Situation. Doch als entschiede ich mich zugleich genau richtig, in der Überzeugung, daß die offene Grenze mir nun nicht mehr zu nehmen sei und daß es nach fast dreißig Jahren auf einen Tag früher oder später nicht mehr ankomme.

Sie hörten mir angespannt zu. Ich sprach über die politischen Vorgänge, die Wahl eines neuen Ministerpräsidenten, die Streichung des Führungsanspruchs der SED aus der Verfassung der DDR, über den Rücktritt des Politbüros und des ZK... Und mußte einsehen, daß ich von weit, sehr weit her kam. Jeder Begriff – Politbüro, ZK, Führungsanspruch – bedurfte der Erläuterung. Während ich Führungsanspruch nicht nur inhaltlich, sondern auch sprachlich erklärte, regte sich ein neues Unbehagen. Ich kam mir vor, als sei ich desertiert. Als überließe ich das alles sich selbst und machte mir schöne Tage. Und mir kamen wiederum Zweifel am Sinn meines Tuns. Gerade weil sie aufmerksam zuhörten – selbst Cindy hatte ihre Wimperngatter in Gänze aufgeschlagen und die changierende Iris ihrer strahlenden Augen auf mich gerichtet –, sagte ich mir, sie waren bisher ohne die DDR ausgekommen, und sie würden sie, da es sie nun nicht mehr gab, erst recht nicht vermissen.

In einer der folgenden Stunden zeigt sich, nicht alle waren ganz und gar um die DDR herumgekommen. Ben, Mary und Linda hatten sich unabhängig voneinander bei Europatouren Berlin geleistet und einen Abstecher nach Ostberlin gewagt. Sie seien in den fünf Stunden, die ihnen dafür geblieben waren, die Anspannung, die sie an der Grenze empfunden hätten, nicht mehr losgeworden.

Die Menschen hätten überall *in Schlange gestanden.*

Sie hätten böse Gesichter gehabt, sagte Linda. Ich mußte mich hüten, sie in ihrer blassen Unscheinbarkeit nicht gänzlich zu übersehen. Sie hatte die Hände auf dem Klappbrett gefaltet.

Nein, keine bösen Gesichter, widersprach Mary. Müde hätten sie ausgesehen, sehr, sehr müde. Sie habe nur wieder zurückgewollt. Unvermittelt wechselte sie den Tonfall, ihre Augen strahlten mich an: Ich würde ganz anders aussehen!

Ich weiß nicht, ob ich rot wurde. Das sei die Folge von drei Wochen Iowa, sagte ich.

So freundlich-hingebungsvoll sie mir zuhörten, so vergeblich war es, ihnen plausibel machen zu wollen, daß hinter der Grenze doch Leben stattgefunden habe, daß mehr Bewegungsfreiheit als in den Schleusen der Grenzübergänge vorhanden gewesen sei, geographisch gesehen bis Bulgarien, eine Art sozialistisches Florida.

Wie war das möglich, sagte tief erschüttert Linda.

Ich stutzte. Die Wende?

No. Nein. Wie Sie lebten haben gemußten.

Ihr bleiches Gesicht schien sich weiter zu entfärben, als durchlitte sie in diesem Moment all das Leid, das einer wie ich jahrzehntelang ertragen hatte. Der Tonfall ihrer Worte drückte nicht nur aus, wie unvorstellbar ihr diese Unzumutbarkeiten waren, sondern auch wie befremdlich. Die Blicke der anderen bestätigten sie in treuherziger Selbstgerechtigkeit. Das selbsterlebte Unbehagen am Staat DDR war mit meinen Worten nicht zu mildern. Das Schicksal hatte mit der Auflösung des Mauerstaates das gerechte Urteil vollstreckt. Auf dem Flur schwärmte an der offenen Tür ein Pulk Studenten vorbei. Ich fühlte mich allein gelassen mit der Last des Dilemmas meiner gescheiterten Gesellschaft. Als sei es mein Scheitern. Die Gesellschaft ist verschwunden, ich aber bin sie noch längst nicht los. Mein Auftritt hier – nichts anderes als der Versuch, dies und das aus den Trümmern hervorzuklauben, mit Worten notdürftig reinzuwaschen, soweit es sich reinwaschen läßt, um eben doch nicht mit leeren Händen als Versager dazustehen!

Es fiel mir schwer, nach der Stunde Cindys Geplauder den Departmentflur entlang wenigstens mit einem gequälten Lächeln zu honorieren.

Statt Mauerzertrümmerer war ich Mittäter! Kommt man denn aus diesem Zustand, schuld am Elend der Welt zu sein, nie heraus! warf ich dem Schicksal oder Gott weiß wem vor. Weil ich als Absenker der falschen Klasse in die Nazizeit hineingeboren war, haftete mir in dem halben Jahrhundert des sozialistischen Kehraus ein Anteil an der jahrtausendelangen Schieflage der Welt bis zur Horrorkonsequenz der Nazis an! Nachdem sich diese Schuldzuweisung erledigt hat, soll ich mir nun als Vergehen ankreiden lassen, daß ich den Realsozialismus überhaupt ertragen habe!

Sie sind ein bißchen selbstgerecht, eure Iowanischen Zukunftsträger, sagte ich zu Fred, als er mich fragte, wie es so laufe.

Er lachte. Er müsse mir doch wohl nicht sagen, was die Mauer zum Einsturz gebracht habe! Natürlich die Posaunen von Washington, die Reagan genau im richtigen Moment an die Lippen gesetzt habe: Mr. Gorbatchev, tear down this wall! Mürbe gemacht sei sie schon längst vom amerikanischen Sirenendauergesang gewesen, der beglückend die ganze Welt beschallt.

Piet lupfte seinen Hintern vom Sofa, als bekäme ihm die beigegraue Leinendecke nicht, mit der ich es um sein Rot gebracht hatte. Ob Fred etwa meine, der Osten sei ein ernsthaftes Gegenangebot gewesen. Als Außenstehender – und er wandte sich an mich – müsse man sich nämlich bewußt machen, was hinter dem Selbstbewußtsein stecke: Die Amerikaner hätten in einer historisch lächerlich kurzen Zeit zustande gebracht, womit sich die übrige Menschheit jahrtausendelang vergeblich abgemüht habe, mit Konfuzianismus, Buddhismus, mit Christentum, mit Islam, und über den Kommunismus brauchten wir jetzt schon gar kein Wort mehr zu verlieren. Piet bemühte sich, mich mit dem Blick seiner kleinen Augen festzunageln. Die Amis, also, zu denen sie dann geworden seien, haben Philosophie und Handeln auf den Punkt gebracht: *Life, liberty and the pursuit of happiness.*

Für Menschen einfachen Gemüts! Fred verzog das Gesicht. Solche wie du, das hinzuzufügen, verkniff er sich sichtbar. Er wandte sich ebenfalls an mich, mit dem obligaten leicht schiefen Lächeln. Auch er wolle mir etwas sagen, was ich mir bewußt machen solle: Wenn ich einem Ami gegenüberstünde – und das ließe sich ja hier schwer vermeiden –, hätte ich es in neun von zehn Fällen mit einem Teenager zu tun. Der irgendwo zwischen High School und College steckengeblieben sei, geistig, moralisch, ethisch, ästhetisch, kulturell.

Und den Amis könne man nur raten, in jedem Deutschen erst mal einen Nazi zu sehen, das wäre die Entsprechung! ging Piet hoch, sah mich einen Augenblick lang erschrocken an und fuhr sich mit beiden Händen durch sein Resthaar, auch dort, wo es nicht mehr vorhanden war, und verdrehte die Augen.

Piet habe recht, sagte Fred mit gespielter Bereitschaft zur Einsicht. Er müsse sich hüten, nicht sukzessive zu amerikanisieren. Ob ich wüßte, wie viele Kirchen es in Randers gäbe, fragte er mich.

Ich zuckte hilflos die Schultern.

Dreiundzwanzig! Vielleicht seien es inzwischen auch dreiunddreißig. Und alle verkündeten die gleiche Ideologie von Gott und Teufel, Gut und Böse, Ja und Nein. Diese simple Sicht nehme nicht etwa ab, im Binomprinzip sähe sie sich wissenschaftlich bestätigt! Die Dinge haben hier klarzuliegen. Auch eine Konsequenz ihrer Historie. Eine Folge von Auslese. Wer schon habe sich auf Auswanderung eingelassen? Der, dem das Wasser bis zum Hals gestanden habe, dem nur ein Entweder-Oder geblieben sei. Was sei denn aus den etwas feinnerviger Gestrickten geworden, die sich damals nach Amerika aufgemacht haben, den Idealisten und Träumern? Entweder seien sie auf der Strecke geblieben, oder sie hätten zugesehen, so schnell wie möglich wieder zurückzukommen.

Lenau! Piet stieß den Namen geradezu mit Abscheu aus, als wäre ihm etwas Falsches zwischen die Zähne gekommen, und seine schütteren Haare machten wieder den Versuch, sich aufzubäumen. Kennst du Lenau? wandte er sich an mich, als frage er etwas Unzüchtiges.

Natürlich kennt er Lenau! entschied Fred.

Ich war auf eines ihrer literarischen Schlachtfelder geraten.

Hier entfaltet sich der Mensch in seiner furchtbaren Nüchternheit. Fred straffte sich bei diesen Worten. Lenau. 1833. Das nenn ich genial.

Genial nenn ich die Nüchternheit, die dein für die Klapsmühle bestimmter Graf furchtbar findet. Lenau ist nämlich dort geendet, mußt du wissen. Es schien Piet angebracht, doch nicht allzuviel Kenntnis bei mir vorauszusetzen. Ein Mensch, der zum Idioten wurde, ist sein Kronzeuge.

Ich hatte gedacht, sagte ich verlegen, in Amerika befaßt man sich mit Amerika.

Fred lachte. Hier gibt es zuviel Amerika. Deswegen brauchst du Notausgänge. – Aber weißt du, weswegen Piet so allergisch reagiert? Weil er auch einer dieser Feinnerver ist, weil er sich gegen sein Schicksal stemmen muß.

Mir begann es zwischen den beiden unbehaglich zu werden.

Deine Dickfelligkeit, die wünschte ich mir durchaus, zeitweise zumindest.

Fred winkte ab. Hier im Promised Land hat sich der Marxismus erwiesen, von wegen: Die Philosophen haben die Welt nur verschieden interpretiert. Hier haben sie sie verändert! – Er sah mich an, den er für Marxismus zuständig hielt, als erwarte er meine Zustimmung, zumindest für das Zitat. – Oder so ähnlich, schränkte er halb entschuldigend ein, als sie ausblieb, und ließ einen Exkurs über das amerikanische Verständnis von Denken und Handeln folgen, das Denken als Selbstzweck ausschlösse. Kant, Hegel, Nietzsche seien als Amerikaner un-*denk*-bar. Intellektuelle hier seien Bill Gates und Alan Greenspan, Manager, Börsenmakler und Prediger. Die Meßlatte für den Wert des Menschen sei der Dollar. Und Gottes Segen hätten sie dafür, so wie es auf jeder Dollarnote stehe. Darin liege allerdings ein Unterschied zum Marxismus, der wollte ja wohl beides verschwinden lassen. Er sah mich wieder womöglich in der Erwartung von Zustimmung an. Die USA sind kein Staat, sie sind ein Prinzip, das gottgewollte.

Das beste, das es bisher gegeben hat! entschied Piet.

Ach Gott, sagte ich, man sollte nicht in ein Land fahren, von dem man keine Ahnung hat.

Es habe sich mancher schon getäuscht in dem, was ihn in Gottes eigenem Land erwartet, auch das gehöre zum historischen Erbe, von Anfang an. Prost. Fred hob das Chablisglas. Piet machte mehr unwillig mit. Ich blickte verunsichert.

In meinen Seminaren war ich wie auf eine Spirale geraten, die in die Tiefe führt, die historische Tiefe. Um die Existenz der DDR zu erklären, war es unvermeidlich, auf den Krieg und die Nazizeit einzugehen. Um den Faschismus zu erklären, mußte etwas zur Weimarer Republik und dem ersten Weltkrieg gesagt werden. Der wieder schien mir nicht erklärbar ohne Bismarck, Hohenzollernreich, dieses nicht ohne die staatliche Zersplitterung Deutschlands, die nicht ohne die weit zurückreichende Schwäche der deutschen Zentralgewalt. Allerdings erwies sich nichts, worauf ich meinen Blick richtete, als hinreichend ausgeleuchtet. (Wenn schon eine historische Szenerie im Licht erschien, war es die falsche.) Ich hatte energisch der Versuchung zu widerstehen, nicht noch einmal den Bergarbeiterstreik von Charleroi stattfinden zu lassen. Einmal den historischen Ariadnefaden gegriffen, fand ich mich mit Heinrich IV. in Canossa, und erst bei Karl dem Großen schien ich einigermaßen Grund unter den Füßen zu haben.

Ich ließ mich von Fred in die Bibliothek einführen, machte mich über die Buchquader der Encyclopaedia Britannica her, übersetzte die insulare Sicht auf deutsche Vorgänge mühevoll ins Deutsche zurück, damit die Kursanten es in ihren Köpfen erneut ins Englische transformierten. Wenn es mir hin und wieder gelang, das, was sie den gelben linierten Blöcken in einer Art Lautschrift anvertrauten, zu entziffern, wurde mir angst und bange vor dem, was ich anrichtete.

Es sollte nicht die einzige Irritation bleiben. Mein auf die gelben Schreibblöcke der beflissenen Eleven abwärts gerichteter Blick landete auf meinen an den Ballen gebeulten Rindslederschuhen, und unversehens entpuppten sie sich als Indiz ihrer erodierten Herkunft! Der Schreck packte mich so, daß ich ihnen noch am selben Nachmittag den gut zwei Meilen langen Weg zu einem Schuhladen im nächstgelegenen Supermarket aufnötigte, als letzten Gang sozusagen. Ich ließ an ihre Stelle ein Paar Tennisschuhe treten, Blue Wings, schneeweiß und mit Klettverschluß, Kostenpunkt 24 Dollar, meine höchste Devisenausgabe bis dahin. Mit dem Resultat, mir im nächsten Seminar von Mary ein fröhliches Hallo, Sie haben neue Schuhe! einzuhandeln. Der Genuß am federnden Schrittgefühl war mir genommen.

Ich war darauf gefaßt, mir auch von Fred spitze Bemerkungen über die materielle Entsorgung meiner Vergangenheit gefallen zu lassen, als er mir in seinem Büro die *New York Times* über den Schreibtisch reichte, indem er sie Piet, der sich darüber gebeugt hatte, einfach entzog: »Unity Brings Traumas To German Coal-Town«. Er streckte sie mir mit sichtbarem Ausdruck von Stolz entgegen, als sei, was er mir da präsentierte, sein Verdienst. Und als erledige sich, was ich bestritte.

Ich nahm die Zeitung, und sie rutschte mir fast wieder aus der Hand. Die German Coal-Town im Vereinigungstrauma war Cottbus. Ich setzte mich, nachdem ich einen der zwei Besucherstühle von dem obligaten Stapel Bücher befreit hatte. Cottbus, die Stadt, die mir immer wie eine Art Drohung im Rücken saß, die mir die Sehnsucht nach der Welt leichtgemacht hatte und mir klammheimlich ans Herz gewachsen war, bevor sie mich freigab, hatte es zur Schlagzeile auf der ersten Seite der *New York Times* gebracht. Allerdings in zwiespältiger Ehre: als Sinnbild des Elends. Um von der Überraschung nicht überwältigt zu werden, mokierte ich mich als erstes darüber, Cottbus als Coal-Town bezeichnet zu sehen, degradiert zu einer Zechenstadt wie Herne und Recklinghausen oder Clarksburg und Morgantown in West Virginia, rußig, düster und unwirtlich. Aber darum ging es nicht: »Many hoped that unification of Germany would improve their lives. But now, they say, they realize that the worst is yet to come. Suicide rates in some parts of eastern Germany are reportedly nearly double last year's rates.«

Na bitte! Na bitte! Piet war ganz aufgeregt. Da hätten wir es, das Schicksal Peter Schlemihls wiederhole sich am Schicksal der Ostdeutschen. Siehst du, Piets blonde Wimpern flatterten über seinen blassen Augen, die ewigen Wahrheiten der Literatur. Gute Literatur werde durch die Wirklichkeit immer wieder bestätigt.

Es war ein bißchen viel, wozu Cottbus plötzlich herhalten sollte, und das in Iowa. Piet erging sich wortreich darin, was es mit dem Schatten und seiner Hergabe auf sich habe. Dem Menschen werde die Würde abgehandelt, was er nicht ahne. Der Graue jedoch wisse genau, worauf er es abgesehen habe, auf das, was den anderen ausmache: Persönlichkeit, Selbstwert… Ich hörte nicht richtig zu, denn ich kam mir vor wie ertappt. Als hätte ich mir bei meinem Vortrag durch Fred genau das abhandeln lassen, was sich, autorisiert durch die *New York Times,* nun als Tatsache erwiese. Ich hatte klein beigegeben – aus Rücksichtnahme, falsch verstandener Freundschaft, aus Unsicherheit? Oder einfach aus Feigheit! Worin ich mich jahrzehntelang geübt hatte! Bin ich unfähig, mich aus meinem Brackwasserverhalten zu lösen, egal wo ich bin!

Okay, sagte ich zu Fred und deutete mit der Zeitung in Richtung auf das Vorzimmer. Ich laß von Nancy Kopien machen. Und wunderte mich, daß ich zu einem so sachlichen Entschluß in der Lage war.

In der folgenden Stunde sprach ich in einem deutsch-englischen Gemenge Passage für Passage des Artikels durch. Oh yes, I see, sagte Mary und blickte mich ernst an. Excuse me – isch verstehe. Das ist sehr, sehr interessant, sagte Ben nach der Stunde, als er wieder zu mir kam. Cathreen fehlte an diesem Nachmittag.

Ich vermittelte ihnen doch noch etwas von der Widersprüchlichkeit des Geschehens. Daß längst nicht alles damit getan ist, wenn sich Freiheit, Demokratie und Rechtsstaat handstreichartig über ein Land und seine Leute hermachen. Zufrieden machte es mich nicht.

Was mich ohnehin irritierte, war, wie meine willigen Schüler nach jeder Stunde mit heiterer Eile den Raum verließen, wie sich in dem Moment, wo sie durch die Tür traten, ihre Gesichter veränderten, wie sie sichtbar abschalteten. Manchmal hielt sich der eine (Ben) oder die andere (Cindy) den Gang entlang bis zur Treppe oder zu Freds Büro zwar an meiner Seite, und wir wechselten noch ein paar Worte über etwas, was uns in der Stunde beschäftigt hatte, aber der Moment ihres Abschaltens wurde dadurch nur verzögert.

Von den Studenten höre ich ganz Gutes über dich, sagte Fred wie nebenher und mit seinem obligaten maliziösen Lächeln, als er, wie es zu seiner Gewohnheit geworden war, seinen Platz in dem weinroten Ohrensessel eingenommen hatte, während Piet aus den Einbauschränken der Küche noch die Walt-Disney-Gläser für den Chablis zusammensuchte. Bemorski ist eifersüchtig auf dich. Er hat nur fünf Teilnehmer, zwei davon wollten noch zu dir wechseln.

Bemorski war Russischprofessor, einer, dem alles etwas langsam durch den Kopf und von der Hand ging. Jedesmal, wenn wir uns begegneten, stellte er mir eine Einladung in Aussicht, ohne sie jemals auszusprechen.

Das ist das beste, was dir passieren kann, sagte Fred lachend. Er war fraglos erleichtert, daß es mit mir nicht schief ging, und ich begriff, daß für ihn mehr davon abhing als für mich, der ich ja wieder verschwand.

Es beruhigt mich, daß es Sachen mit weniger Anziehungskraft als meine gibt, sagte ich.

Piet baute die Plastegläser auf dem Tischchen vor uns auf.

Hier kannst du dich mit allem befassen. Das eben ist Amerika, sagte Piet, während Fred seine Pfeife anpaffte.

Und wir schossen von den Plätzen hoch. Der Rauchmelder war mit seinem durchdringenden Jaulen losgegangen.

Hier kannst du dich mit allem befassen, wiederholte Fred sarkastisch, als er wieder zu Wort kommen konnte. Das Trauma der Amis: Sie haben vor allem Schiß. Wenn sich auf den Bahamas ein Windchen regt, haben sie Schiß, es könnte ein Hurrikan werden. Sie haben Schiß vor der Kälte, Schiß vor der Geschwindigkeit, deswegen mußt du mit knappen sechzig übern Highway schleichen; wenn der Dow Jones zwei Tage hintereinander fällt, befürchten sie einen Schwarzen Freitag; sie haben Schiß vor russischen Raketen, Schiß, daß die Außerirdischen landen, natürlich hier bei ihnen. Clever, wie sie sind, machen sie freilich ihre Dauerfurcht wie alles zum Geschäft, von Orson Welles' Schocker der Marsmenschen-Invasion bis zu Star Wars. Sie haben Schiß vor jedem und allem! Deswegen hat jeder seinen Spion über der Tür, seine Smith and Wesson im Schrank. Du mußt wissen, wandte er sich direkt an mich, jeder Amerikaner hat das verfassungsmäßige Recht auf Waffenbesitz. Du bist geradezu verpflichtet dazu, weil du für dich verantwortlich bist. Nicht der Staat ist es. Obwohl es jährlich dreißigtausend Schußwaffentote gibt, ist das nicht etwa ein Grund, die Waffen zu reduzieren, sondern deine Verantwortung ist herausgefordert, von der Smith and Wesson im Schrank zur Magnum 44 unterm Kopfkissen überzugehen. Weil sie gottesfürchtig sind, fürchten Sie, die Strafe Gottes werde über sie kommen! Sie wissen bloß nicht, wie und wann. Denn sie muß über sie kommen, weil ihr ganzes Dasein auf etwas basiert, was nicht wiedergutzumachen ist, weil sie dieses Land sich erraubt, ermordet und erlogen haben. Auch wenn sie sich einreden, es im Namen Gottes getan zu haben. Wie sie alles im Namen Gottes tun. Aber Gott verpflichtet zu sein heißt, ihn fürchten. Und Rauch, der könnte das Zeichen der Krieger Manitus sein, die Gott, so tot sie scheinen, quasi freigegeben hat und die sich zum großen Powwow sammeln, um zurückzuzahlen. Bis es soweit ist, sind sie erstmal den Deutschen dankbar – uneingestanden natürlich –, daß durch deren Furchtbarkeiten Gott von ihren abgelenkt ist und sich die Strafe hinauszögert. Bloß, letzten Endes hilft es natürlich nicht.

Das ist die schöne Story, die sich die Deutschen zurechtlegen, damit sie mit ihrem Komplex gegenüber den Amis zurechtkommen, sagte Piet. Weißt du, wie die Amis sind (er sprach an mich gewandt), du kannst ihnen das alles vorhalten, und es ist dir geschenkt. Sie laden dich zur nächsten Party ein.

Piet ist amerikanischer Staatsbürger, mußt du wissen, sagte Fred.

Du nicht?

Er sah mich voller vernichtender Mißbilligung an. Nach zwei Pfeifenzügen: Ich bin ihren moralischen Ansprüchen nicht gewachsen: Sie wollen unschuldig, großherzig und dazu erfolgreich sein.

Ich wünschte, man würde den Deutschen so was nachsagen. Was hast du gegen Unschuld und Großherzigkeit? Piet unterbrach den Zugriff nach dem Weinglas.

Daß sie in der Kombination mit Erfolg nicht klappen. Erfolg heißt hier Geldmachen. Und Geld ist das Synonym für Glück. Dazu sollten sie sich bekennen, anstatt zu behaupten, the American Way of Life sei Gottes Wille. Dann bliebe einem ihre Bigotterie erspart. Fred wechselte den Tonfall und richtete über den qualmenden Pfeifenkopf hinweg den Blick auf mich: Sag um Gottes willen keinem, daß du etwa Atheist bist. Und wenn du dir ’ne eigene Sekte ausdenkst.

Ach du lieber Gott, wußte ich wieder nur zu sagen.

Fred drückte am Pfeifenkopf herum.

Wieso, fragte ich zögernd, wieso hältst du es hier aus?

Fred richtete den Blick durch den Rauchfaden der Pfeife auf mich. Weil Piet recht hat. Wenn du nicht zugibst, daß du Atheist, Kommunist oder Raucher bist, kannst du machen, was du willst.

8

Am ersten August, es war ein Dienstag, begann der *Ernst des Lebens.* Ich war in das Forschungsinstitut für Straßenverkehr vermittelt worden und konnte in Dresden bleiben. Für Hezi hatte es mit der BVG, den Berliner Verkehrs-Betrieben geklappt.

Vollgestopft mit Kenntnissen, aufgepumpt mit Wissen, aufgeladen mit Willen. Damit mußte was zu machen sein. Trotz all dem, was einen zu Skepsis ermahnte. Auch an Selbstbewußtsein mangelte es nicht. *Und jedem Anfang wohnt ein Zauber inne,* hätte Rüdiger auch meiner Verfassung sprachlichen Glanz gegeben.

Am zweiten Wochenende kamen Hezi und Sylvia zu Besuch, in die zwei Zimmer, die ich in einer der Mehrfamilienvillen am Wilden Mann zur Mitmiete zugewiesen bekommen hatte, mit Küchen- und Badbenutzung. Karin war bei ihrer Mutter in Cottbus und packte. Für unser nun ständig gemeinsames Leben! Es waren zwei schöne große Räume einer einst sehr bürgerlichen Wohnung, jetzt freilich gähnten sie leer und renovierungsbedürftig. Wenn man sich die Muße nahm, sie wirken zu lassen, ließen sie ihr einstiges Fluidum ahnen. Allerdings Erdgeschoß und schattig, trotz der hohen Fenster, von deren Rahmen die Farbe blätterte und zu denen es hereinzog. Was ich entschlossen war zu ändern. Nicht ändern lassen würde sich das Vorhandensein des familiegesättigten Ehepaars, das die anderen vier Räume bewohnte. Es dauerte eine Weile, bis ich auseinanderhielt, wer zur Familie gehörte und wer Besucher war. Der Flur war ständig voller Begängnis. Insofern war der Glücksfall der schnell erhaltenen eigenen Räume beeinträchtigt. Sylvia und Hezi beneideten uns dennoch. Ihnen stand für unabsehbare Dauer eine Wochenend-Ehe in der Dreizimmerwohnung bei Sylvias Eltern in Löbtau bevor. Nicht mal an jedem Wochenende, zumindest nicht am folgenden. Für das hatten Hezi und ich uns in Berlin verabredet. Am 16. erwartete ich mein erstes Gehalt, Hezi seins zwei Tage später, jeder etwas über fünfhundert Mark. Umgetauscht immerhin doppelte gute hundert West. Tief im Studium hatten wir uns mit Handschlag feierlich versichert, das erste Geld wird verjubelt! In Westberlin. Wir hatten Nachholbedarf. Und es schien uns angeraten, einem abermaligen Westberlinverbot, nun durch unsere neuen Arbeitsstellen, zuvorzukommen. Noch war weder bei mir im Institut noch in der BVG, wo es sich wohl auch schwerer machen ließ, davon die Rede.

Wir waren guter Laune, als ich gegen elf Hezi und Sylvia in der sommerabendlichen Milde unter den Platanen der Burgsdorffstraße zur Straßenbahn brachte.

Als ich mich am nächsten Morgen von meiner Matratze rappelte und das Radio einschaltete – viel mehr als die Matratzen und das Radio befand sich noch nicht in den Räumen –, die Stimme sich hallend in der Leere ergehen konnte, während ich meine Gedanken sich auf den Weg in die Zukunft machen ließ, zumindest die nähere, und mich dafür auch rüsten wollte, indem ich mich nach meinem Waschzeug bückte, das seinen Platz erst mal nur auf den kahlen Fußbodendielen gefunden hatte, versteifte ich in der Beugehaltung, als habe mich eine Lähmung erfaßt. Ich mußte eine Weile hinhören, was der körperlich zwar nicht anwesende, aber vermittels der modulierten hochfrequenten elektrischen Wellen sich doch akustischen Zugang verschaffende Stimmträger behauptete: Die Grenze sei geschlossen! Zu Westdeutschland und Westberlin. Berlin? Ich sah Berlin vor mir, in einer Mischung aus realen Eindrücken und Stadtplan, Hunderte Straßen, die es verzahnten, Brücken, S- und U-Bahnstrecken, und mein Verständnis weigerte sich, zu glauben, was ich hörte.

Es war Sonntag, der 13. August.

Der Leiter des Instituts, Fritzsche, die Erscheinung eines Grandseigneurs, statt Parteiabzeichen Ziertuch und Uhrkette über der Weste, nichts von der üblichen Hemdsärmeligkeit, und, wie sich zeigen sollte, LDPD-Mitglied, hatte mich zwei Wochen zuvor geradezu leutselig begrüßt. Er hatte von der Sekretärin – Frau Bischoff, ihrerseits bemüht, sich als Dame zu erweisen – Kaffee für mich bringen lassen, was mir schmeichelte. Ich käme zum richtigen Zeitpunkt. Das Institut sei bisher eine rein auf den Güterkraftverkehr ausgerichtete Einrichtung gewesen. Die gesellschaftlichen Notwendigkeiten erforderten aber eine zweite Säule, den öffentlichen Personennahverkehr. Im Mai sei der Kollege Felgenhauer eingestellt worden, mit Maschinenbaudiplom, sein Arbeitsgebiet seien die technischen Fragen, Schwerpunkt Schienenfahrzeuge, für mich stünden Verkehrsplanung und Betriebsführung an. Die Aufgaben wären bereits da. Ministeriumsauftrag: Untersuchung der Städte der DDR hinsichtlich ihres zweckmäßigsten Nahverkehrsmittels. Praktisch liefe es auf die Frage hinaus, ob und wieweit in den Mittel- und kleineren Großstädten der Straßenbahnbetrieb aufrechtzuerhalten sei. – Was wollte ich mehr, fürs erste. Es gab über dreißig Verkehrsbetriebe: Straßenbahnen, Straßenbahnen. Von Stralsund bis Eisenach, von Görlitz bis Halberstadt, in Potsdam in Kombination mit Obussen, in Weimar und Eberswalde auf Obusse beschränkt. Ich hatte sofort ihre Verteilung auf der Landkarte im Kopf. Und in Gedanken leistete ich mir zwei, drei Seitensprünge – Lübeck, Göttingen, Hildesheim –, allzuweit ging ich bei der Grenzüberschreitung nicht. Doch in gewisser Weise sah ich mich dazu verpflichtet. Denn als die Straßenbahnbetriebe eingerichtet wurden, steckten alle in ein und demselben Staatsgebilde, unterlagen denselben Regelungen, Gesetzen, Normen, kooperierten miteinander, wurden von denselben Produktionsbetrieben mit Fahrzeugen, Schienen und Material ausgerüstet, erlitten im Krieg das gleiche Schicksal, waren Bombenangriffen ausgesetzt und mußten sinnlos als Panzersperren herhalten. Der vergleichende Blick, wie nun unter zweierlei Bedingungen verfahren wird, schien mir seine – ich war versucht zu sagen: wissenschaftliche – Berechtigung zu haben.

Den Radiosprecher hören, und ich wußte, jeder derartige Gedanke hatte sich erledigt. Am Montag morgen war auch die Hoffnung verflogen, der Westen würde sich das nicht bieten lassen, intervenieren, es rückgängig machen. Er ließ es sich bieten. Wir saßen beklommen in der Belegschaftsversammlung, die Fritzsche für elf Uhr angesetzt hatte. Auch ihm stand Verstörtheit ins Gesicht geschrieben. Er überließ die Versammlungsführung Siegfried Hilpert, dem Parteisekretär. Der hielt sich mit starrer Miene an das, was das *Zentralorgan* vorgab, und las mit schwerem Blick – und fast schien es, auch mit schwerer Zunge – ab: Zur Unterbindung der Wühltätigkeit der revanchistischen und militaristischen Kräfte Westdeutschlands und Westberlins werde eine solche Kontrolle an den Grenzen der DDR, einschließlich der Grenze zu den Westsektoren von Groß-Berlin, eingeführt, wie sie an den Grenzen jedes souveränen Staates üblich sei. Es sei eine verläßliche Bewachung und wirksame Kontrolle… Die Grenzen dürften, auch von Bürgern der DDR, nur noch mit besonderer Genehmigung passiert werden…

Wir saßen reglos, mit dümmlichen Gesichtern wie Karnickel, denen die Klappe vor die Nase geschlagen worden war. Auch den Genossen hatte es die Sprache verschlagen.

Als sich Fritzsche etwas gefangen hatte, versuchte er das, was er tatsächlich empfand, hinter aufgesetzter Selbstgefälligkeit, die er für parteilich hielt, zu verbergen, sich als Sieger der Geschichte zu gebärden, der dem Klassenfeind ein Schnippchen geschlagen hatte, und zwar ein gehöriges; aber es geriet zur Grimassierung. Fragen? Nein. – Eisige Stille.

Zurück im Zimmer, sagte Hans Brottstein, dem ich nun seit zwei Wochen Schreibtisch an Schreibtisch täglich achtdreiviertel Stunden gegenübersaß: Abgekartetes Spiel. Und das war viel, was er da aus seiner Massigkeit und dem froschigen Gesicht hervorbrachte.

Brottstein war Standardisierungsingenieur, fünfzehn Jahre älter als ich, im Krieg noch Soldat gewesen, in englische Gefangenschaft gekommen, hatte an der TH studiert. Wortkarg wie er war, wußte ich nicht viel über ihn, von seinem Innenleben erst recht nichts. Er sah an mir vorbei, vielleicht auf die Europakarte, die ich als Indiz meiner Liebe zur Geographie an die Wand geheftet hatte, allerdings, da es auf meiner Zimmerseite geschehen mußte, mit dem Nachteil, sie im Rücken zu haben. Vielleicht inspirierte sie nun Brottstein. Alle sind jetzt bestens bedient, redete er unüblich und grimmig weiter, unsere Bonzen, die in Moskau, genauso die Amis, die Engländer, die Franzosen. Schluß mit dem Hinundhergezerre, Schluß mit deutscher Einheit. Wer will die schon. Die drüben am wenigsten, so wie sie auf der Schokoladenseite gelandet sind. Wegen uns macht sich keiner 'n Fleck ins Hemd. Wir sind die Angeschissenen.

Es war merkwürdig, von nun an war mir anders zumute, als habe sich die Atemluft geändert, die sich nicht geändert hatte, das Licht des Himmels, das sich natürlich ständig änderte; ich konnte es nicht benennen. Am Forschungsauftrag dagegen änderte sich nichts, die grundsätzlichen Bedingungen würden sich ohne die Provokationen des Westens vielmehr verbessern, hieß es. Mir gelang es nicht so ohne weiteres, das zu empfinden. Wenn ich mir bewußtmachte, was geschehen war, war ich fassungslos: Eine Stadt wurde geteilt! Eine Stadt, in der alles miteinander vernetzt und verquickt ist, längst nicht nur das Bauliche, ebenso das Private, die Verwandtschaften, Freundschaften, Arbeitsverhältnisse, all die Schichtungen, die eine Stadt ausmachten. Auch wenn sich durch die Aufteilung in die Sektoren vieles bereits auseinandergelebt hatte, es schien mir doch eine an der Oberfläche gebliebene Trennung zu sein. Jetzt aber war der seit Jahrhunderten gewachsene Organismus zerhauen ... Ich stellte mir das Berliner Schicksal für Dresden vor, wobei die Elbe sich ja als eine natürliche Zäsur sogar eher anbot. Ich übertrug das Gedankenspiel auf meine Zuständigkeit, die Linienplanung für Straßenbahnen. Ich breitete einen Zeichenkarton auf dem Schreibtisch aus, trug die blau geschwungene Diagonale der Elbe von rechts unten nach links oben ein und entwarf geteilte Liniennetzpläne. Ich begann mit der Neustadt, der kleineren und überschaubareren Halbstadt, in der sich zudem die meisten meiner täglichen Wege abwickelten, zwischen Wohnung am Wilden Mann und Arbeitsstelle am Karl-Marx-Platz. Ich beließ die 11 auf der Strecke vom Weißen Hirsch wie bisher, aber statt sie auf die Marienbrücke und damit ins gedachte Nichts laufen zu lassen, führte ich sie am Neustädter Bahnhof auf die Großenhainer Straße zum Wilden Mann ab, zu mir. Den Linienast der 14 und 15 von Radebeul verband ich am Neustädter Markt mit den nördlichen Streckenästen der 7 und 8 nach Klotzsche und Hellerau. Die 5 und 13 ließ ich wie bisher von Mickten aus auf ihrer tangentenartigen Umfahrung der Neustadt durch die Rothenburger und Hoyerswerdaer Straße auf die Brücke der Einheit zulaufen. Die allerdings setzte ihnen jetzt das Ende. Blieb noch die 18 draußen auf dem Streckenstück zwischen Pillnitz und dem Blauen Wunder, nun ohne Verbindung zum weiteren Netz, eine Art Vorortbahn, auf sich selbst verwiesen. Wahrscheinlich stünde ihr das Schicksal einer Buslinie bevor.

Fritzsche kam ins Zimmer und neigte interessiert den Kopf. Was das denn darstelle?

Ach, bloß so 'ne Spielerei. Ich kam nicht umhin, zu sagen, was mich bewogen hatte.

Sind Sie verrückt geworden! Lassen Sie das schnellstens wieder verschwinden. Aber gründlich. Die Uhrkette auf seiner Weste zitterte.

Sein Schreck war nicht unberechtigt. Mein Planspiel lief doch auf nichts anderes hinaus, als daß Zwinger, Hofkirche, Postplatz der imperialistischen BRD einverleibt wären. Oder hieß es etwa, auch das war eine Variante, daß die Polen auf dem Neustädter Markt den Standort ihres Königs – sie würden schon dafür sorgen, daß er dort wieder golden reitet – in Anspruch nahmen? Diese Vorstellung schreckte mich auch.

Also hielt ich mich an die Dinge, wie sie lagen, und machte mich daran, eine Karte in den Umrissen der DDR zu zeichnen und die Orte einzutragen, die über öffentlichen Personennahverkehr verfügten und mein Arbeitsgegenstand werden sollten. Mit unterschiedlichen Zeichen markierte ich Straßenbahn, Obus und Kraftomnibus. Im Süden häuften sich die Eintragungen, nach Norden verdünnten sie sich. Eisenach, Mühlhausen und Halberstadt waren mir erhalten geblieben. Ich ertappte mich, wie prompt ich Lübeck, Göttingen und Hildesheim fallenließ! Geschweige, daß ich das Ruhrgebiet erwog. Dabei interessierte mich diese Stadtlandschaft brennend, das Ineinanderverwobensein der Städte und die Verknüpfung der Straßenbahn- und Busnetze. Allerdings bis ans *Äußerste* dessen, was mir geblieben war, wollte ich gehen. Ich beginne in Eisenach, sagte ich zu Fritzsche, als es spruchreif wurde, in den Städten zu recherchieren.

Sein Blick fixierte mich. Lassen Sie das. Er empfahl Stralsund.

Aber doch nicht jetzt, wo der Winter vor der Tür steht.

Das sah er ein. So entschied ich mich für Kaisersaschern.

Kaisersaschern, eine dieser Mittelstädte, die sich um die Jahrhundertwende dank der Ansiedlung von Industrien – *Maschinen, Leder, Spinnereien, Armaturen, Chemikalien und Mühlen* – eine Straßenbahn leisteten und an das weitere Prosperieren glaubten, das irgendwann verebbte. Über die damals 27000 Einwohner kam die Stadt jedoch erst nach dem Krieg hinaus. Ihr war die Gunst widerfahren, nicht zerstört worden zu sein. Neue kraftvolle, nun sozialistische Wirtschaft entsprang daraus nicht. Die Einwohnerzahl nahm vielmehr wieder ab, wenn auch nicht dramatisch. Was die Stadt hervorhebt – auch wörtlich, denn die Türme des spätromanisch-frühgotischen Doms und der Pfarrkirche St. Wenzel ragen sichtbar aus der Dächerlandschaft des Talkessels heraus – ist der Wert eines *Kulturzentrums von geschichtlicher Eigenwürde.* Ein Argument für den Straßenbahnbetrieb ist es freilich nicht. Im Gegenteil, die Historie hatte sich ja nicht nur in den zwei, drei Kirchen bewahrt. Die Stadt – auf meinem Gang vom Bahnhof zu den Verkehrsbetrieben offenbarte sie sich mir –, das waren die über lange Zeiten *treulich konservierten Bürgerhäuser und Speicher, Bauten mit offen sichtbarem Holzgebälk und überhängenden Stockwerken, Rundtürme mit*

Spitzdächern in einer Mauer, baumbestandene Plätze, mit Katzenköpfen gepflastert, ein Rathaus, im Baucharakter zwischen Gotik und Renaissance schwebend, mit einem Glockenturm auf dem hohen Dach, Loggien unter diesem und zwei weiteren Spitztürmen, welche sich, Erker bildend, die Front hinunter bis zum Erdgeschoß fortsetzten – dergleichen stellt nicht nur ohnehin für das Lebensgefühl die ununterbrochene Verbindung mit der Vergangenheit her, sondern auch eine in der handfesten Abwicklung des Lebens. Die Stadt widersetzt sich ganz dinglich dem Zugriff und Anspruch nachfolgender Zeiten. Gerade die Straßenbahn hatte es zu spüren bekommen. Die Enge der Straßen zwang die Schienen nicht nur schrittdicht an die Bürgersteige heran, sondern nötigte sie auch von einer Bürgersteigkante schräg über die Pflasterung bis an die andere Bürgersteigkante zu wechseln, um eine Kurve zu nehmen. Die Stadt war im Laufe der Zeit nicht nur mit einem Schleier von Erosion überzogen worden, es zeigten sich deutliche Spuren von Verfall, als stünde sie überhaupt als Stadt in Frage, als sei ihr nur noch eine Existenz auf Abruf beschieden. Die Straßenbahnen, einzelne Wagen ohne Anhänger und Linienkennzeichnung, denn es gab nur eine Linie, entsprachen in ihrem Äußeren der zweifelhaften Ehrwürdigkeit der Stadt. Und sie standen eigentlich mehr, als daß sie fuhren. Denn selbstverständlich war die Strecke eingleisig, und die Begegnung der Bahnen war an Ausweichen gebunden und zwang zum Warten.

Der Betriebshof befand sich in einer Nebenstraße – was eigentlich keiner Erwähnung bedarf, denn in betreff der Breite der Straßen bestand die Stadt nur aus Nebenstraßen –, und das Zufahrtsgleis mußte wiederum bedrohlich von der einen Straßenseite auf die andere ausholen. Der Hof war ebenfalls eng, und die zurückgesetzte Wagenhalle mit zinnenverziertem Backsteingiebel und zwei nach oben spitz zulaufenden, portalartigen Toreinfahrten mutete wie ein Kirchenbau an, in den Gleise und Oberleitungen führten.

Dann stand mir eine schmale Treppe bevor, nicht breiter als eine Bodenstiege. Die wenigen Räume der Verwaltung befanden sich im oberen Teil einer Seitenfront der Wagenhalle über den Werkstätten. Von dem Raum, den ich, nachdem ich angeklopft hatte, betrat, nahm ich zunächst nur seine Düsternis wahr. Er war bis in Schulterhöhe in dunkelgrüner Ölfarbe gehalten, und draußen vor dem Fenster stieg bedrängend dicht die brüchig graue Mauer eines höheren Gebäudes empor. Das Gefühl des Bedrängtseins des Betriebes war so stark, daß ich den Eindruck hatte, als sei selbst die Stadt der Straßenbahn überdrüssig und habe sie in den letzten Winkel verwiesen.

Mein Gefühl von Beklemmung sollte sich noch verstärken: Ein hagerer Schädel, kahl, ein bläuliches Gesicht, dünnlippig, mit tiefliegenden Augen und Hakennase, entstieg der Düsternis. Auffällig schlanke, wächserne Finger nestelten an einem gebeugten Körper die Knöpfe eines schwarzen Jacketts zu. Auch geknöpft blieb es über dem dünnen Körper zu weit. Mit der Länge seines Arms überwand der Mann mühelos die Breite des Schreibtischs, um mir die Hand entgegenzustrecken. Ich ergriff die Hand, ohne sie zu spüren. Keulen, sagte der Mann, jedoch mit einer unerwartet voluminösen Stimme. Er sprach es Köhlen. Ich wußte, daß er van der Keulen hieß und der Betriebsleiter war. Als ich den Namen das erste Mal las, hatten sich sofort meine geographischen Ambitionen geregt, und ich hatte mich gefragt, was für ein Mensch sich hinter diesem Namen verberge, denn auch Holländisches war für unsereinen einigermaßen exotisch geworden. Nun stellte ich fest, daß ich mir nicht die Mühe einer bestimmten Vorstellung gemacht hatte, empfand aber, daß die Erscheinung des Mannes den ungewöhnlichen Namen irgendwie rechtfertigte. Ich erschrak für einen Moment, als habe sich sogar in dieser Gestalt, sosehr sie sich auch um zeitgemäße Kostümierung bemühte, Vergangenheit erhalten. Als wollte sich in diesem Menschen das nicht gerade ernst zu nehmende Gerede bestätigen, daß in Gebäuden gebannte Historie auch ihre menschliche Entsprechung hervorrufe, die unsereiner dann als »Original« oder »Sonderling« wahrnimmt, und die mit

Kaisersaschern als *seelischer Geheim-Disposition* ja weit verbreitete Erwähnung gefunden hatte.

Bitte, nehmen Sie Platz. Er wies mit der abgewinkelten Hand, die Innenfläche nach oben, auf den Sesselstuhl vor seinem Schreibtisch.

Danke. Ich knöpfte die Kutte auf und wollte mich setzen.

Ach ja, sagte er und kam mit nicht ganz sicherem Schritt um den Schreibtisch herum und streckte den Arm aus, als Aufforderung an mich, die Kutte auszuziehen und ihm zu übergeben. Er hängte sie mit übertriebener Sorgfalt in den Schrank, der den Spinden in unserer ehemaligen Studentenbude nicht unähnlich war. Überhaupt war der Raum mit unansehnlichem, abgenutztem und nachgedunkeltem Mobiliar ausgestattet. Außer dem Spind gab es einen Rollschrank, in der gegenüberliegenden Ecke einen kniehohen Rundtisch mit zwei hochlehnigen Stühlen und einen Glasschrank, in dem die blaue sechsbändige Marx-Engels-Ausgabe nicht zu übersehen war, dazu Wirtschaftsliteratur und Handbücher, und auf einer Konsole stand ein halbmetergroßes Modell jener Straßenbahntypen, die in der Stadt fuhren, der Blickfang des Raumes. An der Wand im Rücken des Mannes hing ein Farbporträt von Walter Ulbricht. Und nun bemerkte ich, daß Keulen ein Parteiabzeichen am Revers trug. Mir war, als stimme etwas nicht.

Na, einen ersten Eindruck werden Sie ja erhalten haben, sagte er, und ich nickte sofort. Mehr oder weniger bescheiden in Ihren Augen, gell. Sie sind die Großstadt gewöhnt. Gleichwohl hat sich alles einigermaßen bewährt und aneinander angepaßt. Es funktioniert.

Ich unterließ einen weiteren Ausdruck der Zustimmung.

Ach so, er beugte sich über den Schreibtisch mir entgegen, wollen Sie einen Kaffee?

Ich hob die Schultern und zögerte.

Also gut, entschied er und drückte auf einen Klingelknopf, einen altmodischen, wulstigen Schalter, der auf der grünen Ölwand unter dem Fensterbrett angebracht war. Entschuldigen Sie, und ich dachte, es bezieht sich auf die Klingel, aber er fuhr fort: Ich denke nie an Kaffee. Wissen Sie, ich hab ein Magenleiden. Da geht Kaffee nicht, und manches andere auch nicht. Und er legte seine weiße Hand behutsam auf das Jackett über der Magengegend.

Mein prompter Gedanke: Was gibt es hier noch zu untersuchen.

Nachdem eine robuste, aber scheu huschende Frau den Kaffee vor mich hingestellt hatte, kamen wir auf den Grund meiner Anwesenheit zu sprechen, und Keulen machte in seiner zwar kraftlos scheinenden, aber durchaus entschiedenen Art keinen Hehl daraus, daß er die Kriterien für die Zweckmäßigkeit von Straßenbahnen ablehne, die ich ihm in Vorbereitung meines Besuchs zugeschickt hatte. Sie zögen für eine Stadt von der Größe Kaisersascherns die Berechtigung einer Straßenbahn in höchstem Maß in Zweifel. Ach wissen Sie, Theorien, Ideen, die gibt es zur Genüge (ich erwartete geradezu, daß er auf die Marx-Engels-Ausgabe in seinem Rücken wies, was er freilich nicht tat), die Wirklichkeit geht ihre eigenen Wege... Und um mir die Bestätigung seiner These gleich mitzuliefern, beteuerte er mit großer Geste, daß er und der Betrieb mir selbstverständlich alle Unterstützung für die Untersuchung geben würden. Im nächsten Moment meldete sich jedoch sein Argwohn wieder. Wo denn überall untersucht würde? Und warum gerade in Kaisersaschern begonnen würde? Ich verkniff mir, zu erwidern, weil die Unzweckmäßigkeit der Straßenbahn hier auf der Hand liege und der erste Eindruck, einschließlich der Viertelstunde hier bei ihm, es nachdrücklich bestätige. Am liebsten hätte ich noch hinzufügen wollen, daß mir nicht allein die Straßenbahn hier unzeitgemäß erscheine... Statt dessen suchte ich nach einer Antwort, die sein – berechtigtes – Mißtrauen dämpfte: Der Rat des Bezirks habe sich an der Untersuchung interessiert gezeigt...

Aha. Keulen hüstelte und legte wieder die Hand auf die Magengegend, als bereiteten ihm die kleinen Erschütterungen Anstrengungen, ja Schmerzen. Aus der Halle dröhnte das Rollen einer Bahn herauf und ließ den Raum vibrieren. Dann griff er, indem er sich langsam in seinem Stuhl umwendete, hinter sich in den Glasschrank und reichte mir eine Klemmappe, die Betriebschronik. Er habe sie zum fünfundsiebzigjährigen Bestehen des Betriebs zusammenstellen lassen. Ich hatte mich selbstverständlich über Stadt und Betrieb informiert, vor allem durch Zahlen. Nun aber, während ich in der großformatigen Mappe blätterte, Netzpläne, Graphiken, historische Fotos betrachtete, auf denen am unverglasten Führerstand der kastenförmigen Bahnen schnauzbärtige Fahrer standen, die Hand an der brusthohen Kurbel stolz zur Faust geschlossen, oder vor der Kulisse der Fachwerkhäuser ein Heer von filzbehüteten Männern in allen möglichen Bückstellungen sich damit abplagte, Schienen in die aufgewühlte Pflasterung zu setzen, auch eine Abbildung von einem weitgehend kahlen, aber mit stuhlumstellten Tischen akkurat ausgestatteten Speisesaal war dabei, spürte ich etwas von der Atmosphäre, von den Mühen und den Leistungen, dem Leben, das mit der Bahn und mit dieser Stadt verbunden war. Keulen sah mir offensichtlich die Wirkung an. Er sagte: Tja, Stadt und Straßenbahn sind im Lauf der Jahre miteinander verwachsen. Greift man irgendwo ein, ist es, als wenn man an einer Masche eines Pullovers zieht, und alles löst sich auf. Na, ich bin sicher, Sie werden nicht bürokratisch an Ihre Aufgabe herangehen. Sie sind nicht der Typ eines Buchhalters oder Technokraten. Plötzlich hatte er einen Tischbesen in der Hand und strich damit über die Schreibunterlage vor sich. Wissen Sie was, wir gehen jetzt ins Hotel. Es ist nicht weit. Ich werde Sie begleiten.

Als wir auf dem Gang waren, wandte er sich in der gedämpften Art, die seine Bewegungen an sich hatten, mir zu und sagte: Ach, ich werde Sie erst unserem Buchhalter und dem Werkstattleiter vorstellen, mit denen werden Sie schließlich zu tun haben. Und das hier – wieder eine langsame Bewegung, indem er auf ein unscheinbares Tischchen an der Wand wies – ist unsere Kaffeeküche. Ein Elektrokocher, ein Pfeifkessel, eine Kanne und eine Zigarrenkiste. Kasse des Vertrauens. Dreißig Pfennig für die Tasse. Es gibt keine Probleme.

Im Nebenzimmer saß der Buchhalter, ein mittelgroßer, vielleicht fünfzigjähriger Mann mit kleingelocktem schwarzem Haar und einem kindlichen Gesichtsausdruck. Er erhob sich sofort von seinem Schreibtisch, sagte knapp Ja, als ihn Keulen als Kollegen Steglich vorstellte, legte die Hände übereinander vor seinen Unterleib und verharrte so, während Keulen wertschätzende Worte über mich von sich gab.

Dann gingen wir am Ende des engen Ganges eine wiederum schmale Treppe, die kein Nebeneinander zuließ, in die Wagenhalle hinab. Unvermittelt landeten wir in Helle. Die Wände waren weißgetüncht, und die zwei, drei abgestellten Straßenbahnen sahen aus wie frisch aus der Waschanlage gekommen. Wir liefen auf den öligen, sich unter unseren Schritten bewegenden Bohlen entlang, die die Gruben zwischen den Schienen abdeckten. Im Abstand von fünf Metern waren vor der Rückwand der Halle mannshohe graublaue Planen gezogen, hinter denen sich die verschiedenen Werkstattabteilungen befanden. Ein Verschlag stellte die Motorwerkstatt dar. Ein halbes Dutzend kniehoher, von rotbraunen Kupferkabeln umwundener Walzen der Elektromotoren reihte sich aneinander. Auf dem Reparaturstand löste ein Schlosser aus einem Motor die Wicklungen, es sah aus, als zerfleische er das Gerät. In dem nächsten Verschlag wurden die Fahrgestelle repariert. Auf dem letzten Stück Gleis waren bis an die Hallenwand etwa zehn Radsätze gerollt. In der nächsten Abteilung befanden sich die Fahrschalter und elektrischen Kleingeräte, wieder in fast militärischer Formation aufgereiht: Ganze Spaliere der rotgoldenen, sich voneinander abspreizenden Doppelhörner der Blitzableiter, die messinggelben Klingelglocken, die wie aus der Höhe gesehene Reihungen orientalischer Moscheen anmuteten. Ab und zu dröhnte es durch die Halle, Stimmen schallten. Als ich Keulen ein Kompliment für die Ordnung und Akkuratesse machte, neigte er mir sein hageres Gesicht zu und sagte ernst: Tja, das will alles erst erreicht sein. Durch einen Kunststoffvorhang, der den Zugang zu einem massiven Anbau abdeckte, trat ein kleiner Mann. An dem Aufblitzen weißblauen Lichts und dem scharfen Knistern, das hörbar wurde, als der Vorhang aufklappte, war die Schweißerei erkennbar. Der Mann trug einen knielangen blauen Arbeitsmantel, hatte auf dem für seinen kleinen Körper zu großen Kopf eine Art Jägerhut, und sein Gesicht war von Falten geradezu zerrissen.

Ach, da bist du ja, sagte Keulen, und stellte mich mit aristokratischer Förmlichkeit vor. Zu mir gewandt sagte er mit einem Anflug milder Ironie vor: Das ist Kollege Zielinsky, unser technischer Direktor.

Bläbläblä, blaffte der kleine Mann van der Keulen an und warf ihm einen Blick tiefer Verachtung zu. Mir gab er, allerdings mit offensichtlichem Widerwillen und nur lasch, die Hand und wandte sich sofort ab. Aber als besänne er sich, drehte er sich abrupt herum und fuhr mich an: Was habt ihr euch wieder für'n Pfeffer ausgedacht! Ihr habt nicht eher Ruhe, bis auch noch der letzte Betrieb, der einigermaßen funktioniert, zur Sau ist. Jetzt denkt ihr, könnt ihr euch alles leisten. Na, wenn's der Alte zuläßt – wieder ein verächtlicher Blick zu Keulen –, wenn er sich noch vor der Rente den Stuhl unterm Arsch wegziehen läßt… Er winkte ab. Ich bin ja hier nur der Pampel.

Ich stand verdattert zwischen den beiden Männern. In Keulens Blick glaubte ich etwas wie nachsichtigen Schalk zu sehen. Er gestand mir später, es sei kein Zufall gewesen, mich auf diese Begegnung nicht vorbereitet zu haben. Er habe mir demonstrieren wollen, daß der Umgang mit *unseren Menschen*, wie es so heiße, keineswegs immer einfach sei. Nun sagte er mit mildem Lächeln: Den frappierenden Charme, sein diplomatisches Auftreten habe Zielinsky von seiner Großmutter. Er ging soweit, es sich bestätigen zu lassen: Nicht wahr, so ist es doch. Und zu mir: Die alte Dame war damals beliebter als die Großherzogin. Und das heißt etwas. Denn die Großherzogin ging jeden Sonntag über den Markt und verteilte Türkischen Honig an die Kinder. Eine Spezialität hier in der Stadt. Das war vor dem ersten Weltkrieg. Damals galt eine Süßigkeit noch etwas. – Und mit verändertem Tonfall: Sie kennen unseren Honig nicht? Kommen Sie, der wird Ihnen besser bekommen als das hier. Und als wir aus der Halle traten, sagte er: Müssen Sie nicht so nehmen, unsern Zielinsky, der tut keiner Fliege etwas zuleide. Ist purer Selbstschutz, seine Art.

Keulen führte mich in die Stadt. Wir blieben natürlich auf dem Markt stehen, und mein Blick hatte rundum zu gehen, von der Wucht der Sankt-Wenzels-Kirche über das Gotik-Renaissance-Rathaus bis zu dem figurengeschmückten Giebel der Apotheke *Zu den Seligen Boten*, über all die anderen Fachwerk- und Renaissancehäuser, an denen der verweilende Blick eine weitere Schnitzerei im Gebälk, Stuckverzierungen und auf den eingegrauten Wandflächen Malereien entdecken konnte.

Das könnte ein Schmuckkästchen sein, sagte Keulen, gebeugt, als habe er Mühe, sich aufrecht zu halten. Ja, wenn … Sie wissen das selbst. Aber es ist ja immer noch eines, sagte er beim Weitergehen. Immer wieder animierte er mich zum Stehenbleiben und wies auf eine andere Perspektive der vier Türme des Doms, auf das von Pfeilerbündeln emporgehobene spitze gotische Westturmpaar und die beiden achteckigen spätromanischen Osttürme mit ihren grünoxydierten Kupferhauben, die sich über das Gedränge der Dächer den grauen Wolken entgegenstreckten. Den Dom nehmen Sie sich mal extra vor. Wenn es Ihnen recht ist, begleite ich Sie dann.

So wie die Domtürme ihn zum Stehenbleiben veranlaßten, verhielt van der Keulen seinen Schritt, wenn sich eine Straßenbahn durch die Häuserenge und das Gewusel der Leute schob, schallend klingelnd und von polternder Massigkeit. Sein Blick inspizierte den Wagen von oben bis unten, vom schwingenden Bügelstromabnehmer an der Oberleitung über den Scheibenwischerarm vor der Frontscheibe und den mittigen Scheinwerfer bis zu der unter dem Wagenkasten hervorlugenden unbeanspruchten Anhängerkupplung, er beobachtete, wie sich die Schiene unter dem Druck der Räder ins Pflaster senkte. Und selbstverständlich nahm er die Fahrerin oder den Fahrer hinter der Scheibe wahr, nickte oder hob mit der ihm eigenen Bedächtigkeit die Hand. So wie er überhaupt immer wieder auf der Straße gegrüßt wurde und zurückgrüßte.

Dann öffnete er die Tür zu der Confiserie, wie er mit einem Augenzwinkern den angekündigten Laden bezeichnete, ließ mir aber den Vortritt, und eine süßduftende Woge, untermischt mit würzigen Gerüchen, schlug mir entgegen. Ich stand nicht der Nüchternheit von HO-Regalen gegenüber, sondern war umgeben von alten, massiven Vitrinen, prall gefüllt mit Süßigkeiten, die von den Spiegelglaswänden verdoppelt wurden. Auf der Theke standen große Gläser voll mattroter und schokoladenbrauner Verlockungen. Auch wenn sich bei näherem Hinsehen das meiste als das Übliche entpuppte, als Hallorenkugeln und falsche Himbeeren, Rotstern-Schogetten und Pralinen aus gefärbtem Zuckerguß, war mir, als sei ich in eine andere Zeit geraten. Mir blieb die Gelegenheit zum genaueren Hinsehen, denn zwischen Keulen und der hochblondierten Frau hinter der Ladentafel wickelte sich mehr als ein Kaufvorgang ab. Bei aller Vertrautheit des Umgangs zeigte sich in der Emsigkeit der Frau Respekt gegenüber meinem Gastgeber. Draußen drückte er mir die Tüte mit dem Türkischen Honig in die Hand, und ich mußte hineinlangen und probieren, während wir uns durch die Leute schoben. Ich nickte zustimmend, doch wortlos, denn meine Zunge war damit beschäftigt, die zähklebende Masse von den Zähnen zu lösen.

Wir hatten nur wenige hundert Meter zu gehen, bis uns die Enge der Innenstadt freigab und die alleeartig geweitete Straße zum Bahnhof einsetzte. Das Hotel war ein Gründerzeitgebäude, von üppiger Gediegenheit und mit schwerer Holztäfelung an den Wänden. Jedoch fiel es dem bürgerlichen Flair schwer, sich gegen den sukzessiven Verschleiß zu bewahren.

Keulen war sowohl an der Rezeption als auch am Tisch dem Ober gegenüber bestrebt, daß die Wertschätzung, die ihm entgegengebracht wurde und die er sichtlich genoß, auch auf mich übertragen wurde. Das ist Herr Diplomingenieur – nicht etwa Kollege, womöglich gar Kollähsche – … aus dem Ministerium. Er hat eine wissenschaftliche Untersuchung durchzuführen. Er wird öfter Ihr Gast sein. Nun, ich weiß ihn bei Ihnen in besten Händen …

Selbstverständlich, Herr Direktor, dienerte der Ober. Aber ich sah beiden an, daß hier auch ein Spiel ablief. Auf mein Intervenieren, von wegen Ministerium, entgegnete Keulen mit mattem Lächeln, als wir am Tisch saßen: Ach, das ist so ein bißchen Lebenswürze. Die haben wir hier manchmal nötig. Unlängst richtete sich Aufmerksamkeit auf uns, durch die Literatur. Zwar nicht so wie Weimar, aber immerhin. Das Buch brachte Kaisersaschern ins öffentliche Bewußtsein. Na ja, öffentlich ist zuviel gesagt. Ins Bewußtsein einer gewissen Schicht. Die Besucherzahlen stiegen immerhin an. Aber, wie gesagt, eine gewisse Schicht. Es hat sich wieder gegeben. Wir haben andere Zeiten. Und seit ein paar Wochen erst recht. Was sollen wir darüber reden. – Was ich diesem *Mann* aber zum Vorwurf mache, er sah mich streng an, die Straßenbahn kommt darin nicht vor, mit keinem Wort. Na gut, er hat keinen Stadtführer geschrieben. Aber so wie die Straßenbahn im späteren Teil des Buches, fern von Kaisersaschern, eine Rolle spielt, in München, hätte er sie als Motiv schon einbringen können. Müssen! Müssen! Da es ja um Musik geht. – Ein Hauch von Röte hatte Keulens Gesicht überzogen. Die Konsequenz musikalischer Strukturen in sein Buch zu übernehmen, ist ihm nicht gelungen. Wir haben hier durchaus einige Herren, Studienräte, ehemalige Studienräte, nun, jetzt sind sie Rentiers, Rentner, wie man heute schlicht sagt, die haben sich damit gründlich befaßt. Na, lassen wir das, das sind halt Kaisersascherner Gedanken.

Ich war erleichtert, daß er zum Ende gekommen war, denn eigentlich wußte ich nicht, wovon er redete. Ich war hin und her gerissen, ob ich deswegen beschämt sein oder ihm vorwerfen sollte, mir seine Lokaleitelkeiten aufzunötigen.

Keulen sah mir meine Unkenntnis an. Sein Taktgefühl untersagte ihm, mich in Verlegenheit zu bringen. Er nickte mir über das Bierglas in seiner wächsernen Hand zu. Bier vertrag ich, sagte er.

Unser Bier hier ist zwar nicht das beste, aber es gibt auch schlechteres. So ist es überhaupt mit dem Leben hier.

So ist es mit dem Leben überall, sah ich mich zu einer Geste des Einverständnisses mit ihm animiert. Ich hatte das Gefühl, ihm eine Gegenleistung für sein Bemühen um mich zu schulden. Denn erstaunlicherweise war mir zumute, als löse sich die Fremdheit um mich auf, auch dank des Türkischen Honigs, dessen Reste ich mit dem Bier endgültig von den Zähnen gespült hatte.

Keulen aber drehte, nachdem er das Glas abgesetzt hatte, als Ausdruck des Zweifels seine Hand hin und her. Nein, nein, wir sind nicht nur keine Großstadt, wir sind aus dem Blick geraten. Und wenn ich ehrlich sein soll, in Ihrer Untersuchung sehe ich die Gefahr – ja, die Gefahr steckt in ihr, auch wenn ich keinen Zweifel habe, daß die Tatsachen sie entkräften werden –, daß wir im Ergebnis noch eine weitere Kategorie heruntergestuft werden: durch die Beseitigung der Straßenbahn. Für mich fängt eine Stadt erst mit einer Straßenbahn an, eine Stadt zu sein.

Obwohl ich Städte genau so kategorisierte, schaffte ich es nach dem halben Tag in dieser Stadt nicht mehr, ihm zuzustimmen. Ich sagte, wenn auch zögernd, die Straßenbahn als ein Kriterium für eine Stadt anzusehen, das gelte wohl heute nicht mehr so ganz. Der Wert von einst verkehre sich mitunter geradezu ins Gegenteil. Die Straßenbahn gerate eher zum Indiz, den Anschluß an die Zeit verpaßt zu haben. Und nicht nur die Straßenbahn, die ganze Stadt. Diese Hinzufügung ersparte ich ihm allerdings.

Dennoch erwiderte er beinahe heftig: Da kann ich Ihnen nicht zustimmen. Nichts gegen Modernisierung. Erneuerung ist ein permanenter Vorgang, selbstverständlich. Ich räume auch ein, daß ich die Dinge aus meiner Sicht sehe. Aber sechzig Jahre Lebenszeit sind schon ein Fundament an Erfahrung, erst recht mit den gesellschaftlichen Brüchen, die darin liegen. Das hilft einem, zu unterscheiden, was nur Mode und was wirklich der Zeit *gemäß* ist. Eine Stadt ist ein Organismus und funktioniert durch das Zusammenspiel, eine sozusagen intuitive Kooperation. Dabei ist die ökonomische Effizienz längst nicht das Entscheidende. Buchhalterische Erfassung ist sehr wichtig, sich auf sie zu beschränken heißt aber, zu kurz zu greifen. Haben Sie die Menschen und die Straßenbahn beobachtet, in den engen Straßen? Das klappt, als sei jede Situation einstudiert. Sind sie natürlich nicht. Aber das Resultat eines jahrzehntelangen Prozesses. Weil es dieses Zusammenspiel von Tausenderlei gibt, diese über lange Zeit gewachsene Verquickung – Keulen veränderte den Tonfall –, hat es der Sozialismus so schwer. Oder sollte ich besser sagen: hatte, natürlich hatte. Der Sozialismus fuhr mit zu vielen gravierenden Änderungen in die Struktur der Gesellschaft. – Keulen richtete einen ungewöhnlich direkten Blick auf mich. – Na, das nur nebenbei.

Der Ober brachte die Bestellungen. Für Keulen Ragout fin. (Wissen Sie, ich muß öfter und kleine Portionen essen. Hab nur noch 'n Drittel Magen. Hatte zwei Durchbrüche. Und nach Möglichkeit warm.) Ich hatte mich unschlüssig für eine Aufschnittplatte entschieden. Keulen und der Ober gingen miteinander um, als spielten sie Rollen. Die Art, wie Keulen ihn ansprach, die Anrede geradezu auskostete, gehörte dazu: Herr Moritz, Sie waren bemüht, dem Anspruch des Hauses gerecht zu werden und uns nun bei den Speisen nicht vor leeren Gläsern sitzen zu lassen. (Er hatte das jeweils zweite Bier vor uns hingestellt.) Jedoch, Herr Moritz, ich spüre es an der Hand, es geht auf Kosten der Temperierung. Es ist ein Grad zu kühl.

Verzeihen Sie, Herr Direktor van der Keulen – Herr Moritz, die Serviette wieder über den Arm geschlagen, verneigte sich formvollendet – die Raumtemperatur beträgt heute ein Grad mehr, daher die empfundene Abweichung.

Ich genoß das Spiel, eine zelebrierte Parodie des sonstigen gastronomischen Umgangs.

Dann schilderte mir Keulen sein Leben. Vor dem Krieg sei er Elektromeister bei der Straßenbahn gewesen. Er hatte aufs Technikum gehen wollen. Aber wie es in einer Arbeiterfamilie so gewesen sei, es schied aus. Inflation, Weltwirtschaftskrise, Arbeitslosigkeit, dann Nazis und Krieg. Was den Krieg betrifft, sein Magen sei schon damals nicht in Ordnung gewesen, und so sei er bereits 43 aus dem Lazarett an die *Heimatfront* abgestellt worden. Daher war er, als der Krieg zu Ende war, einer von wenigen Männern im Betrieb und habe in Eigeninitiative die Bahnen wieder fahren lassen. Dann sei er als Betriebsleiter eingesetzt worden. Er sei sehr engagiert gewesen, damals. Noch 46 in die KPD eingetreten. Das habe er für gut und nötig gehalten nach all den Furchtbarkeiten. Heute sei er kein ideologischer Avantgardist mehr, zwar noch dabei. Selbstverständlich, fügte er hinzu. Sie sehen es ja, und er meinte das Abzeichen. Heute seien die Jüngeren dran, wie Sie. Ach, Sie sind nicht in der Partei?

Ich schüttelte den Kopf.

Darauf käme es nicht an für das, was er eigentlich sagen wolle. Die Jüngeren hätten ihre eigenen Maßstäbe, die auf ihr bevorstehendes Leben ausgerichtet seien. Und sie hätten berechtigte Aussicht, in den Genuß der Ergebnisse zu kommen. Für die Alten gelte diese Aussicht weniger, über sie brächen die Veränderungen herein, mitunter zu heftig, um sie noch zu bewältigen, also halte man sich etwas zurück. So erkläre sich der Konservatismus des Alters. Ich will damit nicht etwa sagen, er beugte sich mir über den Tisch entgegen, daß die Alten recht hätten. Im Gegenteil, absolut gesehen hat die Jugend recht. Ich brauch doch nur uns beide zu betrachten, Sie und mich, ich alt und leidend – und er legte die rechte Hand wieder auf das Jackett über der Magengegend – und Sie in der Kraft Ihrer Jahre, die sich erweisen will... Ach, darf ich Sie fragen, wie alt Sie sind, und ob verheiratet?...

Als ich am nächsten Tag in dem rüttelnden Zug auf der Fahrt zurück saß, fühlte ich mich seltsam belemmert. Das Gefühl, als beginge ich Verrat mit dem, was ich vorhatte, flackerte immer wieder auf. Verrat am Leben dieses Mannes, an dem Buchhalter, dem Werkstattgnom, an der ganzen Stadt. Und an mir! Wollte ich mich denn um die Straßenbahnen bringen, wo mir schon die Welt abhanden gekommen ist!

Was die Arbeit betraf, war sie mir nicht gänzlich genommen. Das Institut bezog ein Kontingent westlicher Fachzeitschriften, die im Umlauf durchs Haus gingen. Ich hatte mich sofort für die *Nahverkehrspraxis*, den *Stadtverkehr* und *Schiene und Straße* eingetragen. Fenster, die den Blick nach draußen zuließen. Nötige Blicke, denn daß der Westen den Maßstab setzte, bestritt kein Fachmann. Zwar zog es mir die Brust zusammen, wenn ich las, wie Stadt für Stadt die Straßenbahnen auf der Strecke blieben – im umgangssprachlichen Sinne gesagt. Der jüngste Artikel zählte gerade Heilbronn, Wiesbaden, Völklingen und Solingen auf.

Aber ich war entschlossen, mir keine Sentimentalität zu leisten. Vernunft und Sachlichkeit galten mir als Wegweiser.

Ich nahm mir die DDR-Karte mit den markierten Nahverkehrsbetrieben vor. Eisenach, Stralsund, Görlitz … Das waren meine Städte. Und über die Straßenbahn hinaus war jede Stadt eine Verheißung, ein Lockpunkt, aufgeladen mit Geschichte, Kultur, Namen und Sehenswürdigkeiten: Wartburg und Landeskrone, Hanse und Wallenstein; Luther, Goethe, Schiller …

Eine Nordroute bot sich an: Schwerin, Rostock, Stralsund, auf dem Rückweg vielleicht noch Eberswalde, aber erst zu besserer Jahreszeit. Eine Thüringentour, die Weimar, Erfurt, Gotha, Eisenach, Mühlhausen, Nordhausen umfaßte … Jena, Gera noch hinzuzunehmen würde zuviel, sie ließen sich besser mit Westsachsen – Zwickau, Plauen – verbinden. Dort gab es noch einen weiteren, exotischen Bahnbetrieb – Klingenthal. Wobei nicht eindeutig war, ob die Bahn als Straßenbahn gelten durfte. Sie wurde von der Eisenbahn betrieben. Die großen Bezirksstädte, in denen die Straßenbahnen nicht in Frage standen, kamen insofern hinzu, als sie Umsteigepunkte waren, an denen ich, wenn ich es wollte, Besichtigungszeit vorsehen konnte, wo ich möglicherweise auch zu den zuständigen Räten der Bezirke mußte. Meine Reisepläne berauschten mich beinah.

Durch den Besuch in Kaisersaschern fühlte ich mich gewappnet. Ich konnte es kaum erwarten.

Jede Ankunft versetzte mich in Spannung, doch ich bemühte mich, beim Aussteigen aus dem Zug selbstverständlich zu tun und mich zu verhalten, als seien mir der fremde Bahnsteig, die Treppe, der Quertunnel, die Schalterhalle vertraut wie den anderen Menschen um mich her. Am Ausgang des Bahnhofs zögerte ich doch, stand grauen Gründerzeithäusern gegenüber, einem stillosen Bau mit ausdruckslosen Fensterreihen, die noch belaubten Linden schütter, umnebelt von den Auspuffgasen unter Dreckschlieren entfärbter Lkw, in hohen Tönen röhrender Trabant und Wartburg. Ein Gleis im Pflaster oder eine abfahrbereite Straßenbahn halfen dann über die Fremdheit hinweg. In die Bahn einzusteigen hieß, ein Gefühl von Vertrautheit zu empfinden. Doch ich zog vor, mich der Stadt zu Fuß anzunehmen, inmitten ihrer Menschen, wie diese kaum einen Blick auf die überraschungslosen Schaufenster zu werfen – HO-Textilwaren, Haus der tausend kleinen Dinge, Fleisch- und Wurstwaren, Volksbuchhandel, Obst & Gemüse. Auf klappernden Brettern über Aufgrabungen im Bürgersteig mit dem Blick auf halb schadhafte bloßgelegte Leitungen, umlärmt von Preßlufthämmern, scheppernden Baufahrzeugen, knatternden Mopeds. Die Aufweitung der Häuserschlucht empfand ich geradezu als eine Erlösung. Der Marktplatz, wenn ihm Gunst widerfahren ist, heißt noch Kornmarkt, Fischmarkt, Obermarkt, oft genug jedoch Leninplatz, Platz der Befreiung, Platz der DSF – dominiert vom Spätrenaissancerathaus oder einem Neogotikbau oder einer Mischung, auch die übrigen Häuser Mischungen, natürlich auch flächige Fassaden, Wiederaufbau, Neubau, und Lücken, Kriegsnarben, der zentrale Platz zur guten Stube der Stadt hergerichtet, HO-Café Central steht in nüchterner Schrift über gewölbten Großfenstern, Kreissparkasse, Gastmahl des Meeres, Uhren – H.P. Schulze – Schmuck, HO Gaststätte Drushba, Hotel zur Post, die Mansardendächer im Hintergrund überragt von den gotischen Doppeltürmen der Peterskirche (Görlitz), von St. Marien und Allerheiligen (Mühlhausen). Stralsund, bevorzugt durch die Ostsee, war für mich ein Magnet. Die backsteinerne, zeitresistente

Dauerhaftigkeit, überturmt von St. Nikolai und St. Marien; als ich die Giebelhausreihe der Badenstraße entlanglief, die Luft von der Ostsee spürte, die die Straße zu weiten und ihr Licht zu geben schien, hatte ich das Gefühl, die Skoda, Shiguli, der Barkas-Transporter bräuchten nur abgeräumt zu werden, und die Stadt wäre zurückversetzt in die Zeit, aus der sie herkommt. Dieses Gefühl hielt sich freilich nur ein paar Schritte. Das Rathaus mit seinen backsteinernen Spitzgiebeln und kupferbehelmten Pfeilern, das Dielenhaus, das Wulflamhaus benachbart von Verfall, der – unerbittlich, war ich versucht zu sagen – sein Werk betrieb. Ich ging zu den Speichern am Hafen und ließ mich mit dem Blick durch das Mastengewirr der Kutter auf die reglos scheinende wässerne Weite des Strelasunds von dem Gefühl einnehmen, als ginge sie, und alles was noch dahinter liegt, mich an. – Die Straßenbahnen ernst zu nehmen, schwerfällige Kästen, die sich kaum über Schrittgeschwindigkeit hinaus durch die Enge der Heilgeiststraße und durchs Kniepertor zwängten, fiel mir allerdings nicht leicht.

Mühlhausen hatte für mich kein Gesicht. Es war ein geographischer Name, der seine Rechtfertigung durch Thomas Müntzer und die Bauernkriege, die frühbürgerliche Revolution, erhielt. Ich war nicht darauf gefaßt, durch Fachwerk- und Renaissancehäuserfluchten wiederum aus der Zeit gehoben zu werden, durch Straßen, die ihr Maß vor Jahrhunderten genommen und beibehalten hatten und ebenso ihre sprechenden Namen – Holzstraße und Burgstraße, Regensgasse, Kuttelgasse und Hanfsack. Die Enge und Verwinkeltheit machten es freilich wie in Stralsund der Straßenbahn schwer. (Ich verlor den Grund meines Besuchs selbstverständlich nicht aus den Augen.) Immer wieder stand ich vor einer der zahlreichen Kirchen, die ihre kalksteinerne Imposanz, vom Wetter gezeichnet, mit schwarzen Wasserspuren das Bogenfeld am Portal hinab, mit Fialen und Türmen den hastenden Wolken entgegenhoben.

Die Straßenbahnen beeindruckten mich auf ihre Weise. Es waren stabile, cremegelb lackierte Wagen, über dem Fahrgestell, unter dem Fensterband und am Dachansatz mit einem rotbraunen Streifen gefaßt. Der Zielfilmkasten über der Frontscheibe gab »Zum Wald« an. Kollege Müller, der stellvertretende Betriebsleiter, schob den zweiten Arm in die Lederjacke, und wendete mir sein hageres Gesicht zu, um einen müden Blick auf mich zu richten. Ob die Bahnen in Schuß seien oder nicht, das spiele keine Rolle. Es sei alles längst entschieden. Bezirkstagsbeschluß, Stillegung. Die langen Strecken hätten der Bahn das Grab geschaufelt, bis Pfafferode und zum Weißen Haus, und in der Stadt in zwei Äste gegabelt – Unterstadt, Oberstadt. Das sei zuviel, als daß Betrieb und Stadt es unterhalten könnten. Der Bezirk, na, für den zählten sie nicht. Busse brauchten keine Schienen, so laute die Milchmädchenrechnung. Daß Straßen auch nicht ewig halten, das spiele keine Rolle, Hauptsache, im Moment sieht es noch wie Straße aus, selbst wenn ein Schlagloch ins andere übergeht. Ich hatte natürlich die Landkarte vor Augen, mit der massiv schraffierten Grenze. Ich wußte, ich war ihr hier nah, was heißt, im hintersten Winkel. Die Antennen, die die Dächer abstrus bevölkerten, schienen wie Hilferufe ins Jenseits.

Mir vorzustellen, wie man hier wohnte, ließ ich besser bleiben. Die von der Farbe entblößten Fensterrahmen, der beiläufige Blick in Hausflure, der auf feuchte Düsternis stieß, die muldig eingesunkenen Dächer mit übermoosten Ziegeln nahmen mir die Lust, darüber nachzudenken. Die Bahn schwenkte rumpelnd durch die Bogenwölbung des Obertors in der aus Naturstein gefügten Stadtmauer. Dann fuhr sie, in Schadstellen freilich immer wieder absackend und ohne recht Tempo zu nehmen, über Land. Unvermittelt wurde mir bei der Vorstellung, daß es diese Bahn nicht mehr geben sollte, fast wehmütig zumute. War es mein emotionaler Protest, daß die Entscheidung ohne mein fachliches Urteil getroffen worden war?

Am zweiten Tag nahm ich mir die Zeit, in die hallenden Kirchenschiffe zu treten, ließ, den Kopf in den Nacken gelegt, den Blick die Pfeiler hinauf zu den Kapitellen steigen, trat bis an die

Kordelabsperrung an die Altarbilder heran, die Darstellungen des Abendmahls, der Kreuzabnahme, der Anbetung der Könige, erschrak vor dem erstarrten Leben in den Gesichtern, als bedürfe es nur eines Zeichens, eines Fingerschnipsens zur Wiederbelebung.

Ich ließ mich von der Suggestionskraft der Kreuz- und Wehrgänge, Klöster- und Ministerialhöfe, Fest- und Wappensäle forttragen. Draußen mußte ich mich erst wieder darauf besinnen, daß es seine Richtigkeit hatte, daß die Tauben aufflogen, daß hinter den Fassaden und über den Dächern die Unruhe der Stadt brodelte, daß da ein gelber Briefkasten war. Die an hohen Fahnenmasten herabgespannten roten und schwarzrotgoldenen, emblemversehenen Fahnen und erst recht die über die Stuckgirlanden einer Patrizierhausfassade gespannte Losung »Der Sozialismus unsere Kraft und unsere Zukunft!« sagten endgültig, was galt. Ich war wieder zurückgeholt.

Manche Städte waren so ernüchternd, als wollten sie sich von vornherein jeder Zuneigung verweigern. Als ich mich in Dessau, umströmt von Radfahrern, vom Bahnhof aus auf den Weg zum Zentrum machte, war ich drauf und dran, es zu übersehen. Eine Kreuzung, die sich durch eine Art Campanile von anderen Kreuzungen abhob, und ein hundert Meter entferntes Kaufhaus konnten es doch wohl nicht sein. Allein die Straßennamen warnten mich vor Ignoranz: Karl-Marx-Straße, Otto-Grotewohl-Straße, Wilhelm-Pieck-Straße, Straße der DSF... In Halberstadt hatten am Tag vorher Dom und Liebfrauenkirche mit ihren Doppelturmpaaren keinen Zweifel am Zentrum geduldet, trotz der Halbleere, der vereinzelten Häuser und der Hauszeilenbruchstücke – als habe man die Lust an der Vervollständigung der Bebauung verloren.

Das hört sich so schön schlüssig an, Dessau habe es eben erwischt, weil es hier Junkers gab, sagte mein Gegenüber im Stadtbauamt. Fragt sich bloß, warum gerade so kurz vor Toresschluß! Als kaum noch eine Maschine abhob. Und warum mußte die ganze Stadt mit weg? Der Verdacht, den Russen sollte nicht allzuviel bleiben, sei nicht von der Hand zu weisen. Aber für die *Freunde* sei dennoch einiges geblieben.

Ich sah den Mann hinreichend verständnislos an.

Die Leute, die Leute seien ihnen geblieben, die Ingenieure, Techniker, Sekretärinnen. Über Nacht sei es abgegangen. 46, 47 seien die Junkerssiedlungen so gut wie leergezogen gewesen, Törten, Alten, Kühnau. Einst sei Dessau Stadt der Künste, der Musik, der Literatur gewesen, wurden mir die verlorenen Werte beschworen. Moses Mendelssohn, Friedrich von Matthisson, Wilhelm Müller. Ich schwieg und bemühte mich, ein verständnisvolles Gesicht zu machen. Kurt Weill sei Dessauer. Das Bauhaus – Klee, Kandinsky, Oskar Schlemmer. Ich schwieg noch tiefer. Geblieben seien die Parks. Die lohnten immer noch, Luisium, Schloß Georgium, Mosigkau, Wörlitz. Wir sind eine grüne Stadt, sagte der Mann, die Mulde- und Elbauen.

Ich mußte erfahren, daß nicht nur Gebäude, die steinernen Zeugnisse menschlichen Willens, Zeugnis der Geschichte sind, sondern auch die Orte, wo nichts ist. Obwohl ich es von Dresden eigentlich wußte. In Nordhausen, das ebenfalls ramponiert genug war, hütete ich mich, darauf zu sprechen zu kommen, um Dora-Mittelbau zu vermeiden. In Weimar fuhr ich nach Buchenwald. Es war ein bißchen viel, was ich mir für die zwei Tage vorgenommen hatte. Ich wurde die Beklemmung am Frauenplan, im Gartenhaus, im Schillerhaus, vor Rietschels grünoxydierten Heroen nie ganz los. Ich spürte, mit dem Schwung guter Absichten, dem ich mich verpflichtet sah, war längst nicht alles getan.

Gotha am nächsten Tag half mir, daß ich mich wieder besser fühlte, so unbelastet und unbeschädigt es sich gab, abgesehen von der zum Bahnhof führenden Straße und den im Pflaster abgesunkenen Gleisen. Allerdings schien mir, als zöge die Stadt ihren hundertfachen Dächerkopf immer noch unter dem vielfenstrigen Blick von Schloß Friedensstein und der Doppelwucht seiner Schieferhauben ein.

Die Bahn ließ dann die Stadt überhaupt hinter sich zurück, denn es kam ihr auf mehr an, der Name drückte es aus: Thüringerwaldbahn und Straßenbahn Gotha. Eine weiche, schwingende Fahrt, die nicht von der sonst üblichen dichten Folge der Haltestellen unterbrochen wurde, durch die Dorf- und Felderlandschaft des Vorlands, aber der Blick schon frei auf den bewaldeten, welligen Rücken des Gebirges, auf seine höchste Aufrundung mit schattenhaften Mastaufbauten, den Inselsberg. Ein Verkehrsmeister begleitet mich und informiert mich über das, worauf es mir anzukommen hatte: 21,6 Kilometer Streckenlänge bis Tabarz, zirka zehntausend Fahrgäste pro Tag, auf den Stadtlinien freilich fast das Dreifache, Fahrdrahtspannung 600 Volt Gleichstrom, Speisung durch vier Gleichrichterwerke mit 1 575 Kilowatt und 2 200 Ampere maximaler Stromabgabe. Er informiert auch über das, was ich ohnehin sehe: Kettentragwerkoberleitung mit 75 Meter Mastabstand… Hinter Wahlwinkel, am Gleisdreieck, ist der Pendelwagen nach Waltershausen abzuwarten. Dann sticht die Bahn in einer Schienenschneise durch den Wald, ein leichter, anhaltender Anstieg, nebenan das Zweitgleis der Fernbahn. Wir stehen hinter der Fahrerkabine. Ich höre die knackenden Schaltgeräusche, wenn der Fahrer das Schaltrad über die Kontakte zieht, das Tempo wegnimmt – das Gleis ist, wie schon am Bahnhof zu sehen war, nicht überall in bestem Zustand, es gibt Langsamfahrstrecken, der Wagen schwingt –, um dann Stufe für Stufe die Geschwindigkeit wieder zu erhöhen. Wir steigen aus. Und mir ist, als sei die Luft ausgewechselt, sie ist klar und frisch. Als sei die Landschaft trotz der einen Steinwurf entfernt sich baumgepolstert aufwölbenden Berge weit und offen. Wir sind im Urlaubsland: ziegelgedeckte, schieferbeschlagene Häuser in locker gedrängter Ansammlung, zwei Kirchturmspitzen versagen vor der überwaldeten Masse des Bergs; aus Fichtenstangen gefügte Verkaufskioske mit Ansichtskarten, Wandbretter voller Figuren aus buntem Glas und Touristenschnickschnack, holzgeschnitzte Wegweiser: Spießberghaus, Heuberghaus, Tanzbuche; Marienglashöhle. Und: Ferienheim »Walter

Ulbricht«, »August Bebel«, unnötige Richtungsangaben, denn sie sind in ihrer erhöhten Plazierung und kantigen Übergröße nicht zu übersehen. Aber ich weiß, sie geben dem Ort seinen Sinn. Neben mir überprüfen zwei Ehepaare den rundum geführten Blick anhand der aufgefalteten Wanderkarte.

Auf der Rückfahrt nach Gotha frage ich mich skeptisch, wie lange es die Strecke noch geben wird. Die meisten Überlandbahnen sind bereits eingestellt: Mansfeld schon lange, gleich nach dem Krieg, Warnemünde, unlängst Staßfurt und Hohenstein-Ernstthal. Ich zähle die noch verbliebenen auf: die Merseburger Überlandbahn, die nun zu Halle gehört, die Klingenthaler Kleinbahn, die Kirnitzschtalbahn in der Sächsischen Schweiz.

Mein nächstes Ziel ist jedoch Eisenach. Nun, nachdem Zeit ins Land gegangen ist, ist es mir nicht mehr verwehrt. Auch hier gibt es die Linie aus der Stadt hinaus am Fuß der Wartburg nach Marienthal nicht mehr. Die Gleise, halb versandet, liegen noch am Rand der Fahrbahn. Ich spüre, wie das Bedauern meiner Verpflichtung zu wissenschaftlicher Objektivität in den Rücken fällt. Am nächsten Morgen, die Stadt hinter mir und mit ihr die dienstlichen Belange, ist mir beim Anstieg zur Wartburg, als sei ich eine Fesselung los. Die Reitesel am Ausgangspunkt sind nicht gefragt. Das Laub der Buchen, Eschen, Erlen um mich her den Hang hinauf leuchtet in frühlingshafter Frische, als käme das Licht aus der Bewaldung. Ich bin der einzige auf dem Weg. Auch oben, in der Enge des Innenhofs aufgenommen, bleibt es bei wenigen Menschen. Der Palas mit seinen Rundbogenfenstern vor den Arkadengängen, die herben Wandungen, die Vogtei, die Butzenscheiben in den Gefachen, der Bergfried, der sich vierschrötig in den Wind hebt, kommen lautlos zu ihrem Recht. Dann selbstverständlich der Sängersaal, die frappierenden Glasmosaiken im Gewölbe der Elisabethkemenate, die hölzerne Behausung Luthers.

Wieder draußen, stütze ich mich auf die hüfthohe grobsteinige Ummauerung, blicke an der Außenfront senkrecht in die Tiefe hinab, auf die Baumkronenpolsterung den Berg hinab, verfolge den Flug eines Vogels über die Absenkung zur nächsten überwaldeten Kuppe, in deren Unruhe er verschwindet. Von der Höhe verleitet, greift mein Blick über die lichtgrün anrollenden Wellen der Berge, eine nach der anderen, bis dorthin, wo sie im Dunst verschwimmen. Und nichts von einer Zäsur im Leib des Lands! (Das böse Gerede, ein übler Scherz ...!) Weite, die in den Himmel übergeht. Und irgendwo dort überspannt er Fulda, Kassel, Göttingen ...

Zurück in der Stadt, gehe ich auf die graue Fassade des Bahnhofs zu; das breite, rundbogige, romanisierende Fenster ist überspannt von einem langen roten Tuch mit weißen Lettern: Der Friede muß bewaffnet sein!

9

Eines Vormittags klingklongte der Haustürgong. Dieser Ton war für mich der prompte Bewußtmacher: Du bist in Iowa. Sofern ich es nötig hatte, mir dessen bewußt zu werden. Zwei Männer standen vor der Tür. Die schweren Schultertaschen ließen mich auf Handwerker tippen, was zutraf. Meine spontane, der realsozialistischen Erfahrung geschuldete Zuordnung zur Typenserie barsch, maulfaul und unwillig erwies sich als grundverkehrt.

Hi, I'm Cliff. Der Ältere – Baseballcap, Jeans und kariertes Hemd, das faltige Gesicht von einem Lächeln übersonnt. That's Larry. Der Jüngere – Baseballcap, Jeans und T-Shirt und ebenfalls ein Lächeln. Sie hätten Fenster zu reparieren. Ich wußte von keinen Fensterschäden. Ehe ich mißtrauisch werden konnte, waren sie an Ort und Stelle, im Treppenaufgang, in Fußhöhe zeigte eine Scheibe zwei lächerliche Risse.

I'm from Germany, sagte ich, halb um mein Nichtbescheidwissen, halb um mein Mißtrauen zu entschuldigen.

That's great. I lived in Emporia, Kansas, till seven years ago, revanchierte sich Cliff mit seiner geographischen Welterfahrung. Was wohl soviel hieß, er und ich seien bis unlängst benachbart gewesen. Very nice place, und er begann Schutzfolie auf dem Treppenabsatz auszulegen. Larry kannte auch Emporia nicht, aber seine Schwester wohne in Davenport, very nice place too.

Sure, sagte ich.

Am Spätnachmittag erschreckte mich das Telefon. Der Wortschwall einer Männerstimme, next door, verstand ich, und drop by. Es schien mir ratsam, eine Uhrzeit zu nennen. Six o'clock. Es klingelte tatsächlich um sechs, nun wieder an der Haustür. Ein Mann mittleren Alters, ein rundes, zufriedenes Gesicht, Jeans und

T-Shirt. Ich kannte ihn nicht. Er gab sich, als kenne er mich schon seit Jahrzehnten, und zwar bestens, was hieß, daß an meinem Einverständnis mit seinem Anliegen für ihn nicht der geringste Zweifel bestand. Der Begriff *environmental* schien mir ein Schlüsselwort im Fluß seiner Erläuterungen zu sein. Ob es aber lediglich für next door oder ganz Iowa galt, erschloß sich mir nicht. Er legte mir eine Unterschriftenliste vor, wie sie mir aus der Hausgemeinschaft oder von Solidaritätsspenden für Mozambique geläufig war. Die Zeilen waren beschrieben, am Ende standen jeweils vierstellige Zahlen. Mir fuhr der Schreck in die Glieder. Summen? Von Spendenbeträgen! Ich gab mir Mühe, meinem Gesicht den Ausdruck wohlwollenden Interesses nicht abhanden kommen zu lassen. Der Preis für die edle Wohngegend? Die Schriftzeichen erwiesen sich als Straßennamen, die Ziffern als Hausnummern. Ich fügte frohgemut meine 2036 hinzu und unterschrieb erleichtert. Ob für die Forderung nach Wiedereinführung der Todesstrafe in Iowa oder die Lockerung der Lizenz für Waffenerwerb, falls da etwas zu lockern wäre, oder die sofortige Ausweisung aller nicht US-amerikanischen Staatsbürger, blieb mir verborgen. Ich konnte nur hoffen, daß es ohne Konsequenzen bliebe, zumindest solange ich dasein würde.

Aber ich war eigentlich dankbar, daß irgendwas geschah.

Worauf ich überhaupt nicht eingestellt war – ich hatte Zeit. Ich wußte nicht so recht, wohin mit ihr, trotz Seminarvorbereitung und Encyclopaedia Britannica, trotz Sprechstunden für meine Eleven, trotz Briefen an Karin, Silke, Mutter, Gitta, Hezi, selbst an Brottstein schrieb ich einmal. Um mich der blaue Schimmer, den der Teppich abstrahlte, kein Geräusch außer dem unverdrossenen Summen des Kühlschranks. Der Blick zum Fenster hinaus bot die benachbarten reglosen Häuser, durch die Golfrasenmatte auf Distanz gehalten.

Sichtbares Leben fand nur auf dem Campus statt, in den Gebäuden der Departments, auf den Freiflächen dazwischen, vor dem sich wie ein prähistorisches Panzertier aufwölbenden Betondome der Footballarena, auf der terrassenartigen Vorfläche des fensterlosen Theaterbaus. Es war, als schnitte der breite Asphaltgürtel aus Parkplätzen eine Scharte zwischen Campus und College Hill Town.

Nach und nach war den Dingen, und nicht nur den Dingen, einiges von ihrem Glanz abhanden gekommen. Bereits morgens hatte ich an meinem Achtpersonentisch den Anflug nicht eingelöster Versprechungen der knallbunten Cereal- und Kelloggspackungen zu ignorieren. Die soliden, schmucken Häuser, die sich auf dem College Hill Straße für Straße entlangreihten, boten auf Dauer nicht viel mehr als ihre dezente Zurückhaltung im Halbschatten der Erlen, Eschen, Ahornbäume. Satellitenschüsseln waren zwischen den Rhododendronrabatten wie gewaltige metallene Rundohren ausgefahren, von Sternenbannern überflattert. Die anspruchsvolle Breite der Straße verlief sich ohne Ziel. Die propere Gartenstadt entpuppte sich als Garten*vor*stadt, der es an der Stadt mangelte; Hellerau oder Kleinzschachwitz oder eine Mischung aus beidem, aber kein Dresden, statt dessen Shopping-Mall-Areale.

Außerdem wollte mir scheinen, als sei nach meiner Ankunft ein nicht unerheblicher Teil der Studenten ausgewechselt worden, die smarten, sportiven, die den Eindruck lässig-eleganter Lockerheit suggeriert hatten, gegen eine in T-Shirt und Jeans einfallslos nachlässig gekleidete Spezies von wabbelnder Körperlichkeit. Ich fürchtete geradezu, daß mir Cindy oder Ben auch noch verlorengehen könnten.

Nichtigkeiten verschafften mir unvermittelt das Gefühl von Fremdheit. Die Briefkästen zum Beispiel, durch die man in Lebensgefahr gerät, wenn man sie ohne die Umhüllung einer Autokarosse in Anspruch zu nehmen sich anschickt. Ausgerechnet die Leichtigkeit, mit der die Haustür ins Schloß klackte, die ich anfangs, als ich noch die Handhabung der Plasteklinken nachfühlte, bestaunt hatte (so muß eine Tür funktionieren!), machte mich nun mißtrauisch. Nicht nur, daß die Tür leicht schloß, die Tür selber war leicht, die Hauswand war leicht, das ganze Haus war es. Plötzlich lag ich nachts wach in meinem Breitbett in der oberen Etage und meinte zu spüren, daß das Haus in den Schwingungen des Kühlschranks vibrierte. Wenn ich schließlich glaubte, sicher sein zu können, daß sich nichts Bedrohliches tat, fragte ich mich: Wo bist du hingeraten! Und mir war zumute, als beginge ich Verrat, nicht nur an Karin und Silke, sondern an allem, was mein Zuhause ausmachte, an der Wohnung, an der Mühe, die in allem steckte, an all meinem einstigen Tun, an meinem ganzen bisherigen Leben.

Ich tastete fahrig nach der Nachttischlampe. Als der hastige Blick auf die Uhr mir bestätigte, daß die sechs Stunden Zeitrückstand einen Anruf zu Hause zuließen, sprang ich aus dem Bett. Die Treppe lärmte unter meinen bloßen Füßen, so wie ich hinunterrannte, als entschiede jede Sekunde über mein Schicksal.

Obwohl ich keineswegs sicher sein konnte, daß die Gespräche mir wirklich aus meiner Verfassung halfen. Im letzten Brief – übrigens wußte ich nicht, ob es mich freute oder befremdete, daß ein Brief aus Dresden nun Briefmarken trug, auf denen Deutsche Bundespost stand (Motive: 750 Jahre Hannover, Rennsteiggarten Oberhof, Heinrich-Schliemann-Ehrung) – schrieb Karin, sie könne nichts mehr aufnehmen, sie fühle sich überfordert, sie wolle am liebsten zu Hause bleiben und Türen und Fenster zumachen und nichts mehr sehen und hören. Man habe ja alles und jedes zu bedenken, es gebe nichts mehr, was üblich oder selbstverständlich sei, und irgendwann sei die Kraft zum Bedenken erschöpft. Prompt tappe man dann in eine Falle. Aber was einen restlos fertigmache, sei, man habe sich in etwas reingekniet, denke, es helfe einem, neuen Grund unter die Füße zu bekommen, aber statt dessen erweist sich, es ist ein Windei, alles umsonst, man könne manchmal verrückt werden …

Als ich Karins Stimme hörte, wurde mir bewußt, welche gewaltige Entfernung zwischen uns lag. Und so, wie ich mich mit nicht mehr als dem Schlafanzug an ertappte, mußte ich mich hüten, daß mich nicht der Schreck überwältigte, diese Distanz nie wieder zurück zu schaffen.

Es hing von Karin ab, in welcher Stimmung sie mich aus dem Telefonat entließ. Es konnte sein, sie zwitscherte gutgelaunt (so gutgelaunt, daß ich mißtrauisch wurde), bei ihnen sei herrliches Wetter, sie sei auf der Prager Straße gewesen, die sei jetzt voller Cafés, wie Gartenlokale mit Außentischen, lauter große Schirme ausgespannt, von Coca-Cola und Biermarken, Heineken oder wie die hießen, und die Leute seien entspannt, ausgelassen. Eine Atmosphäre, so stelle sie sich Italien vor. Sie dürfe gar nicht an den Oktober denken, wie es da auf der Prager zugegangen sei, es käme ihr fast unwirklich vor. Breitschneiders hätten sich einen Gebrauchtwagen zugelegt, einen Ford, vier oder fünf Jahre alt, aber wie neu, aus Hildesheim von einem Gebrauchtwagenhändler... Ach so, noch mal zur Prager Straße, da zögen sie ein neues »Riesenkaufhaus« hoch, man könne geradezu zusehen, wie schnell das ginge, Dresden werde wieder eine Stadt. Am Montag führen sie alle – die Kulturschaffenden, aber so hießen sie nicht mehr – nach Stuttgart, eine Kennenlernfahrt... Ebensogut konnte ein Wort wie Kennenlernfahrt ihre Gemütslage auch völlig zum Umschlagen bringen, insofern ihr nicht vom ersten Wort an Unmut, Gereiztheit anzuhören war: Na, da lernst du was kennen! Ja, ja, manche in Stuttgart seien unheimlich freundlich gewesen, hilfsbereit, aber die anderen, die hätten sie wie Hilfsschüler behandelt. Und so würden sie auch in Dresden auftreten. Die Dresdner seien eingeschüchtert, die benähmen sich manchmal auch so, als könnten sie nicht bis drei zählen.

Ich hatte es ja auch noch erlebt. Die DDR war kaum offen, da tauchten laufend irgendwelche Leute im Institut auf, Westdeutsche. Alle voller mitfühlender Skepsis, was die Perspektive des Instituts betraf. Staatsfinanzierung, von der wir existiert hätten, die könnten wir vergessen. Freundliche, durchaus seriös erscheinende Männer vom Bundeskraftfahrzeugamt oder Kraftfahrzeugtechnischem Bundesamt, auf jeden Fall aus Düsseldorf. Sie erwogen die Möglichkeit, einige von uns zu übernehmen, mich als Straßenbahner aber wohl kaum. Ein sich nicht weniger seriös gebender Herr lud in unseren Versammlungsraum und hatte auf einem quergestellten Tisch dreißig oder fünfzig Flaschen, Tuben und Spraydosen aufgebaut. Putz- und Poliermittel. Und bemühte sich nicht ohne Geschick, uns zu Vertretern und Vertreibern seiner Angebote zu überreden. Erstens, was der Osten am nötigsten habe, sei etwas Politur, etwas Glanz. Zweitens, Produktion im Osten, die habe sich erledigt. Was hier bei uns gebraucht werde, das decke der Westen allemal ab. Verteilung und Vertrieb, das seien die Aufgaben, die auf uns zukämen, darin lägen unsere Chancen. Aber nicht ewig. Wer zu spät kommt – da könne er Gorbattscheff (mittig betont) nur beipflichten … Als ich nach Hause kam, steckte im Briefkasten eine Benachrichtigung, ein Einschreiben auf der Post abzuholen; es enthielt, wie sich dann zeigte, die Tickets nach Iowa. Statt Scheuermittel Iowa! Keine Frage, ich hatte in dem Tohuwabohu das große Los gezogen!

Karin hatte die Einladung nicht so recht behagt. Ob es an der Ferne lag, in die ich mich entzog, oder an der Dauer der Abwesenheit, die sie zur Folge hatte, oder ob ihr mißfiel, daß die Reise von Gitta ausging, der gegenüber sie verhaltene Eifersucht nie ganz loswurde. (Cousine unter ferner liefen sei sie, eure Mütter waren Cousinen! Früher hätten sich überhaupt nur solche Cousins und Cousinen geheiratet!) Ich fragte mich auch, ob sie sich womöglich zurückgesetzt fühlte, nicht von Gitta, sondern vom Schicksal, weil sie meinte, ihr als Kulturschaffender stehe eine solche Einladung eher zu als mir, dem Ingenieur. Mit traurigem Gesicht hatte sie mir vorgehalten, was mir an Voraussetzungen fehle, daß ich keinen Faulkner, keinen Saul Bellow, keinen Kerouac gelesen hätte, von Whitman oder Ginsberg (böhmische – wenn ich das geographisch so falsch sagen kann – Dörfer für mich) ganz zu schweigen. Geradezu bittend hatte sie mir den Roman *Der Held vom Jackson-College* aufdrängen wollen, den ich jedoch, weil er in der DDR erschienen war, ablehnte. (Was die DDR mir über amerikanische Universitäten eintrichtern will, das kann ich mir schenken!) Ich hätte nicht mal die Ahnung von Amerika, die ich haben könnte, warf Karin mir vor. Ich ersparte mir, mich mit Lederstrumpf, dem Abenteurer des Schienenstrangs oder dem Alten Mann und das Meer zu verteidigen, zumal der sich mit dem Großfisch ja vor Kuba abgeplagt hatte. Ja, ich habe keine Ahnung, sagte ich trotzig. Dennoch hätte ich das Recht, nach Amerika zu wollen.

Zu meinem vierzigsten Geburtstag hatte mir Karin eine schwülstig illustrierte Ausgabe von Jules Vernes *Reise um die Erde in 80 Tagen* geschenkt. Silke streckte mir den in Papier mit grellem Sonnenblumenmuster eingeschlagenen Wälzer entgegen. Als Widmung hatte Karin hineingeschrieben: »... und verstehe die Freiheit, aufzubrechen, wohin er will. – Hölderlin«. Damit du deine Welt hast, sagte sie und küßte mich.

Aber es war wohl nicht ganz so wörtlich gemeint. Oder gönnte sie mir die Welt nur als Buch? fragte ich mich nun. Und weiter: Legt sie sich womöglich gar für Wilfried ins Zeug und sieht in ihm das eigentliche Opfer der Ungerechtigkeit! Ihm bestritt ich jedoch jedes Recht, mich auch noch in der Ferne, und sei es nur gedanklich, zu behelligen! Obwohl er das tat. Und zwar gerade dadurch, daß er sich selbst den Anspruch auf Amerika, das heißt die USA, absprach. Es war vielleicht zwei Wochen vor meiner Abreise. Er saß wie immer auf einem der Schalensessel, als quäle er sich. Er erklärte umständlich und halb als Entschuldigung gemeint, daß es manchmal Einzelheiten seien, die einem das Bild von etwas für immer prägen. Dann kam er zur Sache. Es stehe ja mittlerweile außer Frage, daß Allende im Auftrag von US-gesteuerten Kräften, wenn nicht gar direkt vom CIA umgebracht worden sei. Und Allendes engster Freund, Vertrauter, Gesinnungsgenosse im besten Wortsinn sei Neruda, der große, großartige Neruda gewesen. Zugunsten Allendes habe er auf seine Präsidentschaftskandidatur verzichtet. Mit dem Ergebnis, daß die Präsidentschaft Allende das Leben gekostet habe. Und Neruda, der sei ihm daraufhin gleichsam in den Tod gefolgt, wenn auch, falls man das so sagen könne, auf natürliche Weise. Diese beiden Tode könnten die ganzen USA nicht wiedergutmachen... Ich weiß nicht, ob ich abgewinkt hatte, wohl doch nicht. Ihr Dichter unter euch, ihr habt's nicht leicht, hatte ich im Vorgefühl meiner Reise mit herablassendem Selbstbewußtsein gesagt. – Aber nun, da Karin von weit her und unwillig zu hören war, stellte sich nicht nur die Erinnerung an Wilfrieds Worte her, sondern es fuhr der Schreck in mich, weil ich Karin ihm überlassen hatte, inmitten all der sich überstürzenden Vorgänge. Hatte Karin einfach recht, als sie mich beschwor, wo so etwas wie bei uns stattfinde, der Zusammenbruch einer Gesellschaft – das sei nur mit dem Ende des Kaiserreichs oder der französischen Revolution vergleichbar! –, etwas historisch so Außerordentliches, da *dürfe* man nicht verschwinden. Doch wenn ich es nicht erfühlte oder begriffe…

Ich konnte mich allerdings nicht des Eindrucks erwehren, sie nutzte nun die Telefonate, um zu beweisen, wie recht sie hatte. Wenn sie in einer Mischung aus Enttäuschung und Unwillen davon sprach, daß Betriebe reihenweise plattgemacht würden, spürte ich, wie mir zwar unbehaglich wurde, aber wie sich noch energischer etwas in mir wehrte, in das, wovon sie sprach, mit hineingezogen zu werden. Ich lebte in einer anderen Welt, und ich wollte, daß diese Welt galt. Macht nichts, rief ich in den Hörer. Ich komme mit 'nem Batzen Geld wieder. Und zwar Dollar! – Tatsächlich sah ich in Abständen in der Wäsche in meinem Koffer nach, ob der Scheck und das Bündel Dollarscheine, das Fred auf einer Bank für mich eingelöst hatte, noch da waren. Weniger aus Furcht, daß es verlorengegangen sein könnte, ich mußte sie einfach sehen und in die Hand nehmen!

Na, dann komm man erst. Mißtrauen und Herausforderung waren in Karins Stimme unüberhörbar.

Ich weigerte mich, mich von ihrer Stimmung anstecken zu lassen. Wart's nur ab, ich zeig euch, wie der Hase läuft.

Zwei Sekunden lang reagierte Karin mit wortloser Verachtung. Ich spürte sie über die zehntausend Kilometer hinweg. Du hast vielleicht eine Ahnung! Von hinterm Mond kommst du!

Mitunter schaffte sie es tatsächlich, daß ich mich so fühlte. Das beste nach solchen Telefonaten war – und sei es zu noch so mitternächtlicher Stunde –, wenn ich mir zwei Weißbrotscheiben in den Toaster legte und der Rauchmelder losging. Damit überhaupt etwas um mich her geschah.

Als der Rauchmelder sich wieder beruhigt hatte, fragte ich mich, ob ich Karin nur angerufen hatte, um meinen Traum wieder loszuwerden: Ich weiß nicht, aus welchem Grund ich zwischen die Gebäude der technischen Fakultäten auf dem Campus geraten war. Vielleicht fühlte ich mich aufgrund meiner Ingenieursherkunft verpflichtet, mich dort mal umzusehen. Aber plötzlich interessierten mich nicht die Departments und was sich dort tat, sondern die Topographie des Geländes, denn sie erklärte den Namen College Hill, den ich bisher gedankenlos benutzt hatte. Nun sah ich, daß das Universitätsareal, sozusagen auf seiner Rückseite, zum Cedar River abfiel. Ein Sandweg, den derbe Wurzeln durchwucherten, führte in fast hochgebirgsartiger Steilheit hinab. Eine Steinbrücke, die mir grau und massiv etwas Erzgebirgshaftes an sich zu haben schien, stieß unten auf die Straße, die auf der anderen Seite des Flusses in weit ausholendem Bogen die Höhe nahm. Dahinter lag die Down Town. Die gedrängten Dächer, aus denen zwei spitze Kirchtürme und einige Schlote ragten, hatten vom College Hill aus ebenfalls etwas Heimatliches an sich. Ein Eindruck, den der Campus und der gartenstadtartige Teil von Randers um ihn herum bei mir nicht hervorgerufen hatten.

Die Brücke überquert, den buchenbewachsenen Hang des College Hill im Rücken und ein paar Schritte weiter gegangen, hatte sich allerdings alles Heimatliche erledigt. Ob die Tankstelle, die auf der rechten Seite die Down Town einleitete, überhaupt betrieben wurde, war ich mir nicht sicher. Indem ich den Gebäuden näherkam, entpuppte sich jedes zweite als leere Fassade. Die Straße war, abgesehen von den unentwegt auf ihr hinrollenden Autos, fast unbelebt. Ich ging automatisch weiter und befand mich mitten in Verfall und Verwahrlosung, in einer so intensiven Form, wie ich sie nicht kannte. Eine Ansammlung ramponierter zwei- und dreistöckiger Häuser, die Fenster reihenweise blind oder vernagelt. Auf dem schadhaften Fußweg häufte sich Unrat. Ich mußte zerfetzte blaue Müllsäcke umgehen, aus denen Abfall quoll. Die ersten beiden Schaufenster waren innen mit zerschlissenen Planen verklebt. Hinter dem nächsten stand ein Mann, das graue Haar im Nacken zu einem Zopf gebunden, und starrte hinaus, ohne Anzeichen, mich wahrzunehmen. Barbershop las ich auf einem abblätternden Schild über der Tür. Im nächsten Schaufenster stand Repair; was repariert wurde, war weder erklärt noch erkennbar, rostbraune Vorhänge verhängten den Blick. Auf der Straße zeterte eine dicke schwarze Frau mit einem Jungen, der fünf Schritte um sie herum hampelte. Die vereinzelten Leute auf der Straße waren einschüchternd. Kein Gedanke lag mir ferner, als mich wie auf dem Campus von Aquarienfischen umwedelt zu sehen. Um ein Ziel zu haben, ging ich in die Greyhound-Station. Es war ein schäbiger schlauchartiger Raum, der in Düsternis führte und mich trotz der verblaßten Plakate und der von Fingerspuren verschmuddelten Fahrplananschläge auf den militärgrünen Wänden an die Tristheit eines HO-Gemüseladens erinnerte. Drei, vier Leute standen herum, halb einander zugewandt; ob sie auf einen Bus warteten oder aus welchem sonstigen Grund sie sich in dem Raum aufhielten, war mir nicht ersichtlich.

Can I help you? Eine matte Freundlichkeit schwingt kehlig in der Stimme des Schwarzen hinter dem Schalter. Er hat einen weiten grobmaschigen Rollkragenpullover an, der offensichtlich seine Korpulenz kaschieren soll.

Ich erfrage die Abfahrtszeiten nach Des Moines. Außer Des Moines fällt mir, unvorbereitet wie ich bin, kein mögliches Ziel ein. Als Hauptstadt von Iowa kommt ihr das Erstrecht des Einfalls zu. Sunday, füge ich noch schnell hinzu, um mich glaubwürdiger zu machen. Der Mann langt mir mit einer trägen Drehung zum Regal an der Rückwand einen Handzettel zu. Als ich mit scheinbar interessiert auf den Zettel gesenktem Blick wieder zur Tür schlendere, um besseres Licht zu haben, geht neben mir ein Geknatter los. An der Wand steht ein Videospielcomputer. Ein jugendlicher Halbschwarzer hantiert hingefläzt daran herum. Auf dem Bildschirm zucken rotgelbe sternartige Blitze auf, die soldatisch grüngekleidete, wie vom Fließband ausgestoßene Figuren auf einem Dach einen nach dem anderen zerplatzen lassen.

Draußen gelingt es mir, die Brücke über den Cedar River wiederzufinden. Als ich auf den Weg unter den Buchen hinauf zum College Hill einschwenke, werde ich den Hang hinauf immer schneller und wage nicht, mich umzublicken.

Noch etwas anderes hatte mich am zurückliegenden Tag durcheinandergebracht. Cathreen – ohne den Feuervogel am Busen, sie trug ein anderes verwaschenes T-Shirt – hatte sich in der Cafeteria zu mir an den Tisch gesetzt. Es war nicht unüblich, daß mich der eine oder andere meiner Hörer um ein Gespräch und einige weitere Erklärungen dessen bat, wovon im Seminar die Rede war. Behutsam wandte sich Cathreen an mich, ob sie mir eine Frage stellen dürfe. Innerlich rief ich vorsorglich den Stoff auf, den ich in der Stunde referiert hatte, am ehesten war ich auf eine Frage zur Reformation gefaßt, die ich, in groben Zügen, als Auslöser einer frühen deutschen Teilung beschrieben hatte. Die eben überwundene Teilung hatte ich eine deutsche Herausforderung genannt, von der man nur hoffen könne, daß es die letzte dieser Art sei. Cathreen musterte mich mit weichem Blick aus ihrem weichen Gesicht und fragte, ob ich, so wie wir im Kommunismus geschult worden seien, an die Darwinsche Evolutionstheorie glaube.

Ich war einigermaßen perplex. Glaube? fragte ich zurück. Na, Glaube könne man das nicht gut nennen, sagte ich, indem ich mich sammelte und etwas herablassend lächelte.

Sie habe sich, während ich das Seminar hielt, immer Gedanken gemacht, was ich für ein Mensch sei, wie ich die Welt verstünde. Für einen Kommunisten hielte sie mich eigentlich nicht, aber von Gott und den heiligen Sakramenten und dem christlichen Fundament des Lebensverständnisses, das ja nötig sei, um Ostdeutschland und ganz Osteuropa an den Westen heranzubringen, spräche ich auch nicht.

Cathreen hatte die Ellenbogen seitwärts ausgefahren, lagerte massig auf ihren Unterarmen und fixierte mich mit heiterer Zudringlichkeit. So dicht ihrer Fleischlichkeit ausgesetzt, schoß mir durch den Kopf: Gott (ich dachte tatsächlich Gott), sie sehen, und man könne tatsächlich fast glauben, der Mensch sei aus einem Erdklumpen geformt! Natürlich schämte ich mich sofort des Gedankens und wurde wohl rot! Oh, Cathreen, zu meiner Überraschung war ich dennoch ebenfalls ganz heiter, es gäbe vieles, worüber zu reden wäre, zu vieles! Fred hatte mich gewarnt: Laß dich mit Cathreen nicht zu sehr ein! Und schallend aufgelacht.

Als ich ihm von der Begegnung mit ihr erzählte, lachte er wieder. Wir waren auf dem kurzen Weg zu Johnny's Inn. Es war Freds bevorzugtes Abendziel, eine Restauration im Blockhausstil, schweres Holzmobiliar, matte Beleuchtung. Ich ließ mir den Hauch von Saloon und Wildem Westen gerne gefallen, trotz der beiden Fernseher, einer über der Theke, einer zwischen den Fenstern, so daß man ihnen und dem nicht endenden Football- oder Baseballgerenne, das über sie hinwischte, beim besten Willen nicht entgehen konnte. Die Unkenntnis der Regeln schützte mich vor ihrer Imaginationskraft. Wir bestellten einen Pitcher von dem schaumlosen Dünnbier und halfen mit ein, zwei Whiskeys on the Rocks nach.

Wir standen am brusthohen Holztresen. Auf der halbmeterbreiten pultartigen Abschrägung lag eine aufgeschlagene Geldmappe. Ich mußte den Ellenbogen einziehen, mit dem ich mich abstützen wollte, um nicht die darin steckenden, korrekt nach Wert sortierten, zugriffoffenen Dollarscheine, wie bei den Schaffnerinnen früher die Fahrscheine in den Klappmappen, durcheinanderzubringen. Es war die Kasse der Serviererin. Wenn sie das von den Burschen hinterm Tresen vorbereitete Tablett griff und im Gewühl verschwand, lümmelten Studenten über der Mappe; wenn sie, ebenfalls eine Studentin, wiederkam, gaben sie die Mappe frei. Das Mädchen steckte auf das eine Stäpelchen Dollarscheine dazu und nahm vom anderen welche herunter, um der offenen Geldmappe abermals den Rücken zu kehren.

Das geht gut? fragte ich Fred nicht ohne Staunen.

Wer zwölftausend Dollar fürs Semester hat, hat auch den einen für'n Drink, erklärte er. Hier wird nicht vulgär betrogen, Faustrecht gilt woanders. Du befindest dich in einer Sportnation. Ein Zustand, der dir vertraut sein dürfte. Dieses Land sei aufgeteilt in Spielfelder. In jedem gelten andere Regeln, und zwar strikt. Und eines grenze oft hart ans andere. Die Grenze könne eine imaginierte sein oder eine reale wie der Cedar River zwischen College Hill und Down Town.

Ich glaubte mich verhört zu haben. Aha, sagte ich, gut zu wissen.

Regelverstöße können einen schon teuer zu stehen kommen. Einige Grundregeln würden allerdings überall gelten. – Fred war gut drauf: Erstens: Die USA sind das Allergrößte, als Staat und als Idee. Zweite Regel: Dein Schicksal hängt von dir selber ab. Drittens: Glück ist Geld, und Geld stinkt nicht. Davon hätten wir ja bereits gesprochen. Und viertens: Das alles ist Gottes Wille! Aber das brauche er nach meinem Tête-à-tête mit Cathreen nicht mehr zu betonen.

Um mich besonders vormittags gegen den Überfluß an Zeit zu wehren, versuchte ich, mir den Fernsehapparat dienstbar zu machen. So wie ich an Wasserarmaturen gescheitert war, kamen mir Zweifel an meinen Voraussetzungen, einen Fernsehapparat bedienen zu können. Ich drehte das Gerät hin und her und tastete das Gehäuse nach einem Schalter ab, mit dem die Frequenzen zu wechseln seien. Ich war der Annahme, auf dem Wellenbereich mit Sendern für Kinder- und Zeichentrickfilme, Sport- und Werbesendungen gelandet zu sein. Es waren unnötige Bemühungen, es gab keinen anderen Wellenbereich. Ich entschloß mich schließlich, Inspektor Gadget in meinen vier Wänden ermitteln zu lassen. Allerdings versetzte er sie nach London, wo geraubte Kronjuwelen aufzutreiben waren, so daß mir Zweifel kamen, ob eine Beteiligung an der Suche in meiner gegenwärtigen Situation für mich Sinn haben könnten.

Mit dem Sender, auf den ich irgendwann wechselte, entfernte ich mich noch weiter von Iowa. Er führte mich zeitlich in den Oberjura, also an die 150 Millionen Jahre zurück, und räumlich in die Solnhofener Plattenkalksteinbrüche, aus der Sicht der universitätsbediensteten Glaser quasi vor meine Dresdner Haustür, worum es mir denn auch nicht ging. Auf dem nächsten Sender robbte eine Kompanie weiblicher Soldaten mit geschwärzten, aber nichtsdestotrotz lüsternen Gesichtern durchs Unterholz auf mich zu, schwang sich über Eskalierwände, und ich mühte mich, einen Handlungsfaden in dem Geschehen zu erkennen. Was vergeblich war und sein mußte, wie mich Fred wissen ließ, da es sich um einen Werbefilm für Soldatinnen handelte.

Mit Freds Hilfe gelang es mir, auf Nachrichten zu stoßen. Deutschland – ein Wort, das mir gedanklich immer noch nicht ohne inneren Widerstand gelingen wollte und dem ich für seine Verfremdung in Germany dankbar war – kam immer weniger vor. Dem, wovon sonst die Rede war, einen Sinn zu entlocken, war oft von kränkender Vergeblichkeit.

Wenn mein Selbstwertgefühl wieder mal dabei war, mich im Stich zu lassen, mußte ich mich zusammennehmen, um nicht den Wunsch, lieber dem Sendeauftrag des Fernsehfunks der DDR ausgesetzt zu sein, von mir Besitz ergreifen zu lassen. Einzig der Wetterbericht mit rainy, cloudy, sunny und windy, mit seinen Highs und Lows vor dem Hintergrund der USA-Karte und der sich davor wie in einem Fitneßstudio verausgabenden Wetterprophetin, die nicht nur meteorologisch informierte, sondern durch klangvolle Stimmodulation auch ihrem Mitempfinden Ausdruck gab – *mooooore rain* und *sooo much colder* –, verhalf mir einigermaßen auch über meine seelischen Tiefs hinweg.

Eine Mischung aus Respekt und Mitleid ließ mich schließlich mit spitzen Fingern nach den drei Chamisso-Bänden angeln. Der erste Band fiel mir gleich wieder aus der Hand, er enthielt außer der Lebensbeschreibung nur Gedichte. Den zweiten beiseite zu legen, war ich zögerlicher. Ich hatte die *wundersame*, wie es hieß, Geschichte von Peter Schlemihl, der seinen Schatten verkaufte, vor Augen. Infolge Piets Behauptung, beim Schlemihlschen Schicksal handele es sich um eine Vorwegnahme des ostdeutschen, sah ich mich zwar zu einer gewissen Neugier verpflichtet, zum Lesen konnte ich mich aber doch nicht überwinden. Mit dem dritten Band ließ ich es auf einen Versuch ankommen. *Von Unalaschka nach Kalifornien. Aufenthalt zu San Francisco.* Allerdings zu mehr, als daß es für die Frage reichte, was mir die Sache mit den Salutschüssen und der Interimskommandantur des Don Luis de Arguello von vor zweihundert Jahren heute noch sollte, reichte meine Lesebereitschaft doch nicht. Mit Beunruhigung nahm ich zur Kenntnis, daß die Russen selbst in Kalifornien Fuß gefaßt und eine Station errichtet hatten. Das eigentliche Ergebnis der Lektüre war, daß ich Mitleid mit Piet empfand. Es kam mir denn doch als eine existentielle Fehlleistung vor, im tiefen Iowa den Sinn seines Daseins an einen Dichter zu binden, dessen Spur im Lauf der Zeit, so wie er Amerika mit dem Dreimaster den Rücken gekehrt hatte, verdämmert ist. Für den ganzen Rest der Welt, von Teneriffa bis Brasilien, von den Sandwichinseln bis zum *Vorgebürge* der Guten Hoffnung, von dem in den Büchern die Rede war, hatte ich keinen Nerv.

Es erschien mir dringender, mit dem Ort meines gegenwärtigen Aufenthalts zurechtzukommen und die Bemühungen um meine Sprachkenntnisse, mit denen ich ja bereits auf O'Hare begonnen hatte, fortzusetzen. Ich ließ mich auf Blickkontakt zu den englisch verfaßten Druckerzeugnissen in den Regalen ein, mit denen Freds Office gepanzert war und zu denen ich bisher scheel Abstand gehalten hatte. Ich wählte mit gebotener Bedachtsamkeit aus. Als Auftakt schien mir eine Art Lehrbuch – *Elements of Literatures* – angeraten. Es setzte allerdings mit dem irritierenden Abschnitt *Facing Monsters* ein. Danach folgten dann doch Überschriften, die mir Texte mit näherliegendem Sinngehalt versprachen: *The Washwomen.* (Isaac Bashevis Singer hieß der Verfasser.) Wegen seiner

Kürze ließ ich mich auch von einem *Poison* (Roald Dahl) betitelten Text nicht abschrecken. Etwas, das *Happy Days* übertitelt war, enthielt das schwergewichtige Werk nicht. Dann wagte ich mich an Jack London – *To Built a Fire*. Schließlich, allerdings zögerlich, an Hemingway – *The Old Man and the Sea: He was an old man who fished alone in a skiff in the Gulf Stream and he had gone eighty-four days now without taking a fish*. Ich verstand und las weiter, schließlich brauchte ich nicht viel mehr als ungefähr ein Dutzend Mal nachzuschlagen. Und als ich beim letzten Satz angekommen war: *The old man was dreaming about the lions*, legte ich das Buch auf das Satinkissen neben mich, lehnte mich in die Weichheit des Sofas zurück, streckte die Beine über die Azurbläue des Teppichs, breitete die Arme in ganzer Länge auf der Kante der Rückenlehne aus und hatte das Gefühl, als sei ich eingetaktet in meine neue Umgebung, als gehörte ich nun dazu, zu diesem anderen Land.

Es stimmte, und stimmte natürlich nicht. Die abendlichen Partys sollten es mir bewußt machen. Auch für sie galten Regeln. Auf den Einladungen war die Zeit präzise angegeben, 6.00 p.m.–7.30 p.m. Daß ihr Ende feststünde, sei das beste an ihnen, sagte Fred, verdrehte die Augen und startete den Volvo.

Ich konnte mich freilich des angenehmen Gefühls, willkommen zu sein, dennoch nicht erwehren. Man gratulierte mir, als sei es durchaus mein Verdienst, daß die Mauer verschwunden war und was sich sonst in Deutschland tat. Ich genoß die mit ernster Freundlichkeit auf mich gerichteten Blicke, wenn ich mich in Schilderungen erging, in der einen Hand den Plastikbecher, in der anderen den Pappteller mit Brokkoli, Möhrenstreifen, Chicoreeschnitzeln, die ich ins Blue Cheese Dressing stippte. Ich hatte inzwischen meine englischen Standardformulierungen parat. Ich kam mir wie ein Schauspieler vor, der seine Rolle repetierte. Solange ich das Wort hatte, ging es gut. Den Sinn der Erwiderungen zu deuten brachte mich dagegen in Verlegenheit.

Mitunter blieben mir Themen gänzlich verschlossen. Einmal scheiterte ich am Kernbegriff *Snaaahb*, der zu allgemeiner Ereiferung führte. An der Heftigkeit, mit der aufeinander losgegangen wurde, war ersichtlich, daß man verschiedener Ansicht sein konnte. *Die Grenzen meiner Sprache sind die Grenzen meiner Welt!* Auf mein Eingeständnis während der Rückfahrt sagte Fred ungerührt: Du hast nichts verpaßt.

Die Ausbeute an geistigem Zugewinn auf den Partys war tatsächlich nicht immer erheblich. Auch die Laborleiterin, die Libanesin, lud ein. Sie war von damenhafter Erscheinung, schwarz gekleidet, womit sie mich auf respektvolle Distanz hielt. Der Tulpen-Hyazinthen-Strauß, den Fred mit den Worten *Das ist hier kaum üblich* quittierte, war kein Fehler. Allerdings versenkte die Hausherrin ihn in einer hüfthohen Alabastervase, der die Blumen im wahrsten Sinn des Wortes nicht gewachsen waren. Das Haus entsprach der Erscheinung seiner Bewohnerin, Mahagonimobiliar in Schleiflack, schwere, stilvolle Orientteppiche, ein exotisches Büfett, Meeresfrüchte in allen Versionen, gediegenes Porzellan, kein Pappgeschirr. Und die Zusammenkunft schien eine Verabredung Abgesandter aller Weltteile zu sein. Mr. Gopal, der Inder, war da, die Südafrikanerin, der mathematische Philippino, selbst ein Schwarzer war anwesend, als meterhohe Ebenholzfigur, die sich verzweifelt die Hände vors Gesicht geschlagen hatte. Othello, identifizierte ihn mir die Libanesin.

Die Leute auf ihre Herkunft anzusprechen erschien mir nicht nur als guter Einstieg in einen Smalltalk, ich tat es auch aus geographischem Interesse und um mich der Welthaltigkeit zu vergewissern, in die ich geraten war. Aber ich stieß auf eine merkwürdige Zurückhaltung. Der Philippino sagte mir mit entschiedener Freundlichkeit, nachdem ich ihm gerade noch entlocken konnte, daß er aus Davao auf Mindanao stamme: I'm american citizen. Nur die Portugiesin, eine nicht ganz schlanke, temperamentvolle Frau, die ständig das grünseidene Umschlagtuch über ihren bloßen Schultern korrigierte, zählte bereitwillig alle Länder auf, in denen sie sich aufgehalten hatte, und es waren so gut wie alle. In all diesen Ländern wurde offensichtlich ein und dieselbe Sprache gesprochen, eine Mischung verschiedenster Idiome außer Portugiesisch und Englisch. Sie meinte mit mir Deutsch zu reden, und wenn ihr ein Wort auf Englisch unterlief, das ich endlich verstand, entschuldigte sie sich, englisch.

Das Gespräch, das nach dem Büfett, als sich alle in einem zweiten Raum auf Sessel und Sofas verteilt hatten, in Gang kam und dem ich in Anbetracht solch welthaltiger Runde voller Erwartung entgegensah, drehte sich um Kosmetik und weitete sich zu Körperpflege im allgemeinen aus. Zwei, drei Auflacher, bei denen sich die Portugiesin hervortat, ließen mich darauf schließen, daß es nicht frei von Anzüglichkeiten ablief.

Als es danach um den drohenden Umzug des Departments aus Tailor Hall in ein am äußersten Rand des Campus gelegenes Gebäude ging, das sie abschätzig Squirrel Trap nannten, konnte ich hinlänglich folgen. Es beglückte mich derart, daß ich eine Gesprächsstockung nutzte, um meinen Englischfundus zum Zwecke einer möglichen Äußerung durchzugehen, und zu meiner Überraschung fündig geworden, rief ich lauter als beabsichtigt in die Runde: *We shall overcome!* Und erntete großen Erfolg.

Der heikel war. Mein Englisch wurde prompt wieder der Kategorie *quite excellent* zugeordnet, mit der Konsequenz, daß man sich von sprachlicher Rücksichtnahme entbunden sah. Falsche Rücksichtnahme verbot sich ohnehin, um mich nicht durch Unterschätzung zu kränken. Die Hinterhältigkeit bestand darin, daß ich selbst der Überschätzung anheimfiel. Sie erledigte sich freilich bei der erstbesten Gelegenheit wieder. Brian, Geschichtsprofessor und ständiger Teilnehmer der Partys, rief mir am nächsten Tag auf dem Departmentflur aus seiner Zweimeterhöhe und zehn Schritt Entfernung über das Gedränge etwas zu. Excuse me, sagte ich zu ihm hinauf, als er an meiner Seite war. I didn't understand, what you said to me. Seine Augen nahmen eine solche Größe an, daß nichts sonst von seinem Gesicht mehr übrig blieb. Es fiel ihm schwer, seinen hastenden Schritt abzubrechen.

Can you repeat once more, please, sagte ich, während er mit einem Ausdruck von Willensanstrengung seinen Großschritt endgültig stoppte.

How are you, grummelte er irritiert zu mir herab.

Die nächste Einladung komplimentierte mich ins Stuff House. Die Gastgeber wären very honored, wenn ich ihnen die Gelegenheit zu einer Begegnung gewährte. Fred tat etwas geringschätzig, als er mir die Einladung über seinen Schreibtisch zureichte. Mittlerweile habe sich meine Anwesenheit bis zu den Ingenieuren herumgesprochen; sie sähen sich mehr oder weniger verpflichtet... Das könne ich en passant erledigen. Er sei in Ann Arbor, Michigan.

Das Stuff House, eine gediegene hölzerne Villa, pastellblau gestrichen, lag etwas abseits im parkartigen Gelände. Im Foyer nahmen einen honiggelbe, knarrende Dielen auf. Ich wurde von zwei distinguierten Herren erwartet und in eine halbrunde Veranda geleitet, die von Licht durchflutet war und in der sich die knarrenden Dielen fortsetzten. Den Raum füllte in seiner Länge eine mit einer beigefarbenen Damastdecke bezogene Tafel, auf der Weinflaschen und Gläser plaziert waren, und beiderseits reihten sich etwa fünfzehn sich ebenfalls würdevoll gebende Leute. Ich erschrak, denn ich war in Jeans, T-Shirt und meinen weißen Klettverschluß-Tennisschuhen erschienen. Ich war halbwegs erleichtert, als ich erst einmal in der Mitte der Tafel saß und meine Aufmachung nur noch teilweise im Sichtfeld war. Mit respektvoller, etwas steifer Geziertheit lief auch alles weitere ab, die Art, wie ich begrüßt wurde und wie man sich vorstellte. Man stellte sich gründlich vor. Es handelte sich um Einführung in das vom Redenden zu verantwortende Aufgabengebiet: Der erste, der sich erhob, ein schwerer, zum Glück langsam sprechender Mann, hatte mutmaßlich etwas mit der Erkundung von Lagerstätten zu tun, wie ich geographischen Angaben (Duluth) und einigen deutbaren Vokabeln (mineral) entnahm. Aber wie sollte ich, der ich bereits an Brians How-are-you gescheitert war, Ausführungen über Fördertechnologien zu folgen in der

Lage sein, was mir schon im Deutschen Grenzen gesetzt hätte. Der zweite, ein kleiner, pfiffig wirkender Mensch – was mich zu dem Irrtum verleitete, seine Äußerungen seien mit launigen Bemerkung durchsetzt – hatte mutmaßlich mit hydrodynamischer Kraftübertragung zu tun. Ich entnahm es Begriffen wie hydrodynamics, hydrography und hydrostatics, aber seine Leistung, auf die er Wert legte, bestand darin, mit dem Fahrzeughersteller Olson fabelhaft zu kooperieren. Vom dritten war ich überhaupt nicht in der Lage, irgend etwas zu deuten. Er reichte mir jedoch eine knallgrüne Mappe mit Unterlagen zu seinem Arbeitsgebiet über den Tisch zu. Wie ich daraus später enträtselte, beschäftigte er sich mit Falt- und Klapptechnologien für Behälter, Gefäße, Möbel, Türen, Fenster, Boote, alle möglichen Baugruppen, was auch immer sich falten oder klappen ließ. Beim vierten, dessen Aufmachung aus tiefschwarzem Jackett und weißem Oberhemd und dessen gestenreiches Agieren mir einen Oberkellner suggerierten, kapitulierte ich hemmungslos. Er war statistischer Mathematiker und überschüttete mich mit Berechnungsmethoden, Korrelationen, mit Zufallsgrößen und Wahrscheinlichkeitstheorie. Er leistete sich tatsächlich Späße, indem er zur Erheiterung der anderen unsinnige Abhängigkeiten konstruierte, zwischen Pilzvergiftungen und Abtreibungen, zwischen Niederschlagsmengen und den Ergebnissen von Abschlußprüfungen, soweit ich es verstand. Als es um mein Thema ging, »The Unavoidable Disaster of Real Socialism« und was daraus geworden war, ein Gesamtdeutschland, hatte er sofort alle nur denkbaren Zahlen parat, die deutlich machten, welch enormen *push* das gesamtdeutsche Potential erhalten habe. Natürlich wußte er, an wievielter Stelle in der Welt nun Deutschland nach der Einwohnerzahl und der Fläche stand, auch bei den Werten, auf die es ankomme, nach dem Bruttosozialprodukt, absolut und je Einwohner, nach dem Welthandelsanteil, unterteilt nach Aus- und Einfuhr, nach Kapital und Vermögen. Die Werte variierten lediglich zwischen Platz eins und drei. Und das Gespräch wurde ernst. Mit unveränderter Freundlichkeit im Gesichtsausdruck sagte der Oberkellner, der sich wieder gesetzt hatte, Deutschland sei ab sofort ein Faktor von neuem Gewicht in der Weltpolitik, von dem man noch nicht sagen könne, wie es sich auswirken werde. Der Hydrauliker sprach aus, was der Mathematiker lediglich angedeutet hatte, daß Deutschland im Lauf der Geschichte, wenn sein Potential einen kritischen Punkt überstiegen habe, ungute weltpolitische Konsequenzen ausgelöst habe, vorausgesetzt, ich hatte es wiederum halbwegs richtig verstanden. Der Mann sprach sachlich, ruhig, als ob es um eine Spezialpumpe ginge, zu der er nur bedingtes Vertrauen habe. Was sollte ich dazu sagen, selbst wenn ich in der Lage gewesen wäre, etwas zu sagen. Ich kämpfte die ganze Zeit damit, englische Wörter zu finden, aber ehe ich mir einen Satz einigermaßen zurechtgebastelt hatte, war das Gespräch längst an einem anderen Punkt angelangt. Ausgerechnet der Pfiffige schlug sich an die Brust (das tat er tatsächlich) und sagte, Deutschland – das ganze Deutschland jetzt! – sei ein demokratischer Staat, und es werde sich demokratisch verhalten, bei allen künftigen Herausforderungen. Vielleicht sagte er auch etwas ganz anderes. Ich mußte außerdem zusehen, den grummelnden Groll auf Fred und daß er Ann Arbor mir vorgezogen hatte, in Schach zu halten. Als das Ende gekommen war und nach den letzten Worten bereits einige Sekunden vergangen waren, schon Stühlescharren einsetzte, dem die Dielen knarrend antworteten, sah ich mich in der Lage, einen Satz, den ich zwischendurch bereits ein paarmal fast parat hatte, von mir zu geben: Bei allem, was während der Wende geschah, sei nicht ein Schuß gefallen, von beiden Seiten nicht, es sei kein Blut geflossen – vielleicht sei das ein gutes Zeichen für deutsches Verhalten in der Zukunft. So zumindest war mein Satz gemeint, und so wurde er auch verstanden. Mir wurde stehend applaudiert. Die noch saßen, erhoben sich. Das Geprassel machte mich verlegen. Und ich erschrak: Deine Worte in Gottes Ohr! Ich hatte freilich entschieden mehr sagen wollen: Daß ich den Friedensparolen, dem Friedenbeschwören in der DDR nicht getraut habe, zumal sie ständig in die Begleitmusik des Rasselns von Panzerketten gebettet waren. In der

Situation aber, in der es für die Machthaber tatsächlich drauf angekommen wäre, als es um ihr Sein ging, hätten sie Gewalt, also Kriegsähnliches gescheut. Ob es ihnen schwerfiel oder nicht, sei dahingestellt. Früher oder später aber wäre die Gewalt hingenommen worden, wie der Mauerbau, der sowjetische Einmarsch in der ČSSR hingenommen wurden (ebenso wie Interventionen, die der Westen auf dem Kerbholz habe, hätte ich an dieser Stelle redlicherweise wohl einfügen müssen, von der Geschichte weggesteckt worden seien); weil militärische Stärke nun mal ein realpolitischer Faktor ist. Vielleicht habe den für den Realsozialismus Verantwortlichen die Erfahrung des letzten großen Krieges doch noch in den Knochen gesteckt. Und sie wußten, was Krieg bedeutet. Vielleicht sitze diese Lehre, wo ich herkomme, tief. Es bleibe zu wünschen, daß die Welt künftig ohne weitere derartige auskomme. – Doch gut, fiel ich mir in meinen Gedanken ins Wort, daß die Sprache mir eine Grenze setzt. Die Deutschen zum zukünftigen Friedenswächter zu proklamieren – das wäre denn doch etwas sehr dreist gewesen.

Das zweite Mal kam ich durch Burger ins Stuff House. Es ließ sich nicht vermeiden, eines Tages zu ihm ins Büro zu treten, so oft, wie er mich bereits aufgefordert hatte, bei ihm vorbeizusehen. Er war hinter dem Bücherturm auf seinem Schreibtisch kaum zu entdecken, auch als er aufstand und auf mich zukam, gewann er kaum an Größe. Die Augenbrauen hatte er wieder in die Stirn gedrückt, um mich vergrämt und erstaunt anzusehen. Er bot mir ein Getränk aus einem rötlichen Granulat an, räumte mir einen Drehstuhl frei, fragte mich, wie es mir ginge, besann sich und schlug mit einem Blick auf die Uhr vor, ins Stuff House zum Lunch zu gehen.

Die spontane Unlust, die das Haus in mir auslöste, war natürlich albern.

Er ging mit bemüht großen Schritten die ahornbeschattete Straße neben mir her. Er stünde gern zu meiner Verfügung, wenn er mir irgendwie behilflich sein könne, mit Literatur, deutscher, englischer, auch spanischer, oder mit sprach- und unterrichtsmethodischen Sachen. Ich käme ja aus einer anderen Branche…

Ich bedankte mich.

Wir betraten das Haus über die honiggelben, knarrenden Dielen, und merkwürdigerweise lösten sie nun ein Gefühl von Vertrautheit in mir aus. Burger nahm sofort die ebenfalls honiggelbe Treppe ins obere Stockwerk, das aus einer einzigen Zimmerflucht bestand, die durch offenstehende Türen halb voneinander getrennt und halb miteinander verbunden war. Burger hielt zielstrebig auf eine Polstersitzgruppe in einer Fensternische zu. Wenn man die Weichheit des Sitzes ignorierte, konnte man sich, so wie man das großblättrige Geäst hinter den Scheiben in Augenhöhe hatte, fast einbilden, sich im Baum niedergelassen zu haben. Die kleine Bar bot Sandwichs, Salate, Muffins und ein paar Gebäcksorten, denen man die Übersüße ansah, Wasser, Säfte, Cola, auch Bier, Whiskey, Tequila und ein paar kalifornische Weine.

Burger hatte sich für einen Thunfischsalat entschieden, ich hatte mir ein Sandwich reichen lassen. Die niedrigen Tische waren unbequem zum Essen. Wir mußten uns tief beugen und stießen fast mit den Köpfen zusammen. Er finde es sehr gut, daß ich nach Randers gekommen sei, um von den Vorgängen in Deutschland zu berichten, sagte er, nachdem er sich mit der Serviette über den Mund gewischt hatte. Hier seien Menschen aus aller Herren Länder, aber kein Ostdeutscher. Der Head der Philosophen sei Inder. Asiaten, Franzosen, Mexikaner gebe es hier, das wäre mir ja nicht entgangen. Manchmal sei es fast zuviel des Guten.

Ich sah ihn fragend über die Mayonnaise auf meinen Fingerkuppen an.

Jeder beanspruche seinen Platz, sagte er. Man müsse sich behaupten. Ich würde das vielleicht nicht spüren. Ich sei ein besonderer Gast (special guest). Ständig hier zu sein hieße, ständig gefordert zu sein, bis aufs äußerste. Er wolle nicht gerade von Kampf sprechen…

Ich hätte eher den Eindruck, es liefe hier besonders harmonisch, freundlich, geradezu rücksichtsvoll ab …

Auf solchen Eindruck werde Wert gelegt. Wer *tenure* habe, seine unkündbare Position, dem falle es leicht, sich gelassen zu geben. Aber die anderen empfänden anders, für die sehe es extremely anders aus. Aber man spräche nicht darüber.

Es sei interessant, wie er die Dinge darstelle, sagte ich und knüllte die Serviette auf den Pappteller. Mir sei das verborgen geblieben. Ich würde es auch im Moment, etwa hier in diesem Haus, nicht spüren. Alles laufe unaufgeregt ab. Jeder trete rücksichtsvoll auf, bemühe sich, die Dielen so wenig wie möglich zum Ächzen zu bringen. – Gerade ging ein breithüftiger, derbgesichtiger Mann an uns vorbei und lächelte uns entschuldigend zu, mit halbem Blick auf seine Schuhe, als bitte er um Nachsicht für seine Art zu gehen.

Ich sei doch ein kluger Mensch und nicht in der Erwartung gekommen, daß die Menschen hier so viel anders seien als in Deutschland, in Ostdeutschland.

Aber ich hätte angenommen, daß die Gesellschaft andere Rahmenbedingungen setze, die sich auswirkten, auch im Umgang von Mensch zu Mensch …

O ja, so sei es!

Sein fixierender Blick verursachte mir Unbehagen. Fühlen Sie sich bedroht? fragte ich.

Um Gottes Willen! Im Gegenteil. Es laufe gerade seine Evaluierung, mit Aussicht auf Festanstellung. Ich solle unbedingt in seinen Unterricht kommen …

Unruhe drang von der Treppe herauf. Im nächsten Moment waren wir von sechs, sieben Leuten umringt, die Burger begrüßten.

Oh, East Germany! jubelte eine Frau auf, nachdem Burger mich vorgestellt hatte, und sie strahlte mich aus ihren eigentlich matten Augen in ihrem matten Gesicht an, als wäre ich East Germany persönlich, und strich sich fahrig die grauen, strähnigen Haare aus der Stirn. Wir waren aufgestanden, sie hakte sich bei mir unter, worauf ich überhaupt nicht gefaßt war, und zog mich mit. Es wurde in einen Raum mit einem großen ovalen Tisch gewechselt.

Sie hätten ein Meeting, erklärte mir Burger halb entschuldigend.

Sie seien eine pazifistische Gruppe. Oh, es wäre gut, wenn ich dabei wäre, sagte die grauhaarige Frau und nahm sich sofort wieder meiner an. Sie sei aus Virginia. Das sei schon eine andere Welt. Die Menschen hier lebten isoliert. Die großen Entfernungen verhinderten andere Erfahrungen. Europa, das sei etwas ganz anderes, alle paar hundert Meilen gebe es ein neues Land, mit anderer Lebensart, anderen Gewohnheiten, anderer Sprache, das vermittele ganz von allein Verständnis für unterschiedliche Lebensweisen. Sie sei mehrmals in Europa gewesen – Great Britain, Spain, Belgium, Germany, Frankfurt, Heidelberg, Heidenheim, Munich, leider nicht in East Germany, sorry. Um Amerika lägen die Ozeane als Isolationsschicht, dicke Polster, die alles verschluckten, was von draußen auf die United States zukäme. Die US verstünden sich und die Welt nur aus sich heraus, hier im Mittleren Westen erst recht. Die Uni falle aus dem Rahmen, wie Universitäten meistens, aber um sie herum … Sie habe die Bürgerrechtsbewegung erlebt, Le Pocco, eine Organisation für Kriegsdienstverweigerer. Vor dreißig Jahren habe das begonnen.

Ich brauchte nicht mehr, als der Frau zuzuhören, damit sie weiter redete.

Es sei schwer, gegen den Krieg zu sein, wenn Amerika Krieg führe, auch beim Vietnam-Krieg sei es so gewesen. Wer gegen den Krieg ist, sei unpatriotisch. Auch wenn der Krieg Leid in die Familie brächte. Patriotismus sei ein hohes Gut für die Amerikaner, daß würde ich ja selbst überall sehen. Ausgerechnet diejenigen, auf deren Kosten der Krieg besonders gehe, die aus den unteren Schichten, Schwarze, Puertoricaner, Arme, die seien am schwersten gegen ihn zu mobilisieren. Die meldeten sich freiwillig zur Armee. Es sei für sie eine Chance auf einen Job …

Ein jüngerer Mann, apartes, hochstirniges Gesicht, braunrandige Brille, glatt nach hinten gekämmtes Haar, über dem mattblau gestreiften weißkragigen Hemd breite schwarze Hosenträger, ist der Chairman. Er ergreift das Wort. Es geht um eine Initiative für homeless people. Er nickt mir über die Länge des Tisches zu, als begrüße er in mir den Abgesandten der Obdachlosen.

Die graue Frau macht eine kleine Geste der Beiläufigkeit. Das sei nicht ihr Thema, und sie beugt sich weiter zu mir. Ich solle ihr von Friedensinitiativen in Ostdeutschland erzählen...

Ich wiege den Kopf, und ehe ich eine Antwort habe, macht die Frau eine Armbewegung über die Runde und redet weiter, als hätte sie die Frage überhaupt nicht gestellt: Auch hier unter ihnen sei kein Farbiger dabei. Das verstehe sich zwar insofern, als es hier kaum welche gebe. Aber die Minoritäten für solche Initiativen zu gewinnen sei furchtbar schwer. Die steckten zu sehr in ihren sozialen Problemen, und sie hätten eine tiefe Skepsis gegenüber allem, was von den Weißen ausgehe. – Die Frau spricht sehr klar, auch in der Artikulierung. Mir wird bewußt, daß ich sie verstehe.

Die Runde hat sich halbiert. Die um den Chairman Sitzenden blättern in Kalendern und beraten Termine.

Ein Mann, der leicht vorgebeugt mit angespanntem Blick uns zugehört hat, sagt: Es gebe kaum einen aus den Minoritäten in der Gewerkschaft, bei Olson, in dem Riesenwerk. Denn die Gewerkschaften verlangen höhere Löhne.

Ich stutze, frage aber nicht: Weil die Gewerkschaften höhere Löhne verlangen, würden sie nicht eintreten?

Der Mann sieht mir die Frage an: Höhere Löhne seien tödlich bei der Konkurrenz von Toyota und Mitsubishi. Wenn die Gewerkschaft auf höheren Löhnen bestehe, sagt der Betrieb, okay, dann müssen soundso viele gefeuert werden, damit die Betriebskosten nicht steigen. Und gefeuert würden die Farbigen. Sie fürchten, die Gewerkschaft folge den Forderungen und arbeite für die Weißen...

Der Chairman verschafft sich das Wort. Er legt die Hand auf den aufgeschlagenen Kalender. Ein Termin ist gefunden. Oder doch nicht? Während es Einspruch und Bedenken gibt, steht

Burger auf, entschuldigt sich, wendet sich mir zu, ich solle nicht vergessen, in eine Seminarstunde bei ihm zu kommen.

Ich nicke.

Die graue Frau neben mir winkt dem Chairman über den Tisch zu, aber er wehrt behutsam ab. Sie möchte zum nächsten Tagesordnungspunkt kommen, wendet sie sich an mich. Ob ich schon mal im Betrieb drüben (sie meint die Nachbarstadt) bei Olson gewesen sei? Sollte ich, und genau hinsehen. Was stünde auf der exhibition area? Traktoren, Maschinen, Motorpflüge, Mäher, Combines, Buggys, wow, unser täglich Brot, all die gottgewollten Dinge ... Aber das sei nur das, was gesehen werden solle. Tatsächlich stellten die noch ganz andere Sachen her. Die Belegschaft sei nie größer als im Vietnam-Krieg gewesen. Seit Reagan wachse sie wieder, und in letzter Zeit rapide. Warum? Wegen Gorbatschow, diesem Kriegstreiber! Und weil der Kommunismus auseinanderfalle! Man müsse große Sorge haben!

Ich spüre, daß ich, indem ich mich zurücklehne, der Frau ausweiche. Mir ist nicht nach großer Sorge. Im Gegenteil, daß ich hier bin, ist Grund zur Freude. Nicht nur, weil es mich betrifft, sondern weil sich die Dinge so gefügt haben, wie es geschah. Mich hat Lindas selbstgefällige Unbedarftheit gestört, nun fürchte ich, diese Frau überfordert mich mit der entgegengesetzten Haltung. Ich bin dem Chairman dankbar, daß er doch zu einem Thema kommt, das auch die Aufmerksamkeit der energischen Frau an meiner Seite beansprucht. Es geht um die Finanzierung des Vereins. Einige Spender hätten sich zurückgezogen, ein Chief Operating Officer von Olson fürchte um seine Anonymität. Es müsse überlegt werden, ob der Mitgliedsbeitrag erhöht werden solle. Vielleicht auf 25 Dollar ...

Auch für diese Zusammenkunft ist die Zeitdauer limitiert. Meine Nachbarin gibt mir ihre Karte. Ph.D. Marilyn Pike, Ch Div of Mathematics. Und beteuert, wie interessant es für sie sei, mich kennengelernt zu haben. Ich solle sie anrufen.

Ich war erleichtert, daß sich das Ganze, so unvorhergesehen wie es sich ergeben hatte, wieder auflöste. Die Dinge, die zur Sprache gebracht wurden, versetzten mich in Unruhe, aber ich spürte einen Widerstand, mich auf sie einzulassen.

Fred kam am Abend, ließ sich in den Ohrensessel fallen, schnippte den Schließgummi einer Mappe auf und reichte mir einen Bogen nach dem anderen. So, jetzt geht's los, sagte er.

Central Western College, European Languages Village, University of Northern Iowa entnahm ich den Briefköpfen, die mal in sachlicher Klarschrift, mal als Arabesken fast bis zur Unleserlichkeit stilisiert ihren Absender mitteilten. Es waren Einladungen.

Entwicklungshilfe Ost. Fred grinste, ohne seine Genugtuung zu verbergen. Er hatte sonstwohin meine Anwesenheit mitgeteilt. Von Anfang an war er voller Verständnis dafür, daß es selbst für einen jahrzehntelang auf Westabstinenz gehaltenen Ostler allein mit Randers nicht getan sein konnte.

Soweit es sich einrichten lasse, werde er mitkommen, ging Fred zu den Vorbereitungen über. Er sortierte die Blätter in zwei Stapel. Die Einladungen aus Iowa, Eintagesunternehmen, könnten so schnell wie möglich in Angriff genommen werden. Die von weiter her seien etwas gründlicher zu bedenken, manche ließen sich miteinander verbinden …

Später beim Chablis rückte ich von dem Nachmittag mit Burger heraus. Fred winkte brüsk ab.

Selbstbefriedigung, sagte er. Sozialkomplexe abreagieren. Das bewirke überhaupt nichts. Sie wollten auch gar nichts ändern.

Als ich vorsichtig einwendete, daß mir Marilyn Pike sehr ernsthaft erscheine, verzog er das Gesicht: Gesinnungsethikerin! Die lebe im Zwang ihrer mathematischen Unumstößlichkeiten und sei davon beseelt, der Menschheit ein adäquates ethisches Korsett zu verpassen.

Als ich den Chairman erwähnte, dessen Name mir entgangen war, lachte Fred gallig auf. Eine Witzfigur. Er heiße King und mache sich zur Kopie von Larry King. Okay, ich wisse nicht, wer Larry King sei. Wir sollten es dabei belassen…

Am nächsten Tag tat er, als hätte es dieses Thema nie gegeben. Und er ließ es sich nicht nehmen, soweit er es einrichten konnte, mich zu meinen Einladungen zu fahren. Nicht wenige aus der unmittelbaren Umgebung bezogen ihn ohnehin mit ein, die aus Waterloo, Iowa City, Grinnell, Waverly. Ich genoß die Fahrten die schnurgeraden Asphaltbänder entlang durch die grüne, wellige Landschaft. Das Land ist weit, das Land hat Platz, mir war, als könne ich es empfinden, vorbei an den mal dicht an die Straße gerückten, mal Abstand haltenden Farmen, Ansammlungen scharlachrot oder hellblau getünchter Gebäude mit den weißgerahmten Fenstern, überragt von einer Batterie runder Silotürme. Manchmal zwang uns ein knallig orangegelber Schulbus zum Halten, indem aus dem vorsintflutlich anmutenden Gefährt beidseitig die Stoppschilder herausklappten und uns so lange entgegengestreckt wurden, bis das halbwüchsige Menschlein unter der Baseballkappe das aufgesperrte Tor in der weißgekalkten Umzäunung durcheilt hatte. So wollte ich es, ein weites, friedvolles, friedfertiges Land! Und in der Universität, dem College, der High School angekommen, genoß ich die Freundlichkeit, mit der mir sofort entgegengetreten wurde. Ich hatte mich zum Spezialisten für das Verhalten von Süßwasserfischen beim Wechsel ins Salzwasserbiotop entwickelt.

Allerdings war nicht immer allen damit gedient. In Iowa City sollte ich in einem Streit, der sich an der unterschiedlichen Bewertung von Christa Wolf und Irmtraud Morgner entzündete, Position beziehen, und später in Madison, Wisconsin, wurde mir eine vergleichende Darstellung der aktuellen Brechtrezeption in der DDR und der Bundesrepublik abverlangt.

In einer High School in Waterloo war eine große Wandkarte von Deutschland aufgehängt, selbstverständlich noch zweigeteilt mit deutlicher Markierung der Grenze. Die Karte kam mir merkwürdig bekannt vor mit dem überdeutlichen Schriftzug Deutsche Demokratische Republik über dem östlichen Teilstaat. Auf der Kopfleiste entdeckte ich das Signet des von einem gespreizten Zirkel getragenen, mit dem Gradraster überzogenen Globus und die Mitteilung der Herkunft: VEB Hermann Haack Geographisch-Kartographische Anstalt Gotha DDR. Die anwesenden Lehrer sahen freundlich-erstaunt auf die Karte, dann auf mich, als hätte ich ihnen in der Art *Der Kaiser ist ja nackt* die Augen geöffnet. Es war keinem bewußt gewesen (sofern sie überhaupt je mit der Karte zu tun hatten), daß sie ein kommunistisches U-Boot für ihre freiheitlich-pädagogischen Absichten benutzt hatten.

Am Ende einer anderen Stunde wurde die Dozentin ernst, legte die Hände vor ihrem Rockbund flach übereinander und sagte: Wir wollen Gott danken, daß er Deutschland – dann ein Blick zu mir, und sie korrigierte: Ostdeutschland – diesen Weg bereitet hat und den Menschen die Segnungen der Freiheit und Demokratie (sie sagte tatsächlich: benedictions of freedom and democracy) schenkt. Ich weiß nicht, ob ich verschreckt oder demütig nickte. Ich hoffe, ich nickte überhaupt nicht. Dabei hieß das College unverfänglich Oakland Hill College, nicht St. Mary oder Holy Cross, bei denen mich Fred zumindest mit einem süffisant gelächelten Hinweis darauf vorbereitet hatte, auf Eigenartigkeiten gefaßt zu sein. Aber dort geschah nichts Derartiges.

An die Unterrichtsstunden schloß sich ein Besuch in der Cafeteria, bei McDonalds, Pizza Hut oder im Chinese Temple an. Und wir gönnten uns touristische Abstecher: zu den Amanas, den Nachfahren deutscher Einwanderer, in deren Ziegelhäusern sich Dinge und Habitus hessischer Herkunft mehr oder weniger vergeblich gegen ihre Amerikanisierung zu behaupten bemühten – Alma's Wash House, Die Heimat Country Inn, Gemeinde Brau Inc., Colony Village Restaurant und Rathskeller Lounge. Ein weiterer Ausflug brachte mich zu den Effigy Mounts, indianischen Hügelgräbern, erhöht über dem Mississippi, der sich nun doch entschieden beeindruckender zeigte als beim ersten Anblick: eine langgestreckte, inseldurchsetzte Seenlandschaft, die sich in beiden Richtungen in der Tiefe der Wälder verlor. Vom Mesquakie Indian Settlement war mir nur ein Blick auf den Powwow-Festplatz beschieden, eine drei Fußballfelder große Lichtung, ohne Powwow.

Fred hatte mich nach Wunschzielen gefragt. New York, entschied er von sich aus, werde er in Verbindung mit dem Rückflug organisieren. Sonst? Und nachdem er möglichen Bedenken von mir vorgebeugt hatte, ich solle keine falsche Scheu entwickeln, es werde sich zeigen, was sich machen ließe, hatte ich schließlich gesagt: Wenn schon, dann könne ich meine Herkunft als Straßenbahner nicht ganz verleugnen. So rar die Straßenbahnen in den Staaten auch seien, einige gebe es, bloß nicht um die Ecke, in San Francisco, in Philadelphia, natürlich in New Orleans. *A Streetcar Named Desire.* Ich lächelte entschuldigend, daß ich darum wußte.

Na bitte, in New Orleans sei Carlos. Philadelphia, da müsse er nachdenken. Wenn, dann käme es in Verbindung mit New York in Frage. In San Francisco habe er mal eine Freundin gehabt. Das sei in die Brüche gegangen, wahrscheinlich sei sie lesbisch geworden. Die halbe Stadt sei lesbisch und die andere halbe schwul. Spar dir das.

Du mußt wissen, sagte Piet, Fred hat sich mal in Berkeley beworben. Er sei weit gekommen, bis in den letzten Pool, dann hätten sie der Quote wegen einen genommen, wie Fred erfahren haben will, der schwul sei.

Spricht das gegen meine Behauptung?

Unbedingt. Wenn zutreffen würde, was du behauptest, hätten sie wegen der Quote gerade einen Hetero nehmen müssen. Manchmal irrt man sich halt.

Du sagst es. Fred hatte seine Pfeife auseinandergedreht und stocherte in ihr herum.

Als erstes ergab sich weder San Francisco noch New Orleans, sondern Wyoming. Dort unterrichtete Piets Frau an der Universität.

Wenn ich den Flug mit Umsteigen in St. Louis und Denver außer Betracht lasse, hätte ich mir getrost einbilden können, lediglich ans andere Ende von Randers geraten zu sein, auf einen Campusableger oder eine zweite Universität am Ort.

Statt auf Straßenbahnen stieß ich auf Hunde. Zwei kalbsgroße Bernhardiner, die für die Stunden, in denen Kate, Piets Frau, an der Uni war, in mir – sozusagen – ein gefundenes Fressen gefunden zu haben meinten, wenn man es nicht ganz wörtlich nimmt. Rührende Tiere, die sich überboten, mir ihre Zuneigung zukommen zu lassen. Ob ich saß, stand oder ging, ich hatte ständig zwei Pfoten auf der Schulter und die Last eines halben Ochsen am Hals und eine ihrer lieben feuchten Schnauzen im Gesicht oder auf meinen Händen. Ich könne sie auch aus dem Haus lassen, sie liefen nicht fort, hatte mich Kate instruiert. Sie liefen fort. Vielleicht gab es auch Sprachschwierigkeiten mit ihnen, und sie deuteten meine Rufe, als sie die zaunlose Grenze zum Nachbargrundstück hinter sich ließen, nicht als Rückruf, sondern als Ermunterung. Sie sprangen, torkelten weiter in die Siedlung hinein. Ich hilflos hinterher, was sie animierte, immer ausgelassener zu werden. Mir untersagte ich, ihnen über die Golfrasenareale, die die Grundstücke auch hier umgaben, auf kürzestem Weg zu folgen, so daß ich trotz des Heckenmangels mehrmals kurz davor war, sie aus den Augen zu verlieren. An einer vierspurigen Straße wurde mir mulmig. Aber sie verhielten sich verkehrsregelgerecht, schwenkten auf die Asphaltfläche eines kleinen Parkplatzes um einen Flachbau herum, als wollten sie wie die Autos einen Stellplatz einnehmen. Der bescheidene Bau war eine Bank. Mit einiger Mühe gelang es mir, einer Autoladung ankommender Leute mein Problem zu vermitteln. Ganz selbstverständlich, ja als seien sie aus keinem anderen Grund hierhergekommen, als mir behilflich zu sein, fischten sie die Tiere zwischen den parkenden Autos auf, faßten sie an den

Halsbändern und führten sie wieder ihrem Zuhause zu. Mir oblag, die Heimstatt zu lokalisieren, was mir angesichts des Irrwegs, den ich während der Verfolgung genommen hatte, nicht ohne weiteres gelang. Die drei Leute, zwei Männer und eine Frau, schoben die Hunde in die Tür, die die ganze Zeit über offen gestanden hatte, und überschütteten mich mit Freundlichkeit, als hätten sie mir zu danken.

Kate nahm meine Schilderung als Ausdruck großer Einvernehmlichkeit zwischen den Hunden und mir. Sie seien eine Hinterlassenschaft der Kinder. Piet ertrage die Tiere nur schwer. Deswegen seien sie bei ihr. Er hatte mir gegenüber kein Wort von den Hunden verloren.

Kate, eine robuste, couragierte Mittfünfzigerin, präsentierte mich mit kraftvoller Eindringlichkeit ihren Studenten. Ich hielt meine zwei Lektionen über die freshwater fishes, und am letzten Tag fuhr sie mich zu einem Versammlungsplatz der Indianer, in einem Talkessel inmitten rundgeschliffener Sandsteinfelsen in amerikanischen Ausmaßen. Mir war zumute, als wäre ich in eine Sächsische Schweiz geraten, die genetisch aufgedunsen war. Kate wendete das Auto, daß der Steinschotter nach allen Seiten gegen die Felsen spritzte, und fuhr mich nach Centennial, das Frontier Village, das stolz auf seine einhundertzehnjährige Geschichte weist, eine Handvoll Blockhäuser beiderseits der Straße, wie aus einem Western hinterlassen, aber eben echt. Im Old Corral Motor Hotel, famous for steaks, setzten wir uns an einen Fenstertisch unter den gewaltigen Elchkopf an der oberen Bretterwand und sahen hinaus in die grüngraue Ebene, die im Hintergrund von den blau bewaldeten Medicine Bow Mountains eingefaßt war. Selbstverständlich bedeutete Wyoming für mich Yellowstone Nationalpark. Der läge oben am entgegengesetzten Ende, erklärte mir Kate seine momentane Unerreichbarkeit. Wenn ich wiederkäme und Zeit mitbrächte, dann sollte man ihn unbedingt machen. Auch der Grand Teton National Park sei sehr, sehr schön. Ich begnügte mich fürs erste mit der Blickrichtung. Den Container, der zehn Schritte vor dem Fenster in die Landschaft gestellt war, ignorierte ich, wie ich mir auch über die roten Plasteschalensessel, die den fünfzehn Tischen an den Wänden entlang beigefügt waren und auf denen sich halt sitzen ließ, ein wertendes Urteil versagte. Wir ließen uns auch statt der famosen Steaks lediglich auf Cola light ein, wir hatten nur gute zehn Minuten. Es stand noch eine Party bevor.

– Soweit Wyoming.

10

Wieder in Randers zurück, holt mich Ben vom Flugplatz ab. Es findet sich stets jemand, der dienstbereit für mich da ist, wofür auch immer. Er strahlt mich im Auto an, als sei mir mit Wyoming sonstwas für eine Großartigkeit zuteil geworden. That's great. Till after tomorrow, sagt er, als er mich am Haus absetzt. Die Tasche lasse ich mir nicht nachtragen. Er winkt, als er startet, und mir ist, als gehörte ich nun auch hierher.

Ich trete in mein Haus, und mir schlägt die dazugehörende Stille entgegen. Die perfekte Leere des runden Achtpersonentischs starrt mich an. Keine feuchte Hundeschnauze fährt mir ins Gesicht, nicht mal der Kühlschrank summt. Ich habe bis after tomorrow nichts zu tun. Ich lasse die Tasche aus der Hand, bleibe auf der lichten Bläue des Teppichs stehen und fühle mich fremd wie am ersten Tag.

Es sind Momente, auf die man nicht vorbereitet ist, die einen überwältigen. Unvermittelt habe ich das Gefühl, als sei mir, nun da ich von den unwillkommenen Mühen des Alltags befreit bin, etwas abhanden gekommen. Der Preis der Mühe bestimmt den Wert? Ohne daß ich etwas dagegen tun kann, suchen sie mich merkwürdigerweise heim, *die Bilder, die lang ich vergessen geglaubt.*

Dabei habe ich keineswegs Sehnsucht, etwa nach jenem Morgen, als Hezi und ich, aus entgegengesetzten Richtungen kommend, am Durchgang zur Weißen Gasse eintrafen.

Es war eine Zumutung, ihn, so spät wie er am Abend aus Berlin angereist war, in aller Herrgottsfrühe wieder rauszutreiben. Die Wochenenden mit Sylvia in der Wohnung ihrer Eltern waren alles, was ihnen für ein Eheleben blieb, doch es war immer noch besser, als Sylvia in das Untermieterzimmer nach Pankow zu holen. Wenn wir uns verabredeten, dann nicht gerade für früh um halb fünf.

Die Thälmannstraße in ihrer schlackesteingepflasterten Überbreite, diese lange Windbahn, die die Stadt auseinanderdrückt, gähnte leer zwischen den putzfrischen Hausfassaden, aus denen die kühle Morgendämmerung zu sickern schien. Lediglich die verblassenden Lichterkäfige der Straßenbahnen durchrollten die Häuserschneise mit einem grollenden Geräusch, als kündige sich ein Erdbeben an.

Diesmal sollte es nicht wieder an einer halben Stunde scheitern. Die Hellerauer Schrankwand war mir die frühe Stunde wert. Erst recht, als ich bei einem meiner inzwischen schon rituellen Besuche von einem Verkäufer erfahren hatte, daß sie vorwiegend nach Schweden exportiert werde und rar sei. Es war für mich die Bestätigung meines Anspruchs. Die Geradlinigkeit der Regalteile gefiel mir nicht nur, sie war für mich Ausdruck für das, worauf es ankam, über Möbel hinaus, als Lebenshaltung: auf Klarheit, Logik, Zweckmäßigkeit. Tilgung von Schwulst, Schnörkeln, Pathos, gegenständlichem und gedanklichem. Ich war überzeugt, wenn die Vernunft durch derartige Verquasung über den ganzen Lauf der Historie nicht erstickt worden wäre – Klassenkampftheorie hin oder her –, hätte es eine Menge Furchtbarkeiten und schließlich die Nazis, den Krieg, das gewaltige Dilemma, in das wir hineingeraten waren, nicht gegeben. Es wäre der Menschheit – und mir! – eine Menge erspart geblieben. Das Außerordentliche des Menschen ist seine Denkfähigkeit, die ihn verpflichtet, das Animalische endlich hinter sich zu lassen. – Das Studium hatte Wirkung hinterlassen! Vernunft, denkerische Klarheit war für mich die Ideologie, auf die es ankam. Sie war gefordert, um die Menschheit vor einer nächsten Katastrophe zu bewahren. Um so mehr waren mir das allgegenwärtige sozialistische Trara, das Fahnenschwenken, die Losungen, das schrill-heisere Geplärr der Schalmeien und das Getrommel bei den 1.-Mai- und 7.-Oktober-Aufmärschen zuwider. Ich kam mir in den Demonstrationszügen vor, als würde ich die Spur für die Panzer treten, die zur Krönung der Feierlichkeiten auffuhren! Die rasselnden Panzer waren für mich die zynische

Konsequenz des Pathos! Dieses pseudo-religiöse Einschwören auf den Sozialismus. Was sonst drückte das ganze Brimborium aus als das Eingeständnis, daß die sachlichen Argumente dem verordneten Anspruch nicht gewachsen waren. Also mußten sie durch Pomp aufgebläht werden. Ich wußte natürlich, es war nichts dagegen getan, wenn ich mit Brottstein bei der erstbesten Gelegenheit aus dem Demonstrationszug verschwand. Er aus purer Trägheit, weil er sich körperlich überfordert fühlte. Wenn das Entfernen von der Masse allerdings überhaupt einen Sinn haben sollte, mußte der Rückzugsort es rechtfertigen. Der Anspruch, den ich an meine vier Wände stellte, war, daß es tatsächlich *meine* vier Wände sind. Denen ich Gestalt gab. Wohnungseinrichtung ist eine Geisteshaltung. In der Sachlichkeit der Hellerauer Schrankwand sah ich sie vergegenständlicht. Auch Karin war mit der Schrankwand einverstanden, sie konnte ihre Bücher darin unterbringen, *richtig, wie es sich gehört.*

So wie die Schrankwand aus verschiedenen Teilen zu kombinieren war, aus offenen Fächern, solchen mit Türen, mit Schubladen und der Hausbar mit ihren zwei diagonal versetzten verschließbaren Gefachen, konnte man ihr ein eigenes Gesicht geben. Die Hausbar sei allerdings besonders knapp, hatte mir der Verkäufer anvertraut. Solche Auskunft zu geben war eigentlich nicht gestattet, ebenso nicht die über den Termin des Verkaufs. Dank unseres ständigen Nachfragens erfuhren wir ihn dennoch. Er fiel auf einen Tag, an dem ich dienstlich in Erfurt sein mußte, also hatte Karin ihn wahrzunehmen. Als sie um sieben am Laden eintraf, drei Stunden, bevor geöffnet wurde, reichte die Schlange bereits bis auf die Thälmannstraße. Wir waren nicht die einzigen Informationsbevorzugten. Wir gingen leer aus.

Ich machte Karin Vorwürfe, heftiger, als angemessen war. Sie verteidigte sich mit einer Veranstaltung, die sie am Abend zuvor gehabt hatte. Ich sah darin keine Notwendigkeit. Karin war bei der Kulturkammer angenommen worden. Ihr Ökonomiestudium prädestinierte sie nicht gerade dafür; sie hatte nur am Rande zwei

Semester gehört, die mit gutem Willen als Kulturökonomie gelten konnten. Aber um irgendwo in der Kultur unterzukommen – »ihrer eigentlichen Liebe«, eine Formulierung, die mir nicht geheuer war, auch wenn Karin sie mit dem Anflug eines spitzbübischen Lächelns dekorierte –, hatte sie all ihre Hartnäckigkeit eingesetzt. Ich sah ihre abendlichen Veranstaltungen, die, wie sie sagte, zu ihrem Tätigkeitsbereich gehörten, nicht ganz ohne Skepsis. Suspekt wurden sie mir, als ziemlich oft der Name eines Dichters fiel, den sie als interessant (was seine Gedichte betraf) und als couragiert (was seiner Haltung galt) bezeichnete. Ich glaubte ihrem Gesicht mehr anzusehen, als sie aussprach. Ein-, zweimal stand etwas über ihn in der Zeitung, mit kritisch nörgelndem, einmal sogar mit zurechtweisendem Unterton. Der Grund war nicht mehr als eine Handvoll Worte, auf fünf Zeilen verteilt. Karin nannte sie ein Gedicht: Wir sollten nicht derart große Worte in den Mund nehmen, daß uns im Kopf kein Platz zum Denken bleibt. Die Überschrift hieß: These XVII. Darin stecke die Provokation. Der 17. Jahrestag der DDR stand bevor. Der Titel ziele auf eine Verunglimpfung der sozialistischen Errungenschaften … Hatte er wirklich die Gesellschaft provozieren wollen? Diese Handvoll Worte zelebrierte genau das, was mir an Gedichten mißbehagte – das Undeutliche, Unklare, Unfaßbare, das wie eine Aureole um Worte changierte, das Diffuse, das mir nicht geheure Stimmungen erzeugte. So mit den Dingen und Gedanken umzugehen, verbot mir mein Ingenieurverständnis, es würde kein Rad sich drehen, keine Maschine funktionieren, aus keinem Radio käme ein Ton heraus. Mit diesem Dichter, Wilfried, etwa fünf Jahre älter als wir, hatte am Abend vor dem mühsam in Erfahrung gebrachten Verkaufstag eine Veranstaltung stattgefunden. Und die sei es ihr wert, hatte ich mich nach meiner Rückkehr ereifert, früh nicht zeitig genug aus dem Bett zu kommen und den Kauf der Schrankwand scheitern zu lassen.

Mein Ärger über die verpaßte Schrankwand war das eine, das andere war eine Unruhe, in die mich Karin versetzt hatte, mit der fertig zu werden oder gegen die mich zu wehren mir nie richtig gelang. Es war die grundsätzliche Frage, der ich mich plötzlich ausgesetzt sah: Wieviel Anspruch hat man auf einen Menschen? Und ich wußte, es gibt nur eine Antwort: Soviel, wie er einem einräumt. Wieviel er einem jedoch einzuräumen bereit ist, das hängt von einem selbst ab.

Obwohl Karin der Kauf nicht gelungen war, fühlte ich mich herausgefordert, als die zweite Gelegenheit zum Schrankwandkauf kam. Hezi hatte ich am Telefon erklärt, ich stünde unter Beweispflicht. Mir sei der Gedanke gekommen, dem stundenlangen Anstehen dadurch einen zusätzlichen Sinn zu geben, indem man Skat spiele. Ich brächte einen dritten Mann mit. Damit wurde das Unternehmen für Hezi akzeptabel. Schelling war schon da, als wir eintrafen. Er war Konstrukteur in unserem Ingenieurbüro, zurückhaltend, schmächtig, mit braungelocktem Haar. Ich hatte mit ihm nicht viel zu tun, traf ihn in Versammlungen, in der Kantine, vor dem Kaffeeschalter, oder er kam hin und wieder zu Brottstein wegen einer Konstruktionsnorm in unser Zimmer. Aber er war ein besessener Skatspieler. Er hatte im Schreibtisch mindestens drei Blätter. Trotzdem hatte mich seine unkomplizierte Bereitschaft überrascht.

Ich hatte weitere Vorkehrungen getroffen. Man kann nicht stundenlang im Stehen Karten spielen. Zwei Läden entfernt befand sich das Gemüsegeschäft »Tutti Frutti«, das einen Hauch von Exotik suggerierte. Sein Angebot beschränkte sich dennoch mehr auf Produkte, die nicht so sehr auf südliche Sonne angewiesen sind, Rotkohl, Weißkohl, Blumenkohl, Möhren, Kartoffeln und Äpfel. Man sah ihnen an, wie sie sich durch den regentrüben Sommer gefröstelt hatten. Freilich fanden sie ihre Abnehmer, so daß sich auf dem Hof die leeren Transportkisten stapelten, die nun mein Interesse auslösten. Ich hatte erkundet, daß der Zugang zum Hof von der Weißen Gasse her abends offenstand. Ob auch die ganze Nacht und in der Frühe, wußte ich nicht. Also blieb mir nichts anderes übrig, als mich am Abend zuvor nach Ladenschluß noch einmal auf den Weg in die Stadt zu machen. Im Dunkeln auf dem

Hof zerrte ich vier Stiegen von einem Stapel, die, soweit die matte Hofbeleuchtung das festzustellen zuließ, einigermaßen sauber waren, trug sie umständlich, aber mit der Pose größter Selbstverständlichkeit davon und stapelte sie in der Weißen Gasse ein paar Schritte vom Hellerauer Industrieladen entfernt in einen Mauerwinkel. Ich hoffte, daß sich niemand an ihnen vergreifen würde. Karin gegenüber sollte meine abendliche Initiative demonstrieren, daß selbst wenig Schlaf – ich war erst kurz vor Mitternacht von der Aktion zurückgekehrt – kein Grund ist, morgens nicht aus dem Bett zu finden.

Um jegliches Mißverständnis über den Zweck unseres Aufenthalts an diesem Ort zu so ungewöhnlicher Stunde auszuschließen, bauten wir die Stiegen so dicht wie möglich vor der Ladentür auf. Der Morgen dämmerte wolkenlos. Auf der gegenüberliegenden Seite der Thälmannstraße verblaßte die Leuchtschrift am Restaurant Szeged. Wir hatten ihr ohnehin den Rücken gekehrt. In der Aktentasche hatte ich drei Flaschen Bier. Ob sie zu dieser Tageszeit wirklich angebracht waren, sei dahingestellt. Wir ließen sie die erste Stunde unangerührt, dann waren wir einstimmig der Meinung, daß ihre Schonfrist vorbei sei. Die Stiegen erwiesen sich nur bedingt als Sitzgelegenheit geeignet, Hezi knackte ein erstes, ich etwas später ein weiteres Brettchen durch.

Zunächst kamen nur vereinzelt Leute vorbei. Manche taten, als gäbe es uns gar nicht, andere brauchten einige Schritte, bis sie den Blick wieder in ihre Laufrichtung wendeten. Von der Kreuzkirche oder vom Rathausturm schlug es in Viertelstundenintervallen. Kurz vor sechs kam der nächste Schrankwandanwärter, sah etwas pikiert auf uns herab und schwieg. Ab halb sieben kam einer nach dem anderen, Männer wie Frauen, und bauten sich wortlos in Zweier- und Dreierreihe hinter uns auf. Gegen acht knickte die Menschenansammlung auf die Thälmannstraße ab. Um neun kam ein hochstirniger Mann, in der Absicht, durch die Nebentür das Gebäude zu betreten. Er stutzte, trat auf uns zu und fragte, ob wir das für den richtigen Ort *dafür* hielten. Ich bejahte, und er verzog sich ins Haus. Nach etwa zehn Minuten erschien er wieder, als Ausdruck seiner Amtswürde hatte er einen weißen Kittel übergezogen. Er sei der Objektleiter. Er wies mit einer Kopfbewegung auf die Schaufensterscheiben, hinter denen das weniger gefragte Mobiliar arrangiert war. Die Hellerauer Schrankwand war nicht dabei. Es handele sich hier um öffentlichen Straßenraum, auf dem Skatspielen und dergleichen nicht gestattet sei.

So? sagte ich, ohne mehr als unumgänglich vom Kartenfächer in meiner Hand aufzusehen.

Ja, so! sagte der Mann zu uns herab.

Na, dann zeigen Sie mir mal, wo das steht! entgegnete ich, nun doch zu ihm aufsehend und ohne den Buben gänzlich aus dem Blatt zu ziehen.

Er habe uns gesagt, was er zu sagen habe. Wenn wir es nicht zur Kenntnis nehmen wollten, hätten wir die Konsequenzen zu tragen.

Konsequenzen! Ich fuhr nun doch von der Stiege hoch, deren Abdruck ich an meinem Hintern spürte, das halb abgespielte Blatt zusammenschiebend. Welche Konsequenzen, wenn ich mal frag …

Laß gut sein, sagte Hezi beschwichtigend, erhob sich ebenfalls, um auf Augenhöhe mit dem Mann zu sein.

Na, hör mal …

Hezi legte mir die Hand auf den Unterarm. Ist gut, sagte er.

Was soll denn hier gut sein, fuhr ich nun Hezi an. Da kann ja jeder kommen.

Mann, mach keinen Scheiß, jeder – Hezis Ton wurde eindringlich. Das siehst du doch, und er nickte in Richtung auf den Weißkittel.

Die Leute hinter uns belebten sich, dankbar, daß etwas geschah. Und voller Hoffnung, daß wir ausgesondert würden und ihre Position sich verbesserte.

Mensch, kapier doch, sagte Hezi, wir können hier mehr verspielen als ’n Grand ouvert.

Ich hatte tatsächlich zumindest einen Grand in der Hand.

So ist es! sagte der Mann, und im Befehlston fügte er hinzu: Entfernen Sie das! Sein Blick wies auf die Stiegen und die leeren Bierflaschen.

Ich laß mir doch nicht vorschreiben, wo ich Skat spiele oder sonstwas mache. Das wird ja immer schöner. – In diesem Staat! verkniff ich mir gerade noch. – Ich weiß nicht, was in mich gefahren war. Vielleicht glaubte ich, vor Hezi und mehr noch vor Schelling auf dem Skatspielen bestehen zu müssen, denn was außer dem Skat sollte Schelling zu diesem Frühmorgenexkurs bewogen haben.

Der Weißkittelmann ging, warf aber, während er die Nebeneingangstür von innen wieder verschloß, durch die Glasscheibe einen drohenden Blick auf uns.

Sag mal, bist du blöde! ging Hezi auf mich los. Bin ich hier, damit du zu deiner Schrankwand kommst, oder willst du den starken Max spielen.

Bist *du* blöde! schnauzte ich zurück. Ich wunderte mich über Hezi. Er wollte mich zügeln! Üblicherweise waren die Rollen zwischen uns umgekehrt verteilt. Was hat der hier auf der Straße zu sagen, blaffte ich ihn an. Der soll sich um Möbel kümmern, damit es zu so einem Affentheater wie hier überhaupt nicht kommt, und da hat er mehr als genug zu tun, anstatt sich um Ordnung und Sicherheit oder sonstwas zu scheren.

Passanten blieben stehen und hielten unsere Auseinandersetzung für die Ursache der Menschenansammlung.

Bist du tatsächlich so behämmert, daß du nicht merkst, worum du dich hier bringst! Dann mach doch, was du willst. Ich laß mich nicht zum Gespött der Leute machen. Hezi warf die Karten auf die Stiege, ruckte den Kopf in den Nacken und ging davon.

Schelling hatte die ganze Zeit kein Wort gesagt, nun stand ich ebenfalls verstummt und steif neben ihm. Es war mir unangenehm, ihn bei mir zu haben, denn eigentlich war er mir fremd. Langsam fing ich mich, und mir wurde wieder bewußt, weshalb ich hier stand. Ich räum die Dinger weg, sagte ich zu Schelling, dann kannst du ja auch gehen. Ich griff die Stiegen, sie erwiesen sich als noch unhandlicher als beim Hintransport. Es kann aber auch an den Blicken der Leute gelegen haben. Es kam mir wie Strafarbeit vor. Als ich sie neben den Mülltonnen abgesetzt hatte, kam mir der Gedanke, einfach nicht wieder zurückzugehen.

Ich sah Schelling an, wie unwohl er sich fühlte. Ich gab ihm den Zettel mit dem Punktestand. Er hatte haushoch gewonnen. Er könne ja ausrechnen, ich würde es Montag klarmachen.

Ich kann nicht sagen, daß ich mich gut fühlte, nachdem Schelling gegangen war. Die Leute waren jetzt lebhaft. Aus den Gesprächsfetzen meinte ich ständig etwas über unseren Vorfall herauszuhören. Eigentlich waren wir doch Gleichgesinnte im Anspruch auf eine Schrankwand, und man hätte so etwas wie Solidarität fühlen sollen. Aber ich fühlte mich bedroht. Womit ich recht haben sollte. Zehn vor zehn wurde geöffnet. Noch ehe die Tür richtig auf war, wurde ich in den Laden gestoßen. Auf der Treppe nach oben, wo der Verkauf stattfand, wollte mich ein Ehepaar überholen, indem beide im Gleichschritt zwei Stufen auf einmal und mich in die Zange nahmen. Der braune Rock schob sich der Frau über den Knien hoch und gab unangenehm weißliche Beine frei. Na na na, zischte ich und schwenkte die Tasche mit den zwar leeren, aber nicht gewichtlosen Bierflaschen gegen die unappetitlichen Beine.

Der ist ja vielleicht rabiat! empörte sich die Frau.

Mir spannte das Gesicht, als ich am Verkaufstisch stand. Das Ehepaar hatte sich so eng neben mir aufgepflanzt, daß es mich fast über das Ende der Ladentafel hinausdrückte. Ich krallte meine Hände um die Tischkante und stemmte mich mit beiden Beinen auf den Boden. Mir schien, als musterte mich der Verkäufer, ehe er sich mir zuwandte. Ich hatte mir von den Teilen, für die wir uns entschieden hatten, die entsprechenden Schlüsselnummern aufgeschrieben. Ich las sie mechanisch ab, in der Hoffnung, daß sie stimmten. Bei einer Nummer wandte der Verkäufer sich an die Verkäuferin, die neben ihm das Ehepaar bediente. Er wiederholte die Nummer und fügte hinzu: Aus. Beide strichen die Nummer auf ihren Listen. Es war die Hausbar. Es gab nur eine einzige. Ich hatte sie.

Ich sah an den Leuten vorbei, die sich nun auf der Treppe stauten, während ich hinunterging. Als ich den unteren Raum mit den unbeachteten Möbeln durchquerte, kam mir der Objektleiter entgegen. Na sehen Sie, ging ja, sagte er.

Ich war schon aus der Tür, ehe ich begriff, daß er es sich als Erziehungserfolg zuschrieb, uns vom Skatspielen abgebracht zu haben.

Als die Teile sechs Wochen später geliefert wurden, gab es den nächsten Dämpfer. Nicht daß an dem Kirschholzfurnier oder der Verarbeitung etwas auszusetzen war, aber wir hatten uns noch in den zwei Altbauzimmern am Wilden Mann für die Schrankwand entschieden. Die Räume dort waren hoch, und das Wohnzimmer hatte eine lange, durch nichts unterbrochene Wandfläche. An ihr hatten wir Maß genommen, vier Teile neben- und drei übereinander fanden ihren guten Platz. Ich zeichnete Skizzen, machte Entwürfe, um einen Eindruck davon zu bekommen, wie wir die Teile am besten kombinierten. Nun sollten sie die inzwischen von uns bezogene AWG-Drei-Zimmer-Wohnung möblieren.

Wir waren sofort in eine »Arbeiter-Wohnungsbau-Genossenschaft« eingetreten. Die eigene Wohnung, diese Glückserfüllung, die uns viel Kraft und Geduld abgefordert hatte. Fünf lange Jahre hatten ins Land gehen müssen, in denen Monat für Monat Anteile zu zahlen und sogenannte Eigenleistungen zu erbringen waren. Nach Feierabend und an Wochenenden schippten wir Schutt aus Kellern im Bau befindlicher Wohnblocks; während ich Heizungsrohre mit Dämmaterial umwickelte, von deren feinen Fasern noch Tage später die Bronchien brannten, stopfte Karin stachlige Gesträuchsetzlinge in den vor den Neubauten frisch aufgeschütteten Mutterboden, und wenn die Möbelwagen vorfuhren, sahen wir mit gemischten Gefühlen andere Leute die Wohnungen in Besitz nehmen, in denen auch unsere Arbeitskraft steckte. Als wir schließlich alle Leistungen erbracht und bezahlt hatten, verschoben sich die Zuweisungstermine der Wohnung, und mit den Terminen die Standorte. Aus der Südvorstadt wurde die Seevorstadt, aus der Seevorstadt wurde Striesen, aus Striesen wurde Reick. Unsere gedanklichen Vorgriffe auf das Einleben in der jeweiligen Gegend erwiesen sich als müßig. Als wir endlich die Zuweisung hatten, schoben sich die Fertigstellungstermine wieder und wieder hinaus. Wir besichtigten die Wohnung im halbfertigen Zustand. Drei Zimmer, noch im Rohbau, Innenküche, Bad – ein eigenes! –, Fernheizung, Balkon, zweiter Stock. Auf der anderen Straßenseite erhob sich die Fensterfront eines gerade bezogenen Neubaublocks, vom Balkon auf der Rückseite ging der Blick über Dächer zweigeschossiger Altbauten, die von den Blütenhauben knorriger Apfelbäume überschäumten, und über die sich den Talkessel hinstrekkende Stadtlandschaft hinweg bis zur dunstig-dunklen Silhouette der abgeflachten Kuppen der Sächsischen Schweiz – Königstein, Lilienstein, Winterberg. Ich zog Karin an mich, so daß ich ihre Schulter an meinem Oberarm spürte. Wir zählten die Tage bis zum Einzug.

Doch dann, als die Schrankwandteile eingetroffen, aus der Wellpappe geschält waren und wir sie aufstellten, war nicht mehr zu leugnen, was wir wahrzuhaben bis dahin verweigert hatten: Die Schrankwand paßte nicht in die Räume!

Es gab keine geeignete Stellfläche mehr. Die lange Außenwand war durch die Balkontür und das Fenster mit dem Heizkörper zergliedert, die gegenüberliegende Innenwand durch die Korridortür und die Durchreiche. Es blieben nur die kurzen Querwände, an deren jeder aber nicht mehr als zwei Schrankwandteile nebeneinander Platz hatten. Wie wir es auch versuchten, entweder an den beiden Querwänden jeweils eine halbierte Schrankwand oder an nur einer Querwand eine Hälfte und über Eck die andere; es stimmte nicht mehr. Ganz abgesehen davon, daß über Eck die Klapptüren einander im Wege waren. Außerdem war die Raumhöhe niedriger als die der Altbauräume, drei übereinandergesetzte

Teile wirkten, als stemmten sie die Decke hoch. Und ausgerechnet die Hausbar, von der ich mir soviel versprochen hatte, brachte nicht Abwechslung in die beiden Halbteile der Möbelwand, sondern Unruhe. Karin hätte sie am liebsten ganz weggelassen.

Statt dessen gab der Glasschrank nun dem Zimmer das Gesicht, mahagonifurniert und mit Spiegelrückwand, die das Porzellan, die Vasen und die zwei hochstieligen Römer verdoppelte. Er hatte für den knappen Platz zwischen der Balkontür und dem Fenster das richtige Maß. Ein Stück von Tante Ilse, Karins Tante. Ich hatte mich gegen ihn gewehrt, war nun aber erleichtert, daß ich es nur mit halber Kraft getan hatte. Mich irritierte, daß er mich nun überzeugte, schließlich entsprach er nicht meiner Ideologie.

Hezi hatte sich nach seinem abrupten Abgang an jenem Morgen eine Zeitlang unwirsch gegeben. Über knappe Telefonate kamen wir nicht hinaus. Er fehlte mir. Das jahrelange gemeinsame Wohnen in der Studentenbude hatte uns näher zueinandergebracht, als uns bewußt gewesen war. Wir spürten es erst, als wir getrennte Wege gingen. Es stellte sich heraus, daß sich manches mit niemanden sonst bereden ließ, für mich auch nicht mit Karin.

Als es mit Hezi und Sylvia dauerhaft zu werden begann, sah er sich in existentielle Fragen gestürzt. Er wollte von mir wissen, ob sich einer Frau versprechen hieße, auf jede andere Frau verzichten zu müssen? Fürs ganze Leben? Und wenn man es doch nicht einhielte, ob man seiner Frau danach wie vorher gegenübertrete?

Vielleicht nimmt eine Beziehung daran gar keinen Schaden, hatte ich geantwortet. Vielleicht befreit es von falschen Fesselungen, erging ich mich in großen Gesten.

Falsche Fesselungen! Edel, edel, stöhnte er in seinem Bett. Vielleicht, vielleicht. Und wenn es der Anfang vom Ende ist? Von einem Ende, das du nicht willst. Stell dir doch vor, deine Frau mit einem anderen, der macht sich über sie her … Ich werde verrückt! – Ich hörte, daß er sich im Bett aufrichtete. – Dann ist die Sache gelaufen! Dann hat es sich. Aus! Aus! Aus!

Junger Freund, sagte ich in solcher Situation im Tonfall des Erfahrungsgesättigten, es handelt sich hierbei weniger um eine Frage der Theorie, sondern um eine, die in der entsprechenden Lebenslage zu lösen ist.

Ich hatte das Gefühl, manche Antwort von damals stand immer noch aus. Ich war erleichtert, daß unsere Telefonate allmählich wieder ausgiebiger wurden, sich auch ihr Tonfall normalisierte und das eine oder andere, was sich eben nur zwischen uns besprechen ließ, zumindest anklang. Nun waren er und Sylvia das erste Mal in unserer neuen Wohnung zu Besuch. Er trat vom Balkon ins sonnendurchflutete Zimmer zurück und blickte sich mit ernstem, fast grimmigem Gesicht um. Er wisse nicht, was mein Genöle solle, sagte er überdrüssig, von wegen die Schrankwand sei verschenkt. Ich sei vom Glück geradezu verfolgt! Eigene vier Wände, Fernheizung, die Sächsische Schweiz praktisch im Zimmer, was ich denn noch wolle!

Die Frauen waren in dem Geviert der Innenküche beschäftigt. Mehr als zwei Personen ließen Gasherd, Spülbecken, der Kühlschrank und die sprelacartfurnierte Anrichte mit dem Hängeschrank darüber nicht zu. Sylvia war nicht nur schlank, neben Karins sinnlich-faßlicher Körperlichkeit wirkte sie zerbrechlich. In ihre melancholischen Augen kam Glanz beim Hantieren in der Küche, sie stand sich vor Eifer fast selbst im Wege. Sie konnte nicht genug davon bekommen, die Schränke auf- und zuzuklappen, nach Geschirr, Besteck und den Zutaten zu langen, das Gas anzuzünden. Es sollte eine Gurkensuppe geben. Ich sah ihr mit Skepsis entgegen, ich aß eigentlich keine Gurken. Sylvia hatte noch eine Reihe kleiner Dosen aufgebaut, Erfurter Diätgewürze, die mich zusätzlich erschreckten. Sie hatte mit ihrer Autorität als Diätköchin mit Ingenieursabschluß das Menü bestimmt.

Was ich will? wiederholte ich Hezis Frage. Es nervt, daß alles immer auf halbe Lösungen hinausläuft. Drei Zimmer, ich machte eine ausholende Armbewegung und beklagte mich, daß sie doch nicht mehr Platz als die zwei Altbauräume hergäben. Fernheizung, in der man verdampfe, weil sie nicht zu regulieren sei. Ein Bad – aber ohne eine Fliese. Wenn es mir nicht zu doof vorkäme, würde ich Gitta in Aachen um Plastefliesen anhauen, die sich schicken ließen.

Wir setzten uns in die Eierschalensessel, die mit ihrem kräftigen Rot, Blau und Gelb, schwarz übernoppt, den Blick auf sich zogen, sobald man den Raum betrat. Auch die Klarheit der Farben empfand ich als Entsprechung meiner Seelenlage. Es war leichtes Mobiliar. Man brauchte nur den Hintern etwas zu lupfen und die schrägen Lehnen zu fassen, ohne die auf ihnen ruhenden Unterarme aus ihrer Lage zu lösen, und sie waren mühelos zu versetzen. Ich war ein vehementer Streiter gegen unnötigen, was positiv formuliert hieß: *für* sinnvollen, minimierten Krafteinsatz. Die Nachkriegsjahre, in denen es an allem fehlte und die sich als Rückfall der Menschheitsgeschichte in die Zeit vor der Erfindung der Draisschen Tretmaschine und der Schubkarre erwiesen, steckte mir noch in den Knochen. Kraft war ein kostbares Gut, es wurde einem immer einiges mehr davon abverlangt, als man besaß.

Ich hatte aufgeatmet, als die sichtbarsten Zeichen der Kriegszerstörungen, der Perversion von Leben, die Ruinen abgeräumt waren. Auch um den Preis, daß erst mal gar nichts da war. Zwischen Hauptbahnhof und Rathaus statt einer Stadt nichts als eine weite, leere Fläche, aus der vor dem Altmarkt der massive Bau der Bank und gegenüber vom Hauptbahnhof das Hotel Excelsior wie zwei angerottete Zähne ragten, die der Totalextraktion entgangen waren. Auf der Brandmauer des Excelsior zuckte die weißblaue Leuchtreklame für Margonwasser wie Schmerzensschreie. Aber die von Ruinen geräumte Leere war der Zustand, von dem aus es überhaupt erst losgehen konnte, und es ging ja los, ein Stück Altmarkt, ein Stück Thälmannstraße, ein Stück Dr.-Rudolf-Friedrichs-Brücke, der neue Name stand schon fest, als von einer Brücke noch nichts zu sehen war. Die Erde wurde zu Baugruben aufgerissen, derbe Fundamente füllten die Vertiefungen Betonskelette, hoben sich allmählich in die Höhe, Stahlgeflechte, Kräne,

Flaschenzüge, dröhnende Dumper belebten das Areal, Lärm erfüllte die Räume, die einst Stadt waren, und gaben ein Versprechen ab auf etwas, das wieder Stadt werden könnte. Modelle im Rathaus zeigten eine Stadt, die weiß, klar und in ihrer Kleinausgabe auch fremd anmutete. Aber es war doch eine Stadt. Von Zeit zu Zeit wollte mich die Zuversicht verlassen, ob es tatsächlich je zu schaffen sei, daß Häuser, Brücken, Betriebe wieder ein intaktes Ganzes ergäben, so wie man es brauchte und sich wünschte. Der Aufwand, den es erforderte, war immens. Ich wurde nachsichtig angesichts dessen, was entstand, auch wenn sich meine Erwartungen nie so richtig erfüllten, die Hauptsache war mir, daß überhaupt etwas wurde. Ich sah es mir an: die Borsbergstraße, den Gastronom am Postplatz, das Pirnaische Tor. Und die Ungeduld fügte in meiner Vorstellung hinzu, was noch nicht da war. Mit den ersten neuen Straßenbahnen hatte meine Zuversicht einen spürbaren Schub erhalten. Die Gothaer, wie sie nach ihrem Herstellungsort genannt wurden – T 57 die Bezeichnung für die Triebwagen, B 57 für die Anhänger –, hatten eine fließende, gefällige Form, die Stirnfläche im Übergang zu den Seitenflächen gerundet, selbstverständlich mit Fahrerkabinen; den alten, kantigen Wagen mit den aufgesetzten Eckkästen für die Liniennummern, der breiten Frontfläche und dem Stehplatz für den Fahrer meinte ich nun ihre Antiquiertheit anzusehen. Die Zuversicht erhielt allerdings im Lauf der Zeit prompt wieder einen Dämpfer. Denn die neuen Bahnen rollten nicht in Scharen an, ihr Nachschub tröpfelte nur, und es stellte sich heraus, daß sie in der Form zwar zeitgemäß waren, die elektrische Ausrüstung aber keineswegs neuestem Standard entsprach. Auch mit ihnen ging es nur halbe Schritte voran, wo Doppelschritte nötig gewesen wären. Es war wieder eine Frage der verfügbaren Kraft. Meine Prämisse, sorgsam – effektiv, wie es offiziell heißt – mit ihr umzugehen, bestätigte sich Mal für Mal. Kraftgewinn ist Zeitgewinn. Freilich empörte mich oft genug, wofür die raren Kräfte eingesetzt wurden. In meinen eigenen vier Wänden jedoch, wo es in meiner Hand lag, sollte sich erweisen, daß mit der

Kraft sinnvoll und effizient umgegangen wurde. Mit dem Verrükken eines blauen Noppensessels, und sei es zu keinem anderen Zweck, als sich selbst ins rechte Licht zu setzen, in das zur Balkontür hereinflutende Sonnenlicht, begann der Anspruch!

Halbe Lösungen! Hezi spreizte die Arme mit nach oben gerichteten Handflächen, als Zeichen, daß er den Raum, so wie er eingerichtet war, die ganze Wohnung, eigentlich alles, was Karin und mich umgab und betraf, geradezu als Idealzustand ansah.

Die Sessel zu bekommen, sagte ich, indem ich noch prüfte, ob ich auch wirklich in der Sonne plaziert saß, sei auch so 'n Fall von Kraftvergeudung. Es gibt sie, und es gibt sie nicht. Denn es gab sie lediglich über den Katalog des Konsum-Versandhauses Karl-Marx-Stadt, dessen Angebote allein für die Landbevölkerung bestimmt waren. Also mußten die Sessel über die Adresse meiner Mutter bestellt werden, mit der ausdrücklichen Hervorhebung »Landkreis« Cottbus. Nach einem Vierteljahr trafen sie bei ihr ein. Was hieß, sie an den eigentlichen Ort ihrer Bestimmung umzuleiten, also die gute halbe Lieferstrecke, die sie von Karl-Marx-Stadt über Dresden bis zu ihrem vorgetäuschten Ziel genommen hatten, wieder zurückzutransportieren. Mit großer Wahrscheinlichkeit hatten sie sogar, da sie mit der Eisenbahn befördert wurden, in Dresden bereits einen Zwischenaufenthalt gehabt und waren auf dem Güterbahnhof Friedrichstadt umrangiert, womöglich sogar umgeladen worden.

Der Rücktransport nun erwies sich als etwas, das an die Schwelle zur Unlösbarkeit stieß. Transportkapazität war vielleicht für Großvorhaben wie Schwarze Pumpe oder Schwedt vorhanden, wo der Sozialismus aus dem Boden gestampft wurde, oder wenn schon Möbeltransport, dann der für einen Jungschlosser, der mit seiner Familie von Pößneck nach Hoyerswerda wechselte, um dort die Ärmel hochzukrempeln. Aber doch nicht für eine Spielerei wie drei Noppensessel! Ich nutzte jede Begegnung mit wem auch immer, um mein Begehren zur Sprache zu bringen, sobald ich auch nur die geringste Chance zu sehen glaubte. Schließlich fand sich der Fahrer eines Werkstattwagens der Dresdner Verkehrsbetriebe für fünfzig Mark in die Hand bereit, auf der Rückfahrt von Luckenwalde, wo er in der Schraubenfabrik Splinte und Bolzen zu holen hatte, die seinen Barkas nicht ausfüllten, sich der Sessel anzunehmen. Allerdings gab er die Zusage in mangelnder Ortskenntnis. Ich weiß nicht, ob er sich Cottbus an der Stelle von Jüterbog oder Baruth vorgestellt hatte oder ob er Entfernungen, soweit sie außerhalb des Wirkungskreises der Dresdner Verkehrsbetriebe lagen, also jenseits des von Kreischa und Weinböhla, Hainsberg und Pillnitz abgesteckten Raumes, für vernachlässigenswert hielt, er traf jedenfalls abends um zehn bei meiner Mutter ein, wo ich ihn erwartete. Zudem war es bitterkalt. Ein feiner Schnee rieselte unablässig aus der nächtlichen Himmelsschwärze hernieder, den der eisige Wind sofort wieder auftrieb, und die Straßen waren, soweit überhaupt als solche erkennbar, spiegelglatt. Der Mann stellte den Motor nicht ab, aus Furcht, er würde nicht wieder anspringen – eine nicht gerade beruhigende Vorstellung, was die bevorstehende Fahrt betraf. Der Innenraum des Fahrzeugs war völlig verölt. Ich suchte alte Decken, aber mehr als anderthalb ließen sich nicht finden, so daß sich meine Mutter entschloß, zwei Laken als ausgesondert zu erklären, damit nach dem Transport eine gewisse Aussicht auf Benutzbarkeit der Sessel bestand. Der Fahrer war natürlich ungeduldig und höchst mißgestimmt. In Anbetracht des Wetters lehnte er die Landstraße ab. Die Entscheidung für die Autobahn bedeutete, daß die Sessel sich noch weiter von ihrem eigentlichen Zielort zu entfernen hatten, denn eine Autobahnverbindung zwischen Cottbus und Dresden besteht bekanntlich nur, indem man sich statt nach Süden erstmal in die entgegengesetzte Richtung nach Berlin zum Dreieck Lübbenau auf den Weg macht. Daß es die Autobahn sein sollte, auf der wir uns befanden, war eine Sache des Glaubens. Beim kleinsten Versuch, das Fahrzeug – ein Barkas, wie gesagt, Zweitakter mit Hinterradantrieb – ein bißchen zu beschleunigen, kam das Heck in Versuchung, das Fahrerhaus zu überholen und uns wieder in Richtung meiner Mutter zurückzujustieren. Die Bremse nur anzutippen hieß, das Fahrzeug in einen Bob im Eiskanal zu verwandeln. Am Dreieck Lübbenau, wo es galt, endlich die Richtung auf unser tatsächliches Ziel einzuschlagen, verpaßten wir in dem Schneedunst, der das sonst übliche Nichts zwischen Himmel und Erde füllte, prompt den Abzweig, erst gute zweihundert Meter danach kamen wir zum Stehen. Ich stieg aus – es kam ja nichts anderes in Frage, als rückwärts zu fahren – und wollte dirigieren, aber die Glätte riß mir die Beine weg. Ich schlug auf die Fahrbahn, der die Schneeschicht nichts von ihrer Härte genommen hatte. Es war so gut wie kein Fahrzeug unterwegs, aber in dem Moment kamen selbstverständlich zwei matte Lichter auf uns zu. Mein Versuch, aufzustehen, riß mich abermals zu Boden, und so robbte und rutschte ich gerade noch aus der Fahrspur. Unvermittelt hatte ich die Schwärze der Lastwagenreifen vor meinen Augen, bis sie mir den Schnee ins Gesicht stäubten. Ich war damit alles in allem noch gut bedient. Den Rest der Fahrt saß ich mit angehaltenem Atem auf dem Beifahrersitz. Indem wir uns Dresden näherten, ließ die Glätte nach. In der Stadt war gelaugt worden. Es war drei Uhr morgens, als wir ankamen. Ich gab dem Mann noch einen zweiten Fünfzigmarkschein, wodurch sich der mit dem Blick auf die Landbevölkerung sozial gedachte Preis für die Sessel ins Gegenteil verkehrt hatte. Was ja in meinem Fall nicht unberechtigt war.

Komm, mach 'n bißchen mit, rief in meine Schilderung hinein Karin von der Küche her mir zu und setzte die blauweißen Steinguttassen für die Milch-Gurken-Suppe in die Durchreiche. Aber noch ehe ich der Aufforderung nachkommen konnte, war Sylvia schon hereingetrippelt, mit flinken, kurzen Schritten, soweit ihr enger Rock das zuließ, auf extrem hohen Absatzschuhen, die ihre dünnen Waden noch mehr streckten.

Laß die Buben, trällerte sie zu Karin, die stören bloß, und sie arrangierte gewandt auf dem Tisch, was Karin bereitstellte. Über den Rock hatte sie eine schwarzweiß karierte Hüftschürze gebunden.

Wer hier Glück hat, sagte ich zu Hezi, das wollen wir mal offen lassen.

Ich stemmte mich aber doch hoch, ging zur Schrankhalbwand und klappte die enttäuschende Hausbar auf, in der die Beleuchtung automatisch anging, auch wenn es in dem sonneüberfluteten Gefach nicht wahrzunehmen war. Ich pflückte an den Flaschen vorbei – Grusinischer Kognak (Bjeli Aust), Subrowka (der polnische Wodka mit dem Büffelgras), Nordhäuser Doppelkorn, Melde Eierlikör – vier Weingläser aus den Halterungen, in denen sie mit dem Kelch nach unten hingen.

Hezi war ebenfalls aufgestanden, neben mich getreten und beobachtete meine Handgriffe, als bedeuteten sie etwas. Sehr schön, sagte er.

Ist ja dir zu verdanken. Ich grinste, halb verlegen, halb spöttisch.

Hezi blieb ernst.

Dann holte ich den Wein vom Balkon, wo ich ihn in einer schattigen Ecke abgestellt hatte, drehte Hezi das Etikett der schlankhalsigen grünen Flasche zu: Szürkebarant – Grauer Mönch. Hezi nickte.

Er hatte das Kinn vorgeschoben, sein Ausdruck von Konzentration. Ich fragte mich, worauf und weswegen. Ich klappte noch einmal die Hausbar auf und griff den Korkenzieher, und da schien es mir angebracht, auf irgendein Nachspiel wegen des Schrankwandkaufs gefaßt zu sein.

Es wird dich überraschen, was ich dir zu sagen habe.

Ich ließ von der Folie am Korken ab.

Obwohl Hezis Kinn sich wieder in Normalstellung befand, blieb sein Gesicht angespannt. Er erwartete, daß ich ihn ansah.

Ich trete in die Partei ein, sagte er.

Mir wurde seltsam zumute, als hätte sich Hezi verändert, als sei er nicht mehr der, der er eben noch war. In meinem Körper breitete sich ein Gefühl aus, als begänne eine Narkose zu wirken. In den Blumenkästen an der Balkonbrüstung reckten sich die violetten und samtroten Petunien der Sonne entgegen und zitterten in kleinen Böen, die sich im Windkanal zwischen den Häuserblocks bildeten und auch manchmal den Sand der halbfertigen Straße aufwirbelten.

Aha, sagte ich.

Es gibt nur zwei Wege. Entweder du machst mit, und zwar richtig, oder du läßt es sein, und dann ist es das beste, du gehst. Aber der Weg ist verbaut.

Die Frauen klapperten in der Küche.

Sie haben mich nach Lichtenberg gesteckt, auf den Betriebshof. Noch mal richtig Praxis kennenlernen. Ist ja nicht so falsch. Und unser Leistungsvolumen – er zählte mir Personal- und Fahrzeugbestand auf, die Betriebskilometer, die Werkstattkapazität (er benutzte die offiziellen Termini), über die er verfügte –, das alles liege über dem, was ganze Verkehrsbetriebe etwa in Potsdam, Rostock oder Erfurt aufzuweisen hätten. Höre sich nicht schlecht an. – Aber ob er mir mal schildern solle, womit er sich rumzuschlagen habe? Da reiße ein Dreiwagenzug in der Siegfriedstraße direkt an der Einfahrt zum Betriebshof die Weiche auf. Die Anhänger springen aus den Schienen, der vordere so, daß er beide Fahrtrichtungen blockiert, der hintere nur die in Richtung Herzbergstraße, Elektrokohle. Was machen die Idioten, die setzen den hinteren Beiwagen als ersten ins Gleis, weil sie an den besser rankommen oder was weiß ich weshalb, und erreichen in der halben Stunde überhaupt nichts, weil der andere Wagen nach wie vor beide Richtungen versperrt. Das sei nur ein Beispiel. Achtzig Prozent seiner Zeit gingen mit Plunder drauf, vor allem damit, zuzusehen, wie man das Personal für die Dienste zusammenbekomme. Die Dinge, auf die es wirklich ankomme in so einem Betrieb, die spielten sich in der Luxemburgstraße ab. Wenn man den Fuß dort in die Tür kriegen wolle, habe man *ohne* keine Chance. In gewisser Weise hätte ich Glück mit unserem Alten in der LDPD, mit Forschung und so, das rangiere am gesellschaftlichen Rand. Aber sein öffentlicher Großbetrieb in der Hauptstadt, der …

Ich warf mir vor, daß ich den Schrankwandmorgen zum Skatspielen und nicht zum Reden mit ihm genutzt hatte. Denn daß sich die Gelegenheiten wie in der Internatszeit von selbst ergaben, war nun einmal vorbei. Jetzt zeigte sich, wir gingen nicht nur äußerlich verschiedene Wege.

Ich hatte im Lauf der Zeit oft genug an Beratungen, Kolloquien, Fachausschußsitzungen teilgenommen, saß zwischen den Leuten aus den Verkehrsbetrieben, aus anderen Instituten, den Räten der Bezirke, Kreise, Städte. Ich stieß dabei auf einstige Mitstudenten aus anderen Seminargruppen und Semestern, in Magdeburg auch auf Lippert. Als wir uns gegenüberstanden, schien er mir mit betonter Forschheit die Hand entgegenzustrecken, während ich mir Mühe gab, die Irritation, die sein Parteiabzeichen auslöste, zu verbergen. Es kostete mich einige Beherrschung, ihn nicht zu fragen, ob das der Preis für die Eskapade mit der Manchesterhose sei. Aber es war mir inzwischen nicht entgangen, daß ich zu einer schrumpfenden Spezies gehörte, die dadurch kenntlich war, daß sie sich nicht kennzeichnete. Lippert behielt das Abzeichen auch abends in der Juanita-Bar angesteckt. Im Gegensatz zu Schönemann, der, in Schlips und Kragen, sein Revers nun aber schmucklos, sich zu vorgerückter Stunde auf dem hohen Hocker am Bartresen eine Anspielung darauf nicht verkneifen konnte. Betty, rief er der offenherzigen Barfrau zu (selbstverständlich hieß sie nicht Betty), die wegen ihres Anflugs von kultivierter Frivolität hohe Wertschätzung genoß: Jetzt bin ich für Manhattan. Und er beugte sich über die polierte Theke ihr entgegen und tat verschwörerisch: Oder gibt's an Manhattan etwas auszusetzen?

Sie ließ den Mixbecher, hochgestreckt vom nackten Arm, dessen Blöße, von dem Trägerschnürchen über der Schulter abgesehen, sich unter der Achsel in einem Keil bis zur Taille hinab fortsetzte, verharren, als taxiere sie den Becher auf seine Eignung als Wurfgerät: Mein Manhattan! Bei euch stimmt wohl was nicht!

Und sie erntete befreiendes Gelächter.

Danke, rief Schönemann zurück, reckte seine Arme über den Kopf, um dort oben die Hände zur Glückwunschgeste zu verschränken. Auf dich kann man sich verlassen. Man verließ sich tatsächlich auf sie. Betty war der Lockvogel für Dienstreisende, denen Pigalle und Manhattan versagt blieben, und machte Magdeburg entgegen seiner sonst eher gezügelten Anziehungskraft zum bevorzugten Tagungsort. Ihr freizügiges Dasein und Tun ließ Tagungen mit kontroversesten Auseinandersetzungen einen versöhnlichen Ausgang nehmen.

Der Fall ist authentisch geklärt, rief Schönemann in die Runde, als sie die Gläser zuschob, und erntete abermals Gelächter. Prost! Schönemann konnte es sich als Zeichen besonderer Gunsterweisung anrechnen, daß Betty, während sie den Mixbecher doch nicht zweckentfremdet eingesetzt hatte, sondern wieder rüttelnd dienstbar machte, ihm die Zungenspitze maßvoll entgegenstreckte.

Ach, sagte ich zu Hezi, manchmal frage ich mich, ob ich die Partei zu ernst nehme?

Er sah mich fragend an.

Mit manchem kommt man am besten zurecht, wenn man es lokker nimmt. Aber das geht mit der Partei nicht, weil sie sich selber zu ernst nimmt. Die Partei, die Partei, die hat immer recht! Für mich ist die Partei ein Disziplinierungsmittel. In mir sperrt sich etwas gegen sie, ich will es mal Selbstachtung nennen. Du selbst sein, Individualität ist eine mühsam errungene Kulturleistung. Man ist, was man denkt, fühlt und will, haben wir mal für uns definiert.

Was denkst du, was für ein Gefühl von Selbstachtung du hast, wenn du laufend abgewiesen wirst, wenn du zu spüren bekommst, dir traut man nicht, du bist suspekt, zweitklassig. In der Partei sein ist nun mal Voraussetzung, etwas zu bewirken. Ich will etwas bewirken. Also muß ich rein, um mich besser zu fühlen.

Macht mal nicht so pathetische Gesichter, sagte Karin unvermittelt hinter mir, und ihre dunklen Augen stellten mich. Und zu Hezi: Widersprüche, das ist nicht so seine Sache, geschweige denn deren Kampf.

Ich verstand ihre Logik nicht, wie ich sie manchmal nicht verstand. Er möchte, daß alles behutsam fließt und dabei gedeiht und größer wird und besser und schöner, nicht wahr. Sie reckte sich, indem sie sich auf meinem angewinkelten Arm abstützte, und drückte mir ihre weichen Lippen auf die Wange, knapp neben dem Ohr. Und tatsächlich milderte sich meine Anspannung.

Los, an den Tisch, kommandierte sie, als Sylvia die Terrine in die Mitte stellte. Das Zimmer – und wahrscheinlich die ganze Wohnung – durchzog der Gurkengeruch.

Ich will dir sagen, worauf es ankommt: Die Partei braucht junge Kader, tischte – sozusagen – Hezi seine Strategie auf. Leute, die auf der Höhe der wissenschaftlichen Erkenntnisse sind, mit Fachwissen in jeder Beziehung. Die von der alten Garde, die mögen ihre klassenkämpferischen Verdienste haben, aber was die Praxis erfordert, davon haben sie herzlich wenig Ahnung. Schlimmer noch, in Bezug auf die Praxis sind sie Idealisten, Ärmel hochkrempeln und der Laden läuft, denken sie. Aber so läuft er noch lange nicht. Deswegen müssen Leute wie wir rein.

Eine Partei sei für mich nicht die, die sie vielleicht mal werde, sagte ich, das heiße, sich auf Prophetie einzulassen, was ja einigermaßen unmaterialistisch sei – sondern sie sei das, was sie bisher zu verantworten habe. Ob er verantworten wolle, was diese Partei bereits im Schlepptau nach sich ziehe, vom 17. Juni übers Bauernlegen (ich drückte mich so aus) bis zur Mauer, um nur das Gröbste zu nennen, und überhaupt diese Daueratmosphäre von Druck und Drohung, von den Konsequenzen ganz zu schweigen …

Wie ich mit solcher Ablehnung etwas anderes erreichen wolle, als den Kopf einzuziehen! So eine Haltung sei der Freibrief für die Falschen, nach Belieben weiter zu schalten und walten. Wozu hätten wir denn studiert, wenn wir nicht was bewegen wollten! Wir hätten studiert, um einiges mehr und besser zu wissen und zu machen. Daran müßten sich die Altvorderen halt gewöhnen.

Genau betrachtet, hapere es im ZK nicht nur an ökonomischem Verständnis, sondern an marxistischem ebenso, sagte ich. Was sich tagtäglich abspiele, sei doch eine einzige Kette von Beweisen dafür, daß für sie nicht die Ökonomie die Basis sei, sondern die Ideologie.

Wahrscheinlich habe ich recht, sagte er. Neulich hätten sie es bei ihm im Betrieb doch glatt fertigbekommen, 'ne Parteivollversammlung zur Plenumauswertung einzuberufen und dafür Genossen von den Bussen und Bahnen runterzubeordern! Es sei deine strategische Pflicht als Fahrdienstleiter, den Dienstplan mit den Nichtgenossen zu realisieren! – Da guckst du blöd aus der Wäsche, als guter Nichtgenosse. Es gibt nur eine Chance, man müsse dorthin, wo Entscheidungen getroffen werden, und das sei die Partei. Und es gebe sehr gute Leute gerade in der Partei, und zwar genau solche, die etwas ändern wollten. Die müsse man bestärken.

Aber wo sie denn seien, die sehr guten Genossen! Ich spüre von ihnen halt herzlich wenig, sagte ich.

Wie ich das beurteilen wolle? Wenn es die nicht gäbe, stünden wir womöglich an der Straße und schwenkten rote Büchlein …

Wenn du meinst, es könnte immer noch schlimmer sein, darauf können wir uns einigen. Aber wenn allein das zu verhindern ein Verdienst sein soll …

Hezi war angespannt. Ja, die Suppe ist sehr gut, mein Schatz, er fuhr Sylvia im Nacken unters Haar und zog ihr Gesicht an seins. Sie schloß die Augen. Er gab ihren Kopf wieder frei. Es sei ja nicht so, daß man am Punkt Null anfangen müsse. Das Neue Ökonomische System habe die richtige Tendenz. Daß der Wirtschaft mehr freie Hand gelassen werde, das habe schon was mit Demokratisierung zu tun.

Ich rechne mit dir, versicherte ich ihm. Ich wußte selbst nicht, wie ernst ich es meinte.

Als Karin und ich wieder allein waren, in dem kleinen Geviert der Küche zusammenräumten und abwuschen, sagte ich: Ich verstehe nicht, was in ihn gefahren ist.

Ach, dein Hezi, sagte Karin. Er will einfach was werden. Vielleicht hat er ja nicht ganz unrecht. Vielleicht ist es die einzige Chance, von innen aufzuräumen.

Ich trau dem Frieden nicht. Was in der Wirtschaft nach 'nem bißchen Auflockerung aussieht, das haben sie politisch längst wieder einbetoniert. Wo gibt's denn so was, die Mandate von der Volkskammer bis zu den Gemeindevertretern runter nach Republikdurchschnitt festzuschreiben. Als ob die Wahlen – Wahlen! wiederholte ich mit gehobener Stimme, und mußte nachfassen, daß mir die drei übereinandergesetzten Tassen, die ich im Hängeschrank über dem Abwaschbecken unterbringen wollte, nicht aus der Hand rutschten –, als ob das Theater nicht so schon demütigend genug ist! Aber, ich wechselte den Ton, vielleicht tut sich ja tatsächlich was innerhalb der Partei. Man müßte mal zusehen, daß man an dieses Buch rankommt, Dialektik ohne Dogma.

Du hast Ideen! In Karins dunklem Blick zitterte ein kleiner Schreck. Sie hockte sich neben mir hin, beugte sich vor, ihre bloßen Arme streckten sich, um einen Topf in dem unteren Fach zu verstauen. Unter dem dünnen weißen Nicki zeichnete sich die Reihe der Wirbel ab. Soll dir deine Cousine das Buch schicken oder wie? Karin hatte sich wieder aufgerichtet und blies nach einer blonden Strähne, gegen die ihre Wimpern zuckten. Ich hob sie ihr aus dem Gesicht.

Durch die Korridortür hörte man Stimmen im Treppenhaus, die sich nach oben oder unten entfernten. Als wir im Bad fertig waren, war es längst still im Haus.

Ich blieb an der Schlafzimmertür stehen und machte das Licht erst aus, nachdem Karin die drei Schritte am Fußende des Bettes zurückgelegt hatte, ein einssechzig breites Doppelbett, mit zwei normalen Einzelbetten wäre es noch enger geworden. Ich sah Karins Kontur vor der matten Dunkelheit des Fensters, bevor sie sich hinlegte. Dann ging auch ich ins Bett. Der Matratzenboden gab nach, aber er war durch Karin schon schräg zur Mitte geneigt. Es war, als bestimmte er uns den Platz nah beieinander. Ich spürte Karins Gesicht, keine zwei Handbreit vor meinem, und sie spürte mich. Wir griffen gleichzeitig jeder nach der Schulter des anderen. Im nächsten Moment zogen sich unsere Körper fest aneinander.

Das Fenster, sagte ich in ihr Haar hinein. Es war einen Kippspalt offen.

Ach, laß das Fenster, sagte sie und hielt mich fest.

Ich machte mich dennoch von ihr frei, richtete mich halb auf, stand schwankend auf der Matratze und reckte mich zum Fenster, um es zuzudrücken. He, hiergeblieben, sagte Karin halblaut lachend in meinem Rücken und zog mir die Schlafanzughose von den Hüften.

Es ist nicht alles zum Verzweifeln, sagte ich, als wir später umschlungen, aber ruhig beieinanderlagen.

Das möchte wohl sein! sagte sie.

Ich war auch Montag früh zur Dienstbesprechung noch guter Dinge. Es war erst das zweite oder dritte Mal, daß wir in Fritzsches neuem Direktionszimmer zusammenkamen, in der von zwei hohen achtteiligen Eckfenstern erhellten Großzügigkeit (die möchte ich nicht putzen! fällte Frau Bischoff, Fritzsches Sekretärin, ihr den Fenstern nicht wohlgesonnenes Urteil). Der Konferenztisch und die Sitzecke mit Clubsesseln schienen plötzlich auch unseren Themen zusätzliche Bedeutung zu verleihen. Das Institut war dabei, Raum für Raum das im Wiederaufbau befindliche Gebäude zu beziehen, einen Renaissancebau mit dicken Mauern, der, kriegsbeschädigt, lediglich als Lagerhaus und von verschiedenen ihn vor allem ruinierenden Werkstätten genutzt, all die Jahre lang vor sich hingerottet war. Fritzsche, dem der Ruf eines weitsichtigen, strategischen Kopfs vorausging – den er womöglich gerade dem Umstand, kein Genosse zu sein, verdankte! –, war es gelungen, aus den Etats aller möglichen Einrichtungen (Verkehrs- und Bauministerium, Rat des Bezirks, Rat der Stadt, Denkmalpflege) die Gelder für die Wiederherstellung aufzutreiben. Brottstein und ich saßen noch über der Straße in einem Gebäude mit maroden elektrischen Leitungen über Putz, die die Sicherungen durchbrennen ließen, sobald ein Heizlüfter oder auch nur die Rechenmaschine eingeschaltete wurde, ein massives Gerät aus der Zeit der ersten Technischen Revolution. Der Weiterbau des Gebäudes – natürlich ging es nicht ohne Schwierigkeiten ab – war auch der erste Tagesordnungspunkt. Für Montag früh war meine Stimmung nicht schlecht, denn auch unser Umzug war absehbar. Der zweite Tagesordnungspunkt aber war – Fritzsche hatte sich am Freitag durch Frau Bischoff ausdrücklich versichern lassen, daß ich zur Dienstbesprechung käme – »Stand der Bearbeitung des Forschungsauftrags *Zweckmäßigste Nahverkehrsmittel in den Städten der DDR*«. Es war durchaus üblich, daß von Zeit zu Zeit Zwischenberichte abgefordert wurden. Mein Arbeitsstand war gut. Ich hatte die Unterlagen vor mir liegen und wußte, was ich zu sagen hatte. Aber Fritzsche erteilte nicht mir das Wort, sondern begann über die vom ZK und dem Ministerrat einberufene Rationalisierungskonferenz zu referieren, über die Konsequenzen, die sich daraus für alle Volkswirtschaftszweige ergäben, auch für Forschung und Entwicklung, weswegen er vergangene Woche ja Termin in Berlin gehabt hätte. Die volkswirtschaftliche Situation erzwinge es, daß sämtliche Forschungsaufgaben, deren Umsetzung in absehbarer Zeit nicht zu realisieren sei, deren Investitionsmittelbedarf gegenwärtig nicht gesichert werden könne, einzustellen seien. Uns beträfe es mit dem Thema »Zweckmäßigkeit der Nahverkehrsmittel«. Es sei vom Ministerium mit sofortiger Wirkung annulliert.

Mir verschlug es die Sprache. Mir verschlug es jeden Gedanken. Ich spürte, wie sich in mir alles empören wollte. Und ich wußte, daß es zwecklos war. Nicht nur, daß ich meine Unterlagen in der Mappe vor mir überhaupt nicht aufzuschlagen brauchte. All die Ordner in den Regalen an der Rückwand meines Zimmers, prall gefüllt und alphabetisch von Altenburg bis Zwickau geordnet, waren Makulatur geworden. Meine ganze bisherige Arbeit, und nicht nur meine. Roswitha, unsere Konstrukteurin, war daran beteiligt, Brigitte, die Sekretärin, auch Brottstein, sofern etwas mit Normen und gesetzlichen Grundlagen zu tun hatte, selbst Leberecht, unser Fachgruppenleiter, hatte sich mit dem einen und anderen befaßt. Es steckte die Arbeit von Ausschüssen und Gremien darin, von Stadtplanern, Buchhaltern, technischen Zeichnerinnen aus den Betrieben, von Verkehrsleitern, selbst von Betriebsleitern wie van der Keulen aus Kaisersaschern, von den Räten der Städte. Die eingesetzte Zeit, alle Überlegungen, alle Auseinandersetzungen, an denen es keineswegs gemangelt hatte – alles in den Sand gesetzt. Lebenszeitvergeudung!

Die Entscheidungen für die einzelnen Städte würden operativ getroffen. Je nach den örtlichen Gegebenheiten, teilte Fritzsche als praktische Konsequenz mit.

Beschränkung auf das Unumgängliche hieß das, Zurückschrauben, Durchwursteln. Wie üblich. Es war gleichzeitig eine Absage an meinen Anspruch von weitsichtiger Vernunft. Und eine Kapitulation, die über meine konkrete Arbeit weit hinausging. Es war ein Zeichen für den allgemeinen Zustand. Rücknahme der hochfliegenden Pläne – überholen ohne einzuholen –, die mir zwar immer suspekt waren, aber doch eine Herausforderung. Statt dessen Einsicht in die Notwendigkeit, kleinmütige Ernüchterung... Nun sollte es ganz direkt auch meine Arbeit betreffen, daß der Anspruch der Gesellschaft – fast das einzige, worauf ich mich halbwegs einzulassen bereit war, wenn auch längst nicht so weit wie Hezi – nicht mehr als ein Heißluftballon war, ein Luftgebilde ohne Bodenhaftung...

Der richtig harte Aufschlag auf dem Boden der Tatsachen stand mir jedoch noch bevor: Die somit freigesetzte Forschungskapazität, fuhr Fritzsche fort, könne problemlos in das Projekt Kfz-Waschanlage, Ölabscheider integriert werden...

Was hieß, ich sollte in der Versenkung landen, wortwörtlich. Denn Ölabscheider, das waren die Gruben unter den Waschstraßen, Betonumwandungen drei Meter im Geviert. Kloaken! Die ohnehin geschrumpfte Welt, dieses mir hinter seiner martialischen Absperrung verbliebene Reststück zwischen Zittau und Stralsund, Görlitz und Eisenach, an das ich mich geklammert hatte, an dem ich mich mit meinen Reisen einigermaßen schadlos halten wollte, hatte sich auch noch erledigt.

Ich fuhr hoch, auch vom Stuhl am Konferenztisch, auf dem ich sitzen geblieben war, als die anderen gegangen waren. Wie er, Fritzsche, sich das denke? Ich sei weder Konstrukteur noch Bauingenieur noch Chemiker. Wozu gebe es Stellenprofile? Wenn schon das, was unter Planwirtschaft laufe, Schaumschlägerei sei, ein Arbeitsrecht gebe es immerhin noch. Und da würde ich erst mal sehen wollen, ob das ein Freibrief sei, nach Lust und Laune mit einem umzuspringen …

Was mit mir los sei? Fritzsche ließ von den Papieren ab, in denen er hantierte, und sah mich halb erstaunt, halb drohend an. Mein Ausbruch traf ihn unerwartet. Von mir sei doch mit keinem Wort die Rede gewesen. Die Zeichnerinnen, Brottstein als Standardisierer … Ebensowenig sei die Rede davon gewesen, daß der Wert der bisherigen Untersuchungen in Frage gestellt würde. Er dürfe doch wohl erwarten, daß ich richtig hinhöre und ihm nicht irgendwas unterstelle …

Hatte ich geträumt?!

Er brauche mir nicht zu beteuern, wie sehr er meine Arbeit schätze; es stehe auch in keiner Weise in Frage, daß der bisherige Stand äußerst wertvolles Material erbracht habe, die Grundlagen für vielfältige weiterführende Aufgaben; daß selbstverständlich keinerlei Verschulden bei mir liege und kein Grund bestehe, die bisherige Leistung nicht anzuerkennen …

Nun begriff ich, wovon er sprach, welchen Spagat er zu bewältigen sich bemühte. Der Abbruch gefährdete die Erfolgsbilanz unserer Gruppe als »Kollektiv der sozialistischen Arbeit«. Abermals hatte ich mich als unverhoffter Kämpfer für den Titel zu erweisen. Die langen Berechnungen für die Nahverkehrsbetriebe, die Tabellen, die Streckennetzpläne, gegenwärtige und die zukünftigen, mehrfarbig auf Transparentpapier gezeichnet, auf Folien für Dia-Projektoren übertragen, ließen sich bei allen möglichen Gelegenheiten wirkungsvoll präsentieren. Nicht zuletzt Fritzsche machte bei Betriebsleitertagungen und anderen hochkarätigen Zusammenkünften davon Gebrauch. Ihnen, gerade ihnen war zugedacht, den fachlichen Nachweis unserer Titelwürdigkeit zu erbringen.

Am würdevollen Rahmen der Anerkennung würden keinerlei Abstriche gemacht, ganz im Gegenteil... Ich stutzte schon wieder. Wollte er die triste Urkundenübergabe hochspielen? Doch nicht etwa um mich zu trösten? Ein Vorgang, der völlig unüblich wäre. Oder spielte er auf etwas an, wovon ich nichts wußte?

Er spielte auf die Feierlichkeiten zum zehnjährigen Bestehen des Instituts an, die im Beisein von Vertretern aus Ministerien und Betrieben, von Hochschulen und Partnerinstituten begangen würden. In die hinein kam die Auszeichnung eines sozialistischen Kollektivs nicht nur wie gerufen, sie war unverzichtbar. Zu solchem Anlaß ohne Sozialistisches Kollektiv dazustehen wäre ein fatales Zeichen, es könnte den Verdacht ideologischer Unzuverlässigkeit des Instituts nahelegen, einen Verdacht, den Fritzsche als Nicht-Genosse sich am wenigsten leisten konnte. Was er so nicht aussprach. Aber es bedurfte keiner Hellsichtigkeit, um es als den eigentlichen Grund seines eloquenten Insistierens auf dem Wert meiner Untersuchungen zu begreifen. Es gab außer unserer Gruppe kein Kollektiv, das zu diesem Zeitpunkt in Frage kam.

Wissen Sie, wie mir das vorkommt? sagte ich. Als ob ich das Auto gegen einen Baum gesetzt habe und nun für unfallfreies Fahren ausgezeichnet werden soll. Ich lachte krampfig.

Reden Sie nicht solchen Quatsch.

Ich wußte nicht recht, wie mir zumute sein sollte, als ich sein Zimmer verließ.

Zurück in unserem Gebäude, sah ich Leberecht, meinen Fachgruppenleiter, vor mir den Korridor entlangwabern und folgte ihm in sein Zimmer. Leberecht, ein wortkarger, von seiner Massigkeit zu sparsamen Bewegungen veranlaßter Mensch – Fremde hielten ihn und Brottstein für Brüder –, war von seinen Ambitionen her reiner Techniker, in dessen Kopf allein Bruchmindestfestigkeiten, Biege- und Härtekoeffizienten umgingen. Er sah mich in seinem im Gegensatz zu Fritzsches Zimmer ausgesprochen düsteren

Raum über den Schreibtisch hinweg lethargisch an, als ich meine Verwirrtheit schilderte. Er zuckte mit den Schultern und nickte. Ich hätte mir den Abstecher zu ihm sparen können.

Der Gang der Dinge nahm seinen Lauf, auf eine weiß eingedeckte Tafel in Hufeisenform hin, die in der ganzen Länge das Obergeschoß der Sekundogenitur auf der Brühlschen Terrasse einnahm, dieser wieder hergerichteten baulichen Hinterlassenschaft einer ins historische Aus beorderten Epoche. Durch klassenbewußte Inanspruchnahme wie der unseren durfte sich das Gebäude als aus seinem Verdikt erlöst betrachten und sich den Ruf, die nobelste Restauration der Stadt zu sein, zugute halten. Als Insignien der neuen Zeit hatten auf der Stirnseite der Tafel ein roter und ein emblembesetzter schwarzrotgoldener Wimpel ihren Platz gefunden, ein vergleichsweise zurückhaltender Eingriff.

Dem strahlenden Sonnentag, den wir hinter uns zu lassen glaubten, als wir durch die geschwungene, doppelflügelige Tür in die Gediegenheit des Hauses traten, verschafften die hohen Sprossenfenster wieder Zugang, und dem Blick boten sie unter einem makellosen Himmel, der dem ausschwingenden Bogen der Elbe erstaunliche Bläue verlieh, freie Sicht über die Dächerlandschaft der Neustadt bis zu den Radebeuler Weinhängen in der einen Richtung und in der anderen bis zu den Albrechtsschlössern vor der sanften grünen Aufwölbung der Heide und der in Parkgrün gebetteten Villenbebauung des Weißen Hirschs. Die Raddampfer, die entlang der steinernen Ufereinfassung unter uns lagen (auch wenn sie, als wir uns setzten, aus unserem Blick gerieten), und selbst die Straßenbahnen, die sich gelb über die leichte Wölbung der Dimitroffbrücke hoben oder entgegenkommend auf Hofkirche und Schloßplatz hin absenkten, erschienen wie Accessoires eines intakten Daseins, das unseren Anlaß bestätigte.

Wir Männer hatten mit Zweireihern, Polyesterhemden und halseinschnürenden Krawatten dem Anspruch von Raum und Anlaß Ausdruck zu geben versucht. Die Frauen hatten die Herausforderung auf ihre Weise angenommen und sich in leichten Blusen und kurzen Röcken – der Minirockmode hatte auch die strikte Systemabgrenzung nicht beizukommen vermocht – erstaunlich verjüngt. Natürlich gereichte die modische Freizügigkeit nicht jeder zum Vorteil, etwa Hildegard, der Zeichnerin, so daß Fritzsches Aufforderung in den Tumult hinein, Platz zu nehmen, auch als Geste der Gnade gelten konnte.

Für mich indessen war sie eher das Gegenteil. Zwar waren alle gekommen – Hauptverwaltungsleiter Stülpner aus dem Ministerium, Kombinatsdirektoren, Betriebs- und Institutsleiter, auch Schönemann war in Vertretung seines Betriebsleiters da und kam mit ausgestreckten Armen auf mich zu, als hätten uns die Manhattan bei Betty in der Juanita-Bar zu Blutsbrüdern verbunden –, jedoch Leberecht, unser Gruppenleiter, der die Auszeichnung entgegenzunehmen hatte, fehlte. Fritzsche stürzte geradezu vorwurfsvoll auf mich zu, als sei ich für Leberecht verantwortlich. Er hatte schon am Tag zuvor gefehlt, wegen Herz- und Atemproblemen, wie er hatte ausrichten lassen und über die sich bei seiner Korpulenz keiner wunderte. Nun zeigte sich, es war mit dem einen Tag Abwesenheit nicht getan. Dann müssen Sie hier nach vorne, entschied Fritzsche, der sich in hellgrauem Anzug, mit leuchtend roter Krawatte und Ziertaschentuch von gleicher Farbe, das wie eine Flamme aus seinem Schlüsselbein zu züngeln schien, sich bereits unübersehbar hinter dem Quertisch der Tafel aufgestellt hatte. Links von Fritzsche saß bereits Stülpner, der Hauptverwaltungsleiter aus dem Ministerium, die Ellenbogen auf den Tisch gestützt, das Kinn auf die gefalteten Hände gebettet, und sein Blick flatterte zwischen den beiden Längstafeln hin und her, wo sich unsere Leute einreihten, Brottstein mit einem Ausdruck von Lustlosigkeit, Schelling huschend, Backes, der hoch aufgerichtet stehenblieb, den Blick rundum warf, als müsse er sich von der Anwesenheit jedes einzelnen überzeugen; die lebhafte Aufmerksamkeit des Ministerialen aber galt fraglos den Frauen, Gudrun, Inga, Lisbeth oder gar Susi, die, halb verdutzt, halb fordernd, den Blick aus ihrem blassen Gesicht unter der Lockenhaube hervor auf mich gerichtet hatte und auf den leeren Stuhl neben sich wies – Stülpner nahm ihn womöglich für sich in Anspruch, was ich als pervers empfand, denn er war gut Mitte vierzig. Ich verzog bedauernd das Gesicht und setzte den roten Wimpel, der meinem Blick auf Susi im Wege stand, ins Vorfeld von Siegfried, bei dem er als Parteisekretär fraglos richtiger plaziert war und der den veränderten Standort der Devotionalie auch keineswegs monierte.

Ganz normale Gewerkschaftsversammlungen und Plenumsauswertungen schadlos durchzustehen verlangte bereits eine Menge Resistenz. Als Fußvolk konnte man sich fast zum Verschwinden bringen, nun am Quertisch war ich nicht nur Susis Blick schutzlos ausgeliefert. Ich wußte schon erst mal gar nicht, wohin mit den Händen. Sie auf den Tisch vor mich zu betten und mich beeindruckt zu zeigen von dem, was verlautbart wurde, hätte mich sofort als Heuchler bloßgestellt. Denn was solche Veranstaltungen zur Sterbenslangweiligkeit entseelte, war ihre Überraschungslosigkeit. Kein Gedanke, keine Formulierung, die aus der Betonrinne der offiziellen Begrifflichkeit ausscherte, jedes Wort eine ideologische Kontrollstelle. Auch für Fritzsche. Begrüßung vom Blatt, beginnend mit Stülpner und endend mit Schönemann. Die Ausführungen über den zehnjährigen Werdegang des Instituts – A: Die Rolle des Instituts im Rahmen der *umfassenden* sozialistischen Rationalisierung (der Tribut an die Rationalisierungskonferenz des ZK). B: Die Bedeutung von Forschung und Entwicklung für die weitere Ausgestaltung des *umfassenden* Systems des Sozialismus (der Tribut an den schon etwas zurückliegenden Parteitag, wobei nicht ganz klar war, ob die Rationalisierungskonferenz ihn etwa korrigierte). C: Reihung statistischer Angaben über das *kontinuierliche* Wachstum des Instituts, den kontinuierlichen Anstieg a) der Zahl der Mitarbeiter, b) der Zahl der Forschungsthemen, c) der jährlich verfügbaren Mittel, d) des in den Forschungsaufgaben ausgewiesenen Nutzens (freilich nicht des in der Praxis erzielten), Zahlen, die jeder von uns kannte, x-mal hatte über sich ergehen lassen müssen. (Obligatorischer lascher Beifall.)

Stülpner, von sportlicher Bräune, die Haare naß und scheitellos in den Nacken gekämmt, bis unlängst im Rang eines Oberst und Kommandeur einer Transporteinheit der NVA, gab im Bewußtsein seiner ideologischen Unanfechtbarkeit und mit der gebührenden Mißachtung bürgerlicher Äußerlichkeiten wie gedanklicher Vorbereitung dessen, was man zur Sprache zu bringen beabsichtigte, ein Begriffsgedröhn von sich und schüttete uns mit Floskeln zu, wie Kipper lärmend und unsortiert sich ihrer Ladung entledigen. Fritzsche neben mir verdeckte Stülpner. Ich sah nur seine in der Luft knetenden Hände und im Zweisekundentakt Speichelspritzer von ihm weg über den schwarzrotgoldenen Wimpel flitzen. Einmal schien es mir doch angebracht, den Wortschotter in eine möglicherweise sinnhaltigere Reihung zu bringen. Sie ergab, daß im Rahmen der weiteren Vertiefung der internationalen Kooperation der Staaten des Warschauer Pakts auf dem Gebiet von Forschung und Entwicklung für den städtischen Verkehr eine bilaterale Zusammenarbeit mit Partnerinstituten der ČSSR beschlossen worden sei. Unwillkürlich straffte ich mich auf meinem präsidialen Platz und blickte wieder einmal zu Susi, als erwartete ich, daß sie Stülpner bestätige, wofür es freilich keinen plausiblen Grund gab. Mein Blick traf nur auf ihre Lockenfülle, sie hatte sich zu Gudrun gebeugt und pischperte mit ihr.

Dann Arno Weber, unser BGLer, außerdienstlich Schlagzeuger – Drummer, wie er sich selber bezeichnete – bei den White Deer Yodellers, eine Passion, die freilich den dienstlichen Belangen zumindest zeitlich ins Gehege kam. Seine Gegenleistung – der Gewerkschaftsvorsitz: Ausgehend von den Impulsen, die der FDGB-Kongreß auf die Arbeit der Gewerkschaften bzw. zur Erzielung der breiten Mitarbeit aller Mitglieder der Gesellschaft bei der Gestaltung des … Mit fahlem Gesicht, schmallippig angestrengt – sofern ich ihn beobachten konnte, indem ich mich zurücklehnte und Fritzsches und Stülpners Rückenpartien den Blick auf ihn freigaben –, las er unsere Verpflichtungserklärung für *den Kampf um den Titel* ab. Nichts von seinen Temperamentsausbrüchen hinter den

Schlagzeuggerätschaften, nichts von dem, womit er dabei den Raum vibrieren ließ und schier bis zum Bersten auflud …

Ich ließ meinen Blick über die halbherzig um den Ausdruck von Aufmerksamkeit bemühten Gesichter durch die obere Hälfte der hohen Fenster hinaus schweifen. Aber ihm bot sich, von der – nicht sichtbaren – Elbe auf Distanz gehalten, außer dem großfenstrigen oberen Stockwerk des einstigen Ministeriumsbaus in seiner klotzigen Selbstgefälligkeit mit dem massigen Dach und der trommelartigen Haube darauf nur die unfaßbare Helle des Sommerhimmels, und darin verlor ich mich.

Ich war dem Raum, den Vorgängen, den Worten abhanden gekommen, bis Unruhe mich zurückholte, Kellner hoben spitzfingrig goldflüssig gefüllte Sektkelche von ihren Tabletts und setzten sie in Reihe die lange Tafel entlang auf das weiße Tuch, bis sie, die Tabletts weitgehend geleert, von beiden Seiten her an unseren Präsidialtisch traten. Fritzsche, die Hand bereits am Glas, straffte sich, die Unruhe verebbte wie auf Signal – womöglich war eines erfolgt, das mir entgangen war –, als in mangelnder Koordination der Bedienungskräfte mir von rechts ein Glas vorgesetzt, an meiner linken Schulter vorbei jedoch ein zweites Glas vor mich hingestellt wurde. Ich wandte mich beflissen dem Ober zu und streckte meinen Arm halb rück-, halb seitwärts aus, um auf die Doppelversorgung hinzuweisen, unterschätzte jedoch meine Reichweite, stieß an das dünnstielige Glas, spürte, wie es sich widerstandslos neigte, Kühle über meine Finger rann und Siegfried, als hätte er unterm Tisch einen Hund an seiner Wade gespürt, neben mir hochschoß. Alle Gesichter richteten sich wie auf Order zu uns, und Fritzsche, mir zugewandt, stieß einen zischenden Drohlaut aus. Ich, der ich mich weniger ihm als Siegfried, dem Opfer meiner Unachtsamkeit, verpflichtet sah, drehte mich diesem zu, um mir die Bescherung anzusehen, wie meine Mutter gesagt hätte, und Mann, entschuldige oder etwas ähnlich Hilfloses zu knurren. In der fraglos nicht sehr sinnhaltigen Absicht, das Glas wieder aufzustellen, holte ich mit dem linken Arm aus, und spürte wieder ein Glasgefäß, nun folgerichtig am linken Handrücken, wie es sich bereitwillig abermals neigte, spürte erneut Kühle, die sich nun meiner zweiten Hand annahm, außerdem den heftigen Anstoß eines Körpers gegen meinen, dazu knallendes Stuhlgescharre, Auffahren von Fritzsche zu voller Größe, die dem Raum die Helligkeit zu nehmen schien. Sind Sie denn nicht bei Troste! Eine bizarre Eindunklung erstreckte sich von der Knopfleiste des hellen Tuchs seiner Hose bis etwa in Kniehöhe. Stülpner, vor Überraschtheit auf seinen Platz gebannt, das Gesicht in Höhe von Fritzsches Gürtel mit einem Ausdruck, als gewahrte er eine Erscheinung. Unruhe im Raum, gemischt aus Gelächter (Gudrun, Brottstein), Irritation (Schelling), Frau Bischoff richtete ihr steinernes Empörungsgesicht auf mich. Schönemann rief: Aller guten Dinge sind drei! Susi hatte ihr Glas in Augenhöhe gehoben und plinkerte mir zu, als sei das ganze ein Zeichen von mir an sie.

Dem weiteren Ablauf versagt sich meine Erinnerung. Später, nachdem sich die Dinge so gründlich gewendet hatten, war ich versucht, meinem nicht sehr glücklichen Auftritt als sozialistische Vorzeigefigur den Gehalt intuitiven Widerstands gegen System und Staat zuzuschreiben. Ich kam dann aber doch wieder davon ab.

II

Das Flugzeug durchschneidet Wattewolken, die sich schließlich verlieren, in dunstiger Tiefe grünbraunes Land, geometrisch gegliedert, von ernüchternd schnurgeraden Linien durchzogen, abgesehen von einem glitzernden Flußfaden, unschlüssig, seine Linie zu finden.

Plötzlich linker Hand nicht mehr die blau durchhauchte Leere des Himmels, sondern unter uns ein mattes, geriffeltes Glänzen, feinrippiger graublauer Kordbezug, mit tiefdunklen Einschattungen, von drei, vier weißen Speerspitzen geschlitzt, Schiffe mit der Schleppe ihrer Bugwellen, zur Winzigkeit degradiert, halten in der Uferlosigkeit auf den umdunsteten Horizont zu. Der Golf von Mexiko. Und ins Land hinein hat das große Meer ein kreisrundes Kleinmeer gelagert, ein tiefblaues Ei, von einer langen Geraden halbiert, der brückenartig aufgeständerte Causeway, der den Lake Pontchartrain überquert; was mir alles erst noch zu sagen ist. Mein lieber Baggerteich kommt mir in den Sinn, und wofür er so herhalten sollte. Was ich ihm zugemutet habe! Man weiß halt nur, was war, nicht, was wird. Das Flugzeug schwenkt noch einmal, und es ist mir recht, daß die Industrielandschaft aus meinem Blick gerät, die das graublaue Band des Mississippi ins Landesinnere hinein begleitet, Schlote, Rohre, ganze Batterien runder, zu Cremedosen verkleinerter Behältnisse. Ich bin auf New Orleans und nicht auf eine Art Leuna aus.

Über dem Gewimmel der Köpfe in der Ankunftshalle ein Schild, das in derben Strichen eine Kiste zeigt, die an einem Faden hängt. A Streetcar named Roberto. Ihr Schöpfer streckt sie hoch. Roberto ist Mexikaner, von mitteleuropäischem Aussehen, wie es mitteleuropäischer kaum geht, gelichtetes hellbraunes Haar, hohe Schläfen, keine Spur von Sonne im Gesicht, aber – sozusagen – das Herz voll von amerikanischer Herzlichkeit, als würden wir, alte Freunde, uns endlich, endlich wiedersehen. Roberto sei Romanist, hatte mir Fred gesagt, darauf komme es nicht an. Hauptsache, du kommst hin. Und zu deiner Bahn!

Roberto rollte die Bahn zusammen.

Als wir aus der Flughafenhalle treten, ist mir, als würfe sich dicke warme Luft über mich. In Robertos Auto – es ist ein Honda Civic – umhaucht mich dann gasförmiges Eis. Geschuppte, hochstämmige Fächerpalmen in Bündeln oder in Reihe wischen am Straßenrand vorbei, dahinter der von der Hitze gebleichte Himmel. Auch wenn das Fliegen die Erfahrung von Weite tilgt, bewußt ist sie mir, und daß ich immer noch im selben Land bin, erstaunt mich schon einigermaßen. Außer den Palmen bietet die Stadt erstmal vor allem Beton. Meine Aufmerksamkeit wird prompt von Gleisen beansprucht, die den Highway flankieren. That's the railroad, Louisiana and Arkansas Railroad. Also nicht Streetcar, noch nicht. Neue Namen (für mich) bieten sich auf Schildertafeln an: Harahan City, Elmwood, Pontchartrain Causeway. Wir rollen an einer merkwürdigen Marmorlaubenstadt entlang. Friedhöfe, überirdische Grabstätten wegen des hohen Grundwasserstandes, erklärt Roberto. Grabmonumente, die in der Sonne aufblitzen, die kaum einen Schatten zuläßt. Garden of Memories Cemetery. Ganz New Orleans läge unter Wasser, wenn es das Wasser drauf ankommen ließe!

Die Studenten seien sehr interessiert, reißt mich Roberto aus meiner Betrachtung, um die eilige Anfahrt zur Universität zu erklären. Während an der Straße die Nekropolis nicht enden will, läßt es sich nicht vermeiden, meinem hingeschwundenen Staat nachzusinnen.

Nachdem uns ein schwungvoller Bogen vom Highway weggehoben hat, legt sich Schatten über uns. Eine langgestreckte grüne Laubüberdachung – Platanen? – nimmt die Straße auf. Beiderseits stehen Villen von klassizistischer Reinheit, Säulen und Portiken, verspielt und überladen, Türmchen, Giebel, Skulpturen, dem Wechselspiel von Licht und Schatten überlassen. Auch der Zugang zum Hauptgebäude der Universität, violettroter Klinkerbau mit weiß umrahmten Segmentfenstern, spreizt sich als dorisches Säulenportal, die griechische Antike in ihrer tatsächlichen Vollendung, hier. Sie tut, was sie zu tun hat, sich Respekt verschaffen, und nimmt mir den Rest an Zutrauen an den Sinn meiner Mission, mich über die nicht mehr existente DDR auszulassen, soweit der Eindruck der Friedhöfe überhaupt davon noch etwas übriggelassen hat.

Eine Beunruhigung, die sich als unnötig erweist. Vier Studenten harren meiner, zwei männliche, zwei weibliche. Auch Harren trifft nicht den Zustand. Was Cindy für Randers ist, ist Claire für New Orleans. Während ich das Schicksal des deutschen Arbeiter-und-Bauern-Staates in eine deutsch-englische Sprachmelange zu fassen mich mühe, um sowohl Robertos Wünschen als auch denen der Studenten Rechnung zu tragen, kämpft sie, ich möchte sagen, den obligatorischen, und weitgehend vergeblichen, Kampf gegen die Müdigkeit. Zwei-, dreimal überwindet ihr Blick, dem ohnehin nur wenig Möglichkeiten gegeben sind, durch die ins Gesicht gefallenen tizianroten Strähnen den Weg nach draußen zu finden, für Sekunden die Tischbreite zwischen ihr und mir, dann zieht er sich zurück, und die niederklappenden Lider schützen vor der Zudringlichkeit der DDR. Wofür ich mein Verständnis nicht versagen kann. Die Gründe studentischer Ermüdung sind mir ja längst geläufig. Sie ist der Preis für das häubchengeschmückte Lächeln hinterm Fast-Food-Tresen, oder für die Mühsal, halbe Nächte lang störrische Gören einer Einschlafdressur zu unterziehen, gegen ein Entgelt von vier Dollar fünfzig die Stunde. Unvermittelt frage ich mich, ob es als Aufwertung meiner *lecture* gilt, als Ausdruck der Wertschätzung des Dozenten, wenn man sich trotzdem dem Unterricht stellt. Eine Demonstration des Heroismus? – Ich habe so gut wie kein Seminar erlebt, in dem nicht einer schlief!

Nachdem die Stunde hinter uns gebracht ist und alle vier mir herzlich die Hand gerüttelt haben, auch Claire, fragt mich Roberto verunsichert, was ich mir ansehen wolle. Eine Frage, die sich eigentlich erübrigt, ich bin ihm ja von Fred als Straßenbahnsüchtiger angedroht worden. French Quarter und Straßenbahn lassen sich kombinieren. Denn der größte Teil des Wegs von Robertos Wohnung, die am Uni-Gelände liegt und wo ich meine Tasche abstelle, führt in die Stadt über die Saint Charles Avenue, die auch die Strecke der Straßenbahn ist. Allerdings lädt mich Roberto in den Honda Civic.

Immerhin bekomme ich die Bahn zu sehen. Sie gleitet rüttelnd, mal von der Sonne grell ins Licht gesetzt, mal vom Laubdach dunkel überschattet, neben uns auf separatem Gleisbett her, ein gestreckter, mattgrüner Wagen, Fenster und Türen braun gefaßt (Holz?), zwei doppelachsige Drehgestelle, dazwischen ein längsgelagerter Druckluft- oder Ölzylinder – ich lasse mir kein Detail entgehen –, vom Dach schräg zur Oberleitung streckt sich die schwingende Peitsche des Rollenstromabnehmers, neben den Türen in nostalgischem Schriftzug die Wagennummer 900. Der Fahrer, ein Schwarzer, offensichtlich an einem Schaltstand mit Kurbel, soweit es sich von meinem Autositz mit verrenktem Kopf erkennen läßt. Soviel ich sehe, ist nicht nur der Fahrer in der Bahn ein Schwarzer. Im Zielfilmkasten nicht »Desire«, sondern »Canal Street«. Die Sehnsucht ist jetzt Ziel einer Buslinie. Nein, daß ich zwei, drei Stationen mitführe und Roberto mich dann wieder aufnehmen würde, dafür reiche jetzt die Zeit nicht, er sei etwas in Eile. Die Gelegenheit ergebe sich noch. Also lassen wir die Straßenbahn hinter uns zurück. Roberto setzt mich am French Quarter ab, Canal Street. I will take the streetcar back to your home. Abends?! Roberto wiegt den Kopf. Es wäre bis zu ihm dann noch ein Stück zu laufen. – Ja, warum nicht? – Er empfiehlt Taxi, er besteht geradezu darauf. Ich sage zu.

Als Robertos Honda in der Menge der anderen Autos untergeht, fühle ich mich einen Moment lang wie ausgesetzt. Ich beschwöre mich, nicht der unguten Ahnung, die keine Ahnung, sondern Tatsache ist, nachzugeben und mich allein, hilflos und überfordert zu fühlen. Aber es ist unleugbar, daß alles um mich her fremd ist. Es kommt mir absurd, ja anmaßend vor, wie ich erst den einen, dann den anderen Fuß in den weißen Wings-Tennisschuhen mit Klettverschluß aufs Pflaster setze, als hätte ich ein Ziel. Du hast es, gebe ich mir Order. Gerade auf die Fremdheit kommt es an! Du bist hier, um sie aufzubrechen, sie zu verwandeln in Gewinn. Das Gefühl, das die Vorzeichen dieser Stadt auslösten – Birthplace of Jazz, Mississippi, Big Easy, lebenspraller Süden –, eigentlich nur die Ahnung eines Gefühls, abgeschirmt durch die Glaswand, die die Imagination von der Wirklichkeit trennt, dieses ersehnte Gefühl ist jetzt abzurufen.

Bourbon Street, Royal Street, Saint Louis Street, als käme nichts anderes in Frage, und so ist es ja auch. Die zwei-, dreistöckigen Gebäude aus der spanischen und französischen Kolonialzeit, touristisches Gewimmel, Volksfeststimmung, und überall Schwarze jedweder Physiognomien und Schattierungen. Ich bin zum ersten Mal mit schwarzer Alltäglichkeit konfrontiert. Über die Dachgeschosse hinweg prallt der Blick auf die blau- und goldgläsernen Wolkenkratzerfassaden im Hintergrund. Indem ich sie im Rücken lasse, kann ich mich nicht des Eindrucks erwehren, in eine Kulissenstadt getreten zu sein, zwischen die Zweistockhäuser in ihrem perfekten pastellfarbenen Verputz, mit den ornamentalen schmiedeeisernen Rundumbalkonen, den Türfenstern, die auf sie hinaus führen, den von Blüten überquellenden Gehängen, den Lädchen, vollgestopft mit Schnickschnack und Luxus, den schattigen Durchgängen zu den üppigen Gärten der Innenhöfe. Der Gaukler, ein Farbiger, der sich raffiniert in bunten Bändern verheddert und wieder entwirrt; die Breakdancer, junge Schwarze, die sich gerade zu einer Pause an eine Hauswand lümmeln, selbst das Polizistenpärchen, sie schwarz, er weiß, die ihre Colts (oder sind es Handys) im Futteral auf den wogenden Hintern schautragen – alles mutet wie eine Kulissenwelt für einen Film an, in die ich geraten bin. Und dabei ist doch gerade das French Quarter echt.

Ich gehe weiter zum Jackson Square und an den Mississippi. Der ist in nüchterne Dämme gezwängt und wiederum nicht von so überwältigender Breite, wie er es zu sein hat. Die *Natchez* liegt da, die Aufbauten mit den zu drei Etagen übereinandergeschichteten Fensterbändern in leuchtendem Weiß; das Schaufelrad, das über die ganze Heckbreite reicht, rührt sich nicht, die beiden schwarzen Schlote ragen steif in die Höhe. Wirklichkeit oder doch Kulisse ...

Ich setze mich auf die Terrasse des Café du Monde, lasse den Blick mal über den Mississippi schweifen, mal über den Platz mit dem in grüner Patina erstarrten Andrew Jackson auf dem sich aufbäumenden Pferd, im Hintergrund die spitztürmige, weißkalkige Saint-Louis-Kathedrale. Am Brunnen, wie es sich gehört, drei jazzende Straßenmusiker, Baß, Klarinette, Banjo. Birthplace of Jazz, es ist glaubhaft. Und abends selbstverständlich in die Preservation Hall. Wieder stimmt nicht, was ich mir vorgestellt hatte. Nicht Halle, mehr Höhle – klein, schummrig, scheunenartig, derb. Auf die schwül-drückende Wärme bin ich gefaßt. Und bin überfordert, mich überwältigt zu fühlen von der Atmosphäre, der Band. Ich will den sieben Männern, fünf Weiße, zwei Schwarze, Coolness attestieren, aber es scheint doch mehr Lustlosigkeit zu sein, mit der sie sich ihrem Tun hingeben. Das Banjo bleibt klanglos, die Klarinette schlapp, lediglich der Pianist lebt ein paarmal auf und erntet prompt Beifall. Ich wage es mir eigentlich nicht, einzugestehen, daß die Elb Meadow Ramblers, die White Deer Yodellers, die Blue Wonder Jazz Band in der Tonne, im Kulturpalast, in der Jungen Garde mich mehr hingerissen haben. War es die Sehnsucht, die ihren Klängen die Kraft gab, und hier ist es nur die Wirklichkeit? Die Überzeugung, am Ziel zu sein, will sich mir nicht einstellen. Ich bin unzufrieden, mit mir.

Nach zwei matten Zugaben ist Schluß. Ich muß eingestehen, erleichtert zu sein, mich von der rückenlehnenlosen Bank erheben, strecken, aus der schweißtreibenden Umwandung hinausbegeben zu können. Noch ehe ich den Entschluß fassen kann, mir die Straßenbahn doch nicht entgehen zu lassen, stehe ich im dämmrigen Gewusel der hinausdrängenden Leute vor Roberto mit Frau und kleinem Sohn, der den müden Kopf gegen die Hüfte des Vaters gelehnt hat. Der winkt strahlend, erleichtert, mich erwischt zu haben. Sie laden mich zu Arnaud's ein, ein paar Schritte weiter, es sei ein altes französisches Restaurant.

Ist es wohl tatsächlich – ich bin auf Glauben und Vertrauen angewiesen –, allerdings doch unübersehbar amerikanisiert, Coca-Cola-Reklame und Baseball im Fernseher. Der Junge bettet sich auf den Schoß der Mutter. Ich habe das Gefühl, die Gastfreundschaft zu strapazieren. Nein, das sei okay, das mache dem Jungen nichts. Hier solle ich Shrimps Creole essen, lenkt mich die dunkelhaarige, dunkeläugige Frau ab, streift sich das sandfarbene Sommerjäckchen ab und deckt es dem Jungen über den Kopf. He'll sleep. Roberto ist munter: Er schwärmt von Napoleon, der zunächst hierher nach Louisiana verbannt werden sollte statt nach Sankt Helena. Wenn er nicht überhaupt so treuherzig (true hearted – ich bin beglückt, daß sich Worte mitunter von selbst entschlüsseln) gewesen wäre, sich den Engländern anzuvertrauen – auszuliefern! –, würde es die United States von heute nicht geben, nicht in ihrem jetzigen Zuschnitt. Napoleon hier, und Louisiana sähe anders aus, würde den ganzen Mississippi hinauf bis an die kanadische Grenze im Norden und im Westen an die Rockies reichen. Man erkenne das Gebiet ja noch heute, wie frankophon es gewesen sei: Saint Louis, Des Moines, Ste. Genevieve, Papillon, Bellevue, La Cross, Prairie du Chien, überhaupt Prairie, man könne endlos weiter aufzählen, auch Chicago – er sprach es überdeutlich aus: Shikago – sei frankoisiertes Algonkinisch. Statt dessen habe Jefferson es den Franzosen für fünfzehn Millionen Dollar abgehandelt. Fünfzehn Millionen, unbelievable! Did you know it?

Ich wußte es nicht, aber ich glaube es. Später sage ich, die Amerikaner seien eben schon immer tüchtige Geschäftsleute gewesen.

Roberto geht auf meine Bemerkung, die das amerikanische Verhalten ins Positive wendet, nicht ein. Er schwelgt weiter in rückwärts gerichteter Prophetie. Mit Napoleon wäre ein frankophoner Staat von New Orleans aus als gewaltiger Keil den Mississippi hinauf entstanden. Dadurch hätte der Westen ebenfalls einen anderen Geschichtsverlauf genommen... Texas, New Mexico, Arizona, California wären mexikanisch geblieben, in Florida hätte sich ein selbständiger Staat gebildet, wie Kuba oder die haitianischen Staaten. Oder Napoleon hätte es sich einverleibt. Den Südstaaten wäre die Trennung vom Norden gelungen, ohne den Civil War... Träumerei eines Mexikaners? Oder verstehe ich wieder mal etwas falsch? Ich rette mich in vielsagendes Lächeln, das ich auch beibehalte, als mir der schlafende Junge in die Hüfte tritt. Napoleon statt Straßenbahn. Selbst meinem angestrengten Spähen während der Rückfahrt hinaus in den jetzt nachtschwarzen Baldachin der Bäume versagt sich die Bahn, die ich als leuchtendes Fensterband erwartete. Es ist zu spät, für die Straßenbahn und den Jungen, der schläft nach wie vor auf dem Schoß der Mutter, nun auf den Rücksitzen des Autos besser gebettet.

In der Wohnung merken Roberto und seine Frau mir mein Unverständnis wegen der mir erwiesenen Fürsorge an. Die vor allem auf Kosten des Kindes geht. Das schafft es kaum noch bis in sein Bett, die Überforderung in halblautem Quengeln bekämpfend. Als die Mutter aus dem Schlafzimmer zurück ist, wird mir der wahre Grund ihrer Begleitung eröffnet: Mit Semesterbeginn habe am Department ein Professor begonnen, nicht aus Iowa, aus Dakota, um die vierzig, also bestes Alter, habe ein Haus ganz in ihrer Nachbarschaft bezogen, die Familie sei noch nicht nachgekommen gewesen. Eine halbe Meile zur Uni, eine halbe zur Straßenbahn.

Na eben, sage ich.

Stille. Dann: He was murdered. Ten o'clock p.m. Two weeks ago. Womöglich habe es ihm an Erfahrung für eine solche Situation gefehlt. Vielleicht habe er sich falsch verhalten, sich gewehrt, nach dem Geld gegriffen, um es hinzureichen, was der andere falsch verstanden haben könnte.

That's terrible, gibt die Frau aus strichschmalen Lippen fast lautlos von sich. Ihr Gesicht ist angespannt, die weiche Bräune einer Fahlheit gewichen, der Blick an mir vorbei gerichtet, so daß ich versucht bin, mich umzudrehen, ob sich der Täter in diesem Moment in meinem Rücken am Fenster zu schaffen macht, für die nächste Aktion. Excuse me, sagt Roberto. Ich solle wiederkommen, dann werde es auf jeden Fall mit der Straßenbahn klappen. Excuse *mehee*, sage ich. Sie haben das Kinderbett zu sich ins Schlafzimmer geräumt und für mich aus Matten eine Lagerstatt hergerichtet. Die Wohnung besteht nur aus zwei Räumen außer Küche und Bad, weniger, als wir in Dresden haben. Es ist das erste Mal, daß ich mich mit meiner Wohnung besser versorgt sehe als hier jemand. Ob sie sich nicht mehr leisten können oder sich von Colima, Mexiko, wo Roberto zuvor an der Uni war, nicht gänzlich lösen wollen, erfahre ich nicht.

Eine Weile höre ich von meiner Lagerstatt noch die Geräusche von Roberto und seiner Frau, die ins Bett gehen. Dann ist es still und dunkel, bis auf das Fensterrechteck über mir in der Wand. Es ist die übliche Wand, aus irgendwelchen doppelten Leichtmaterialplatten, dazwischen Hohlraum mit Dämmstoff, kein wirklicher Widerstand, nicht mal für ein Bowiemesser, will mir scheinen. Ich brauche nicht etwa dagegenzuklopfen, um es mir zu bestätigen. Wünsche ich mir die massive Solidität der Betonwandung? Außer dem matten Schein des Fenstergevierts sehe ich nichts.

Ich solle sie in Colima besuchen. It's wonderful, what did happen there in Germany – soweit die Frau am nächsten Tag. Eine Straßenbahn gebe es in Colima freilich nicht – das Roberto. Der Junge zwischen ihnen schweigt.

In Randers auf dem Flugplatz – der nun schon beinahe ein Heimatgefühl in mir auslöst, nicht nur, weil ich auf ihm Bescheid weiß, sondern auch wegen der Faßlichkeit seiner Handvoll barackenartiger Flachbauten – steht Fred mit dem Hauch eines

Lächelns auf dem Gesicht, das seine Ungeduld nicht ganz verbergen kann.

Alles okay?

Alles okay, sage ich. Und ist es ja auch. Ich bin wieder da.

Damit ist New Orleans für ihn erledigt. Cedar Rocks steht an. Eric.

Aha.

Und zwar für vier Uhr. Was nicht zu schaffen ist. Einen Flug ohne Verspätung gebe es überhaupt nicht mehr, mokiert sich Fred.

Ausgerechnet für den eben von mir in Anspruch genommenen Flug trifft das nicht zu. Es ist gerade erst sieben, acht Minuten nach der planmäßigen Ankunftszeit, wie ich mit einem verstohlenen Blick auf die Armbanduhr feststelle, was freilich trotzdem bedeutet, daß es bereits zwanzig nach vier ist. Ich werfe meine Tasche auf die Hintersitze und schlage die Autotür zu. Fred hat sich offensichtlich wieder auf Termine eingelassen, die sich ausschließen, oder mich in seinem Amtsstreß überhaupt vergessen. Ich spüre, wie sich schon wieder schlechtes Gewissen über mich hermacht. Im Grunde brauchen sie meine Geschichten nicht, nicht in New Orleans, nicht in Randers, nicht in Cedar Rocks, was mir Fred als Ziel nennt, und mich brauchen sie schon gar nicht; im Gegenteil, ich werde zur Belastung.

Fred dämpft allerdings meine Skrupel. Der Anlaß der Fahrt bringt ihn nicht der Erfüllung von Lebenssinn näher, auch wenn sein Fahrtempo einen anderen Eindruck erwecken könnte. Er jagt den Volvo hügelauf, hügelab die baumlose, schnurgerade durch die Maisfelder geschnittene Asphaltpiste entlang. Es gehe um die Zuordnung von PC-Terminals auf einzelne Departments. Um die es schon lange ginge, bereits als Eric sein Sabbatical noch nicht angetreten hatte. Aber erledigt habe er es nicht, was seine Aufgabe gewesen sei. Die Maisfelder stehen links und rechts wie ermattete Jungwälder, an einer Stelle von der Silobatterie einer Farm überragt. Als die Straße leicht ansteigt, werden die Wellblechdächer der Stallungen sichtbar.

Wir sind da. Nichts vom Cedar River, nichts von Rocks. Eric erwartet uns auf der Terrasse, in einem Stuhl. Er bleibt sitzen und läßt uns auf sich zugehen. Sein Blick aus dem bärtigen Gesicht ist nicht unfreundlich, aber er ist der erste, der mich nicht mit Nice to meet you begrüßt. Fred schnurrt, halb freundschaftlich, halb unwillig, sofort das Anliegen herunter, soweit ich es verstehe. Okay, sagt Eric. Hat sich damit der Zweck der Fahrt bereits erfüllt? Ich gehe zum Terrassenrand vor und blicke um mich. Die Silotürme sind leer, die Großschuppen ebenfalls, und auch im Haus scheint niemand weiter zu sein. Rundherum grüner Mais.

So ungefähr habe ich mir eigentlich Louisiana vorgestellt, sage ich. Ich fühle mich zu ein paar Worten verpflichtet. Ich meine die grüne Üppigkeit. Ich wende mich Fred und Eric zu, die bis auf drei Schritte zu mir herangetreten sind. Aber noch während ich spreche, frage ich mich, ob ich mir ein anderes Louisiana als das erlebte verschaffen will, um die Beklommenheit, die wie ein Schatten über der Reise liegt, loszuwerden.

Er kommt gerade aus New Orleans, reicht Fred die Erklärung meiner Bemerkung nach.

Aber Eric sagt, er würde Louisiana vorziehen.

Ich stütze mich auf die Balustrade. In dem Maisgewoge ist ein beständiges Knistern, ein hunderttausendfaches Flüstern und Wispern.

That's the oßtrainjäh nabbailäh … Eric hat sich ebenfalls auf die Balustrade gestützt, zwei Schritte von mir entfernt, sein Blick bleibt auf den Mais gerichtet, während er zu mir spricht. Ich verstehe ihn nicht. Es entgeht Eric nicht, obwohl er an mir vorbei über den Maiswald blickt. Butterfly verstehe ich dann, one inch ebenfalls, zumal er das Maß mit Zeigefinger und Daumen demonstriert, caterpillar ist für mich ein neues Wort. Freds Hilfe ist unumgänglich. Was man höre, seien Raupen, Ableger eines Falters (Maiszündler, Ostrinia nubilalis, habe ich später mit viel Mühe erfahren), die sich in die Maisstengel fressen, zu Milliarden.

Ach so, sage ich. Die Fahrgeräusche eines Autos von der nicht einsehbaren Straße her verschlucken das Knistern. Indem sich das Auto entfernt, kehrt das Knistern zurück.

Okay, sagt Eric, mit unbewegtem Gesicht, soweit die dunkle Fülle des Barts Regung oder Nichtregung erkennen läßt. Er weist auf die Sitzgarnitur der abgenutzten Gartenmöbel. Er fragt, ob wir irgend etwas wollen. Fred verneint mit einer Schnelligkeit, die alles sagt; er holt Pfeife und Tabak hervor und murmelt mit einem auf mich weisenden Kopfnicken zu Eric: Ich käme, wie er ihm am Telefon gesagt habe, aus Ostdeutschland. Es sei sehr interessant für die Studenten, was ich erzähle.

Eric nickt. Ob ich nun die Freiheit genieße, fragt er, ohne den Blick vom Maiswald abzuwenden, der kurze Moment, in dem seine Pupille in den Augenwinkel flitzt, zählt nicht.

Es sei für mich schon ein Ereignis, hier zu sein.

Er nickt abermals den Maisstauden zu. That's okay, fügt er nach einer Weile hinzu. Dann herrscht wieder Schweigen. Fred pafft den Pfeifenrauch ebenfalls aufs Maisfeld hinaus.

Stille, bis auf das Maisrauschen. Okay, wiederholt Eric nach einer Weile, ohne daß etwas gesagt wurde, das der Bestätigung bedurft hätte. Er ist von einer Selbstsicherheit, die mich verunsichert.

They have done a good service for the global capital, sagt er unvermittelt zur Landschaft. Ich blicke ihn an, irritiert und in der Erwartung, daß noch etwas folgt. Es folgt nichts. Ich blicke zu Fred. Der klopft seine Pfeife auf der Tischkante aus.

Nach einer Weile fragt Eric noch einmal, ob wir Tee wollten, und Fred beeilt sich wie beim ersten Angebot, zu verneinen.

Take care, sagt Eric beim Verabschieden zu mir.

Als uns der Volvo wieder die Asphaltpiste nach Randers trug, sagte Fred: Schwieriger Fall, Eric. Er sei in Kolumbien, in Nikaragua, Panama gewesen, jetzt kämpfe er gegen den Maiszündler.

Ich fühlte mich, als würde ich aus dem Lot geraten. Ausgerechnet jetzt, da es eigentlich erst richtig losgehen sollte, in die großen Städte: Denver, Chicago, Omaha. Aus unterschiedlichen Gründen.

Der Grund für Denver, Colorado, ist die Zusammenkunft der Modern Languages Association Middle West. Fred und Piet gehören ihr an. Mir zuliebe verzichten sie auf den Flug und lassen sich auf die anderthalbtägige Autofahrt ein.

Ich will es würdigen. Ich lasse meinen Blick nicht von der Landschaft. Hügel, Felder, Mais, Weizen, die Farmen darin, Waldstücke, Weiden. Ich habe mich an die gleichförmige Landschaft gewöhnt. Vom Missouri und von Sioux City – Namen, die von verklärender Romantik für mich sind, Prärie, Tipis, Sitting Bull, Crazy Horse, Little Big Horn River – ist so gut wie nichts zu sehen. Die Kanalisierung des Highways in Schallschutzmauern bestimmt das Blickfeld. Für Fred und Piet ist Sioux City das Stichwort, um über einen Menschen namens Allan Parker zu reden, und ein gefundenes Fressen, ihrer Verpflichtung zu frönen, verschiedener Meinung zu sein: Ob er am Morningside oder Briar Cliff College unterrichte, ob er für Denver vorgesehen (Piet) oder dort im Traum nichts zu suchen habe (Fred), ob seine Teilnahme oder Nichtteilnahme Gewinn oder Verlust bedeute. Die Aussichtslosigkeit auf Einigung hätte alle Voraussetzungen gehabt, die Kontroverse in einen Dauerzustand zu versetzen, sofern sie nicht durch eine andere abgelöst worden wäre. Wir haben Sioux City, den Missouri und damit Iowa hinter uns gelassen, der Interstate Highway hat sich zu einem Principal Highway verschmalt. Wir sind in Nebraska. Nebraska, sagt Fred, und der Name allein genügt, um seine Verachtung auszudrücken. Dann entschließt er sich doch noch hinzuzufügen: Hier wird das Nichts gesichert!

Und prompt sieht sich Piet herausgefordert: Nichts! Und hebt die Stimme. The Strategic Air Command sei nichts?

Ob er etwa *davon* geredet habe?

Genau das befinde sich hier.

Es befinde sich eben genau nicht hier, kommt Freds Gegenschlag, der Auftakt für ein minutenlanges Wortgefecht über die Lokalisierung des Strategic Air Command.

Ich habe natürlich keine Ahnung, was Strategic Air Command ist, geschweige daß ich mich an einer Standortdebatte beteiligen könnte. Meine Unkenntnis wird beseitigt: Das Strategic Air Command verfolge sämtliche – sämtliche! betont Fred, während er am Lenkrad übergreift, um einen Dodge-Pickup zu überholen – Luftbewegungen der US Army, weltweit. Und nicht nur der US Army. Die haben sich hier in einer riesigen Betonanlage eingebunkert, gegen die die Wolfsschanze ein Wochenendhaus gewesen sei. Hier, im Zentrum des Nichts.

Ich spüre wiederum Unlust, mich auf so ein Thema einzulassen. Vielleicht weil mir eine Erinnerung kommt, die ich nun wirklich überhaupt nicht mehr für möglich gehalten habe! In der achten Klasse, zum Abschluß der Grundschule, war ich in einem Ferienlager, *Pionier*lager. Die Zelte, in denen wir zu zwölft untergebracht waren, standen im Wettbewerb. Im Sand vor dem Zelt modellierten wir eine Karte von Deutschland. In den DDR-Teil setzten wir aus Holzstückchen gebastelte Miniaturneubauten von Häusern und wattedampfenden Fabriken, in den Westen aber mühsam aus Draht und Pappe gebastelte Kanonen, Panzer und Bombenflugzeuge. Ich hatte mein Mißfallen an dieser Aufteilung durch Lustlosigkeit ausgedrückt. – Mir mißfällt die Erinnerung, ich finde sie kindisch. Als ob ich es nötig hätte, mich aus meiner Kindheit belehren zu lassen.

Zwei Stunden später der Platte River, soweit die über die träge Strömung geneigten Weiden, die bis in die schmalen Blätter hinein die lehmige Farbe des Wassers angenommen zu haben schienen, den Blick freigaben. Die Landschaft – eine sich absenkende, riesige braungetönte Schale, vom Abend halb eingedunkelt. Weite, Weite, Weite. Mein unablässiges Hinausstarren wird belohnt, eine längliche Bewegung zeigt sich, die sich als eine Kette spielzeugkleiner Waggons ohne Anfang und Ende entpuppt. Schließlich gibt sie doch den Anfang preis, ein halbes Dutzend aneinandergekoppelter Loks, denen trotz der Entfernung ihre Wucht anzusehen ist.

Wir erreichen die endgültige Dunkelheit in Ogallala. Der Automatismus, an einen Namen bestimmte Erwartungen zu knüpfen, ist mir offensichtlich abhanden gekommen. Auch der Name Grey Goose Lodge läßt mich so ungerührt, als hätten wir es auf das HO-Hotel Zentral abgesehen. So sehr verschieden ist es tatsächlich nicht, bis auf die Eismaschine auf dem Gang, aus der Fred rasselnd einen großen Colabecher vollhebelt. Im Zimmer portioniert er das Brucheis in kleinere Pappbecher und füllt sie mit dem mitgebrachten Whiskey auf. Das muß sein, sagt Fred. Wir fläzen uns, auf Ellenbogen gestützt, in der freien Hand den Becher, auf den Betten. Stühle sind offensichtlich aus dem Raum entfernt worden, um Platz für das dritte Bett, meines, am Fußende des Doppelbetts zu schaffen.

Am Morgen offenbart sich der Ort, das schachbrettartige Straßenraster umbaut von einstöckigen Häusern, holzverblendet, abblätternder Anstrich. In Dachhöhe ziehen sich die Freileitungen entlang, die sich an der strichgeraden Straße erschöpft von einem Mast zum andern bis zum Fluchtpunkt hangeln. A wonderful place to live, work and play, präsentiert sich Ogallala in einem Prospekt an der Rezeption. Population 4930, teilt das Ortseingangsschild mit, ich lese es, als wir den Ort hinter uns lassen, den South Platte, ein lehmbraunes verformtes Band, überqueren und auf den Highway biegen.

Der Fluß jetzt rechter Hand. Die Landschaft verliert sich in immer größere Kargheit, fast Wüste. Sterling, Brush, Fort Morgan, Orte ohne Gesicht, meine Aufmerksamkeit kommt nicht richtig in Schwung. Wir sind in Colorado und trennen uns vom Fluß. Der Motor läßt sich den leichten, aber stetigen Anstieg anmerken. Im menschenlosen Gelände unversehens interstellare Wesen. Ich lebe auf. Es sind Erdölpumpen mit den stoischen Auf- und Abbewegungen ihres Gestänges, die ersten, die ich zu Gesicht bekomme. Spielzeug, sagt Fred. Tropfen auf den heißen Stein. Das Erdöl, auf das es ankomme, gebe es in Alaska, Venezuela, am Persischen Golf…

Mir ist es in diesem Moment gleich, auf welches Erdöl es ankommt. Für mich zählt, was mich umgibt. Zögerlich nimmt sich der sandigen Leere eine dürftige Vegetation an, verdichtet sich allmählich, belebt die Landschaft, füllt sie auf. Auch der Highway belebt sich mit Fahrzeugen, und wie ein tiefstehendes Wolkenband zeichnet sich nach einiger Zeit die eingeschattete Kulisse der Rocky Mountains vor uns ab, nimmt nach und nach Konturen an und läßt im weiteren Annähern spielzeughaft die grauen Quader von Hochhäusern davor erkennen, Denver; erst allmählich zeigt sich, es ist verglaste Geometrie, die sich der lichten Bläue des Himmels entgegenhebt. Die strikte Gradlinigkeit ist nicht ohne Faszination vor dem Hintergrund des gratig gezackten Bergrückens. Das Gedachte, die Materialisierung des Sinnvollen als Herausforderung des Ursprünglichen, Natur und vergegenständlichte Idee in ergänzendem Wechselspiel! Die verblüffende Feststellung – ohne das Wolkenkratzerstakkato umschlössen die Berge eine Leere, so wie sie uns ermüdend stundenlang begleitete, ein Landschaftsstück ohne Ziel und Sinn. Das Menschenmögliche als nötige Hinzufügung zur Vorleistung der Natur? Ich spüre, ich muß mich hüten, daß mein Ingenieurspathos nicht mit mir durchgeht.

Es dauert immer noch eine Weile, bis wir die Stadt erreichen, der Highway vervielfacht sich, die flach hingelagerten Vorstädte dehnen sich im Durchfahren. Gewerbeareale. Zwischen Fred und Piet prompte Meinungsverschiedenheit über die Anfahrt zum Radisson. Natürlich behauptet sich Fred, er sitzt am Steuer. Radisson Hotel Denver, absolutely the highest in the world. Der Superlativ spielt auf die Topographie an, eine Meile über dem Meeresspiegel, von dem hier natürlich nichts zu sehen ist.

Ich schicke meiner Mutter eine Ansichtskarte mit diesem Hochhauspanorama vor der Gipfelkulisse der Rocky Mountains unter einem makellos azurblauen Himmel. Na ja, Junge, nun hat sich dein Wunsch schließlich erfüllt!

Am nächsten Morgen, die Sonne im Rücken, sind Schneeflekken zwischen den gratigen Gipfeln zu erkennen. Nachdem sich die

Heerschar der Fremdsprachler in die meeting rooms verteilt hat, bin ich mir selbst überlassen. Von den Stufen des Capitol, der obligatorischen Washingtoner Kleinausgabe, liefere ich mich dem Anblick der Stadt aus. Ich unterlasse auch nicht, mich auf die dreizehnte Stufe zu stellen, die exakt die Meilenhöhe überm Meer markiert. Ich sehe eine derart geordnete Stadt von dieser Größe bewußt das erste Mal. Die neugotischen Zwillingstürme der Kirche reichen den Skyscrapern lediglich bis in Kniehöhe. Auf dem Weg durch den Park stoße ich auf einen Indianer, männlich-entschlossene Gesichtszüge, der bloße Oberkörper muskulös, wetterfest, in Bronze.

Doch die City will sich nicht finden lassen. Auf der einen Straßenseite verwehren glatte Fassaden, die bis zu den durch das lichte Nichts wehenden Wolkenfetzen aufragen, jeden Fluchtweg, auf der anderen Seite tobt die Stampede der Autos in Schüben über die sechsspurige Fahrbahn. Wenn ich mir meine Verfassung eingestehen würde, wäre mir unbehaglich zumute. Ich bin der einzige Mensch! Die Stadt, die mir mit Abstand betrachtet als das Menschenmögliche erschienen war, ist nun, da ich ihr ausgeliefert bin, dabei, sich als das Unmenschliche zu erweisen ... Indem ich um die zweite Ecke biege, bin ich allerdings erlöst.

Der Fußgängerboulevard ist zwar ebenfalls linealgerade gezogen, aber von durchlichteten Bäumen mild überschattet. Fontänen versprühen Frische, Restaurants und Läden im Wechsel sorgen für seine Vermenschlichung. Ich bin sofort bereit, das ungute Gefühl nicht nachklingen zu lassen. An einem Schaufenster mit Western Wear bleibe ich stehen. Vor der Rückwand aus Feldsteinen sind hochhackige gemusterte Stiefel mit martialischen Sporen arrangiert, Gürtel, Futterale, langläufige Flinten mit Silberbeschlägen und robusten anachronistischen (wie es mir scheint) Zündschlössern. Und in meinem Rücken klappernde Hufe. Der Wilde Westen tatsächlich zugange? Hoch zu Pferd zwei Polizisten, die Stirn von der breiten Krempe ihrer John-Wayne-Hüte verfinstert, blicken aus ihrer Erhöhung und wohl auch ihres Amtes bewußt, nicht ohne Strenge auf das Straßengeschehen herab und drüber hinweg. New Orleans liegt noch nicht so weit hinter mir, daß ich etwas gegen Ordnungshüter einzuwenden hätte.

Bis ich zusammenfahre. Sie reißen die schnaubenden Pferde an der Kandare zur Seite, um einem Bus die Bahn freizugeben. Ein Niederflurfahrzeug, wie mir mein Fachsinn sagt, elektrobetrieben, gleitet lautlos, bis auf ein leichtes Summen, den Boulevard entlang, hält, öffnet geräuschlos die Türen, läßt einsteigen und, wie sich zeigt, kostenlos mitfahren. Ein Dienst der Kommune als Anreiz zum Pkw-Verzicht, wird mir später gesagt. Ich nehme ihn an, lasse mich die Strecke zweimal hin und her fahren, vom Broadway, den es auch hier gibt, zur Market Street, mit dem beruhigenden Gefühl, fern vom Ort meiner eigentlichen Profession doch mit ihr befaßt zu sein.

Die Market Street ist am Abend vereinbartes Ziel, Writers' Square, ein Stück properer, synthetischer Reihenhausbebauung, ockerbraune, um jeweils eine Hausbreite versetzte, aber lückenlos aneinandergefügte Zweigeschosser am Fuß und im Schatten der Hochhäuser, kleine Läden, strotzend vor Überfülle, der Raum von Hausfront zu Hausfront gefliest und keimfrei wie ein Badezimmer, runde, betonierte Pflanzenkübel und elektrische Gaslaternen. Aber Fred winkt beidarmig, er hat Larimer Square im Auge, a restored section of Denver's oldest street. Nach nur wenigen Schritten abrupter Wechsel um ein Jahrhundert zurück, das sich allerdings ebenfalls nagelneu gibt, ohne Spur von Verschleiß und Verfall. Fred, von anderen Pflichten befreit, sieht sich zu Ausgelassenheit animiert, ignoriert Rocky Rococo Pan Style Pizza, was noch einsichtig ist, aber auch Morton's, das behauptet, die besten Steaks ganz Nordamerikas parat zu haben, Viceroy India Restaurant mit spektakulärer Aussicht, The Larimer mit Piano-Bar und fangfrischen Austern im Keller und Kailua's original hawaiianische Atmosphäre und Küche mit achtzehn tropischen Säften im Angebot und mehr als zwanzig stir-fries; meine halbherzige Frage, um was es sich dabei handele, überhört Fred in seinem Übermut und scheucht mir zu Ehren die Meute der Vielsprachler in ein Restaurant von überwältigender bayerisch-irisch-amerikanischer Urwüchsigkeit, The Brätskellar, Enjoy Hearty German Feasts. Aus Selbstschutz bietet es mehr, A Variety of Sea Food und Savory Steaks, was ich mir teilübersetzen lassen muß und wofür ich mich wie auch andere entscheide. Ich schildere Fred mein beglückendes Erlebnis des kostenlosen Busfahrens, um mir sein freimütiges Gelächter einzuhandeln: Na, wenn du bereits damit glücklich bist, können wir uns das Tivoli-Shuttle ja schenken. Oh, it's running only till nine pee-am, ruft Dale, der mich offensichtlich kennt, ich ihn weniger, halb an mich gerichtet, halb über meine Schulter zu Fred. Dann habe ich nach rechts, links und quer über den Tisch wieder die Rolle des authentischen Berichterstatters über What's happening in Germany einzunehmen.

Oh, that's your first time in the United States?

That's my first time in general in the western world. Nearly, sehe ich mich dann doch der Wahrheit verpflichtet einzuschränken, aber es geht unter!

Directly to Denver!

With a short break in Iowa.

Oh yes!

Piet läßt sich keine Gelegenheit entgehen, mich als einen zu charakterisieren, den sein Straßenbahnerschicksal zum Exzentriker macht. Ich frage mich, ob er mit seinem Chamisso-Faible sich dadurch nicht so allein gelassen fühlt. Am nächsten Tag zerrt er aus dem Gewühl von Menschen um das Dinnerbüfett einen Mann meines Alters zu mir. Mit erwartungsvoller Freundlichkeit aus den mit Tränensäcken unterpolsterten, aber flinken Augen blickt der mir entgegen. Mr. Lennox, ein Gastgeber des Kongresses, Vice mayor von Denver. – Is it correct? – Der Mann lächelt bescheiden und ist begeistert, einen traffic engineer from Germany zu treffen. Stadtwirtschaft liegt ihm offensichtlich mehr als Sprachvermittlung.

Es sei ein terrible debacle gewesen, die Bahnen zu liquidieren, überall. Das Resultat, die Städte seien zu highway landscapes verkommen. Von einem Moment zum anderen scheint sein Gesicht einzufallen. Wie ein Naturereignis sei es über die Städte hereingebrochen, es sei irrational gewesen, sagt er, eine Kampagne gegen die Schiene überhaupt, als handele es sich bei ihr um eine bösartige Krankheit, die bekämpft, die ausgerottet werden müsse. Dann kehrt das Leben in sein Gesicht zurück, als grüben die Augen sich aus den Schlafsäcken wieder frei. Seine Stimme zieht an, er lächelt: Aber es sei kein Naturereignis gewesen, die Lobby der Autoindustrie, GM, Hand in Hand mit den Erdölkonzernen, die steckten dahinter – eine Macht, gegen die es keine Chance zum Widerstand gegeben habe. In achtzig, neunzig Städten seien die Straßenbahnen beseitigt worden, in Kanada ebenso. In den Metropolen, New York, L.A. und vielen kleineren Städten, Sioux City. Er zählt auf: Salt Lake City, Lincoln (hier nebenan in Nebraska), Memphis, Tampa. Nach einer Weile stockt sein Redefluß. Ihm fällt noch El Paso, Texas ein. In El Paso habe es eine internationale Linie nach Juarez, Mexiko, gegeben, noch ziemlich lange, aber inzwischen auch schon längst nicht mehr. Jetzt koste es ein Vielfaches, die Fehler zu korrigieren. Aber hier in Denver würden sie es tun.

Nein, zu sehen gebe es noch nichts. Ich käme zu früh!

Zu früh! Nach einer Wartezeit von mehr als einem halben Leben! Ich lache.

Er lächelt verlegen, als gehe es auf sein Konto. Er würde mir gerne in der Stadt die vorgesehenen Trassen zeigen ...

Die Zeit dafür ist nicht mehr vorhanden, es ist der letzte Tag. Aber er faßt mich am Arm und zieht/schiebt mich zur Hotelrezeption und läßt sich einen Stadtplan geben. Oh, der sei nicht sehr exakt, halt für Touristen, er breitet ihn über die Glasplatte des Clubtisches aus. Wir sitzen auf gepolsterten Hockern. Und er zeigt mir die vorgesehenen Linien auf dem Straßenraster: Von Littleton im Südwesten nach Downtown, wo sie sich gabelt, ein Zweig nach Five Points im Nordosten, der andere am Platte River entlang zur Union Station ... Er zeichnet die Strecken in den Stadtplan ein.

Und ich muß ihm über die Bahnen in East-Germany-that's-very-very-interesting-for-me berichten, über Schienenbreite, Stromspannung, Fahrzeugtypen, ihre technischen Leistungen, Fassungsvermögen, Streckennetze …

Wir gehen in den Saal zurück und reden weiter. Der Eindruck, ich bin in Amerika mit meinem tatsächlichen Fachwissen von Nutzen, tut mir ausgesprochen gut. Ich spüre förmlich mein Selbstbewußtsein.

Ich liege nachts wie immer Fred und Piet zu Füßen, sehe den hellen Schein hinterm Fenster, der von der Stadt kommt, Denver, das demnächst von Straßenbahnen durchfahren wird, womöglich mit einer Strecke bis an den Fuß der Rocky Mountains. Und ein ganz anderer Gedanke springt mir in den Kopf: Vielleicht könnte sich eine Kooperation zwischen unserem Ingenieurbüro und dieser Stadt ergeben. Ich werde nach Hause zurückkommen, und es wird weitergehen mit unserer Arbeit. Aber nun in großem Zugriff. Ich werde dazu beitragen. Ich bin hellwach. Bisher hatte ich mir kaum Gedanken darüber gemacht, was mir im Institut bevorstehen würde, als habe sich mit dem Putzmittelvertreter alles erledigt. Ich hatte getan, als würde Amerika mein Dauerzustand sein. Wird es nicht, aber es kann dazugehören. Ein Traum? Piet schnarcht und nimmt mir die Zweifel an meiner realen Situation …

Zehn Tage später in Chicago ist er nicht dabei. Fred biegt Randolph Street vom Highway ab, und jäh haben wir die Wolkenkratzerkette wie einen Steilwandabbruch vor uns. Übergangslos geraten wir in die Fassadenschlucht und in den Strom der Fahrzeuge am schattigen Grund. Der Himmel verengt sich zu einer grauen Schneise. Eine Mischung aus Beeindruckung und Beklemmung erfaßt mich, während Fred unaufgeregt den Volvo dirigiert.

Noch aus dem Auto heraus, wenn eine querende Straßenschlucht eine Blickschneise öffnet, versuche ich den Gebäuderiesen des Sears Tower über den auch nicht gerade niedrigen Dächertraufen der Straßenfronten zu entdecken. Es gelingt erst, als wir vor dem Field Museum einen Parkplatz gefunden haben und der offenen Weite des Michigansees mit den Hunderten schwankender Masten des Yachthafens den Rücken zuwenden. In glänzender Schwärze, die auch die Fensterbänder einfärbt, hebt *the world's tallest building* sich dreigestuft aus der Dächerlandschaft hervor, um seine zwei weißen Antennenmasten noch höher in die Bläue zu treiben.

Zum Sonnenuntergang dann seine Bezwingung, in minutenlanger lautloser Aufzugsfahrt mit Umsteigen auf Zweidrittelhöhe; der Blick nun nicht ohne Bangigkeit senkrecht in die Tiefe der zu Linealbreite verengten Straßenschlucht, überwimmelt von dahinschleichenden Blechinsekten, unter uns das ganze Schachbrettlabyrinth der Stadt, die wilde Landschaft kubischer Stalagmiten in wechselnden Höhen, die Straßencanyons in der Ost-West-Richtung in den goldenen Glanz der Sonne getaucht, in Nord-Süd-Richtung zu schwarzen, abweisenden Fluchten eingedunkelt. Der Geradlinigkeit zum Trotz windet sich wie ein übersehener Irrtum in kindlicher Unschuld der Chicago River um die kantigen Gebäudekolosse, in Zehnzentimeterabständen von Brückchen überdeckt.

Wenn mich mein schützender Instinkt im Stich ließe und ich den Weg direkt hinab nehmen würde, sage ich zu Fred, ziehe mich aber sicherheitshalber einen Schritt zurück, um der Verlockung keine Gelegenheit zu geben, das ginge wohl nicht gut.

Das hängt davon ab, was du unter gutgehen verstehst, sagt Fred.

Ich nicke und versuche in der Entfernung, wo sich die Gebäude verkleinern, das Ende der Stadt zu entdecken, aber es verliert sich im Dunst, mit Ausnahme der Ostseite, wo der Michigansee sie strikt kappt und seinen blaugrünen Anspruch behauptet. Solche Städte, sage ich, haben wohl doch mehr an anderem als menschlichem Format Maß genommen.

Die Amis lassen nichts unversucht, sagt Fred.

Wieder unten, sehe ich mich bestätigt. Umstellt von den zwei-, dreihundert Meter in die Höhe ragenden Betonwaben, ist man zum Däumling geschrumpft. Man entgeht den Kolossen nicht, sooft man auch um eine Ecke nach der anderen biegt, als träte man auf der Stelle, John Hancock, Standard Oil Building, First National Bank. Die steinern-starren Riesen präsentieren großlettrig ihre Namen, am gläsernen Revers, an der stählernen Krempe. So müßte man heißen, um ihnen gewachsen zu sein, denke ich. Das halbhohe Wrighley Building mutet menschlich an, aber zu meiner Verblüffung, als hätte sich ein Stück des protzig-schwülstigen Moskau hierher verirrt, das Hotel Ukraina oder ein Torhaus der Lomonossow-Universität. An den Gesimsen der halbhohen Gebäude, mit zurückgebogenem Kopf gerade noch wahrnehmbar, Jugendstildekoration, grün und goldfarben, florale Ornamentik, mit zunehmender Zahl der Stockwerke immer mehr in die Höhe verschoben. Wenn ich stehenbleibe, um nach oben zu blicken, stehe ich dem Gehaste auf der Straße im Wege, das mir vorkommt, als finde hier die Durchmischung der Bevölkerung der ganzen Welt statt; in der Fred mir im Handumdrehen verlorenzugehen droht. An der Picasso-Skulptur wäre ich um ein Haar vorbeigestürzt, ohne sie wahrzunehmen. Zwei Stretch-Cars mit eingedunkelten Scheiben bannen meinen Blick. Ich versuche mit mir ins reine zu kommen, indem ich am Chicago River vermeide, den Blick die Mammutklötze, zwischen die der Fluß gezwängt ist, hinaufgehen zu lassen, und rede mir ein, einen Hauch vom Canal Grande zu empfinden, der ich Venedig nicht kenne. Das überglaste, sich zwölf Etagen hoch öffnende Hotelfoyer, von Ringbalustraden gerahmt, in das mich Fred dirigiert, hat wieder Riesenmaß, ein hallendes Karibikimplantat mit Wasserspielen und Tropenvegetation, in der ich unwillkürlich nach Kolibris und Kakadus Ausschau halte. – Der jahrzehntelange Verzicht sitzt zu tief, als daß ich denken kann, etwas anderes empfinde, als überwältigt zu sein. Ich brauche einen zweiten und dritten Blick, um überhaupt Restauranttische und Gäste zu entdecken, zwischen denen Ober in Operettenkostümierung herumwedeln.

Ich bin erleichtert, daß mit dem Auto die Stadt doch zu bewältigen ist. Wir geraten in baumbegrünte Vorstadtstraßen mit unversehrten, gleichsam handlichen Gebäuden. Die Universität, solidmassive Gebäude in weitflächiges Grün arrangiert, gibt sich wie ein Sanatorium. Wir werden im Halblicht der holzgetäfelten Gediegenheit des Foyers mit aller Freundlichkeit erwartet. Nice to meet you, fünf-, sechsmal, jeder Zweifel an der Aufrichtigkeit verbietet sich. Das Auditorium ist ein gotisches Hallenkirchenschiff, ein neugotisches, versteht sich, säkularisiert, wie sich zeigt. Die Wände entlang hängen Ölporträts von Stiftern und Magnifizenzen im Ornat und mit dem einschüchternden Ausdruck von Würde. Die Reihenbänke, wohl in Anlehnung an das einstige Gestühl, sind samtrot gepolstert. Die Kanzel ist nunmehr Raumschmuck. Auf dem Podest, das einst den Altar trug, stehen ein mit braunem Tuch abgedeckter Tisch und vier noch unbesetzte, hochlehnige Stühle. Zwei gelten Fred und mir, die anderen beiden werden von einer freundlichen blonden Frau in strengem Kostüm und einem jüngeren, tief schwarzbärtigen Mann mit verschmitzt schmalen Augen eingenommen. Ein Gespräch über The German Changing ist verabredet. Daß ich nur ein Viertel des Auftritts zu verantworten habe, macht es mir etwas leichter. Ich bin noch nie in einer Kirche aufgetreten. Die Wendevorgänge außer Betracht gelassen, hätte ich kaum sagen können, wann ich überhaupt je eine Kirche außer aus touristischen Gründen betreten habe. Was ich geflissentlich für mich behielt. Im Gegenteil, ich machte eine weit ausholende Armbewegung, die allem galt, was mich umgab, den gelassenerwartungsvollen Gesichtern des universitären Publikums in den samtgepolsterten Bankreihen ebenso wie der wortlosen Strenge der Ölporträtierten an den Wänden, dem Kreuzgewölbe über uns und der Kanzel in Greifweite hinter meiner Schulter. Looking around in this room here, gab ich mich, als sei ich auf einen Rückgriff auf die mir jahrzehntelang beschiedene Sprache keineswegs angewiesen, first I have to say, the church – the buildings and the institution, both – have got a new important meaning in the time of changing in the GDR.

Es wurde einer meiner gelungensten Auftritte. Die einzigen Fragen, die ich nicht verstand, waren die der blonden Dekanin, als die sich die Dame im Maßkostüm erwies, mit blauer Kunstblume am Revers, die sie mir immer wieder auf dem Podium zudrehte. Fred übersetzte und gab mir gleich den Hinweis, wie ich antworten sollte: Tell the dorn-hedge story. Oder: Now the freshwater comparison. Als Generaldirektive hatte er mir ohnehin zugeflüstert: Erzähl soviel wie möglich sinnlich. Dem Saal offerierte er mich wiederum als Doppelgänger: He isn't an engineer only, he is a poet too. Ich wies es nicht mehr zurück und schrieb es dem mir unbemerkt gebliebenen Dauereinfluß von Karins Umgangskreis zu.

In der ersten Reihe saß ein Mann mit hohen Schläfen und dunklem Schnauzbart, der meine Ausführungen mit unwilligem bis ablehnendem Gesichtsausdruck quittierte, wie mir schien. Er mochte meines Alters sein, wofür mir seine helle, straff um die übereinandergeschlagenen Schenkel spannende Tuchhose unangemessen schien. Ich bemühte mich, ihn zu übersehen.

Phasenweise war ich für den Talk nicht nötig. Fred machte sich zum engagierten Sprecher ostdeutscher Befindlichkeit. Zu meiner Verblüffung hatte er die *New York Times* in der grünen Klappmappe und zitierte aus dem Coal-Town-in-Despair-Artikel über Cottbus. Ich erfüllte meine Rolle, indem ich durch meine Herkunft die Schilderung autorisierte. Oh, you are from Cottbus! Die Dekanin war begeistert, als handele es sich bei Cottbus um jenen Sehnsuchtsort, der insgeheim der Welt den inbrünstigen Ausruf *Sieh Neapel und dann stirb!* beschert hat.

Wir fuhren bis an den Übergang zur Downtown zurück, wo Gewerbebetriebe mit Wohnquartieren, intakte Blocks mit Halbruinen, Zehngeschosser mit Brachen abwechseln, die immerhin das Parkproblem lösten, auf Buckelflächen, die mich heimisch fühlen ließen. Das Restaurant befand sich in einem dieser Halbhochhäuser, in einer ehemaligen Lager- oder Werkshalle, die rustikal umfunktioniert war. Für uns war eine lange derbe Tafel reserviert. Wir waren zehn Leute, ich saß neben der Dekanin, der einzigen Person in der Runde, die kein Wort Deutsch sprach, sofern ich den Mißmutigen außer Betracht ließ, der ebenfalls dabei war, aber überhaupt nichts sagte. Die Akustik im Raum war total, so daß alles, was sich in dem Lokal zutrug, an jedem Platz zu hören war. Das bot mir die Chance, meine Verständigungsprobleme mit der Dekanin den Umständen zuzuschreiben. Sie billigte es schmallippig lächelnd. Auf unsere Holzbohlentafel wurde ein Riesenschinken gesetzt.

Unvermittelt fragte mich die Dekanin, ob wir uns schon bekannt gemacht hätten, ihr Blick war auf den Unwilligen gerichtet. Wortlos, wie er war, zählte er für mich eigentlich nicht. Mr. Soundso is a famous German writer, sprach sie halb wieder mir, halb ihm über den Tisch zugewandt. You know him? Das galt mir.

Natürlich kannte ich ihn nicht, beeilte mich aber, meine Unkenntnis mit einem prompten Ausdruck von Erfreutheit zu überspielen. Und ich will es nicht leugnen, sogar ein spontanes Gefühl von Verbundenheit regte sich in mir. Sollte es möglich sein, daß die staatliche Einheit so ins Persönliche ging?! Ich beugte mich schräg über den Tisch, soweit die Eindeckung es zuließ. Der Mißmut im Gesicht des Mannes änderte sich nicht. Ich zog mich wieder zurück.

Aber dann wandte er sich mit einem langen Blick mir zu. Wie fühlen Sie sich? fragte er, soweit ich es in der hallenden Unruhe und trotz des beflissenen Hantierens der Servierer verstand, die Schüsseln mit Gemüse und Soßen oder Dips zwischen uns aufbauten. Ehe ich antwortete, fügte er hinzu: In Ihrer Rolle?

Ich stutzte.

Waren Sie auf der Mauer? fragte er.

Auf der Mauer? fragte ich zurück.

An diesem Abend.

Am 9. November, meinen Sie? versuchte ich ihn behutsam zu konkretisieren und mich zu vergewissern, ob ich verstand, was er meinte. Ihm war nichts anzusehen. Ich wohne in Dresden, glaubte ich ihm als Erklärung zu schulden, weil ich seine Frage nicht bejahte …

Ihm sei es befremdlich, für etwas in Anspruch genommen zu werden, woran man nicht beteiligt sei...

Ich war irritiert.

Davon könne er doch ausgehen, daß ich nicht eigenen Fußes die Mauer eingetreten...

Laß ihn, grummelte Fred in mein Ohr. Ich war nicht in der Lage, meine Antwort einfach abzubrechen: Die Maueröffnung sei der letzte Schritt in einer langen Ge...

Der hat's bei mir mit 'ner Selbsteinladung versucht, hörte ich Fred an meinem Ohr wispern, und ich brach nun doch ab, zumal der Mann bereits wieder sprach, wenn auch nur halblaut, als sei ihm die Sache mehr Stimmeinsatz nicht wert: Eben, er habe vor fünfzehn Jahren der DDR den Rücken gekehrt. Diese Abstimmung mit den Füßen, die drei Millionen getroffen haben, die sei es, was die DDR verdient und was sie nicht überstanden habe.

Er sah mich herausfordernd und mitleidig an, wie jemand, der ein Schuldeingeständnis einfordert.

Noch einer mehr, der die Mauer eingerissen hat! sagte Fred auf Englisch und lachte schallend. Wartet's nur ab, er wird nicht der letzte Mauerstürmer sein!

Auch der Tiefschwarzbärtige und ein, zwei andere in der Runde lachten. Es schien mir das beste, mitzulachen.

Der Dichter blieb resistent gegen die Heiterkeit. Er sei jedenfalls wegen seines ureigenen Werkes eingeladen. Er sei wegen seiner persönlichen Leistungen hier, wegen dem, was er zu verantworten habe, und zwar unabhängig von allem, was sich sonst und wo auch immer zutrage...

Der Schinken auf der Tafel flammte auf. Die zunächst unschuldig und blau züngelnden Flämmchen schossen grellweiß und zischend bis an die massiven Stahlträger unter der gekalkten Decke empor. Der Schriftsteller verschwand hinter der Feuerfontäne, bis auf seine Hände, die wie zwei Fleischbatzen, die die Flammen nicht erwischt hatten, beiderseits seines Tellers lagen. Die Aufmerksamkeit des ganzen Lokals richtete sich auf uns, dann fiel das

Feuer wieder zu einem geschmeidigen Züngeln zusammen. Die geräuschvolle Unruhe, die ausgesetzt hatte, bemächtigte sich wieder des Lokals.

Ich weiß nicht, ob es ein intuitiver Versuch war, mich gegen diesen Mann zu wehren, mich von ihm zu befreien, sowie er hinter dem nachlassenden Feuer wieder zum Vorschein kam. Mich erfaßte unvermittelt eine Art Heimweh. Ich wünschte plötzlich mit aller Heftigkeit Silke hierher, neben mich, wie sie mit banger Begeisterung in das aufschlagende Lohen auf dem Tisch starrt, mit glänzenden Augen, in denen das Feuer als verkleinertes Double tanzt. Ihre heftige Freude an der Zeremonie war mir frappierend gegenwärtig. Im nächsten Moment hatte sich die Vorstellung freilich wieder erledigt, denn ich mußte mir von mir selbst sagen lassen, daß ich mit meinem Wunsch gute zehn Jahre zu spät komme, denn inzwischen war sie dem Kindesalter längst entwachsen.

Freds Anflug von Mißlaunigkeit war anderer Ursache. Der Schuppen kann in Brand gesetzt werden, aber du darfst nicht rauchen! Er griff unwillig Pfeifensack und Blechschachtel, die er neben seinen Teller gelegt hatte, und ließ sie in der ausgebeulten Tasche seines Jacketts verschwinden.

Die Kellner retteten uns, indem sie dicke Scheiben vom Schinken säbelten und jedem auf die Teller legten und so unserem Zusammensein einen eindeutigen Sinn gaben. Der Dichter (vielleicht war er auch ein Romancier) behielt seinen unwilligen Gesichtsausdruck bei, während er sich Schinkenbatzen unter den Schnauzbart zwischen die Zähne schob. Draußen, als wir uns wieder auf die Autos verteilten, kam es mir vor, als würde ich demonstrativ mit sechsfachem Hope-to-see-you-again beschenkt, auch von der Dekanin, wobei aus ihren Lippen die Strenge gewichen war, während der Dichter hinter dem für ihn bestimmten Auto stand und den Eindruck zu erwecken bemüht war, er nehme das Zeremoniell überhaupt nicht wahr. Im Auto überraschte mich das Gefühl, ein bißchen dazuzugehören, zu diesem Leben, zu diesen freundlichen, freundlichen Leuten, zu Amerika … Der Volvo schaukelte von der

Parkfläche. Auf der Fahrbahn sackte er in Asphaltausbrüche. Der einzige Schmuck der Ziegelfrontfassaden, die uns die Straße entlang begleiteten, waren die angerosteten Feuerleitern. Drei halbwüchsige Schwarze warfen sich über uns hinweg eine bombenartige Football-Pflaume so tief zu, daß ich unwillkürlich den Kopf einzog. Dennoch wollte ich mir nun den Eindruck nicht nehmen lassen: eine Stadt, in der sich's doch leben läßt. Lediglich der Dichter störte etwas, auch wenn er ja kaum zu Chicago gehörte.

Wie man halt so Urteile fällt.

Omaha. Es ist Denver nicht gewachsen, und Chicago schon gar nicht, nicht in Höhe und Imposanz der Wolkenkratzer, nicht in der Einwohnerzahl, nicht in der Bedeutung, Michigansee und Rockies fehlen sowieso. Hinter der Downtown, an der man die Lust verloren zu haben scheint, ihr Gesicht und Gestalt zu geben – eine Handvoll ungeordneter Hochhausklötze, denen man den Unwillen über die aufgenötigte Nachbarschaft anzusehen meint –, dehnt sich ein Gemisch aus Zweckbauten und Wohnquartieren vom Missouri weg in die grünbraune Weite von Nebraska. Was soll es schon bieten? Ich wehre mich, mir Freds Verdikt zu eigen zu machen. Etwas freilich kommt immer. Und ich bin immer noch gespannt auf jede neue Stadt.

Das Red Lion Inn läßt den Eindruck von Unerheblichkeit vergessen, in meinen Augen bietet es geradezu luxuriöse Gediegenheit, im Restaurant Edelhölzer und Messingbeschläge. Am Abend Empfangsbankett in einem noblen Saal, Jahrestreffen, diesmal der Association of Language Teaching. Auf runden Großtischen ist blaugefaßtes Porzellan eingedeckt, in den geschliffenen Gläsern reflektiert das Licht aus den Lüstern von der stuckgefaßten Decke. Das Zentrum jedes Tisches ist ein überquellendes Bukett tieffarbiger Blüten, Kunstblumen, wie sich zeigt, in dem jeweils zwei Wimpel stecken, das Sternenbanner und, als Plazierungshilfe, das Fähnchen eines der vertretenen Bundesstaaten. Vor einer Längswand ist ein Pult aufgestellt, wiederum mit dem nun gerafften Sternenbanner sowie der Fahne von Nebraska drapiert, beidseitig von zwei

Tafeln umstellt, die die dahinter befindlichen Türen versperren, so daß angesichts der vierhundert Teilnehmer an der einzigen verfügbaren Tür auf dem Weg hinein ein Stau entsteht. Auch wir geraten in das Gedränge und so in Tuchfühlung mit zwei, drei Dutzend der Teilnehmenden – und es wird gutes Tuch getragen, dunkel oder sommerlich, Schlips oder Fliege, auch Fred trägt sein moosgrünes Samtsakko, einige Frauen in Ballkleidern –, umschnattert und umwinkt von Begrüßungsgesten. Ich bin eher ein Störfaktor, der überwunden werden muß, und fühle mich wieder einmal als das, was ich wirklich bin, ein Fremdkörper. Obwohl ich gelistet bin, als guest. Als wir an dem Tisch mit der Flagge von Iowa, der senkrecht breitgestreiften Trikolore mit dem spreizflügeligen Adler und der markigen Beschwörung, die ihm aus dem Schnabel erwächst: »Our liberties we prize and our rights we will maintain«, Platz genommen haben und ich mich auf zumindest halbvertrautem Terrain zu fühlen bereit bin, verschwindet Fred. Den werden wir nicht viel sehen. Der Vorwurf ist weniger aus Piets Worten herauszuhören, als seinem Blick anzusehen, mit dem er Fred verfolgt. Er hat diesmal ein zweites Zimmer reserviert, so daß ich nicht auf ein Notbett angewiesen bin. Mit Piet Auge in Auge zu nächtigen, als Verbesserung anzusehen, will mir allerdings nicht so recht gelingen. Piet senkt den Blick wieder auf das von der Verwahrung in der Jackettasche geknickte Bündel Blätter, sein paper. Nach x-tem Anlauf habe er tatsächlich einen Vortrag *Chamisso and California* untergebracht, hatte mich Fred nicht ohne Herablassung in der Stimme wissen lassen. Es gebe Programmänderungen, entschuldigte Piet die Blätter am Tisch.

Bevor serviert wird, Eröffnung des Meetings mit launigen Reden, wobei sich mir die Gründe für Heiterkeit und Gelächter nicht erschließen. Ich versuche mich an der Fahne von Nebraska am Pult schadlos zu halten, dem Siegel in der Mitte des blauen Tuchs, das sich nichts, worüber der Staat zu verfügen vorgibt, entgehen lassen will: ein Dampfschiff, einen Eisenbahnzug (was ich bestätigen kann!), die Konturen von Bergen – und im Vordergrund ein tätiger Mensch. Den Wahlspruch »Equality before the Law« entziffere ich erst, nachdem das Dinner beendet ist und sich die Sitzordnung auflöst. Obwohl Piet von den Änderungen im Ablauf nicht betroffen ist, ist er aufgeregt, fuchtelt mit seinen Blättern herum und hält es kaum bis zum Dessert am Platz aus. Mir fällt nach einer Weile auch nichts anderes ein, als ebenfalls aufzustehen. Aber mehr, als zwischen den Tischen herumzuschlendern und mir inmitten der Essensrückstände die Steckfahnen anzusehen, habe ich nicht zu tun. Am Tisch mit der Flagge von Wyoming, weiß-rot umrandet, mit dem kreidebleichen Bison auf blauem Feld und dem ihm wie eine Zielmarkierung für den Abschuß aufgesetzten Staatssiegel, stoße ich wieder auf Piet. Eine Frau steht neben ihm und beugt sich über seine aufgeschlagenen Manuskriptblätter.

That's Joyce, sagt er zu mir, und die Frau hebt ihren Kopf und lächelt mich *nicht* an, ein prüfender Blick ist auf mich gerichtet, aus einem schönen Gesicht, die Lippen eingezogen, als bisse sie sich darauf.

That's Mister…, sagt Piet und wendet sich mit suchenden Augen in ihre Richtung, als sei er nicht sicher, ob sie noch neben ihm steht. He's from Germany, Eastern Germany…

Oh, freut mich, Sie zu sehen, sagt sie auf Deutsch.

Natürlich, wen freut es nicht, erwidere ich lautlos.

Und sie hält mir ihre Hand hin, die sich aber entzieht, noch ehe ich sie spüre.

In dem Moment vernehme ich Fred hinter mir, englisch redend, der Vorwurf in seiner Stimme ist unüberhörbar. Die Frau wendet sich ihm zu, erwidert etwas, ebenfalls im Tonfall eines Vorwurfs, und geht neben ihm davon, im langen dunklen Kleid, das um die Knöchel schlägt und sich bei jedem Schritt an ihre Hüfte anpaßt. Ihr dunkles, gelocktes Haar wippt über der bloßen Haut im Rükkenausschnitt zwischen den Schulterblättern.

Da hängt der Haussegen schief, sagt Piet im Nachblicken, aber unbeteiligt, und senkt den Blick auf seine Papiere.

In der Nacht im Bett spüre ich eine tastende Hand an meiner Schulter. Frauenhand. Wunschtraum? … Es sind Piets grabbelnde Finger. Ich fahre hoch.

Du schnarchst, sagt er mit zwar gedämpfter Stimme, aber voller Unwillen. Ich wüßte nicht, je geschnarcht zu haben, und Karin ist überempfindlich bei Geräuschen. Muß eine amerikanische Eigenschaft sein, die ich mir zugelegt habe. Ich bin mir im Halbschlaf nicht sicher, ob ich antworten soll.

Ich muß morgen fit sein, wegen des papers, kommt eine halbe Entschuldigung grummelnd vom anderen Bett.

Ich liege die nächsten zwei Stunden wach, höre Piet schniefen und blubbern, und die Konturen seines Deckbetts bauen sich mal wie die Umrisse der Rocky Mountains auf, mal fallen sie wieder zusammen, je nachdem, wie er sich hin und her wirft.

Als ich endlich Schlaf gefunden habe, reißt Piet mich wieder heraus. Er steht in aller Herrgottsfrühe auf, hängt drei Anzüge an die aufgeklappten Einbauschranktüren, tapert zwischen Bad und Schrank hin und her, läßt die Badtür offen, während das Wasser zischend in die Wanne schießt. Dann klappern irgendwelche Dosen auf die Fliesen. Als er endlich die Tür hinter sich zuzieht, ist bei mir nicht mehr an Schlaf zu denken. Ich höre, wie er in die Wanne patscht.

In dem Restaurant mit den samtroten Bezügen herrscht Gewimmel, ein üppiges Frühstücksbüfett ist aufgebaut, Früchte, Säfte, Müsli in allen Versionen, ham and eggs, scrambled eggs, boiled eggs, in Fett gemästete Würstchen, rosafarbenes Roastbeef in handtellergroßen, hauchdünnen Scheiben. Während beladene Tabletts an die Plätze balanciert werden, wird mir immer wieder ein Hi zugerufen, obwohl ich bisher kaum mit jemandem ein Wort gewechselt habe. Ich setze mich an einen leeren Tisch, auf einer zwei Stufen hohen Erhöhung hinter einer messingglänzenden Balustrade, von wo aus ich über die Tische und Köpfe vor mir durch die Panoramascheibe hinaus in die Straßenschlucht blicken kann, auf nicht sehr ergiebige Gebäudefronten.

Dann steht die Frau, gegen die sich am Abend Freds Unwillen gerichtet hatte, am Tisch. Sie trägt eine luftig-weiße Bluse, die mich an Damengarderobe auf Fotos aus der Kaiserzeit erinnert. Vor die Bluse hat sie das Tablett gehoben, mit abgespreiztem linken Zeigefinger, der auf den freien Platz bei mir deuten soll, obwohl er weit daran vorbei zielt.

Es dauert eine Weile, bis sie alles vom Tablett herunter auf dem Tischchen arrangiert hat, während ich beflissen meine Sachen enger zusammenscharre. Während sie hantiert, wirft sie mir einen raschen Blick zu, dem ich unwillkürlich ausweiche. Ihr Gesicht wirkt nicht so angestrengt wie am Abend. Wenn sie die Lider mit dem geschwungenen schwarzen Wimpernspalier senkt, um die Rührbewegungen des Löffels in ihrem Müsli-Frucht-Mix zu verfolgen, leiste ich mir einen schnellen Blick auf ihr Gesicht.

Nach zwei, drei Müsliladungen, die sie mit den Lippen vom Löffel saugt, ist es dann doch soweit: Fred habe ihr erzählt, daß ich bei ihm zu Gast sei. Sie spricht fast akzentfrei deutsch. Das sei kolossal, was in Deutschland passiere, in Ostdeutschland. (Wie oft habe ich diese Korrigierung schon gehört?) Sie würde gern mehr darüber hören. Ob ich mir Omaha schon angesehen hätte? Wir könnten es gemeinsam tun, und ich könnte ihr erzählen. Sie müsse während solcher Konferenzen mal Luft holen …

Ich wehre ab, und noch während ich dabei bin, stutze ich, warum ich es so prompt tue. Piet habe jetzt gleich – ich sehe auf die Uhr – sein paper. Ich halte zwei Sekunden lang ihrem grünblaugrauen Blick stand.

Okay, sagt sie und macht sich wieder über ihr Frühstück her. Ein Mann im besten Alter, wie man so sagt, eine Hand in der Hosentasche, beugt sich über den Tisch, nickt mir zu und redet mit ihr. Ich bin für einen Moment verwundert, daß sie nun englisch spricht. Ich verbiete mir, verstehen zu wollen, worüber sie reden, was nicht schwerfällt. Zumal der Mann die Hand aus der Hosentasche genommen hat, sich auf das Tischchen stützt, mir halb den Rücken zudreht und die Frau verdeckt. Es mißfällt mir.

Als er wieder weg ist, sind ihre Lippen, die sie abtupft, wieder schmal wie am Abend zuvor. Gehen wir, sagt sie.

Es kommt unerwartet. Sie sieht mir meine Überraschtheit an.

Zum paper, sagt sie und steht bereits, fingert in dem Programmheft herum. Sie steigt die zwei Stufen neben unserem Tischchen herab, und ich habe die helle Fährte ihres Scheitels, die ihr gelocktes Haar teilt, unter mir. Sie geht entschlossen durch die Unruhe des Restaurants vor mir her, und ich kann wieder beobachten, wie sich ihr Rock bei jedem Schritt mal rechts, mal links um ihre Hüfte spannt. Hinter der offenen doppelflügeligen Glastür läßt sie mich an ihre Seite kommen. Wir gehen um mehrere Ecken, sie orientiert sich an den Ausschilderungen. Wir müssen uns durch Ansammlungen von Leuten zwängen, die sich vor den Vortragsräumen bilden. In einem engen, teppichbelegten Gang stehen Piet, Fred und noch ein dritter vor einer offenen Tür. Neben der Tür ist eine Art Staffelei aufgestellt, über die ein Bogen mit Angaben zu Thema, Referent und Zeitangabe gespannt ist. Im Raum sind etwa zwanzig Stühle aufgestellt, schräg zum Fenster ein Pult, aber kein Mensch. Nur Joyce geht hinein und blickt zum Fenster hinaus. Und es kommt auch niemand. Die Leute, die noch den Gang entlanghasten, haben es auf andere Panels abgesehen. Piet zieht von Zeit zu Zeit die Unterlippe zwischen die Zähne, streckt den Arm aus dem Jackettärmel, um auf die Uhr zu sehen. Aber im Gegensatz zu seiner morgendlichen Aufgeregtheit ist er ruhig. Sein schütteres, widerspenstiges Haar ist straff gekämmt. Er sieht seriös und für mich etwas fremd aus. Dann fällt zwischen den drei Männern die Entscheidung, es habe sich erledigt.

Piet tut mir leid. Fred blickt erneut auf die Uhr, ob es sich lohne, nun noch zu einem anderen Vortrag zu gehen. Er redet englisch auf Joyce ein. Sie geht mit ihm davon, ich beobachte ihre Körperbewegung im Gehen. Sie gestikuliert. Dann dreht sie sich um und kommt zurück, ihr Gesicht ist wieder oder immer noch angespannt: Wir können jetzt in die Stadt gehen, sagt sie zu mir.

Ich unterdrücke jede Empfindung. Piet und dem anderen Mann ist es gleichgültig, was wir machen. Sie treten zögerlich in den leeren Raum, wo Piet sein Manuskript auf dem Pult liegen hat. Ich blicke ihnen nach, als sei ich Piet zumindest diesen Blick schuldig.

Joyce führt mich mit entschiedenen Schritten in eine Parkanlage, mit Blumenrabatten, Brunnen, steingeführten Wasserläufen. Wir kommen an der Bronzestatue eines Halbwüchsigen vorbei, der einen kleineren Jungen Huckepack trägt. Die Inschrift teilt nicht ohne Stolz mit, daß Omaha the home of Father Flanagan's Boys Town sei. Ich bitte Joyce um Erklärung. Sie zuckt die Schulter und wendet sich von der Skulptur ab. Sie fragt mich, ob ich *das* erwartet hätte? Sie meint die Wende. Ich sage: Ja und nein. Ich bin wieder auf mein Thema geworfen. Aber ich spüre, daß ich der Frau imponieren will, auf andere Weise als den Leuten im Kirchenschiffauditorium in Chicago, auch anders als etwa der Dekanin. Warum halten Sie keinen Vortrag auf der Konferenz? fragt sie und wendet mir im Gehen ihr Gesicht herausfordernd zu. Sie hätten viele Besucher gehabt! sagt sie bestimmt. Der Gedanke war mir nie gekommen. Dann hätte es keinen Grund mehr gegeben, Ihnen jetzt hier etwas zu erzählen, sage ich und möchte es gleichzeitig ungesagt machen, aus Furcht, es wirke zudringlich. Sie lächelt, monalisaartig. Und fragt, woher ich Fred kenne.

Ich frage sie nicht über ihre Beziehung zu Fred. Ich frage, wieso sie so gut deutsch spricht. Sie habe es an der Uni gelernt. Sie sagt Uni. Aha, und warum deutsch? Ihr Vater sei nach dem Krieg in Deutschland gewesen, in der Pfalz. Er liebe deutsches Bier. Amerikanisches Bier sei furchtbar. Sage er oder meine sie es? Sie sieht mich an, als hätte ich eine ungebührliche Frage gestellt, und antwortet nichts.

Sie unterrichte an einem College Deutsch. Aber am wichtigsten für die Sprache sei, nach Deutschland zu kommen. Oder nach Österreich. In Ostdeutschland sei sie noch nicht gewesen, aber sie könne es sich vornehmen.

Sie führt mich zum Old Market, einem Areal aus Backsteingebäuden, ich könnte es für eine außer Betrieb genommene riesige Ziegelei halten, die Fußböden, die Wände der Gänge bestehen aus sandig roten Backsteinen, auf die das Licht aus dem Glasdach fällt. In die wuchtigen Wälle, vor denen in Kübeln rankende Pflanzen aufgestellt sind, führen türartige Öffnungen, eine neben der anderen, zu kleinen, mit Waren vollgestopften Läden, Boutiquen, Cafés. Wir setzen uns in ein Restaurant mit derbem hölzernen Mobiliar. Wir bestellen Juice, der aus knallgelb gefüllten, sprudelnden Ballons über der Theke abgefüllt wird. Der Kellner bringt die Gläser auf einem Tablett. Sie stehen dicht nebeneinander. Joyce umfaßt eins mit beiden Händen, sieht mich an. Einen Moment halte ich dem Blick stand, dann senke ich meinen Blick und warte, bis sie ihr Glas vom Tablett gehoben hat, ehe ich das zweite greife. Wir nicken uns über die Gläser zu, dann lehne ich mich zurück.

Ob ich zu ihr ans College käme, wenn sie mich einlädt? Sie würde es versuchen.

Ich gebe mich unschlüssig.

Es wäre eine Hilfe für sie. Gerade jetzt einen Deutschen, einen Ostdeutschen (sie lächelt verschmitzt und entschuldigend zugleich), o ja, das zähle. Denn zwischen den Sprachlehrern herrsche Konkurrenz. Obwohl die Spanisch-Dozenten keine Not an Schülern hätten, versuchten sie, Studenten von anderen Sprachen abzuwerben. O ja, wiederholt sie, es wäre eine Hilfe für sie.

Ich behalte meine etwas selbstgefällige breitbrüstige Haltung an der Rückenlehne des Stuhls bei, die Hände in die Hüften gestemmt. Tja, sage ich und verschleppe bewußt das Tempo meiner Worte, warum nicht?

Wir gehen durch den Park zurück. Plötzlich macht sie einen Wechselschritt, breitet die Arme aus. Ich bin romantisch, sagt sie. Ich liebe die deutschen Städte, sie sind romantisch, Passau, es ist wunder-, wunderschön, Heidelberg, Rothenburg.

Ich schweige. Ein Deutscher in Unkenntnis von Deutschland. Die Begeisterung einer Amerikanerin für deutsche Romantik kommt für mich im falschen Moment. Weil ich die Städte nicht kenne? Oder weil ich, den Blick auf die gradkantigen Kuben der Hochhäuser gerichtet, die ihre schnurgeraden Fensterschichten über die Baumkronen heben, wieder mal bereit bin, in ihnen das anzuerkennen, worauf es mir anzukommen scheint, überhaupt und daher auch in der Architektur – auf Gradlinigkeit, Klarheit, das vergegenständlichte Prinzip Ordnung, Ästhetik der Folgerichtigkeit, Gestalt gewordene Vernunft – die notwendige Konsequenz menschlichen Handelns auf dem Weg heraus aus dem Dschungeldasein der Natur? Die Städte bei uns zu Hause – ich denke: zu Hause! –, sind sie nicht eigentlich steinerne Folgen denkerischer und praktischer Sackgassen, Flickschusterei, Anhäufung baulichen Sammelsuriums aus Jahrhunderten, das sich immer wieder im Wege steht, das beste, was man ihnen nachsagen kann: Ausdruck guten Willens, was heißt, des Versagens auf halber Strecke, Kaisersaschern zum Beispiel, unpraktisch, uneffektiv, eigentlich, so will es mir vorkommen, nicht ernst zu nehmen. Das hier, Joyce breitet wieder die Arme aus, so daß die Brust die weiße Bluse spannt, für Omaha ist das okay. Sie macht so große Schritte, wie der Knöchelrock zuläßt, und sieht mich erwartungsvoll an. Es ist durchaus okay, sage ich nachdrücklich. Sie zieht die Augenbrauen über der Nasenwurzel zusammen. Durchaus?

Ich verstehe ihre Frage nicht.

Was ist durchaus?

Ich lache. Für mich ist Omaha mehr als okay, sage ich.

Sie gibt mich aus ihrem Blick wieder frei.

Vor dem Hotel treffen wir wieder auf die Indianer. Wahrscheinlich habe ich gehofft, sie seien inzwischen verschwunden. Sie stehen, hocken herum, schäbige Jacketts über fleckigen T-Shirts, braune, gedunsene Gesichter mit kraftlosen Augen, auch zwei Frauen in derben Röcken sind dabei. Es sind die ersten wirklichen Indianer, die ich sehe. Und ich sah sie bereits, als wir aus dem Hotel traten. Sie widersprachen so gänzlich meinem Bild von ihnen, daß ich jeden Gedanken an sie, nachdem wir an ihnen vorbeigegangen waren, fallengelassen hatte. Ohne die Frau neben mir wäre es nicht gelungen.

In der Hotellobby trennen wir uns. See you later.

Wir sehen uns abends in einem der Hotelrestaurants. Die Mitte des Raums nimmt eine freie runde Fläche ein, um die in mehreren Kreisen die Tische stehen. Wir sitzen zu siebt an einem Tisch, Joyce neben Fred mir gegenüber, sie ist gut gelaunt, Piet und der Mann, der am Vormittag bei ihm durchhielt, ein Ehepaar aus Saint Louis, Französischlehrer. Sie reden vor allem mit Fred über einen gemeinsamen deutsch-französischen Sommerkurs, der im Elsaß stattfinden soll.

Wir trinken Coors-Bier aus Denver. Damit wir es runterkriegen und allen Ärger auch – Fred nickt Piet zu –, Linie Aquavit dazu, eiskalt in beschlagenen hochstieligen Gläsern. Piet hat inzwischen Gründe für die ausgebliebenen Besucher seiner Veranstaltung gefunden, die ihm über die Enttäuschung hinweghelfen. Andere Schwerpunktthemen seien gänzlich ausgefallen. Die Tagung strotze vor organisatorischen Mängeln. Die einzelnen Vorträge seien nicht thematisch organisiert, sondern wild auf die Räume verteilt worden. Dazu habe der ihm zugewiesene Raum am Ende einer Sackgasse gelegen. Na ja, aber ein Renner sei Chamisso nun eben auch nicht, kann sich Fred nicht enthalten beizusteuern.

Mit Joyce wechsele ich kaum ein Wort. Auf der anderen Restaurantseite, eine Tischreihe hinter der Freifläche, richtet sich eine Acht-, Neun-Mann-Kapelle ein hinter hüfthohen Notenständern mit blauen Fahnen, die in Silber gestickt verschlungene Initialen – FG – tragen. Nach einiger Zeit durchströmen Swingklänge den weiten Raum, die weiche Klangfülle von Saxophonen, Klarinetten und das Aufblitzen der Trompeten. Mir ist, als werde ich von einem Zeitsprung gepackt und dreißig Jahre zurückversetzt, von einem Raumsprung dazu, in die Stadthalle, ins Parkhotel, es sind die Klänge der Dresdner Tanzsinfoniker, die von Kurt Henkels und seinem Orchester. Mir ist zumute, als kopierte die Band die DDR der sechziger Jahre! Als sei die DDR die Heimat des Swing.

Als wären Benny Goodman, Count Basie, Glenn Miller DDR-Protagonisten. Für mich waren sie es tatsächlich! In the mood, die Trompeten strahlen. Ich kann nicht verhindern, daß mein Kopf sich schüttelt. Ich benötige einige Sekunden, um die Dinge in die richtige Reihenfolge zu bringen.

Der Bandleader ergeht sich in Geplauder. Indem er die einzelnen Musiker vorstellt, könnte man ihren eigentlichen Zweck fast vergessen. Sich selbst, die Klarinette in der Hand, erklärt er launig zum Nachfolger von Benny Goodman. Sweet Georgia Brown. Danach referiert er Benny Goodmans Lebensstationen, in Chicago beginnend – two blocks away from Omaha –, und in arabesken Satzverschlingungen erhalten Gene Krupa, Teddy Wilson, Lionel Hampton ihre Würdigung. Schließlich dürfen auch wieder die Musiker mitmachen, sie setzen die Instrumente an – And the Angels sing.

Danach ist Glenn Miller dran. Chattanooga Choo Choo… Joyce will mit mir tanzen. Sie hat sich über den Tisch gebeugt und mir die Hände entgegengestreckt. Ich habe es übersehen. Na, tanz doch, sagt Fred, in einem Ton, wie man jemanden zu einer Sache auffordert, die einem selbst nicht geheuer ist.

Fred tanzt nicht, sagt Joyce zu mir. Ich stoße den Stuhl zurück. Joyce geht mit den knöchelrockgebremsten Schritten zielgerichtet auf die entgegengesetzte Seite der Tanzfläche, steht groß und sehr nah, ihre Stirn vor meinen Augen, neben mir. Aber sie kann nicht tanzen. Sie tritt, ohne den Rhythmus zu finden, auf der Stelle hin und her. Sie greift in meine Schultern und hält sich fest. Fred sitzt mit dem Rücken zur Tanzfläche, außerdem gerät der Tisch durch die anderen Tanzenden nur für Momente in unser Blickfeld. Joyce zieht mich dicht an sich, so daß ich ihren ganzen Körper spüre, in der Bewegung ihrer Beine. Ich weiche eine Kleinigkeit aus. Fred ist mein Freund, sage ich. Als Antwort spüre ich ihr Gesicht an meinem Hals, eine warme, elektrisierende Bewegung ihrer Lippen. Ich verdanke ihm viel, sage ich heiser, alles hier. Okay, okay, sagt sie und drückt sich von mir ab. Sie tritt jetzt im Abstand von einem halben Meter von mir hin und her. Ist es so gut! sagt sie und sieht mich herausfordernd an.

Joyce!

Am nächsten Tag auf der Rückfahrt im Auto, nachdem wir Fort Dodge hinter uns gelassen haben und Fred, eine Hand am Steuer, mit der anderen nach einer Zigarre tastet, Piet auf dem Rücksitz blicklos in die Landschaft starrt, sage ich: Joyce will mich einladen.

Warum nicht, erwidert Fred schwingungslos.

Las Vegas würde mich schon reizen, sage ich, um dem Ganzen einen sachlichen Anschein zu geben, sofern man sich zu Las Vegas sachlich verhalten kann, aber ich spüre, daß reizen keine günstige Wortwahl ist.

Las Vegas! stößt Fred fast verächtlich aus. Sie wohnt in San Diego.

San Diego, echoe ich. Und bin verwirrt. Wie kann ich San Diego mit Las Vegas verwechseln!

12

Ich konnte mir die Verwechslung von Las Vegas und San Diego nur damit erklären, daß die Ungläubigkeit, hinzukönnen, wo ich hinwollte, immer noch in mir steckte, und daß sich daher die Orte für mich aus ihrer Ununterscheidbarkeit nicht gelöst hatten. Es war ein Nachhall der Zeit, so tief sie inzwischen auch in die Vergangenheit gesunken war, in der selbst das Naheliegende kaum erreichbar schien.

Obwohl wir in der Dienststelle bereits seit einiger Zeit Vorbereitungen trafen, wurden wir die Skepsis nicht los, ob es wirklich dazu kommen würde. Es betraf längst nicht nur mich. Mit einem Gesicht, das vor Anspannung versteift war, hatte Frau Bischoff dann die Tür zu unserem Zimmer wieder zugeworfen, ohne sie eigentlich geöffnet zu haben.

Sie sind da. So schnell wie Frau Bischoff wieder verschwunden war, ließ sich fragen, ob ihre Worte nicht lediglich eine Halluzination waren.

Brottstein, in selbstgefälliger Breite hinter seinem Schreibtisch, richtete sein froschiges Gesicht unwirsch auf mich. Aus der ondulierten Haarwelle war ihm eine Locke in die Stirn gefallen.

Sie waren tatsächlich da, drei Mann. Der größte von ihnen, der unwillkürlich meinen Blick auf sich zog, war kahl bis auf einen farblosen Haarkranz und strich sich mit der flachen Hand über die Glatze, als sei er mit ihrer Glätte nicht ganz zufrieden. Eher wäre es Sache des Löwenmähnigen gewesen, es zumindest auf einen Versuch ankommen zu lassen, in seine Haupteswolle den Anschein von Ordnung bringen zu wollen. Aber er hatte eine Hand in der Tasche seiner sandfarbenen, breitrippigen Kordhose versenkt und die andere unter dem geöffneten Blouson wie gefesselt in den Gürtel geschoben. Allerdings lächelte er, als sei für ihn alles in bester Ordnung. Der Dritte, gescheitelt, in Anzug und Binder, hielt sich zurück; alle drei waren im Alter zwischen Fritzsche und mir, die Jahrgänge, die der Krieg bei uns so stark dezimiert hatte. Ich sah erwartungsvoll auf sie, die unschlüssig den Raum zwischen Rollschrank und Schreibtisch im neuen Direktionszimmer füllten. Der senfgelbe Spannteppich versetzte den Raum in Helligkeit, die einen sonnedurchlichteten Himmel vortäuschte, der jedoch, was ein kurzer Blick bestätigte, von grauen Wolken überweht wurde. Fritzsche, mit dem Rücken zum Zimmer, gab in der Tür zum Sekretariat offensichtlich Frau Bischoff Anweisungen. Der vierte, der ebenfalls nicht zu unserm Institut gehörte, aber auch nicht zu den Pragern, war Tschichold aus dem Ministerium. Die Goldrandbrille verlieh ihm den Ausdruck eines Intellektuellen, zumindest sollte sie diesen Eindruck erzielen. Mit dem angewinkelten Ellenbogen preßte er eine Aktentasche an seinen Körper. Ich reichte ihm und den drei Gästen die Hand und nannte meinen Namen. Sie sagten mit ein bißchen schwerer Aussprache, aber überdeutlich Guten Tag und ihre Namen, die ich nicht verstand. Ich stellte mich etwas verlegen zwischen sie. Das also sind Tschechoslowaken. Unwillkürlich versuchte ich festzustellen, ob sie außer der Sprache noch etwas anderes auf den ersten Blick Feststellbares von uns unterschied. Keiner trug wie Tschichold irgendein Abzeichen. Frau Bischoff in schwarzem Kostüm und violetter Bluse und als Verstärkung hinter ihr Ilona Schreiner aus der Buchhaltung, ebenfalls wie für einen Konzertbesuch feingemacht, wehten herein, jede ein Tablett mit Kaffeetassen, Tellern, Gläsern, Gebäck und einer Flasche Korn, die vom Gefrierschrank beschlagen war. Ihnen folgte Leberecht, das Blondhaar straff und angefeuchtet nach hinten gekämmt, mit einem schiefen Lächeln auf seinem bläßlich-breiten Mondgesicht, während er reihum die Hand reichte.

Obwohl er mein technisches Pendant im Bereich des Nahverkehrs war, hatte sich kein besonderes Verhältnis zu ihm ergeben.

Er war korrekt und zuverlässig, aber außer über Fachfragen war mit ihm so gut wie nicht zu reden. Dabei war sein Arbeitsgegenstand voller Brisanz, die über das Fachliche hinausging. Die verordnete Arbeitsteilung zwischen den sozialistischen Ländern im Rat für gegenseitige Wirtschaftshilfe bedeutete das Aus für die Produktion von Straßenbahnen in Gotha. Die Übernahme durch die ČSSR zog reihenweise Probleme nach sich. Dazu Skepsis und Unmut. Leberecht jedoch nahm die Probleme als rein sachliche Herausforderung an. Er schichtete auf der einen Seite seines Schreibtischs die Konstruktionsunterlagen von ČKD auf und legte auf der anderen den Forderungskatalog unserer Verkehrsbetriebe sich zurecht, verglich, prüfte, rechnete und zog technische Schlüsse. Unsere Verkehrsbetriebe bestanden auf Beiwageneinsatz und Großraumzugbildung, das Angebot von ČKD richtete sich dagegen nach der Prager Doppeltraktion von Triebwagen. Also ermittelte er, wie Antriebsparameter und elektrische Ausrüstung verändert werden müssen, damit die Bahnen auch in der DDR eingesetzt werden konnten. Mit mir, der ich für die Fahrgastabfertigung zuständig war, besprach er, welche Konsequenzen sich aus dem schaffnerlosen Verkehr für die Türen, die Signalanlage und die Fahrzeugform ergaben …

Nachdem mein Forschungsprojekt, über großzügige, zukunftsweisende Nahverkehrssysteme nachzusinnen, dem Erstrecht der Gegenwart geopfert worden war und ich damit auch mein immerhin von Stralsund bis Plauen, vom Thüringer Wald bis zur Ostsee reichendes geographisches Spielfeld verloren hatte, blieb mir nichts anderes, als meinen geistig-kreativen Blick nun auf das Innenleben von Straßenbahnen zu verengen. Den Willen zum großen Zugriff hatte ich jedoch nicht aufgeben. Er erhielt neuen Auftrieb, als die Entwicklungsaufgabe »Rationalisierung der Fahrgastabfertigung« in den Staatsplan Wissenschaft und Technik des Ministeriums aufgenommen wurde. Es war für mich ein Ausdruck der gesellschaftlichen Wichtigkeit, und ich fühlte mich gefordert. Auch wenn von dem einstigen Kampfziel des Systemvergleichs »Überholen ohne einzuholen« nicht mehr die Rede war, sah ich eine Gelegenheit, ihm partiell doch noch zum Durchbruch zu verhelfen. Ich entschloß mich, es auf eine abfertigungstechnische Radikallösung ankommen zu lassen: Kostenlose Beförderung im Nahverkehr. Finanzielle Deckung entweder durch den Staatshaushalt oder – noch besser – mittels Umlage auf den Benzinpreis. Mit zusätzlichen fünf Pfennigen pro Liter – Erhöhung von 1,65 auf 1,70 – wäre das ganze Klein-Klein der Fahrgastabfertigung aus der sozialistischen Welt und außerdem eine ökonomische Hebelwirkung in Gang gesetzt, die die verhängnisvolle Expansion des Individualverkehrs auf Verbesserung des öffentlichen Verkehrs umlenkt! Selbstverständlich untermauerte ich meine Vorstellungen mit Zahlen, soweit sie in dem ersten Bearbeitungsschritt vorlagen. Ich war von der Idee nicht nur begeistert, ich fand, sie lag in der Luft, und hatte nur eine Befürchtung, der Westen würde sie aufgreifen und uns zuvorkommen, so schwerfällig, wie die sozialistische Planbürokratie arbeitete.

Es war ein Irrtum auf der ganzen Linie. Fritzsche war so schnell wie noch nie bei mir im Zimmer, ganz gegen das Reglement, daß nicht er bei seinem Mitarbeiter, sondern dieser bei ihm anzutanzen hatte. Er schwenkte die Mappe mit meiner grandiosen Konzeption wild vor seiner Brust, als hätte ich ihm einen Blindgänger oder gar eine Hetzschrift des Klassenfeinds untergejubelt. Ob ich ihm die Plankommission auf den Hals hetzen wolle. Ob mir nicht klar sei, daß Preise und Normen tabu seien! Ob ich vergessen hätte, wozu Norm- und Preisänderungen führten... Als ich sagte, daß die Konzeption bereits an die Mitglieder des Arbeitskreises rausgegangen sei, rang er nach Luft. Dann fuhr er mich an: Das werde ein Nachspiel haben, darauf könne ich gefaßt sein. Unter der Konzeption stehe allerdings seine Unterschrift, sagte ich betont beiläufig. Nur er war unterschriftsberechtigt. Er sah mich an, als verwandelte ich mich in ein Ungeheuer. Niemals! Krömer werde es gewesen sein. – Selbstverständlich war es nicht Krömer, sein Stellvertreter. Er wußte es auch. Es war ihm anzusehen, so wie er mit nur noch halber Wucht im Schritt das Zimmer verließ.

Tatsächlich hagelte es Proteste, selbst aus den Verkehrsbetrieben, auf die ich eigentlich gesetzt hatte. Ich hatte gedacht, sie würden erleichtert sein, diesen ganzen Abfertigungskram vom Halse und das Arbeitskräftedilemma auf diese Weise gleich mit erledigt zu haben. Das Gegenteil war der Fall. Die Fahrpreise deckten zwar nur etwa ein Drittel der Kosten, dieses Drittel Einnahmen aber hatten sie, und damit hielten sie den Betrieb recht und schlecht am Laufen. Sich gänzlich auf die Finanzierung aus dem Staatshaushalt zu verlassen war für sie gleichbedeutend, sich damit ihrem Ruin auszuliefern. So was könnten sich nur Weißkittel ausdenken, weit weg von der Praxis.

Stülpner als zuständiger Hauptverwaltungsleiter im Ministerium nahm in seiner hemdsärmeligen Unberechenbarkeit, die zwischen nötigender Kumpelhaftigkeit und eisiger Entschiedenheit eines Scharfrichters wechselte, die Sache unerwarteterweise gelassen. Zwar winkte er ab. Natürlich sei die fahrgeldlose Beförderung ein Flitz, aber man solle den jungen Leuten doch mal einen revolutionären Gedanken lassen! Fritzsche fiel aus einer Verängstigung in die nächste. Daß ihm statt mangelnder parteilicher Wachsamkeit – einer Partei, der er nicht angehörte – nun Mangel an revolutionärer Phantasie angelastet wurde, stürzte ihn in zeitweilige Depression.

Ich sah mich durch Stülpners lässige Zurechtstutzung nur zu halbem Rückzug veranlaßt. Die Elektronische Datenverarbeitung – EDV –, die als neues, zukunftsweisendes Leuchtfanal aufflammte, schien mir immerhin eine teilrevolutionäre Chance zu bieten. Mein revidierter Vorschlag lief auf eine »lesbare«, also kodierte Personenkarte für jeden Einwohner einer Stadt (im Fachjargon Einzugsgebiet genannt) hinaus, die bei Benutzung eines Verkehrsmittels in einen Automaten einzugeben sei. Das Geldgeschäft habe wie bei der Gas- und Stromabrechnung durch Abbuchung am Monats- oder Quartalsende zu erfolgen. Die Vergünstigungen von bisherigen Wochen- oder Monatskarten blieben durch entsprechende Vorauszahlung beibehalten. Wir hatten vom Test einer ähnlichen Methode auf einer Kopenhagener S-Bahn-Strecke gelesen.

Es war leichtsinnig, Kopenhagen ins Spiel zu bringen. Eines Tages lag die Konzeption wieder in meinem Postkasten, bereichert um die von Fritzsche handschriftlich an mich weitergeleitete Bewertung Stülpners: Ob wir hier in Dänemark seien! Oder ob die DDR bereits der NATO beigetreten sei!

Freiheit ist Einsicht in die Notwendigkeit. Der Boden der Tatsachen, auf dem ich inzwischen angekommen war, ließ sich in drei Punkte fassen: Das Abfertigungsgerät muß erstens einfach, robust und kostengünstig sein. Es hat ohne anspruchsvolle Technik wie Elektrik, Münzprüfer und ähnliches auszukommen. Es muß zweitens Münzen und Sammelkartenabschnitte aufnehmen und durch Betätigung einer Vorrichtung (Hebel, Knopf) einen Bon (Fahrschein) ausgeben, der (mittels laufender Nummer) eine Kontrolle ermöglicht. Drittens müssen Fahrgeld und Sammelkartenabschnitte nach Einwurf zum Zweck der Kontrolle eine Zeitlang sichtbar sein…

Weniger ging nicht. Die *wissenschaftliche* Konzeption war auf das Maß des praktisch Möglichen heruntergeschraubt. Der Mangel an Schaffnern hatte die Verkehrsbetriebe längst gezwungen, nach Lösungen zu suchen. In Halle, Leipzig, Gera und Karl-Marx-Stadt wurde an Einwurfbüchsen gebastelt. Der Rahmen des Machbaren war abgesteckt, er war eng. Was eine Forschungseinrichtung noch zu leisten hatte, war, aus den verschiedenen Entwürfen einen funktionellen Gerätetyp für alle Verkehrsbetriebe zu entwickeln.

Also fuhr ich wieder über Land. Aber der Charme der Städte, ihre Struktur und Historie gingen mich nichts mehr an. Mein Weg war der vom Bahnhof direkt in die robuste, lärmende Sachlichkeit der Werkstätten. Mein Blick hatte sich auf Drehbänke, in Schraubstöcke gespannte Bleche, Flachkopf- und Rundkopfschrauben auf dem rissigen Handteller eines Schlossers zu richten. Einer höheren Logik folgend, lief der Einfallsreichtum an den verschiedenen Orten auf einander ähnelnde Behältnisse mit Einwurfschlitz,

Hebel, Kunstglasabdeckung und dahinter befindlichem segmentierten Rad zur Aufnahme und Weiterleitung des Geldes oder der Sammelkartenabschnitte hinaus. Allerdings in zwei Versionen: Bei der einen war das Rad auf den Behälter aufgesetzt, wodurch als »Einwurfgut« Münzen und Fahrscheine in Frage kamen. Beides war durch die doppelseitige Kunststoffverglasung gut sichtbar, nach zweimaligem Hebeln jedoch bereits in der Box versenkt (Modell Gera, Halle, Dresden). Die zweite Version (Modell Leipzig, Karl-Marx-Stadt) verfügte über ein in die Abdeckung des Behältnisses eingelassenes liegendes Rad. Das Einwurfgut verschwand erst nach fünfmaligem Hebeln! Allerdings beschränkte es sich auf Münzen. Denn durch die horizontale Lage des Rades war der Schwerkraft und damit einem Fallvorgang Einhalt geboten. Das Geld konnte von den Radsegmenten in die Büchse geschoben werden, die papierenen Fahrscheine (Sammelkartenabschnitte) widersetzten sich dieser Transportart, das Rad verstopfte. Ein zweiter Behälter wäre dazu erforderlich. Außerdem war höchstens noch vom zufälligen Nebenmann des Zahlenden zu erkennen, was wirklich eingeworfen war. Statt der zwanzig waren zehn Pfennige möglich, Knöpfe oder gar nichts, der Anschein der *Fahrgeldentrichtung* dennoch gewährleistet. Beim Kolloquium, zu dem ich die Verkehrsbetriebe in unser Institut einlud, damit die Entscheidung für ein Modell getroffen wurde, zeigte sich: Fünfmal oder zweimal hebeln, nur Münzen oder auch Abschnitte, es war eine Frage um Sein oder Nichtsein. Am Ende der Zusammenkunft verließen zwei feindliche Lager unser Haus. Es bedurfte eines weiteren halben Jahres, bis sich der genius loci der Dinge erbarmte: kein stehendes, kein liegendes – sondern ein schräg geneigtes Rad; und zwar genau um 27 Grad! *Drei*mal Hebeln, Münzen *und* Abrisse!

Die Aussicht, daß der Rückpfiff von der hohen Warte komplexer Nahverkehrslösungen auf die Niederungen von Einwurfbüchsen mir dafür die ČSSR eröffnen würde, also einen Gewinn an Freiheit schlechthin, federte meinen Aufschlag auf den harten Boden der Tatsachen ab. Als ich diesem sozialistischen Bruderland nun jedoch personifiziert in den drei Männern gegenüberstand, wurde mir bei dem Gedanken, daß ich das hammerschlaggrünveredelte, knapp einen halben Meter hohe und fast zehn Kilo schwere Monstrum unter Frau Bischoffs Schreibtisch hervorholen und als Resultat denkerischer Höchstleistung und technischer Perfektion präsentieren sollte, einigermaßen beklommen. Es schien mir denn doch ein bißchen dürftig, darauf den Anspruch auf lohnende Partnerschaft zu gründen.

Die *internationale bilaterale Zusammenarbeit* nahm nichtsdestotrotz ihren Anfang, indem der Haarlose jedem von uns seine Visitenkarte überreichte: Ing. M. Spitta, Viskumný Ustav Dopravní, worauf Fritzsche an den Besuchertisch bat, auf dem zwischen den von den Frauen arrangierten Tassen und Gläsern drei Bildbände *Das alte Dresden* lagen. Ob es sich um eine politisch korrekte Entscheidung handelte, ausgerechnet mit dem alten und weitgehend nicht mehr existenten Dresden den Gästen gegenüber die Aufwartung zu machen, hatten wir unerwogen gelassen. Auch Tschichold enthielt sich jeder Bemerkung. Die Gäste revanchierten sich – zum Glück! – auf gleiche Weise mit doppelt so großen Bildbänden über die Tatra mit Fotografien von Karel Plicka. Der bedeutendste Landschaftsfotograf bei ihnen, international berühmt. Wir nickten ernst.

So nachbarschaftlich die ČSSR auch zu Dresden lag, praktisch vor der Tür, so weit weg war sie dennoch geblieben.

Onkel Walter, der Bruder von Karins Mutter – der seinen Anteil daran hatte, daß sich Karin in Dresden von Anfang an nicht fremd gefühlt hatte –, war Wanderfreund und Bergsteiger. In ledernen Knickerbockern klingelte er uns sonntags früh von der Haustür aus herunter, stopfte uns in seinen hochbeinigen Opel P4, um uns zwei Stunden später, sofern der Opel durchhielt, in der Wald- und Felsenwelt der Sächsischen Schweiz auszusetzen, im Bielatal, an der Rölligmühle, in Hinterhermsdorf, dem äußersten Zipfel der verfügbaren Welt. Walter war vom Ehrgeiz beseelt, Karin und mich zu begeisterten Kletterern zu machen. Karin ließ es mit dem

Schusterweg auf den Falkenstein bewenden. Ich hatte mich an der Großen Hundskirche, den Herkulessäulen und Affensteinen zu erweisen. Am Zaukenstein, auf einem Felsabsatz, der knapp ausreichte, um einen Fuß darauf abzusetzen, der dafür aber einen Blick an den Schuhspitzen vorbei senkrecht hinab auf die Fichtenwipfel in schwindelnder Tiefe bot, und zwar unausweichlich, denn in meinem Rücken kragte der Fels zu einem Überhang aus, der meinen Körper in eine Krummdolchhaltung mit vorgerecktem Kopf zwang – ganz zu schweigen davon, daß mir, straff ins Seil verschnürt, die Bewältigung des Überhangs auf dem Weg nach oben noch bevorstand, was meine Lust, den Blick über die Landschaft schweifen zu lassen, in keiner Weise stimulierte –, packte mich im rechten Knie eine »Nähmaschine«, wie die Bergfreunde den Zustand, der das Bein wie einen abflugbereiten Raubvogel flattern läßt, poetisch und bildhaft nennen, daß ich fürchtete, es schüttelt mich vom Felsen. Walter sah ein, daß mein Naturell intuitiven Widerstand gegen das Klettern als Naturzuwendung leistete. Bloßstock, Lokomotive und Barbarine blieben mir erspart, und ich konnte mich von da an meiner Art der Landnahme hingeben: vom Großen Teichstein, Vorderen und Hinteren Raubschloß, Zirkelstein und Mittagsstein meinen Blick über die bewaldeten Hänge ergehen lassen, über die schrundigen Täler mit den bizarren Felsklippen, die Thorwalder Wände, Schrammsteine, Affensteine bis zu den Aufwölbungen im Hintergrund – Wolfsberg, Tannenberg, Hoher Schneeberg, Rosenberg, Kaltenberg –, die, so selbstverständlich sie sich in der Landschaft zeigten, unerreichbar blieben. Im Oktober, wenn vom gilbenden Laubteppich der Geruch von moderndem Holz und Pilzen aufstieg, die hochstämmigen Buchen und Eschen ihr leeres, im Wind schwingendes Geäst in den lichtlosen Himmel streckten, verwandelte der Nebelmantel über den Tälern diese Bergkuppen zu dunklen Inseln in grauer Bodenlosigkeit, versetzte sie gleichsam in eine andere Wirklichkeit. Zu der sie tatsächlich ja gehörten – Vlčí hora, Jedlová hora, Děčínsky Sněžnik, Růžovský vrch, Studenec hießen sie. An manchen Abenden saßen wir vor der Hütte eines Bergfreundes von Onkel Walter am Südhang des Hirschgrunds. Aus der Richtung, wo er sich zur Elbe hin öffnete, hörten wir im Flußtal die Züge auf dem Weg in das andere Land rollen oder von dort kommen. Die Älteren sprachen von Niedergrund, Elbleiten, Herrnskretschen. Für sie galten diese Ortsnamen immer noch. Unwillkürlich drehten sie sich auf den Gartenstühlen, als wollten sie den Blick dorthin ausrichten, obwohl die nahe Wand der Fichten den Hang hinauf den Blick versperrte. Karin hatte ihren Kopf an meine Schulter gelehnt, nicht nur aus Erschöpfung, und ich blies mir die Sicht durch eine ihrer blonden Strähnen frei. Sie legte mir ihre Finger auf die Lippen. An solch einem Tag brauchte ich nicht mehr von der Welt. Im Hinterhermsdorfer Winkel zwischen Weifberg und Benediktstein wechselte der Fußpfad für ein paar Meter auf die andere Seite des Weißbachs. Die diesseits schwarzrotgold und auf dem anderen Bachrand blauweißrot umringten Pfähle markierten die Grenze. Für fünf Schritte hatte ich das andere Land betreten, illegal.

Nun im Institut, da das Land hinter den Grenzpfählen drei Gesichter angenommen hatte, belebte sich unter meinem Blick die Kartierung zwischen Děčín (Tetschen) und České Budějovice (Budweis), Plzeň (Pilsen) und Košice (Kaschau), ließ ich ihn den blaugewundenen Lauf von Moldau, Morava und Vag folgen, sich im Böhmerwald, in den Karpaten und mit Hilfe des Bildbandes in der Tatra ergehen.

Das Hingelangen hing freilich nicht von meinen geographischen Einstimmungen ab. Tschichold sprach von der grundlegenden Bedeutung für die wissenschaftlich-technische Zusammenarbeit im gesamten RGW, die unserer gemeinsamen Aufgabe zukomme. Fritzsche packte, wie es seiner Natur entsprach, ein leichter Schreck. Kollege Spitta, der Delegationsleiter der Gäste, strich sich über die kahle Rundung seines Schädels, als müsse er wiederum dort etwas entfernen, nickte ernst, der Vollmähnige sah mich, wie mir schien, fragend an und hatte die Lippen gespitzt. Der mit dem strengen Scheitel blätterte in dem Dresden-Buch.

Obwohl alle drei deutsch sprachen und uns beschämten, weil wir uns nicht auf Tschechisch revanchieren konnten, erbat Spitta mit entschuldigendem Lächeln eine Unterbrechung. Er wollte sich doch in seiner eigenen Sprache des Sinngehalts von Tschicholds mäandernden Ausführungen über Mustercharakter und RGW vergewissern. Ich entdeckte in dem unverständlichen Sprachfluß einige vertraute Begriffe wie Analyse, Konzeption oder Problem, die in leicht veränderter Art auftauchten, und Worte, die mir aus dem Russischen nicht ganz unbekannt klangen. Zwischendurch wischte ein an uns gerichtetes entschuldigendes Lächeln über Herrn Spittas Gesicht. Ich ertappte mich dabei, wie ich mich darüber wunderte, daß Verständigung in einer anderen Sprache tatsächlich möglich ist. Ano, sagte schließlich Spitta, der Gescheitelte nickte, der Löwenmähnige zwinkerte mir zu, und Tschichold hatte wieder das Wort. Leberechts Beitrag bestand in vier- oder fünfmaligem Kopfnicken, aber seine Vorleistung war beträchtlich. Drei dicke Ordner voller Tabellen und Konstruktionszeichnungen. Ich zeigte die Zahlbox dann mehr wie nebenbei vor. Der Vollmähnige zerrte am Hebel wie an einem Spielautomaten und verzog das Gesicht respektvoll zu einer Grimasse. Sie hätten nicht mal so etwas.

Wir ja eigentlich auch nicht. Es sei das einzige Exemplar, das Muster. Einen Produktionsbetrieb aufzutreiben war noch nicht gelungen.

Weiter als bis zu der Feststellung, daß beide Seiten darin übereinstimmten, Lösungen der bestehenden Probleme gemeinsam zu erarbeiten und eine nächste Zusammenkunft in Prag vorzusehen, gedieh diese Begegnung nicht. Aber sie war ein Anfang.

Frau Bischoff führte die Gäste in die Gemäldegalerie, am Abend gab es ein Essen im Haus der Deutsch-Sowjetischen Freundschaft. Jiří, der Vollmähnige (Ich heiße Jiří, hatte er zu mir gesagt, wie heißt du?) schritt über den Parkettfußboden der einstigen Fabrikantenvilla, inspizierte fachmännisch die Stuckdecken, die Holztäfelungen und sagte lächelnd: Schweres Schicksal für das Haus.

Ich grinste, nachdem ich mich vergewissert hatte, daß Tschichold einige Schritte entfernt und mit dem Rücken zu uns stand. Am nächsten Tag, der eigentlich noch für ihren Besuch vorgesehen war, überraschten uns die Gäste mit der Mitteilung, daß sie nach Berlin in die Botschaft müßten. Bei einem späteren Treffen, als wir vertrauter miteinander geworden waren, gestand Jiří, daß sie gehofft hatten, einen Abstecher nach Westberlin machen zu können. Sie hätten von der Mauer, so wie sie tatsächlich war, keine Vorstellung gehabt.

Einige Monate danach fand unser Gegenbesuch statt. Zwei Tage vor der Fahrt streckte eine Nierenkolik Leberecht nieder. Die Übernahme der Straßenbahnproduktion durch die ČSSR aber hatte sich in der Zwischenzeit zum Schwerpunkt der bilateralen Zusammenarbeit herauskristallisiert. Reiseanträge, Visa, Direktive und was sonst noch für eine solche Fahrt erforderlich war, ließen die Teilnahme eines Ersatzmannes nicht zu, etwa vom Waggonbau Gotha oder vom LEW Hennigsdorf, das weiterhin die elektrische Ausrüstung liefern sollte. Fritzsche und Tschichold fühlten sich im Stich gelassen. Mich betraf es nicht direkt, ich war unverändert für die Abfertigung zuständig.

Und mußte mich hüten, sie nicht aus dem Auge zu verlieren. Je näher wir der Grenze kamen – und sie war keine Stunde Eisenbahnfahrt entfernt –, um so mehr wuchs meine Anspannung. Als es soweit war, nahm ich alles mit doppelter Wachheit wahr: die Uniformen der Zoll- und Grenzkontrolleure, die anderen Streckensignale, den ungewohnten schwarzgelben Anstrich der Mastensockel, an den Stirnfronten der Lokomotiven den roten Stern, Waggons, Häuser, Gebäude in etwas anderer Gestalt, die nicht ausdeutbaren Beschriftungen an den Fassaden und auf Transparenten mit den befremdenden Weichheits- oder Betonungszeichen. Das alles vor dem Hintergrund der blaubewaldeten Berge, die sich von der Grenze nichts anhaben ließen, Fluß und Bahnstrecke mal aneinanderdrängten, mal zurückweichen ließen, um Dächerlandschaften und Industriearealen Platz zu machen. Die Städte – Děčín, Ústi, Litoměřice – überqualmt aus hohen Schloten, enttäuschend grau, grobe Vernutzung, die Elbe braun, von Beton angestaut, weit entfernt von Ludwig-Richterscher Flußromantik.

Prag erwartet Sie! hatte ich mir von einem Prospekt versichern lassen. Daß er es auf deutsch versicherte, nahm mir Bedenken. Denn je näher die Reise rückte, um so bewußter wurde mir, daß man als Deutscher in Prag seine Probleme haben könne. Deutsch, das mußte für Tschechen zwangsläufig Okkupation, Heydrich, Theresienstadt heißen. Oder hatte die sozialistische Bruderschaft geleistet, was zu leisten war? Schaffte es einfach der Wille, normal zu leben? Man sah vor dem Zwinger und auf dem Altmarkt ČEDOK-Busse. Im Gastronom am Postplatz boten die Vitrinen *Prager Brötchen* an! Die Schnittflächen nicht karg mit Leberwurst bekratzt, sondern mit einem Arrangement aus Schinkenröllchen, Salat, Radieschenscheiben auf einer Grundlage von Butter und Mayonnaise belegt. Das beste, was es dort gab. Und es hatte bei der Begegnung mit unseren Gästen keinerlei Vergangenheitsprobleme gegeben. Oder nur deshalb, weil keiner an die heiklen Dinge rührte?

Jiří in grobmaschigem, schlamperndem Anthrazitpullover kam mit ausgebreiteten Armen in der lichten Bahnhofshalle (Praha hlavnì nádražì) auf uns zu, Milan, akkurat gescheitelt wie beim Besuch, sagte Willkommen in Prag. Sie griffen unser Gepäck, bahnten den Weg auf den Vorplatz, leiteten uns an der Reihe mit dem Heck zum Bordstein geparkter Autos entlang zu einem Tatra. Auf der weichen Polsterung der Rücksitze stürzte die unversehrte Stadt auf uns ein, voller Lebendigkeit und Buntheit, jedes Abbiegen eröffnete ein neues Stadtbild, Straßenschlucht um Straßenschlucht saugte uns auf, vorbei an schwankenden, roten Straßenbahnen und gestikulierenden Verkehrspolizisten in blauen Uniformen. Befremdung und Vertrautheit in einem, und als sei unsere Anwesenheit etwas Selbstverständliches.

Dabei blieb es, im Hotel Jalta am Wenzelsplatz – noble Großbürgerlichkeit, wie ich ihr sonst kaum begegnet war –, in der Stadt überhaupt, im Institut, wo in altmodischer Beengtheit uns Spitta erwartete. Tschichold überreichte mit wichtiger Miene Leberechts Mappen. Spitta nahm sie mit dem Ausdruck von Respekt, fast Ehrerbietung entgegen.

Unser Besuch hatte damit die Erwartungen der Gastgeber bereits erfüllt. Der Chefingenieur von ČKD, dem Werk, das die Straßenbahnen baue, sei gerade in Moskau. Er lasse ausrichten, die Begegnung mit unserem Kollegen und den weiteren Spezialisten aus der DDR werde aber bald stattfinden. Fritzsche und Tschichold waren erleichtert, nicht auf Einzelheiten eingehen zu müssen, die sie nicht beherrschten.

Mit dem Direktor der Verkehrsbetriebe sei ein Termin vorbereitet, sagte Spitta, wegen Abfertigungsfragen. Der Herr Direktor müsse den Termin noch bestätigen. Ich sagte, es müsse ja nicht unbedingt der Direktor sein.

Es sei sehr gut, wenn wir mit dem Direktor ein Gespräch haben, korrigierte mich Tschichold.

Spitta nickte.

Jiří und Milan fuhren mit uns zum Hradschin, nachdem Jiřís Frage, ob wir lieber ins Lenin- oder ins Klement-Gottwald-Museum wollten, sich durch seinen Gesichtsausdruck von selbst erledigt hatte.

Als wir dennoch zögernd schwiegen, gab Jiří seinem Angebot den Anschein von Nachdruck: Es sei vielleicht die letzte Gelegenheit, für diese Museen! Und lachte. Bei ihnen gehe jetzt manches durcheinander, erklärte er während der Fahrt die nicht stattfindenden Termine.

Was denn durcheinandergehe? fragte Tschichold, indem er sich zu Jiří vorbeugte.

Vieles, aber es sei nötig. Es sehe gut aus. Er wisse nicht genug über die Situation in der DDR, aber bei ihnen sei es nötig, daß etwas in Bewegung komme.

Tschichold lehnte sich zurück.

In der Enge des Hradschinhofes legten wir die Köpfe in den Nacken, um die Türme der Kathedrale mit dem Blick zu erfassen und die lautlos darüber hinziehenden Wolken, traten in das durch die hohen Fenster in gedämpfte Helligkeit versetzte Kirchenschiff in die Gewölbe der Strahov-Bibliothek mit ihren jahrhundertealtes Wissen bergenden Folianten. Später der Wechsel unter die flatternden Sonnenschirme auf der Terrasse des Brüsseler Restaurants, das, nach dem Ende der Weltausstellung, seinen Platz erhöht am Ufer der Moldau gefunden hat. Auf dem jenseitigen Ufer, die blasse Bläue des Flusses von Brücken überspannt, dehnt sich die Stadt mit ihrem von barocken Kuppeln, Spitztürmen und im Hintergrund von hohen Schornsteinen überragten Häusermeer die Hänge hinauf, eingehüllt in diffuse Unruhe und gedämpften Lärm. Ich beobachte die roten Doppeltriebwagen der Straßenbahn, die wie Modellfahrzeuge die Uferstraße entlanggleiten.

Später selbstverständlich die Karlsbrücke mit den in steinerner Geste erstarrten Heiligen; von der Freitreppe, die monumentale Wucht des Museums im Rücken, der Blick über den halbrunden Strahlenkreis des Springbrunnens mit den schimmernden Münzen auf seinem Grund, an der Rückseite der Reiterstatue des geharnischten heiligen Wenzel, die Standarte im Arm abgestreckt, vorbei auf die sich absenkende, von wirbelndem Leben gefüllte Doppelallee des Wenzelsplatzes mit den wuchtigen Gründerzeitfassaden.

Abends in die Laterna Magica, am nächsten Tag zum Altstädter Rathaus, Theinkirche, Pulverturm, ins Dům mody, zum Kaufhaus Bílá Labut und schließlich ins Kino Světozor in der Vodičkova – Winnetou. Tschichold besteht darauf. Der Wilde Westen ein sternenbannerüberflattertes Fort, der stolze Apache Pierre Brice und Lex Barker als sein sächsischer Blutsbruder vor der Kulisse des kroatischen Karsts in tschechischen Disputen. Wir halten uns ans Pferdewiehern, an das Pfeifen der Kugeln, an Sam Hawkins' universalsprachliches Hihihi und an Riwana in der Unbeflecktheit ihrer folkloristisch-indianischen Kostümierung.

Die gellenden Večerni-Praha-Večerni-Praha-Ausrufe, mit denen die Zeitungsverkäufer, wenn es dunkelte und die Leuchtreklamen den Wenzelsplatz in eine riesige Galerie lockender Versprechungen verwandelten, den Straßentrubel übertönten, bedurften keiner erklärenden Nachhilfe. Die Speisekarte in der Lucerna-Bar freilich machte uns klar, daß mit zwei Worten sich denn doch nicht alles erschließen ließ. Pommes frites (2,– Kcs) bedurfte zwar noch keiner Übersetzung, auch Sardinky s cibulí a citronem (4,80 Kcs) ließ sich deuten. Aber Vepřové žebírko na rožni obložené, opékané brambory, patisonový salát (14,60 Kcs) sprach nur für sich.

Die Verabredung mit dem Direktor der Verkehrsbetriebe kommt nicht zustande, auch keine andere. Als Ersatz fahre ich zweimal mit der Straßenbahn, einmal vom Institut aus mit der Linie 5 über die Moldau bis zum Námesti sovetski tankistů, einmal vom Hotel aus mit der 11 die Vinohradska entlang. Ich weiß, daß das vorhandene oder fehlende Y in den Wörtern vychod und vchod an den Türen darüber entscheidet, ob es sich um den Ein- oder Ausstieg handelt, und daß samo obsluga Selbstbedienung verlangt.

Ich will von der Welthaltigkeit der Stadt etwas mit nach Hause nehmen. Ich kaufe zwei Tuben österreichische Sardellenpaste, ein Päckchen chinesische Eßstäbchen und als Reverenz an Prag eine stilisierte Holzkatze, Folklore und Modernität in einem.

Als wir am letzten Abend in den gewaltigen Sesseln des Hotelfoyers sitzen, die livrierten Hoteldiener beflissen mit distinguierten Gästen beschäftigt sind und uns in ihre Aufmerksamkeit einbeziehen, vor uns auf dem Flachtisch Pilsner Urquell in kristallartigen Gläsern, sage ich zu Jiří: Bei euch spürt man Welt. Es ist eine lebendigere Atmosphäre. Ich bin wie aufgeladen, mein Akku hat Saft, sagt man deutsch.

Jiří, zurückgelehnt in die Polsterung, wühlt in seiner Mähne und nickt.

Ein paar Monate später sind Jiří und Milan wieder bei uns. Sie bringen nun ihrerseits für Leberecht dicke Mappen und gute Nachrichten mit. ČKD werde, dem Wunsch der Verkehrsbetriebe der DDR entsprechend, noch für einige Zeit die bisher in Gotha gebauten Straßenbahnen Typ T2/B2-62 herstellen. Der Chefingenieur sei bereits mit den Gothaer Kollegen verabredet. Den Komplex Fahrgeldkassierung würden sie uns überlassen. Sie wollen auch nicht wieder nach Berlin. Meißen und Moritzburg genügen ihnen, zumal auch kein Reisewetter ist, kalter, feuchter Januar. Sie wünschen eine Bohrmaschine und eine Infrarotlampe.

Wiederum am letzten Besuchsabend, nun im Gewandhaushotel – wir konnten uns ja nicht lumpen lassen –, sagt Jiří: Eure ökonomische Situation und die politische Stimmung bei uns, das wäre ideal für bilaterale Zusammenarbeit. Daraus könnte etwas werden. Obwohl Dubček Slowake sei.

Für unsere irritierten Gesichter fügt er schnell hinzu: Das sei ein tschechisches Lob höchster Stufe!

Außer Fritzsche duzen wir uns inzwischen, auch Tschichold (Günter) ist einbezogen.

Musim se učit český, ale každý začádek je těžký, sage ich.

Jiřís Blick erstarrt, sein ganzes Gesicht erstarrt. Dann reißt er den Mund bis zu den Halsmandeln auf, lacht dröhnend und klatscht mir Beifall mit ausgestreckten Händen zu. Seine Löwenmähne wogt.

Ich denke tatsächlich, daß ich Tschechisch lernen muß. Wir sind guter Dinge, als wir uns für unseren Gegenbesuch im Juni verabreden.

Er kommt nicht mehr zustande. Tschichold hat Fritzsche und mir mit Order zu Vertraulichkeit mitzuteilen, man erwarte von Prag erst einmal eine Gegenleistung zu den Abfertigungsfragen. Nachdem Frau Bischoff die Kaffeekanne vor uns auf den Besuchertisch gestellt, die Tassen verteilt hat und wieder hinausgegangen ist, fügt er hinzu: So wie er es sehe, müßten die Gesamtvorgänge in Prag erst durchschaubarer werden. Aber das sage er privat.

Ich bin mir nicht sicher, ob es wirklich privat gesagt ist.

Statt daß wir nach Prag fahren, kommt Dubček nach Dresden, nicht zu uns, zu Ulbricht und Breschnew. Die ihm wohl entweder die Hauptstadt verwehren oder ihn überhaupt nicht weiter als nötig ins Land lassen wollen. Natürlich bekommen wir weder

Dubček noch Ulbricht und Breschnew zu sehen, allerdings die Anspannung, die von der Begegnung ausgeht, spüren wir. Denn über der Stadt, über dem Land, den Ländern liegt ein erwartungsvolles Vibrieren. Von Sozialismus mit menschlichem Antlitz ist in Prag die Rede. Plötzlich ist die ČSSR nah, Zuversicht greift über die Grenze nach uns. Ein Sozialismus, der seinem Anspruch gerecht wird. Die Erfahrungen lassen freilich zweifeln, daß es gelingen kann. Der 17. Juni, das Jahr 56 in Ungarn, selbst Chruschtschows Abservierung sind deutliche, ungute Signale... Die Erinnerungen stecken in uns.

Einige Zeit später fahre ich mit Brottstein nach Görlitz. Schönemann hatte uns einen Fertigungsbetrieb für die Zahlbox in Aussicht gestellt.

Brottstein hat seinen massigen Körper mit der üblichen Mühe hinter dem Lenkrad des Wartburgs untergebracht. Nun sitzt er wie hingegossen, reglos, bis auf die kleinen Handbewegungen an der Lenkradschaltung. Es ist hoher Sommer, die Stadt ist hektisch und vibriert, die Bäume an der Landstraße hinter Weißig werfen kaum Schatten. Über den Getreidefeldern beiderseits brennt die Sonne. Wir sehen hoffnungsvoll dem Rossendorfer Wald entgegen, der sich hinter den Feldern sichtbar abhebt, von beiden Seiten auf die Straße zuläuft und einen Schattenschirm verspricht. Indem wir ihm näher kommen, ist es, als ginge eine merkwürdige Unruhe von ihm aus. Brottstein grunzt unwillig. Was in einiger Entfernung wie Hitzeflimmern die Straße verunschärft, formt sich zu Fahrzeugen. Zwar stehen sie nicht, aber sie bewegen sich in nur langsamem Tempo voran. Der Lkw W50 direkt vor uns nimmt uns die Sicht, stößt schwarzen Qualm aus dem Auspuff. Entgegen kommt niemand. Ein Unfall? Das fehlt noch, knurrt Brottstein, als wir den Wald zumindest erreichen, womit aber nichts gebessert ist, denn die Straße bleibt in der Sonne.

Plötzlich tauchen Fahrzeuge am Straßenrand auf, halb schräg im Graben. Stück um Stück gibt der W50 vor uns im langsamen Weiterrollen den Anblick frei. Militärfahrzeuge, braungrün, sowjetische Soldaten in ihnen, um sie herum Regulierungsposten oder Miliz mit roten Armbinden. Fahrzeuge nicht nur am Straßenrand, ungeordnet im Wald, wo immer Bäume und Gesträuch Platz lassen. Es sind nicht nur Militärfahrzeuge, sie haben zwar alle ihre Farbe weitgehend eingebüßt, aber die blauen, grauen Grundtöne sind erkennbar, an den Türen, freilich lädierte, nicht militärisch anmutende Beschriftungen. Sawod, ruft Brottstein aufgebracht seine Entzifferung der kyrillischen Zeichen übers Lenkrad, ohne den Blick von den Fahrzeugen zu lassen. Sawod heißt doch Fabrik! Es ist mehr Ausruf als Frage. Er kurbelt die Scheibe herunter. Die Soldaten, es sind nicht die jungen Muschkotengesichter, die man gewohnt ist, wenn sie in Gruppen unter Aufsicht eines Offiziers in der Stadt auftauchen, es sind Männergesichter, uninteressierte, gelangweilte, spöttische, die uns aus den Fahrerkabinen entgegensehen oder auch nicht. Ich spüre, wie eine Art Lähmung mich erfaßt.

Scheiße, sagt Brottstein. Scheiße, Scheiße. Es ist geradezu ein Wortschwall für ihn. Er besinnt sich, und kurbelt die Scheibe wieder hoch. Da weißt du, was hier losgeht. Und nach einer Weile: Das hätten die sich an zehn Fingern abzählen können.

Wer hat sich was an zehn Fingern abzählen können? fahre ich ihn gereizt an, obwohl ich genau weiß, wen und was er meint. Es fällt mir schwer, seine sich absichernde Besserwisserei hinzunehmen.

Die Tschechen, wer sonst!

Ich wünschte mir, bei uns gäbe es mehr Tschechen, sage ich aufgeregt und denke an Jiří, Milan, Spitta, die lebensvolle Buntheit in Prag… Die Menschen, die sich in dieser anderen, mir fremden Sprache ausdrücken, die mich bei der ersten Begegnung irritierte, an ihrem Ausdrucksvermögen überhaupt zweifeln ließ, haben meine Hoffnungen und Erwartungen zur Sprache gebracht!…

Mit dem Fertigungsbetrieb in Görlitz klappte es natürlich nicht. Es war mir ziemlich egal. Als wir am späten Nachmittag wieder abfuhren, sagte ich, während ich den Fahrersitz für mich einstellte:

Das tun wir uns nicht noch mal an, zwischen die zu geraten! Wir nahmen ab Bautzen die Autobahn.

Im September kam Hezi im Büro vorbei. Er setzte sich hinter Brottsteins Schreibtisch und warf mir eine Zigarette zu.

Ich ließ meine Enttäuschung und Hilflosigkeit auf ihn los, als sei er verantwortlich für das, was sich in und von Berlin aus tat. In unserem Teilberlin und im anderen ebenso. Denn was dort ablief, empörte mich nicht weniger. Ob die da drüben blind seien! Für Ho Chi Minh auf die Straße, aber für Dubček nicht den kleinen Finger rühren! Begriffen die nicht, daß in der ČSSR die Weichen für die gesamte Welt neu gestellt werden sollten! Das mindeste an Einsicht wäre doch, daß mit der Reformierung des Sozialismus diese dauernde Wahnsinnskriegshysterie endlich zu einem Ende kommen könnte! Aber statt sich darauf einzulassen, trieben die ihre Sandkastenspiele.

Drüben sind sie keinen Deut bessere Menschen als wir hier. Die sind nur effektiver. Das ist der Unterschied. Um effektiv zu sein, schrecken sie vor nichts zurück.

Es gebe Prioritäten, weltpolitische. Ich begriffe nicht, warum die sie nicht sehen. Nicht zum ersten Mal würden die drüben sich als blind erweisen. Schon 56 habe der Westen mit Ungarn versagt. Statt der Sowjetunion zu zeigen, was 'ne Harke ist, zetteln die ihren blöden Suezkrieg an. Jetzt, wo es von Prag aus ums Ganze gehen könnte, lassen die sich auf ihren intellektuellen Karneval ein!

Karneval?! Es könne einem schon das Gruseln kommen mit der Naziverfilzung bei denen. Aber das wolle ich ja nie so richtig wahrhaben. Was heiße denn Ganzes? Ich hielte Prag für's Ganze, weil es mir um uns ginge! Uns ginge es um uns, denen drüben ginge es um sich. Wenn du in Berlin etwas spürst, dann eben, daß die Welt nicht ganz, sondern geteilt ist.

Brottstein kam herein. Hezi gab ihm den Stuhl frei. Brottstein warf einen mißbilligenden Blick auf den Aschenbecher.

Ist ja gut, sagte ich, und zu Hezi: Ich bring dich runter. Ich griff den Aschenbecher, und wir gingen hinaus.

Im Winter, als in der ČSSR alles entschieden war, rücksichtsloser, als man befürchtet hatte, Unglaubliches verlautete, etwa daß Zátopek, die sozialistische Leuchtfigur, das olympische Idol, der ruhmbekränzte Major der Volksarmee, zum untersten Chargen bei der Müllabfuhr degradiert worden war, rief Tschichold an. Er erkundigte sich nach dem Stand der Zahlboxentwicklung. Ich sagte ihm, daß sich tatsächlich ein Produktionsbetrieb gefunden habe. Ja, er hätte schon davon gehört. Er wollte es bestätigt haben und lobte mich, daß die Sache auf der richtigen Spur sei. Dann sagte er: Ist schon sehr zu bedauern, daß die Zusammenarbeit so ein Ende gefunden hat.

So vage er sich auch ausdrückte, nicht Prag, nicht Jiří, Milan, Spitta oder sonst etwas nannte, was auf die ČSSR wies, war dennoch klar, wovon er sprach und was er bedauerte. Ich hatte es nicht von ihm erwartet.

Vielleicht lasse sich etwas anderes in Sachen internationaler Zusammenarbeit machen, sagte er.

Es ließ sich etwas machen. Im Mai fuhren wir nach Budapest. Die Reise hatte noch nicht den Status internationaler Zusammenarbeit, sie galt als Erfahrungsaustausch.

Budapest beeindruckte auf seine Weise, mit noch mehr weltstädtischem Flair. Mir schien, als fordere die Breite der Donau die Stadt zu Größe heraus. Ich genoß den Blick von der Fischerbastei auf den Fluß hinab, in der einen Richtung von der strengen Leichtigkeit der Elisabethbrücke, in der anderen von der selbstbewußten Massigkeit der Kettenbrücke überspannt, dazwischen am Ufer die wuchtig-filigrane, überkuppelte Imposanz des Parlaments. So wie der Stadt jenseits des Flusses kein Ende abzusehen war, hatte ich den Eindruck, als käme die Welt von allen Seiten hier zusammen, als enthielte die Stadt mehr als sich selbst. Ich mußte mich hüten, meine geographischen Ambitionen nicht mit mir durchgehen zu lassen und den eigentlichen Grund des Aufenthalts aus den Augen zu verlieren.

Wir wurden umsorgt. Auf dem Programm standen Fahrten mit der Straßenbahn (Villamosjáratok – meine Verwunderung über die Benutzbarkeit einer anderen Sprache hatte sich gelegt, warum sollte es nicht auch diese geben), dem Obus (Trolibuszjáratok), selbstverständlich mit der U-Bahn (der ältesten auf dem europäischen Kontinent) vom Mexiko út zum Vörösmarty tér, mit der Standseilbahn, der Sesselbahn auf den Janos-hegy, mit der Vorortbahn nach Szentendre, Dienst- und touristisches Programm gingen ineinander über. Wir wurden über das Tarifsystem und die Abfertigung in allen Einzelheiten informiert, bis hin zur Nachlösegebühr bei Schwarzfahrten. Schließlich unternahm man mit uns durch die von Blüten überschäumte Landschaft einen Ausflug nach Eger, in die Weinberge, in ein Restaurant in einen Gewölbekeller, wo wir mit einem teuflisch scharfen Gulasch die Grundlage für reichlich echten Egri Bikavér legten.

Und dennoch konnte Budapest Prag nicht ersetzen, auch praktisch nicht. Tschichold hatte sich, wie auch immer, mit Jiří verabredet. Der besorge ihm für seinen Skoda einen Kolben. So wie die Dinge jetzt zwischen der DDR und der ČSSR stünden, sei es unmöglich, Ersatzteile für einen Skoda aufzutreiben. Ich konnte nicht beurteilen, ob es ihm wirklich um den Kolben ging oder ob er Vorwand war. Ich wußte auch nicht, was ihn bewog, ausgerechnet für mein Arbeitsgebiet eine Verbindung nach Ungarn herzustellen. Er war nicht gerade Nahverkehrsspezialist, er hatte im Ministerium mit Strukturfragen zu tun. Er werde die Rückfahrt in Prag für ein paar Stunden unterbrechen und mit einem späteren Zug weiterfahren, sagte er. Es stehe mir natürlich frei, ob ich mit aussteigen wolle. Er bitte mich nur, ob ich mitmache oder nicht, zu niemandem ein Wort darüber zu verlieren. Wir saßen in der warmen Schwefellauge des Palatinusbads auf der Margareten-Insel nebeneinander. Er hatte seine Brille im Schließfach gelassen und mit ihr den Eindruck von Wichtigtuerei abgelegt. Er sah jungenhaft aus und rührte mich.

Ich war überrascht, von ihm so ins Vertrauen gezogen zu werden. Ich wußte nicht, ob ich mich geschmeichelt fühlen oder mißtrauisch sein sollte.

Für die Hinfahrt hatten wir ein Schlafwagenabteil im Nachtzug gehabt. Der Bahnsteig in Prag war düster, und es stieg kaum jemand aus und ein, wie wir sahen, als wir die Gardine beiseite geschoben hatten. Eisenbahner oder Milizionäre, wir waren uns nicht sicher, umstanden den Zug und gingen auf und ab.

Wir zogen die Gardine wieder zu. Der Zug fuhr an, aber er schien kein Tempo zu bekommen. Ich lag im oberen Bett. Wir hatten das Licht wieder ausgemacht. Der Waggon rüttelte. Vereinzelte, matte Lichter zogen draußen vorbei.

Er habe vorgehabt, mit seiner Frau im Sommer in die Malà Fatra zu fahren, sagte Tschichold. Ins Hotel Boboty. Sei bereits alles reserviert gewesen …

Auch von Budapest zurück nehmen wir einen Nachtzug und sind vormittags in Prag. Natürlich steige ich mit aus. Jiří, von seiner Mähne umweht, winkt mit hochgerissenen Händen auf dem Bahnsteig. Wir umarmen uns heftig. Jiřís Bartstoppeln reiben auf meinem Gesicht.

Diesmal steht sein eigenes Auto vor dem Bahnhof, ein flachliegender Saab. Ich bin auf den Eindruck, den die Stadt bietet, nicht gefaßt: Sie ist geschändet. Die Buntheit ist weg, die Leichtigkeit, das quirlige Leben. Es lag nicht am unwirtlichen Wetter, nicht daran, daß das frische, leuchtende Laubgrün, in das die Budapester Burgseite gebettet war, hier den Bäumen noch fehlte, nicht an den schlammverkrusteten, dröhnenden Kippern, die uns entgegenkamen. Mir war eher, als sei ich in Löbtauer Tristesse geraten. Jiří kurbelte den Fensterspalt zu. Ein großes rotes, weißbeschriftetes Transparent war über die Straße gespannt. Ich hatte so etwas nicht in Erinnerung. Und wenn es dergleichen gegeben hatte, war es untergegangen in dem, was die Stadt sonst ausgemacht hatte. Die Menschen erschienen mir kraftlos und verhuscht. Der Nieselregen mochte das Seine dazu beitragen. Tschichold saß wortlos vorn neben Jiří. Jiří rauchte. Auch das hatte ich bei ihm zuvor nicht bemerkt.

Er wohnte in Kosire, einer Gartenvorstadt, in nobler Villa. Er führte uns in einen Raum, der halb Wintergarten, halb Salon war, mit hohen Grünpflanzen, komfortablen hellbezogenen Sesseln, einem Schrank mit Schnitzereien, Gemälden an den Wänden. Alles meine Frau, sagte Jiří mit einer Geste für den Raum.

Seine Frau war Ärztin, das wußten wir. Ihr Vater sei ein berühmter Professor gewesen. Jiří nahm von einem Beistelltisch ein blauglasiertes Tablett mit Gebäck, Tassen und Kaffeekanne und setzte es vor uns auf den Couchtisch. Halina habe Dienst. Die Jungen seien in der Schule oder beim Militärsport, was wisse er. Es sei egal. Jiří tat übertrieben gleichgültig.

Er brannte sich wieder eine Zigarette an. Es sei schrecklich gewesen, einfach schrecklich. Krieg. Wir würden das alles ja ebenso noch kennen. Panzer und Barbarei! Was könne man dagegen tun? Sich überfahren lassen, das sei alles. Und so sei es nun. – Er habe im Institut aufgehört. Milan hätten sie gefeuert, na, der sei vorher sehr aktiv gewesen, zu aktiv.

Spitta?

Spitta?! Der sei geblieben, vielleicht weil Milan ging. Einer müsse bleiben. Spitta bleibe immer.

Was er, Jiří, jetzt mache.

Nun, sagen wir, ich arbeite in einer Galerie.

In einer Galerie?

Vielleicht sollte er nicht sagen arbeiten. Vorübergehend. Er möchte weg, wie viele. Halina habe ein sehr gutes Angebot aus der Schweiz. Aber dieses Haus – er wies wieder beidarmig auf die Räume – ein Klotz am Bein!

Den Skodakolben habe er im Auto, den gebe er uns am Bahnhof.

Was er dafür bekomme.

Was? Nichts!

Selbstverständlich bezahle ich, sagte Tschichold entschieden. Was hat er gekostet?

Tausendachthundert Kronen. Was soll ich mit Kronen in der Schweiz! Oder mit Mark der Deutschen Demokratischen Republik! sagte er betont abfällig.

Es war eine sorgfältig verpackte Pappröhre von gut handgroßem Durchmesser, die er auf dem Bahnhof Tschichold übergab. Am Kiosk, an dem ich fast vorübergegangen war, entdeckte ich die Tuben österreichischer Sardellenpaste, die mich bei unserem legalen Besuch begeistert und meinen Eindruck von Prager Welthaltigkeit bedient hatten. Als ich ans Verkaufsfenster treten wollte, fiel mir ein, daß ich überhaupt keine Kronen besaß. Jiří kaufte vier Tuben und stopfte sie mir in die Manteltasche.

Der Zug ging um 15.42 Uhr. Er kam aus Wien. Das war nicht ideal, aber das Dienstvisum lief Mitternacht ab.

Každý začádek je těžký, sagte ich auf dem Bahnsteig zu Jiří.

Er packte mich an beiden Schultern, daß ich seine Fingerkuppen auf Schlüsselbein und Schulterblatt spürte.

Dann winkte er, nun nur mit einer Hand.

Der lange Erste-Klasse-Waggon war gänzlich leer bis auf einen Reisenden, der im Abteil am entgegengesetzten Ende saß, sein Gesicht aus dem Mantel drehte und uns zuwandte, als wir an ihm vorbeigingen.

Ich sah zum Fenster hinaus, als der Zug über die Moldaubrücke rollte und den Blick freigab über die von den ruhigen Windungen des grauen Flusses durchschnittene, beiderseits die Hänge hinaufsteigende Stadtlandschaft, aus der sich auf der einen Seite dunkel die Kathedrale und der Hradschin, auf der anderen die Konturen des kolossalen Žižka-Monuments hoben. Direkt unter uns glitten wieder die roten, aber, wie man nun von oben sah, grauüberdachten Doppelstraßenbahnen dahin. Wie eh und je, wollte es scheinen. Dann nahmen die Hänge, bebaut und zag begrünt, die Aussicht. Nun sind wir dieses Land auch noch los, sagte ich und setzte mich.

Die Moldau wechselte auf die andere Seite.

Auf dem Mittelsitz neben Tschichold mir gegenüber lag die Pappröhre mit dem Kolben. Tschicholds Gesicht hatte wieder den Ausdruck bleicher Angespanntheit angenommen.

Ob er sie einfach so liegenlassen solle, für den Zoll? Er würde ja liebend gerne die Zollgebühren zahlen. Wir hätten den Kolben in Budapest … nein, das sei unglaubwürdig. Und Prag scheide als Ort des Erwerbs aus, ohne Visum für die ČSSR. Er könne sich das schon gar nicht leisten. Wenn sie das im Ministerium erführen. Den Kolben habe ein Bekannter am Zug übergeben, das käme ja der Wahrheit nahe. Hieße aber, er habe eben doch Verbindung mit Prag. Daß wir in Prag umgestiegen sind, sei für Zoll und Grenzkontrolle ja nicht zu bestreiten. Man könne aus Budapest schlecht mit einem Wiener Zug kommen, außerdem – wir nahmen unsere Pässe in die Hand – sei der Zeitpunkt des ungarisch-tschechoslowakischen Grenzübertritts deutlich eingestempelt, sehr deutlich, solange könne man von Komárom/Komárno bis Děčín/Schandau nicht unterwegs sein …

Nach einer Weile Schweigen, während draußen die regengraue Landschaft dahinzog: Er sei für die Teilnehmerliste des internationalen Nahverkehrskongresses in Rom vorgesehen.

Mich durchzuckte Verwunderung.

Das sei keine einfache Sache. Im vergangenen Jahr habe die DDR das erste Mal teilgenommen, in London, Stülpner aus dem Ministerium, den ich ja kennen würde, ideologisch einwandfrei, aber eben ungeschlacht. Der habe seinen Platz eingenommen, obwohl die DDR-Teilnehmer die einzigen waren, vor denen kein Staatswimpel plaziert gewesen sei. Und dann quatschte er irgendwann auch noch darüber …

In Litoměřice, wo die weißen und giftig-orangenen Rauchwolken aus den Schloten gegen die graue Wolkendecke qualmten und unter ihr in die Breite flossen, als sei sie nicht zu durchstoßen, stand für uns fest, daß sich Tschichold nicht leisten könne, mit dem Kolben in Verbindung gebracht zu werden. Daß ich die Verantwortung übernehme, lehnte er – zu meiner Erleichterung – ab. Es gebe nur eins, die Pappröhre irgendwo im Zug unterzubringen, wo sie, falls sie gefunden würde, nicht unbedingt uns zugeordnet werden könne. Tschichold ging den Waggon ab, um ihn für die Unterbringung der heiklen Fracht zu inspizieren, sah in die Abteile, die Toilette, den Ziehharmonika-Übergang zum nächsten Waggon; nach ihm ging ich. Das Ergebnis war unbefriedigend. Schließlich entschieden wir, die Röhre drei Abteile von unserem entfernt abzulegen, zwischen Rücken- und Sitzpolster. Wenn man das Rückenteil wieder zurückschob, war die Röhre zwar nicht zu sehen, aber die Sitzfläche stand eine Handbreit vor. Tschichold drückte an den Polstern herum, ich blieb auf dem Gang, um vor dem eventuellen Erscheinen vor allem des einzelnen Mitreisenden zu warnen. Der nun für den Ernstfall eine Bedeutung für uns erhielt, als Verdachtableiter.

Wir blieben auch nach vollzogener Tat im Gang. Der Zug dröhnte, vom Übergang zum nächsten Waggon her klapperte und schepperte es, draußen lag braun und unwillig die Elbe; eine blinkende Halbschranke hielt ein Auto auf. Der Zug rumpelte in die graue Häuser- und Bahnhofsödnis von Ústí ein. Der Mitreisende aus dem letzten Abteil entzog sich der ihm zugedachten Rolle und stieg aus. Dafür stieg der tschechoslowakische Zoll ein. Wir hatten ihn erst in Děčín erwartet. Wir gingen in unser Abteil. Also, wenn sie ihn finden, sagte Tschichold, es ist natürlich meine Sache.

Schon gut, schon gut, sagte ich, ohne mich im geringsten gut zu fühlen.

Dobrý den. Zwei Uniformierte sahen aus der Höhe aufrechter Haltung auf uns herab, nahmen die Pässe entgegen, ließen, während sie die Seiten umblätterten, den Blick über unser Gepäck schweifen. Der eine erinnerte mich an Grigori aus dem Film *Der stille Don*, wohl weil er wie dieser die Schirmmütze halb schräg aus der Stirn über sein schwarzes, gewelltes Haar geschoben hatte. So herrisch, wie ich Grigori in Erinnerung hatte, erleichterte mich dieser Einfall nicht. Die Druckstempel klatschten. Unsere ungarischen Einreisestempel veranlaßten sie wohl, auf unsere Zollerklärung zu verzichten. Sie reichten die Pässe zurück, noch ein Blick übers Gepäck, rollend schloß sich die Tür hinter ihnen.

Wir wissen um die Vereinbarung, daß die *Organe* nur die jeweils eigenen Staatsangehörigen kontrollieren. Es soll kein zusätzlicher Anlaß für Spannungen zwischen Tschechoslowaken und den Bediensteten der DDR, Polens und Ungarns gegeben werden.

In Děčín steigen Zoll und Grenzer der DDR zu, in Schwärmen, und gehen an uns, die wir beflissen vom Gang in unser Abteil treten, vorbei. Ein zweiter Pulk staut sich vor unserer Tür, Stimmen hin und her, dann wird die Tür wieder aufgerollt. Guten Tag, Paßkontrolle der Deutschen Demokratischen Republik, bitte Ihre Reiseunterlagen. Einer streckt die Hand Tschichold entgegen, ein zweiter mir, ein dritter füllt die Tür. Der meinen Paß entgegengenommen hat, legt ihn auf die umgeschnallte Konsole, seine portable Amtsstube, Hackbrett vor der Brust. Er blättert mit der rechten Hand Seite für Seite im Paß um, in der linken hält er die Zollerklärung. Das Gesicht ist reglos. Sie kommen aus Ungarn?

Ja.

Sie kommen aus Ungarn? echot der andere zu Tschichold.

Wieder klatschen Stempel. Gute Weiterreise. Sie reichen uns die Papiere zurück. Beim Hinausgehen kommen sie sich in der Abteiltür ins Gehege. Die Tür rollt zu. Wir sehen uns wortlos an.

Nach einer Weile treten wir wieder auf den Gang. Es ist still. Ich will gerade das Fenster herunterziehen, als es am Ende des Gangs klappert.

Eine Aluleiter wird sichtbar, eine Hand mit Stablampe und weitere Gerätschaften, die gebündelt an einem Eisenring hängen, geraten ins Blickfeld, ein blauuniformierter Arm, der einen Zöllner nach sich zieht, in seinem Gefolge ein zweiter. Sie würdigen uns keines Blicks. Der Leiterträger fixiert sein Gerät, legt es an, prüft die Standfestigkeit, steigt hoch, hebt die Hände über den Kopf, für einen Moment sieht es aus, als würde er sie falten, um sich betend an den Himmel zu wenden, aber er rüttelt am Himmel der Gangabdeckung über sich, klappt sie auf. Es scheint nicht der Himmel zu sein, im Gegenteil, es handelt sich offensichtlich um einen Raum der Finsternis. Der andere reicht ihm die Lampe, während er mit der zweiten Hand die Tür zum ersten Abteil aufrollt.

Es ist besser, wenn wir reingehen, sagt Tschichold. Er ist noch blasser als üblich. Der Zug fährt an. Wir haben kein Auge für die Landschaft, die blaßgrauen Felsen, die sich aus der Umwaldung heben, mal beengend dicht an den Fluß herantreten, mal zurückweichen und den Platz für Häuser in goldrutenumblühten Hecken freigeben.

Die Zeit vergeht, und niemand kommt. Der Zug dröhnt ohrenbetäubend. Kein Rollen der Abteiltüren, keine Stimmen sind zu hören. Dann doch Geräusche, nebenan, und wir spüren die Stöße, mit denen die Sitze vorgezogen und wieder zurückgeschoben werden. Die Abteiltür verschattet, ein Zöllner zieht sie auf. Der zweite mit der Leiter geht vorbei. Zollkontrolle der Deutschen Demokratischen Republik, bitte die Zollerklärungen und die Reisedokumente, kommt es aus einem kleinen Mund, der sich eigentlich nicht bewegt, in einem glatten, nichtssagenden, nicht deutbaren Gesicht. Auch die Schirmmütze auf seinem Kopf bewegt sich nicht.

Wir strecken beide gleichzeitig unsere Papiere hin, so daß sie aneinanderstoßen und mir der blaue Paß aus den Fingern rutscht und auf den Boden klatscht. Tschichold bemüht sich, die Kollision erheiternd zu finden. Auf den Mann bleibt es ohne sichtbare Wirkung. Er nimmt Tschichold die Unterlagen aus der Hand, blättert mit steifen Fingern im Paß. Sie kommen aus Ungarn? Es ist nicht festzustellen, ob er es zum Paß, zu Tschichold oder zum Fenster sagt.

Tschichold bestätigt, bemüht sachlich.

Sie haben alles eingetragen, was Sie im Ausland erworben haben? Er liest dabei die Zollerklärung. Dann reicht er Tschichold Paß und Zollerklärung zurück und macht eine viertel Kopfdrehung auf mich zu. Ich halte ihm meine Papiere zum zweiten Mal entgegen.

Auch aus Ungarn? fragt er nun nur noch in Kurzform und ohne den Blick von Paß und Zollerklärung zu heben. In der Spreizhaltung seiner Beine fängt er die Schwankungen des Waggons ab. Er blättert vor und zurück. Dann löst er den Blick, läßt ihn durchs Abteil laufen. Welches ist Ihr Reisegepäck?

Ich zeige auf Koffer und Tasche.

Bitte, er weist auf den Koffer. Es ist ein Befehl.

Ich hebe ihn aus dem Gepäcknetz. Mir ist, als hätte ich keine Kraft im Arm.

Er nickt nur.

Ich öffne den Koffer.

Bitte. Er streckt die Hände halb ab, eine mit gespreizten Fingern, die andere hält meinen Paß, er macht eine kleine senkrechte Hinundher-Handbewegung.

Ich weiß Bescheid. Ich habe die Sachen aus dem Koffer zu nehmen. Mein Koffer ist ordentlich gepackt, bis auf den Schlafanzug, den ich fast im Bett vergessen hätte. Aber in den ordentlich gelegten Hemden stecken drei Taschenbücher aus der Buchhandlung in der Vaci útja, die ein deutschsprachiges Sortiment hat. Grieche sucht Griechin (Ft 39.–), der Preis ist auf die Rückseite des Umschlags geklebt. Ich nahm es, weil der Name Dürrenmatt auch für mich ein Begriff ist. Siegfried Lenz: Das Feuerschiff (Ft 42.–), Zehn packende Erzählungen…, heißt es im Klappentext, was mich zum Kauf animierte. Und George Orwell: Die Farm der Tiere (Ft 56.–). Durch Karin hatte ich eine Ahnung davon, was dieses Buch bedeutet. Überhaupt hatte ich die Bücher gekauft, um mich vor ihr in Sachen Literatur nicht als gänzlich unbedarft zu erweisen. Schlagartig reut es mich. Erstens schaffte ich es ohnehin nicht, mich in dieser Hinsicht vor ihr zu legitimieren, und nun erweist es sich als leichtfertig. Meine Hände zittern. Ich spüre die Festigkeit der Bücher durch die Stofflagen und fürchte, daß sie beim Anheben herausrutschen. Es geschieht nicht. Aber nun leuchtet gelb, mit dem grünen Längsrand und dem rotgrundierten Schriftfeld vom Boden des Koffers her der Falk-Stadtplan von

Kopenhagen (København; Ft 72.–); in anmutig züchtiger Pose wendet die kleine Meerjungfrau verschämt ihr Antlitz ab. Unter dem Kopenhagener Plan verbirgt sich der von Wien. Denn sosehr mich Budapest auch beeindruckt hat, das Ziel meiner wirklichen Wünsche war es nicht, *konnte es nicht sein.* Die Städte, auf die es ankam, die tatsächlicher Ausdruck ihrer selbst waren, die lagen im Unerreichbaren. Budapest aber ließ mich ihrer zumindest in Form der Stadtpläne habhaft werden. Das halte ich der Stadt zugute. Der Mann reagiert darauf nicht.

Ihre Tasche, bitte.

Ich sehe ihn etwas hilflos an, weil ich, so wie meine ausgeräumten Sachen alle Sitze bedecken, nicht weiß, wohin mit der Tasche. Ich wechsele auf die andere, Tschicholds Platzreihe. Waschbeutel, Schreibetui, die vier Tuben Sardellenpaste. Und er bückt sich und langt nach einer. Wo haben Sie die erworben?

In Budapest natürlich, sage ich mit der größten Selbstverständlichkeit, zu der ich in der Lage bin.

Er beäugt die Tube genau, dreht sie, liest die Beschriftung. Haben Sie *das* eingetragen? Er wendet meine Zollerklärung. Ich habe mich nicht um besondere Deutlichkeit meiner Schrift bemüht. Ja. Das kurze Wort verkrächzt mir im Hals.

Bitte, die anderen. Er streckt mir die Hand entgegen, die Finger bewegen sich aufeinander, wie man Münzen zählt.

Er wiederholt das Spiel mit jeder der drei Tuben. Mein Herz zuckt in den Halsschlagadern. Ich bin darauf gefaßt, daß er nach dem Kolben fragt.

Er gibt die Tuben zurück. Gute Weiterfahrt. Tür auf, Tür zu, weg ist er.

Ich sehe ihm auch noch nach, als er bereits verschwunden ist. Dann mache ich mich über das Chaos auf den Sitzen her und stopfe alles – nun ohne System – in Koffer und Tasche, hebe den Koffer mit Mühe wieder ins Netz, sacke auf meinen Sitz. Der Zug hält. Bad Schandau. Stille. Kein Fahrgeräusch, als sei das Leben selbst angehalten. Dann Türenschlagen, gedämpfte Stimmen draußen, wahrscheinlich die Zollbeamten. Tschichold und ich schweigen uns an.

Entschuldige, sagt er nach einer Weile.

Quatsch, sage ich.

Und wieder nach einer Pause: Ein Autokolben kriminalisiert einen! Ist das nicht zum Kotzen.

Ein Autokolben kriminalisiert nicht! Ich sehe ihm an, daß ich ihn beruhigen muß, obwohl mir ebenfalls mulmig ist.

Das Ding – Tschichold bewegt kaum die Lippen –, und mein Ende im Ministerium wäre besiegelt. Er flüstert mehr, als daß er spricht.

Das Licht im Abteil ging an, der Bahnhof draußen fiel plötzlich in Halbdunkel, die graue Gebäudewand spiegelte sich mit dem seitenverkehrten Schild *Aufsicht* im Abteilfenster auf der gegenüberliegenden Seite. Der Zug stand weiter.

Das war's ja noch nicht, sagte Tschichold.

Der Zug ruckte an. Wir glitten durch die grellweißen Traufen aus den Strahlern über dem Bahnhofsgelände. Im Hintergrund gaben Lichtpunktierungen auf den schwarzen Berghängen jenseits des Flusses halbherzige Signale menschlicher Existenz von sich.

Was soll mit dem Kolben werden? fragte ich, nachdem ich auf den Platz an der Gangseite gewechselt war und mich mit dem Blick in beide Richtungen überzeugt hatte, daß sich zumindest in unmittelbarer Nähe niemand befand.

Tschichold zuckte die Schultern.

Das Abteil war von Fahrgeräuschen erfüllt. Wenn der Zug von Weichen aus der geraden Fahrlinie gerissen wurde, spürte man die harten Stöße der Räder, das eiserne Schlagen der Achsen und Waggonverbindungen war zu hören.

Ich hab im Ministerium manches aus der Nähe erlebt, sagte Tschichold halblaut. Ich beugte mich ihm unwillkürlich entgegen. Du glaubst ja nicht, wie die flatterten. ČSSR – Klassenfeind, Konterrevolution, was anderes gibt es nicht für die. Daß darin eine Chance läge… Tschicholds Augen sprangen hinter den goldgerahmten Gläsern hin und her. Ist jetzt nicht die Gelegenheit zu reden…

Mit banger Erleichterung nahm ich draußen die sich in die Fläche weitende zerhackte Lichterlandschaft Dresdens wahr, in der Entfernung die rot aufzuckenden und wieder verlöschenden Warnlichter des Wachwitzer Fernsehturms.

Gute Weiterfahrt, sagte ich zu Tschichold, als der Zug den Hauptbahnhof erreichte. Tschichold trat hinter mir in die Abteiltür und inspizierte den Gang. Er war leer. Ich astete mein Gepäck zur Waggontür, bückte mich, um die sich widerstrebende Klinke herabzudrücken, und hatte, als sie aufsprang, einen Schwarm von drei, vier schirmbemützten Grenzerköpfen vor mir, in Bauchhöhe. Ich hangelte mich die hohen Trittbretter hinab. Die Männer traten, ohne mich aus den Augen zu lassen, einen halben Schritt zurück, gaben eine Lücke frei, durch die ich zwischen ihnen hindurchkam, allerdings nicht ohne daß mein Koffer gegen einen von ihnen stieß. Ich verbiß mir eine Entschuldigung. Tschichold hatte das Fenster ein Drittel weit aufgekurbelt und steckte den Kopf hinaus. Ich ging zu ihm. Auch an der Tür am anderen Ende des Waggons hatte sich eine Traube sandbraun Uniformierter angesammelt.

Soviel ich sah, stieg weder an der einen noch an der anderen Tür jemand ein. Und ich gab mir auf die Frage, die mich beschäftigte, seit der Zöllner unser Abteil verlassen hatte, die Antwort, die Tschichold gegenüber auszusprechen sich verbot: Aus welchem Grund auch immer der Mann sich entschloß, nur einen von uns zu inspizieren, er hat in seiner flächigen Zöllnerpsychologie den Kolben, Autos, überhaupt praktisches Verhalten dir als handfesterem Typ und nicht Tschichold in seiner goldrahmenbebrillten Intellektualität zugeordnet.

Na ja, so ist das zu Hause, sagte ich gespielt leichthin zu Tschichold hinauf.

Ich meld mich morgen, sagte er. Er winkte mir mit gespreizten Fingern aus dem Fensterspalt nach, während ich Stufe um Stufe die Bahnsteigtreppe hinab aus seinem Blickfeld verschwand.

Erst als die Straßenbahn anfuhr und der Bahnhof hinter mir zurückblieb, löste sich meine Anspannung. Eine doppelte Minusbilanz, wurde mir bewußt. Nichts mit besserem Sozialismus, und unsere Welt noch ein Stück kleiner geworden.

Tschichold rief am Montag vormittag an. Die einzige blitzschnelle Reaktion, zu der Brottstein am Schreibtisch seine Massigkeit überlisten konnte, war, auf das Klingeln hin nach dem Telefon zu greifen. Ich fragte mich einmal mehr, was der Mann – unausgesprochen, uneingestanden – erwartete. Er reichte mir über Briefständer und Stiftschale mißmutig den Hörer.

War am Ostbahnhof wie in Dresden, hörte ich Tschicholds Stimme. Jede Tür umstellt. Na ja, war 'n Versuch, sonst ist alles in Ordnung.

Es war klar, er hatte den Kolben geopfert.

Noch mal Dank.

Na hör mal …

Tschuldige, werde zu Stülpner zitiert, ruft es mir aus dem Hörer entgegen, bis demnächst.

13

Fred und Piet mieden das Stuff House, es sei denn, sie waren zu offiziellen Besprechungen irgendwelcher universitären Angelegenheiten verabredet. Die wickelte man dort ab, um sich der Unruhe im Büro zu entziehen. Ich weiß nicht, ob es den jeweiligen Temperamenten entsprach, daß Fred Johnnys handfeste, von Studenten belebte Westernkneipe bevorzugte, Burger dagegen in der gediegen-steifen Atmosphäre des Stuff House anzutreffen war, oder ob sie sich für verschiedene Orte entschieden hatten, um sich auszuweichen. Ich fühlte mich ohne Fred im Gewirbel der Studenten bei Johnny's immer etwas fehl am Platz. Im Stuff House holte ich mir an der Bar ein Getränk, meistens einen Juice, mal mit, mal ohne Eis, freilich weder Kaffee noch Bier, setzte mich an einen der Clubtische, durchblätterte die Zeitungen mehr, als daß ich sie las, die *New York Times,* die *Chicago Review*, den *Des Moines Register,* drei Viertel Annoncen, und auch der Rest zog mich nicht gerade in seinen Bann, zumal längst nichts mehr über die German Coal-Town vermeldet wurde. Es gab keinen laufenden Fernsehapparat. Die knarrenden Dielen signalisierten, daß jemand kam oder das Haus verließ. Wenn Fred auswärts zu tun hatte oder sonstwie gebunden war, ging ich an Tagen, an denen ich kein Seminar hatte, einfach hin, um Menschen um mich zu haben. Oder um Piet auszuweichen.

Es war unvermeidlich, dabei irgendwann Burger zu treffen. An diesem Nachmittag saß er mit einer jungen Frau an einem der Fenstertische, Kia, wie sie sich vorstellte, Jamaicanerin, kurzes gekräuseltes Haar, ein frisches Gesicht in der Bräune von Milchkaffee. Er lud mich an ihren Tisch ein und richtete unter der zergrübelten

Stirn einen freundlichen Blick auf mich. Ich nahm meinen Juice und wechselte den Platz.

Jamaica, sagte ich. Alles, was ich über Jamaica weiß, verdanke ich Wanda Jackson.

Die Frau lächelte nachsichtig aus der Kugelschwärze ihrer Augen.

Auch Burger lächelte. Wie es mir gehe? Er fragte englisch, also gab ich nicht viel auf die Frage. Okay. Aber er meinte sie ernst.

Möglicherweise sei seine Zeit in Randers vor meiner abgelaufen, sagte er.

Wolle er gehen?

Warum sollte er wollen?

Because it is the usual way. Here.

Er fixierte mich. Ich stünde ja in gutem Verhältnis zu Professor... Er nannte unüblicherweise Fred nicht mit Vornamen. Ich solle ihn, Burger, nicht falsch verstehen...

Ich verstand weder falsch noch richtig.

Man habe ihn fallenlassen. Er sah mir an, daß ich immer noch nichts verstand. Er sei davon ausgegangen, daß ich durch Fred Bescheid wüßte. Okay. Vor vier Jahren habe er die Stelle als assistant professor bekommen, aus einem Kreis von siebzig, achtzig Bewerbern, freilich eine befristete, aber es habe keinen Zweifel gegeben, daß er sie behalten, sein tenure bekommen würde. Die Stelle sei für den Deutschunterricht ausgeschrieben gewesen, mit Spanisch als Ergänzung. Irgendwann jedoch habe alles in eine andere Richtung zu laufen begonnen, und zwar massiv, als Randers aus den Top Twenty herausgefallen sei. Plötzlich habe es geheißen, für Deutsch lasse die Nachfrage nach, es käme auf Spanisch an, er aber sei, betonte man, für Deutsch eingestellt. Okay, der Trend sei unbestritten, nun aber habe Deutsch wieder enormen Auftrieb bekommen. Deshalb sei ja auch ich hier. Er habe sich durch das Hin und Her nicht beunruhigen lassen. An seinem Unterricht habe es nie etwas auszusetzen gegeben. Von den Studenten erhalte er sehr gute Bewertungen – ich solle ihn nicht für unbescheiden oder anmaßend halten! –, bessere als die anderen Professoren im Department (er vermied es, Piet und Fred zu nennen).

Kia nickte heftig. Er mache exzellenten Unterricht. Sie könne es nur vom Spanischen her beurteilen, aber man sehe, daß er ein ausgezeichneter Pädagoge sei. Sie hatte das Kinn auf eine Hand und den Ellenbogen auf den Tisch gestützt. Ich hatte zwischendurch angenommen, sie interessiere das Thema womöglich nicht.

Wie gesagt, er sei sich seiner Sache bis zuletzt sicher gewesen. Das Verfahren mit der Bewerbung um eine feste Professur müsse halt durchlaufen werden. Es sei ja auch für ihn besser, wenn alles seinen korrekten Weg gehe. Selbstverständlich sei er bis in den letzten Pool gekommen. Aber dann der Schock, eine Frau habe gewonnen. Eine Frau, na gut, das könne schon etwas ins Gewicht fallen, aber das Entscheidende war, sie kam von Berkeley mit einer langen Liste an Publikationen. Was überhaupt nichts über ihre pädagogischen Fähigkeiten sage. Da sei ihm ein Licht aufgegangen. – Er wandte sich an Kia. Sie solle entschuldigen, aber das müsse er auf Deutsch sagen. – Die Uni wolle auf Biegen und Brechen in die Top Twenty zurück, und deswegen angele sie nach allem, was das befördern könne. Berkeley, Namen, Publikationen. Publish or perish! Die wirkliche Lehrqualität, die Beurteilungen durch die Studenten zähle nicht. Wenn er das Ganze nun rückwirkend betrachte, habe er keinen Zweifel, das mit der Dame aus Berkeley sei von langer Hand eingefädelt worden, bloß er habe es nicht gewußt und, als es lief, sich nichts dabei gedacht. Und man habe ihn nie gewarnt! Er habe damals seine Familie nachgeholt, die Kinder in Johnson City, Tennessee, aus der Schule genommen, seine Frau habe mit Mühe eine Stelle bei Olson bekommen, sie hätten sich hier ein Haus gekauft. Die Fairness hätte es geboten, ihn darauf aufmerksam zu machen, daß seine Stelle so definitiv nicht sei. Nichts! – Außerdem – die philologischen Departments fielen im Ranking der Universitäten überhaupt nicht ins Gewicht. Was zähle, seien die Fakultäten, die Geld brächten, die Naturwissenschaften, die Wirtschaft, der Sport. Er müsse leider vermuten, daß Interna aus dem Department, sehr persönliche Dinge dahintersteckten ...

Sie bringen mich in Verlegenheit. Ich saß vorgebeugt, blickte auf seine gefurchte Stirn, die ich, wäre ich ihm noch nie zuvor begegnet, für den sorgenvollen Ausdruck seiner momentanen Probleme gehalten hätte. Ich hatte die Hände um das Juiceglas (das tatsächlich aus Glas war) geschlossen.

Er schätze durchaus Professor ... – er sprach von Fred. Aber der praktiziere eine andere Methode, die eines deutschen Dozenten, er präsentiere den Stoff gründlich, das ohne jede Frage, aber wie die Studenten damit zu Rande kämen, lasse er so ziemlich deren Angelegenheit sein. Ihm selbst jedoch gehe es ebenso um die Vermittlung, *den Stoff rüberzubringen* – to bring about the subject, fügte er nun noch auf Englisch hinzu. Und Kia nickte, mit Vorwurf im glanzschwarzen Blick.

Sie wissen, ich bin weder Pädagoge noch Philologe und komme aus ganz anderen Gebieten, sagte ich, ein Außenseiter in vielerlei Hinsicht – *someone from outside in many regards*, ich wußte es nicht besser zu sagen; es blieb mein Problem, nicht sicher sein zu können, ob ich ausdrückte, was ich meinte; aber durch die Frau fühlte ich mich herausgefordert, englisch zu sprechen. Ich sagte, daß ich nicht den Eindruck hätte, daß Fred ein trockener Stofflieferant sei.

Nein, nein, er wolle mich zu keinem Urteil herausfordern. Er habe mir nur seine Situation schildern wollen. Es sei ihm, als er mich hier sah, plötzlich bewußt geworden, daß ich womöglich an RU noch eine längere Zeit haben würde als er... Er versuchte ein Lächeln.

Sorry.

Er wehrte ab: Meine Schuld sei das ja nicht.

Es berührte mich eigenartig, überhaupt in so einen Zusammenhang geraten zu sein.

Ich solle um so mehr mal bei ihm hospitieren. Er würde großen Wert auf meinen Eindruck legen. Kia sei heute in der Spanischstunde bei ihm gewesen.

Kia bestätigte nochmals, wie hervorragend sein Unterricht sei.

Wir sollten beide gemeinsam kommen, sagte Burger, nun schon fast mit der Strenge eines Entscheids. Sowohl in eine Spanisch- wie auch in eine Deutschstunde, damit für jeden die gleichen Bedingungen bestünden. Am besten, wenn sie direkt aufeinander folgten. Danach könnten wir uns austauschen.

Ich spürte, wie ich mich gegen die Versuchung, etwas mit Kia zu unternehmen, wehren mußte. Es ging um anderes, und dabei hatte ich kein gutes Gefühl. In den nächsten Tagen habe ich volles Programm, wich ich wiederum aus.

Wenn ich es nicht wolle …

Oh yeah, sagte Kia, we can do it, und richtete ihren Blick mit freundlicher Ernsthaftigkeit auf mich. Burger beobachtete mich ebenfalls. Und unwillkürlich kam mir der Gedanke, die Frau könnte ein Lockvogel sein.

Yes, yes, sagte ich, some days later.

Er komme darauf zurück, sagte Burger. Viel Zeit bleibe ihm jedoch nicht. Dann wechselte er abrupt das Thema. Kia schreibe wundervolle Erzählungen.

Sie bestritt es nicht.

Sie solle mir mal einige zum Lesen geben, forderte er sie auf.

Ja, das würde sie tun, wenn ich sie lesen wolle.

Sehr gern, sagte ich und wußte nicht, ob ich es wollte.

Dann beugte sich Burger zu Kia, sagte etwas zu ihr, wandte sich wieder an mich, sie müßten jetzt gehen, sie hätten einen Termin im Universitätstheater.

Sie standen auf. See you later, sagte Kia mit einem perfekten Lächeln zu mir.

Es freut mich, daß wir miteinander gesprochen haben, sagte Burger deutsch.

Sie gingen auf die Tür zu, Kia in einem schwarzen, hüft- und tailleengen Kleid. Burger trat hinter sie, um sie vor sich durch die Tür zu lassen, obwohl beide Flügel geöffnet waren, und nahm mir die Sicht auf sie, so auffällig klein er auch war.

Es war nicht leicht, eine Gelegenheit zu finden, mit Fred oder auch Piet darüber zu reden. Piet wäre mir fast lieber gewesen, denn ich wurde den Eindruck nicht los, Fred mache sich seit Omaha bei mir rar.

Ich wollte auf keinen Fall, daß Fred sich womöglich abermals von mir herausgefordert fühlte. Das war mir Burger nicht wert. Im Gegensatz zu Joyce? So wie meine Gedanken, fast möchte ich sagen, gegen meinen Willen bei dieser Frau landeten, ließ sich das Eingeständnis nicht vermeiden, daß die Unschuld der Kindheitswünsche nicht unbeschädigt über die Jahrzehnte zu erhalten ist. Es kommt im Leben halt doch nicht allein auf Landschaften an. Und es war beileibe keine neue Einsicht. Schon ganz am Anfang der Mühen, mich aus der selbstverschuldeten Unmündigkeit zu lösen, schwante mir, daß Kati anstatt eines Geographiestudiums ein so schlechter Tausch nicht zu sein brauchte. Und nun sollte sich das ganze schöne Amerika als Vorwand entpuppen, für etwas, worauf es wirklich ankam? Und für Fred, dem ich das alles verdankte, als Hinterhalt, in den ich ihn lockte? Auch wenn ich mich zu rechtfertigen versuchte, erstens komme es mir keineswegs auf etwas anderes an, und zweitens habe ich mir Fred gegenüber nichts vorzuwerfen, so wie ich mich zu Joyce verhalten hatte, ich wurde einen Rest von schlechtem Gewissen nicht los.

Aber als Fred bei mir erschien, gab er sich wie immer, abgesehen davon, daß er die moosgrüne Samtjacke trug, die mir signalisierte, daß ihn etwas Wichtiges in Beschlag genommen hatte. Er knöpfte sie auf, als müsse er sich ihrer so schnell es ging entledigen, ließ sich in den samtroten Ohrensessel fallen und stöhnte mehr, als daß er sprach. Heut brauch ich 'n Chablis. Ich holte den Wein, und noch während ich die Mickey-Mouse-Gläser aufstellte und am Korken zerrte, redete er schon. Er habe die Bürokratie satt. Die ganze Zeit vergeude man damit. Dieser Ham-Burger habe tatsächlich Widerspruch gegen den Entscheid der Bewerbungskommission eingelegt. Es sei nicht zu fassen!

Es war unvermeidlich, zuzugeben, ihn im Stuff House getroffen zu haben und durch ihn von der Sache zu wissen. Weiter kam ich nicht.

Er werde mir auch vorgebetet haben, was für ein hervorragender Pädagoge er sei und welch ausgezeichnete Beurteilungen er von den Studenten erhielte, sagte Fred mit unüberhörbarer Verachtung. – Klippschullehrer sei der, für Anfänger. Aber sonst ohne Format. Ich müßte mal etwas Schriftliches von ihm sehen, einen Bericht, ein Protokoll. Er sei nicht in der Lage, auch nur einen anständigen englischen Satz zustandezubringen, der vergleichsweise über Subjekt, Prädikat, Objekt hinausgehe. Geschweige daß er zu einem Artikel in der Lage sei, nicht mal für den *Trumpet*!

Ich betonte, lediglich Burgers Ansicht widerzugeben, daß er die gegen ihn gefällte Entscheidung für eine Konsequenz des Abrutschens in der Rankingliste halte...

Natürlich könne der sich nichts sehnlicher wünschen, als daß die Uni ihr Niveau einbüße, weil er einem höheren nicht gewachsen sei und allenfalls so sich halten könne... Auch wenn er es nicht zugebe, er wisse genau, daß er hier falsch am Platz sei. Deswegen habe er massiv außeruniversitäre Fakten geschaffen, Haus gekauft, Familie sofort nachgeholt, um moralischen Druck auszuüben. Solange der Job nicht fest sei, pendele man, das machten Tausende, über Tausende Meilen hinweg, siehe Kate... Daß er in der Bewerbung überhaupt so weit gekommen sei, liege gerade an der Rücksichtnahme der Kommission gegenüber seiner erpresserisch eingesetzten Situation, den eingeschulten Kindern, der Frau, die nicht sehr gesund sei, wahrscheinlich so wenig, daß er dauernd andern Weibern untern Rock fassen müsse. Muß man allerdings auch wieder verstehen, Freds Empörung wechselte in zynische Schadenfreude, höher reiche er nicht... Fred sah mich spitzbübisch aus dem Ohrensessel an, in dessen Wuchtigkeit er ebenfalls zu einem Halbwüchsigen geschrumpft schien. Er genoß, sich etwas herausgenommen zu haben, was ihm nicht zustand. Dann fiel er im Sessel zurück und ließ beide Arme schlaff über die Lehnen herabhängen, als sei die Kraft aus ihnen gewichen. Ich war mir nicht sicher, ob er mir nicht noch einen schnellen, prüfenden Blick zugeworfen hatte. Im nächsten Moment sah er jedoch an mir vorbei, irgendwohin, unter einen Rock, unter dem Burger seine Hand hatte, Kias, oder auch nicht – Joyce…, dachte ich unwillkürlich.

Willst du was essen? fragte ich.

Er hob die rechte Hand im Handgelenk, streckte Daumen und Zeigefinger und ließ sie wieder sinken.

Ich sah auf die Uhr.

Na ja, ich geh, Fred beugte sich kraftlos vor.

Nein, nein, so war das nicht gemeint, sagte ich schnell. Ich will Karin anrufen. Ich wollte bloß sehen, sieben Stunden weniger ist noch zu früh, sie ist noch nicht zu Hause. Die DDR-Nummer soll gekappt werden, die schöne 37. Na ja, läßt sich verschmerzen. Ich redete, weil ich ihn halten wollte.

Er blieb noch eine Weile, aber es kam kein richtiges Gespräch zustande. Als er längst weg war, versuchte ich eine Stunde lang, Karin zu erreichen, vergeblich.

Ich wurde unruhig. Das Gefühl, am falschen Ort zu sein, begann wieder in mich hineinzusickern.

Ich watete über den Blauteppich zum Eckschrank, klappte ihn auf und schaltete den Fernseher ein. Ich brauchte irgendeine Ablenkung. Ich entschloß mich, bei einem Film zu bleiben, der eine weite, gräserne Landschaft zeigte, Koppelzäune, Männer mit sonnegebräunten, energischen Gesichtern, unter breitkrempigen Texashüten. Als ich saß und wieder hinsah, war der Kamerablick in das Innere eines Autos gerichtet, eines großräumigen, derben Schlittens. Am Steuer sitzt einer dieser kernig-ledergesichtigen Männer, mit Texashut eben, auf dem Beifahrersitz ein Junge, acht, zehn Jahre, auf dem Rücksitz ein weiterer Mann. Ein Disput findet statt, mehr begreife ich nicht. Plötzlich hält der hinten Sitzende einen Revolver in der Hand, auf den Fahrer gerichtet. Redet, beugt sich nach vorn, Wortwechsel. Unversehens stößt die Faust des Fahrenden dem Mann auf dem Rücksitz ins Gesicht, es klatscht und knirscht, man hört, wie die Nase birst, Blut quillt übers Gesicht, und der Revolver ist in der Hand des Fahrers, nun nach hinten gerichtet. Hat er drei Hände, vier Augen? Denn das Auto gerät nicht aus der Spur. Ich kann nicht sagen, daß ich angesichts der Schwärze hinter meinen gardinenlosen Scheiben auf zerschlagene Gesichter und Revolver erpicht bin. Muß denn jede Filmsituation sofort aufs Faustrecht hinauslaufen! Na gut. Warum zieht der Mensch da hinten auch einen Schießprügel. Das Auto stoppt. Der Fahrer wendet sich dem Jungen zu, sagt ein paar Worte. Der Revolver wechselt aus der Hand des Mannes in die des Jungen. Paß auf, sagt der Mann zu dem Jungen. (Ich verstehe, was er sagt.) Du zielst auf ihn. Und er richtet den Revolver aus. Genau zwischen die Augen, sagt der Mann. Der Junge tut es. Der Texaner steigt aus. Ich auch. Ich schalte nicht nur den Fernseher aus, ich knalle auch die Schranktür darüber zu, als sei er damit aus der Welt geschafft.

Aus meinem Kopf ist er freilich nicht. Wie auch immer die Handlung weitergeht, wie gewalttätig der Schurke auf dem Hintersitz auch sein mag… Einem Kind für den Fall der Fälle, welcher auch immer es sei, den Auftrag zur Exekution zu geben… Es will mir nicht gelingen, es zu fassen.

Meine weiteren Versuche, Karin zu erreichen, bleiben erfolglos.

Statt dessen fällt mir Freds früher Ratschlag zum Fernsehen ein: Sieh dir's an. So wie die Filme sind, wollen die Amis sich sehen! – Oder sagte er: So wollen sie sein!

Die Amis! Die Amis! hatte sich prompt Piet empört. Es gebe solche und solche.

Na gut, du gehörst zu solchen.

Die Frage, wie sind die anderen, die anfänglich immer in mir rumorte und die ich mir gleichzeitig ebenso schenkte, weil ich wußte, es ist eine zweihundertachtzigmillionenfache Frage – sie war in der Alltäglichkeit verschwunden. Weil, was ich erwartet hatte, sich bestätigte: Sie sind wie ich. Aber ganz so sind sie eben nicht! Für diese Feststellung bedurfte es nicht des Texaners. Allein schon, weil sie dem Fußball Football vorziehen.

Ben erschien eine Viertelstunde vor unserer Verabredung, nicht am Uni-Dome, sondern in meinem Zimmer, als traute er mir zu, diese kalkweiße Riesenschüssel zu übersehen, was völlig ausgeschlossen war. Er hielt im Foyer inmitten des Gedränges der Leute auf die Automaten zu und zog zwei Pappbecher mit Popcorn und zwei Büchsen Cola heraus. Meine Anstalten, zu bezahlen, wies er zurück: Es sei seine Einladung. Aus den Zugängen, die zwanzig Stufen hinauf in Helligkeit führten, schlug uns die Unruhe heiteren Gewimmels und schmetternde Musik entgegen. Oben angekommen, lag die makellos kunstrasengrüne, mit den Yardlinien und den weißen Großzahlen markierte Fläche des Spielfelds zwischen den Traversen und den monströsen Stimmgabeln statt der Fußballtore an den Auslinien halb vor, halb unter uns. Sie war nicht etwa von den sich einspielenden Mannschaften in Anspruch genommen, wie ich erwartete, sondern in Querreihen hatte sich die hundertzwanzigköpfige Mädchen-Marchingband aufgestellt, in den Farben der Universität, die knappen Faltenröckchen blau, die T-Shirts weiß – und füllte die lichtdurchflossene Arena mit klingender, schmissiger Fröhlichkeit. Ein von weit ausholenden, gewölbten Leinwandbahnen überspanntes Rudolf-Harbig-Stadion in Bestzustand! Aber doch war die Atmosphäre anders. Auf den Rängen ballte sich nicht diese von Mann zu Mann ununterscheidbare, unbunte Menge mit kämpferischer Bereitschaft auf Abruf, die ich aus den Fußballstadien gewöhnt war, sondern buntes Volksfestpublikum, weißbehemdete Männer, dicke Frauen in unvorteilhaften Shorts, ganze Familien mit dem Orgelpfeifensortiment an Kindern, Studenten in Jeans, schnatternde, juchzende Studentinnengruppen füllten die je nach Platzgruppe rot-, blau-, gelbfarbigen Plasteschalensitze. Unvermittelt wurde das Musikgeschmetter von anschwellendem Brausen überlagert, von frenetischem Jubel abgetötet, die Faltenrock-Mädchen formierten sich diagonal übers Spielfeld zur Doppelreihe, als Einlaufschneise für die Mannschaften, so deutete ich es, schon wegen der nicht enden wollenden Zahl der hereintrabenden Gladiatoren in dieser martialisch-erotischen Astronauten-Montur, mit den aufgepolsterten Schultern, den Helmen und vergitterten Gesichtern. Es war allerdings nur die RU-Crew, die eigene Mannschaft. Als die Mädchenschwadron abmarschiert war, waren plötzlich auch die andern da, es war mir entgangen, wie und woher sie gekommen waren. Von den Ankündigungen wußte ich, daß es ein Collegeteam aus Kirksville, Missouri war.

Wir saßen an der 20-Yardlinie, und Ben war in seinem Element. In Eile zerknackten seine Kiefer eine Handvoll Popcorn, die er sich mit dem Handteller in den Mund warf, spülte hastig mit Cola nach und erklärte, was zu erklären war, ebenfalls in Eile, denn die Außerirdischen hatten Aufstellung genommen – Formation gebildet, wie er sich ausdrückte, ein halbes Hundert auf jeder Spielfeldhälfte, schätzte ich. Quarterback, Fullback, Halfback, benannte mir Ben jede einzelne Spielerposition. Ich fragte, ob Cindys Auserwählter dabei sei. Oh yes, sagte Ben begeistert und sprang auf, um besseren Überblick zu haben. Oh no, widerrief er im nächsten Moment und ließ sich wieder neben mir auf dem Sitz nieder. Howard sei zu einer Probezeit bei den Indianapolis Colts an der Purdue Universität. Es gab über die Astronauten hinaus weitere Beteiligte, in schwarzweißgestreifte Hemden gekleidete Männer setzten sich in Bewegung – Schiedsrichter, soweit ich Ben verstand, aber jeder mit offensichtlich verschiedenen Kompetenzen, die spezieller Bezeichnungen bedurften: Referee, Umpire, Head Linesman, Line Judge … Um das Spielfeld hatten sich in gelbschwarze Schachbrettwesten gekleidete Männer mit rotweißen Signalstangen, die an altehrwürdige Eisenbahnsignale erinnerten, aufgereiht.

Der Auftakt ließ mich bereits ahnen, daß meinem Verständnis enge Grenzen gesetzt sein würden. Sosehr sich Ben auch bemühte und mich mit Begriffen und Erklärungen eindeckte, wobei meinem Erklärungsbedarf die Spielunterbrechungen zugute kamen –

das Spiel bestand überhaupt zum größeren Teil aus Unterbrechungen –, ich fand mich damit ab, mich vor allem an der Bewegungsästhetik der Spieler und des Ledereis schadlos zu halten. Und die bot das Spiel zweifellos. Ich sah mich unterhalten: wie die Spieler sich zusammenklumpten und der Ball eine Zeitlang verschwunden blieb; wie sie sich wieder vereinzelten; wie der Ball plötzlich in hohem Bogen durch die Luft torkelte und fast alle Spieler ihn rennend zu unterlaufen versuchten … Einige Begriffe kannte ich – Foul, Penalty – und ihr Sinngehalt war mir geläufig, andere erklärten sich aus sich selbst heraus – Touchdown und Fieldgoal (obwohl es sich, wie gesagt, weniger um ein Goal als um eine Riesenstimmgabel, also ein Tuning Fork handelte). Außerdem leistete die Videowand an der einen Querfront der Halle mit zittrigen Leuchtbuchstaben Informationsnachhilfe: Fieldgoal, 3 points, und man sah eine leuchtende Ellipse durch zwei Geraden torkeln; Safety, 2 points. Beim Touchdown, 6 points, sprühte eine Fontäne über die Leuchtwand, und WUM!!! zuckte es sechsmal auf. Mit anhaltender Dauer erschöpfte sich für mich die Faszination allerdings. In den Spielpausen ruckelte alles mögliche über den Großbildschirm, Strichmännchen, die zu ihrer Beglückung zu einem Supermarkt unterwegs waren (merkwürdigerweise zu Fuß!), Blumen, die den Duft eines Raumsprays suggerieren sollten. Ich fühlte mich durch die Videowand nicht weniger als durch das Geschehen auf dem Playground unterhalten. Der Fortgang der Partie ließ sich auch ohne das Augenmerk auf den Spielvorgang registrieren. Wenn die Halle aufjubelte, überschäumte vor Begeisterung, erhöhte sich das RU-Konto, wenn es grabesstill wurde, hatten die anderen gepunktet. Und plötzlich zuckelte ein Panzerchen über den Bildschirm, die Kanone mal schräg nach oben, mal nach unten gerichtet, je nach der simulierten Bodenbeschaffenheit, und ab und zu blafften kleine Wölkchen aus dem Rohr.

What's that, fragte ich Ben, der infolge einer Spielunterbrechung ansprechbar war, während seine rechte Hand wiederum in den Pappbecher fuhr.

That's from Olson, sagte er freimütig-fröhlich, da es den RU-Mannen durch ein Fieldgoal kurz zuvor gelungen war, den Punkterückstand auf zwei zu vermindern.

I know, sagte ich, and why?

Bens popcorngeladene Hand verhielt vor seinem vorsorglich geöffneten Mund, und sein makelloses James-Bond-Gesicht nahm einen unpassenden Ausdruck der Hilflosigkeit an. Okay, okay, sagte ich schnell und bemühte mich zu lachen, als sei meine Frage ein Scherz gewesen. Prompt hatte ich ein schlechtes Gewissen, ihn in Verlegenheit gebracht zu haben. Es wäre ein schlechter Lohn für seine Bemühungen um mich.

RU verlor schließlich doch 14:27.

Ich empfand es als ausgleichende Gerechtigkeit, so einseitig wie die Anti- und Sympathien in der Halle verteilt waren. Anmerken ließ ich mir meine falsche Parteinahme nicht. Ich sagte vielmehr, womöglich habe es am Fehlen von Howard gelegen, daß das RU-Team nicht gesiegt habe.

Oh yes, sagte Ben, blieb, beeindruckt von soviel Sachkenntnis, im Weitergehen stehen und sah mich ernst an.

14

Bei der Rückkehr aus Prag hatte ich die Lautlosigkeit hinter der Wohnungstür sofort wahrgenommen. Das Licht im Treppenhaus verlöschte mit einem lauten Klacken im Relais. Ich drückte auf den Leuchtschalter, fummelte den Schlüssel hervor, schloß auf. Absolute Stille. Ich hatte mir angewöhnen müssen, mit solchen Momenten zurechtzukommen. Ich setzte Koffer und Tasche im Flur ab. Auf dem Mosaiktisch lag ein Zettel: Veranstaltung in Rammenau. Komme spät. Silke bei Breitschneiders. Das hieß, sie übernachtet dort. Breitschneiders hatten eine gleichaltrige Tochter. Im Spülbecken in der Küche stapelte sich Abwasch. Auch sonst stand einiges herum. Auf den Sesseln lagen Kleidungsstücke, Nähzeug, Zeitungen, Broschüren. Indizien für Karins Eile.

Natürlich war es unnötig, ins Kinderzimmer zu treten. Im gegenüberliegenden Block waren nur vereinzelt Fenster erleuchtet. Ich ging ins Wohnzimmer, räumte zusammen und verstaute die Sachen, soweit es sich machen ließ, setzte mich in den blauen Eierschalensessel und streckte die Beine aus. Auf der dunklen Balkontürscheibe spiegelte sich hinter dem Gitter des Stores die weiße Wand in meinem Rücken mit den aufgeblockten Drucken der beiden Minnesänger (Walther von der Vogelweide, Hartmann von Aue), Karins Geisteswelt, die sie in der Wohnung gegenwärtig haben wollte. Ich lebte damit.

Sie hatte mir vor der Abreise gesagt, daß sie an diesem Abend möglicherweise nicht da sein werde. Ich hatte nicht mehr daran gedacht. Ich fühlte mich von der unerwarteten Leere um mich wie betrogen, als hätte ich die Anspannung im Zug für nichts und wieder nichts auf mich genommen. Ich kam mir überflüssig vor. Ich stand noch mal auf, kramte aus der Reisetasche die zwei Schachteln Marlboro heraus, die ich eigentlich für *besondere Gelegenheiten* gedacht hatte, und holte mir aus der Küche ein Bier.

Auf den letzten Stufen im Treppenhaus, als ich überlegt hatte, ob ich den Wohnungsschlüssel ins Schloß stecken oder lieber klingeln sollte, war ich darauf eingestellt, daß sofort, noch ehe ich den zweiten Fuß über die Schwelle gesetzt haben würde, mir Silke an der Hand hängen würde, sie habe einen Zoo gebaut, und daß Karin, ein Kopftuch über die Stirn gebunden, aus der Badtür träte, hinter ihr die rumpelnde Waschmaschine und der Fußboden von Wäsche überhäuft.

Ich war darauf gefaßt, daß Silke mich ins Kinderzimmer ziehen würde, kaum daß ich das Gepäck abgestellt hätte, geschweige ins Wohnzimmer vorgedrungen wäre und von dem Theater mit dem Skodakolben, dem illegalen Abstecher in Prag oder überhaupt etwas über die Reise erzählt hätte. Ich war darauf eingestellt, von Silkes kleiner, aber entschiedener Kinderhand fortgezerrt, ihren blondverstrubbelten Kopf in Hüfthöhe, über einen aufgestellten Kartondeckel steigen zu müssen und ernst ermahnt zu werden, ihn nicht umzustoßen. Ich sah, er war der Plüschkatze als Domizil zugewiesen. Silke sprang auf die Puppenstube zu, die von ihrem üblichen Inventar entleert worden war, dafür befand sich in jedem der zwei Gefache ein Teddy. Der große Braune überragte in stoischer Ergebenheit die Puppenstubenwände. Der nur faustgroße Kleine im Nebenfach schien vernachlässigt, denn er lag einfach da, mit dem Gesicht nach unten.

Was ist denn mit dem? fragte ich beflissen anteilnehmend.

Max ist doch ein Löwe! sagte sie erklärend, aber nicht ohne Vorwurf, weil ich der Erklärung noch bedurfte.

Ein Löwe, aha. Ich war sofort einsichtsbereit, während ich nun immerhin meine Kutte aufknöpfte.

Na, der ist doch löwengelb.

Wohl als Geste der Bestätigung bückte ich mich und griff nach ihm.

Nicht! rief sie da. Der frißt doch! Und ihr ausgestreckter Zeigefinger wies auf ein paar Schnipsel Buntpapier unter dem Teddykopf.

O ja, natürlich.

Und mit strahlendem Eifer erklärte sie jedes weitere Holz-, Plaste- und Plüschtier, das unter der Fußbank, auf der Fußbank, hinter aufgestellten Büchern und Pferchen aus Bauklötzen steckte. Es hatte aber kein weiteres Tier seine eigentliche Identität aufgeben müssen. Allerdings bereitete mir die Unterbringung in einigen Fällen Sorgen. Aber weißt du, eine Ente zusammen mit einem Tiger…

Die kennen sich doch lange! rückte sie meine Logik zurecht.

Ach so. Ich blieb dennoch zögerlich, wohl weil ich in väterlicher Verantwortung dem Spiel seinen vorbereitenden Sinn fürs Leben beimessen wollte. Dann geht's? trat ich fragend den Rückzug an.

Das siehst du doch.

Ich sah's.

Jetzt muß ich erst mal die Schuhe ausziehen, sagte ich. Ich beugte mich vor, zog die Schnürsenkel auf, und Silke patschte mir ihre Hände auf die Schläfen, umklammerte meine Stirn, im nächsten Moment spürte ich, wie ihr Fuß meine Taille als Trittstufe benutzte, um sich auf meinem Rücken einzurichten. Du bist der Ponywagen.

Was bin ich? ächzte ich.

Die da immer fahren.

Du hast Einfälle. Ich stützte mich mit einer Hand auf der filzigen Auslegware ab.

Bitte. Ihre Stimme auf meinem Rücken wurde weich. Sie legte ihre warme Wange auf mein Ohr. Eine Runde.

Ponywagen! Ich bin eher ein Kamel. Aber ich setzte auch die zweite Hand auf den Fußbodenfilz, senkte den Kopf, wiegte ihn wie ein Pferd und sah, wie die untere Türkante sich zurückzog, um Karins Samtpantoffel und die Beine der Jeans in meinen bodennahen Blick geraten zu lassen.

Kannst du nicht wenigstens die Schuhe ausziehen!

Auch auf einen prompten Erziehungsversuch noch vor der Begrüßung war ich gefaßt, als Besonderheit unseres Familienlebens, und ich hätte den Blick an meinen Flanken zurück gewendet, an denen Silkes Beine herabbaumelten, und nicht ohne Verwunderung registriert, daß die Schuhe immer noch an meinen Hinterhufen steckten. Es hätte eines Moments der Besinnung bedurft, um mir klarzumachen, daß ich über das Lösen der Schnürsenkel nicht hinausgekommen war. Ich hätte mich auf die Knie aufgerichtet, und Silke hätte in ihrer Umklammerung mir den Adamsapfel in die Kehle gedrückt.

Man darf sein Tragtier aber nicht erwürgen, hätte ich dann zu röcheln gehabt.

Und Silkes Griff hätte sich gelockert. Ich hätte sie auf dem Rücken in den Korridor getragen und mir die Schuhe von den Füßen gestreift. Karin hätte es beobachtet, sich mit dem Unterarm eine Strähne aus der Stirn gestrichen und die Gummihandschuhe von den Händen gezogen.

Dann kümmer dich mal darum, daß dein Pferd was zu fressen bekommt, hätte sie Silke auf meinem Rücken ermahnt …

Natürlich war es für solche Spiele am Abend meiner Rückkehr zu spät. Silke wäre im Bett zu vermuten gewesen, Karin allerdings doch mit der Wäsche beschäftigt.

Wir führten eine normale Ehe, wie man den Grundzustand bündig in Worte zu fassen versucht. Unser Leben hatte sich in der Wohnung mit der Hellerauer Schrankwand, der Waschmaschine, der ganzen, inzwischen ziemlich kompletten Einrichtung aus allen möglichen Kleinigkeiten bis zu den Accessoires der Minnesängerdrucke verdinglicht. Mitunter forderte der Erwerb eines Gegenstands so viel Energie ab, wie etwa für die Schrankwand und die Sessel, daß uns zumute sein mußte, als ginge es dabei nicht um die Dinge, sondern den Lebensinhalt selbst. Auch über die Dinge hinaus hatten sich unsere Lebensumstände gewissermaßen verfestigt, durch die täglichen Notwendigkeiten, die Einbindung in unsere

Arbeitsstellen und Aufgaben, die wir mehr oder weniger akzeptierten, und es betraf auch bereits Silke mit ihrem täglichen Kindergartenpensum. Dazu kamen kalendarisch feststehende oder sich aus Verpflichtungen ergebende Ereignisse, die Fahrten zu Karins und meiner Mutter, die Gegenbesuche bei uns, und der Sommerurlaub. Mal organisierten wir ihn selbst, im August ins Bielatal zu Wanderfreunden von Onkel Walter. Leider bestand der meteorologische Ehrgeiz dieses Sommers darin, alle Rekorde an Niederschlagsmengen zu brechen. Auch wenn der Regen aussetzte, blieben die Wege naß, die Felsen ebenso, von den Bäumen tropfte es, man konnte sich nirgends hinsetzen. Wenn wir im Quartier ankamen, waren auch unsere Sachen naß. Das Zimmer war nicht heizbar. Für Sommerunterkünfte sei das nicht gefordert, ließ uns die Frau des Wanderfreunds wissen. Im Jahr darauf überließen wir unseren Sommerurlaub dem FDGB-Kontingent. So war uns die Ostsee vergönnt, aber bereits in der ersten Maihälfte, in Binz in einem Ferienheim, zwei Steinbaracken als Anbauten einer ehemals herrschaftlichen Villa, in der die Verwaltung residierte. Meine Dienststelle hatte ganze zwei Seeplätze zugewiesen bekommen. Der Urlaubsplatz im August wurde dem Kollegen Stiegling zugesprochen, einem Altgenossen mit Verdiensten, auf die sich die Ferienkommission berief, auch wenn niemand im Betrieb etwas über die Verdienste des Genossen Stiegling sagen konnte, nicht über die einstigen und über die gegenwärtigen schon gar nicht. Stiegling hatte die Rolle eines besseren Boten, der ständig zwischen Niedersedlitz und Cossebaude unterwegs war. Es war das beste, was dem Betrieb widerfahren konnte, denn im Hause schwadronierte er jeden mit politischen Banalitäten voll, egal ob in Fritzsches Sekretariat, in der Kaffeeküche oder auf den Korridoren. Ihm müsse das Privileg des eigentlichen Sommers eingeräumt werden, entschied die Ferienkommission.

Wir hatten also keinen Anspruch auf den eigentlichen Sommer, dafür aber Tage unter einem märchenhaft blauen Himmel. Die Bläue war lediglich mit dem Nachteil verquickt, daß sie einem

Skandinavien-Hoch zu verdanken war, das sich in arktischen Temperaturen sonnte. Den Strandkorb drehten wir mit der Rückseite gegen den Wind aus dem Norden, was bedeutete, sich den Seeblick zu versagen. In dem mit einer Art Schürzenstoff überspannten Korbgefach aber tat die Sonne durchaus ihre sommerliche Pflicht. Silke, die sich natürlich nicht in den Kasten zwängen ließ, sondern im Sand buddelnd den Sinn des Urlaubs suchte, bedurfte der Verpackung in Anorak und über die Ohren gezogener Mütze. Dennoch streckte sie uns in Viertelstundenabständen ihre bläulich verfärbten Hände entgegen. Karin zog dann das Kind zu sich heran und steckte seine Hände zwischen ihre Oberschenkel, eine Unterbringung, deren Silke nach drei Minuten überdrüssig war. Karin empörte sich: Wozu dem wie auch immer verdienstvollen, jedoch unbestritten *älteren* Genossen der wirkliche Sommerplatz zugestanden werde, obwohl er längst nicht so auf Meer, Baden und Buddeln angewiesen sei wie ein vierjähriges Kind!

Die Ersterfahrung Meeresbaden fiel für Silke ins Wasser. Ich war zweimal dran, das ergab sich aus einer Art Beweispflicht, der Strandkorb-Nachbarschaft würdig zu sein. Sie lief auf eine Mutprobe je Woche und Korb hinaus, die ausschließlich die männlichen Insassen auf sich nahmen. Die Temperatur, der ich mich beim ersten Wassergang aussetzte, betrug neun Grad. Ach je, frohlockte Karin erschüttert, das sind ja Crampassche Temperaturen! Ich blickte sie verständnislos an. Schon gut, beruhigte sie mich und neigte sich wieder über das Buch in ihren Händen. Beim zweiten Wassergang suggerierte die Temperaturangabe von elf Grad fast mediterrane Aufheizung. In dem Moment, da ich mich entschloß, bis an die Schultern abzutauchen, glaubte ich, ein Kälteschock bereite mir mein Ende. Mein Kinn fing an zu klappern, nach drei bis vier Minuten waren meine Gefühlssensoren abgetötet. Vom Strand her erging sich das halbe Dutzend in Bademäntel gehüllter potentieller Schicksalsgenossen in Anfeuerungsrufen und Überlebenswünschen. Nach weiteren zwei Minuten durchflutete mich ein feuriges Rieseln. Als ich aus dem Wasser stieg, hatte ich das merkwürdige Gefühl, als wären mir meine Beine in der Ostsee abhanden gekommen. Auch meine Sehnsucht nach Skandinavien hatte mich zumindest vorübergehend verlassen. Obwohl Karin sich sofort meiner annahm und mich beidhändig mit dem Frottiertuch und viel Hingabe bearbeitete, überkam mich ein Schüttelfrostanfall.

Ganz fraglos war das Verhältnis zwischen Karin und mir durch Zuwendung und Hingabe gekennzeichnet, was in diesem Urlaub dadurch gedämpft wurde, daß die Betten zum Gotterbarmen quietschten. Nur Gott erbarmte sich nicht.

Andererseits hatte sich der Umgang zwischen uns in gewissem Maße, vielleicht sollte ich sagen, adäquat zu den erworbenen Dingen um uns und dem pragmatisch regulierten Alltag, ebenfalls versachlicht. Dazu gehörte, daß die Obliegenheiten des einen sich nicht immer mit der Gemütslage des anderen deckten.

Unser beider Arbeits- und auch Interessengebiete waren sehr verschieden. Während ich mich an Straßenbahnen, Abfertigungsgeräten und Fahrscheinen zu enthusiasmieren hatte, um die praktischen Lebensumstände zu verbessern, erging sie sich in Sphären der künstlerischen Sublimierung von Wirklichkeit, besonders durch Literatur. Aber so, wie wir ein und denselben grundsätzlichen Regularien ausgesetzt waren, trafen wir uns in gemeinsamen Ärgernissen, Freuden oder ließen uns auf gleiche Hoffnungen ein.

Karin kam in der Nacht. So vorsichtig sie sich auch bewegte, schon ihre Geräusche im Flur rissen mich aus meinem dünnen Schlaf. Nach einer Weile trat sie ins Schlafzimmer, zog im Dunkeln behutsam die Tür zu. Das Bettgestell gab ein leises Geräusch von sich, und als sie sich niederlegte, glaubte ich zu spüren, wie sich auch mein Federboden absenkte, obwohl das nicht möglich war, da wir uns letztlich doch für zwei separate, nebeneinanderstehende Betten entschieden hatten, auch wenn sie so gut wie keinen Gehweg im Zimmer mehr zuließen. Ich gab kein Anzeichen meines Wachseins, und es war wohl auch nur ein halbes. Irgendein Signal an mich, etwa, daß ihre Hand, wenn auch nur als Geste der Begrüßung, nach mir tastete, unterblieb. Ich schlief ein.

Sie hätten ein Gespräch mit dem Chef der Philharmonie gehabt, dem Maestro, mit dem Konzertmeister, dem Komponisten, mit Wilfried und noch einigen anderen wegen der Kantate für die Einweihung des Kulturpalastes, berichtete Karin am nächsten Vormittag. Es war Sonntag.

Wilfried war also dabei, der Dichter, Junger Lyriker, wie die Bezeichnung für jeden dieser Gattung offiziell lautete, wobei die adjektivische Bestimmung in bezug auf das Alter bedeutungslos war – er war immerhin fünf Jahre älter als ich. Es gab aus meiner Sicht auffällig viele Gelegenheiten, die ihn und Karin zusammenbrachten, Karin in organisierender oder vermittelnder Funktion, Wilfried in der des künstlerischen Akteurs. Freilich ließ sich der Verdacht, daß es nicht nur sachliche Gründe für ihre Begegnungen gebe, auf Dauer nicht vermeiden. Aber wenn ich die Notwendigkeit irgendeines Anlasses in Zweifel zog, lösten sich in Karins Entgegnungen meine Einwände zu nichts auf, schlimmer noch, sie wurden zur peinlichen Maskerade von Eifersucht.

Solche Augen lügen nicht. Ich war entwaffnet, wenn sie auf mich gerichtet waren.

Mir war, was in diesem Staat verfaßt und gedruckt wurde, suspekt. Ich beschränkte mich auf das, was zu lesen ich nicht umhinkam, die Zeitungen, dann Silkes Schul- und Lehrbücher, Fachliteratur. Ich empfand es als Zumutung, alles erst von Ideologie säubern zu müssen, um auf das zu stoßen, worum es meiner Meinung nach gehen sollte. Um mir diesen Ärger zu ersparen, las ich selbst keine Reisebeschreibungen mehr, geschweige Romane. Ein Buch mit dem Titel *Nebenan zu Gast*, das von Skandinavien handelte, empörte mich, allein weil der Schreiber sich das Privileg, dorthin zu kommen, erkauft hatte, ideologisch erkauft selbstverständlich, um nun dem dumm gehaltenen Rest der Bevölkerung vorzuführen, wie man Skandinavien zu sehen habe. In meinen Augen gab es Arbeitsfelder, die, so wie sich diese Gesellschaft gebärdete, die Entmündigung der Ausübenden zwangsläufig nach sich zogen: Zugehörigkeit zu den bewaffneten Organen, wie es unappetitlich und vielsagend hieß, aber auch die Partei, die Parteien überhaupt, die Justiz, die Gesellschaftswissenschaften, ich hatte mich ja nachdrücklich darüber belehren lassen müssen, daß selbst etwas so Praktisches wie der Außenhandel in diese Rubrik gehörte. Und ich zählte alle auf Öffentlichkeit angewiesenen Schreiberberufe dazu, egal ob jemand für eine Zeitung, für Rundfunk und Fernsehen oder ein Buch schrieb.

Bei eurer albernen Büchse (Karin meinte die Zahlbox) macht ihr ein Gewese, was für ein fundamentaler Unterschied darin liegt, ob dreimal oder viermal an ihr gezerrt wird. Aber mit den zehntausend Wörtern der Sprache lassen sich nach deinem Standpunkt keine Unterschiede zustande bringen! Es gebe einen vielmehr erheblichen Spielraum. Weshalb hätten wir denn sonst die SNN abonniert und nicht die Sächsische Zeitung? Na, na …? Karin sah mich mehr spitzbübisch als herausfordernd an.

Einer pro Familie ist für Kaffeesatzleserei genug, sagte ich.

Es ging auch um den rhetorischen Sieg. Ganz rückhaltlos traute ich meiner pauschalen Verurteilung des Geschriebenen doch nicht. Schließlich hatte ich meine vorpubertäre Zeit wohl vor allem deswegen einigermaßen schadlos überstanden, weil ich las. Und es hatte sich ein Bewertungsmechanismus in mir installiert. Doch ein Zufall war es nicht, daß ich nicht im Journalismus oder bei Gedichten gelandet war. Ich hätte nicht sagen können, wann das Lesen seine Unschuld für mich verloren hatte, aber es hatte sie. Schon eher wußte ich, weshalb: weil ich in so gut wie allem, was nun geschrieben und gedruckt wurde, mich als ein Objekt von Erziehung sah, mal unverblümt, mal ummäntelt. Ich fühlte mich dem Dauervorwurf ausgeliefert, dem neuen Menschen nicht zu entsprechen. Selbstverständlich bestand ich nicht kategorisch darauf, so zu bleiben, wie ich war. Aber so, wie ich werden sollte, wollte ich es nicht.

Was meine besondere Aversion gegen Gedichte betraf, so war sie eine allgemeine Folge aus der Erfahrung, daß von mir zu Gedichten, oder richtiger gesagt, von Gedichten zu mir keine Beziehung zustandekam. Gedichte – ich konnte mich des Eindrucks nicht erwehren – haben selbst jenseits von Ideologie etwas Verwässerndes an sich, etwas, das die Stringenz von Gedanken auflöst, was den Bemühungen zu klarem Denken den Boden unter den Füßen wegzieht, zumindest den Punkt, auf den man hindenkt, vernebelt, einen die Orientierung verlieren läßt. Gedichte haben etwas die Logik Destabilisierendes an sich, noch mehr, sie zielen auf Betäubung ab, ihre Absicht ist, einen in einen Rauschzustand zu versetzen. Ich kann diesen gehobenen, gedehnten Tonfall, diesen Singsang, in den die Dichter, ob jung oder alt, automatisch verfallen, wenn sie Gedichte hersagen, nicht ertragen! Diesen Tonfall, der genau dieses Einlullen mitbefördern soll. Wozu die Aufgabe von Vernunft und Sachlichkeit in letzter Konsequenz führt, haben Nazizeit und Krieg ja erschreckend bewiesen, lautete mein stehendes Argument. Ich sagte es nicht nur zu Karin, auch zu Wilfried, wodurch der sich beleidigt fühlte. Wenn auch nicht unbedingt beleidigen, erschüttern wollte ich ihn schon in seinem Selbstverständnis. Ich sei gegen jedes Pathos, nicht zuletzt gegen Politpathos, gegen das vielleicht sogar zuallererst, versuchte ich die kränkenden Ingredienzien meiner Argumentation breiter zu verteilen. Das fange bei den Schalmeien an, betreffe die Parteitagsinszenierungen mit ihrem infantilen Rhythmusklatschen, den Hoch- und Jubelrufen und gehe bis zu dem Schwulst der Parolen. Mit Schwulst und Gewaber bekomme man kein Haus hoch, keinen Motor in Gang, nicht mal einen Nagel in die Wand. Und das sei es, worauf es ankomme.

Wilfried sah mich mehr verstört als einsichtig an.

Natürlich ließen sich Dichterlesungen und derartige Veranstaltungen für mich nicht gänzlich vermeiden. Es gab sogar Phasen, in denen ich nachsichtiger gestimmt und durchaus willens war, ihnen etwas abzugewinnen. Manchmal trat es auch ein. Wilfried hatte ein Gedicht verfaßt, das »Herbst in Prag« hieß. Ich muß gestehen, mein erster Reflex war womöglich Eifersucht, jedenfalls war meine Abwehr intuitiv da. Er mache sich etwas zu eigen, was eher mir zustünde, denn ich hatte das geschändete Prag erlebt, nicht er. Was als Argument haltlos war. Er war im Mai zuvor, als alles noch voller Erwartung bebte, dagewesen. Das Gedicht begann »Übers Geländer gereckt füttern wie Tauben / sie ihre gute Zukunft mit leichten Münzen / die schaukeln hinab auf den Grund.« Ich konnte mich nach diesen Zeilen eines Wohlwollens nicht erwehren: Das ist richtig. »Die Männer, steif in den Gummischürzen / reißen die Fässer vom Laster, dumpf / poltern sie in die Tiefe der Häuser, die Bäuche. / Die Straßenbahn gibt sich preis; / die Leute fassen Fuß auf dem Pflaster. / Das Laub rieselt zwischen die Schritte. Die Mädchen / haben kurze Röcke und lange Beine. / Man könnte meinen, alles sei gut.«

Karin hatte das Gedicht und den Dichter gleich mit zu uns nach Hause gebracht. Es werde nicht gedruckt. Er dürfe es nicht mal vortragen. Hier, sie reichte mir das Blatt hin. Wilfried zierte sich, lüpfte sich etwas aus dem Sessel und tat, als wolle er verhindern, daß sie es mir gab. Die kokette Scheu ging mir nicht nur auf die Nerven, ich hielt sie für vorgetäuscht. Man kann nicht in Gedichten mutig und im Verhalten feige sein, entschied ich. Er hatte ein seltsam flaches Gesicht, fast die Nase eines Boxers und wie aus Furcht vor Gegenschlägen (deutete ich) zu tief in den Schädel geratene, aber bohrende Augen.

Man könnte meinen, alles sei gut. Dieser Schlußsatz versetzte mir einen Stoß. Ja, ja, sagte ich. Mehr wollte und konnte ich nicht sagen.

Später, als er gegangen war und Karin mein Beeindrucktsein ausnutzen wollte, um mir den Wert von Gedichten überhaupt einzureden, sagte ich: Gedicht, Gedicht, das ist doch bis auf ein, zwei Ausdrücke – die Straßenbahn gäbe sich preis – eine Beschreibung. Ich habe doch nichts gegen Beschreibungen!

Warum versteifst du dich so unbedingt gegen Gedichte?

Ich versteife mich nicht, es ist meine Natur.

Ach mein liebes Holz, sagte Karin und faßte mich um die Taille, zog mich an ihre Hüfte und sah mich mit schräg geneigtem

Gesicht an; in ihren Augen glimmte Spott, in braune Sanftheit gebettet.

Warum ich der Musik zubillige, was ich Gedichten anlastete, hatte mir Karin die Unlogik meiner Ansichten nachweisen und mich mit meinen eigenen Waffen schlagen wollen.

Worte seien der adäquate Ausdruck des Denkens. Daher sei die Entäußerung von Denkleistungen ihre Pflicht. Das Ausdrucksmaterial von Musik seien Töne, und die seien eben nicht zum Ausdrücken des Denkens verpflichtet. Musik tue mit Emotionalisierung genau das, was sie zu leisten vermag.

Sag mal (Karin), der Mensch habe doch das Recht, ja eine Pflicht, seine Emotionen auch in Worte zu fassen …

In Worte zu fassen, durchaus, aber mit Worten rumzuludern, sie zu einem Vorhang aus Scheinemotionen zu verwursten und hinter ihm etwas vorzutäuschen, was überhaupt nicht da sei, das sei zweierlei. Genau auf diesen nichtvorhandenen Mehrwert zielten Gedichte ab. Man brauche sich diese Jungautoren doch bloß mal anzusehen (ich vermied, Wilfried direkt zu nennen), ich hätte ja inzwischen einige erlebt, wenn sie tatsächlich mal einen Gedanken äußern sollten, fingen sie an zu stammeln oder verfielen in Phrasen … Laß mich mit *deinen* Dichtern in Ruhe!

Bitte, mein Herr Denker.

Wir hatten ein Anrecht für die Philharmonie. Wir hatten jeder eine Jahreskarte für die Staatlichen Kunstsammlungen, für die Alten Meister, die Neuen Meister, die Porzellansammlung, das Historische Museum im Zwinger, die Gemäldegalerie in Pillnitz, fürs Kupferstichkabinett, das Grüne Gewölbe, die Skulpturensammlung im Albertinum – es ging in dieser Stadt nicht ohne Kunst. Ich genoß die Konzerte im Hygienemuseum durchaus. Und spürte, daß dieses Gebäude nur ein provisorischer Ort für die Musik sein konnte. Der Name machte es ständig bewußt. Schon daher war ich voller Erwartung auf den Kulturpalast, der nun zum zwanzigsten Jahrestag der Gründung der Republik eingeweiht werden sollte. Mit einem Konzert der Philharmonie, der

Uraufführung einer Kantate. Für die Wilfried den Text schrieb! Daß das neue architektonische Insignium der Kultur ausgerechnet zu einem Podium seiner Bedeutung werden sollte, machte mir zu schaffen.

Wie mich Vorgänge, die mit Kultur zusammenhingen, überhaupt immer wieder verstörten. Daß der »Palast« in seiner Namensgebung diese großspurige feudale Anleihe nahm und zum Jahrestag eingeweiht werden sollte, irritierte mich nicht. Es war seine Eingliederung in die Reihe der für die Gesellschaft zu Präponderanzen bestimmten Ereignisse und Daten: Frauentag, Rationalisierungskonferenz, 1. Mai, Tag der Befreiung, Parteitag, Gewerkschaftskongreß, Tag der Errichtung des antifaschistisch-demokratischen Schutzwalls, Weltfriedenstag, Plenum und/oder Wirtschaftskonferenz des ZK der SED, Tag der Republik – gar nicht zu reden von den Verfeinerungen wie Tag der Werktätigen des Post- und Fernmeldewesens, der Mitarbeiter des Handels, der Zivilverteidigung, der Nationalen Volksarmee, der Sowjetarmee … Selbstredend folgte diesen gesellschaftlichen Markierungen das offizielle Verhalten auch unseres Instituts mit Verpflichtungserklärungen, Belegschaftsversammlungen, Auszeichnungen und Unterschriftensammlungen. Zumal auch unserem Arbeitsbereich ein spezielles Würdigungsdatum zustand: der 13. Juni als Tag der Verkehrsschaffenden.

Die Kette der für Karins Kulturzunft wichtigen Ereignisse leistete sich ein gewisses Eigenleben. Der Parteiausschluß eines Berliner Professors für Kultursoziologie geriet plötzlich zum Dreh- und Angelpunkt des Kulturgeschehens, die zweite Bitterfelder Konferenz, eine Lyrikdebatte im *Forum*, das 11. Plenum des ZK zu Fragen der Kulturpolitik, die Erklärung der Übereinstimmung des Schriftstellerverbandes mit der aktiven Friedenspolitik unseres Staates und der Partei der Arbeiterklasse (was hieß, mit der Niederschlagung des Prager Frühlings!), Schriftstellerkongreß in Berlin, Erscheinen des Romans *Nachdenken über Christa T.* … Das Pendel der Ereignisse schlug weit aus, zwischen Erfreulichkeiten, die

Karin ins Schwärmen brachten, und Verhängnissen, die sie geradezu lähmten. Irgendwo in dieser Ereigniskette lag die Lesung von Erich Kästner in Dresden.

Noch mit dem gefüllten Einkaufsnetz in der Hand kam Karin ins Wohnzimmer, um mir die außerordentliche Nachricht mitzuteilen. Sie flatterte fast vor freudiger Erwartung und ängstlicher Anspannung. Natürlich stand auch für mich fest, mit hinzugehen. Emil und die Detektive hatte ich gelesen, Pünktchen und Anton ebenfalls. Das doppelte Lottchen hatten wir als Film gesehen. Mir war der gütige, weise Mann in Erinnerung, der den Mond untergehen und eine rührende Geschichte ihren Lauf nehmen ließ. Daß er eigentlich Dresdner war, kam noch hinzu.

Karin erzählte mir von den Vorbereitungen, soweit sie davon wußte. Die ersten Überlegungen galten dem Veranstaltungsort: Das Hygienemuseum, das Große Haus kamen ins Gespräch, aber man befürchtete, daß weder das eine noch das andere genügend Platz bieten würde. Dann war die Rede von einem Saal im Transformatorenwerk, von der Freilichtbühne im Großen Garten. Auch das Heinz-Steyer-Stadion, in dem das Alexandrow-Ensemble aufgetreten war, wurde erwogen. Aber merkwürdigerweise schienen mit näherrückendem Termin die Vorbereitungen geradezu zu versanden, war kaum noch von dem Besuch die Rede. Nichts mehr in der Zeitung, auch sonst nichts öffentlich. Stille.

Um so heftiger ging es hinter den Kulissen zu, wovon einiges zu Karin drang. Generalstabsmäßige Sitzungen fanden statt. Als Gegenleistung würde Anna Seghers nach Mainz fahren, in ihre Geburtsstadt. Es berührte mich eigenartig, daß es sich um einen Geschäftsvorgang, einen Naturalientausch handeln sollte. Wer eigentlich der Veranstalter sei, wisse sie nicht, sagte Karin. In Dresden hätte man überhaupt nichts zu sagen. Selbst den tatsächlichen Termin erfahre man nicht.

Aber plötzlich stand er fest. Unter dem Siegel der Verschwiegenheit wurde er einem engen Kreis mitgeteilt. Auch der Ort war festgelegt, der Gobelinsaal in der Sempergalerie. Was hieß, keine dreihundert Besucher. Kästner komme nicht nur als Autor, schon gar nicht als Dresdner, er sei Präsident des westdeutschen PEN (Karin mußte mir erklären, worum es sich dabei handelte). Sein Besuch sei ein Politikum. Einen Tag später wußte sie, ihre Dienststelle habe ganze zwei Karten zugeteilt bekommen. Zwei für dreißig Leute, eine für ihren Chef, eine für sie. Wilfried hatte mit Mühe eine Karte über den Schriftstellerverband erhalten.

Ich kam mir wie ein dummer Junge vor, der für unmündig erklärt worden war. Ich wußte nicht, auf wen sich meine Wut richten sollte, auf diesen Staat, auf Karin, auf Wilfried.

Ich war an dem Abend der Lesung drauf und dran, Silke zu Breitschneiders zu geben und in die Altmarkt- Bar zu gehen. Allein dort am Tresen zu sitzen, ein, zwei französische Cognac zu trinken – Napoleon, Courvoisier – oder eine Prärie-Auster, mit den Barkeepern ein bißchen arglos – wie ich dachte! – zu plaudern, ihnen beim Hantieren vor den Spiegelglasvitrinen zuzusehen erschien mir irgendwie als Ersatz; vielleicht würde sich auch mehr ergeben...

Das Wetter war mies. Ich ging nicht in die Bar. Karin kam nach elf zurück. Ihr Haar war vom Wind zerzaust. Aber es lag nicht am Haar, daß sie geradezu verstört wirkte. Denn sie richtete es vor dem Korridorspiegel, ehe sie zu mir ins Zimmer kam und sich in den roten Sessel setzte.

Sie hatte die Lippen eingezogen und sah an mir vorbei. Du hältst es nicht für möglich, sagte sie, und nach ein paar weiteren Sekunden: Halbvoll. Der Gobelinsaal nicht mal voll! Weißt du, was das war? Ein Affront! Es war keine Einladung, es war eine Ausladung. Und es war Heuchelei: Sehen Sie, Herr Kästner, wir respektieren Ihren Wunsch, mit allem Anstand, wir stellen Ihnen dieses hochkulturelle Ambiente zur Verfügung, wir lassen es nicht an der Staatskapelle fehlen, ein Streichquartett war da. Der PEN-Präsident habe bei seinen Begrüßungsworten sich ganz distinguiert gegeben. Daß jedoch der Zulauf des Publikums, das Interesse der Einwohner dieser Stadt verhalten ist, das müssen Sie sich selbst zuschreiben … Das wurde selbstverständlich nicht gesagt. Das sollte Kästner spüren!

Er habe aus *Als ich ein kleiner Junge war* gelesen und Gedichte, solche, die nicht in dem bei Aufbau erschienenen Band enthalten sind. Er konnte es nicht verbergen, was in ihm vorging, ja man habe es ihm ansehen sollen. Und den Leuten, die da waren, sah man an, welche Rolle sie zu spielen hatten: Sie hatten blasierte Uninteressiertheit, wenn nicht gar Ablehnung zu demonstrieren, bei Wahrung des Stils! Und die, die eigentlich nicht zu der Clique gehörten, die merkte man nicht. Widerlich! Sie und Wilfried (ich hatte Wilfried fast vergessen) hätten sich beinahe geschämt dabeizusein! Na gut, eine Handvoll Ehrlicher war darunter. Von Diskussion oder Gespräch keine Rede. Aber Blumen, ein Strauß von schamloser Größe. Mit dem stand er ein paar Sekunden da, ein nicht sehr großer, alter, gebeugter Mann. Wilfried und sie hätten dann an der Garderobe gewartet, in diesem weißgekalkten Gewölbe im Vorraum. Wilfried habe den Gedichtband mitgehabt. Nachdem sich die Menschen weggeschlichen hätten, habe die düstere Leere dort ja fast was Gruseliges an sich. Kästner sei dann gekommen, mit einer Dame, habe Wilfried das Buch signiert, nur den Namen, zittrig, kein Datum, keinen Ort, nichts weiter, ein Nicken als Zugabe, wortlos, wie es ihr schien. Sie habe etwas abseits gewartet.

Er habe seinen Hut aufgesetzt, nachgefaßt, ihn ein wenig korrigiert, und ihnen, während Wilfried ihr das Buch aufschlug, im Davongehen noch einmal zugenickt.

Ich wußte nicht, ob ich bedauern sollte, nicht dabeigewesen zu sein. Daß Gefühl, von etwas ausgeschlossen worden zu sein, das wichtig war, vielleicht sogar in einem größeren Sinn wichtig, beunruhigte mich. Um so mehr, als es für Karin dazu an Wilfried gebunden gewesen war.

Wilfried, der wehre sich auf seine Weise. Obwohl er eigentlich jemand sei, der Hilfe brauche. Das sehe man ihm doch an. Er lasse sich auf Dinge ein, die eigentlich über seine Kräfte gingen.

Herrgott, man solle sich eben nur so viel zumuten, wie man bewältigen könne. Anstatt auf die Unterstützung anderer zu spekulieren.

Er spekuliere nicht auf andere.

Auf andere vielleicht nicht, aber auf sie.

Was ich damit sagen wolle.

Es schien mir besser, nicht deutlicher zu werden.

Von der Einweihung des Kulturpalastes und der Uraufführung von Wilfrieds Kantate war ich nicht ausgeschlossen. Schon weil unser Konzertanrecht der Philharmonie den Termin enthielt. Mit der Spielzeit 1969/70 beginne ein neuer Abschnitt in der Geschichte der Dresdner Philharmonie. Die neue Heimstatt im Kulturpalast stelle den Klangkörper vor neue Aufgaben…, stand im Programmblatt.

Als wir an der Garderobe die Mäntel abgaben, mußte ich mich hüten, nicht in gezierte Steifheit zu verfallen, als verlange das Haus Contenance. Ich hatte das Werden des Baus in all seinen Phasen verfolgt, es ließ sich gar nicht vermeiden, so wie er in der Mitte der Stadt plaziert war. Als er schließlich sein Gesicht bekam mit den großflächigen Fensterfronten und der bronzenen, halbhohen Überkupplung, hieß das auch, daß der Stadt ein dreißiggeschossig aufgetürmtes Monstrum im Moskauer Stil – das eine Zeitlang nicht nur als Name, sondern auch bereits als Radiomarke existiert hatte – endgültig erspart blieb. Dagegen schien mir das plakative Großwandbild an der Schloßstraßenfassade als das kleinere Übel in Kauf zu nehmen. Mit dem Bau war der Blick auf die Brache vor dem Johanneum und die Trümmer der Frauenkirche, dem, was von dem einstigen Kern der Stadt geblieben war, verbaut. Eine der Leerstellen, von denen ich manchmal den Eindruck hatte, daß sie sich entgegen allem Aufbaumühen paradoxerweise geradezu hydrakopfartig vermehrten, war geschlossen. Die Stadt war dabei, wieder zu sich zu kommen.

Mich erfaßte tatsächlich so etwas wie ein Gefühl von Weihe, als wir die klare Treppenflucht hinaufstiegen, oben die Fensterfläche über der ganzen Längsfront den Blick auf den Altmarkt freigab, und ein zweites Mal, als wir in den weiten Saal traten, die sich zur lichtübergossenen Bühne hin absenkenden und nach den Seiten streckenden Reihen der blaugepolsterten Sitze vor uns hatten. Die gedämpfte, erwartungsvolle Unruhe. Ich besann mich, daß es nicht um mich ging. Den Ansatz von neidvollem Respekt gegenüber Wilfried rief ich zur Ordnung.

Es war nicht die eigentliche Eröffnung des Kulturpalastes, es war das dritte Konzert der Spielzeit. Aber großes Orchester, Fräcke, Violinen, Celli, Bässe in ihrer Politur, glänzende Blechinstrumente – eine polnische Sopranistin, attraktiv in stilvoll langem Kleid, ein preisgekrönter Sänger (Bariton, wie ich aus dem Programm ersah), ein hochgeschätzter Schauspieler als Sprecher ließen Wilfrieds Worte, mal als Rezitation, mal als vibrierenden Gesang orchestral umwogt, über die vollbesetzten Reihen tönen. Die Musik von einem der namhaftesten deutschen Komponisten – deutschen, nicht nur der DDR! wie Karin mir aus meiner Unkenntnis zu helfen sich bemüht hatte – überfuhr mich regelrecht. Denn Wilfrieds Text handelte von einem Auto- oder Motorradunfall, von Geschwindigkeits- und Musikrausch, von der Verführungskraft, die darin steckt! Und beschwor die Verpflichtung, sich ihrer als Gefahr bewußt zu sein. Ich dachte, ich verhöre mich: Wilfried polemisiert gegen Verführungskräfte! Dann Beifall. Und der große dirigierende Chef – sein Gesicht verriet, daß er nur allmählich aus der Welt der Töne in die dingliche des menschenvollen Konzertsaals zurückfand – winkte mit majestätischer Geste den Komponisten und Wilfried auf die Bühne. Während der Komponist mit zurückhaltender Selbstverständlichkeit vor das Orchester trat, mußte Wilfried geradezu hinaufgezogen werden. Er wedelte mit den Händen, als wehre er Fliegen von sich ab, bis er sich neben die Sopranistin plazieren ließ. Die lächelte ihn huldvoll an. Karin strahlte blondumlockt hinauf und schlug unentwegt die Hände vor ihrem Gesicht zusammen, daß ich befürchtete (oder wünschte), die Nase geriete ihr dazwischen. Das Publikum überschüttete den Dirigenten, die Sänger, den Schauspieler, das Orchester, den Komponisten und Wilfried mit Beifall, Beifall, Beifall.

Verebben, Stille. Dann Bach, Suite Nr. 3, das Air. Der bis dahin lediglich sichtbare Glanz der Trompeten wurde nun hörbar. Schließlich Mozart – Sinfonie g-moll, Köchelverzeichnis 550 (ich bin ein Zahlenmensch).

Bach, Mozart, Wilfried! Als Karin und ich uns betont gelassen im Pulk der Menschen aus dem Saal schieben, ist er neben uns. Sein Gesicht glüht, er fingert fahrig an seinem Ohrläppchen, und noch ehe Karin ihm die Hände entgegengestreckt hat, keucht er mehr als daß er sagt: Du mußt..., ihr müßt, korrigiert er schnell, mitkommen, in die Sekundogenitur, ein Essen...

Karin richtet ihren leuchtenden Blick erwartungsvoll auf mich. Aber es war ihr nicht entgangen, daß Wilfried mich nicht mitgemeint hatte und daß seine Korrektur die Situation nicht rettete. Ich hatte ja tatsächlich dort nichts zu suchen. Sie wußte, sie hatte die Entscheidung Er oder Ich zu treffen, wenn auch nur für diese Gelegenheit, aber immerhin. Und sie wußte, die Entscheidung stand fest.

In der Kühle draußen, als wir über die schwarzen Würfel der Schlackesteinpflasterung der Thälmannstraße schräg auf die Haltestelle zugehen, sage ich: Ich denke, er hat eine Freundin. Wo ist sie denn!

In Halberstadt oder Quedlinburg, gibt Karin treuherzig-redlich zu wissen vor, während sie an dem Kragenknopf ihres Mantels herumfingert.

Und das ist ein Grund, an so einem Tag nicht dabeizusein.

Sie sei MTA auf einer Intensivstation...

O Gott, mehr geht wohl nicht!

Auch wenn ich mich großspurig gebärdete, ich fühlte mich nicht gut und in der Defensive. Karins berufliches Umfeld war für mich wie eine Falle. Ich hatte nicht geahnt – wer ahnt derlei schon? –, wieviel Kraft es kostet, um mich gegenüber meinem Nächsten, meinem selbstgewählten Nächsten, zu behaupten!

Mir blieb nichts anderes übrig, als mich auf das einzuschwören, was mir zur Profession geworden war, wofür ich mich vor der Gesellschaft in der Verantwortung sah. Mochte es mir, bei ehrlichem Eingeständnis, auch eine Nummer zu klein geraten vorkommen.

Fast schmerzhaft wurde mir dies durch einen Freundschaftsdienst Tschicholds bewußt. Er rief wieder einmal an, wir sprachen über Verschiedenes, er sagte auch, daß er gesundheitlich nicht in bester Verfassung sei, ohne genauer zu werden, und schließlich fragte er, ob ich das Buch *Straßenbahnen in Deutschland* kenne? Ein Westbuch, er würde es mir für ein, zwei Wochen zukommen lassen. Eine sehr gute Übersicht aller deutschen Straßenbahnbetriebe vom Anfang an bis heute, das wäre doch meine Sache ... Das Angebot machte mich etwas verlegen. Hatte ich mir mit meinem Schweigen über seine Kolbeneskapade sein Vertrauen erworben?

Das Buch *war* meine Sache. Es schilderte die Geschichte der Straßenbahnen, die pferdegezogenen Erstlinge, die Versuche mit Gas und Dampfmaschinen, den Beginn des Elektrobetriebs und seine furiose Ausbreitung in über 160 Städten, die Ausdehnung der Netze über die Städte hinaus zu Überlandbahnen. Und es beschrieb den bald einsetzenden Gegenlauf, die ersten Stillegungen, zunächst in kleineren Städten, wie mit dem radikalen Anwachsen des Kraftfahrzeugverkehrs der Straßenbahnbetrieb sich wieder verminderte, bis hin zu dem merkwürdigen zahlenmäßigen Ost-West-Gleichstand: jeweils etwa dreißig Betriebe dort wie hier. Von Aachen bis Zittau war das Verkehrs-Schicksal aller Städte beschrieben, bebildert und kartiert. Kopf und Herz weiteten sich mir. Doch dann mußte ich mir sagen: Im Grunde hast du damit nichts zu tun.

Womit du jedoch zu tun hast, sah ich mich bemüßigt, mich zu ermuntern, da immerhin giltst du. So war es. Das Telefon klingelte laufend, Kruse aus Gera, Voß aus Rostock, auch mit Keulen aus Kaisersaschern sprach ich einige Male. Täglich holte ich aus meinem Postfach bei Frau Bischoff Stapel von Zusendungen, ich hatte

Frau Mai, der Sekretärin unserer Fachgruppe, Antworten zu diktieren oder vorgeschrieben bereitzulegen. Ich hatte Arbeitspläne zu verfassen, Konzeptionen zu machen und Berichte zu schreiben. Ich nahm meine Arbeit ernst. Es war mehr, als ich bewältigen konnte. Man sah es ein, erst Fritzsche, dann auch Stülpner im Ministerium. Ich durfte mich zur Arbeitsgruppe erweitern, in Gestalt zusätzlicher Mitarbeiter. Nach und nach fanden sie sich ein, Falko Funke, ein Schnelldenker und Witzbold, wie sich zeigen sollte, direkt vom Studium; Peter Pospischil von den Verkehrsbetrieben, wo er sich abgeschoben und unterfordert gefühlt hatte, als Person eine fast zwei Meter lange Hagerkeit, was die Arbeit betraf von einer Gründlichkeit, die an Besessenheit grenzte.

Im Sozialismus aber hatte Arbeit mit Leben gleichsam Hand in Hand zu gehen. Der Betriebskollektivvertrag, der zwischen Leiter und Gewerkschaft abzuschließen war, besiegelte es.

Der Ehrentitel »Kollektiv der Sozialistischen Arbeit« bekräftigte es. Das Beiwort sozialistisch, das auf den ersten Blick dem Begriff Arbeit eine zusätzliche Strenge, wenn nicht gar etwas Militärisches anzuheften schien, zielte jedoch genau in die Gegenrichtung, auf Lockerung, Erweiterung. Das Leben nimmt sein Recht auf natürliche Weise in Anspruch, mit einem Gespräch über den Schreibtisch hinweg (wofür ich mit Brottstein nicht glücklich bedient war), mit einer Kaffeepause im Sekretariat, einer Begegnung mit Susi auf dem Gang, und für den Fall, daß die sich nicht ergibt, ein grundlos scheinender, doch nicht absichtsloser Abstecher in den Zeichensaal, um sich den Anblick zu gönnen, wie sie in ärmelloser Bluse und knieengem Rock leicht über die Maschine gebeugt hantiert oder, die Zeichenfeder in der Hand, sich mit dem Unterarm die Haare aus der Stirn schiebt und sich mir zuwendet.

Im Brigadetagebuch, das den sozialistischen Anspruch dokumentieren soll, schlägt solches freilich noch nicht zu Buche. Das leistet die Auszeichnungsveranstaltung aus Anlaß der Gründung des Instituts (ohne Erwähnung meines Sektglasdebakels), der Besuch des »Filmwerks« *Befreiung*, die Besichtigung der Linearmotor-

Anlage an der TH Karl-Marx-Stadt, aber auch die Dürer-Ausstellung im Albertinum und solche scheinbar noch weiter am Rande liegende Dinge wie das Museum für Vor- und Frühgeschichte, es ist uns im Japanischen Palais benachbart, und wir fühlen uns zum Besuch verpflichtet. Denn wir treffen die Vorgeschichtsaufbereiter täglich mittags in der Kantine, sitzen uns an den wachstuchbezogenen Tischen gegenüber und spießen die Gabeln in gemeinsamer Vorfreude zögerlich in die auf dem Speiseplan als Jägerschnitzel annoncierte panierte Jagdwurst. Aber wirklichen Ausdruck findet der Anspruch sozialistischen Lebens zur Frauentagsfeier, an Kegelabenden, zum Nikolaustag mit anonymem Päckchenpacken, bei Skatturnieren und Betriebsvergnügen mit Besuch der Hengstparade in Moritzburg und anschließendem *fröhlichen Beisammensein* im Café Griesbach, wie es der Rundbrief der Kulturkommission vorsieht. Und das wird es tatsächlich, die Ehe- und ihren Rang einnehmenden Partner sind dabei. Beim Betriebsfasching im hergerichteten Gewölbekeller des Hauses sind sie es nicht. Es tut der Stimmung keinen Abbruch.

Und auf Stimmung kommt es an! Noch verschämt auf Fensterbrettern und Regalen im Hintergrund liegen in den Arbeitszimmern Narrenkappen und Pappzylinder mit aufgeklebten roten Herzchen. Im Zeichensaal sind Luftschlangen gezogen. Die Unruhe vor Dienstende auf den Korridoren ist eine andere als sonst. Flaschengeschepper, Getrappel, Türenschlagen, Gekicher.

Mein Beitrag verbindet Fröhlichsein-und-Singen mit Dienstlichem. Die Zahlbox wird am Fuß der engen, gewundenen Treppe unter dem Girlandenportal aufgestellt. Um meine Zuständigkeit für das Hochtechnikgerät sichtbar zu machen, besteht meine Kostümierung außer in dem blaugestreiften Seemannsnicki in einer Straßenbahnermütze. Ich habe jedem ein Ticket aus dem Gerät zu hebeln, es gilt als Verzehrbon. Oben auf dem Hof grillt Schilling Rostbrätel. Bier vom Faß ist kostenlos. Die Zahlbox mit ihrer ersten – wenn auch zweckentfremdeten – Nutzung erweist sich als Erfolg, und sie verursacht Staus auf der Treppe. Denn mit der Entgegennahme des Bons ist das Interesse an ihr nicht erschöpft. Es dauert eine erkleckliche Weile, bis sich das Vorrecht der Pappzylinder und Narrenkappen durchsetzt. Bei den männlichen Mitarbeitern geht die äußerliche Verfremdung über diese scheuen Accessoires nicht weit hinaus. Dafür bei den Frauen um so mehr: Spreewälderin, Piroschka, Femme fatale, etliche von verblüffender Offenherzigkeit. Die es sich leisten können. Es sind etliche. Ina, Hella, Lisbeth. Wir sind Personage *im besten Alter*, zumindest sehen wir uns so, bis auf einige – Fritzsche, Stiegling, nur eine Handvoll ist über fünfzig; Frau Bischoff und Brottstein mit 43 zählen zu den Senioren. Im Durchschnitt 28 Komma 7, hat Jürgen Paulick, unser Statistiker, ausgerechnet. Es sind fabelhafte Typen unter uns, Schorsch, Statur eines Leistungssportlers, Finn-Dinghi-Segler, beziehungsweise wie man sich einen vorstellen könnte, blond, wetterhart und zündende Bläue in den Augen, also für Anziehungskraft auf Frauen ist gesorgt. Susi fand, er habe einen Raubvogelkopf und sei ein Aufschneider. Ich hatte nichts dagegen, ihn nicht als ihre erste Wahl zu wissen.

Susi hat nicht nur die Frisur hochgesteckt, sie hat sich schwere lackschwarze Wimpern angeklebt, daß ich tatsächlich zweimal hinsehen mußte, um sie zu identifizieren, als sie sich die Treppe herunterwindet. Vielleicht lag es auch daran, daß mein Blick, so wie ich am Fuß der Treppe postiert war, zuerst von der Blöße schlanker Beine gefangen wurde, die sich auf mich zu bewegten und Stufe um Stufe herab das Röckchen eine Handbreit über die Knie hoben; so war mir ihr Anblick noch nicht geboten worden.

Es war unvermeidlich, daß von soviel Offenheit – zu der keineswegs nur Susi beitrug – die Atmosphäre beeinflußt wurde, sich prickelnd auflud, erst recht, als die unter die Aushöhlung der Treppe gepferchte Drei-Mann-Kapelle (Gitarre, Schlagzeug, Saxophon) mehr oder weniger melodiös umflort einem die nötigen Worte in den Mund legte: When the sun shines on the mountains ... He barbariba ... Una paloma blanca ... How do you do ... Was sollte es sonst noch zu sagen geben! Inzwischen war man nicht mehr nur auf das Faßbier angewiesen, zumal der Kompressor sich nicht bändigen lassen wollte und die Gläser vor allem mit Schaum füllte. Die Bar mit ihrem Stehtresen war in Betrieb genommen. Blechschmidt und Falko Funke kredenzten Drinks, die sie Cuba libre und Daiquiri nannten – kubanischer Rum hatte dem Abend einen Anklang von Exotik und Welthaltigkeit zu verleihen –, aber in Ermanglung genauer Kenntnis der Rezepturen und vor allem der nötigen Zutaten ergänzten sie das karibische Destillat nach eigenem Ermessen und erzeugten kriminelle Mischungen. Die Wirkung war derart, daß man, so unausweichlich nah man sich in dem engen Getümmel ohnehin kam, unwillkürlich das Bedürfnis empfand, anderen den Arm um die Schulter zu legen, am Tisch, beim Aneinandervorbeizwängen auf der Treppe, beim Anstehen nach den Rostbräteln – um sich des Gefühls kollegialer Verbundenheit, wenn nicht gar mehr zu versichern, so herzlich wenig man sonst auch miteinander zu schaffen hatte. Ich patschte auch Brottstein meinen Arm auf seine Schulterwucht, die in das übliche graue, aus einem Zellwoll-Angelsehnen-Mischgewebe gefertigte Jackett gepackt war. Er hatte sich eine schwarze Melone aufgestülpt und wirkte noch froschiger als sonst. Siegfried jubelte mit gestrecktem Bierglas über den Tisch: Hans (also Brottstein) beweist sich auch unter so heiklen Umständen als knallharter Ökonom: Reden ist Silber, Schweigen ist Gold. Hans ist hochkarätiges Gold! Eine Charakterisierung, die an anderer Stelle viel wert wäre, vom Parteisekretär ausgesprochen. Mit der schwarzen Augenklappe und dem zerspelzten Hemd beabsichtigte Siegfried allerdings nicht den Zustand der Partei auszudrücken, sondern sich als John Silver einen Verhaltensfreibrief zu geben.

Es bedurfte nicht allzuvielen Geschicks, mit denjenigen *in Tuchfühlung* zu kommen, an denen einem lag. Natürlich stand ich irgendwann mit Susi an der Bar, beide einen Daiquiri in der Hand, die verfremdende Wirkung der schweren Kunstwimpern hatte sich verloren, zumal sie ihre Augenbrauen im Verbund mit ihrem skeptischen, einen Anflug von Verzweiflung signalisierenden Blick an der Nasenwurzel zusammengezogen hatte, so daß sich zwei kleine Senkrechtfalten in die Stirn kerbten, die jede Maskierung enttarnten. Sie blickte in dieser Art auf das Glas mit der eingeschlitzten Zitronenscheibe, auf den phänomenalen Spruch an der Rückwand der Bar, sofern Blechschmidt und Funke ihn bei ihrem Hantieren freigaben, *Wer nicht in Stimmung ist, ist selber schuld!*, und über das Gewimmel und fuhr die ganze Zeit mit der freien Hand, die sie leicht zur Faust geballt hatte, mir über die durch den Seemannsnicki nur unwesentlich geschützten Rippen meiner rechten Brusthälfte, auf und ab, auf und ab. Den Anschein von Beherrschtheit zu wahren half mir eine Weile der Umstand, daß Susis Beine meinem Blick entzogen waren. Auf Dauer half es nicht. Auch ihre schmalen Arme, der schlanke Nacken, vom hochgesteckten Haar freigelegt, waren Blöße – sie trug als Oberteil nur ein Bolerojäckchen –, die ihre Wirkung tat. Ich kann nicht mehr sagen, worüber wir redeten. Obwohl man mit Susi eben reden konnte, ich auf jeden Fall. Und immerhin redeten wir noch, während Siegfried, das linke Auge nun von der Abdeckung befreit, verklärten Blicks parteilich Biggi Lohmann umschlang.

Ich warf meine Arme erst auf der Dimitroff-Brücke um Susi, am ungünstigsten Ort, denn über dem Fluß zog es wie in einem Windkanal, und die Luft war schneeschwanger. Ich ging also mit zu ihr. Sie hatte eine Zwei-Zimmer-Wohnung in der Scheibe an der Prager Straße. Ich wußte es. Mit ihrem Freund war es auseinandergegangen, kurz nachdem sie bei uns angefangen hatte. Das wußte ich auch. Ich hatte ihn nie kennengelernt.

Der nächtliche stündliche Treff der Bahnen am Postplatz war vorbei. Wir liefen weiter. Ein leichtes Schneegeriesel löste sich aus dem dunklen Himmel. Kommst du mit hoch? fragte sie unten an der Tür. Sie suchte bereits nach dem Hausschlüssel. Sie hätte mich in einer Weise verabschieden müssen, die jeden Einspruch, daß es kein Weiter gab, ausschloß, wenn es hätte anders kommen sollen. Das wollte sie nicht, und das schaffte ich nicht.

In die Wohnung getreten, hatte das überlange Gebäude seine Größe verloren. Der Flur war schmal, die Räume gradflächig und klein. Ich nahm es wahr, aber es war mir egal. Susi machte das Licht wieder aus, doch es wurde nicht dunkel, eine matte Helligkeit drang von draußen herein.

Wir leisteten uns keine Umständlichkeiten, keine Verzögerungen, abgesehen davon, daß Susi sich nicht entscheiden konnte, sich an mich zu klammern oder mir den Nicki vom Körper zu ziehen. Wenn sie mich ein bißchen zur Besinnung hätte kommen lassen, wäre ich wiederum davon überwältigt gewesen, daß auch sie sich mir so bloß, ungeschützt, ganz und gar überließ. Aber ich kam nicht dazu. Sie ließ mich überhaupt nicht von ihrem festen, weichen Körper weg. Mir wurden die Arme, die Ellenbogen matt. Das macht nichts. *Das* macht nichts!

Etwas später, als ich dann doch auf dem Teppichfilz stand, in dem bläulich-milchigen Lichtschein von draußen, der meinen Schatten auf die Wand warf, kniete sie vor mir, und mir war, als sauge sie mir die Seele aus dem Leib. Durchs Fenster sah ich in der Entfernung den roten schwungvollen Schriftzug der Leuchtreklame für Radeberger Bier am Hauptbahnhof. Meine Hände hatten sich in Susis Haar gekrallt. Ob ihr Gesichtsausdruck immer noch den Anschein von Verzweiflung hatte, fragte ich mich freilich nicht.

Als ich aus dem Haus trat, schneite es dick und schwer, eine Schneedecke, nur von vereinzelten Trittspuren markiert und einer Autofährte durchzogen, überdeckte Fußwege und Fahrbahnen und hatte die Bordsteinkanten eingeebnet. Ich stolperte über den nicht erkennbaren Absatz. An der Haltestelle am Hauptbahnhof standen für die Nachtstunde ungewöhnlich viele Menschen. Der Straßenbahnverkehr sei – natürlich! – zusammengebrochen, grummelten die Leute, doch ohne richtigen Nachdruck von Empörung. Aber ich hatte Glück, es kam eine 9. Mein spätes Nachhausekommen ließ sich erklären. Und merkwürdigerweise, in der unveränderten Umgebung der Wohnung, Karin im Bett, das Gesicht zum

Fenster gewandt, mit einem knappen Anzeichen von Halbwachheit, wie ich, ohne Licht zu machen, sah, war mir, als sei die trödelnde Straßenbahn tatsächlich die zutreffende Erklärung.

Es war ja nicht so, daß ich Susi als Herausforderung für Karin empfand, ein anderes, ein vielleicht lohnenderes Lebensangebot, das es wert sei, es auf einen Versuch ankommen zu lassen. Ich mochte sie, ich redete gerne mit ihr – bis zu einem gewissen Grade –, war gern in ihrer Nähe, im Zeichensaal, in der Kantine; sie versetzte mich in diese prickelnde Spannung, löste dieses Vibrieren in mir aus, und dahinter züngelte der Wunsch nach ihrem Körper. Gegen alle Vernunft?! Es war nun an mir, die unausweichliche Wahrheit *der Empfänglichkeit menschlicher Individuen für Objekte zu erfahren, in deren zeitlicher Gegenwart und räumlicher Nähe sie sich befinden*!

Am nächsten Tag, im Büro wieder in Susis Nähe, prüfte ich erst mal, ob das alles womöglich nur am Alkohol gelegen hatte. Der Wunsch nach einem anderen als Karins Körper? Es lag nicht nur am Alkohol. Es ging nicht nur um den anderen Körper. Obwohl der Gedanke, im ganzen Leben nur eine einzige Frau gehabt zu haben, mich immer wieder in Unruhe versetzt hatte! Als würde mir etwas entgehen, Erfahrung, Erlebnisse. Wie gleich, wie verschieden ist die absolute Nähe eines anderen? Und was löst die Verschiedenheit aus! Die Gesellschaft versagt mir die Vielfalt der Welt, wogegen ich machtlos bin; der Vielfalt der Körperwelten versage ich mir selbst! Welche Lebenslogik soll darin liegen? Ich hütete mich, andern, selbst Hezi gegenüber einzugestehen, nie mit einer anderen als der eigenen Frau zusammengewesen zu sein. Ein Mannesmakel?! Oder, fragte ich mich, ist Susi mein Versuch, mich für Karins Verhalten mit Wilfried schadlos zu halten, überhaupt gegenüber ihrem Verhalten, etwas unter seelischem Verschluß zu lassen, aus dem mir das Recht erwächst, ebenfalls ein Stück meines Lebens frei von Verpflichtung ihr gegenüber beanspruchen zu können?

Sofern ein derartiger Anspruch nicht längst selbstverständlich ist und Skrupel, ihn wahrzunehmen, einer aus der Zeit verwiesenen Sentimentalität geschuldet sind, einem Egoismus, der auf die Gegenleistung des Partners abzielt, um vor allem sich selbst zu schützen! Du sollst nicht ehebrechen ist ja Statistiken zufolge eher zur gegenteiligen Maxime konvertiert.

Ich legte mich ins Bett, zunächst so, wie es bei spätem Kommen auch Karins Art war, ohne eine Geste zum andern. Aber dann berührte ich mit zwei Fingern ihr Haar, als sei es wie immer der Wunsch, sich des anderen zu vergewissern. Es schien mir nicht wahr zu sein, daß ich log.

Nach zwei, drei Wochen kam es mir nicht mehr darauf an, den Abend vor mir ungeschehen zu machen. Es ließ sich nicht mehr zum Ungeschehnis entkräften, denn es blieb *natürlich* nicht bei der einen Nacht mit Susi, dafür liefen wir uns zu oft über den Weg, und indem sich unsere Blicke ineinander verfingen, wurde die Verlockung, die Kraft der Erinnerung zu heftig. Bei der einen Nacht blieb es schon, wir waren ja nicht auf Nächte angewiesen.

Und zu Hause das Übliche. Ich kam später, als es sich durch den Dienst erklärte. Freilich fanden sich und erfand ich Erklärungen. Es habe wieder Ärger gegeben, mit der Zahlbox natürlich, der reiße nicht ab. Was nun abreiße, sei das Papier! Statt 80-Gramm-Papier – 80 Gramm Gewicht pro Quadratmeter, das sei die Meßeinheit – gebe es für die Tickets nun 60-Gramm-Papier. Und weshalb? Einsparung. Weil Papier plötzlich Engpaß sei, entweder liefere die Sowjetunion die vereinbarten Mengen nicht, oder die Devisen fehlten, um in Finnland einzukaufen, weil sie für die Erdölanlagen im PCK (Schwedt) gebraucht würden, es würde einem doch nicht gesagt, was wirklich dahinterstecke, vielleicht sei es auch nur schlampige Planung. Aber die Folgen für uns – sobald die Luft feucht sei, verstopfe die Ticketausgabe an der Box, das sechziger Papier sei zu weich, das achtziger bereits die unterste Grenze gewesen. Selbstverständlich seien die Kegelräder, die Übertragungskraft, der Bedienungshebel auf achtzig Gramm hin berechnet und konstruiert worden… Ich hätte genausogut über die Schwierigkeiten mit den Sicherheitsschlössern schwadronieren können. Es gab kein Bauteil, daß sich nicht zur schier unüberwindlichen Hürde auftürmte. Und während ich sprach, wollte mir scheinen, als seien diese Probleme tatsächlich der wahre Grund für mein spätes Nachhausekommen und meine veränderte Stimmung.

Aber unvermittelt, irgendwann abends im Bad, spüre ich die sanfte Berührung von Karins Nase an meiner Schulter, sie schnüffelt. Wie riechst denn du! Keine Frage, eine herausfordernde Feststellung.

Wie rieche ich! Was weiß ich, wie ich rieche!

Mein lieber Freund! Und nun ist es nicht nur ihre Stimme, ihre Augen sind hart und stellen mich. Ich beuge den Kopf schnell zum fließenden Wasserhahn herab und werfe mir Hände voller Wasser ins Gesicht, als ließe sich damit die Röte, die mich überflammt, wegspülen.

Mich rettet, wenn ich es so sagen kann, daß Karin packen muß, während ich bereits im Bett liege. Sie muß am nächsten Morgen zu den Tagen der Jungen Literatur nach Karl-Marx-Stadt, nach Sosa oder Eibenstock, an eine der Talsperrenbaustellen, wo die Hauptveranstaltung stattfindet, Kunst und Arbeiter im Schulterschluß ...

Auch wenn Wilfrieds Name nicht gefallen ist – und ich mich hüte, nach ihm zu fragen –, meine Unruhe hat prompt ein dankbares Objekt gefunden. Raucht Wilfried eigentlich? frage ich mich unwillkürlich, die Gedanken schon auf Karins Rückkehr gerichtet.

Wilfried raucht nicht. Und sofort verschafft sich Susi wieder ihren Platz auf meiner seelischen Bühne und spukt wie ein Derwisch drüberhin. Nicht nur, daß ich darauf achtete, keine Geruchsspuren von Susi mit mir mitzunehmen, ich mußte mich auch davor hüten, mich zu Hause zu versprechen. Das sind Äußerlichkeiten. Der Abendbrottisch war gedeckt, als ich nach Hause kam, Silke plapperte mir vorwurfsvoll an der Tür entgegen: Papa, endlich kommst du, wir warten schon. Und Karin kommt arglos aus der Küche, bindet die Schürze ab und entscheidet ganz selbstverständlich: Na los, Papa hat ja auch Hunger. Aber Papa hat keinen. Ganz abgesehen, daß er sich den Magen mit Elbflorenz-Pralinen und Russisch Brot, das in einer Schale auf Susis Couchtisch stand, verkleistert hat. Und später, als Silke im Bett ist, läßt mich Karin – eben wieder ganz selbstverständlich – an ihren dienstlichen Interna teilhaben. Die Staatskapelle (oder die Philharmonie? es geht schon damit los, daß ich erst mal gar nicht hinzuhören in der Lage bin) sei in den Westen eingeladen, nach Stuttgart und an ein, zwei weitere Orte. Drei Mitglieder sollen keine Reisegenehmigung bekommen, wegen Fluchtgefahr. Was natürlich so nicht genannt wird. Die Bezirksleitung oder wer auch immer maße sich musikalische Urteile an. Dem und dem würde das fachliche Niveau fehlen. Sie, Karin, erfahre das zwar nur indirekt, aber ihr Chef, Kollege Treppschuh, der sei schon in Ordnung ... Vertrauen, das ihr Chef zu ihr hat, ist für sie mir gegenüber erst recht eine Selbstverständlichkeit. Das Gefühl, es zu mißbrauchen, läßt sich nicht vermeiden.

Mir fällt vieles ein, was in Gefahr ist, auch ganz banale Momente, die mir plötzlich so banal nicht mehr scheinen. Etwa der, nachdem ich mit Dübeleisen und Hammer – denn eine zweite Bohrmaschine zu ergattern, nachdem ich für Jiří eine aufgetrieben hatte, überforderte den sozialistischen Handel – Löcher in den granitfesten Beton für die Haken der Gardinenstange über der Balkontür geschlagen, die Haken in Mörtel gebettet, mit angespannter Aufmerksamkeit das Härten beobachtet, die Stange schließlich aufgesetzt, von der Leiter aus, den Kopf unter der Zimmerdecke abgeknickt, die Festigkeit mit behutsamem Rütteln überprüft und mit einem erleichterten Luftausstoß, als hätte ich die ganze Zeit den Atem angehalten, mein Tun beendet hatte, Karin aus der Küche meine Mühen mit einem »Vortrefflicher!« honorierte; es war in ein heiter-spöttisches Lächeln dieser *Solche-Augen-lügen-nicht* gebettet und verschaffte so dem Übergewicht des Wortes seine Glaubwürdigkeit und mir ein wärmendes Gefühl von Zufriedenheit. Genausogut war eine Situation gefährdet, in der Sinngehalt und Tonfall der Worte die Rollen vertauschten, indem sie mir, wenn ich die Jacke anzog und die Wohnungstürklinke herunterdrückte, nachrief: Abscheulicher, wo eilst du hin! Ihre Sprüche waren kleine Perlen, die im Alltag aufblitzten.

Der Rausch, der Zustand williger Bedenkenlosigkeit, in den mich Susi das erste, zweite, vielleicht auch das dritte Mal versetzt hatte, in dem sich alles auflöst, was sonst passiert, unter dem Fenster auf der Straße und sonstwo in der Welt, verlor seine Kraft.

Susi ertappt mich dabei, wie ich auf die Uhr sehe. Du brauchst mir nichts vorzumachen, sagt sie und senkt den Blick auf das Teeglas, in das sie Milch hinzugegossen hat, die nun in weichen Unterwassereruptionen aufwallt. Die Teegläser stehen auf dem kniehohen Tisch vor der Couch. In so gut wie jedem Wohnzimmer steht ein kniehoher Tisch vor einer Couch. An den Wänden hängen bei ihr nicht die Drucke von Minnesängern, dafür Wandteller mit Blumenmustern. Die seien von ihrer Großmuster. In so gut wie jeder Wohnung wird gegen die Nüchternheit der Wände mit irgendeinem Stück, das nicht in die Zeit gehört, angekämpft. Susi tut es rigoros, zwei Wände sind wandtafelgrün getüncht. Vor einer steht ein altes Klavier, aufgeklappt, mit zwei verschnörkelten ausgestellten Kerzenhaltern. Spielst du? frage ich respektvoll. Ich klimpere bloß. Auf dem ebenfalls olivgrünen Regal stapeln sich Notenhefte. Über die Tür ist eine Art Supraporte geheftet, sie zeigt eine Biedermeierlandschaft, ein rotbedachtes Herrenhaus oder ein Schloß im Hintergrund, auf den Kieswegen flanieren Frauen in schweren Röcken, und würdevolle Herren im Frack hofieren sie. Ich brauch das, sagt sie. Die Welt kann doch nicht bloß aus Zeichenbrettern bestehen! In der kleinen Küche hat sie unter der Decke ein schwarzes Netz gespannt, darin liegen Teedosen, halb abgebrannte Kerzen, Streichholzschachteln, die sie mit allen möglichen Bildchen beklebt hat. Ich ziehe unwillkürlich den Kopf ein, wenn ich in die Küche trete. Susis Blick ist nun wieder der mit dem Anschein von Verzweiflung unter den an der Nasenwurzel zusammengezogenen Brauen hervor, wie er sich auf mich richtet. Ihr blasses Gesicht scheint noch kleiner geworden. Ich weiß, woran ich bin, sagt sie. Sie sagt es entschieden. Und meint: Mit dir. Aber sie sagt: Ich muß dir nicht leid tun!

Na hör mal, will ich mich empören, breche aber ab. Ich bin mir nicht schlüssig, ob sie mir leid tut. Ich spüre, wie ich mich hüten muß, etwas zu sagen, das über meine tatsächlichen Empfindungen hinausgeht, wofür ich dann nicht mehr einstehen könnte. Ich spüre, eine *notwendige Forderung meiner Seele* ist sie nicht (ein Ausdruck, den Karin aus ihrer Lektüre hatte und den sie bei irgendeiner Gelegenheit in der ihr eigenen Art halb ernst, halb mit spitzbübischem Lächeln drapiert an mir ausprobierte). Ich sage nichts, greife Susis schmalen, festen Nacken und ziehe sie gegen ihren Widerstand, der keiner ist, zu mir.

Wir schlafen freilich wieder zusammen, nun in der Nachmittagshelligkeit. Und es tut uns sehr gut.

Als sie aus dem Bad kommt, sagt sie: Ich weiß nicht, was ich falsch mache mit dem Leben. Ich mache etwas falsch.

Ich weiß, was sie denkt: Daß sie ein Intermezzo sei, und ich wieder ginge, jetzt, in der nächsten Stunde und überhaupt, dorthin, wo mein Eigentliches ist. Sie spürt, daß mir die Mimikry, die Täuschungen, die Lügen, auf die ich mich einlassen muß, als Dauerzustand zuviel sind für diese gestohlenen Stunden, die wie Wunderkerzen versprühen. Sie spürt, daß sie mich aus dem Kraftfeld, in dem ich stecke, nicht löst, daß sie es nicht wegsprengen kann.

Wie soll man bloß wissen, was richtig ist! bedrängt sie mich. Ich kann die, für die eine Entscheidung immer hundertprozentig richtig ist, nicht leiden. Ich fürchte mich vor ihnen. Ich fürchte mich vor Siegfried. Und es wimmelt von Siegfrieds. Die genau wissen, was sein muß. Man kann doch nie, nie sicher sein, daß etwas richtig ist. Das ist doch Lebensdialektik, daß es immer auch eine andere Möglichkeit gibt, mindestens eine. Wenn es nicht so wäre, dann gäbe es eine einzige Art von Pflanzen, ein Tierwesen, oder überhaupt nur eine einzige Art, und alle Menschen wären gleich. – Dann sah sie mich verzweifelt an. Oder was mache ich falsch!

Man macht nicht zwangsläufig etwas falsch, wenn es nicht so aufgeht, wie man es sich vorgestellt hat, sage ich.

Doch! beharrt sie. Ein Beharren, von dem ich das Gefühl habe, es ist zuviel für sie, so schmächtig wie sie ist.

Natürlich lag die Überforderung nicht darin. Sie lag an den Fragen, auf die sie sich einließ, die so, wie sie sie stellte, nicht zu beantworten waren: Wie soll man leben? Wie eigentlich? Du mußt mir sagen, wie man leben soll. Du bist doch im Lot, also wie macht man das.

Wenn man im Lot ist, hört man auf zu leben, sagte ich im Bemühen, ihrer Denkart zu folgen. Leben ist Bewegung. Wer sich bewegt, hat es auf einen anderen Zustand abgesehen als den, in dem er sich befindet.

Red dich nicht so geschwollen raus.

Na, meinst du die Frage ernst?

Sie sah mich unter den in die Stirn gekerbten Senkrechtfalten an, mir schien, als schielte sie ein bißchen vor Anspannung. Weswegen frage ich denn sonst!

Ich, ich soll es dir sagen! Du hättest Philosophie oder so was studieren sollen.

Mich nervten diese Fragen. Seit den alten Griechen quält sich die Menschheit damit ab und kommt nicht weiter. Warum leben wir? Warum sterben wir? Alles, was ihr als Antwort einfiel, sind Gott oder Götter. Ich antworte: Was die Menschheit braucht, ist eine funktionierende Zahlbox!

Wenn ich Susis Körper spürte, durchglühte mein Körper, und mehr als der Körper. Doch ich wollte kein Bündel Probleme in den Armen haben. Nicht ein weiteres! Wenn mich allerdings ihr verzweifelter Blick traf, wurde unübersehbar, daß es so mit ihr war. Schließlich brauchte ihr Blick mich gar nicht mehr zu treffen. Zu guter Letzt war mir zumute, als verginge ich mich an ihr, wenn ich mich ihrer heißen Blöße hingab. Natürlich war es nicht an dem. Aber sie spürte, daß ich sie nicht erlöste. Ob ich unfähig oder nicht willens war, war nicht entscheidend.

Wir beendeten unsere Beziehung nicht, sie nahm ab. Nach einem halben Jahr wechselte Susi in die Informationsabteilung, eine Etage über unseren Räumen. Eine EDV-Gruppe wurde eingerichtet. Sie war als technische Zeichnerin dort eigentlich nicht am richtigen Platz, aber sie kam zwei Gehaltsstufen höher. Sie werde ein Frauensonderstudium für Informatik aufnehmen. Die Bedingungen dafür seien bestens, sie behalte den Arbeitsplatz, das Gehalt und bekomme Studientage …

Ich drücke dir alle Daumen, sagte ich und spürte, daß sie mir im Zeichensaal fehlen werde, mehr noch, ich hatte das Gefühl, als habe sich etwas von mir gelöst, das inzwischen doch zu mir gehörte. Ich wehrte mich dagegen, mich gekränkt zu fühlen, daß ihr etwas wichtiger war als ich. So ist der Mensch. Als ich mich besonnen hatte, packte mich der pure Schreck: Soviel richtet Susi an. Was wäre mit dir los, wenn dir Karin abhanden käme.

15

Es schien, als würde das Riesendiorama dem Flugzeug entgegengehoben. Das konturenlose Rotbraun formte sich zu Kuppen, die sich den Tragflächen entgegenwölbten. Die Einschnitte, die aus der größeren Höhe wie grüne Rinnsale anmuteten, weiteten sich, das blasse Grün wurde von mattroten Rechtecken übersprenkelt, die sich zu Dächerlandschaften sammelten, vom Straßenraster geordnet, ziehen sich unter der Tragfläche zurück, um Platz zu machen für eine bizarre Hochhausballung, auf die sich das Flugzeug zu senkt. Um die scharfen Konturen der aufragenden Gebäude dehnt sich eine graublaue, von Sonne überglänzte Weite, als setze sich die Welt dort auf andere Art fort. Das Flugzeug torkelt eine Schattenschlucht zwischen verglasten Hochhausfronten entlang, *natürlich* bemüht, die Fassaden *nicht* zu streifen. Hinter den Fensterbändern sind weißbehemdete Männer in beflissener Geschäftigkeit zu sehen. Ich bin versucht, ihnen zuzuwinken. Selbstverständlich lasse ich es, beherrsche meinen kindischen Jubel. Hochhäuser, umwimmelt von allen möglichen Fluggeräten, wie sie einst Abbildungen futuristischer Stadtlandschaften wiedergaben, ist es hier soweit?

Landung, das Flugzeug verlassen, Orientierung, Baggage claim sind keine Herausforderungen mehr. Indem ich aus dem Terminal unter das Vordach trete, ist die faszinierende Weite zu einer Betonlandschaft verengt, graue Flächen, von Autokarossen verstellt, eingefaßt von einem aufgeständerten Highway, über den Lichtreflexe wischen. Auf seinen mehrspurigen Windungen, die sich dem Areal zuneigen, fließen Autos zu und im Gegenlauf wieder davon. Hitze stülpt sich über mich. Der eingedunstete Himmel läßt unruhevolle Weite ahnen. San Diego.

Eine Hand an der Gepäckkarre, die Augen gegen das grelle Licht verschmalt, sucht mein Blick im Gewimmel der hineindrängenden und herausströmenden Menschen sein Ziel. Und geht in dem Überangebot leer aus.

Ich frage mich, ob der Ausgang des Domestic Terminal nicht der Verabredung entspricht, und erwäge den International Terminal, obwohl darin keine Logik läge. Ich packe dennoch die Karre und wechsele den Ort, um Joyce ebensowenig vorzufinden – mache also wieder kehrt. Ein Mißverständnis? Der Rest der Tageshitze, mehr ist es ja nicht, verschafft sich auch unter dem beschattenden Vordach noch sein Recht. Jedem Anflug von Beunruhigung, selbst von Irritation verweigere ich, sich meiner zu bemächtigen.

Im Gegensatz zur zielbewußten Zügigkeit anderer Autos tastet sich ein silbergraues Kabriolett zögernd heran. Ich erkenne Joyce im Halbschatten der Fensteröffnung. Sie winkt kleinlaut, scheint mir, nur mit den Fingern. Ich bin mir nicht sicher, wieviel Freude ich zulassen soll. Aber es liegt nicht allein in der Macht meines Willens. Als die Frau vor mir steht, meine rechte Hand in ihre Hände nimmt, ihre Wange an meine reckt, entscheiden andere Kräfte.

Sorry. Natürlich winke ich ab und achte tatsächlich nicht sehr darauf, womit sie ihre Verspätung erklärt. Irgend etwas mit ihrer Klasse im College. Melinda und Rosita und Pete – eigentlich Pedro, die gute halbe Klasse bestehe aus Mexikanern. Sie macht eine Handbewegung, mit der sie andeutet, ich solle die Kofferraumklappe zuschlagen, während sie meine nun leere Karre zwischen den sich stauenden, im grellen Sonnenlicht blendenden Autokarossen irgendwohin beiseite schiebt. Ihr volles, welliges Haar wippt auf der weißen Bluse zwischen ihren Schulterblättern, der leichte schwarze, geblümte Rock schlägt um ihre Beine.

Dann sitze ich neben ihr auf dem Beifahrersitz. Sie sieht mich an, ihr Gesicht scheint mir vertraut, und mir ist, als sei alles selbstverständlich. Ein Schatten von Erschöpfung liegt auf ihren Wangen, als scheine ihnen Kraft entzogen zu sein, die Augen haben sich tief unter dem Schwung der Brauen zurückgezogen. In der graublauen Iris aber steckt ein Glimmen, dem mein Blick ausweicht. Ob ich gleich nach Hause wolle (das Gleich läßt eigentlich keine Bejahung zu), etwas relaxen oder gleich (noch einmal in dem Zustimmung abweisenden Tonfall) etwas über mein Programm erfahren wolle. Wir könnten auch erst in Old Town einen Stopp einlegen, Margarita trinken. Ihr Mann sei auch noch nicht zu Hause …

Ich kann nicht behaupten, daß es mir auf eine baldige Begegnung mit ihrem Mann ankäme, überhaupt nicht, daß seine Anwesenheit zusätzliche Anziehungskraft auf mich ausübt. Du kennst dich hier aus, sage ich großmütig-heiter und muß im nächsten Moment eine Irritation niederkämpfen: Waren wir überhaupt per du! Gesagt ist gesagt. Ich spüre, ich bin aufgedreht. Und wieder durchrieselt, überschwemmt mich das Gefühl, etwas erreicht zu haben, etwas eigentlich Unvorstellbares. Kalifornien! Traumland? Es ist unbestreitbar um mich. Auch wenn es bisher lediglich aus Autos und Highways besteht. Und dieser Frau! Als sei es selbstverständlich, sie neben mir zu haben und in die Stadt hineinzufahren, von der ich nach wie vor nicht allzuviel weiß, allerdings nun soviel, um sie nicht mehr mit Las Vegas zu verwechseln. Was von meinen Kenntnissen über die geographische Lage hinausgeht, verdanke ich Fred: Militärnest, Navy. *Ihr* Mann, sofern es den als solchen gebe … Der Informationswert seiner Mitteilungen schien mir nicht sehr vertrauenswürdig. Ich will in diesem Moment auch nichts wissen, derartiges schon gar nicht. Ich will sehen, was ich sehe. Den ausholenden Bogen der Zufahrt, der uns auf den Cityhighway trägt und den Blick freigibt auf eine weite Wasserfläche, von Schiffen und Booten, weiß und bunt belebt und vom nun weichen abendlichen Licht überstrahlt. Es ist freilich nur ein Vorgeschmack auf den Ozean, eine Bucht, die in einiger Entfernung von einer sich über eine schier endlose Reihe von Stelzen aufbäumende Brücke überspannt ist. Rechter Hand weitet sich ins hüglige Land hinein das Häusergedränge der Stadt bis zu den sich rotbraun erhebenden Bergen. Ich will sehen, was ich sehe, empfinden, was ich empfinde. Größe, Weite. O je, mein kleines, fernes Land, das mir genug sein sollte! In dem ich groß werden sollte!

Im Flugzeug hatte sich ein-, zweimal eine Spur von schlechtem Gewissen gegenüber Fred geregt, jetzt hatte es keine Chance mehr.

Wir rollen im Strom der Autos auf die Skyline der Stadt zu, deren Schatten sich uns entgegenstrecken, aber bevor wir sie erreichen, biegen wir ab. Die Old Town ist im Lauf der Zeit an den Rand geraten. Und wieder ist, was sich mir bietet, anders, als ich es mir vorzustellen versucht hatte. Keine krummen Gassen mit ockerfarbenen Kleinhäusern, vielmehr in ein Parkareal an gerade Asphaltstraßen gereihte weißgekalkte Gebäude mit Terrassen und Balkonumgängen im Obergeschoß. Nachdem wir das Auto abgestellt haben, geht Joyce auf einen Bogeneingang zu, in dem ich unwillkürlich den Kopf einziehe, durchquert mit entschlossenen Schritten und halbem Blick über die Schulter zurück zu mir zwei, drei enge, menschen- und stimmengewirrvolle Gasträume, um in einem Innenhof anzukommen, einem Garten mit Rasenfläche, Blumenrabatten, Bäumen, bunten Schirmen, die sich über Tische spannen, an denen kaum ein freier Platz zu entdecken ist. Der offene Himmel, in den wie üblich eine erschlaffte Stars-and-Stripes-Fahne an einem Mast gehoben ist, läßt in dem Gebäudegeviert kein Gefühl von Enge aufkommen. Es gibt tatsächlich keinen freien Platz. Wir müssen uns anstellen. Ob es mir etwas ausmache, fragt Joyce besorgt, und fügt als Entschuldigung hinzu: Hier gebe es die besten Margaritas. Selbst wenn nicht, was soll es mir ausmachen. Und wir werden auch schon von einer mexikanisch-folkloristisch gekleideten Serviererin an einen Tisch geleitet. Es sind metallene Stuhlsessel in der Art von Korbstühlen, in die wir uns niederlassen. Joyce rückt ihren zurecht, dann stützt sie die Ellenbogen auf den Tisch und sieht mich heiter und erwartungsvoll, scheint mir, an. Gefällt es dir? Ihre Pupillen gehen nach links, dann nach rechts, als müsse sie sich vergewissern, ob die Frage berechtigt ist. Es soll dir gefallen! Aus der rumorenden Unruhe um uns formen sich Töne, Gitarren-Klingklang, der schmelzende Sound von Trompeten. Mariachis. Über den Köpfen der Leute am Nebentisch geraten fünf riesige schwankende Sombreros in mein Blickfeld, die gebräunte, schmaläugige, schnauzbärtige Gesichter beschatten; zwei der Männer sind von übergroßen Gitarren so gut wie verdeckt. Die Margaritas werden in einer Art Weißbiergläser, die an Pokale von Sportwettkämpfen erinnern, vor uns gestellt. Aus der beeindruckenden Größe wird auch kein Hehl gemacht: *giant margarita* bezeichnet sie die Karte. Ich bestaune die Mischung aus gestoßenem Eis und Limettensaft, der die Farbe bestimmt. Daß außerdem Rum, Gin, Tequila oder von allem etwas enthalten ist (Joyce weiß es nicht), das dem Getränk Flair, Gehalt und Wirkung verleiht, sieht man nicht. Der Glasrand ist von einer Salzkruste überzogen.

Have a good time, sagt Joyce, hebt ihr Glas, und ihr Blick zielt so auf mich, daß ich ihm ausweiche. Ich muß nachfassen, um das Glas an dem massiven Stiel anzuheben. Ich nicke. Beim ersten Schluck scheint mir das eiskristallisierte Getränk zu süß, aber das ist es nicht, Schluck für Schluck wird es süffiger. Joyce weist auf die Kolonnaden im Gebäudegeviert. Wenn wir aufbrechen, sollten wir einen kleinen Rundgang machen: Libros Bookstore, gleich hinter uns, daneben ein Süßwarenladen, aber sie wisse schon, das sei für Deutsche ungenießbar, danach käme ein Laden mit mexikanischen Möbeln, antiken… Etwas später redet Joyce doch über mein Programm am College und über Abstecher zu anderen Universitäten und High Schools, bis nach Escondido (ich weiß nicht, wo es liegt, aber es klingt gut) und L.A., die sie vorbereitet. Die Lampen gehen flackernd an, die Helligkeit des Himmels hat ihre Leuchtkraft verloren. Mir geht es gut, sehr gut. Joyce lehnt sich zurück und blickt versonnen, scheint mir, irgendwo zwischen die Leute. Ich folge mit meinem Blick den Mariachi-Musikanten, die sich durch das Publikum bewegen. Plötzlich spüre ich Joyces Kopf an meiner Schulter. Ich erschrecke fast. Sie hat die Augen geschlossen. Als sie meine Bewegung spürt, mit der ich mich ihr zuwende, öffnet sie die Augen. Sie sind matt, als hätten sie ihre Sehkraft verloren, und an mir vorbei gerichtet. Ich stutze. I'm not feeling well. Sie haucht es mehr, als daß sie spricht. Ich weiß nicht, wie ich mich verhalten soll. Sie sagt, sie wolle raus, ob ich bezahlen könne. Natürlich. Sie nickt in Richtung ihrer Tasche. Sie steht auf, indem sie sich an der Stuhllehne abstützt, und geht tastend davon. Ich bin verwirrt und doch nicht bereit, meine Stimmung aufzugeben. Ihre Tasche rühre ich freilich nicht an, außer daß ich sie mitnehme. Zumal ich mir sage, daß sie zum Bezahlen wenig nützt, weil ich wohl nur auf ihre Kreditkarten stoßen würde. Ich bin sicher der einzige, der mit Dollarnoten bezahlt. Good night, sagt die mexikanisch folklorierte Serviererin.

Joyce lehnt an einer Hauswand, den Kopf vorgebeugt, ihre langen lockigen Haare wirken verwüstet. Sorry, sie hätte nicht trinken sollen. Es sei alles zuviel gewesen, heute. Sie mischt Englisch und Deutsch. Sie hängt sich an mich. Sie zittert. Sie wolle in den Park nebenan, ich solle sie führen. Ich fasse ihren Arm, manchmal gerät mein Handrücken an ihre Bluse und streift ihren Oberkörper. Der Park ist klein, umrauscht von Verkehr, und durch die spärlich belaubten Baumkronen zittert die Lichtersilhouette der Stadt. Joyce setzt sich auf eine Balustrade. Ob ich fahren könne?

Ich? Ich schenke mir, es laut zu fragen.

Es hat auch keinen Sinn, erneut zu erschrecken. Es ist nicht das erste Mal, daß ich in diesem Land am Steuer sitze. Allerdings kannte ich mich in Randers hinlänglich aus, außerdem saßen meistens Fred oder Piet neben mir. Die Frage, wie hier Alkohol zählt, erspare ich mir ebenfalls. Das fängt ja gut an, sagt eine innere Stimme.

Number five, haucht Joyce abwesend, als sie auf den Sitz gesunken ist. Es ist die Nummer des Highways, den wir nehmen müssen. South. Die Himmelsrichtung fehlte noch. Joyce läßt geschehen, daß ich ihre Rückenlehne fast waagerecht herunterdrehe. Lenkrad und Gaspedal sind alles, was zu bedienen ist, und sie gehorchen. Fast ist mir, als gleite das Auto von selbst in die dahinfließende, scheinwerfer- und rückleuchtenmarkierte Fahrzeugkette. Die Stadt ist eine von Lichtern überschüttete Landschaft aus Dunkelheit, durch die sich die Highways wie Leuchtströme ziehen. Aber ich habe keinen Blick dafür. Ich bin beansprucht von den Fahrzeugen, die als grell strahlende Doppelaugen uns in die Zange nehmen, und von vorbeiwischenden Hinweistafeln. Ich folge also den Pfeilen mit der Ziffer 5 und dem Zusatz South, dann der 94, schließlich der 805. Aber nicht nur das Fahren fordert mich, es ist vor allem die Frau, die nicht nur lang hingestreckt auf dem Beifahrersitz liegt, sondern als Schreck auf meiner Seele. Ich wage kurze Blicke zu ihr, sie hat das Gesicht abgewandt, der Körper ist gekrümmt, schlaff und reglos wie ein Stoffballen; Schatten und der Schein von Straßenlampen wischen im Wechsel über ihn hin. Third traffic light right, haucht es vom Nebensitz. Nachdem ich abgebogen bin, richtet sie sich halb auf und dirigiert mich, right, left, right, von Lichttraufen erleuchtete leere Straßen entlang, an denen sich die dunklen Konturen niedriger Häuser reihen. Ein schließliches Left läßt ein geschlossenes Garagentor vor uns auftauchen. Über dem Tor sind Fenster erleuchtet. Allan ist da, sagt sie kraftlos. Den Toröffner bedient sie. Als ich das Auto im gelben Licht der Garage neben einem zweiten Wagen und vor aufgestapelten Kartons an der Rückwand zum Stehen gebracht habe, legt sie ihre Hand auf meinen Nacken. Die Hand ist kalt und feucht. Thank you so much.

Sie wartete gekrümmt an der Treppe, bis ich mein Gepäck aus dem Kofferraum gehoben hatte, dann wankte sie vor mir die Stufen hinauf. In dem großen erleuchteten Raum, Entree, Wohnzimmer, Küche in einem, mit langen Fensterfronten, war niemand. Ich setzte Koffer und Tasche neben der Treppe ab. Joyce stand unschlüssig auf eine Stuhllehne gestützt. Ihr Gesicht war wie verfallen. Ob ich etwas essen wolle? Natürlich lehnte ich ab. Ihr gehe es wieder besser. Es tue mir leid, ihr Umstände zu machen, sagte ich. Not at all! Sie sei mir so dankbar, daß ich gekommen sei. Die Zimmer seien oben, sagte sie dann. Sie griff Stufe um Stufe ans Geländer, führte mich in einen Raum mit dem üblichen Doppelbett, mit Wandschränken und Kommode. Sie zeigte mir nebenan das Bad, für mich allein, sagte sie. Ob ich zurechtkommen werde? Sie wies auf die einzige geschlossene Tür am Gang. Das sei ihr Zimmer. Sie ging matt zur Treppe zurück und machte das Licht im ganzen Haus aus, bis auf das in meinen Räumen und bei sich. Gute Nacht, sagte sie. Ich meinte, in ihrem Zimmer eine Person sich bewegen oder den Schatten einer sich bewegenden Person zu sehen. Dann war die Tür wieder zu. Ich trat in den mir zugewiesenen Raum und wußte nicht, was ich denken und wie ich mich fühlen sollte. Meine großartige Stimmung war weg. Im Bad war mir zumute, als wüßte ich mit keinem Wasserhahn, keiner Zahnbürste und keinem Handtuch umzugehen. Ich fragte mich, ob es nicht besser sei, die Tür abzuschließen. Oder überhaupt sofort wieder zu verschwinden. Müßige Fragen. Natürlich steckte kein Schlüssel im Schloß. In dem breiten Bett fühlte ich mich ausgeliefert, wem auch immer. Hinter dem Fensterkreuz war ein halbdunkler Himmel ausgespannt, der mich nichts anging. Irgendwann, ich glaube, ich wurde davon wach, hörte ich laute Stimmen, genauer eine männliche Stimme, die durch die Türen und Wände gedämpft war, vorwurfsvoll, zurechtweisend, so schien es mir. Andere Geräusche hörte ich nicht. Mir war unbehaglich zumute.

Am nächsten Morgen wunderte ich mich, daß ich ganz normal wach geworden war. Den Aufenthalt im Bad dehnte ich so lange wie möglich aus. Als ich dann die Treppe in den offenen Wohnraum hinabstieg, empfingen mich von dort Geräusche. Ich rechnete mit Joyce, aber mir blickte ein schnauzbärtiger Mann entgegen, gutgelaunt, als habe er mich seit langem erwartet. Er unterbrach sein Hantieren an einer Kommode, die wie ein Tresen quer im Raum stand und den Küchenteil vom Wohnraum trennte. Der Tisch davor war für zwei Personen gedeckt. Auf dem Herd brutzelte es.

Hi, sagte der Mann, blickte mich aus dunklen, freundlichen Augen an und hielt dabei ein großes Messer senkrecht empor. I'm

Allan. Er senkte Kopf und Messer und setzte das durch mein Erscheinen unterbrochene Hantieren fort. Während er an einer aufzischenden Pfanne rüttelte, entschuldigte er sich, daß er nicht deutsch spreche, erklärte, daß Joyce bereits im College und two o'clock zurück sei, erkundigte sich, ob ich gut geschlafen hätte, und bat mich an den Tisch. Der Raum war trotz der zweiseitigen Fensterfront eingeschattet von den Bäumen vor dem Haus, was offensichtlich seinen Sinn hatte, denn außerhalb des Schattens lagen das Asphaltrondell und die Nachbarhäuser daran, soweit sie sich nicht ebenfalls durch Bäume schützten, im grellen Licht, obwohl es noch früh am Tag war.

Scrambled eggs, die in dem Fett der ausgebratenen Schinkenspeckstreifen schwammen; ein großer ovaler Teller voller Muffins, umstellt von Bechern in der Größe kleiner Eimer mit Joghurt und Philadelphia Cream Cheese, auf der Kommode – in Greifweite des Mannes – blubberte die Kaffeemaschine mit der bauchigen Ballonkanne, die mir von meinem allerersten amerikanischen Morgen auf O'Hare an über alle Stationen ein treuer Wegbegleiter war, ebenso der Inhalt. Aber auch die halbmeterhohen Kelloggspackungen, die Zwei-Liter-Tetrapaks mit Orangen- und Grapefruitsaft, der Toaster waren mir mittlerweile höchst vertraut, und mir war unvermittelt zumute, als gehörte ich dazu, als bedürfe mein Erscheinen keiner Erklärung, geschweige denn einer Rechtfertigung. In all dieser Vertrautheit spielte das Messer, so wie es auf der Kommode lag, keine Rolle mehr.

Allan sprach seine Hochachtung über what's happened in Germany aus, ich revanchierte mich, indem ich San Diego schwärmerisch als a wonderful, very very nice place lobte. Denn ich spürte, wie der Rest des Schrecks, den die nächtliche Stadt mir verursacht hatte, sich in Zuneigung ihr gegenüber verwandelte, weil sie mich die Herausforderung hatte schadlos überstehen lassen.

Als Allan überzeugt war, daß ich mir weder eine weitere Kelle scrambled eggs auf den Teller laden noch eine Portion Kelloggs Loops in die Schüssel schütten würde, sowie ich mich vielmehr mit deutlichem Ausdruck, überversorgt zu sein, zurücklehnte, erlaubte er sich You are finished? zu fragen und machte sich über den Frühstückstisch her, verstaute Geschirr und Besteck, auch das Bratmesser im Spüler, die Lebensmittel im Doppelstock-Kühlschrank oder wo sie sonst hingehörten. Es sei Zeit für ihn. Meine Frage nach einem Stadtplan verneinte er bedauernd, er wolle aber im Auto nachsehen. Drei Minuten, nachdem er die Küche verlassen hatte, hörte ich das Auto aus der Garage fahren.

Ich stand in der großen Zimmerflucht, die aus zwei im rechten Winkel aneinanderstoßenden Räumen bestand, und fühlte mich wie ein Möbel, das am falschen Ort abgestellt wurde, noch deplazierter als das schwere Mobiliar um mich her. Ich hatte vom heißen Süden Leichtigkeit erwartet. Am meisten befremdete mich der Kamin, der fast eine ganze Querwand des abgewinkelten Raumes einnahm. Ich vermißte überhaupt südliches Flair. Allein der matt braunrot und beige geflieste Fußboden schien mir mit seinem kühlenden Effekt dem Süden zu entsprechen. Wobei ich freilich nicht sagen konnte, worin sich südliches Flair hätte ausdrücken sollen. Kates Haus in Wyoming wollte mir nicht so verschieden erscheinen. Genausowenig unterschied sich die Selbstverständlichkeit, mit der mir hier wie dort das Haus überlassen worden war und Verhaltens- oder Benutzungshinweise sich auf das Minimum beschränkt hatten (Fingerzeig auf das Schlüsselbrett; Fenster und Türen, bitte, nicht lange öffnen wegen der Klimaanlage). Ich war fest entschlossen, das Vertrauen zu rechtfertigen, mir nicht wieder etwa eine Nachlässigkeit wie mit Kates Hunden zu leisten, auch wenn sie folgenlos geblieben war. Auf jeden Fall wollte ich mir unangemessene Beanspruchungen wie gegenüber Roberto und seiner Familie versagen.

Ich stieg unschlüssig die Treppe hinauf, um mir mit Bettmachen und Sachenverstauen den Anschein von Beschäftigtsein zu geben, als ich wieder ein Auto hörte. Keine Minute darauf stand Allan vor mir und reichte mir ein Bündel schmal gefalteter, buntbedruckter Papiere. City map und ein Dutzend Prospekte. Excuse me, I'm a little bit in a hurry, und er tauchte wieder die Treppe zur Garage ins Untergeschoß ab.

Sightseeing San Diego's Best Tour. San Diego Zoo, The Most Famous Zoo in the World. Car Museum Winery (wieder ein Anlaß zu Irritation); Micro Brewery Restaurants; San Diego & Mexico (mir wurde bewußt, wo ich war); San Diego Wild Animal Park. Und: Historic Old Town San Diego ...

Ich ging mit dem Packen Papier wieder in mein Zimmer und sah zum Fenster hinaus. Der enge rotsandige Garten war von einigen blühenden Sträuchern bewachsen und mit einem mannshohen Palisadenzaum von der Außenwelt abgeschirmt. Dahinter lag ein Sportplatz mit Fußballtoren (!), ein Anflug von Vertrautheit erfaßte mich. Der Rasen war spärlich, graubraun, nur an einigen Stellen grün überhaucht. An den Längsseiten des Platzes hob sich ein Spalier langschäftiger Fächerpalmen in die lichte Höhe. Rechter Hand schimmerten cremefarbene Fassaden einander ähnelnder Häuser durch das nicht sehr üppige Laub von halbhohem Bewuchs, und links hinter dem Sportplatz spreizten sich Flachbauten, das College, wie ich zunächst nur vermuten konnte. Im Hintergrund, wobei die Entfernung sich schlecht abschätzen ließ, erhoben sich roterdige Berge in die von der Hitze gebleichte Bläue des Himmels. An einigen Stellen waren die Hänge eingedunkelt, mir schien, bewaldet. Im Lauf des Tages zeigte sich, daß die violetten Eindunklungen wanderten, sich dehnten, schrumpften und fast gänzlich verschwanden. Schatten. Sobald die Sonne hoch stand – und sie stand früh hoch –, wurde die rotbraune, bewuchslose, ausgedörrte Kargheit sichtbar. Ich fragte mich, ob die Berge bereits Mexiko sind. Ich nahm den Stadtplan zu Hilfe und entdeckte die Eintragung der Straßenbahn als San Diego Trolley Line & Station: zwei blaugezeichnete Linien quer durch die ganze Stadt, von Old Town nach El Cajon im Westen und San Ysidro im Süden, wo San Diego und Tijuana aneinanderstoßen, USA und Mexiko. Der Endpunkt der Linie war als International Border bezeichnet. Die Grenze, die es immer noch gibt! Die will ich sehen.

Ich nahm mich der Prospekte an, prägte mir den Stadtplan ein, beobachtete, wie die Schattenlagen über die roten Berge wanderten, hörte im Haus zweimal das Telefon schnarren, selbstverständlich ohne es abzunehmen, wechselte dann doch in den unteren Wohnraum, probierte einen Sessel aus, mehr nicht, hebelte schließlich die Glastür auf, das glaubte ich mir leisten zu können, und trat auf die ziegelartige Außenpflasterung. Obwohl ich im Schatten der hartlaubigen Gewächse blieb, war ich von einem Schritt zum andern der *Schreckensherrschaft der Sonne* ausgesetzt. Ich prallte vor der Hitze zurück, machte prompt kehrt, als hätte ich mich vertan, und verschloß die Tür mit Sorgfalt. Vor den Fenstern auf der anderen Seite des Raumes lag im grellen Licht der Asphaltkreis, in dem die Straße endete und um den herum sich die Häuser wie in einem Runddorf fügten, freilich keine Bauerngehöfte, eher Zahnarztvillen, jede ein bißchen verschieden vom Nebenhaus und doch alle ähnlich reg- und menschenlos.

Ich wartete nur auf Joyce.

Als in meinem Zimmer der Blick auf das Bett fiel, das durch meine Zugriffe um die Spuren seiner nächtlichen Inanspruchnahme gebracht war, und auf den Kunstblumenstrauß auf dem Nachttisch, fühlte ich mich unvermittelt genötigt, mich zu ermahnen: Mein lieber Freund, es geht dir um die Stadt, um dieses Stück Welt, verstehst du! Diese Frau – ich gab mir alle Mühe, Joyce zu versachlichen – ist die Brücke zu dieser Stadt (wobei ich mich mit dem Vergleich nicht wohl fühlte und mich hütete, ihn zur bildlichen Vorstellung geraten zu lassen!), so wie Fred, Piet, Kate, Roberto Brücken in die Geographie dieses Landes waren. Ich versuchte das Gefühl niederzuringen, ohne Joyce nichts anzufangen zu wissen.

Prompt schaltete sich Karin ein, und ich überlegte, ob ich sie anrufen könnte. Aber noch ehe ich bedacht hatte, ob ich damit, ohne Joyce oder Allan um Erlaubnis gebeten zu haben, zu weit ginge, fiel mir der Zeitunterschied ein, und der Gedanke hatte sich erledigt.

Joyce kam eine knappe Stunde später als angekündigt. Sie schüttelte den Kopf, als sie ihre Tasche auf dem Couchtisch absetzte. Ob sie damit etwas, was ihr durch den Kopf ging, abschütteln oder lediglich ihre wallenden Locken in die richtige Lage zwischen den Schulterblättern bringen wollte, erklärte sich mir nicht. Sie ließ sich in einen der voluminösen Sessel fallen, atmete tief, sagte, sie sei k. o., streckte die Beine von sich, stieß die Sandaletten mit den Zehen des einen Fußes vom andern, daß sie im Bogen auf die Fliesen fielen, und zog gedankenlos mit flachen Händen den leichten Rock auf die Hälfte ihrer Schenkel zurück. Ich trat an die breite Fensterflucht, als interessierten mich die halbfingerlangen weißrosa Blütendolden an einem der Sträucher. Ob ihr Mann ein gutes Frühstück gemacht habe. Ob wir uns verstanden hätten. Unvermittelt änderte sie den Ton. Oh, wir haben hier ein Stinktier.

Ich drehte mich um. Sie stemmte sich auf den Armlehnen hoch und lachte schallend: Entschuldige. Manchmal ist hier ein Stinktier, really. Es wühle sich unter dem Zaun durch. Sie lachte immer noch.

Sie machte Kaffee und füllte ihn in große bunte Tassen. Sie bitte um Entschuldigung für gestern abend. Sie sei *aufgebraucht* gewesen. Sie hätte nicht trinken sollen. Jetzt sei sie wieder okay. Wir könnten nach Downtown fahren, nicht Old Town, Downtown, in die City. Sie habe im Barbershop einen Frisierstab zu holen, wir könnten in ein deutsches Restaurant gehen oder in der deutschen Fleischerei Wurst kaufen …

Wir fuhren, das heißt, nun fuhr sie, und je länger wir fuhren, als Teil des vier-, sechs-, achtfachen Stroms der Fahrzeuge, über Brücken, unter Brücken, ausscherten und in weiten Bögen von einem Highway auf den anderen wechselten, um so unglaublicher wollte es mir scheinen, das gestern und dazu bei Dunkelheit selber bewältigt zu haben. Ich sog nun das Bild der Stadt in mir auf, die wechselnden Ausblicke auf die mal sich in Täler streckende Stadtlandschaft, mal die sich zum Ozean weitenden Areale voller Bebauung, blickte auf den langgestreckten, um die Bucht greifenden

Bergrücken (Point Loma, dessen Bezeichnung ich noch nicht kannte), die Hochhaussilhouette, deren Schattenschluchten uns aufnahmen.

Es blieb nicht bei Barbershop und deutscher Fleischerei, ein bescheidener Laden, in dem wir die einzigen Kunden waren. Ob ich mich für ein Kaufhaus in europäischer Art interessiere. Ich interessierte mich nicht, bejahte aber. Am Gaslamp Quarter, das sei noch ein Stück alte Stadt, Bürgerstadt. Von der Straßenbahn, der Trolley Line, waren mir nun Gleise und eine Haltestelle mit Fahrscheinautomat zu sehen vergönnt. Eine Bahn tauchte nicht auf. Sie wolle, sagte Joyce, während ich den Apparat inspizierte und vergeblich auf einen Benutzer hoffte, nicht wieder so spät zu Hause sein.

Nach unserer Rückkehr besprachen wir meine Stunden und lectures, die ich bei ihr und an anderen Colleges halten sollte. Aber es würde noch ein paar Tage dauern, bis es soweit sei. Als wir den Tag für beendet erklärten, kam ihr Mann. Die Anspannung, die ich auf seinem Gesicht zu sehen meinte, als er die Treppe aus dem Untergeschoß hochkam, wechselte, sobald er mich sah, in Freundlichkeit. Ich blieb dennoch nur zwei, drei Minuten und ging dann in mein Zimmer.

Als die beiden später an meiner Tür vorbeikamen, waren sie im Wortwechsel.

Am nächsten Morgen war zur Abwechslung Joyce da und ihr Mann bereits aus dem Haus. Auch der Frühstückstisch sah anders aus. Sie hatte Flakes- und Cereal-Packungen aufgebaut, Plain Joghurt, Cream Cheese und Marmeladen. In der Pfanne gurgelten Pancakes im heißen Fett, die mir ihren Duft bereits auf der Treppe entgegengeschickt hatten. Bei dieser Art Morgenverpflegung blieb es über die gesamte Zeit, wobei die Pancakes mit Muffins oder French toast mit Ahornsirup wechselten.

Als sie mittags aus dem College kam, ähnlich ermattet wie am Tag zuvor, und den Kaffee gemacht hatte, erzählte sie mir von ihren Problemen. Das erste, die Studenten wollten eigentlich nicht lernen, nur spielen, unterhalten werden. Deutsch aber könne man ohne Fleiß nicht lernen. Sie kennten kaum mehr als Muß i denn, muß i denn zum Städtele hinaus, in der Aufnahme von Elvis. Mehr habe er auf deutsch nicht gesungen. Sie müßte fast allen Studenten ein D oder noch Schlechteres geben. Doch wenn die Studenten schlechte Noten bekämen, liege es an der methodischen Unfähigkeit des Lehrers. Sie werde sich doch nicht selbst die Beine wegsetzen (sagte sie), also gebe sie Bs, schlimmstenfalls Cs. Und damit hänge das zweite Problem zusammen, das sich als das mir bereits geläufige herausstellte, daß der Bedarf am Deutschunterricht abnehme. Sie erzählte, daß Deutsch einst ziemlich gefragt gewesen sei, weil in den ersten Jahren nach dem Weltkrieg eine Menge GIs in Deutschland stationiert gewesen waren, und manche hätten sich deutsche Frauen mitgebracht. Aber das sei eine besondere Situation gewesen. Der Präsident würde sie am liebsten auf eine High School abschieben. Angeblich suchten sie in La Mesa einen Lehrer. Aber sie wolle weder an eine High School noch nach La Mesa. Sie richtete ihren nun grünlich glimmenden Blick auf mich.

Ich schwieg.

Eklig, sagte sie. Eklig. Aber nun sah sie an mir vorbei.

Da sei ich ja wohl am falschen Platz, wenn für Deutsch kein Interesse da sei.

O nein, the breakdown of the wall, jetzt gebe es natürlich Interesse an Deutschland, bloß Deutsch könnten sie nicht. Sie wolle mich *benutzen.*

Aha, sagte ich.

Dann entschuldigte sie sich, sie habe Schularbeiten zu machen. Sie packte Mappen auf den Tisch. Sie fragte, ob ich fernsehen wolle, vielleicht News, über Deutschland.

Ich sagte, das sei nicht nötig. Ich würde in meinem Zimmer Postkarten schreiben. Ich ging dann auch hoch, schrieb aber keine.

Am nächsten Tag, nachdem das Summen auch des zweiten abfahrenden Autos verklungen ist, fühle ich mich alleingelassen in der überschatteten Lichtheit der Räume (die Jalousien sind als Abwehr gegen die Hitze geschlossen). Die Fotos an den Wänden haben mit mir nichts zu tun (Eltern, Onkel, Tanten, Geschwister?), die kleinen Bildchen mit stilisierten Pflanzen nicht und der herzförmige Bronzeleuchter an der Wand erst recht nicht. Ich stoße überall auf Herzen, auf dem langen Regal das Holzkästchen hat eine Herzform und auch die Tonschale auf dem Eßtisch, der von steiflehnigen, goldsamtgepolsterten Stühlen umstellt ist. An der Wand zwei Stiche, ein farbiger und ein schwarzweißer, zeigen aufsteigende Montgolfieren. Auch ein Madonnenbild hängt da, zwischen zwei schwülstigen bronzierten Leuchtern. Ich mache ein, zwei praktischen Zweck vortäuschende Handgriffe, ich knülle eine auf dem Frühstückstisch zurückgebliebene Serviette zusammen, ich wische mit einem Schwamm einige Salzkrümel ab. Mehr ist nicht zu tun, das Geschirr ist im Spüler, die Lebensmittel sind im Freezer oder im Hängeschrank verschwunden. Ich klappe auf der Suche nach einem Glas die falschen Türen auf. Ich steige die Treppe in die obere Etage hinauf, die sich eine Seite entlang als offene Galerie mit Geländer über den großen Erdgeschoßraum erstreckt. Auf der gegenüberliegenden Seite gehen die Türen in die einzelnen Räume ab, auch in meinen.

Am Abend, als Joyce einen Salat zubereitet und ihr Mann wieder oder immer noch nicht da ist, frage ich behutsam, was er so mache. Er sei Elektroniker, Navigator auf einem Schiff, mit unregelmäßigen Diensten. Sie habe aufgegeben, über die Dienste Bescheid zu wissen und sich danach zu richten. Sie habe auch keine Ahnung, ob er heute noch komme. Sie erzählt, wie sie sich kennengelernt hatten. Sie habe im Studium gejobbt, als Serviererin in einem Armeekasino, in Norfolk, Virginia. Das sei heikel gewesen, wie sich herausstellte, aber sie habe gut verdient. Wenn man zu einem Offizier dreimal freundlich gewesen sei, habe der gedacht, es sei eine Aufforderung, mit ihr zu schlafen. Aber Allan habe sich nicht so verhalten. Wenn er da war, habe sie sich beschützt gefühlt, schließlich habe sie seinen Schutz gesucht. So sei es gekommen.

Aber nun ist es schön, daß du da bist, sagt sie, als wir am Tisch gegenübersitzend den Salat essen, und sie richtet ihre grüngrau changierenden Augen auf mich und hilft einem unwilligen Salatblatt mit dem Finger zwischen ihre Lippen nach.

Ich tue so, als komme es in diesem Augenblick darauf an, das richtige Verhältnis von Tomate, Chicoree, gelbem Paprika, Zwiebelringen und Thunfisch auf der Gabel herzustellen. Als ich das als geleistet ansehe, sage ich: Ohne dich wäre ich nie nach San Diego oder überhaupt nach Kalifornien gekommen. Aber sofort habe ich das Gefühl, nicht das Richtige gesagt zu haben. Sie läßt sich nicht anmerken, ob meine Antwort ihrer Erwartung entsprach.

Den Verdacht, mich nicht richtig zu verhalten, wurde ich nie ganz los, auch nicht beim Gute-Nacht-Sagen. Aber was sollte falsch daran sein, wenn Allan, sofern er da war, mir ein selbstverständliches Goodnight entgegenlächelte. Und was sollte falsch daran sein, wenn ich es erwiderte, um ein tönendes For you too angereichert. Tatsächlich mußte ich mich hüten, mir nicht einzugestehen, daß es mich störte, Joyce mit ihm im gleichen Schlafzimmer verschwinden zu sehen. Auch wenn er nicht da war und das Schlafzimmer Joyce allein zur Verfügung stand, hatte ich das Gefühl, mich falsch zu verhalten, wenn ich mein Good-night-Sprüchlein zelebrierte.

Ich liege wach auf dem großen Bett, ein Laken als Decke über mir. Die Jalousie an dem Fenster, das bis auf den Boden reicht, läßt streifenweise matten Schein hindurch, der von einer Außenlampe kommt, die ich nicht kenne. Es ist still im Raum, überhaupt im Haus, kein Laut, kein Geräusch ist zu hören, auch nicht aus dem anderen Schlafzimmer. Wie auch, bei drei Türen dazwischen.

Für den Bruchteil einer Sekunde packt mich wieder der Entschluß, auf und raus hier. Aber doch zu kurz, als daß der Körper ihn annimmt. Ich weiß auch sofort, daß ich nicht mal die Treppe hinunterkäme, die Alarmanlage ist aktiviert. Sie schalten sie vom Schlafzimmer aus ein. Und was sollte ich draußen, vor dem Haus?

Ich käme ja kaum aus dieser Vorstadtsiedlung hinaus, zu Fuß, ohne Auto. Und wenn, wohin dann? Es gibt kein Ziel für mich, kein erreichbares.

Selbstverständlich wäre es unverantwortlich, der Stadt den Rücken zu kehren, ohne sie kennengelernt zu haben, wie sich erweisen soll. Als Joyce wiederum abgehetzt eintrifft – ihr Haar ist halb aufgelöst, die Tasche fällt ihr aus einer Hand auf einen Sessel, ein Stoß Blätter auf einen anderen –, entschuldigt sie sich, während sie die Ballonkanne aus der Kaffeemaschine zieht und Wasser hineinzischen läßt, daß es mit meinen Stunden immer noch nicht ganz soweit sei. Aber wir sollten die Zeit nutzen, damit ich etwas von der Stadt sehe.

Prompt habe ich ein schlechtes Gewissen, sie, so erschöpft wie sie ist, zu nötigen. Aber sie verbietet sich mein Angebot auf Verzicht.

Als erstes fährt sie mich in den Balboa Park: Balboa, mit dem ich vor Jahrhunderten schon einmal den Pazifik erreicht hatte, freilich unter ziemlich anderen Umständen. Nun muß ich mir seinen Namen überhaupt erst wieder in Erinnerung rufen. Hier gelten ihm hüfthoch quellende Rabatten, überschäumt von tellergroßen Blüten, aus denen sich die himmelsüchtigen Fächerpalmen emporstrecken, überragt vom spanisch-barocken Schwulst des California Tower. Das San Diego Museum of Art. Lehmgelbe barocke Wucht ausgestandener Zeit. Zwischen Halbsäulen das muschelüberwölbte Entree, auf das wir zugehen, darüber in dauerhafter Würde sandsteinerne Männlichkeiten, umrahmt von Wappen, Reliefs und der Überfülle sinnhaltiger (Segelschiffe) und ornamentaler Verzierungen. Ich vergesse sogar Joyce ein bißchen.

The Most Famous Zoo in the World erweist sich als Fehlschlag! Halb zur Belustigung, halb zum Abscheu der Leute frißt ein Gorilla seine eigene Scheiße, die er sich von seiner Arschwulst abpflückt. Mit bleckenden Zähnen muß er sie vor einem zweiten Mitbeansprucher verteidigen. Joyce zieht die Stirn in Falten und wendet sich ab. Sie streicht nun auch den Besuch des Wild Animal Park, den es außerdem gibt, aus der weiteren Planung, den sie mir geradezu schwärmerisch in Aussicht gestellt hatte.

Dafür La Jolla. Nachdem wir den Sockel eines Halbhochhauses mit dem kantigen Charme der Wohnklötze am Elbufer neben der Dr.-Friedrichs-Brücke umgangen haben, bekomme ich den Pazifik zunächst als Gischtkaskade einer hoch aufsprühenden Woge zu spüren. Sie läßt die vor uns gehenden Menschen innehalten, abdrehen und aufkreischen. Ich laufe auf Joyce auf und halte sie unvermittelt an beiden Schultern. Nach zwanzig weiteren Schritten bietet sich mir der Pazifik als Robbenbecken. Es ist noch ein Stück Wegs zurückzulegen, bis sich die Wasserweite tatsächlich meinem Blick öffnet, breit ausgespannt, in graublauer Unruhe und als hebe sie sich in einer leichten Steigung auf den Horizont zu. Allerdings wuseln mir ständig Leute durch den Blick, denen es auf die Robben ankommt, die auf den überspülten Steinen lagern, sich halb aufrichten, drüberhin rutschen und in die grün aufschäumenden Wellen sinken. Mit der Erinnerung an den Affen kann sich Joyce nicht zu rückhaltloser Begeisterung über die Tiere entschließen.

Ich frage, ob es den Pazifik auch irgendwo mit ein paar weniger Leuten gäbe?

Wir fahren ein Stück weiter aus der Stadt hinaus. Dort haben wir ihn fast für uns allein. Die Häuser in unserem Rücken, die sich den Sandstrand entlangreihen, mit Terrassen und ohne Terrassen, Restaurants und Nichtrestaurants, zeigen kaum Anzeichen von Belebtheit. Die Sonne ist hinter einer riesigen grauen Wand verschwunden, und die Wasserfläche dehnt sich in der gleichen Farblosigkeit dem Horizont entgegen, als sei sie in ihrer Unermeßlichkeit das Eigentliche, das, worauf es ankommt, die Welt. Und sie hält ihren großen Atem an. Oh, es wird Regen geben! jubelt Joyce. So, wie die Wellen auf den Sand schwappen, geben sie sich zwar kraftlos, aber als würden sie verbergen, was sie im Schilde führen. Zwei Schiffe auf der grauen Weite, nur Konturen. Was da vor uns liegt, ist der Übergang zur Endlosigkeit, mit der Balboa sich am Ziel sah. Mehr ist nicht möglich. – Damals zumindest schien es so.

Denn was der im Maß der Annäherung sich ständig entziehende und dabei immer gleich scheinende Horizont schließlich doch freigibt, ist Land, das aus der entgegengesetzten Richtung bereits erreicht war. Asien.

Es gibt keinen Regen, das Grau des Himmels löst sich wieder in dunstige Bläue auf. Wir setzen uns auf die Terrasse eines Restaurants, als einzige Gäste. Hier ist es schön, sagt Joyce, als hätte sie von Anfang an hierher gewollt. Oh, ich bin so romantisch! Und sie löst ihren Blick von mir und sieht über den weißsandigen Strandstreifen hinweg auf das Meer hinaus. Nicht wahr? fragt sie nach einer Weile und sieht mich wieder an. Ich sollte nicht so romantisch sein!

Doch, sage ich, man muß romantisch sein. Wäre man nicht romantisch, machte man sich nie auf den Weg nach dem schönen Ort.

Am nächsten Tag Point Loma, der in den Ozean züngelnde Halbinsel-Bergrücken, der die San Diego Bay von der Wasserunendlichkeit abtrennt und von dessen Höhe, am Fuß des alten Leuchtturms, man tatsächlich den Eindruck hat, über die changierende Weite des Pazifiks bis Neuseeland blicken zu können. An der steil abfallenden felsigen Spitze gibt es bis auf die Coast Guard Station keine Bebauung, so daß man sich weit weg von der Menschheit wähnen könnte, solange man sich nicht umwendet und der bizarre Antennenwald des Navy-Areals den Blick ernüchtert.

Schließlich Coronado. Die Anfahrt über die sich aufbäumende, hochgestelzte, kilometerlange Brücke, die am allerersten Tag in meinen Blick geraten war. Aus der Nähe freilich eine ruppige Betonaufständerung.

Das Hotel eine weißkalkige Fassadenansammlung, großfenstrig, hochgegiebelt, gerundet, leuchtendrot bedacht. Joyces Stimme belegt sich mit fröhlicher Ehrfurcht: Some Like it Hot. Und ein kleiner freudiger Stolz rührt mich an. Ich kenne den Film! So weltunbedarft, wie es scheint, ist man wohl doch nicht. Marilyn Monroe, Jack Lemmon, Tony Curtis – ein Fitzelchen auch meines

Lebens. Wir gehen die gewinkelten Gänge der Verkaufspassagen entlang, die an den Ort des Big Showdown führen. The Big Showdown? Die große Abballerei nach der Auferstehung eines Ungerechten aus der Riesentorte! Ich hatte einen blassen Mischmasch fröhlich-komischer Bilder von der Frauenband im Kopf, aber nicht diese Szene.

O je, sage ich. Die war mir entfallen.

Joyce sieht mich vorwurfsvoll an.

Wieder draußen auf der steinernen Terrasse, scheint die Sonne in ihrem brachialen Zugriff selbst die dünnen Schattenstreifen der Palmenwedel aufzuzehren. Aber dann weht doch ein Schatten über uns. Ich blicke hoch, ein Flugzeug, spielzeughaft will es mir im ersten Moment vorkommen, torkelt fast greifbar und lautlos durch das heiße Nichts. Der zweite Blick erfaßt die graue militärische Strenge des Fluggeräts. Und ohne sich aus der Blickweite zu entfernen, senkt es sich zwischen dem Wasser der Bucht und dem Gebäudeandrang der Stadt nieder. Es ist nicht bloß eine Simulation wie der Panzer auf der Videowand im Football-Dome von Randers. Ich wiederhole mein O je nicht.

Joyce hat einen der weißen Tische unter einem flatternden Coca-Cola-Schirm für uns bestimmt und geht an die Ausschanktheke vor. Als wir den Orangensaft vor uns haben, in dem die Eisbrokken schmelzen, wischt ein zweiter Schatten über uns hin und formt sich im Absenken wiederum zum Militärgerät.

Es ist immer alles anders, als man sich vorstellt.

Warum schüttelst du den Kopf? fragt Joyce.

Habe ich? frage ich zurück. Nach dem Trolley frage ich nicht.

16

Indem mein Blick über das lockere Spalier der Fächerpalmen an der gekreideten Längslinie des Sportplatzes hinweg zu den ungeschützt der Hitze ausgelieferten kalifornischen Bergen geht und ich mir bewußt mache, wo ich mich befinde, ist mir zumute, als handele es sich mit meinem Jetzt und dem Einst, so fern und unfaßbar es im Moment ist, um zwei Lebensteile, die nicht zusammengehören. Doch sofort fühle ich es fast körperlich, wie sich mein bisheriges Leben dagegen wehrt, fallengelassen, ausrangiert zu werden. Dieses Hinübergleiten von Gegenwart in Vergangenheit, das sich auch in diesem Augenblick vollzieht, in dem die Landschaft in der Hitze erstarrt scheint, dieser permanente Zustandswechsel ist unspürbar. Und natürlich läßt sich das vorangegangene Leben nicht ablegen, was auch immer man gerade vor Augen hat. Es flimmert ununterbrochen über die innere Projektionswand, mal deutlich, mal verschwommen, mal in klare Sequenzen gegliedert, mal als verwirrendes Gemenge. Es folgt keinem Hausverbot. Wohin sollte es denn verwiesen werden? Zumal wenn es sich zu solcher Menge angehäuft hat. Tag um Tag um Tag, Morgen für Morgen in schier ununterbrochener Kette die gleiche Überwindung. Vom ersten Moment an, Viertel nach fünf, wenn der Wecker seine schrillen Spieße in den Schlaf trieb, als wolle er einen umbringen, im Nebenbett Karin mit einer Galgenfrist von zwanzig Minuten, auf der sie, *weil dies ihr Kreislauf verlange*, bestand. Die Zeit, da sie bang hoffen durfte, das Kind würde ihr die Frist gönnen und käme nicht angetapert, lag zurück; natürlich kam es, mit verdrossenem Gesichtchen, das Strubbelhaar eine einzige Anklage. Die Preßspanplatten der Einbauschränke, deren Rückseiten die Wand zwischen beiden Räumen bildeten, konnten nicht verhindern, daß die Unruhe von einem Zimmer ins andere filterte. Die tägliche Wiederholung hatte sich dem Kind allerdings längst als Signal verinnerlicht. Der Aufbruch zur Rettungssuche bei der Mutter war ausgelöst, noch bevor der Wecker schrillte.

Inzwischen war das Kind der Mutter in Kinnhöhe entgegen- und weitgehender morgendlicher Selbständigkeit zugewachsen. Wir dosierten sie freilich auf ein zumutbares Maß. Ich bereitete am Abend die Schulbrote zu, Karin legte die Sachen zurecht. Da Karins Dienstbeginn um acht Uhr eine Stunde nach meinem lag, kamen wir uns im Bad nicht ins Gehege. Der Ablauf war eingespielt, bis zum letzten Griff nach dem Schlüssel am Brett und dem Schwung, mit dem die Wohnungstür zugezogen wurde.

Der Wucht der Umstände – jeder Tag ein neuerlicher Beweis ihrer Unabänderlichkeit – zollte man Tribut mit Hast, mit ausgreifenden Schritten haarscharf an den Eckkanten der Neubaublocks vorbei, der Weg zur Haltestelle auf die Ideallinie reduziert. Um sich düpiert zu sehen. Die Straßenbahn hielt die Verabredung nicht ein. Womit der ganze morgendliche Streß, die Selbstüberwindung, die ausgeklügelte Organisation der Haushaltsbewältigung null und nichtig geworden waren. Unweigerlich fühlte man sich degradiert, hilf- und wehrlos. Schon angesichts der Verkehrsbetriebe. Wie erst im großen Ganzen!

In dem Transportbehältnis, das sich endlich dem Menschenandrang überantwortet, in dem sich weder Standfläche für den zweiten Fuß findet noch Raum, den die bescheidene Expandierung des Rippengehäuses zum Zweck der Sauerstoffaufnahme benötigt, wird die Einsicht in die Nichtigkeit eigenen Wollens und eigener Absichten zum profunden Erlebnis. Durchhalten als Massepartikel ist alles, was gilt. Dabei konnte ich noch zufrieden sein, nicht als Straßenbahner, also als potentieller Mitverursacher des Übels, identifiziert zu werden.

Auch am Schreibtisch Brottstein gegenüber war Selbstbehauptung gefordert. Wenn ich nach ihm eintraf, war die erste Runde bereits verloren, zumindest an trüben Tagen. Denn der erste bestimmte die Raumbeleuchtung. Kam das Recht Brottstein zu, konnte von Beleuchtung keine Rede sein. Seine Schreibtischlampe versetzte mit einem Lichtkreis von Handtellergröße den Raum in Schlafzimmeratmosphäre. Die Aktenregale, die Bücher, meine kartographische Wanddekoration versanken im Dunkel. Ich empfand es nicht nur als unpraktisch, ja kontraproduktiv – wie oft vergriff ich mich in Akten, Karteikästen, Verzeichnissen! –, sondern dazu als Ausdruck Brottsteinscher geistiger Nichtexistenz. War ich vor Brottstein da, versetzte ich den Raum in klare Neonröhrenhelligkeit, und die sachliche Ausstattung kam als kreative Herausforderung zu ihrem Recht. Was allerdings auch bei anderen Mitarbeitern im Haus nicht nur Zustimmung auslöste. Kinder, wozu braucht *ihr* denn dieses scheußliche Licht, mokierte sich Susi, die im Zeichensaal unvermeidlich der grellen Ausleuchtung ausgesetzt war.

Ich deutete Brottsteins Beharren auf Minimalbeleuchtung als Entsprechung seiner Energielosigkeit. Worüber auch immer mit ihm zu reden ich mich einließ, alles, was über ein Achselzucken und einen mühevoll auf mich gerichteten Blick aus seinem froschigen Gesicht hinausging, kam einer Kulturleistung gleich. Und es gab genügend Dinge, die einen tiefer aufwühlten als Fahrgastabfertigung und Standards. Als der »Vertrag über die Grundlagen der Beziehungen zwischen der Deutschen Demokratischen Republik und der Bundesrepublik Deutschland« abgeschlossen und die Zeitung voll davon war, fragte ich ihn über die uns auf Abstand haltende doppelte Schreibtischbreite hinweg, ob man dies als Zeichen deuten könne, daß die Gefahr, aufeinander loszuballern, geringer geworden sei, oder ob es sich um einen Bauerntrick handele? Wer dabei wen reinlegen wolle, bleibe freilich offen, wahrscheinlich jeder den anderen.

Brottstein blieb in Wortlosigkeit eingerüstet.

Mir war an einer Reaktion meiner Nächsten gelegen, und acht dreiviertel Stunden täglich war Brottstein mein Nächster. Eigentlich war jeder einzelne Lebensmoment mit der Frage aufgeladen:

Verhalte ich mich richtig? Was nützt die bis auf die letzte Kommastelle errechnete Korrelation zwischen Einwohnerzahl und Fahrgastaufkommen, wenn es über kurz oder lang weder Fahrgäste noch die Stadt überhaupt gibt, weil sie dort oder hier nicht mehr wissen, wohin mit den Megatonnen Wahnsinn. Auferstehung des Mittelalters mit landstrichweiser Inquisition als finale Beantwortung der Frage wer–wen! Daß es allein mit atomarer Drohung nicht getan sein muß, ist ja seit Hiroshima und Nagasaki erwiesen. Ist man also gefordert, sein Nanogewicht, so mickrig es auch sei, dem entgegenzusetzen! Oder gerade nicht, weil man damit seinen Anspruch auf den Alltag aufgibt? Haben sie es genau darauf abgesehen, daß einem unter der Last der Dauerfurcht die Lust am Leben der tausend kleinen Dinge vergeht? Daß man aufhört, sich über die Straßenbahnverspätung und all die Unzulänglichkeiten zu echauffieren, wie es einem von Natur aus gegeben ist, um sie ins Erträgliche zu verwandeln. Oder hat gerade der Anspruch auf die kleinen Ärgernisse und Erfreulichkeiten dem großen Unheil immer wieder freien Lauf gelassen! … Ich hatte die Zeitung über die Tabellen auf meinem Schreibtisch ausgebreitet. »In dem Maße, wie wir den Gegner hindern, zu militärischen Aggressionen Zuflucht zu nehmen, wie wir ihn zur friedlichen Koexistenz, zu der von uns gewollten Form der internationalen Klassenauseinandersetzung veranlassen«, las ich vor, »verschärft sich besonders der Kampf an der ideologischen Front«. Das sollte doch ein Mutmacher sein, animierte ich unverdrossen mein Gegenüber zu geistiger Beteiligung. Daß es von nun an auf einen Schlagabtausch mit Argumenten hinausläuft, in guter deutscher Tradition, wie zwischen Luther und Eck. Brottstein sortierte Büroklammern nach der Größe in drei Häufchen.

Mir lag besonders an Zuspruch für meine Hoffnung auf militärischen Bedeutungsverlust, nachdem ich zwei Tage zuvor die dritte Musterung hatte über mich ergehen lassen und erwartet hatte, ausgesondert zu werden. Es war nicht passiert. Der Wortführer der Musterungskommission, ein Hauptmann, hatte sich hinter dem improvisierten Bürotisch erhoben, mir zur Wehrdiensttauglichkeit gratuliert und den Wehrpaß gereicht. Ich muß ein verdattertes Gesicht gemacht haben. Ist noch was? fragte er. Ich war stehengeblieben und fingerte an dem Paß herum. Nee, nee, murmelte ich und schlich hinaus. In dem Wehrpaß war die Gesundheitsstufe nicht eingetragen, auf die sich meine Hoffnung gegründet hatte. Meine zu hohen Leberwerte – Takata, Thymol, Bilirubin – hatten die zweimalige zeitweilige Dienstuntauglichkeit bewirkt. Ob sie sich auf Dauer wirklich als Vorteil erweisen würde, war eine andere Frage. Ich drückte mich auf dem Barackengang zwischen den stoischen Musterungskandidaten herum, um den Arzt abzufangen. Tatsächlich erwischte ich ihn. Ein junger, rundgesichtiger Bursche, kaum älter als ich. Freilich sind Sie Stufe drei, sagte er mit kumpanenhaftem Grinsen. Da passiert nicht viel.

Ich kam dennoch nicht so schnell wieder ins Lot.

Im Radio hätte ich gestern abend gehört – der Sender erklärte sich von selbst, und ich ließ ihn weg –, der Westen habe dem Vertrag noch einen »Brief zur deutschen Einheit« angefügt. Ich schlug die Zeitungsseiten hin und her. Kein Wort dazu. Kein Wort! Ob so der Schlagabtausch von Argumenten aussehe, daß die der anderen Seite einfach weggelassen werden? Wunderbar, ideologische Klassenauseinandersetzung, indem man dem Gegner den Mund verbietet. Oder wie?

Brottstein zog die Schreibtischschublade heraus, soweit es sein Bauch zuließ, und wühlte darin herum. Dann hielt er einen Radiergummi zwischen Daumen- und Zeigefingerkuppen beider Hände und walkte ihn hin und her.

Manchmal flüchtete ich förmlich aus unserem Zimmer, zu Pospischil und Falko Funke, die ja nun meine Leute waren und in einem engen Raum unterm Dach saßen. Ich machte mitunter auch kein Hehl aus meiner Stimmung: Der Dicke kotzt mich an. Aber erstens war es schwer, mit Funke ein ernsthaftes Gespräch zu führen, er verwitzelte und ironisierte alles und verschaffte sich damit einen Freibrief gegenüber jedem politischen Thema. Und zweitens war ich mir nicht sicher, wieweit ich mich den beiden anvertrauen konnte, denn sie waren ja noch nicht lange genug da, um sie wirklich zu kennen. Ganz davon abgesehen, daß man nie weiß, in welcher Stimmung man jemanden antrifft. Wenn Dynamo verloren hatte, konnte ich sowieso gleich wieder gehen.

Ich blieb auf Hezi angewiesen. Die fünf gemeinsamen Jahre in ein und denselben vier Wänden brauchten sich nicht auf, egal, worauf sich jeder von uns inzwischen eingelassen hatte! Ich hatte die Rauchglasschwenker auf den Klubtisch gesetzt, den Dujardin aus der Hausbar geholt, den Gitta bei meiner Mutter für mich hinterlassen hatte und den ich nur für besondere Anlässe herausrückte. Hezi und Sylvia galten selbstverständlich als solcher.

Hezi war auf den Balkon getreten, es war Ritual für ihn, hatte sich aufs Geländer gestützt und den Blick über die nahen und ferneren Dächer schweifen lassen, das Niedersedlitzer Schornsteinstakkato, bis zu den dahinter im Dunst verschwimmenden Bergen der Sächsischen Schweiz, dem abgeplatteten Stumpf des Liliensteins, der mehr zu ahnenden Schattenaufwölbung des Winterbergs. Beim Umwenden ins Zimmer gab er seinen obligatorischen Spruch von sich: So kann man leben.

Womöglich hatte es Hezi gut mit mir gemeint, als er, den Kognakschwenker zwischen den Fingern und die Beine vom Schalensessel zur Balkontür ausgestreckt, so hinplauderte: An die Grenze käme ich nicht, und das andere sei daran gemessen 'ne Art Spielerei. Er war ohne Einschränkung wehrtauglich gemustert worden, nahm es gelassen und war bisher nicht gezogen worden.

Spielerei! Du hast ein Gemüt, fuhr ich halb auf. – Ich brauchte ihm gegenüber meine Stimmung nicht zu kaschieren oder absichernde Rücksichten zu nehmen. – Ob er ernsthaft denke, ich würde mich mit einem Schwur dazu verdingen, andere abzuknallen oder mich abzuknallen lassen!

Ich solle mich nicht so haben, Schwur, Schwur, das seien solche Worte.

Irgendwo sei Schluß, so zu tun, als hätte, was man sagt, nichts mit einem zu tun. Als wären Worte so 'ne Art Schlips, den man umbindet, wenn man es für richtig hält, und wieder ablegt, wenn sich der Anlaß erledigt hat. Möge mir erspart bleiben, all die Verpflichtungserklärungen, Aufrufe, Grußadressen und was da alles in meinem Namen mittlerweile durch die Welt vagabundiert, vor Augen zu bekommen...!

Im Ernstfall laufe es sowieso auf den großen Rums hinaus, dann gelte nichts mehr, was vorher gegolten habe, keine Zeile, kein Schwur. Hezis Blick war auf das bronzefarbengetönte Glas in seiner Hand gerichtet. Ob ich wisse, wieviel Zeit unseren Truppen bei den Planspielen für den Ernstfall gegeben sei? Vier Stunden! Der Rest sei Sache der »Freunde«, wenn dann noch was zu machen sei...

Und auf den Wahnsinn solle ich mich einschwören! Dann könne man gleich den Löffel abgeben! Der Wahnsinn fange ja nicht erst bei einem Atombombeneinsatz an. Was sie sich jetzt an der Grenze leisten würden, Tretminen einbuddeln, da sei er schon zugange. Ob der Sinn unserer Zeit in der Wahnsinnsperfektionierung läge?

Die hänge ja nicht nur von uns ab, und von einem selbst noch weniger. Verantwortung trage man für das, was man mache.

Na schön, aber was mache man nicht alles. Immerhin mache ich bei dem mit, was man bei uns Wählen nenne. Ob Wählen kein Tun sei! Ich *wähle*, also bin ich verantwortlich. Und die ich wähle, sie nähmen mich ja in die Verantwortung. Sie drehten den Spieß um und behaupteten, in meinem Auftrag zu handeln. In meinem Auftrag verlegen sie Minen, damit wer auch immer hochgeht.

Niemand werde gezwungen, das Grenzgebiet zu betreten. Im Gegenteil, man werde eindringlich gewarnt. Ja, das Betreten sei verboten.

Aha, und die strafrechtliche Konsequenz für einen verbotenen Übertritt sei die Todesstrafe!

Ich solle nicht so ’n Quatsch reden. Die Grenze sei, so wie sie ist, international akzeptiert, sonst wäre es nicht zum 18. September gekommen. Und die DDR noch vor der Bundesrepublik in die UNO aufgenommen! Er kicherte und griff zum Dujardin. Ob mir klar sei, was das heiße? Es sei der chirurgische Trennschnitt der deutschen siamesischen Zwillinge. Jetzt seien beide weltpolitisch Einzelwesen. Na bitte! setzte er wie ein Ausrufungszeichen hinzu, indem er den Kognakschwenker hob, als sei es sein Verdienst als Genosse. Und der Dujardin im Glas ebenfalls.

Gewiß, die Menschheit sei nie ohne Mauern ausgekommen, erging ich mich in historischem Exkurs. Solange es Menschen gebe, sei die Welt von Mauern durchzogen, der chinesischen, dem Limes, dem Hadrianswall, von Burgmauern, Stadtmauern, Hofmauern, aber immer als Abschirmung gegen das Außen, das Fremde, gegen Bedrohung. Mauern seien materialisierter Ausdruck von Normalität, vorausgesetzt, sie schützen in die richtige Richtung, nach außen. Aber unsere Mauer, da stimme etwas nicht, sagte ich. An dem Ganzen stimme etwas nicht. Das wolle er doch wohl nicht bestreiten!

Nein.

Was nein? Daß es nicht stimme oder er es nicht bestreite?

Ob ich meine, daß es sonst irgendwo stimme?

Zumindest besser.

Und schlechter. Die DDR sei gute Mittellage.

Mit einem Staat, der sich auf Demokratie beruft, sie aber nicht zuläßt, könne es nicht gutgehen. Demokratie könne man nicht behaupten. Das Prinzip der großen Zahl, das Demokratie zugrunde liegt, ist keine Frage von Lust und Laune. Es ist eine mathematische Determinante, eine willensunabhängige Gesetzlichkeit. Die größere Zahl trägt. Maßt die kleinere sich an, die bestimmende zu sein, kippt das Gebilde, früher oder später. – Wieviel Prozent der Bevölkerung würden sich ehrlich für die DDR entscheiden als den Staat, den sie wollen? Freilich läßt sich ein Gebäude mit Baufehlern von seinen Nachbarn halten. Die Nachbarn der DDR, die bereit sind, sie zu stützen, verfügen aber über denselben Defekt. Der DDR kommt bloß das Privileg zu, mit der Mauer den faßbarsten Ausdruck der Unwahrhaftigkeit geliefert zu haben.

Schön wär's, wenn über Sein oder Nichtsein eines Staates ein mathematisches Verteilungsaxiom entschiede. Menschen seien aber nicht eins zu eins zu rechnen. Die Mauer sei die Trennlinie zwischen zwei Machtpotentialen. Man solle nur zufrieden sein, daß sie so klar getrennt seien. Sie sei Schutz für beide Seiten.

Wovor sie drüben schütze?

Wovor? Vor uns! Denen ist doch nichts lieber, als daß sie von uns verschont bleiben. Die seien höchst zufrieden, daß sie den Rücken freihaben dank der Mauer. Ihm jedenfalls behage manches viel weniger als die Mauer.

Aha, nun werde er gleich wieder mit Antifaschismus bei uns und dem Nazimyzel, das drüben weiter wuchere, kommen. Ich habe es langsam satt, für alles, was bei uns schieflaufe, sich mit Antifaschismus rausreden zu wollen...

Was hier rausreden hieße! Nichts außer dem Antifaschismus hätte den Faschismus verhindern können. Und der Menschheit wäre dadurch der schlimmste Zivilisationsbruch erspart geblieben. Ob ich das einsehen würde oder nicht, ändere an der Tatsache nichts.

Ob wir's nicht eine Nummer kleiner machen könnten, rief Sylvia aus der Küche. Er bekomme neuerdings manchmal seinen Moralischen! Sylvia hatte eine bemerkenswerte Wandlung vollzogen. Ihre fahrige Eifrigkeit hatte sich zu einem Selbstbewußtsein gemausert, das sich in zielgerichtetem Handeln ausdrückte. Zumindest soweit es Essenzubereitung betraf. Sie war Leiterin einer Krankenhausgroßküche geworden. Wenn sie zu Besuch kamen, zwang sie Karin in unsere Kombüse. Sylvia schien auch an körperlicher Statur gewonnen zu haben. Obwohl ein Blick genügte: Ihre Waden waren dünn wie eh und je, und ihr Körper entsprach ihnen.

Kleiner? Ich ließ mir Sylvias Angebot auf Themenwechsel nicht entgehen. Gerne. Man laufe sich längst nicht erst an der Staats- – ich dehnte das Halbwort – grenze fest. Man laufe mit jedem leidlich vernünftigen Gedanken auf. Wehrst du dich dagegen, daß sie bloß 60- statt 80-Gramm-Papier für die Fahrscheine genehmigen, gehen sie mit dem Totschlaghammer auf dich los: Das ist eine politische Entscheidung. Wenn du das nicht begreifst, Kollege Fachgruppenleiter, müssen wir uns mal mit deiner Eignung für diese Funktion befassen! Um sich das sagen zu lassen, haben wir uns im Studium vollstopfen müssen, mit Cremonaplan, skalaren und vektoriellen Produkten, Campus initialis, mit Mittel- und Zufallswerten. Damit eine Zahlbox – ich dehnte auch dieses Wort – zustande kommt. Als Krönung der Denkleistung!

Abends im Bett setzte sich das Gespräch manchmal mit Karin fort. Freilich nicht gerade über Fahrgastabfertigung. Wenn es auf Themen geriet, mit denen Karin befaßt war, kam es mir öfter, als mir lieb war, vor, als sei Wilfried mit im Spiel, auch wenn sein Name nicht fiel. Ich scheute mich, über ihn zu reden, aus einer uneingestandenen Furcht, etwas zur Sprache zu bringen, womit ich – wir? – womöglich nicht fertig würden.

Siehst du nicht, Wilfried ist ein armes Kerlchen, hatte sich Karin einmal treuherzig gegeben. Und Susi ein armes Mädchen, lag mir als Erwiderung auf der Zunge. Karin hatte Susi bei ein, zwei Betriebsvergnügen erlebt, wie sie mit charmanter Konfusion etwas zu organisieren versuchte. Na, die ist dir doch nicht einerlei, stellte Karin unumwunden fest. Weil sie süß ist. So überrumpelt wie ich war, schien mir Angriff die beste Verteidigung.

Wilfrieds letztes Erscheinen bei uns lag mir noch schwer im Magen. Er bekomme den Nachwuchspreis zum Bezirkskulturpreis, rief mir Karin entgegen, noch ehe sie durch die Tür in die Wohnung getreten war. Ihre Worte hallten im Treppenhaus. Sie strahlte mich an, als sei sie selbst die Preisträgerin, während sie den Mantel in den Garderobenschrank stopfte. In ihrem Schatten und der Dunkelheit des Treppenhauses, wo das Licht mit dem

Klicken des Relais verlöscht war, stand Wilfried. Als er endlich in den Korridor trat, zögernd, mit steifen Knien, als versuche er, die Füße nicht aufzusetzen, um unserem Linoleumfußboden nicht seine Schuhe zuzumuten. Karin kniete geradezu vor ihm nieder, um ihn zu hindern, die Schuhe auszuziehen. Nun saß er scheu und steif auf dem blauen Schalensessel, als wüßte er überhaupt nicht, wo er hingeraten sei.

Um Karins Überschwang nicht ganz echolos verhallen zu lassen und mich nicht als teilnahmsresistent zu erweisen, sagte ich: Glückwunsch. Und weil es mir ein bißchen karg geraten schien, zitierte ich mein obligates Leben-reicher-als-Denken-Sprüchlein. Es war sicher nicht das Passendste, was ich sagen konnte, und daß ich dann noch Lenin wie ein Amen hinzufügte, war es noch weniger.

Gott ist größer als der Mensch! konterte Wilfried.

Aha, sagte ich einigermaßen verdutzt.

Wilfried hatte sein flaches Gesicht nicht auf mich und nicht auf Karin gerichtet. Eine Gläubigkeit löst die andere ab, nuschelte er, während sein Blick etwas suchte, was aber offensichtlich nicht vorhanden war.

Gläubigkeit! Was soll denn das? fragte ich. Mir war, als hätte er mir einen nassen Lappen ins Gesicht geklatscht. Ich war bereit, mir manches nachsagen zu lassen, aber Gläubigkeit! Was ging denn in diesem Menschen vor!

Na, bloß gut, daß hin und wieder Gott zu uns ins Haus kommt.

Wilfried fuhr vom Stuhl hoch und starrte mich an.

Ich rede doch nicht von dir! Ich hatte sein angespanntes Gesicht unangenehm dicht vor mir. Ich ertrug es. Ich war drauf und dran, ihm die Hand auf die Schulter zu patschen. Ich spürte, ich hatte gewonnen.

Sein Gesicht schien von einem Moment zum anderen zu verfallen, seine Augenlider flatterten, und er versteifte in seiner üblichen Haltung vor Verlegenheit, streckte das Handgelenk aus dem Jackettärmel und sah auf die Armbanduhr.

Es brauchte nicht viel, um meiner Aversion ihm gegenüber freien Lauf zu lassen. Mittlerweile war ich fast überzeugt, daß er es darauf abgesehen hatte, mich, wo es nur ging, ins Unrecht zu setzen. Ich empfand ihn immer mehr als Störfaktor, der mein Leben durch seine Art nicht nur in Unruhe versetzte, sondern es mit allem, was dazugehörte, zu zerstören trachtete. Zwar traute ich mir zu, das zu verhindern. Was mich aber nicht nur irritierte, sondern beunruhigte, war: Was findet Karin an ihm!

Setz dich mal wieder, sagte Karin engelhaft, als hätte es unseren Wortwechsel nicht gegeben, und stellte drei Teegläser in die Durchreiche. Du hast noch Zeit. Der Wasserkessel pfiff.

Es lag natürlich längst nicht nur an Wilfried, wenn nachts meine Redelust versiegte. Manchmal hatte ich es einfach satt, weiter und weiter zu reden. Das lastende Gefühl, von einem Überdruck am Boden, am Grund eines unveränderbaren Zustands festgehalten zu werden, das bereits morgens da war, lag abends immer noch auf mir. Die Zeitumstände haben sich auf die Aufteilung der Welt eingetaktet, und zwar auf ein endgültiges, finales Resultat. Ein Zustand, der, so wie er in dem mir beschiedenen Weltsegment beschaffen ist, meine Form der Lebenserfüllung nicht zuläßt. Nicht mal die Frage, ob sie auf andere Weise als der oktroyierten gelingen könnte. Und ich spürte, so wie ich an den Umständen nichts ändern kann, lohnte auch die Frage nach anderen Lebensideen, Lebenskonzepten, Philosophien nicht. Ich stellte sie schon längst nicht mehr. Du mußt mehr lesen, versuchte mich Karin sanft zu bedrängen. Lesen mache die Welt größer. – Es werde einem Größe vorgetäuscht! war meine Reaktion. Sich auf die eingebildete Größe einlassen, und du läufst in der Wirklichkeit erst recht auf! Eine Zeitlang hatte ich mich, obwohl alles längst entschieden war, immer noch an den Prager Frühling geklammert, die Hoffnung auf ein anderes sozialistisches Lebensverständnis. Ich wollte nicht glauben, daß es gelungen sein konnte, es spurlos zu tilgen. Aber ich sah nicht ohne Bitterkeit, wie es zu einer zwar ehrenhaft gedachten Absicht, aber letztlich grotesken Anmaßung gegenüber den Unabdingbarkeiten verunglimpft wurde: ein Nachhall des Rousseauschen intellektuellen Fäusterüttelns im Namen der Vernunft angesichts des Erdbebens von Lissabon gegen den Wahnwitz der Unumstößlichkeiten.

Die ganze Gemengelage sich widersprechender Empfindungen rotierte in mir, genährt aus den nicht abreißenden Ärgernissen, den alltäglichen und den grundsätzlichen, den inszenierten Ritualen, den nichts zur Wahl stellenden Wahlen, den Jubelorgien der Parteitage, der pompösen Selbstbeweihräucherung, der verordneten Spontaneität der Demonstrationen, den martialischen Militäraufmärschen, den Manövern und den Drohgebärden...

In die sich eine beschwichtigende Stimme mischte: Es hätte dich auch schlimmer erwischen können. In Südafrika, in einem Slum von Dhaka, in einer Bambushütte in Vietnam, die von Agent Orange weggeätzt wird. Vietnam machte mir zu schaffen. So penetrant die einseitige Berichterstattung auch war, daß das Ergebnis von Bomben und Flammenwerfern Befreiung und Demokratie sein könnte, oder wofür auch immer die Amerikaner sich ins Zeug zu legen behaupteten, dem widersprach die einfache Tatsache, daß Tote nicht in der Lage sind, das in Anspruch zu nehmen. Und wer überlebt, dem steckt die Angst vor der Art und Weise, wie die Großartigkeiten durchgesetzt werden sollten, sowieso in den Knochen, daß ein Leben nicht ausreicht, um sich von dem Schock zu erholen.

Unwillkürlich streckte ich den Arm aus, nach dem aufgewulsteten Deckbett neben mir, dem nachteingeschatteten Bündel, um Karin übers Haar zu streichen, in der gestauten Wärme unter der Decke ihre faßliche Schulter durch das Gewebe des Nachthemds zu spüren, als müsse ich mich ihrer versichern. Mehr bedurfte es in solchen Momenten nicht, als zu wissen, sie ist da, sie, der ich die großen Momente verdanke, durchglüht zu sein, indem ich ihren bloßen Körper umklammere, alles zu halten, was die Welt zu bieten hat. Einen Augenblick lang erlöst sein von aller Unruhe, Bedrängnis und Angst, ihren schmerzlosen Biß in der Schulter nicht zu spüren... *Zu sein, zu leben ist genug. Das ist die Ehre der Götter!* Was mehr kann man leisten, als dieses Sein zu bewahren! Nebenan das Kind! Mit seiner unbedingten Zuversicht auf das Leben. Draußen der matte Schein der Laterne, die Straße, die Stadt. Zur Ruhe gekommen, kein Schrei, man könnte meinen, alles ist gut. Ich gestehe mir ein, vom Schicksal so schlecht nicht bedient zu sein. Zumal das Leben ja nicht auf der Stelle tritt, es sieht schon zu, daß es einen mit kleinen Trophäen, Jagdbeute der täglichen Mühen, bei Laune hält. Natürlich zählte ich nächtens nicht etwa vom Gefrierschrank über Balkonmarkise, Schnellkochtopf, Moulinette bis zum Waschhalbautomaten alles auf, was an Dingen hinzugekommen war. Erst recht nicht, was sich außerhalb der Wohnung tat. Hezi, der von Zeit zu Zeit erschien, nahm es bewußter wahr: den Gebäudekomplex für Robotron, die Dr.-Friedrichs-Brücke, das Hotel, das die Prager Straße am Hauptbahnhof abschließt (getauft auf den Namen Newa; es hätte schlimmer kommen können), den Fernsehturm auf den Wachwitzer Höhen, ein neues Wahrzeichen der Stadt, das sich sehen lassen kann. Auch wenn es die Erwartungen, von Gerüchten genährt, nicht erfüllte, daß er der Stadt Westfernsehen verschaffen würde. Schon gar nicht hatte ich in diesem Moment im Kopf, was sich der Staat alles zugute hielt – Zuwachsrate des Nationaleinkommens, Steigerungsquote der Konsumgüterproduktion, Rekorde, Medaillen, einer der Seinen im Orbit, ein anderer als höchste Rechtsinstanz vor den Augen der Welt berufen: zum Schiedsrichter des Endspiels der Fußballweltmeisterschaft. In Mexiko! Und ein Hoffnungsflämmchen flackerte auf. Vielleicht wird Mexiko für mehr als einen Schiedsrichter von uns erreichbar, Kuba immerhin sei ja bereits nicht ganz ausgeschlossen. Ich begann es zu erwägen. Ich hoffte nur, daß Castro, als er bärtig, uniformiert und mit wachem Knopfaugenblick neben Lambertz auf dem offenen Fahrzeug das Menschenspalier am Külzring abfuhr, entgangen war, daß ich den Arm zum Winken nicht so richtig hochbekommen hatte ...

Noch hatten wir uns mit Pillnitz zu bescheiden. Das Eis im Schloßcafé, mit dem wir Silke den Ausflug im wahrsten Sinn des

Worts schmackhaft machten, hatte seiner Eigenart gemäß nur kurzzeitige Wirkung. Das chinoisierende, ockerfarbene Schloßgeviert und die sprühenden Springbrunnen, selbst die königliche Lustgondel, so wie sie dem Wasser entzogen auf dem kiesigen Boden zwischen den überkopfhohen Hecken einigermaßen zwecklos dalag, waren nicht in der Lage, das Kind sonderlich zu begeistern. Daß dazu Wilfried mir Pillnitz – ich gehe nicht soweit zu sagen, verleidet, aber doch etwas suspekt gemacht hatte, davon will ich nicht weiter reden. Er hatte ein Gedicht geschrieben: An Juniabenden fahren wir nach Pillnitz … Als wir Schloß und Gondel hinter uns gelassen, die Kastanienallee entlangschlenderten und der Blick unweigerlich auf die Dächer im Laub der Wachwitzer Höhenzüge gerichtet war, konnte ich den Gedanken nicht verhindern, daß Karin Wilfried im Auge hatte, denn er wohnte dort irgendwo.

Insofern lag mir daran, die Haltestelle der 18 zu erreichen und zur Loschwitzhöhe zu wechseln, auch wenn wir dadurch Wilfried räumlich sogar näher kamen, aber wenigstens hatte er über Loschwitz kein Gedicht gemacht – noch nicht, schränkte ich voller Befürchtungen ein. Freilich wußte ich, nachdem die Schwebebahn, in ihrem Gefüge ächzend, uns Baum um Baum, Dach um Dach auf die Loschwitzhöhe gehoben hatte, auch damit erfüllt sich kein brennender Kinderwunsch, es ist mehr ein Tribut der Familie an mich: Sie gönnen mir den Blick auf das zu Spielzeuggröße verkleinerte Stahlgittergefache des Blauen Wunders, das da unten über das braune, reglose Band der Elbe gespannt ist, die, an die rechtsseitigen Hänge ausholend auf der gegenüberliegenden Seite den Raum für die Uferwiesen freigibt, im Bogen dann die Stadt durchschneidet: diese Häuserlandschaft im Wechsel mit den großflächigen Grünarealen, dem Waldpark im Vordergrund, entfernter der Große Garten, überragt von den ernsten Türmen von Rathaus, Kreuzkirche, Hofkirche, der durchlichteten Skelettahaube der Yenidze, der rabiaten Überhöhe des Kraftwerkschornsteins an der Nossener Brücke, alles umrahmt von den sich dem Erzgebirge entgegenhebenden Anhöhen, vom Windberg bis zum Cottaer Spitzberg im Hintergrund. Fast wollte der Eindruck gelingen, eine unbeschädigte, das Leben lohnende Stadt sei da vor uns ausgebreitet, der Rest der Welt nicht sehr vonnöten. In solchem Moment züngelte mein Blick nicht über den von der Ferne und dem Dunst fast verschluckten Oberwarthaer Pumpspeicher-Doppelturm hinaus. Karin assistierte inzwischen Silke bei ihren Reckübungen am Geländer.

Um sich den Blick auf die Stadt auch von der entgegengesetzten, der südlichen Seite zu leisten, bedurfte es bereits wohlüberlegter Fahrkombinationen Bus/Straßenbahn/Bus oder Straßenbahn/Straßenbahn/Bus, je nachdem, für welche Variante wir uns entschieden, aber beide erforderten die Fortsetzung in einem Fußmarsch von Goppeln bis zur Babisnauer Pappel. Das ist zu weit! lautete Silkes kategorische Feststellung. Wir hatten den Bus noch keine zweihundert Meter hinter uns gelassen. Dem Kind die Laufunlust zu mildern, indem Karin und ich es zwischen uns an die Hände nahmen, alle zehn Schritte hochrissen und durch die Luft schwangen, war durch das Versiegen der mütterlichen Kräfte nach der fünften Übung eine Grenze gesetzt. Ihr habt längere Beine, erklärte Silke schließlich bündig, als wir kaum die ersten Häuser von Golberode erreicht hatten, das größere Wegstück also noch vor uns lag. Als wir die Pappel, umgeben von ihrer windigen Leere, dann immerhin in den Blick bekamen, hatte das Kind handfestere, was hieß: fußfestere Argumente – die Schuhe drückten. Die hölzerne Aussichtsstellage, die sich als Klettergerüst nutzen ließ, verschaffte der halben Stunde für Silke dann doch Lebenssinn. Den Blick über die im Talkessel sich hinstreckende Stadt ersparte sie sich, bis auf den kurzen Versuch, *unser Haus* zu entdecken, zu dem sie Karin animierte. Im Herbst gelang mit dem Lockangebot, den Drachen steigen zu lassen, ein zweiter Ausflug. Nur, der Drachen stieg nicht. Von da an blieb die Pappel von uns unbehelligt. Die Grenzen der uns erreichbaren Welt waren gesetzt. Unser sonntägliches Ziel wurde der Spielplatz an der Stübelallee samt der Zugabe einer Tour mit der Pioniereisenbahn von der Frohen Zukunft durch den Großen Garten, an der Rückseite des Zoos entlang, an der Freilichtbühne vorbei, zurück zur Frohen Zukunft.

Meine Hoffnung auf Weltgewinn knüpfte ich an ein Auto. Etwas zu haben war jedoch nicht nur vom Wollen und vom Preis abhängig, sondern von der Herstellung. Die verschob die Ankunft in der frohen Zukunft mit dem eigenen Auto um sechs Jahre. Keine zweihundert Meter von unserem Block entfernt jedoch war eine mit Trümmerschutt verfüllte einstige Lehmgrube zur Errichtung einer Garagenanlage freigegeben. Ich schloß mich den Garagenbauern an, um mich zumindest indirekt so gut wie im Besitz des Autos zu wähnen.

Ich hatte mich für einen Skoda S-100 angemeldet. Wartburg dauerte noch länger, außerdem mißfielen mir Zweitakter und Lenkradschaltung, Trabant kam daher noch weniger in Frage, auch nicht Moskwitsch oder Shiguli. Polski Fiat und Sastava mißtraute ich ebenfalls. Natürlich spielte meine Sympathie für die ČSSR bei der Entscheidung mit.

Der Skoda erschien mir nicht so hochbeinig-altherrenhaft wie der Wartburg, eher sportlich. Was sich freilich bei den 55 PS als Irrtum erweisen sollte. Aber noch hatten Erwartung und Vorfreude ihren Aktionsraum. Beim Ausschachten der Grube für die Fundamente, beim Betonieren, dem Setzen der Pfeiler und Platten, dem Einpassen der metallenen Schwingtore durfte ich mich erst mal indirekt mit meinem Kraftfahrzeug befreunden. Ich ließ den embryonalen Werdegang unseres zukünftigen Autos in meinem Kopf ablaufen und stellte mir vor, welches Bearbeitungsstadium es jeweils erreicht haben könnte.

Abends, wenn Silke Hausaufgaben machte, zog ich den Atlas aus dem Stapel ihrer Schulbücher hervor und suchte die Orte, in denen sich das schrittweise Werden des Gefährts möglicherweise vollzog. So wie die sozialistischen Staaten brüderlich verzahnt waren – um nicht ineinander verbissen zu sagen –, stand fest, daß als Ausgangspunkt nur Kriwoi Rog in Frage kam. Dort wurde das Erz abgebaut, der Urstoff, und dort wurde er auch dem ersten Zugriff, der Verhüttung, unterzogen. Welche Strecke er nun zu nehmen hatte, um der weiteren Verarbeitung in der ČSSR zugeführt zu werden, war nicht eindeutig absehbar. Ich erwog eine nordwestliche Route, fast bis Kiew ausholend, um in Čierna nad Tisou – einem Ort, über dem seit dem Ende der Prager Ereignisse ein Schatten lag – die Ukraine hinter sich zu lassen; aber auch der Weg nach Süden bis Nikolajew in die unmittelbare Nähe von Odessa schien möglich, um sich erst dort auf das Ziel nordwestwärts auszurichten. Ich nahm den Planimeter zur Hand und radelte die Distanzen ab. Eine schlüssige Antwort ergab sich dennoch nicht.

Was Silke am Werdegang unseres Autos interessierte, war der Planimeter, den sie sofort für ihre Puppenstube requirieren wollte, als Staubsauger. Die zwei wesentlichsten genetischen Weitergaben Karins an Silke waren außer der Weiblichkeit die blonde Haarhaube und ihr geographisches Desinteresse. Um das Kind dennoch am Werden des Autos geistig teilhaben zu lassen, beließ ich es nicht beim kartographischen Nachvollzug der Wege, sondern schilderte mit aller mir verfügbaren stehenden Ausdruckskraft, wie die Lokführer ihre ölverschmierten Gesichter in den Fahrtwind der ukrainischen Weiten hielten, um die Signale zu erkennen, und wie die Rangierer an den Ablauframpen die Waggons, vor allem den für uns inhaltsschweren, auf den weiteren Weg dirigieren.

Nikolajew im Blick, gleichsam in Sichtweite des Schwarzen Meeres, fragte ich mich, ob sich der Weitertransport nicht zweckmäßigerweise per Schiff anbot, durch die Dardanellen, an Sizilien, Gibraltar vorbei, zwischen Dover und Calais durch den Ärmelkanal nach Hamburg und die Elbe hinauf. Womöglich, sagte ich, um Silkes erschlaffendes Interesse wiederzubeleben, befand sich unser Auto in seinem Vorstadium als Schüttgut in der tschechischen Zille, die wir, als wir am Sonntag mit der Fähre von Zschachwitz nach Pillnitz übersetzten, passieren lassen mußten. Allerdings erschien es mir doch wahrscheinlicher, daß der Hochseetörn in sozialistischer Gesamtverantwortung Hamburg mied und Szczecin anlief, der Weitertransport sich über die Oder fast bis an die Werkstore in Ostrava abwickelte. Denn daß der nächste Verarbeitungsschritt dort in den Stahlwerken erfolgte, war für mich unstrittig. Als wir die Teerpappen auf den Garagendächern ausrollten, glaubte ich mir mein Fahrzeug, zum Rohling gediehen, endlich in den Skoda-Werken von Mladá Boleslav angekommen vorstellen zu können. Ich sah nun Gabelstapler Lagerregale abgreifen, damit ihnen all das entnommen wird, was die Komplettierung zum Auto erfordert.

Mein geistiger Mitvollzug der Fertigung unseres Autos erhielt einen familiären Sinn, indem ich ihn in die Gutenachtgeschichten für Silke einfließen ließ. Meine Betrachtungen mußten nun vom Technologischen zu menschlichem Mitdenken und Mitfühlen wechseln. Schlosser, Klempner, Elektriker und Lackierer hatten pflichtbewußt und eifrig tätig zu sein. Allerdings verschob sich der in Aussicht gestellte Liefertermin. Die Erfahrungen mit sozialistischen Produktionsabläufen bewahrten mich davor, daß mir der Stoff ausging. Ich griff auf den Werdegang der Zahlbox zurück und übertrug Produktionsprobleme, fehlerhafte Konstruktionsunterlagen und Planungsschlampereien in kindgemäßer Diktion auf das Schicksal unseres Autos. Was fraglos so falsch nicht war. Meine wirklichkeitsgesättigten Erfahrungen verliehen meinen Schilderungen darstellerische Kraft. Aber selbst, als sich mein Fundus erschöpft hatte, war das Auto immer noch nicht da. Ich ließ mir nun für das Kind besonders sinnhaltige Teile wie Hupen, Scheibenwischer und Lampen einfallen, die zur Komplettierung fehlten und über weit ausholende Wege und unter Bewältigung verschiedenster Schwierigkeiten herangeschafft werden mußten. Die Sowjetunion und die ČSSR reichten als Beteiligte nicht mehr, Polen, Ungarn und Rumänien mußten mit ran. Von Albanien ließ ich allerdings meine gedanklichen Finger. Schließlich kam ich ohne Rübezahl, Janoschik und Dracula, die ihre Hand mit im Spiel hatten, nicht mehr aus. Von denen abgesehen, blieb auch ich von der Wirkung des Miterlebens und -erleidens des Werdens eines Kraftfahrzeugs nicht verschont. Ein virtuelles Band der Verbundenheit knüpfte sich. Ich wurde Opfer meiner *Auto*suggestion und fühlte mich in den Produktionsstätten des sozialistischen Bruderbunds so gut wie zu Hause. Ich war zum geistigen RGW-Anteilseigner geworden, mit anhaltender Gelegenheit zur Vertiefung der Beziehung.

Sosehr sich mein Skoda mit der Fertigstellung zierte, der Zahlbox war der Einstieg in die realsozialistische Wirklichkeit längst gelungen. Mit Hezis Hilfe als Neuberliner und Genosse hatten wir schließlich einen Produktionsbetrieb gefunden, eine private Firma in Berlin, Vater und Sohn mit einem Dutzend Angestellten, die die Herstellung auf verblüffend unbürokratische Weise handhabten. Sie besorgten die Stahlrohlinge für die Kegelräder (ein Engpaß), formten die Bleche (ein Engpaß) und lackierten die Gehäuse hammerschlag-türkisgrün (ein weiterer Engpaß). Wir waren verblüfft, daß es eine so unkonventionelle, einfach per Handschlag vereinbarte Lösung gab. Das Entwicklungswerk der Reichsbahn in Blankenburg (das ich schon aus Verbundenheit zu Karin bevorzugt hätte), der VEB Preßwerkzeuge und ein Karosseriebaubetrieb in Aschersleben, der sich als der NVA zugehörig entpuppte, hatten sich zwar in langwierige Vorabsprachen und Planungen mit uns eingelassen, um uns dann einer nach dem anderen Absagen zu erteilen.

Von Rostock bis Plauen, von Eisenach bis Görlitz – ich ließ nicht davon ab, geographisch zu denken – hatten die mit Hebel und einem um 27 Grad angeschrägtem Einsichtfenster versehenen Blechkanister in Straßenbahnen und Bussen ihren Platz eingenommen und sich ihrer Pflicht gestellt. Prompt stieg ich auch in Fritzsches Wertschätzung, und er hielt es für dringend geboten, mit dem Bedeutungszuwachs meines Arbeitsgebietes, zumal mit Funke und Pospischil weitere Mitarbeiter bereits da wären, mich in der Position eines Gruppenleiters zu erwägen. Daß es dazu komme, erfordere eine dementsprechende Planstelle, die wiederum die Strukturveränderung der Dienststelle voraussetze, die ihrerseits an den generellen Übergang zur Datenverarbeitung gebunden sei. Der Antrag liege im Ministerium, bei der VVB und beim Rat der Stadt vor und sei völlig auf der Linie der Parteitagsbeschlüsse.

Fritzsche sah mich in seinem selbstleuchtenden Zimmer mit einem geradezu flehenden Blick an, als ob von meiner Zustimmung die Strukturveränderung und die Durchsetzung der Parteitagsbeschlüsse abhänge. Wenn er einem nicht allein gegenübersaß, etwa in den Dienstbesprechungen, war er wie verwandelt. Sobald sich die neue Beschwörungsformel Integrierte Datenverarbeitungssysteme verwenden ließ, verklärte sich sein Gesicht. Und er verwendete sie ständig. Sechzig, siebzig Prozent der Forschungsthemen des Instituts seien so zu konzipieren, daß sie in den Staatsplan Wissenschaft und Technik »Komplexe Anwendung kybernetischer Systeme im Verkehrswesen« zu integrieren seien. Was bisher Entwicklung einer Zahlbox oder Rationalisierung der Fahrgastabfertigung hieß, wurde nun zu »Komplexes Abfertigungssystem des öffentlichen Personennahverkehrs der DDR« veredelt.

Die hochtönenden Begriffe Komplex und System auf ihren sachlichen Kern abgeschmolzen, bedeutete das, in sämtlichen Verkehrsbetrieben der DDR habe alles gleich abzulaufen. Allein mit der Zahlbox war es nicht getan. Es gehörten die Fahrscheine dazu, die Tarife, die Signale, die Verhaltensregelungen überhaupt. So kamen wir zu unseren Aufgaben: Standardisierung der Fahrausweise. Standardisierung der Ausrüstung von Kraftomnibus, Obus und Straßenbahn. Standardisierung der Signalgebung und Signalanlagen … Ich hatte darüber nachzugrübeln, ob das akustische Signal als Läut-, Pfeif- oder Schnarrton erfolgen sollte, ob der Ton anhaltend zu sein habe und wenn ja, wie lange, oder ob er in Intervalle und wenn ja in wie viele zu gliedern sei, ob Beschriftungen weiß auf schwarzem oder schwarz auf weißem Untergrund oder gar auf rotem, blauem oder grünem anzubringen seien, ob an den

Haltestellen oder in den Fahrzeugen und an welcher Stelle. Und es war der Wortlaut festzulegen: Ab Signal nicht einsteigen. Oder: Ab Signal nicht mehr einsteigen. Oder: Ab Signal nicht ein- oder aussteigen. Oder: Ab Signal nicht mehr ein- oder aussteigen. Oder: Ab Abfahrtssignal nicht einsteigen. Oder: Ab Abfahrtssignal nicht mehr einsteigen. Oder: Ab Abfahrtssignal nicht ein- und aussteigen. Oder: Ab Abfahrtssignal nicht mehr ein- oder aussteigen. Kommt es auf die sachliche Präzision der Aussage an, oder haben Stil und Ästhetik ein Wörtchen mitzureden?

Jede Aufgabe erforderte einen Arbeitskreis, jeder Arbeitskreis traf sich zu Kolloquien. Für manche Betriebe handelte es sich bei diesen Fragen um operative Probleme, und sie schickten Verkehrsleiter, andere Betriebe verstanden sie als technische Herausforderung, und entsandten Technische Direktoren, für wieder andere war alles eine Kostenfrage, und sie delegierten die Hauptbuchhalter. Für einige Betriebe und Kombinate war es alles zusammen, und es war den Direktoren wichtig genug, selbst teilzunehmen. Anderen war es völlig gleichgültig, und sie schickten, wer gerade abkömmlich war, den Kassenwart, einen Materialversorger, einen Gleisbaubrigadier, der nach einem Bandscheibenvorfall irgendwie weiterbeschäftigt werden mußte. Es waren sachliche, kluge, konstruktive Leute dabei, Nörgler, Querulanten und Selbstdarsteller, Schweiger, Schläfer und Fremdgänger, denen es um gänzlich anderes ging.

Aus einigen Betrieben kam niemand, Kaisersaschern versagte sich. Keulen war ehrenhaft in die Rente verabschiedet worden. Mir wurde nach seinem Ausscheiden noch ein später Erfolg zuteil: Die Straßenbahn wurde stillgelegt. Man wollte es ihm in seiner Amtszeit offensichtlich ersparen. Aber statt mich bestätigt zu sehen, kamen mir Skrupel: Mein Tun als Schicksal anderer!

Mein Tun in Sachen Zahlbox erwies sich nicht als von schicksalhafter Wucht, weil das Produkt unserer Köpfe und Hände nicht hielt, was es versprach. Geldstücke und Sammelkartenabschnitte ließen sich nicht trennen. Das Sortieren der Münzen, überhaupt der massenhafte Anfall von Kleingeld beanspruchte beinahe wieder so viele Arbeitskräfte, wie im Fahrdienst eingespart worden waren. Und *unsere Menschen* erwiesen sich des in sie gesetzten Vertrauens nicht gewachsen. In den Zahlboxen fanden sich auch Knöpfe, Schrauben, Steine und gar nichts. Genau in dem Moment, als die Zahlbox zum Markenzeichen gediehen war, wurde eine effektivere Fahrgastabfertigung gefordert. Neues Nachdenken, neue Mühen, neue Kolloquien. Sein ist Bewegung. Wem sollte das mehr bewußt sein als einem mit Ortsveränderung Befaßten! Die nun anzuvisierenden Lösungen hießen: Zeitkarten, Dauerkarten, Fahren auf Betriebsausweis. Und während wir darüber nachsannen, dämmerten für die übernächste Zukunft dank der Datenverarbeitung schon weitere Möglichkeiten herauf. Ich begriff, mein beruflicher Lebensweg war für lange Zeit eingespurt.

Von Abfertigungsgeräten, Fahrscheinen, Tarifen war ich nicht nur ständig umgeben, sie zogen auch meinen geistigen Horizont, füllten die Landschaft, in der ich mich denkerisch erging. Sie wurden für mich zu Sinnträgern des Lebens schlechthin, zu Wertgrößen menschlicher Lebensart. Dank der westlichen Fachzeitschriften, die im Institut im Umlauf waren, sah ich mich in der Lage, über die sozialistischen Staaten hinaus mir auch ein Bild von anderen Ländern zu machen. Ein sehr spezifisches Bild. Italien fühlte ich mich sehr verbunden. Denn wie in der DDR waren auch dort die Fahrscheine zum Einheitstarif an der Einstiegstür von Bahn oder Bus zu lösen; jedoch im Unterschied zu uns an Automaten. Auf die Sympathien, die ich für Dänemark entwickelte, legte sich ein leichter Schleier von Befremdung, weil das prinzipiell unserer Abfertigungsweise gleichende System nicht über landesübliche Münzen, sondern über Jetons abgewickelt wurde, die an speziellen Geräten an den Haltestellen erhältlich waren. Frankreich wurde für mich zum Land der tolerierten Vielfalt; es war sowohl das Barzahlen beim Fahrer als auch das Benutzen von Sammelkarten möglich, wofür Entwerter angebracht waren. England präsentierte sich mir als Land der Eigenwilligkeit. Denn indem sich dem Fahrgast die Fahrzeugtür öffnete, war noch gar nichts erreicht. Mit einer Sixpence-Münze mußte erst noch ein Drehkreuz entriegelt werden, ehe Zutritt gewährt wurde. Wie ein derartig monströses Gerät die Kosten rechtfertigen sollte, war mir unerklärlich. Das unserer minimalistischen Zahlboxvariante diametral entgegengesetzte Maximumprinzip verschaffte mir folgerichtig ein Gefühl von Distanz zu England. So ordnete der meinem täglichen Tun und Lassen verpflichtete Blick die Länder der Welt in neue Nähe und Ferne, je nach abfertigungstechnologischer Sympathie oder Befremdung. Die Welt hatte sich für mich in eine Heimstatt für Abfertigungsmethoden verwandelt, in ein Gewächshaus, in dem ich mich als Gärtner erging, der in den Hochbeeten und Regalen die getopften Züchtungen begutachtete und nach neuen sann. Wofür ich zweimal als Aktivist der sozialistischen Arbeit ausgezeichnet wurde. Manchmal allerdings war mir wie dem Hamster im Rad zumute, der strampelt, weil das Rad sich dreht, wofür mir Fritzsche, als ich ihm meine Stimmungslage anvertraute, mit der Aufkündigung des Fachgruppenleiterpostens drohte. Was freilich dank Arbeitsgesetzbuch und Betriebskollektivvertrag nicht zu machen war.

* * *

Wie es abfertigungstechnisch in der Sowjetunion zuging, sollte mir zum besonderen Erlebnis werden.

Eine Tagung zum Stadtverkehr in Moskau. Kollege Ebert, Abteilungsleiter im Ministerium, und ich sollten teilnehmen. Ebert war für Forschung und Entwicklung zuständig. Er tauchte von Zeit zu Zeit bei uns im Haus auf. Ein kleiner Mann in hellem Anzug und mit stahlblauem Binder, das Parteiabzeichen auf dem Revers unübersehbar, schwenkte er mit tänzelnden Schritten und wie gehetzt von der Treppe sofort zu Fritzsches Zimmer, wobei er jeden, der ihm begegnete, beflissen zu übersehen versuchte. Er hieß bei uns nur der Eintänzer. Daß ich und nicht Tschichold fahren sollte, erklärte ich mir damit, daß er offenbar zur Kur war, von der er während eines Telefonat zu mir gesprochen hatte.

Alle formellen Vorbereitungen, Visaausstellung, Direktive, Flugtickets, würden über Ebert und das Ministerium laufen, sagte Fritzsche. Reisedauer sechs Tage. Da sich der Reisetermin so kurzfristig ergab, fiel selbst das sonst für Dienstreisen unumstößliche Vorbereitungsgespräch aus. Ebert rief einmal an: Keine Manuskripte, nichts Maschinen- und schon gar nichts Handgeschriebenes mitführen. Zeitschriften, Fachbücher, offiziell Publiziertes könne ich bei mir haben. – Wie es um unsere maschinengesetzten Informationshefte stünde (sie enthielten verschiedene Beiträge von mir), die im Verkehrsbereich unentgeltlich, also nichtkommerziell vertrieben wurden, jedoch eine Lizenznummer des Presseamtes beim Vorsitzenden des Ministerrates besäßen? – Er werde sich erkundigen. Ich solle drei Stunden vor Abflug in Schönefeld sein, er händige mir dann alles aus.

Zwei, drei Hefte könne ich bei mir haben, ließ er am nächsten Tag über Frau Bischoff ausrichten.

Ich war drei Stunden vor Abflug da. Ebert kam eine Stunde später, kleinschrittig und gehetzt, was er als Ausdruck der Entschuldigung verstanden haben wollte. In Hinblick auf Zeitbedrängnis erübrigte sich eine Entschuldigung. Der Flug verzögere sich, wurde uns bei der Abfertigung mitgeteilt. Als die Zeit um anderthalb Stunden überschritten war, hieß es, in Moskau herrschten schlechte Witterungsbedingungen. Der Blick hinaus machte es glaubhaft. Regenschnüre trieben die Scheiben herab, und wir wußten nicht nur vom Wetterbericht, man spürte es, es war für Mitte Mai zu kühl. Ich versuchte mir schlüssig zu werden, was ich von Moskau erwartete. Natürlich hatte mich meine Sehnsucht nach Welt auch bei Moskau nicht im Stich gelassen, aber meine Gefühle gegenüber der großen Brudermacht waren zu zwiespältig. Das Bewußtsein, einer aus dem Lande zu sein, das sich dort die Furchtbarkeiten geleistet hatte, die in den Begriffen Überfall, Vernichtungskrieg, Kesselschlacht, Blockade und Verbrannte Erde steckten, verlor sich mir nicht. Der eigene Vater war beteiligt. Und hatte den höchsten Preis dafür entrichten müssen. Hinzu kam, daß nun dieses Land mein Leben oktroyierte, entschieden mehr, als mir behagte. Aus eigenem Entschluß hätte ich mich kaum zu einer Reise dahin aufgerafft. Die unverhoffte Gelegenheit freilich wollte ich wahrnehmen, mir ein eigenes Bild zu machen: Was steckte hinter diesem Staat, welche Kraft, welches Vermögen, welche Bedrohung. Und selbstverständlich auch von der Landschaft, der Weite, Steppe, Tundra, den gewaltigen Flüssen, sofern ich davon etwas zu sehen bekommen würde. Wir wurden in den Transitraum gelassen, mehr tat sich nicht. Ich wußte mit Ebert nichts anzufangen, er mit mir auch nicht. Hoffentlich tauge der Dolmetscher etwas, war alles, was er in Vorbereitung auf die Tagung zu sagen hatte. Ich flüchtete mich in die Zeitungen, ND, Tribüne, Junge Welt, Berliner Zeitung. Zu mehr, als sie durchzublättern, versagte sich mir die Lust. Die Wartenden im Transitraum verfielen in Teilnahmslosigkeit, bis auf eine Männergruppe, die Skat spielte. Dann wurde uns mitgeteilt, der Flug finde an diesem Tag nicht mehr statt, ein Bus bringe uns ins Flughafenhotel, wir würden dort Abendessen erhalten, wer Toilettenutensilien benötige, weil er die eigenen im Reisegepäck aufgegeben habe, solle sich an die Rezeption wenden. Um acht Uhr morgens bringe uns der Bus zurück …

Die Überlegungen, wie oder durch wen ich Karin mitteilen könne, daß ich meine erste Moskauer Nacht in Schönefeld verbringe, führten zu nichts. Es war zu spät, um Karin noch im Dienst zu erreichen, und zu Hause hatten wir noch kein Telefon.

Der folgende Tag verging wie der vorherige. Auch das Wetter blieb unverändert. Wir bekamen Essen in folieverpackten Assietten. Den Transitraum zu verlassen sei nicht möglich, da die Landeerlaubnis aus Moskau jederzeit erfolgen könne. Ebert telefonierte mehrmals mit dem Ministerium. Seine Besorgnis war, daß unsere Situation niemandem in Moskau mitgeteilt und man uns nicht abholen würde, wann immer das auch sein mochte. Etwas später stellte er mich irgendwelchen Leuten als seinen mitreisenden

Genossen vor. Ich korrigierte ihn, ich sei kein Genosse, woraufhin er stutzte.

Die Zeit verging nicht. Um überhaupt etwas mit Ebert zu reden, fragte ich nach Tschichold. Er stieß die Luft aus seiner dünnen Nase. Der sei in Beelitz. Zur Kur? fragte ich. Zur Kur! wiederholte er abfällig. In der Klapsmühle. Wie denn das? Ich war erschrokken. Er winkte ab.

Als es bereits dämmerte und ich mich innerlich auf die nächste Nacht im Flughafenhotel einstellte, hieß es einchecken. Und zwar schnell. Ich hatte den Sicherheitsgurt noch nicht richtig eingeklinkt – es interessierte keine Stewardeß, ob es wirklich geschah –, da waren wir bereits in der Höhe, und zwar in beträchtlicher. Mir schien, wir würden auf der Rückenlehne liegend hochgeschossen. Der Pilot flog, als wolle er in der bevorstehenden Flugzeit von zwei Stunden und zwanzig Minuten die Verspätung von 36 Stunden aufholen. Mal ging die Maschine in die totale linke Seitenlage, und unsere Klapptischchen entledigten sich der auf ihnen abgestellten Sachen in den Mittelgang, mal in die rechte, so daß die Klapptischchen auf der anderen Fensterseite dran waren, sich zum Gang hin zu übergeben, mal sackte die Maschine wie ein Fahrstuhl in die Tiefe, daß ich einen Moment lang fürchtete, der Boden des Flugzeugs habe sich geöffnet. Im nächsten Moment aber hebt er sich mir ans Kinn. Der Magen beginnt sich zu wehren, er würgt, steigt mir bis an den Kehlkopf. Der Schweiß bricht mir aus. Ich schnalle mich ab. Ich wanke in die Toilettenkabine. Sie ist kühl. Ich beuge mich über das handtellergroße Waschbecken. Etwas herzugeben, ist mein Magen dann doch wieder nicht bereit. Immer wenn das Hacksteak und der Kartoffelsalat den obersten Punkt der Speiseröhre erreicht haben, geht das Flugzeug senkrecht in die Höhe, und das Verdauungsgut wird zurückverwiesen. Von wegen Einstimmung auf Moskau, die ich mir für den Flug vorgenommen hatte. Überstehen ist alles! Als die Maschine sich schließlich im freien Fall befindet, hat mein Mageninhalt den Kampf aufgegeben und tut so, als machte ihm das Auf und Ab, das jetzt ein anhaltendes Ab ist, nicht das geringste aus. Das Fahrwerk kracht auf. Die Toilettenkabine erzittert. Ein unbestimmtes Bangen um das Fluggerät und mich und eine ebenso diffuse Hoffnung, daß es die Rollbahn sein möge, mit der die Bodenberührung erfolgte, regen sich irgendwo am äußersten Rand meiner Denk- und Empfindungsfähigkeit, also ziemlich entfernt. Tatsächlich setzt Rollbewegung ein, das Fahrwerk ist offensichtlich für solche Art Bewegungswechsel konstruiert. Ich bemühe mich um aufrechten Gang auf dem Weg zu meinem Platz zurück.

Gott sei Dank, sagt Genosse Ebert zum bullaugenartigen Fenster hinaus, das mit vorbeiflitzenden Lichtern die Landung bestätigt. Es sind die ersten Worte, die mir auf sowjetischem Boden zu Ohren kommen.

Die Art, wie die Reise verlaufen sollte, war durch den Auftakt offensichtlich vorgegeben. Es war in Moskau inzwischen so gut wie Nacht, für Paß- und Zollbedienstete eine Zeit gedrosselter Aktivität. Die Geduld unserer Abholer, entgegen Eberts großer Befürchtung, hatte sich nicht erschöpft. Vier Leute rissen uns das Gepäck aus der Hand. Bis sie sich zwanzig Schritte weiter nach uns umdrehten, hielt ich es nicht für ausgeschlossen, daß sie mit unseren Koffern verschwinden würden. Po maschinam, riefen sie uns über die Schultern zu. Maschina war ein SIS oder SIM, der unser harrte. Rein, auch den Mantel, Tür zu, beim zweiten Versuch zumindest, und ab.

Moskau, das sind gelbe Fensterraster, die zur dreifachen der von mir gewohnten Gebäudehöhe aufgeschichtet sind, auch die Straßen, auf denen wir entlangschwimmen, sind von dreifacher Breite. Mehr wahrzunehmen, bin ich noch nicht in der Lage. Vielmehr droht die Autofahrt meine Flugverfassung zu reaktivieren. Dann draußen neben uns ein Band reflektierender Schwärze und dahinter die nächtliche Stadtkulisse aus Lichtern und Schatten. Die Moskwa, der Kreml …?

Hotel Ukraina, aufgetürmte steinerne Schwülstigkeit, soweit es sich in der Dunkelheit beurteilen läßt, die mit rotbesternter Spitze in den nächtlichen Himmel sticht. (Erneute Erleichterung, daß Dresden das Plagiat erspart geblieben ist.) Gewaltiges Foyer, eine Frau, damenhaft, mittleren Alters, kommt auf uns zu, schwarzes, kurzgestutztes Haar, strenge Augen, weiche Lippen, Irina, sie sei die Dolmetscherin. Nein, verpaßt hätten wir nichts, außer dem Essen, vielleicht, aber wir bekämen noch. Ehe uns die Zimmer zugestanden werden, haben wir uns einem Restaurantsaal zu stellen. Was abläuft, ist eine Art Festmahl. *Abends Gäste*, mutmaße ich, könnte es im Programm heißen; der erste Teil – *Tages Arbeit* – ist offensichtlich ohne uns geleistet. Stuhl an Stuhl hundert Leute an weißgedeckter Tafel, goldrandiges Geschirr, von Speiseresten entweiht, umstellt von geschliffenen Kristallgläsern unterschiedlicher Größe. Ich empfinde das Essen als Drohung. Irina führt uns an den Tisch der Offiziellen. Meine Hand wird mehrfach durchgerüttelt. Sdrawstwuj towarischtsch. Ebert ist zweien der Gastgeber nicht ganz unbekannt. Der Natschalnik, eine Art Bersarin oder Schukow, in Zivil freilich, breitschultrige Kraft. Irina läßt den Mann auf uns einreden. Pogoda und Samaljot – also von Wetter und Flugzeug ist die Rede. Irina sagt, sie übersetze, wenn wir an unserem Platz seien. Als wir sitzen, sagt sie: War alles Quatsch. Ebert ist sowenig wie ich auf solche Art Zusammenfassung der Begrüßung gefaßt. Bei ihm kommt parteilicher Unmut hinzu. Er ist ihm anzusehen. Morgen gehe es früh los, sagt Irina unbeeindruckt, eher mit einem Ausdruck von Mitgefühl, den ich für unnötig halte. Flugzeit viereinhalb Stunden, Taschkent sei zwei Stunden voraus. Taschkent? Nun bin ich hinlänglich sprachlos. Viereinhalb Stunden Flugzeit... Ich weiß nicht, ob ich erfreut sein oder mir reingelegt vorkommen soll. Ich entschließe mich, Ebert zu fragen, ob er gewußt habe, was uns bevorstehe? Als ob seine Antwort etwas ändere. Sie ändert überhaupt nichts: Es sei immerzu hin und her gegangen...

Als ich nach einer Stunde Flugzeit glaubte sicher sein zu können, daß mein Zustand vom Vortag sich nicht wiederholt, sondern eine Folge der besonderen Art der Streckenbewältigung der gestrigen Crew war, wichen Druck, Anspannung und Irritation von mir. Ich drehte die Rückenlehne zurück, so weit es ging, und sagte mir: Du fliegst in die Welt. Dir wird ein Stück Welt geboten, verstehst du! Wenn auch nicht in die Richtung, die du bevorzugen würdest. Auch diese hat dich einst durchaus gereizt, die Wege Marco Polos. Und du hast mit Dersu Usala, dem Taigajäger, am verglimmenden Lagerfeuer den Sternenhimmel über dem Sichote Alin bewundert, das ist freilich wiederum ein Stück woanders, aber in der gleichen Richtung. Welcher Art die Welt tatsächlich war, über der ich mich befand, verbarg sie allerdings in einem wattigen Grau. Dafür eröffnete Irina, die sich neben mich setzte: Sie sei nur Ersatz, habe erst vor zwei Tagen den Auftrag bekommen. Sie werde nur genommen, wenn es nicht anders gehe. – Wie ich, dachte ich, sagte es aber nicht. – Sie arbeite bei Radio Moskau International. Es sei eigentlich ein Wunder, daß sie sie dort behielten. Jeder wisse, was er von ihr zu halten habe. Sie sprach ein etwas hartes, aber fehlerfreies Deutsch. Sie hatte uns eine in rotbraunes Kunstleder gebundene Mappe von erheblichem Eigengewicht mit den Tagungsunterlagen gegeben. Auf der Mappe prangten kyrillische Goldlettern: МИНИСТЕРСТВО Городского Хозяйства. Ich war auf eine Tagung des Ministeriums für Stadtwirtschaft geraten, auf eine internationale, wie sich zeigte, polnische, bulgarische und ein syrischer Teilnehmer saßen mit uns im Flugzeug. Nur daß es nicht um Fahrgastabfertigung, sondern um Probleme der Wasserversorgung ging. Wodurch sich der Abstecher nach Taschkent erklärte. Die an Ebert gerichtete Frage, ob er gewußt habe, daß es sich um einen Wasserkongreß handele, hätte ich mir ebenso wie die vorangegangenen Fragen schenken können.

Wasserkongreß, Wasserkongreß, nuschelte er unwillig, es handele sich um eine Einladung des sowjetischen Ministeriums. Wir hätten ja wohl nicht das Recht, das Tagungsprogramm zu bestimmen. Unsere Teilnahme sei eine politische Frage … Der Mann war eine Quecksilberkugel, die davonglitt, wenn man zupacken wollte.

Es wäre aber kein Nachteil, wenn sie auch praktischen Nutzen hätte.

Wieso ich wüßte, daß sie den nicht habe…

Die Konsequenz unserer Rechtlosigkeit, das Tagungsprogramm zu beeinflussen, war, wir hatten weitere zwei-, dreitausend Kilometer zurückzulegen, um der Bewässerungsleistungen in den usbekischen Wüsten ansichtig zu werden. Ebert saß auf der anderen Seite des Ganges auf dem Fensterplatz. Ich konnte ihm nicht ansehen, ob er hinausblickte oder schlief.

Ich wußte nicht, ob ich gelinder Wut über seine Schlampigkeit freien Lauf lassen sollte oder ob ich ihm für die Reise dankbar sein mußte. Denn in diesem Moment verdankte ich ihm den Anblick des Aralsees tief unten als stählernes Grau in seiner etwas verzogenen Rundung, wie ich sie aus dem Atlas kannte, inmitten blaßbrauner Weite, die von keinem Horizont begrenzt wurde, sondern sich in Dunst verlor.

Noch auf der Gangway vom Flugzeug hinab schlug uns trockene Hitze entgegen, und ich hätte in meiner Flanellhose den nächsten Grund für geharnischte Wut auf Ebert gehabt, aber ich hatte entschieden, er hat sich für mich erledigt. Von der Dachkante des Flughafengebäudes glimmte uns, im grellen Tageslicht freilich nur als matte Leuchtschrift, ТОШКЕНТ entgegen, das O statt des A ein halbes Zugeständnis an die andere, hier geltende Sprache. Wir waren nicht nur am Ort einer anderen Sprache, auch die Menschen, wie sich gleich im Flughafen zeigte, waren andere, die meisten zumindest, schmaläugig, mit hohen Wangenknochen, von natürlicher Bräune. Die Frauen in bunt geflammten locker-weiten Kleidern, die Männer mit schwarzen, silbern bestickten Kappen auf dem Kopf.

Wir werden mit Bussen abgeholt. Sie passen nicht zu dem südlichen Zentralasieneindruck, auf den ich aus bin. Es sind die derben Busse aus Moskau, die uns die von Bäumen überschatteten Straßen entlangrütteln. Ich kenne die Busse selbst von zu Hause, von Militär- oder sowjetischen Kindertransporten die Bautzener

Straße entlang. Auch die Lkw sind der Art wie in Moskau, derb, schmutzig und laut, ja es sind die gleichen, will mir scheinen, die im Sommer 68 in den Rossendorfer Wäldern lagerten. Süden und Sowjetunion im Clinch. Auch die Miliz ist uniformiert wie in Moskau. Wieso sollte sie nicht! weise ich mich zurecht.

Im Hotelrestaurant am Abend wieder in geschwungenen Goldrand gefaßtes Geschirr, flankiert von einer Batterie der Größe nach gereihter geschliffener Gläser. Ein Hammelspieß von einer Länge, daß sich der linke und der rechte Tischnachbar daran hätten beteiligen können. Wozu ich eingewilligt hätte, das Fleisch ist zäh. Trinksprüche. Auf die Freundschaft, den proletarischen Internationalismus, den Bruderbund der Sowjetrepubliken, Lenin, die kommunistische Zukunft …

Am nächsten Morgen die vertraute Order: Po maschinam. Acht oder zehn Busse sind am Hotel vorgefahren. Der Kreis der Teilnehmer hat sich verdoppelt. Es gehören nun auch Frauen in den geflammten Kleidern und Männer mit den seidenbestickten Kappen und ordengepanzerten Jacketts dazu. Am Fuß der Außentreppe des Hotels haben sich zwei Milizfahrzeuge mit Blaulicht plaziert. Po maschinam!

Die Straße ist von Bäumen schattig überdacht, beiderseits Beton- und Industrieareale. Ein knatterndes Mikrofon kämpft gegen den Motorlärm an. Taschkent sei durch das große Erdbeben von 1966 zu soundso viel Prozent, faßt Irina die Angaben des Sprechers zusammen, zerstört worden. Wir benutzen jetzt die so und so lange Autostraße nach Muniak am Aralsee … Beim Blick zum zitternden Fenster hinaus sehe ich, wie ein Lindwurm von Fahrzeugen auf dem Weg in die Steppe ist. Nicht irgendeine Steppe, die Голодный Стер, die Hungersteppe! Die nun natürlich ihrem Namen Hohn spricht. Blühende Landschaft eben, wie wir etwas später sehen, es kommt wirklich auf die Blüten an, Baumwollblüten. Noch sei nicht ihre Zeit, doch zumindest grüne Endlosigkeit, so weit das Auge reicht. Ich halte den Bewuchs zuerst für halbhohe Tabakstauden. Darüber die blaue Himmelshaube, von der Hitze dunstig überhaucht und zum Horizont hin wie von einem Staubschleier umweht. Soundso viel Hektar – 3 Millionen, die Zahlen sind mir in Russisch verständlich – betrage die gesamte Bewässerungsfläche, 22 Prozent des allsowjetischen Umfangs, die Hälfte entfalle auf die langfaserige Baumwolle, die hier angebaut werde. (Irina zuckt ihre schwarzbeblusten Schultern.) Белое золото Узбекистана! Der Anbau sei völlig maschinisiert, so und so viele (30 000) Erntemaschinen stünden zur Verfügung, das gesamte Bewässerungskanalsystem betrage 160 000 Kilometer, die Hauptwasserstraße sei der Kirowkanal …

Es ist dann allerdings nicht der Kirowkanal, den wir anfahren. Damit jeder unserer Invasionstruppe überhaupt des Wasserlaufs ansichtig werden kann, wird der Konvoi in Zwanzigkopfgruppen portioniert. Schnurgerade zieht sich die Wasserbahn in abgeschrägter Böschung hin und filtert – von uns natürlich nicht wahrnehmbar – ihr segenspendendes Naß in den Boden, aus dem die beiderseits gelegenen Baumwollwaldungen sich seiner bedienen. Daß sie des Wassers bedürfen, daran besteht kein Zweifel, so wie die Sonne von irgendwo direkt auf uns herabbrennt. Den Blick nach oben erspare ich mir, ich greife in mein, wie ich fürchte, im Stadium der Selbstentzündung befindliches Haar. Dennoch, die dreihundert Meter zum Pumpwerk müssen sein. Und weitere Informationen über Tausende Hektar Anbaufläche, Millionen Tonnen Baumwolle, Milliarden Kubikmeter Wasser. Gewiß, das Wasser kommt nicht vom Himmel, das demonstriert er ja nachdrücklich, nicht von diesem und auch nicht von jenem, es kommt aus dem Syrdarja auf seinem Weg zum Aralsee (den ich kenne!) – aber deswegen fehle es dort nicht im mindesten. Mensch, wie stolz das klingt!

Und die Menschen, denen all das zu verdanken ist, sind stolz, ihre Gäste zu bewirten. Po maschinam. In den Bussen herrschen inzwischen Treibhaustemperaturen. Tolko pjatj minut, ruft der Rukowoditjel tröstend ins Businnere. Über das Motorgeräusch legt sich von draußen ein schwingender, klagender Ton, auf- und abschwellend. Wir rollen auf ein Hofareal, das von ausladenden Bäumen überschattet ist, Ulmen und Walnußbäume, eine offene Veranda, vor der sich Frauen in den geflammten Kleidern aufgereiht haben, Tamburine schwingend, im halbschattigen Hintergrund braungesichtige Silberkappenmänner. Mit aufgeblähten Backen blasen sie in eine Art Alphörner – würde ich sagen, wenn ich Alphörner kennen würde. Etwas an den Rand geraten, in steinerner Gelassenheit den Ablauf verfolgend – Lenin. Wir sind auf dem Sowchos imeni (namens) Wladimira Iljitscha Lenina.

Am Aufgang zur Veranda stehen fünf Männer und drei Frauen Spalier, wettergegerbte Gesichter, über den Hemden und Blusen schwarze Westen, ordengeschmückt. Begrüßung mit Namensnennung und Handschlag für jeden Gast. Es ist ihnen ernst.

Die Veranda streckt sich in die Tiefe des Hauses, in der weiß eingedeckt ist, Tisch an Tisch, darauf als Dreietagenbau goldrandgefaßt Suppenteller, Flachteller, Platte – vom Gläserarrangement umkränzt. Kaum daß wir sitzen, sind wir von adretten schmaläugigen, hochwangigen, als Serviererinnen kostümierten Sowchosbäuerinnen und -buchhalterinnen umschwärmt, die weißen Schürzchen straff um die schwingenden Hüften gebunden, auf dem Unterrücken von großen Schleifen gehalten. Wir sind es offensichtlich wert, daß sie die Feldarbeit für ein paar Stunden ruhen lassen, denke ich mir die charmante Umschwärmung zurecht und bin beeindruckt von der perfekten Vielseitigkeit der weiblichen Landwirtschaftsangehörigen. Begrüßungsreden irgendwo im Hintergrund, die sich gegen die Unruhe, das Stimmengewirr, das Geklapper nicht durchsetzen. Irina ignoriert die Redner. Auf meine Nachfrage, worum es gehe, sagt sie, um Sozialismus und Bodenversalzung, und bläst sich ihre schwarzen Haarfransen aus der Stirn. Es gibt halt Probleme mit dem Salz, sagt sie dann mit unüberhörbarem Überdruß. Natürlich gebe es Probleme. Ob das Wasser bei der Hitze schnell oder langsam verdunste, viel oder wenig Salz zurücklasse, im Sozialismus gebe es immer Probleme. Der Rest ihrer Übersetzung erschöpft sich in Abwinken. Der abschließende Trinkspruch läßt die Unruhe zusammenfallen, und als liege ihm eine perfekte Choreographie zugrunde, recken sich Hunderte gläserfassende Hände über die Köpfe. Die Orden auf den Jacketts klirren. Draußen, jenseits des Schattendachs der Bäume, vibriert die Luft in der Hitze.

Erster Gang, oberster Teller: Gemüsesuppe, Tomaten, Paprika, Möhren, Zwiebeln, Nudeln, Fleischstücke – Lagman. Die Servierin streift mit ihrem bloßen Arm mein Haar. Zweiter Teller: Fleischtaschen, Manty, einen kellenartigen Löffel voll, noch einen, weil ich es bin, das schmaläugige, über meine Schulter mir zugeneigte Gesicht lächelt. Was ich mit der Gabel an meinen Gaumen abliefere, ist in Teig gehüllte Schärfe. Dritter Teller: Plov. Reis, vermengt mit Rosinen, Kürbisstücken, Erbsen, Hammelfleischbatzen, das Ganze tief durchfettet. Hammelfett natürlich, das sich als Glasur auf die Lippen legt, wie ich später spüre, und sich weigert, sich entfernen zu lassen. Für die nächsten zwei Trinksprüche bin ich dankbar, sie bieten einen Anlaß, zum Wodkaglas zu greifen. Ich hoffe, er ätzt mir den Hammelfettbelag aus der Speiseröhre. In henkellosen Schalen grüner Tee. Po maschinam.

Die ist jetzt ein rüttelnder Brutkasten. Der kunstlederne braune Sitzbezug glüht. Baumwollweiten draußen. Ich bin noch dabei, die Antwort auf die Frage, wie lange ich das auszuhalten gedenke, nicht aufkommen zu lassen, als abermaliges Alphornblasen die Entscheidung trifft. Halt, wieder eingedeckte Veranda, wieder Lenin im Hintergrund, obwohl Sowchos Krasni Oktjabr. Wieder das Ehrenspalier, die charmante Estrade der Sowchosbäuerinnen. Und wieder Lagman, Manty, Plov, grüner Tee, hammelgefettete Lippen. Dennoch beschränke ich mich auf lediglich einen Wodka.

Alles INTURIST, sagt Irina abfällig.

Das Ganze noch zweimal. Nun ist aber gut, ermannt sich Ebert aufzustöhnen, als läge die Entscheidung bei ihm, liegt sie aber nicht, es steht ein weiteres Mal bevor. Das Platznehmen büßt zunehmend an System ein. Auch die Trinksprüche lassen in ihrer ordnenden Wirkung nach. Etlichen Reisenden im Bus sinkt das

Kinn auf die Brust, neigt sich der Kopf an die Fensterscheibe, schließen sich die Lider in den schweißgebadeten Gesichtern, öffnen sich die Münder. Fahren mit, um zu saufen, zieht Irina verächtlich Bilanz.

Sie steht auf und geht, links und rechts nach den Sitzlehnen greifend, um die Schwankungen des Busses abzufangen, nach vorne und beugt sich zu irgend jemand hinab. Unvermittelt fällt auf den freien Sitz neben mir ein Mann, hageres Gesicht, die dunklen Haare kleben auf der Stirn. Er stöhnt, als habe er einen langen Weg hinter sich gebracht, und zwinkert mir zu. Seine Wangenknochen heben sich, und die Augen werden noch schmaler.

Woher ich käme? Zumindest vermute ich, daß er es fragt. Ich glaube otkuda herauszuhören.

GDR, sage ich.

Nemetz! bestätigt er meine Nationalität.

Da.

Er sei nicht in Deutschland gewesen. Nur bis Welikije Luki, verwundet, deswegen kein Deutschland.

Ich nicke nur.

Selbstverständlich ist seine Jackettbrust mit Orden bedeckt. Was für Orden es seien? will ich wissen.

Für die Teilnahme am Großen Vaterländischen Krieg. Medaille des Ersten Mai. Ein Scharfschützenorden. Eine Medaille für kulturelle Arbeit …

Er will wissen, ob ich das erste Mal in Usbekistan sei. Als ich es bejahe, sagt er, das da draußen – er weist auf die heiße, hartgrasige Landschaft – sei nicht das Herz von Usbekistan (falls ich ihn richtig verstehe). Das sei die Usbekische Sowjetrepublik.

Meine Frage, ob er Usbeke sei, ist natürlich überflüssig.

Nicht aus Taschkent. Taschkent sei auch nicht Usbekistan. (Nun zweifele ich doch, ihn richtig zu verstehen.) Er stamme aus Samarkand. Samarkand, Buchara, Chiwa, das sei Usbekistan. Samarkand sei das Herz von Usbekistan! Tamerlan. Er lacht. Ob ich Tamerlan kenne?

Ich wiege den Kopf. Timur? frage ich zweifelnd zurück.

Timur sei ein Bürger der Sowjetunion. (Тимур, советский гражданин!)

Nun kommt es mir vor, als umwehe seine Worte ein Hauch von Alkohol.

Irina kommt wieder. Mein Nachbar nickt mir zu, drückt mir beim Aufstehen meine Schulter in das Innere meines Brustkorbs und wendet sich dem hinteren Teil des Busses zu.

Fahren mit, um zu saufen, wiederholt Irina verächtlich und fächelt sich mit einer gefalteten Zeitung (Taschkentskaja Prawda) Luft auf ihr gerötetes Gesicht.

Draußen nun halbhohes Gesträuch (Saxaul, Tamarisken), mittendrin ein graues Gewoge, Schafe. Ein Gebirgsmassiv wird durchquert, baumlos bis zu den Kuppen hinauf, dann wieder Steppe, übergrünte Flächen, Baumwolle. Dann sind wir angekommen, in Gulistan – Rosenstadt.

Allerdings ist von Rosen nichts zu sehen, eine Art Pionierzeit-Siedlung, die nun der über sie herfallenden Menschenherde nicht recht Herr wird. Mit Irina und einem Bulgaren mache ich einen Abendspaziergang, zwei-, dreihundert Meter lassen wir die Häuser hinter uns. Grillen zirpen, und vielleicht könnte man in der nun erträglichen Wärme die Steppe spüren. Aber der Bulgare kann sich seiner Freude nicht enthalten, einem Deutschen begegnet zu sein. Wenn auch lediglich einem zweiter Wahl. Das Maß dessen, was deutsch und groß ist, sind für ihn Friedrich der Große, der Name bestätigt es ja, und Walter Ulbricht. O ja, sage ich, es gebe zu viele große Deutsche, und lasse es von Irina übersetzen, damit er sich in der usbekischen Steppe nicht im Stich gelassen fühlt. Irina nimmt es wie immer nicht so genau. Die Sorgfalt meiner Wortwahl ist ihr die Übermittlung nicht wert. Ich verstehe: Es sind die beiden größten.

Als ich ins Bett gehen will, zeigt sich die Wasserversorgung überfordert. Der Hahn tut, als habe er nicht das geringste mit

Flüssigkeit zu schaffen. Zum Glück, wie man so sagt, hatte ich mich sofort nach der Ankunft geduscht.

Die Rückfahrt sollte uns den Wert von Wasser endgültig verdeutlichen. Sie sah als Gegenentwurf zur Hinfahrt keinen einzigen Sowchosenbesuch vor. Es ging durch eine Landschaft, die längst vor der Hitze kapituliert hat. Das Businnere war ein Siedekessel, eine Klimaanlage war nicht mal als Gedanke vorhanden. Wir schwammen im Eigenschweiß, klebten an den Kunstledersitzen. Der Fahrer hatte einen Kasten Mineralnaja Woda auf dem Steppbezug der Motorhaube abgestellt, in Greifweite, damit er ihn bei Schieflage des Busses, und das war der allgemeine Zustand, mit einer Hand vor dem Absturz bewahren konnte. Weshalb er sich um das Wasser sorgte, blieb sein Geheimnis, zu trinken war es nicht. Als die Sonne am höchsten stand, schließlich doch ein Halt, inmitten einer Ansammlung dürftiger Pappeln, die die Hitze anflehten. Durch das schüttere Laubwerk schimmerte in einer schwimmbeckenartigen Betonierung Wasser.

Aus dem Bus heraus, aber direkt der knallenden Sonne ausgesetzt, ist nichts gebessert, und der spärliche Schatten der Pappeln reicht längst nicht für alle. Die Anlage ist keine Badeanstalt, sie ist ein Gedenk- und Ehrenplatz der sowjetischen Heldenstädte. Памаятник Героям-Городам. Ich brauche eine Weile, bis ich es begreife. An einer Front des Beckens entlang sind in Reihe zweischrittgroße granitgefaßte Quadrate angelegt, die Erdboden aus den Heldenstädten enthalten. Auf Tafeln dahinter sind die Namen verzeichnet: Wolgograd, Kiew, Kursk, Odessa, Moskau, Minsk, Leningrad.

Vor den Marmortafeln hat sich der Natschalnik aufgestellt. Ebert tritt zur Seite, aus dünnen, gestrafften Lippen vor sich hin grummelnd. Sein Gesicht ist brandrot und sondert weiße Schweißperlen ab. Er zieht ein Taschentuch aus der Hosentasche und das Futter dazu, beugt sich zum Becken, indem er sich mit der freien Hand abstützt, tunkt das Tuch ins Wasser. Towarischtschi, tönt es ohne Hall von dem Mann vor den Marmortafeln, dem sich alle zugewandt haben. Ebert bleibt am Becken in der Hocke, klatscht sich das nasse Tuch auf die Stirn und reibt es über die Haare. Das geht nicht, sage ich halblaut zu ihm. Was geht nicht, faucht er mich an. Irina legt den Finger auf die Lippen und übersetzt in Kurzfassung: Ohne den heldenhaften Kampf und Widerstand Millionen sowjetischer Menschen im Großen Vaterländischen Krieg gegen die Faschisten (das Wort deutsch kommt nicht vor!) wären die großartigen Leistungen, die seitdem von den Völkern der Union der Sozialistischen Sowjetrepubliken vollbracht wurden, nicht möglich gewesen. Die Verwandlung der Hungersteppe… Die Baumwolle erweise sich als die Grundlage der Industrialisierung der Usbekischen Sozialistischen Sowjetrepublik und ganz Zentralasiens. Sie erfordere chemische Industrie zur Produktion von Kunstdünger, Baustoffindustrie zur…

Das ist unzumutbar, zischt Ebert mit bösem Gesicht und streckt die Hand mit dem Taschentuch abermals ins Wasser.

Noch abends beim Dinner, das der stellvertretende Ministerpräsident gibt, steht Ebert die Empörung ins Gesicht geschrieben. Wieder Goldrandgeschirr, Knoblauchmilchsuppe (?), Hammelbraten, hammelfettgesättigter Reis, Melonenstücke. Trinksprüche. Lenin, Breschnew, die unverbrüchliche Freundschaft der Bruderstaaten, alles und alle kommen dran. Auch jede Delegation mit einem Trinkspruch. Aber Ebert tut, als wäre er nicht anwesend. Zu meiner eigenen Überraschung sehe ich in einer Trinkspruchpause mich selbst erheben, das Glas (ich glaube allerdings, das Wein-, nicht das Wodkaglas) in der Hand, und Irina ein Zeichen geben. Sie richtet sich neben mir auf. Gerade für uns Deutsche sei es eine nicht einfache Situation, heute am Ehrenmal der sowjetischen Heldenstädte gewesen zu sein. Es sei ja der *deutsche* Faschismus gewesen, der Leningrad, Minsk, Stalingrad das Leid aufgezwungen habe, aus dem sie sich zu Heldenstädten erhoben haben. – Ich spüre, daß es auffällig still in dem strahlend ausgeleuchteten Saal ist. Um so mehr sind wir Deutsche verpflichtet, die Heldenhaftigkeit und ihre Leistungen zu würdigen. Ich hebe mein Glas:

Героям Великой Отечественой Войнй. Mein Cottbuser Straßenbahnerwortschatz! Es ist noch stiller. Der einzige russische Satz, den ich in einem Zug auszusprechen in der Lage bin. Im nächsten Moment strecken sich wie eine Art Beifall die Gläser vor die Gesichter, werden über die Köpfe gehoben, die Stille löst sich in Geraune, Gemurmel auf. Ich setzte mich, es ist wie ein Abtauchen. Ich denke an meinen Vater. Ich weiß nicht, wie ich mich fühlen soll.

Eberts Gesicht verwandelt sich in das eines überwältigten Dakkels. Mein Gesicht sehe ich zum Glück nicht. Der Bersarin der Wasserwirtschaft tritt zu mir heran und läßt seinen Arm wie einen Baumstamm, der ihm zu schwer geworden ist, auf meine Schulter sinken. Deutsch-sowjetische Freundschaft in Aktion. Ich muß gegenhalten, um nicht in die Knie zu gehen. Gefestigt, wie ich mich fühle, nutze ich die Gelegenheit, mich als Fachmann für Stadtverkehr erkennen zu geben. Я инженер по городскому транспорту…

Er verspricht, meinen Interessen am nächsten Tag Rechnung zu tragen.

Der Bus für die Stadtrundfahrt ist nur mäßig gefüllt, ein Ikarus, Luftdüsen über den Sitzen, die Hitze draußen prallt am Fensterglas ab. Mein Blick ist auf das Fremde fixiert, das die Entfernung von zu Hause rechtfertigt. Die Bäume, die beiderseits die Fahrbahn flankieren, sind kurzstämmig, aber mit weit ausgreifenden, allerdings lichten Kronen. Doch es ist unverkennbar eine neue Stadt, durch die wir fahren. Gegliedert in Mikrorayons, wird erklärt, die nach dem Erdbeben von den einzelnen Sowjetrepubliken errichtet wurden: Ukrainski, Belorusski, Latvinski und so weiter. An einem weiträumigen Platz werden wir ausgeladen, vor einem von breitem Treppenzugang erhöhten Betonquader, der fensterlos über das Sockelgeschoß steigt, die Wandflächen von orientalischer Ornamentik durchbrochen, Rauten und Ranken: das Leninmuseum. Ich spüre so etwas wie Resignation, während ich mich die Stufen hinaufhebe. Ein großer Raum nimmt uns auf, durchlichtet, die Außenornamentik erweist sich als Lichtfilter und Hitzeabweiser, und sie suggeriert Kühle. Tafeln mit Fotos, Lenin als Redner, als Denker, als Freund; Vitrinen, Bücher, einige in usbekischer Schrift, und mir wird bewußt, daß sie sonst so gut wie nicht vorkommt.

Danach im Akademischen Theater muß uns vor allem gesagt werden, daß es von Alexej Schtschussew, dem Erbauer des Leninmausoleums, errichtet worden ist. 1938 begonnen, konnte es infolge des Großen Vaterländischen Krieges jedoch erst 1947 eingeweiht werden. Deutsche ungute Spuren selbst hier, so daß ich nicht richtig bei der Sache bin und die Kühle, die vom schwarzgrauen karelischen Marmor ausgeht, mit dem das Vestibül ausgelegt ist, kaum wahrnehme, auch kaum die Alabasterschnitzereien an den Wänden, die filigrane Ornamentik, die stilisierten Pflanzendarstellungen und die mit Schnitzereien verzierten Stuckpaneele. Für uns werden die Türen zum großen Saal geöffnet, dessen 1500 Plätze von einem gewaltigen, edelsteinbesetzten Kronleuchter überhangen sind. Wieder draußen, trete ich an das ebenfalls marmorgefaßte Brunnenbecken und lasse mich von dem aus der Fontäne abwehenden Wasser übersprühen. Po maschinam, po maschinam.

Robuster Verkehr umbraust uns, baumstammstarke Rohrleitungen ziehen sich im Schatten der Bäume und an brüchigen Lehmwänden, Restbestand des Alten, entlang. Die Stadt, scheint mir, ist eine sowjetisch-orientalische Mischung. Plötzlich höre ich in der Stimme des Reiseführers einen suchenden Ton und verstehe nemetzki insheneer, stroitelstwo, Metro. Die Straße aufgerissen, Sandberge, Maschinen, Rohre. Ich höre der Stimme des Reiseleiters Stolz an. Первое централно-азиатское метро. Zahlen – Streckenlänge, Stationen, zu befördernde Fahrgäste. Bersarins Zugeständnis an mich.

Am nächsten Tag geht es in Moskau im Bus mit Zahlen weiter: der Einwohner, der Stadtbezirke, als wir die Moskwa überqueren, erfahren wir, daß Moskau in Verbindung zu vier Meeren stehe. Der Pavillon einer U-Bahn-Station ist Anlaß, uns auch hier über die Streckenlänge (148,6 km), die Anzahl der Stationen (96), die tägliche Beförderungsleistung (vier Millionen Passagiere) in Kenntnis zu setzen, die Leistungen des Metrosystems – imeni Wladimira Iljitscha Lenina. Ich versuche mit dem Blick auf die Häuserfassaden, die nahen und entfernter aufragenden Turmgebäude, die breiten Straßenbänder, ein Bild der Stadt aufzunehmen. An der Bibliothek – imeni Wladimira Iljitscha Lenina, im dunstigen Hintergrund die Auftürmung der Lomonossow-Universität (imeni Wladimira Iljitscha Lenina, spottet Irina) – und der Akademie der Wissenschaften sind wir vorbei, ehe sie uns benannt werden. Halt am Roten Platz. Ein Gefühl von Anspannung, mehr als Neugier auf den Kernort, den Fokus der Macht. Mit dem Schritt aus dem Bus als erstes ein Eindruck von Weite, beinahe Leere. Keine Parade, keine im Stechschritt hochschnellenden Stiefel und zukkenden Tellermützen, kein Panzergerassel, keine Lafetten mit spitzmäuligen Raketen, keine in grauer Ausdruckslosigkeit erstarrten Altmännergesichter erhöht vor der Ummauerung des Kreml, so wie sich das Bild des Platzes immer wieder zeigte. Die Kremlmauer ist tatsächlich rot und wird überragt von den goldenen Hauben der Verkündigungs- und der Uspenski-Kathedrale (imeni …? frage ich später Irina, aber damit scheint ihr das Spiel zu weit getrieben), der Spasskiturm mit dem rubinroten Stern, die Basiliuskathedrale mit der Ballung ihrer bunten Kuppeln, der dunkel ziegelrote Marmorkubus des Leninmausoleums. Ich blicke auf Stern, Turm, Mauer und was sich dahinter zeigt, Kuppeln, Dächerfluchten. Hier entscheidet sich Weltgeschehen! Will ich es spüren? Ich spüre den feuchten Wind, der sich wehrt, in die Schneisen zwischen den Bussen gezwängt zu werden, und mir die Haare in die Stirn reißt. Und er rüttelt im Zweiggefieder der Baumkronen, die die Mauer überragen und dahinter eher auf einen Park als auf eine Weltkommandozentrale schließen lassen. Über die pflastergraue Fläche des Platzes windet sich die Menschenschlange zum Mausoleum. Als Delegazija sind wir bevorzugt, stellen uns am kürzeren Schlangenstummel an. Ein lautloses, langsames Vorwärtsbewegen.

Soldaten in Paradeuniform mit reglosen Gesichtern als Wächter, der eingedunkelte Raum, unter der ausgeleuchteten Glasabdekkung die wächserne Reglosigkeit des Gesichts, das ich Lenin zusprechen kann. Es löst kein Gefühl von Beklemmung aus, wie ich befürchtet hatte, überhaupt kein Gefühl. Dennoch dauert es draußen in der windigen Offenheit des Platzes zwei, drei Sekunden, bis ich mich wie aus einer Halbbetäubung gelöst habe.

Was weiter? Ebert tänzelt hin und her. Soll er, Irina redet mit dem Natschalnik, packt mich am Ellenbogen und bestimmt über die Uferlosigkeit der Pflasterung den Weg schnurgerade durch die aufflatternden Tauben. Das GUM. Ich hatte ihr gesagt, daß ich gerne etwas nach Hause mitbringen möchte, aber ich habe keine Kraft mehr, mich in dem Menschengewühl des Kaufhauses zu behaupten. Ich scheitere an dem System der Vorauswahl, erst recht beim Bezahlen, so wie unter den Fingern der mit feldwebelhafter Entschiedenheit agierenden Verkäuferin die bunten Kugeln auf den Drahtreihen der Zählmaschine hin und her flitzen und den Preis bestimmen. Irina stellt mich irgendwo in dem Menschengeschiebe an einer Brüstung ab, von der aus ich auf das Gedränge im Untergeschoß sehen kann. Sowjetmenschen, alles Sowjetmenschen. In Mäntel verpackt, ich blicke wie auf den hin und her ruckenden Wirrwarr von Atomen in Pelzmützen und Kopftüchern herab. Nach einer halben Stunde kommt Irina wieder, mit zwei Paketen, einem leichten und einem schwereren. Das schwere enthält ein Sortiment Fischkonserven, Sproty, Kambala, Kamtschatka-Krebs, Kaviar – sechs Rubel neununddreißig, und eine Büchse Tee – aus der Teefabrik imeni Lenina. Die Teebüchse macht als Ergänzung das große, leichte Paket erforderlich: eine Teewärmpuppe, eine Großmutter mit Haube und Plastestricknadeln – zwölf Rubel. Ich bin gerührt. Ich gebe ihr das Geld, zwanzig Rubel. Sie knüllt den Schein achtlos in der Hand, bevor sie ihn wegsteckt. Wir laufen den Arbat in Richtung Hotel zurück, setzen uns in ein Eisrestaurant. Ich bedanke mich mit einem Großbecher Moroshenoje und stelle mich dem Bezahlvorgang. Wieder flitzen die bunten Kugeln der Rechenmaschine unter den flinken Fingern der Verkäuferin hin und her. Irina beobachtet vom Platz aus meine Bewährungsprobe in Sachen Moskauer Alltag. Dann fährt sie mir zuliebe mit der Metro, von Smolenskaja eine Station bis zum Kiewer Bahnhof und zurück. Mein Verkehrsingenieursgewissen hätte es mir nie verziehen, in Moskau gewesen und nicht Metro gefahren zu sein. Die Rolltreppe trug uns, stufenweise zwischen andere Menschen geschichtet, in beunruhigende Tiefe. Tatsächlich kam ich mir unten in der Station vor, als sei ich in den Wandelgang eines Palasts geraten, von dessen hoher Wölbung schwere Kronleuchter ihren strahlenden Glanz ergossen. Der karelische Granit, wenn es denn welcher war, und die sonstige üppige Pracht war von Menschenüberfülle verstellt. Der Zug, der in Anbetracht des Ambiente geradezu überraschend hinter den Rundbögen der Kolonnaden einfuhr, war ebenfalls gestopft voll. Dazu drängte die Zeit und nahm mir überhaupt die Muße. Als ich auf der uns nun steil nach oben tragenden Rolltreppe stand, hatte ich den Eindruck, sie würde mit uns rückwärts abkippen. Wir hasteten die Brücke über die Moskwa ins Hotel.

In Scheremetjewo, vor den Sperren, nahm Irina meinen Kopf in ihre linke Hand, küßte mich links, rechts, links, und mit der rechten Hand stopfte sie mir einen massiven, länglich-runden, in Packpapier geschlagenen Gegenstand in die Jackettasche. Bei der Zollkontrolle, seiner Umhüllung entledigt, erweist er sich als eine Flasche Stolitschnaja.

Ein Flugzeug animiert nicht zurückzuschauen, zumal die Verabschieder ja nicht auf dem Rollfeld draußen winkend stehen.

Land des Großen Oktober. Es war Mai, wie gesagt. Wie ist mir nun? fragte ich mich, als die schräg steigende Flugröhre, graues Gespinst um sie her zerdröhnend, sich in ein dunstigblaues Nichts hob.

Mich beschäftigte noch immer die Frage, was ich mit der Reise gewonnen hatte – abgesehen von der Teepuppe, die große Zustimmung auslöste und als Bereicherung des Haushalts angesehen wurde –, als Karin einige Zeit nach meiner Rückkehr wieder Wilfried ankündigte. Er sei aus Ohrid zurück. Bei all meiner Kenntnis geographischer Namen, dieser war mir fremd. Karin sprach ihn mit solch betonter Selbstverständlichkeit aus, als käme das Nichtwissen einer erdkundlichen Bankrotterklärung gleich. Wilfried hatte es nach Jugoslawien geschafft, nach Mazedonien, zu einem Dichtertreffen. Ich sah mich gezwungen, anhand des Atlas, der den blauen Fleck des Ohridsees preisgab, durchzogen von der Schraffur der albanisch-jugoslawischen Grenze, mich wenigstens über sein kartographisches Dasein zu vergewissern. Und obwohl Wilfried vorgab, mich wegen meiner Reise nach Usbekistan zu beneiden, hatte in meinen Augen jedoch er tatsächlich eine Grenze überwunden, halb zumindest, in den Vorhof des Westens, und ich mußte mich hüten, daß mir wenigstens eine Restfreude über meinen Weltgewinn und die erworbene Wertschätzung des Bersarin der Wasserwirtschaft erhalten blieb. Natürlich konnte Wilfried es sich leisten, sich vor Bescheidenheit zu spreizen, sagte ich mir. Er war mit einem Norweger in Kontakt gekommen, einem Österreicher, einem Amerikaner. Der habe ihn auf der Schiffsfahrt über den Ohridsee, auf die Reling gestützt, aufgefordert: Please tell me something about what's happened with Wolf Biermann. Er, Wilfried, habe, was ja schon auf deutsch nicht ganz einfach sei, englisch Rede und Antwort zu stehen gehabt.

Wilfried hatte Welt erlebt, und hatte sich bewährt. Während ich mir hatte sagen lassen müssen, daß Ulbricht der größte Deutsche sei!

Als Wilfried gegangen war, ich den Anflug von Neid überwunden hatte (vielleicht einfach, weil Karin blieb; was zwar in gewisser Weise selbstverständlich war, mir aber gar nicht so unbedingt schien), Silke die Schulsachen zusammengeräumt hatte, maulend im Bad verschwunden war und dort klapperte, die Küchenarbeit erledigt war, Karin die Stehlampe zurechtdrehte, um das Licht auf ein Wäschestück in ihren Händen zu lenken, an dem sie herumstichelte, wodurch der Stapel Bücher auf dem Mosaiktisch in den

Schatten geriet, sagte ich: Ich habe einen Entschluß gefaßt: Ich nehme Abschied von dem Gedanken, in die Welt zu kommen, dorthin, wo wirkliche Welt ist.

Karin sah zu mir auf.

Ich habe es satt, mich immer weiter auf irgendwelche Hoffnungen einzulassen, die wie Seifenblasen zerplatzen. Es ist doch nicht normal, hoffnungsvoll die Jahre bis zur Rente abzuzählen, als finge dann das Leben endlich an! Oder beim Grübeln über eine dringende Familienangelegenheit auf die Idee zu kommen, die Mutter einen Ausreiseantrag stellen zu lassen, damit man eine Chance für eine Westreise hat, bevor man vergreist ist. Es ist grandios, auf welche Gedanken man sich einläßt. Es ist pervers! Ich sage: Schluß! Ich habe diesen Neidblick auf die andere Hälfte der Welt satt. Es macht krank, sich in unerfüllbare Wünsche zu verbeißen. Ich schenke mir ja auch den Wunsch, daß ich gern ein ewiges irdisches Leben hätte. Ich mache mich doch nicht systematisch kaputt! Ab sofort gibt es nur noch die halbe Welt für mich! Ich schätze es als großen Vorteil, daß wir hier kein Westfernsehen haben. Für mich zählt ab jetzt, was erreichbar ist. Daraus mache ich, was zu machen ist. Und wenn zu guter Letzt eine Zahlbox dabei herauskommt, dann ist es eben eine Zahlbox! Immerhin.

Ach, Herr Straßenbahner, sagte Karin, halb Vorwurf und halb bedauernd.

Als oberstes Buch des Stapels auf dem Mosaiktisch lag Erich Maria Remarque, *Die Nacht von Lissabon.*

Soll ich noch was sagen? Ich löste meinen Blick von dem Buch und sah Karin an, die, ihre Augen schmal gekniffen, zwei kurze Fadenenden verknotete. Lissabon, der Name genügt mir völlig. Ich habe mich ja früher nicht nur auf Titel, sondern auf ganze Geschichten eingelassen, auf die mit der Via del Corno, der Via dei Leoni – an der ratterte außerdem eine Straßenbahn vorbei! – oder auf die, die auf dem Bahnhof Calçada begann, wo das Gepäck verlorenging, das war in Bahia! Oder auf die Geschichte der Joads, die von Haus und Hof vertrieben worden waren und denen ihre Schrottkiste von Lkw fast um die Ohren flog, aber die Straße, die sie sich entlangquälten, führte von Bridgeport über Elk City, Sayre nach Shamrock, und das war Texas! Ich habe mich auf die Geschichten in den Büchern eingelassen, weil ich dachte, ein Leben ist lang, und was nicht ist, das kann noch werden. Aber anscheinend ist das Leben eine Ansammlung von Irrtümern. O ja, ich habe all die Straßennamen und Ortsangaben noch bestens in Erinnerung, und wenn ich an sie denke, dann fahren sie mir immer noch wie Messer ins Bewußtsein oder ins Gemüt oder was weiß ich wohin. Mir langt mein Sortiment an Messern!

Karin sah mich verdutzt an. Die beiden Fadenenden zwischen ihren Fingerkuppen waren immer noch nicht verknotet.

Ich ging ins Bad. Den Nachhall meiner Worte im Ohr, kam es mir nun vor, doch etwas zu pathetisch auf die Pauke gehauen zu haben.

17

Des Menschen Nichtwille ist sein Himmelreich! bin ich versucht, mich zu einer Lebensmaxime verleiten zu lassen. Gut die Hälfte der Menschheit beschwört Nichtexistierendes als Wahrheit und Erlösung. Warum soll nicht zum Ausgleich Existierendem die Realität abgesprochen werden! Der Haken ist bloß, die Wirklichkeit richtet sich danach nicht.

Ich bin nun Bestandteil der von mir behaupteten Nichtexistenz. Die sogar noch eine Straßenbahn enthält, mit der nun wirklich kaum zu rechnen war, San Diego Trolley Line & Station, als blaugezeichnete Linienführung im Straßenraster quer durch die ganze Stadt, zumindest auf dem Stadtplan, den Allan mir prompt zukommen zu lassen als seine gastgeberische Pflicht ansah.

Überhaupt gibt sich Allan so, als sei ich sein Gast ebenso, wie ich es für Joyce bin. Er macht, wenn sie nicht da ist, die Küchenarbeit, deckt den Tisch, setzt für Pizza und Hotdogs die Mikrowelle in Betrieb, bereitet mit versierten Griffen Salat zu, brät Chicken wings, reinigt dann das Geschirr vor, ehe er es in den Spüler einsortiert. Er ist bestrebt, mehr als das Unumgängliche für mich oder mit mir zu tun. Er zeigt mir sein Auto, er fährt es aus der Garage und führt es mir vor. Lexus, silbergrau. Ich habe nicht mal gewußt, daß es so eine Marke gibt. Er klappt die Motorhaube auf, sechs Zylinder, alles blank und glänzend wie neu. 208 kW. (Ich rechne in PS um: 283!) Er öffnet die Fahrertür und präsentiert mir eine Kombination aus Cockpit und Salon, steingraue Lederpolsterung, Walnußfurnier. Er strahlt mir aus den dunklen Augen entgegen, wie einem vertrauten Freund. Am nächsten Tag sagt er: Come on. Er greift den Zündschlüssel vom Brett. Noch ehe der Motor sich äußert und die Air condition reagiert hat, geht ein

Beatgewitter in dem noblen Autokäfig los. Er lädt mich zur Einkaufstour ein. In Shopping Malls für die Army. Daß ich bis eben dem Reich des Bösen zuzurechnen war, hat sich Knall auf Fall erledigt. Nur für ihn oder überhaupt? – Ich frage nicht. Ich muß mir eingestehen, daß ich nichts Militärisches an ihm bemerke, keine Uniform, im Haus nichts, an seinem Verhalten nichts. Ich weiß nicht, ob ich erstaunt sein soll oder skeptisch.

Die Zufahrt zum Gelände verengt sich durch eine Art Schilderhäuschen, davor ein Wachposten in Khakiuniform, die Schranke ist hochgestellt. Wir sind der Wache nicht mehr als einen nachlässigen Blick auf die Windschutzscheibe wert. Der Sticker zählt, der Posten salutiert, das heißt, er macht einen Ansatz dazu. Das Innere des Areals ist ein herber Campus, nicht so parkartig, wie ich es von den Universitäten und Colleges kenne, von Autos bevölkert und Zivilisten, überwiegend Frauen, kaum Uniformierte. Allan steuert den Liquor store an, ein enger Laden, bis zur Düsternis mit flaschengefüllten Regalen und aufgetürmten Getränkestiegen vollgestopft. Allan löst einen Einkaufswagen aus der Reihe und nickt mir einladend zu. Er führt mich zu den aufgeschichteten Packs Plzeňský Prazdroj, ein Gefühl wärmender Vertrautheit rührt mich an. Allan fordert mich auf, zuzugreifen, ergänzt den von mir in der Karre verstauten Sechserpack durch einen zweiten, fragt, ob ich Whisky möge. I don't need it, weiche ich aus, also langt er Jim Beam aus dem Regal und stapelt Mineralwasser, Zweiliterflaschen zu Achter-Batterien foliezusammengeschweißt, in den Wagen, bis er übervoll ist.

Zum Schlagbaum wieder hinaus, die Fahrt führt durch Gewerbe- und Industrieareale, über gerissene Asphaltdecken, kreuzende Industriegleise, die kaum benutzt scheinen. Über den Dächern recken sich die Gitterarme von Kränen in die Höhe, bis die Bebauung sich zu einem weitflächigen Parkplatz öffnet, der von hallenartigen Gebäuden umstellt ist. Allan erklärt mir, daß man hier Lebensmittel gut einkaufen könne. Er fährt das Regiment der parkenden Autos Reihe um Reihe so lange ab, bis er eine

Lücke direkt in Front der Gebäude findet, und sagt, es sei not permitted for civilians.

Ich bleibe im Auto zurück und habe keine andere Beschäftigung, als zu beobachten, wie jüngere schwarze Frauen gefüllte Karren aus den sich automatisch öffnenden Doppeltüren auf die Autos zu schieben, gefolgt von den Kunden. Ich bin ziemlich verwirrt, so sehr, daß es eine Weile dauert, bis ich merke, wie sich das Auto mit Hitze aufgeladen hat. Der Zündschlüssel steckt, ich schalte die Klimaanlage ein. Auch Allan schiebt seine Karre nicht selbst hinaus, ein junger Latino, soweit ich es beurteilen kann, tut es. Als die automatische Tür sich hinter ihnen schließt, bleiben sie stehen und unterhalten sich, locker, heiter, will es mir scheinen. Allan legt dem jungen Mann die Hand auf die Schulter, so wie man es als Geste des Einverständnisses tut. Allans Begleiter faßt es offensichtlich als Signal auf, seiner Rolle nachzukommen, und setzt die Karre wieder in Bewegung, wobei er ein-, zweimal die Richtung wechseln muß, um den Weg zu unserem Auto zu finden. Natürlich liegt es mir auf der Zunge, zu fragen, was diese Karrenschieber bedeuten. Aber Allan ist mit seiner Frage schneller: Ob ich den Hafen kenne? Ihn sehen wolle?

Ich will. Auch damit Gemeinsames mit ihm zustande kommt.

Es ist nicht der Militärhafen, zu dem er mich fährt. Es sind Fahrgastschiffe, Touristenschiffe, doppelt oder vielleicht dreimal so groß wie die Elbdampfer, wie diese auch nicht die neuesten Modelle, will mir scheinen, keine Hochseeliner, die da mit dem Heck zum Kai nebeneinander angedockt haben. Möglicherweise sind es überhaupt fahruntüchtige Restaurantschiffe, in deren eines mich Allan führt. Er kennt das Personal, wobei für mich nicht einsichtig ist, wer Personal und wer Schiffsbesatzung ist. Der Lattenboden, den wir entlanggehen, schwankt. Es sind kaum Gäste in dem langen Raum. Wir rücken an dem Tisch, den Allan mit fragendem Blick auf mich auswählt, Stuhl für Stuhl bis ans Fenster vor. Mehr als zehn Meter schlappe Wasseroberfläche bringt der Blick allerdings nicht ein, denn das nächste angetäute Schiff beansprucht dort den Ozean und verstellt die Aussicht. Was als Juice serviert wird, Grapefruit diesmal, ist eine leicht verflüssigte Aufschüttung von Eisbrocken. Abends sei es hier sehr schön, schwärmt Allan, wenn die bunten Lichterketten und Lampen brennen. Der zweite Kellner, der an unseren Tisch getreten ist und mit Allan ein paar Worte wechselt, bestätigt die Wirkung der Illumination. Nun erst bemerke ich die orangefarbene Art Nachttischlampe vor uns auf dem Tisch, direkt am offenen Fensterrahmen.

Zwei Abende später schließe ich mich Allan zum Holzholen an. So zumindest verstehe ich seine Einladung, während ich in einem Hochglanzjournal blättere. Dream Houses, San Diego County: In strahlender Sonne, von Palmen beschattet, flankieren großfenstrige, ockerfarbene Fassaden geschwungene Swimmingpools mit türkisfarbenem Wasser. Hinter rotziegeligen, halbetagenweise versetzten Dächern erstreckt sich paradiesische Landschaft, die entweder in ein Panorama sanfter Bergkuppen übergeht oder sich zum Tiefblau des Ozeans weitet. Magnificent Residence, Spectacular View, New Contemporary – $ 899 000, $ 1 499 000, $ 2 600 000. Joyce am Couchtisch hat Hefte und Mappen um sich aufgeschichtet, um den Unterricht vorzubereiten.

Allan packt in der Garage eine Axt. Ich bin dankbar für jede Gelegenheit, die mir den Anschein von Beschäftigung gibt. Unwillkürlich wechsele ich, als wir vors Haus in die Dämmerung treten, auf Allans linke, axtfreie Seite und bin auf unauffälligen Abstand bedacht. Am ersten Morgen das Messer, jetzt die Axt … In der seidigen Bläue des Himmels steht eine zum Greifen nahe scharfe Mondsichel. Die Berge im Hintergrund haben jetzt tiefvioletten Schatten angelegt. Allan sagt, daß es gutes Licht sei. Es sind nur noch zwei, drei Häuser, an denen wir vorbeigehen, dann bricht die Siedlung abrupt ab. Eine sandige, aufgewühlte Fläche liegt vor uns, auf der Bruchholz zu Haufen zusammengeschoben ist. Daß die Stadt hinter uns zurückgeblieben ist, weil außer dem Kranz der Lichter der Siedlung nichts von ihr zu sehen ist, ist eine Täuschung. Wir sind auf allen Seiten von gedämpften Fahrgeräuschen umzingelt und werden sie auch im Weitergehen nicht los. Das Gelände werde zur Bebauung vorbereitet, erklärt Allan. Ob die Siedlung erweitert wird oder das College oder etwas anderes gebaut wird, weiß er nicht. Zumindest ist es ihm keine Erklärung wert. Dream Houses? frage ich im Nachklang meiner Lektüre. Allan antwortet strikt sachlich: No und steigt zwei, drei Schritte in einen der Gehölzhaufen, hebt die Axt, aber doch nur, um sie abzulegen. Er zerrt armstarke Äste hervor. Ich nehme sie ihm ab. Brennmaterial für den Kamin. Es sei nicht erlaubt, sagt er. Ich steige nun auch in das Holzwirrwarr, ohne die Axt aus den Augen zu lassen, zerkratze mir die Arme. Aus dem trockenen Holz atmet der Anstau der Tageshitze. Er benutze den Kamin nicht. In Kalifornien brauche man keinen. Aber Joyce liebe den Kamin. Soll sie. Hinter den Häusern sind in der Entfernung auf einer Erhöhung Hunderte zitternde Lichter erkennbar. Yes, that's Tijuana. Für den Rückweg greife ich wie absichtslos die Axt, die er nicht benutzt hat, wozu auch immer. Und nun, so wie wir beide, jeder ein Bündel Holz halb unter den Arm geklemmt, halb an die Brust gedrückt, meines durch die Axt zusätzlich beschwert, auf die Lichter in den Schattenumrissen der Häuser zurückgehen, fühle ich mich durch die kleine, gemeinsame, noch dazu illegale Aktion mit dem Mann geradezu verbunden, ins Vertrauen gezogen. Mir scheint auch, daß er mir zulächelt.

Wir laden das Holz unter dem überstehenden Dach an der Hauswand ab. Joyce bedankt sich. Wenn ich Allan richtig verstanden habe, antwortet er jedoch: Für Blödsinn braucht man sich nicht zu bedanken. Die Drastik seiner Reaktion irritiert mich. Der nachträgliche Axthieb? Es scheint mir besser, in mein Zimmer zu gehen.

Ich liege wach im Bett. Von draußen kommt durch die halb geschlossene Jalousie gestreiftes, mattes Licht einer Außenlampe ins Zimmer. Später ist mir, als höre ich streitende Stimmen hinter den Wänden.

Am nächsten Vormittag sitzt in einem der Räume, die vom Balustradengang abgehen, Allan am Schreibtisch, wendet sich mir halb zu und bietet mir an, mich in der Computerbenutzung zu unterweisen. Er zieht aus einer Ecke des Raumes einen zweiten Drehsessel neben sich und lächelt mir aufmunternd zu. Ich setze mich. Das Zimmer ist ein eigenartiger Raum. An beiden Seitenwänden stapeln sich graue Kartons, beschriftet mit großen Buchstabenkombinationen, manche mit Kreuzen, Quer- und Längsstrichen. Der Computer, Bildschirm, Tastatur, Maus sind mir fremd. Ich fühle mich unversehens wie in der ersten Fahrstunde im Wartburg, als ich Schalthebel, Lenkrad und Pedale vor mir hatte. Nur daß Allan im Gegensatz zum Fahrlehrer von anhaltender Freundlichkeit ist. Er lacht, wenn ich mich vertue. Er legt seine Hand auf meine, um einen weiteren Fehler zu verhindern. Ich bin nicht auf die Berührung durch ihn gefaßt, weil ich ganz und gar auf den Computer und was er mir abfordert konzentriert bin, so daß ich Allan neben mir als Person fast vergesse. Ich könne den Computer jederzeit benutzen, auch wenn er nicht da sei, bietet er mir an. Ich müsse mir ein Codewort zulegen, mit dem ich meine Dateien sperre. Jetzt lache ich. Was ich mache, seien Übungen (Stümpereien, aber mir fehlt das englische Wort dafür). Ich hätte nichts zu sperren.

Er habe sein Codewort, Joyce habe das ihre oder mehrere, er wisse es nicht. Jeder Mensch habe Geheimnisse. – So wie er mich nun ansieht, ist mir ein wenig unbehaglich zumute.

Ich schlage meinen Namen als Codewort vor. Er lehnt ab, außerdem dürfe ich es nicht verraten. Er besteht darauf, daß ich eins eingebe. Er lobt mich, als ich es tue, ich würde sehr schnell begreifen. Ich wähle *Cottbus.*

Tatsächlich ist mir, als erlöse mich Allan aus einem Analphabetismus. Ich fühlte mich wie ein Analphabet, wenn ich andere an den Computern sitzen sah. Und ich sah sie ständig, in den Büros, die Studenten in den Arbeitsräumen, selbst in dem Greyhound Office in Randers saß ein Angestellter am Computer.

Am nächsten Tag beginnen meine Unterrichtsstunden, wenn auch kaum so, wie ich sie mir vorgestellt hatte. Mir unterläuft gleich zu Beginn ein entscheidender Fehler. Allerdings nicht weil ich sagte, daß mir beim Blick aus dem Fenster, angesichts der Palmen und der Hitze über der Landschaft, bewußt werde, daß ich in jeder Hinsicht aus anderen Zusammenhängen käme, gesellschaftlichen wie auch klimatischen, und daß ich mir nicht so richtig vorstellen könne, ob sie tatsächlich interessiere, was ich erzähle.

Oh no, fiel mir Joyce ins Wort. Die Studenten, junge Gesichter von gesunder Bräune entlang der hufeisenförmig aufgestellten Bänke, blickten mich mit freundlicher Neugier an. Wir seien alle very, very interested about what happened in Germany, Eastern Germany. Joyce strahlte über die Köpfe der Studenten hinweg, so daß sich jeder Widerspruch verbot. Auch die zwei weiteren Professoren, die dazugekommen waren, nickten eifrig. Thank you, sagte ich zu Joyce, und zu den Studenten: Wenn ich aus meinem Fenster sähe, falle mein Blick außer auf die Palmen und die heißen Berge, die es so bei mir zu Hause nicht gebe, auf etwas unerwartet Bekanntes: den Fußballplatz. Kein American Football Playground, sondern ein Soccerplatz mit richtigen Toren. Und ich offenbarte meine fußballerische Vergangenheit, als Goal … keeper anzufügen, gelang mir nicht mehr. Ein Jubelorkan setzte ein. Ich hatte nicht bedacht, unter Mexikanern zu sein. Von diesem Moment an war ich ihr Mann. Die Mädchen fügten sich der männlichen Begeisterung.

Sie gingen mit den Namen deutscher Fußballer um – westdeutscher, präzisierte ich automatisch, Völler, Reuter, Klinsmann, Littbarski, Buchwald, Brehme –, als gehörten sie zu ihrem Alltag. Schließlich war Deutschland (die Präzisierung West kam nicht vor) im Aztekenstadion Vize-Weltmeister geworden. Der einzige Makel, der dem deutschen Nimbus anhaftete, war, daß sie auf dem Weg dahin ausgerechnet Mexiko ausgeschaltet hatten. Allerdings erst im Elfmeterschießen, leider deutlich (4:1). Auch von der ersten *bei ihnen* ausgetragenen Weltmeisterschaft, obwohl keiner von ihnen da schon existierte, wußten sie Namen: Beckenbauer, Seeler, Müller. Daran, daß im Gegensatz zur Bundesrepublik, die Dritter geworden war, die DDR es bis ins Endspiel gebracht hatte, mit dem Schiedsrichter Rudi Glöckner, erinnerte sich schließlich einer, mir zuliebe. Und es wurde prompt doch nur ein deutsches Zugeständnis. Yes, I remember, he was a German. Dem Eindruck der Mißachtung des fußballerischen Werts der DDR bemühten sie sich entgegenzusteuern, indem sie mich als Torwart in eine Reihe mit Maier, Schumacher und Köpke stellten. Daß inzwischen Sammer, Kirsten, Marschall gesamtdeutsch absorbiert waren, mußten sie sich von mir erzählen lassen. Als sportliche Großmacht ließen sie die DDR zwar gelten, aber fußballerisch blieb sie ihnen doch im Schatten der Bedeutungslosigkeit. Meine seelische Verfassung deuteten sie so, daß ich, durch die deutsche Vereinigung zum Angehörigen dieser grandiosen Fußballnation geadelt, mich nun in einem Zustand der totalen Beglückung befinden müsse.

Joyce bat mich, die nächste Stunde unbedingt auf Deutsch zu halten. Die Studenten würden lediglich Cassetten mit didaktischer Tonlage kennen ... Es handele sich allerdings um einen Freshmenkurs; genau besehen stimme Freshmen zwar nicht, korrigierte Joyce, sie befänden sich im zweiten Jahr, aber sie seien nicht besser als Anfänger.

Durch die Erfahrungen der ersten Stunde gewarnt, hütete ich mich vor leichtfertigen Abschweifungen und blieb beim Thema Fall der Mauer. Ich konnte mich allerdings des Eindrucks nicht erwehren, den Raum mehr mit Geräusch als mit Sinngehalt zu füllen, so wie die Gesichter mir zwar zugewandt, aber regungslos blieben oder Regungen zeigten, die meinen Worten eher zuwiderliefen. Indem ich jedes zweite Wort an die Tafel schrieb, kam ich über Vokabelvermittlung nicht hinaus. Beflissen, aber wenig enthusiastisch nahmen sie sich dessen an. Bis ich wieder in eine Falle geriet: Ich schrieb die Zahlen an die Tafel, sprach sie überdeutlich deutsch aus und kam bis sechs. Und landete einen Kracher. Alle Lethargie und Zurückhaltung fielen mit einem Schlag von meiner Klientel ab, um mit züngelndem Strahlen in den Augen und lüsternem Eifer die Zahlen nachzusprechen, eins bis fünf als Anlauf, um die Sechs als verbalen kollektiven Orgasmus auszustoßen.

Ich gab meinen pädagogischen Restehrgeiz auf, zu dem ich mich in meiner Lehrerrolle verpflichtet gesehen hatte, und erklärte, daß Deutschland in dieser Beziehung überhaupt ein lohnendes Land sei, die Region, aus der ich käme, heiße Saxony... Den nachgereichten Hinweis auf die schriftliche und phonetische Differenz sahen sie mir als protokollarische Pflichtübung nach.

Selbst- und Außenwahrnehmung sind zwei verschiedene Dinge. Joyce bescheinigte mir ein außergewöhnliches pädagogisches Talent. Allan, dem sie am Abend die Stunde schilderte, strahlte, als gönne er mir nichts mehr als solchen Erfolg. Sobald er den Blick jedoch von mir abwandte, schien mir, versäuerte sein Gesicht.

Die weiteren Stunden wahrten das Thema. Ich kam auf die Grenze, die quasi in ihrem Rücken verlief, zu sprechen. Es war aber keine Grenze in ihrem Rücken, sie ging mitten durch sie hindurch, direkt durch die Familien. Mein Auditorium teilte sich in zwei Lager. Das eine akzeptierte die Grenze mit all den Maßnahmen zur Verhinderung illegaler Übertritte. Ohne sie würden die Vereinigten Staaten überschwemmt, nicht nur von Mexikanern, von Panamanesen, Kolumbianern, von Billigarbeitern, Drogenhändlern, Prostituierten, Kriminellen... Die andere Hälfte bestand aus Betroffenen. Cousins und Onkeln wurde die Einreise verwehrt, oder sie waren aufgegriffen worden oder steckten irgendwo, untergetaucht und illegal. Für sie war die Grenze an act of inhumanity. Sie erzählten Geschichten von Angehörigen und Bekannten, die, nachdem sie zwar die Grenze geschafft hatten, beim Überqueren des Highway ums Leben gekommen oder von der Grenzpolizei gejagt worden seien. Was Widerspruch auslöste. Die Polizei schieße nicht, dürfe gar nicht schießen. Daß den guys manchmal die Nerven durchgingen, könne man gut verstehen, wenn sie einen Illegalen zum dritten oder vierten Mal aufgriffen, sagte die andere Fraktion. Manchmal säßen sie auf der mexikanischen Seite hinterm Zaun, in Rudeln, und würden die Polizisten reizen und ablenken. Inzwischen breche eine andere Gruppe ein Stück entfernt durch. Das sei organisiert, sie hätten viele Tricks. Sonst könne es so viele Illegale hier gar nicht geben ...

Die Studenten zogen ihr Fazit: In Deutschland sei die Situation viel besser gewesen. Dort habe es genügt, auf der einen Seite die Regierung zu stürzen – und die Mauer sei weg. Die Mexikaner könnten die Regierung stürzen, sooft sie wollten, an der Grenze ändere sich dadurch nichts!

Die einen beschworen mich, unbedingt nach Tijuana hinüberzufahren, die anderen rieten mir ebenso heftig ab.

Nach dem Unterricht saß ich in der zur frühen Nachmittagsstunde fast leeren kleinen Cafeteria auf einem der Plastestühle und verwartete die Zeit, bis Joyce kam. Ich war mit der Rückfahrt auf sie angewiesen. Um überhaupt beschäftigt zu sein, las ich in dem Unterrichtsheft *Collection 2: A Man Called Horse*, die Geschichte eines weißen Jungen, der jedoch ausgerechnet am anderen Ende der USA – in Massachusetts! von den Crow-Indianern gekidnappt worden war, 1845.

Es wurde mir zunehmend zum Problem, der Zeit einen Sinn zu geben. Auch wenn wir wieder im Haus zurück waren. Joyce und Allan besprachen, was der Tag mit sich gebracht hatte, und waren im Haushalt beschäftigt. Ich versuchte mich zu beteiligen, es blieb natürlich belanglos, etwa daß ich die Terrasse fegte. Joyce ermahnte mich, meine schmutzige Wäsche zu bringen. Nach dem Abendbrot verschwand Allan in der Garage, tauchte nach einiger Zeit wieder auf, wünschte gute Nacht und ging ohne Zwischenhalt an uns vorbei nach oben.

Joyce hatte Mappen und Papiere vor sich auf dem Couchtisch ausgebreitet, fragte, ob sie einen Drink machen solle, stand von ihrer Arbeit auf, mixte ihn, setzte die Gläser ab, prostete mir zu, indem sie ihren graugrünen, schwer faßbaren Blick auf mich richtete, und beugte sich wieder über ihre Collegeunterlagen. Dann war Stille um uns, bis auf die leichten Geräusche, die das Umblättern von Seiten oder das Hinundherlegen und Aufklappen der Mappen machte. Es konnte auch sein, die Waschmaschine brummte in Intervallen vom Keller her. Ich war in ihren familiären Alltag einbezogen, hatte aber keinen eigenen. Die Ausflüge zum Kennenlernen der Stadt hatten ihr Ende gefunden. Joyce hatte ihnen mehr Zeit geopfert, als sie eigentlich entbehren konnte. Mir blieb nichts anderes, als den Band *Collection 2* aufzuschlagen und Texte wie *The Princess and the Tin Box, A Modern Fable* zu lesen.

Als Joyce ihre Mappen abrupt zuklappte als Zeichen, daß es ihr für diesen Tag lange, fragte ich, ob ich dem drängenden Rat der Studenten folgen und einen Abstecher nach Tijuana machen solle. Das Problem schien mir mein Visum im Paß zu sein, das für eine einmalige Einreise in die USA galt. Eigentlich stand für mich fest, die USA von Chicago bis San Diego seien genug, als Auftakt!

So? Joyce sah auf. Es war, als gehe ein Ruck durch ihren Körper. Ihre Augen funkelten mich an. Was die Studenten mir in der Pause über Tijuana erzählt hätten!

Mich hatten einige Studenten umlagert, aber ich entsann mich nicht, worüber wir gesprochen hatten.

Sie hätten mir wohl den Mund wäßrig gemacht mit der Casa Adelita oder der Coahuila. Ich solle nicht so ein unschuldiges Gesicht machen. Oder ob mir Anita angeboten hätte, gleich mit rüberzugehen?

Ich brauchte kein unschuldiges Gesicht zu machen, ich war ahnungslos.

Wenn ich mir eine Krankheit holen wolle! Für zwanzig Dollar, dann solle ich fahren! – Ihr seid doch alle gleich!

Was ist denn in dich gefahren! wäre ich am liebsten im Brustton der Empörung (wie meine Mutter zu sagen pflegte) hochgegangen, als sich von einem Moment zum andern meine Wahrnehmung veränderte, wie eine Optik, die scharf eingestellt wird: In ihre Stirn kerbte sich eine kleine Falte, ihre Mundwinkel zuckten, ihre Brust, kaum wahrnehmbar, aber mit meinem überdeutlichen

Blick eben doch, hob und senkte sich unter der leichten weißen Bluse. Mir stockte das Blut. Der Tanz im Hotel in Omaha! … Ich rührte mich nicht. Ich ließ den Augenblick verstreichen. Mein Kreislauf setzte wieder ein. Ich atmete tief, fuhr mir durchs Haar, besann mich, daß von Tijuana die Rede war, und sagte sanft: Liebe Joyce, mir geht es um ein weiteres Stück Welt!

Sure, sagte sie, und mir schien, als entferne sich nicht nur ihr Blick, obwohl sie nichts weiter tat, als die Blickrichtung eine Idee zu ändern. Okay, okay, sagte sie, aber schon von weit her.

Ein paar Abende später forderte sie mich geradezu heiter auf, von meiner Familie zu erzählen. Ich spürte Widerstand, redete dann aber doch, am meisten über Silke, erzählte alle möglichen Episoden. Wie sie vom Klettergerüst am Botanischen Garten gestürzt war und sich das Schlüsselbein gebrochen hatte, wir es aber erst am nächsten Morgen erkannten …

Sie sagte, Allan wolle keine Kinder.

Ach so, sagte ich.

Sie habe in Allan das Kind, sagte sie und lachte herzlich. Ich hätte es ja auch nur zu einem gebracht.

Das aber ist der Unterschied. Ich sagte es jedoch nicht.

Nach und nach hatte ich das Gefühl, als seien wir auf verschiedene Frequenzen justiert. Als griffe etwas nicht ineinander, obwohl wir es versuchten.

Joyce bemühte sich, mich in ihre Dinge einzubeziehen, wenn sie glaubte, es könne mich interessieren. Aber es klappte nicht. Die Studenten würden ein Theaterstück proben, über Helen Keller.

Wer das sei?

Du kennst Helen Keller nicht? Sie blickte mich mitleidsvoll und nicht ohne Herablassung an: Helen Keller sei blind und taub gewesen. Und habe sich dennoch behauptet! Schritt für Schritt. In Joyces Augen irrlichterte es wieder, bevor sie mich zu stellen versuchten. Es sei großartig, großartig, großartig, wie die Frau sich dem Leben stellte. Solche Beispiele brauchten die Studenten, um nicht zu versagen …

Noch mehr gingen die Mittwochabende schief. Der Fernsehapparat lief unamerikanisch wenig. Für den bitter-verantwortungsvollen Dienst der Todesengel aber wurde er eingeschaltet. Was sich abspielte, war, wie Menschen, deren Schicksal besiegelt war, durch die letzten Tage ihres irdischen Daseins geleitet wurden, von Engeln. Woher die Engel ihre Order erhielten, war mir nicht ganz einsichtig. Der Auftraggeber kam nicht vor. Man konnte sich eine Job-Vermittlung vorstellen, von der die Einsätze ausgingen. Einmal galt er einem in der Mühe für das Wohl seiner Familie ergrauten Großvater. In der nächsten Folge aber traf es ein blondes Mädchen, voll rührender Lebenserwartung, dessen Krebs sein Recht einforderte. Die Engel erschienen nicht der allgemeinen Vorstellung entsprechend als weißgewandete, flügelschlagende Wesen, sondern in Gestalt von Durchschnittsmenschen, wie sie die Straßen, die Behörden, die Restaurants belebten: als Taxifahrer, als dynamischer Jungunternehmer, als burschikos-mütterliche Schwarze. Sie sind zunächst unverdächtig, bis sie sich ihren ahnungslosen oder ahnungsschwangeren Opfern zu erkennen geben. Es führt kein Weg zurück. Einmal allerdings irrten sie. In einem gutbesuchten Lokal hatte sich der Beauftragte um einen Tisch vergriffen … Ich brauchte nach jeder Sendung eine Weile, um mich aus der dumpfen Beklemmung, in die mich das himmlische Tun versetzte, wieder zu lösen. Ich glaube, ich bedauerte, daß meine Englischkenntnisse nun doch so weit gediehen waren, daß sie mir den Sinn nicht mehr verwehrten.

Joyce vermied, mich anzusehen, um sich nicht zu verraten.

Oje oje, gab ich schließlich von mir.

Joyce richtete ihren Blick wieder auf mich.

Jeder Mensch, dem man begegne, könne der Todesengel sein! Wie solle man da leben!

Du denkst deutsch, sagte sie.

So?

Ja.

Euer Fernsehen macht mich verrückt!

Joyce sah mich mit vorwurfsvoller Verzweiflung an.

Sorry, sagte ich.

Von da an ging ich mittwochs, bevor die Sendung begann, in mein Zimmer.

Einen Abend war ich mit Allan allein. Er brutzelte eine Schüssel voll kleiner Steaks, dazu kugelrunde Karotten, die im Fett schwammen, Auberginen, die im Fett schwammen, Pilze, die im Fett schwammen. Er strahlte mich an und füllte nach, sobald der Teller halb geleert war. Es war purer Selbsterhaltungstrieb, daß ich immer langsamer aß.

Nachdem er abgedeckt hatte, legte er auf den Platz meines Tellers zwei Fotos. Sie waren bei einer Zusammenkunft vieler Leute gemacht, vielleicht bei einer Tagung. Joyce war darauf. Auf einem der Fotos stand sie heiter einem Mann zugewandt, auf dem anderen saß sie neben ihm. Ich wußte nicht recht, was die Fotos sollten. Ob ich den Mann kenne, fragte Allan, nachdem er mir Zeit zum Betrachten gelassen hatte. Der Mann hatte ein schmales, fast hageres Gesicht, sehr kräftige Augenbrauen, die ihm etwas Finsteres, Abweisendes gaben.

Ich kannte ihn natürlich nicht.

Er sei ebenfalls ein Deutscher, sagte Allan.

Unvermittelt zuckte ich zusammen. Aber es war nicht Fred auf dem Foto. Hing Joyces momentane Abwesenheit ebenfalls mit seiner Frage zusammen?

Ein paar Millionen Deutsche gebe es schon, sagte ich. Nun erst recht, Ost und West zusammen, ergänzte ich, unlogisch, denn mehr waren es ja nicht geworden.

Allan schob die Fotos wieder zusammen und lachte.

Am liebsten hätte ich, als wir beide nach oben gegangen waren, mein Zimmer hinter mir abgeschlossen. Ich äugte, nachdem ich die Lampe ausgeschaltet hatte, in dem nächtlichen Licht mißtrauisch nach der schattenhaften Tür und kam mir auf dem breiten Bett wie ausgeliefert vor. Ich bedauerte, daß ich mir den Mietwagen hatte ausreden lassen. Sie hatten empört meine Absicht zurückgewiesen, beide. Rausgeworfenes Geld. In Englisch klingt es noch verwerflicher: waste money! Dagegen versagte jedes Argument! Um so mehr, als ich das Geld, das ich hier vom College erhielt, natürlich Joyces Vermittlung verdankte, und es wäre mehr als albern, wollte ich behaupten, ich bezahlte den Mietwagen von meinem Honorar aus Randers. Außerdem lehnten sie meine Beteiligung an den Haushaltsausgaben ebenfalls strikt ab.

Irgendwo hinzukommen hieß, an sie gebunden zu sein. Also versagte ich mir Wünsche und blieb im Haus. Über den Trolley verlor ich kein Wort mehr. Am besten war ich noch in Allans Kartonzimmer aufgehoben. Ich richtete meinen Blick nicht so sehr auf den palmenflankierten Sportplatz und die rötlich-bleichen Berge, sondern in die Zukunft und gab mich dem Computer hin. Ich mühte mich, Worte wie Escape, Shift, Caps Lock in meinen geistigen Bestand aufzunehmen und mir von anderen – Alt, Home – ihren neuen Sinngehalt anzueignen. Es war mir nicht erklärlich, ob ich mich vertat oder der Computer eigenwillig reagierte, mitunter wechselte er in einen Zustand, daß ich fürchtete, ihn ruiniert zu haben. Vor Schreck entzog ich mich ihm dann eine Zeitlang – und wußte wieder nicht, wohin mit mir.

Die nächste Gelegenheit, bei der ich aus dem Haus kam, war eine Party bei Joyces Bruder. Er war Zahnarzt. Ihre Eltern kamen dazu, drei weitere Zahnärzte mit ihren Frauen und ein paar halbwüchsige Kinder. Allan war nicht da, wurde aber erwartet. Joyce ging ihrer Schwägerin in der Küche zur Hand. Es gab Tortillas mit scharfer Soße, ein mexikanisches Reisgericht auf richtigen Tellern, Weißwein in sektkelchartigen Stielgläsern. Ich erzählte mein übliches Quantum What's happened in Germany und gab mir lediglich halbe Mühe, den sonstigen Gesprächen zu folgen. Sie drehten sich um Sachen aus den Praxen. Irgendwann stand Joyces zehnjähriger Neffe einen Schritt von meinem Sessel entfernt. Ich spürte, wie er mich taxierte. Ich hatte etwas in die Runde gesagt, in meinem unüberhörbar unechten Amerikanisch, und Joyce beugte sich zu dem Jungen hinab und sagte: He is from Germany, he's a German.

Der Junge blickte mich aus seinem weichen Gesicht an, in seinem Kopf arbeitete es. I don't like Germans, sagte er in unschuldiger Offenheit und sah mich weiter an.

Einen Moment Stutzen in der Runde, dann helle Aufregung, wildes Auf-den-Jungen-Ein- und Durcheinandergerede. Joyce hockte sich neben ihn. Einer der Berufskollegen ihres Bruders lachte mir zu und winkte ab, ein anderer ging laut redend hin und her.

I like Americans, sagte ich zu dem Jungen. Sein Gesichtsausdruck blieb unverändert, als hätte ich nichts gesagt oder eine banale Selbstverständlichkeit. Auch allen anderen sah ich keine Wirkung an.

Joyces Mutter, eine resolute Frau, die den gewaltigen Reistopf gekocht und mitgebracht hatte, reckte sich auf dem Sofa, zog den Jungen zu sich auf den Schoß und begann mit ihm zu schäkern, als setze sie den Scherz, den er gemacht habe, auf diese Weise fort.

Joyce und ihr Bruder redeten beschwichtigend und erklärend auf mich ein, Joyce nicht ohne Vorwurf sowohl gegen ihren Bruder als auch gegen den Jungen. Es liege an den Filmen im Fernsehen und an den Videos. Er sei halt versessen auf Kriegsfilme, und die Deutschen, die seien ja immer die Bösen…

Die Japaner auch, ergänzte der Bruder, als halbiere sich dadurch die Bösartigkeit der Deutschen.

Mir war die Sache unangenehm. No problem, sagte ich ein paarmal, überzeugend klang es nicht. Die Kinder wurden in ein anderes Zimmer gescheucht. Es gelang mir nun noch weniger, mich an den Gesprächen zu beteiligen, die irgendwann wieder ganz normal zu laufen schienen. Mich beschäftigte, ob sich der Zwischenfall für die Runde wirklich erledigt hatte oder ob sie auf diese Weise über ihn hinwegkommen wollten. Irgendwann beugte sich Joyce zu mir und sagte, wir könnten gehen, wenn ich wollte. Ich wollte.

Aber ich wollte auch nicht in ihr Haus. Ich hatte das Gefühl, auch dort am falschen Ort zu sein, dort überhaupt.

Das Fernsehen sei schrecklich. Joyce wollte mich beruhigen, trösten.

Ich sagte: Damit muß man halt leben.

Wir könnten an die Grenze fahren. Es sei nicht weit. Sie zeigte auf die sandbraunen Berge, die entfernt hinter den Dächern der niedrigen Häuser sichtbar waren. Sie sah mich fast bittend an und pustete sich eine Strähne aus der Stirn.

Wir fuhren eine gerade, leere Straße entlang, die in ihrer Breite schutzlos der Sonne ausgeliefert war, beiderseits flache Häuser, die sich recht und schlecht hinter Gebüsch und unter hochbeinigen Palmen abduckten. Kleineleutegegend. Wir bogen einmal, zweimal ab, und in den Lücken zwischen den Häusern war bereits unbebaute Landschaft zu sehen. Wir stiegen aus, und unvermittelt, nachdem wir den Schatten der letzten hohen Hausfront durchlaufen hatten, brach die Stadt abrupt ab. Rechter Hand lag das goldgrau überflimmerte Meer vor uns. Links streckte sich schilfiges Sumpfareal ins Land hinein und drängte die Bebauung zurück, sterile Gebäude mit Flachdächern. Irgendein Werk, dachte ich. Es war die Naval Auxiliary Air Station.

Joyce blickte über die lagunenartige Wasserfläche und die sandige Leere hinweg auf den Höhenzug im Schatten des Gegenlichts, über den sich ein dunkles braunes Band zog. Das sei die Grenze. Wo die dunkle Markierung dem schrägen Abfall zum Ozean hin folgte und in der Unruhe schattiger Konturen verschwand, ragte eine ovale Struktur hervor. Der Tijuana Dome. Wir waren fast die einzigen Menschen hier außerhalb der Stadt. Die Mündung des Tijuana River, wenn auch nicht mehr als ein flacher Abfluß, stoppte unseren Weg. Schuhe und Sandalen in die Hand zu nehmen – ich hätte noch die Hosenbeine hochkrempeln müssen –, um das Wasser zu durchwaten, war Joyce nicht bereit. Sie schlug vor, nach San Ysidro zu fahren, wo der Trolley ende, dort komme man direkt an die Grenze.

Wir taten es.

Und da hatte ich beisammen, was ich gewöhnt war, Straßenbahn und Grenzanlage. Eine zweimannhohe Abschottung aus einem massiven, schmutzig-violettbraun eingefärbten Material, einer Art Asbest, schien mir, die sich hinter den Gärten an der Rückseite der Häuser entlangzog, dem hügeligen Gelände auf und ab folgend. Doch ich befand mich auf der bevorzugten Seite!

Der Highway, der sich für den Grenzübergang in Abfertigungsspuren auffächert, wird von Gebäuden – US Customs Area – in die Zange genommen und von einer Fußgängerüberquerung überbrückt. Darunter sammelt sich der Anstau der Autos in den Fahrspuren. Das Grummeln der laufenden Motoren und die Abgase steigen herauf. Die meisten Autos werden mit konzentriertem Winken von der Border Police durchbeordert, eine Minderzahl wird gestoppt. Es gehe nach Fahrzeugkennzeichen und Aussehen der Insassen, erklärt mir Joyce das System. Weiße können durch, Latinos werden kontrolliert.

Aha, so leicht war an der DDR-Grenze die Unterscheidung nicht zu treffen.

Es ist effektiv!

Neben der Kraftfahrzeugschleuse hohe Drehkreuzkäfige aus massivem Metallgestänge. Der Abfertigungsschalter hinaus nach Mexiko ist unbesetzt. Grenzen sind verschieden. Braunhäutige, schwarzhaarige Männer, Frauen, ganze Familien zwängen sich hindurch. Der Absperrmechanismus, der das Zurück verhindert, klackt ununterbrochen.

No photos! übertönt eine scharfe Stimme von unten herauf das Motorenbrummen. Sie meint uns. Von seiner Position zwischen den Autos sieht ein Beamter streng zu uns herauf. Joyce senkt halb verschwörerisch, halb schuldbewußt den Apparat in ihren Beutel und geht mit großen Schritten hastig aus dem Blickfeld des Mannes. Als wir auf die Treppe nach unten einbiegen, kommt uns ein Uniformierter entgegen. Und lächelt uns zu: Hi. Dennoch beeilen wir uns, die letzten Stufen und den drohenden Anruf des Bediensteten zwischen den Autos auf einigermaßen beruhigende Distanz zu bringen. Auf der Straße, in dem uns entgegenflutenden Menschenschwall, scheint es geschafft zu sein. Zwanzig Schritte vor uns erkenne ich über den Köpfen den Grund des Menschengewoges – ein verglastes, rotlackiertes Metallgehäuse, das einen Stromabnehmer in die Höhe und gegen die Oberleitung streckt, den Trolley. Die Straßenbahn! Mir fährt ein freudiger Stich in die Brust. Die tiefgreifende Stirnscheibe wölbt sich oben dem Dach entgegen. Zwischen den beiden Scheinwerfern leuchtet auf der roten Lackierung das weiße Signet MTS für Metropolitan Transit System. Es ist ein kompakter dreiteiliger Gliederzug.

Ich arbeite mich gegen den Andrang der Menschen auf den Wagenzug zu und gebe mich dem Anblick des von seinen Insassen entleerten Innenraums in seiner pastellgrauen Kunststoffverkleidung hin.

Der Ticketautomat befindet sich an der Haltestelle, auf einer Art Bahnsteig. Fahrpreis je nach Teilstrecke zwischen 1,25 und 2,50 $, Zugfolge alle fünfzehn Minuten bis nachts ein Uhr …

Sorry, sagt Joyce, einen Schritt hinter mir. Sie habe vergessen, sie müsse bis um sechs Uhr wegen der Karten für das Studententheater anrufen. Ihr Blick ist halb entschuldigend, halb eine Forderung. Ich wende mich noch einmal der Bahn zu, der Conductor, was hier Fahrer bedeutet, ein Schwarzer, durchschreitet den Wagen mit prüfenden Blicken nach rechts und links, bückt sich und hebt eine bunte Plastiktüte auf. Als er bemerkt, daß ich ihn beobachte, lächelt er mir zu und zerknüllt wie schuldbewußt die Tüte in der Hand. Ich lächele zurück, wende mich Joyce zu und sage: Okay.

Natürlich ist es für mich nicht okay. Im Auto frage ich, ob sie mich morgen zu einer Haltestelle bringen könne, eine kleine Probefahrt wolle ich machen. Daß mir die gesamte Strecke vorschwebt, lasse ich unausgesprochen.

Sie lächelt mich an, während sie den Fahrer eines vor uns einscherenden Autos Piggy beschimpft.

Oh, sie habe zwar Stunde an Stunde, aber sie werde sehen. Sie werde einfach schnell kommen und mich holen, je nachdem, wie es klappe. Der Trolley fahre ja immer. Dann macht sie mit dem Kopf eine Bewegung, die meinen Blick nach draußen lenken soll: That's McDonald's. Ein üblicher flachgehaltener rotbedachter McDonald's-Bau.

Aha, sage ich, weiß aber nicht, was ihre Bemerkung bedeutet.

But that's another one.

Ich erspare mir, noch einmal Aha zu sagen.

Am nächsten Tag habe ich keinen Unterricht und auch keine Vorbereitung nötig. Ein weiterer Tag, an dem ich auf Allans Computerkabinett und die teppichgedämpften, von den Plastejalousien und den hartholzigen Gewächsen vor den Fenstern beschatteten Raumfluchten verwiesen bin und nach draußen in die Hitze lausche, ob ein Auto abbremst und das Geräusch des sich öffnenden Garagentors zu hören ist. Der Tag vergeht, ohne daß Joyce kommt.

Das Gefühl, in eine Art Hausarrest geraten zu sein, läßt sich nicht länger unterdrücken. Es ist der Preis, den ich für die Gastfreundschaft und das Vertrauen zu zahlen habe. Ich blicke zum wer weiß wievielten Mal durchs Fenster über den palmenumrahmten Fußballplatz auf das Panorama aschfarbener Berge, die in der Hitze des farblosen Himmels bleichen und von denen ich inzwischen weiß, daß sie San Miguel Mountains heißen.

Mir bleibt nichts anderes zu tun, als wieder in die unteren Räume zu wechseln. Mein Blick fällt auf die tackende Schwarzwalduhr, die zwei bronzierten Zapfen hängen scheinbar reglos herab. Und während mir bewußt wird, daß ihr Herkunftsort mir immer noch fremder ist als Kalifornien, muß ich mich hüten, nicht in Panik zu geraten. Was willst du hier? Welchen Sinn soll es haben, zu warten, damit dich jemand abholt zu dem Zweck, mit einer lächerlichen Straßenbahn zu fahren, während zu Hause die Welt kopfsteht! Von einem Moment zum andern ist mir, als hielte ich es nicht eine Sekunde länger in diesem Haus aus, in Kalifornien überhaupt. Amerika, ein Land am Rand der Welt!

Ich brauche Infusionen eigentlichen Lebens, Daseinsnachschub von dem, woran ich gebunden bin, was mich ausmacht.

Ich wußte mit Blick auf die weißen, durchbrochenen Zeiger der Schwarzwalduhr, während ich die lange Nummer wählte, daß es unsinnig war, zu dieser Vormittagsstunde, die es zu Hause war, mit Karin zu rechnen. Ich erschrak, als ich ihre Stimme hörte.

Es hätte mir sofort zu denken geben müssen, wenn ich fähig gewesen wäre, mich in ihre Lage zu versetzen. Sie sei auf dem Weg zum Arbeitsamt.

Wohin? Ich hätte mir die Frage sparen können.

Sie bestünden eigentlich schon nicht mehr. Die zögen ja alle Leine.

Was heiße *sie*?

Na alle, die Aquarianer, die Philatelisten, die Esperantisten, sie gründeten eigene Vereine. Treppschuh sei schon weg, das habe die Fahrt nach Stuttgart eingebracht. Kapinski gehe auch, wohl zur Eszett. Biganski käme ins ALÜG.

Ins was?

Ob ich wisse, was *ihr* angeboten worden sei? Statistik, aber nicht in Dresden, oder das Krebsregister. – Dann Stille im Hörer.

Mir verschlug es ebenfalls die Sprache. Das Was-Register? Dabei hatte ich ganz deutlich verstanden.

Es blieb noch einen Moment still. Abschieben wollen die einen. Ihre Stimme schien mutlos. – Wieder Stille. – Sie habe gezögert mit dem Arbeitsamt. Wenn man dort die Leute sehe, nicht etwa Asoziale, sondern Ärzte, Ingenieure (ein neuer Schreck traf mich), Promovierte … Man könne nur den Kopf schütteln … Wo steckst du denn? fragte sie unvermittelt.

Na, in Kalifornien, unverändert. Ich holte gerade Luft, um nach Silke zu fragen, als ich Unruhe im Haus vernahm, von der Garage im Tiefgeschoß her.

Karins Stimme war noch im Hörer, Hannover verstand ich, aber die Geräusche im Haus lenkten mich ab. Ich hörte Joyces Stimme, laut und heftig. Und kam mir ertappt vor. Obwohl sie mich immer wieder geradezu drängte, zu Hause anzurufen.

Ich ärgerte mich, daß ich, wenn es schon unbedingt ein Telefonat sein mußte, nicht meine Mutter angerufen hatte. Einen Moment lang hatte ich das erwogen, denn wir hatten lange nicht mehr miteinander gesprochen. Aber es war erstens kompliziert, weil ich ein Vorgespräch mit Krügers führen mußte, um sie für eine bestimmte Zeit ans Telefon holen zu lassen. Und zweitens führte es zu nicht mehr, als daß ich sie meiner vergewisserte. Auf meine Fragen, wie es ihr gehe, was so los sei, kam von ihr: Ach Gott, Junge, jaja, es geht schon so. Es ändert sich so vieles. Für mich zuviel. Mit der Rente, das scheint ja zu werden. Ich bin erst zufrieden, wenn du wieder da bist. Ich wußte nicht, was ich mit ihr reden sollte. Sie hörte auch kaum zu, was ich über meinen Aufenthalt erzählte. Um überhaupt etwas mit ihr zu reden, hatte ich beim letzten Telefonat gefragt, ob sie mit ihren neuen Schuhen zurechtkomme. Ihr war nicht nur ein fremdes Land unbehaglich, eigentlich alles, jeder neue Gegenstand war es.

Na ja, sagte sie, und ich wußte, sie kommt nicht mit den Schuhen zurecht, sie benutzt sie gar nicht. Du solltest sie doch immer mal 'ne halbe Stunde im Haus anziehen. – Ach, warum soll ich im Haus Straßenschuhe anziehen und dann so rumlaufen, wo ich nirgends hinlaufen muß. Es war absurd, aber ich redete drauflos, schon um zu verhindern, daß sie nicht mit *ihren schlimmen Erfahrungen* kam, *wenn jemand aus der Familie so weit weg ist ...!*

Aber es war nicht meine Mutter, mit der ich sprach, es war Karin. Ich müsse Schluß machen, sagte ich in den Hörer.

Wann kommst du denn?

Auf diese Frage war ich überhaupt nicht gefaßt. Ich rufe wieder an, sagte ich verdattert, den Hörer schon auf dem Weg zur Gabel. Die Unruhe, die gedämpft aus der Garage zu vernehmen war, ist plötzlich laut um mich. Die Kellertür ist geöffnet. Joyce kommt die Treppe hoch, und ich erwarte, daß Allan ihr folgt, denn ich hatte auch ihn gehört. Aber Allan folgt nicht. Statt dessen schleudert Joyce ihre Tasche über den Fußboden. Ich höre vom Kellergeschoß her das leichte Rauschen des sich schließenden Garagentors und dann das sich entfernende Auto. Ich verstehe nicht, was geschieht.

Ich bücke mich wie ein eingeschüchtertes Kind nach der Tasche, doch noch ehe ich mich aufgerichtet habe, hat Joyce sie mir aus der Hand gerissen, geht bösen Schrittes, wie mir scheint, auf einen Sessel zu, läßt sich hineinfallen und verdeckt das Gesicht in den Händen, die Ellenbogen auf den Couchtisch gestützt.

Sie löst die Hände, wühlt in der Tasche und wirft mir ein ramponiertes Blatt zu, so wie man einem Tier, an das man sich nicht heranwagt, einen Bissen zuwirft. Ich hüte mich ebenfalls, ihr näher zu kommen, als unumgänglich ist, um das Blatt zu greifen. Arizona State University, lese ich den Briefkopf und pfropfe das Schreiben in meine Gesäßtasche. Joyce wirft sich an die Sessellehne zurück, starrt mich an, wendet das Gesicht abrupt wieder ab und läßt eine Kanonade von Beschimpfungen los, die ich verstehe, auch wenn ich außer fucking nichts verstehe, und die Allan gilt.

Ich gehe in mein Zimmer hinauf, zerre das Schreiben aus der Hosentasche. Es ist ein Fax, eine Einladung. Mir ist nicht der Sinn danach. Mir ist vielmehr, als ließe ich Joyce im Stich, und gehe wieder hinunter. Sie steht hinter der Küchentheke und zupft Salat, ohne aufzusehen. Ich sage erst mal nichts, stelle aber meine Sensoren, die ihre Verfassung registrieren sollen, auf die äußerste Empfindlichkeitsstufe ein. Nach einer Weile glaube ich mich zu der Frage, was mit ihr los sei, entschließen zu können.

Mit ihr? Mit ihr sei nichts los. Mit dem Auto sei etwas los gewesen. Und mit Allan sei was los!

Ich wage mich mit der nächsten Frage nur ans Auto, es scheint mir weniger riskant, zumal die Beschimpfung nicht ihm galt.

Ignition coil didn't work. Wie sollte einer aus dem Tal der Ahnungslosen wissen, was ignition coil bedeutet! Sie habe das Auto gerade noch zu einer Tankstelle gebracht. Bloß gut, dachte ich, daß sie nicht mit mir zum Trolley unterwegs war. Sie habe

Allan angerufen, und er habe sie an der Tankstelle auch abgeholt. Wie er sie hierhergebracht habe, hätte ich ja erlebt.

Nach einem weiteren Moment Schweigen wagte ich die Frage: And what's the problem with Allan?

Ihr mir zugewandtes Gesicht nahm einen fremden, steinernen Ausdruck an, und im nächsten Augenblick fuhr sie auf: What's the problem with Allan! What's the problem with Allan! Er ist schwül! Merkst du das nicht! Er ist schwüüül! Die halbe Navy ist schwül!

Dreimal schwül war ein bißchen viel. Ein leichtes Zucken meines Gesichts ließ sich nicht vermeiden, allerdings weit entfernt von einem Grinsen. Sie schmiß das Holzbesteck beiseite, mit dem sie in dem Salat herumfuhrwerkte, drehte sich ruckartig um und machte wieder zwei, drei heftige Schritte ins Zimmer. I don't speak German anymore! I hate it! I hate German! (Es kommt mir bekannt vor, dachte ich.) Sie drehte mir wieder den Rücken zu, wie man es von Streitszenen aus Filmen kennt. Die langen Wellen ihres Haars zitterten auf dem mattgrünen T-Shirt zwischen den Schulterblättern.

Sorry, Joyce, sagte ich, sorry.

Sie wandte sich um, vermied aber, mich anzusehen, und machte sich wieder über den Chicoree her: It's okay. I beg *your* pardon!

Wir aßen. Nachdem wir abgeräumt hatten, sagte sie: Setz dich aufs Sofa, ich mache Margaritas. Sie hatte sich offensichtlich einigermaßen gefangen.

Als ich zögerte, befahl sie geradezu, daß ich mich setzen solle. Ich tat es, spreizte die Arme über die Rückenlehne, prüfte wippend die Federn. Der Mixer schnarrte. Sie schaltete ihn aus, fuhr mit einem Löffel hinein, sah mich an, als sei mein Gesicht das Maß für die Zutaten, goß Tequila nach, stellte den Mixer erneut an, füllte die Gläser und brachte sie. Sie setzte sich neben mich. Der Himmel, soweit er im oberen Teil der Fenster durch das Geäst der Bäume erkennbar war, dämmerte violett.

Es ist sehr schön, daß du da bist, sagte sie mild über das angehobene Glas zu mir. Sie sah mich an. Sie hatte das Haar jetzt im

Nacken mit einer Spange zusammengehalten, wodurch ihr Gesicht schmal wirkte. Die Blöße des Nackens setzte sich unter dem Rand des T-Shirts geradezu sichtbar weiter fort, obwohl das leichte Gewebe sie natürlich verdeckte. Ich hob das schwere Glas mit der vereisten bittersüßen Flüssigkeit an die Lippen. Ich nahm drei Schlucke, sie ebenso, ihre grüngrauen Augen flatterten.

Ich spürte die Spannung, die in mir aufstieg. Es ist sehr schön, daß du mich eingeladen hast, sagte ich. Ich wollte mich nicht verraten und mir nichts vergeben.

Du würdest mich gut verstehen, sagte sie, aber sie sah beiseite.

Es ist besser, es nicht darauf ankommen zu lassen.

Nun richtete sie ihren Blick wieder auf mich, ich sah ihm aber an, wie sie innerlich zurückzuweichen schien. Ich griff nach ihrer Hand, bewegte den Daumen auf ihrem Handrücken hin und her. Lieber nicht, sagte ich, ließ ihre Hand wieder los und griff nach dem Glas. Das hilft, sagte ich. Ich hoffe, dir auch.

Du hilfst mir, sagte sie.

Die Spannung sprang wie eine Zündflamme in mir an.

Ich helfe dir nicht, sagte ich und streckte meinen Arm nach ihr aus, faßte ihren bloßen Nacken. Ich schob die Finger unter das Gewebe und spürte die Wärme ihrer Schulter. Ich kann dir nicht helfen.

Dann nimm die Hand weg, sagte sie, preßte sie aber mit ihrer Hand fester auf die Schulter. Du kannst mir helfen. Wahrscheinlich willst du nicht. – Sie wechselte den Tonfall: Spürst du, wir gehen jetzt über eine Brücke. Aber die darf man nur behutsam betreten. – Ihre flatternden Augen waren wieder auf mich gerichtet. – Sonst zerbricht sie. Und man darf sie nicht beschmutzen. Hast du etwa Schuhe an! Sie sah auf meine Füße, die in Sandalen steckten. Mein Blick kam nicht so weit. Sie hatte den Rock etwas gerafft, und er gab über den Knien eine Handbreit ihrer bloßen Schenkel frei. Es ist nämlich eine goldene Brücke. Nicht ganz, denn goldene Brücken gibt es nicht. Meine Finger streckten sich unter dem Griff ihrer Hand nach ihrer Brust. Sieh mich an! Du mußt mich dabei ansehen. Ich konnte gar nicht anders, als sie anzusehen. Genau in die Augen. Es ist noch hell genug. Oh, deine Augen sind voller Unruhe. Du willst mir etwas verbergen, deine Lügen. Aber das geht nicht. Die sitzen fest in deinen Augen. Mir wurde eigenartig zumute. Was siehst du in meinen Augen? Ihr Gesicht war so nah, daß es verschwamm. Man kann nicht mit jedem über diese Brücke gehen, selbstverständlich nicht, sonst gebe es diese Brücke nicht mehr. Wir wollen es probieren, bitte, bitte. Aber wie! Sie löste ihre Hand von meiner auf ihrer Schulter und preßte meinen Kopf in den weichen Schraubstock ihrer Hände. Ihre Lippen tasteten nach meinem Gesicht, der Stirn, den Wangen, den Lippen. Ach nein! Sie riß ihren Kopf zurück. Ich nerve dich.

Joyce. Ihr Name verkrächzte mir.

O ja, ich nerve dich. Das spüre ich. Sie hob abwehrend die Hände. Sie stand auf, warf sich die Hände wieder vors Gesicht. Sie stand greifbar vor mir, ihre Hüfte in meiner Augenhöhe. Ich spürte noch die Wärme ihrer Schulter in meiner Hand. Als ich die Arme hob, machte sie zwei Schritte zur Seite. Es war kein direktes Ausweichen, wahrscheinlich war ich nur eine halbe Sekunde zu langsam. Wir vergessen das, sagte sie in ihre Hände hinein. Dann noch ein zweites Mal, indem sie die Arme sinken ließ und auf den Eßtisch zu- und von mir wegging.

Ich saß wie benommen und atmete schwer. Das tiefe Luftholen half. Ist okay, sagte ich nach einer Weile. Obwohl es das in keiner Weise war.

Ich fand keine Lage auf dem uferlosen Bett in meinem Zimmer, um mich das matte Nachtlicht vom Fenster, das dem Raum und den Gegenständen schattenhafte Konturen gab. Und ich dachte an die letzte Fahrt mit Fred, als er mich nach Des Moines zum Flugplatz brachte. Natürlich bringe ich dich hin, hatte er entschieden. Von Randers aus fliegen hätte bedeutet, zweimal umsteigen zu müssen. Es war eine Autofahrt, die sich dem Anschein nach von keiner der vielen anderen gemeinsamen Fahrten unterschied. Er rauchte seine Zigarre, drückte sie nach einiger Zeit aus. Wir machten knappe Bemerkungen über die Landschaft, die längst keine Herausforderung mehr für mich war, über dies und das an der Uni, von dem ich spürte, daß es mich nicht mehr betraf. Aber manches betraf mich doch: Die Studenten hätten mir gute Noten gegeben. Ich solle rechtzeitig Bescheid geben, dann würde es weitergehen. Auch die Einladungen nach Madison, Milwaukee und St. Louis stünden noch offen. Als die Verkehrsleittafeln bereits den Airport auswiesen, sagte er: Hoffentlich klappt es so, wie du es dir vorstellst. Er sagte es ohne indignierten Beiton. Nichts etwa von Eifersucht, kein Vorwurf von wegen Undankbarkeit oder gar Vertrauensbruch. Nicht nur, daß mir die Absicht, mit der ich ins Auto gestiegen war, nämlich mir etwas über Joyce erzählen zu lassen, längst abhanden gekommen war, ich war drauf und dran zu sagen: Ach, dreh am besten um, ich bleibe hier! Fred wartete dann mit seinem obligaten etwas unwirschen Gesicht, bis ich durch das Gate war, als handele es sich um einen meiner üblichen Abflüge, von dem ich in ein paar Tagen zurück sein würde.

Es sind letzten Endes doch nicht die Landschaften, Städte, Meere, Berge, nicht die Schlösser und Dream Houses, derentwegen man voller Unruhe unterwegs ist. Das hatte sich von der DDR aus gut einreden lassen. Nun siehst du es, hier im schönen San Diego. Kalifornien ist kein Wert an sich, beileibe nicht. Es hängt von der Mischung an Lebensingredienzien ab, ob man besser oder schlechter dran ist. Auch hier gibt es Zukurzgekommene, Schwache, Unversorgte, und die sind es, die Bindungsenergie frei haben, die ihre Fangarme nach dem neuen Objekt ausfahren, das ihren Weg kreuzt. Es ist eine Zwangsläufigkeit, an jemanden zu geraten, der seiner Probleme nicht Herr wird. Die Versorgten, die Dream-House-Besitzer brauchen dich nicht, außer für ein bißchen Unterhaltung. Für die ist man am Rande ihres wohlarrangierten Lebensgemäldes einen Farbtupfer wert… Nicht du bist es, dem geholfen werden muß, infolge scheinbarer Weltabstinenz.

In meinem Kopf ging es drunter und drüber: Du kannst doch nicht monatelang traumtänzerisch an den Fassaden dieses Landes dahinschweben, dir den Blick dahinter versagen, deinen kindischen Träumereien hinterherleben. Siedekessel Leben, als ob er gerade hier außer Betrieb wäre! Du mußt doch vor lauter Demut, hierhergekommen zu sein, nicht dein mühsam angesammeltes Lebensverständnis über Bord werfen, bis von dir selbst nichts übrigbleibt!

Wahrscheinlich war der Durst nur ein Vorwand. Ich hielt es in dem Bett nicht aus. Ich tappte in dem Zwielicht aus meinem Zimmer, tastete mich am Geländer in die – sozusagen – entgegengesetzte Richtung die Treppe hinunter, machte den ersten Schritt auf den Kühlschrank zu, öffnete ihn jedoch nicht. Die Getränke, die er enthielt, waren bis unmittelbar vor den Gefrierpunkt abgekühlt. Ich stieg weiter in den Keller hinab, wo die folienverschweißten Wasserpacks gestapelt waren. Und plötzlich ging in der Finsternis die Alarmanlage los. Ich fuhr zusammen. Nicht nur ich. Ich hörte oben Schritte, Türenklappen, Geräusche. Joyce. Und tatsächlich, vor dem kraftlosen Lichtrechteck der halb offenen Tür stand sie reglos, mit wirrem Haar, starrem Blick, in einem lockeren, leichten Hemdchen. Und einen halben Schritt hinter ihr Allan! Ich dachte, ich seh nicht richtig. War er die ganze Zeit über da, und sie trieb ein Spielchen mit dir? Er steckte in einem merkwürdigen rosafarbenen, metallisch glänzenden, schlauchartigen Schlafanzug. Er blickte verstört und furchtsam auf mich. Joyce war die personifizierte Zurechtweisung.

Wieder auf meinem Bett, brach mir der Schweiß aus. Vielleicht fror ich auch.

Am Morgen versuchte ich mich entschuldigend zu erklären. Sie wehrten ab, beide. Sie hatten keine Zeit.

Und meine Zeit hier ist um! Es war kein Entschluß, es war der Zustand.

Arizona kam mir wie ein Wink des Schicksals vor. Man bat um schnelle Antwort. Das Telefon verwarf ich nach den Erfahrungen vom Vortag. Ich entschied mich für ein Fax, da es sich bei der Einladung ebenfalls um eins gehandelt hatte. Im Haus war kein Gerät, aber wenn ich den Weg über das gerodete Gelände und an den Rückfronten der Collegegebäude entlang nahm, war in zwanzig, fünfundzwanzig Minuten ein Suburb Center zu erreichen. Neben einem Café, einem Minimarkt, einer Bank und einer Tankstelle gab es dort einen Copyshop.

Natürlich kam am Abend, als Joyce wieder da war, keine Ungezwungenheit auf. Als ich ihr von meinem Gang zum Copyshop berichtete und daß ich in Phoenix zugesagt hätte, daß sie dort sehr großzügig seien, mir mehrere Lectures anböten, selbstverständlich Aufenthalt und Flug übernähmen, versuchte sie Gründe zu finden, die zumindest mein promptes Weggehen ausschlössen: die Engineering Sciences würden mit mir rechnen, die Premiere des Helen-Keller-Stücks fände statt. Sie spürte freilich selbst, daß das alles nicht richtig überzeugte, und wechselte die Tonlage: Selbstverständlich müsse ich armer Ossi Arizona sehen, alles, alles müsse ein armer Ossi sehen …

Ich rang mit dem Gedanken, vorzuschlagen, noch einmal nach Old Town zu fahren. Ich weiß nicht, was ich mir davon versprach, auf jeden Fall, daß sich unser Umgang wieder etwas besserte, und natürlich in der Hoffnung, daß sie nicht wieder einen Zusammenbruch wie am Ankunftsabend bekam. Ich machte gerade den Mund auf, als auf der Treppe aus der Garage Allan wie der böse Geist aus der Unterwelt auftauchte.

Ich klappte den Mund wieder zu.

Später fragte Allan: You're going to Arizona? Und blickte mich mit treuherziger Offenheit an. Er hatte sich nie erkundigt, wie lange ich eigentlich bleiben wollte. Arizona is terrible. Terrible. Er lächelte mich an. No water. No water anywhere. That's not my thing.

Die Menschen sind verschieden, sagte ich mir.

Am letzten Abend war er nicht da. Joyce und ich taten, als wäre es einer wie jeder andere. Während Joyce wie immer über ihren

Mappen und Blättern saß, packte ich. Und zwar sämtliche Sachen. Joyce quittierte es kommentarlos.

Unvermittelt rief sie aus: Oh, du bist nicht mit dem Trolley gefahren!

Sollte es ein Versuch sein, mich doch noch zu halten? Dann erzählte sie, daß sie nicht mehr so gerne nach San Ysidro fahre. Ich hätte das damals nicht verstanden, als sie auf McDonald's gewiesen habe. Dort habe sich vor ein paar Jahren das Massaker in dem alten McDonald's zugetragen. James Huberty habe er geheißen. Den Namen kenne seither jeder. Und sie erzählte, daß er 21 Menschen erschossen habe. Sie wechselte ins Englische. Ich konnte mich des Eindrucks nicht erwehren, daß sie es absichtlich tat, um Verschiedenheit zu demonstrieren. He was odd and weird, people said. Mir schien, als prüfte sie, wieviel ich verstand. He was an unemployed security guard. He came from Ohio. It was an American horror story! Ein Junge habe überlebt, weil er sich von seinem Fahrrad geworfen und totgestellt habe. Es sei sechs, sieben Jahre her. Seitdem sei San Ysidro ein furchtbarer Ort.

In mir stieg Groll auf. A Streetcar Named Desire – ein Fiasko. New Orleans hatte es mir ja in gewisser Weise bestätigt. Nun auch hier eine blutrünstige Geschichte …

Oh, ich denke nicht immerzu an den Trolley, entschuldige, sagte Joyce in einer Mischung aus gespieltem Schuldbewußtsein und Vorwurf. Du mußt heute bald zu Bett, du hast eine Reise vor, sagte sie übergangslos.

Ich widersprach nicht. Wir wünschten uns eine gute Nacht, als handele es sich um ein übliches Gutenachtsagen.

Joyce ließ die Tür zu ihrem Schlafzimmer offen, was nicht üblich war. Ich sah das weißlackierte, metallene Doppelbett, beladen mit spitzenbesetzten Kissen, an der Wand gegenüber eine ebenfalls weiße Kommode, vor dem breiten, bis zum Fußboden reichenden Balkonaustritt eine schräg im Raum stehende Rattan-Sitzgarnitur. Joyce hantierte in ihrem Bad, das vom Schlafzimmer aus erreichbar war. Ich sah die Schatten ihrer Bewegungen. Ich spürte, wie sich mir die Brust zusammenzog.

Ich rief noch einmal Good night und beeilte mich, in meinem Zimmer verschwunden zu sein, ehe sie sich etwa zeigte.

Ich preßte mich an die Matratze, als müßte ich mich festkrallen, damit mich nicht irgendeine Kraft losriß. Mit dem Blick auf die milchige dunkle Bläue hinter dem Fenster beschwor ich mich: Mach keinen Fehler. Ich hatte ein Gefühl, als würde der Boden, auf dem ich mich befand, brüchig. Ich mußte mich hüten, daß mich nicht Selbstmitleid ergriff, im Stich gelassen, wie ich mich fühlte.

Joyce hatte zwar angedeutet, am Morgen schon aus dem Haus zu sein, aber ich rechnete nicht damit. Doch sie war nicht mehr da. Meine Fahrt zum Flugplatz hatte sie einem Dozentenkollegen angetragen, der Aushilfsstunden im College gab und zur Verfügung stand. Als die Zeit seines Kommens näher rückte, kam mir der Verdacht, daß es die Verabredung mit ihm womöglich überhaupt nicht gebe und sie meine Abreise auf diese Weise sabotierte.

Er kam pünktlich, ein kleiner, wuchtiger, freundlicher Mann, und ich schämte mich.

Als ich, meines Gepäcks entledigt, am Abfluggate zwischen den anderen Leuten auf den Aufruf des Flugs der South-West-Airline wartete, mußte ich mich hüten, nicht enttäuscht zu sein.

18

Freiheit, Einsicht, Notwendigkeit! Es ließ sich immerzu darüber nachdenken. Und fragen: Was ist Freiheit? Und was Notwendigkeit! Das Nachdenken konnte einem helfen, es konnte aber auch die Lust am Leben nehmen. Ich war nicht bereit, sie mir nehmen zu lassen, überhaupt den Willen zum Leben nicht, in dem Spielraum, den es hat.

Damals lag Karl-Marx-Stadt in meinem Spielraum.

Ich hatte in den Verkehrsbetrieben Absprachen über die Fahrscheinentwerter zu führen. Aber Karl-Marx-Stadt war wegen der Umspurung für einen Straßenbahner ohnehin eine Reise wert. Es ging der ausgefallenen Spurweite von 915 Millimetern an den Kragen, die es in ganz Deutschland (und wohl auch darüber hinaus) kein zweites Mal gab und die Nachteile und Probleme mit sich brachte, so sehr, daß die Beibehaltung des Straßenbahnbetriebs überhaupt in Frage stand. Was überall sonst paßte, paßte hier nicht. Umspurung hieß nicht nur den Gleisen, sondern der ganzen Stadt zu Leibe zu rücken: Aufgerissene Straßen, Absperrungen, Bauzäune, Umleitungen, Dumper, Lärm, Unannehmlichkeiten waren die Konsequenz. Dazu das Damoklesschwert, das über dem Unternehmen hing – Geld, Baukapazität, Arbeitskräfte könnten entzogen werden – und die Befürchtung heraufbeschwor, daß das Ganze in einem Dauerchaos enden würde. Sosehr alle Zeitpläne auch überzogen wurden, schließlich war die Umspurung der Linie 5 geschafft, der neue Betriebshof fiel als Folgeinvestition mit ab, und inzwischen war die zweite Linie, die 6 von Altchemnitz nach Gablenz, in Betrieb genommen, mit vierachsigen Tatra-Bahnen. Karl-Marx-Stadt richtete das Straßenbahner-Selbstbewußtsein einigermaßen auf.

Es war nicht leicht, den Glauben an die Straßenbahn zu bewahren, so wie in Mittelstädten – Eisenach, Mühlhausen, Stralsund – der Betrieb eingestellt wurde. Es gab ja durchaus Gründe dafür. Auch in Jena wurde erwogen, die Bahn aufzugeben. Selbst in den Großstädten wurden die Netze amputiert. Statt in Rostock die Linie 4 über Gehlsdorf zum neuen Überseehafen zu verlängern, wurde sie stillgelegt. In Halle wurde der Hauptstrang vom Bahnhof durch die Stadt zum Markt gekappt; ganz davon zu schweigen, daß jenseits der Saale die Strecke nicht mit der Mansfelder Straße geradeaus in die entstehende, auf hunderttausend Einwohner wachsende Chemiearbeiter-Neustadt geführt wurde. Die Straßenbahn mußte wie vor einem dreiviertel Jahrhundert strikt zur Heide abbiegen, als wäre heutzutage eine Ausflugsgaststätte wie der Waldkater noch die Bahn wert und als läge linker Hand weiterhin nichts als Brache. Die neue sozialistische Großstadt wies die Straßenbahn zurück wie ein Schmuddelkind, weil sie einem neufeudalen Duodezfürsten nicht in seine sozialistische Vision paßte! Gegen alle praktische und ökonomische Vernunft! Woher kam diese Zukunftsprojektion? Trieb das Beispiel des Westens in solchem Kopf sein uneingestandenes Wesen! Ich wußte nicht, ob ich erleichtert sein sollte, daß ich mit solchen Stadtplanungsfragen nichts mehr zu tun hatte, oder ob ich bedauern sollte, vor diese Herausforderungen nicht gestellt zu sein. In meinem Straßenbahnerethos fühlte ich mich durch solche Machtentscheidungen gekränkt.

An Karl-Marx-Stadt war der Kelch der Straßenbahn-Liquidierung vorbeigegangen. Nun beflügelte trotz aller Probleme möglicherweise gerade die Umspurung die Zuversicht, daß es voranging. Die Konzeption für die Fahrscheinentwerter profitierte davon. Die Gespräche verliefen gut im neuen Betriebshof draußen an der Annaberger Straße. Und es war, als wollte sich auch das Wetter im Bunde erweisen. Ein wolkenloser Himmel überblaute die Stadt, und ich beobachtete die roten Tatra-Bahnen, die selbstbewußt die neuen Breitspurstrecken auf den frischen Betonschwellen in Anspruch nahmen. Ich stieg auf dem Weg zurück an der Zentralhaltestelle aus, die mit ihren langen Bahnsteigüberdachungen und dem aluminiumgerahmten, mit mattgrünen Glasflächen verblendeten Obergeschoß, dem Dienstort der Dispatcher, bahnhofsartig und großzügig wirkte.

Die Abfahrt meines Zuges drängte nicht. Mit der zur Routine gewordenen Aufmerksamkeit, ob die Auslagen der Geschäfte etwas boten, was wir zu Hause gebrauchen konnten, streifte mein Blick über die Schaufensterfronten an der Straße der Nationen, am Wismut-Kaufhaus »Glück auf«. Den Esda-Kurzwarenladen am Rosenhag überging ich. Am Musikalienladen blieb ich stehen und nahm mir für jede Schallplattenhülle Zeit: Eisler, Septett Nr. 2; Zsuzsa Koncz (erschien mir eine Überlegung wert); Gleich kommt unser Sandmännchen (darüber war Silke hinaus); Bachs Orgelwerke auf Silbermannorgeln (besaßen wir); José Afonso – Grandola, Lieder aus Portugal (besaßen wir ebenfalls; die Nelkenrevolution, Aufflackern einer Hoffnung! Aber die DDR war nicht Portugal. Nichts schien abwegiger, als auf einen Staatsstreich der Volksarmee zu setzen); Nat King Cole – Mona Lisa. Ich erschrak geradezu. Ich staunte die Hülle ungläubig an. Nat King Cole in Karl-Marx-Stadt? Der geräumige Laden war leer. Als ich nach der Platte fragte, war ich mir plötzlich sicher, einer Täuschung aufgesessen zu sein. Doch der Mann legte mit zuvorkommender Beflissenheit, womöglich sogar stolz, die Platte auf, ich stülpte mir den Bügel über und paßte die Kopfhörer auf die Ohren: und wurde nach einem Moment Rauschen von Musik umströmt, im Flor der Violinen die samtene, angehauchte Stimme: *Mona Lissa, Mona Lissaa*; danach *Ramblin' rose*; dann das swingend auf der *Route 66* hintänzelnde Piano; *Dear lonely hearts*; in den weichen Klang der Klavierakkorde gebettet: *It's only a paper moon*… Es schien kein Mond. Die Stadt, soweit sie sich hinter der Fensterflucht ausbreitete, war, sowenig sie sich auch von ihrer grauen Straßenpflaster- und Betonfassadenhaut lösen konnte, in warmen Spätnachmittagsglanz getaucht, die Menschen zeigten sich geschäftig oder gelassen, Autos glitten geräuschlos vorbei. Auf der anderen Straßenseite vor der Kosmosbar standen Tische auf dem Bürgersteig. Die Bedienung, eine junge Frau, tat offensichtlich zur Zufriedenheit der Gäste ihren Dienst. Die Welt schien im Lot. Ich fühlte mich beschenkt. Meine schwarze Ledertasche, die der Handel zum »Reiselord« adelte und die ich mir schon wegen der Suggestivkraft ihres Namens nicht hatte entgehen lassen, zeigte sich, nun auf die Probe gestellt, überfordert. Nat King Cole für sechzehn Mark zehn paßte nicht hinein. Ich konnte es nicht erwarten, zu Hause zu sein.

Karin klatschte vor Begeisterung in die Hände. Ihr Kuß verrutschte auf mein Auge. Ich legte die Platte auf. Und etwas Unerwartetes trat ein, bei diesem ersten Hören und jedem weiteren – Nat King Cole lockte mich nicht in sein unerreichbares Land, nicht nach Chicago, Flagstaff und L. A., nicht an die Route 66, auch nicht nach Paris in Mona Lisas Domizil, er versetzte mich abermals in einen sonnigen Nachmittag in Karl-Marx-Stadt. Als wäre jene Plattenbar die Schatulle meiner Träume, *and they lie there and they die there*. Um jedoch Mal um Mal von Nat King Cole ins Leben zurückgelockt zu werden. Nach Karl-Marx-Stadt.

Die Schallplatte hatte einen Nebeneffekt. Sie wertete mich auf, zumindest bei bestimmten Gelegenheiten. Was der Sinnerfüllung an Zugriff ins Weite verwehrt war, verschaffte sich im Nahen sein Recht. Wir Neubaublockbewohner waren zum größten Teil junge Familien, und es gab diverse Verpflichtungen, die alle betrafen: die Hausordnung, die Wahl des Hausvertrauensmanns, die Pflege der Grünanlagen, der Garagenbau; über Kindergarten, Schule, den Spielplatz kamen ebenfalls Verbindungen zustande. Und man sagte es Nachbarn weiter, wenn es in der Kaufhalle oder sonstwo etwas Rares gab. Nicht daß man ohne die anderen nicht auskam, aber mit ihnen kam man besser hin. Also gab es Einladungen, zu einem Kaffee, einem Bier, um eine neue Sitzgarnitur einzuweihen, den ersten Mai, einen Geburtstag zu feiern, getreu der Marxschen Maxime, der Reichtum eines Menschen ist sein Reichtum an Beziehungen. Dank Nat King Cole wußte ich kaum noch, wohin mit dem Reichtum. Eine Feier ohne uns beide war nicht mehr denkbar.

Eine meiner Bereicherungen, die ich Breitschneiders, ein Stockwerk unter uns auf der anderen Treppenhausseite, zu verdanken hatte, hieß Karla. Breitschneiders Wohnung entsprach unserer, drei Schritt Korridorlänge, Einbauschrank, gleiche Zimmerform und -größe, Schrankwand – allerdings bei ihnen kunststoffurniert in Metalleiterhalterung –, Sitz- und Sofagarnitur vor der Wand ohne Durchreiche, aber alles seitenverkehrt zu unseren Räumen. Es kam vor, daß ich mich in dem Trubel unwillkürlich in die falsche Richtung wandte, etwa als ich Elfi, der Hausherrin, die Steingutschüssel in die Durchreiche stellen wollte für einen Nachschlag Soljanka. Was Karla betraf, lag es an keiner falschen Bewegung, daß ich mit ihr ins Gespräch kam. Sie saß, die Beine übereinandergeschlagen und bis zum Rocksaum bloß, auf dem Sofa, hinter dem über die Rauhfasertapete, auf der bei uns die beiden Minnesänger ihren Platz hatten, ein schwarzrot durchwebter bulgarischer Wandbehang gespannt war.

Karla hatte sich mir entgegengeneigt. Jeder habe seinen Spleen, das sei ihrer! sagte sie entschieden. In der Hand hielt sie das Glas mit dem Drink und der eingeschnittenen Zitronenscheibe, den abgewinkelten Ellenbogen hatte sie auf dem Oberschenkel abgestützt, dessen Haut sich unter dem Abdruck spannte. Alles an ihr schien kraftvoll, gesund und fest. Wenn sie die Lippen schloß und zusammenzog, wurde ihr Gesicht eine Spur zu herb. Ihre Haare, auf Streichholzlänge gestutzt, lagen helmartig um ihren Kopf. Freilich, irgendwann würde sie nicht darum herumkommen, Kommissionsbetrieb, staatliche Beteiligung, sagte sie, ohne sich von Nat King Cole, der in meinem Rücken dezent den Paper Moon aufgehen ließ, vom Thema abbringen zu lassen, während ich mit den Fingern unwillkürlich auf der Sessellehne den Rhythmus klopfte. Aber den EMW – Eins-Komma-Fünfer-Sport – lasse sie sich nicht nehmen, und das Hobby schon gar nicht. Man muß sich sein Leben organisieren. Mal sei das eine dran, mal das andere. Alles zu seiner Zeit. Sie sah mich aus schmalen Wasseraugen mit einem schwarzen Kern darin an, als erwarte sie meine Bestätigung.

Den Betrieb habe sie vom Bruder ihres Vaters übernommen. Früher hätten Vater und Bruder ihn gemeinsam geführt, der Vater sei im Krieg geblieben. Fugenverguß. Teerkocherei. Drecksarbeit. Nur weil sich niemand danach reiße, sei er noch privat. O ja, sie lasse sich von ihren Leuten nichts vormachen, gerade als Frau nicht. (Ich zweifelte nicht daran.) Natürlich habe sie mit den Verkehrsbetrieben zu tun, ging sie auf meine berufliche Tätigkeit ein, über die sie durch Breitschneiders wußte. Wenn ich diese dampfenden, stinkenden Teerkocher in der Stadt sähe, das seien ihre Leute, die verfugten die Gleise im Pflaster, in den Verbundplatten, mitunter auch bloß im Dreck, denn aus mehr bestünde die Straßendecke teilweise nicht. Dann fixierte sie mich mit ihren, wie mir schien, strengen schmalen Augen. Und plötzlich, indem sie sich mir noch eine Idee weiter entgegenbeugte, rief sie: Sie sind mein Mann!

Unwillkürlich wich ich eine Handbreite zurück, zumindest innerlich. Im umfassenden Sinn war ihre definitive Aussage nicht gemeint, sie galt der mir unterstellten Eignung als Beifahrer für die bevorstehende Rallye. Nationale Große Harzrallye. Seit drei Jahren fahre sie selbst, der Onkel als Schmiermaxe, falscher Begriff, Copilot. Vor drei Monaten habe er eine Gallenoperation gehabt, die ihm immer noch zu schaffen mache. Der Copilot sei, genau besehen, entscheidender als der Fahrer. Er müsse rechnen können, brauche Ortskenntnis, Einfühlungsvermögen.

Einfühlungsvermögen?

In die Streckenführung, ins Fahrzeug, in den Fahrer.

Ich sah sie wohl skeptisch an.

Er muß den Fahrer dirigieren, Geschwindigkeit vorgeben …

Ich, ein eingefleischter Straßenbahner, sei der richtige Mann für eine Auto-Rallye?

Genau deswegen! Ohne Fahr- und Streckenplan klappe das eine wie das andere nicht.

Fünf Wochen später bogen wir am Wilden Mann auf die Autobahn – sie trat aufs Gas, daß der tiefliegende Wagen wie eine Rakete anzog und ich in die weiche Polsterung des Beifahrersitzes zurückgedrückt wurde. Sie sagte: Ich bin Karla. Wir könnten uns, wenn es drauf ankäme, schlecht in dem Stil *Würden Sie bitte die Geschwindigkeit etwas drosseln* verständigen. Das Duzangebot stand ihr zu. Sie war drei Jahre älter als ich.

Ich hatte einen Nachmittag Instruktionen erhalten, in der Veranda ihres Dreifamilienhauses in Striesen mit Blick auf den Hof, der als Lager für den Betrieb diente. Sie legte mir die Berechnungstafeln vor, erklärte mir das Prinzip, in vorgegebener Zeit eine bestimmte Strecke zurückzulegen, erläuterte mir, was bekannte und unbekannte Durchfahrts- und Zeitkontrollen bedeuteten, und zeigte mir den Wagen. Sie führte mich über den Hof an den Fässern, Förderbändern und einer Betonfräse vorbei – ein massiges, vorsintflutliches Gerät, wie mir schien, das ich mir erklären lassen mußte. Der eigentliche Betrieb befinde sich in Niedersedlitz. Sie riegelte eine Garage auf. Da stand das gute Stück, Drei-vier-zwoer-Sport, polargrau, erklärte sie den Farbton. In der geneigten Windschutzscheibe sah ich mich deformiert auf mich zugehen. Sie öffnete die Fahrertür, grüngraue Polsterung. Ob ich einen Blick auf den Motor werfen wolle? Natürlich. Eine saubere Maschinerie, der Sechszylindermotor-Gußblock, 2,8 Liter Hubraum. Nicht frisiert, nirgendwo nachgeholfen, das lasse das Reglement nicht zu. Rallyegrundregel Nummer eins – strikt nach Straßenverkehrsordnung fahren. Die Schweller seien verstärkt, Rallye sei schon eine andere Beanspruchung, zusätzlicher Rückspiegel, original von BMW, sie wies auf ihn, na, ein paar Kleinigkeiten. Zu viele Eingriffe hätten keinen Zweck, machten das Fahrzeug schwer, fräßen Leistung … In der Woche vor der Rallye müsse die KtA den Wagen abnehmen. Aber damit hätte ich nichts zu tun. Was mich betreffe … Sie öffnete die Beifahrertür, griff unters Dach. Innenbeleuchtung, verstärkt, sie richtete wieder ihren schmalen, hellen Blick auf mich. Ich nickte, was sollte ich sonst tun. Sie klappte das Handschuhfach auf: Leselampe, Stoppuhr, Tripmaster – präzises Zählwerk –, normale Uhr. Sie hielt mir alles hin. Sicher hätte ich eine eigene Uhr, sie müsse jedoch genau sein, die hier sei es. Sie streckte sich hinter die Sitzlehne, holte ein Gestell mit glatter Auflage vor und setzte es in Halterungen über dem Handschuhfach ein, die ich übersehen hatte: Schreibbrett … mein Büro. Na ja, und was konkret die jeweilige Rallye betreffe, das werde beim Start ausgehändigt, Gebetblätter …

Ich zog die Stirn kraus, zumal mir, nachdem sie all die Utensilien vorgeführt hatte, doch etwas mulmig zumute wurde. Mit so viel Verfremdung einer Autofahrt hatte ich nicht gerechnet.

Gebetbuch, ach, das sagen wir so, Streckenbeschreibung … Drei Dinge müssen stimmen: Auto, Fahrer, Copilot, sagte sie, indem sie mir alles wieder abnahm und ins Handschuhfach packte.

Als wir die Hellerauer Spinne hinter uns hatten, beugte sie sich auf meine Seite, klappte das Handschuhfach wieder auf und reichte mir ein Utensil nach dem anderen, damit ich mich mit ihnen vertraut machte. Sie fuhr forsch, aber konzentriert, ohne Leichtsinnigkeiten. An die Geschwindigkeitsbeschränkung von hundert Stundenkilometern hielt sie sich nicht gerade. Bei der Rallye gehe das nicht, sagte sie lächelnd mit Blick auf die bei Hundertdreißig zitternde Tachonadel. In Ortrand sei sowieso Schluß mit Speed, da müßten wir wieder von der Autobahn runter. Sie hatte mir gesagt, daß sie in Elsterwerda noch etwas Dienstliches zu erledigen habe. Daher dieser Weg nach Magdeburg.

Die Harzrallye sei eine offene Rallye, ohne Klassifikation. Ihrem Onkel genügte das. Sie werde vielleicht weitersehen. Obwohl diese Rallyes ihre spezielle Atmosphäre hätten, daran liege ihr viel, sie seien eine Clique, die da zusammenkomme. Ein billiger Spaß sei Rallyefahren freilich nicht gerade. Aber dafür lebe sie. Von Breitschneiders wußte ich, daß sie unverheiratet war, aber einen festen Freund habe oder hatte. Er sei so etwas wie der zweite Mann in ihrem Betrieb gewesen, aber vor einiger Zeit nach Rostock gegangen, zum Überseehafen.

Elsterwerda also, kurzes Warten auf einem verkramten Betriebshof, neben einem klappernden Regenfallrohr, dann Liebenwerda, Wittenberg, dazwischen die Dörfer. Die Landstraßen streckten sich. Traktoren, selbst Pferdefuhrwerke, sowjetische Militärfahrzeuge rudelweise, Radfahrerkolonnen vor den Städten, in den Städten erst recht, verhinderten schnelles Vorankommen. Die Fahrerregistrierung im Hotel International mußte bis 19 Uhr erfolgt sein. Coswig, Roßlau, Zerbst. Die Zeit wurde knapp. Ein, zwei Überholvorgänge erschienen mir etwas heikel. Aber mehr zu schaffen machte mir, daß sich beim ständigen Tempowechsel mein Magen regte. Mir wurde zunehmend flau. Der Flug nach Moskau brachte sich in Erinnerung. Jedes Wort fiel mir schwer. Ich war heilfroh, als wir angekommen waren. Mir stand der Schweiß auf der Stirn.

Es sollte nur der Anfang meines Martyriums sein. Es kostete mich Beherrschung, die Einschreibung und zwanzig Begrüßungen über mich ergehen zu lassen und ein paar Blicke auf die Unterlagen zu werfen, die uns ausgehändigt wurden. Unser Start war für null Uhr siebenundfünfzig festgelegt, Startort Domplatz. Ich blieb eine Viertelstunde auf meinem Bett liegen, ehe ich es ins Bad schaffte. Mir war alle Lust vergangen, Landschaft zu erkunden. Auch vom Ehrgeiz, mich an einem geographischen Spiel zu erweisen, war nichts geblieben.

Wir hatten zwei Zimmer nebeneinander im dritten Stock, die Fenster zur Otto-von-Guericke-Straße. Mich regten sogar die Straßenbahnen auf, die entlanglärmten, und ich hörte genau, wie sie rumpelnd in die Vertiefungen der schadhaften Gleise sackten. Ich wünschte mir, der Zweck der Frau, die Karla hieß und das Nebenzimmer belegt hatte, wäre, den Zustand der Gleise dort unten zu verbessern, und nicht, mich nächtlings ins Auto zu zwingen.

Wir waren für zehn Uhr im Restaurant verabredet. Ich bestellte gedünsteten Dorsch in Frühlingssauce. Es schien mir das leichteste Gericht zu sein. Ich ließ es dennoch fast unberührt zurückgehen.

Als wir auf der matt erleuchteten Weitläufigkeit des Domplatzes in der Reihe der Fahrzeuge im Minutentakt der Startfreigabe vorrückten, war mir, als führen mir Abgase, aber keine Luft in die Lunge.

Der Starter riß die Flagge, die er am ausgestreckten Arm vor unsere Kühlerhaube quergehalten hatte, in die Höhe, Karlas Gesicht durchlief ein kleiner Ruck, ihr rechtes Bein, soweit ich es im Halbdunkel sehen konnte, spannte sich – der Tritt aufs Gaspedal –, der Motor gab einen vollen, röhrenden Ton von sich, hinter uns spritzte Splitt oder sonst etwas vom Fahrbahnbelag auf – das gehörte zum Startritual –, und ab ging es, um den schwarzen Domkoloß herum in die nachmitternächtliche städtische Dunkelheit, den Rücklichtern der vor uns Gestarteten hinterher. Eine Hilfe, die nur bis zur nächsten Abbiegung reichte. In den Unterlagen war als erster Kontrollpunkt Berliner Chaussee angegeben. Über das Schreibbrett vor mir war ein Gummizug gespannt, der die Papiere hielt, in den Händen jonglierte ich Stift und Taschenlampe. Die ersten Kurven; und indem ich den Kopf zum Lesen in dem funzligen Licht senkte, wußte ich bereits, was kommen würde, im wahrsten Sinn des Wortes. Die Nachtschleife der Strecke führte weg vom Harz, in die entgegensetzte Richtung. Mir war es egal. Karla, der ich meinen Zustand vorenthielt, kamen Zweifel an meinen Streckenangaben. Die einzige Rettung schien ihr, aufs Gas zu drücken. Prompt handelten wir uns bei der ersten Kontrolle zwei Strafpunkte ein. Ihr Zweifel an meinen Richtungsangaben hatte sich damit allerdings erledigt.

Weniger ihrem Rat folgend, als daß ich befürchtete, mein Mageninhalt mache sich jedes Wort zunutze, wieder hinauszukommen, beschränkte ich mich auf knappste Äußerungen: Langsamer. Dehkah (Durchfahrtskontrolle) zwei Kilometer. Jetzt Richtung Leitzkau… Ich starrte auf tanzende Zahlen auf dem Bogen, rechnete, schrieb und würgte. Schließlich war es nicht mehr zurückzuhalten. Ich kurbelte die Scheibe herunter. Der Fahrtwind dröhnte und nahm sich meines Mageninhalts an. Karla entging der Zweck meines Handelns. Sie war völlig aufs Fahren konzentriert und tat, als gehörte zeitweiliges Fensteröffnen dazu. Daß eine Frau neben mir saß und fuhr, wer es überhaupt war, spielte für mich keine Rolle. Wiesenburg, Görzke, Ziesar und die Autobahn zurück. Magdeburg schälte sich aus der Sonntagmorgendämmerung, als wir über die graue, schiffslose Elbe rollten und wieder am Domplatz ankamen. In der Fahrzeugansammlung war die Luft nicht besser als beim Start, aber ich atmete sie wie befreit ein, als ich mich aus dem Wagen gezwängt und aufgerichtet hatte. Erfahrungsaustausch mit den anderen über den bisherigen Verlauf. Es war für uns bei den zwei Strafpunkten geblieben. Andere hatte es heftiger erwischt. Karla stand im Pulk der Fahrer und war offensichtlich zufrieden. Ich blieb bei unserem Auto und machte Atemübungen.

Auf die Sekunde genau dreißig Minuten nach Ankunft wurden wir auf die zweite Schleife geschickt, nun tatsächlich in den Harz, allerdings nicht auf direktem Weg. Es blieb wenig Gelegenheit, auf die Landschaft zu achten, die sich hinter weiten Felderwellen versteckte. An Abbiegungen oder unübersichtlichen Stellen dirigierten uns gestikulierende Leute, einige Male auch Polizisten, was gegen die Spielregeln war: Die Polizei – dein Freund und Helfer, die Gesichter vor Wichtigkeit versteinert. Auf die bekannten Kontrollen konnte man sich einstellen, um die unbekannten Durchfahrtskontrollen zum richtigen Zeitpunkt zu erwischen, hatte man eigentlich Meter für Meter der Strecke genau nach der vorgegebenen Geschwindigkeit zu bewältigen. Was natürlich praktisch unmöglich war. Ortschaften hielten auf und brachten uns aus der Zeitplanung. Zweimal zwangen uns geschlossene Eisenbahnschranken zum Halten, einmal eine Rinderherde. Ich rechnete ununterbrochen: Geschwindigkeit im Verhältnis zur Streckenlänge gleich Uhrzeit. Und hatte die Resultate als Fahrhinweise an Karla zu übertragen. Was meist auf die Order *Langsamer!* hinauslief. Für mich galten Tacho, Wegweiser und Schilder – Ampfurth, Schermcke, Kroppenstedt waren nichts weiter als Ortsnamen. Zweimal öffnete ich das Fenster. Ist dir nicht gut? fragte nun Karla. Im Tageslicht entging ihr mein graues Gesicht nicht. Allmählich gewöhnte ich mich an den Zustand. Freilich um den Preis, daß von einem Erlebnis, welcher Art auch immer, keine Rede sein konnte. Obwohl wir schließlich den Harz in seiner ganzen Breite zweimal durchquerten, zuerst von Blankenburg aus (ich erkannte nichts wieder) über Wendefurt, Hasselfelde bis Nordhausen nach Süden, zurück über Güntersberge, Friedrichsbrunn, Gernrode. Dazwischen lag der Kyffhäuser als Höhepunkt, nicht nur topographisch. Die Serpentinen hinauf bis unmittelbar unters Denkmal (457 Meter über Normalnull!) – ich war nicht zu mehr in der Lage, als einen düsteren, schwülstigen Steinklotz wahrzunehmen – und wieder runter. Der Berg erwies sich als Scharfrichter. Dutzendweise verreckten die Fahrzeuge. Mit aufgeklappten Kühlerhauben, aus denen es dampfte, blockierten sie in der Enge der Straße die nachfolgenden und ebenso die entgegenkommenden Autos, die es hinauf geschafft hatten und wieder auf dem Weg nach unten waren. Es schien, als ballte sich der ganze Teilnehmertroß auf dem An- und Abstieg. Bei der Zeitkontrolle in Roßla kamen wir um weitere zwei Strafpunkte nicht herum. Es war das Minimum. Wie sich am Ziel erwies, hatten nicht wenige Fahrzeuge den Kyffhäuser gar nicht gefunden, irrten zwischen Wernigerode und Eisleben herum und tauchten in Roßla überhaupt nicht auf.

Mein Magen hatte seinen Widerstand zwar aufgegeben, aber der Kopf war kurz vorm Zerspringen. Ich hatte genug vom Harz, und ein Bedauern, daß es sich lediglich um die eine Hälfte handelte, die uns zur Verfügung stand, kam mir nicht mal im Ansatz in den Sinn. Wenn meine Kraft es zugelassen hätte, wäre ich wohl zum ersten Mal dankbar gewesen, daß der nationale Anspruch – immerhin befanden wir uns auf der *Nationalen* Harzrallye – auf dieses Teilstück beschränkt war. Allein die Vorstellung, die Straßen zwischen Goslar, Clausthal-Zellerfeld und Braunlage auch noch bewältigen zu müssen, mit ebenso endlosem Auf und Ab, Linkskurven und Rechtskurven, die ineinander übergingen, ließ mich schauern. Ich hatte keinen anderen Wunsch, als das Reststück hinter mich zu bringen, und keinen Kilometer mehr!

Der Geschicklichkeitstest zum Abschluß auf dem Domplatz – Kurvenfahrt zwischen eng gesetzten rotweißen Signaltüten, den Wagen strichgenau stoppen – machte mir kaum etwas aus.

Und eigenartigerweise erholte ich mich ziemlich schnell. Wir fuhren in Bussen in ein Gartenlokal nach Herrenkrug zur Siegerehrung. Neben der Saaltür hingen die Tabellen mit den Plazierungen aus. Wir hatten eine Silbermedaille gewonnen. An den Auflistungen war zu sehen, daß kaum ein Team mit einstelligen Strafpunktzahlen davongekommen war, bei manchen gingen sie in die Hunderte. Gold, Silber, Bronze richtete sich nach der Punktzahl. In unserer Klasse gab es keine Goldmedaille. Überhaupt insgesamt nur eine einzige, und lediglich fünfmal Silber. Karla war guter Laune. Hochbeinig in leichtem Sommerkleid gab sie sich nun als Frau. Ich fragte mich, wie ich ihr Herbheit angesehen haben wollte. Ein älterer Buchhaltertyp mit naßgekämmtem Weißhaar und pedantischem Scheitel, der halb mit dem Rücken zu mir stand, sagte, als ich an die beiden herantrat, in fläzigem Sächsisch zu ihr: Nu, häddsde heude gäähn Anfängr bei dir gehabbt, häddsde garrndierd Gold gemacht.

Na und! entgegnete Karla fröhlich.

Dennoch trübten die Worte des Mannes, als wir zur Siegerehrung aufgerufen wurden, den Silberglanz der handtellergroßen Medaille, auf der eine langhaarige, mehr lockende als ängstigende Hexe auf einem Besen den Blocksberg umflog. Den Weg zu unseren Plätzen zurück mußte ich mir wie Karla durch ein Spalier schüttelnder Hände erarbeiten. Als der weitere Ablauf lockerer wurde, war es kein Problem, ins Gespräch zu kommen. Gesprächsstoff war genug gegeben: Die bevorstehende Pneumant-Rallye, die Rallye Monte Carlo, diese allerdings lediglich als Vision. Die meisten beschäftigte, ob sie an den Qualifizierungsläufen für die DDR-Meisterschaft teilnehmen sollten. Der Weißgescheitelte bedrängte Karla geradezu, es zu tun, und wich ihr nicht von der Seite. Im Bus auf der Rückfahrt setzte er sich neben sie. Ich kann nicht sagen, daß ich auch nur im Ansatz Eifersucht empfand. Ihm allerdings gönnte ich sie nicht! Im Hotelfoyer sagte er: Gommt, ehn nähm märr noch. Er legte Karla den Arm um die Schulter und dirigierte sie an die Hotelbar. Ich zögerte, aber die halbe Busladung steuerte auf die Bar zu. Karla winkte mir.

Es war nicht Betty, die hinter dem Tresen hantierte. Während ich mich auf den Hocker hob, beschäftigte mich die Frage, ob es in den Augen der Rallyeleute mein Image steigern würde, wenn ich hier als eine Art Stammgast gelten würde. Aber die Frage stellte sich eben nicht. Ich zögerte, den Kognak zu trinken, und horchte ihm nach, was er in mir anrichtete, als ich es mit einem kleinen Schluck versuchte. Es kamen keine ungünstigen Zeichen. Den zweiten Schluck nahm ich schon bedenkenloser. Karla war guter Dinge. Natürlich war nach wie vor fast nur von der Rallye die Rede. Der Weißgescheitelte – er hieß Ewald – hatte sich über vierzig Strafpunkte eingefangen, angeblich, weil er von einer sich schließenden Schranke aufgehalten worden war, bei Wegeleben. Nur hatten wir bei Wegeleben überhaupt nichts zu suchen. Die anderen lästerten. Ich fühlte mich zunehmend besser. Es tat meinem Selbstwertgefühl gut, mit einer einzigen Teilnahme als dazugehörig zu gelten. Ich hatte das Gefühl, mir war eine Lebensbereicherung gelungen. Als sich die Barbelagerung auflöste, hob Karla ihr Glas, es war mir nicht ganz klar, ob sie mir, Ewald oder sonst jemand zuprostete, und sagte: So, das langt. Wir zahlten jeder eine Runde. Karla hielt mir die Hand hin, als sie vom Hocker stieg. Sie umfaßte meine sehr fest. Ewald beobachtete es. Ich ging neben ihr zum Fahrstuhl. Die Tür schloß in dem Moment, als Ewald noch acht Schritte von uns entfernt war. Die zehn Sekunden in der summenden Fahrstuhlkabine schwiegen Karla und ich. Als wir den Gang entlanggingen, sahen wir uns kurz an. Karla steckte den Schlüssel ins Schloß ihres Zimmers, ich ging auf meine Tür zu. Na komm schon, sagte sie und drückte ihre Tür auf.

Sie zog sie hinter uns zu und trat sich die Schuhe von den Füßen. Plötzlich reichte sie mir nur noch bis ans Kinn, und ein Gefühl von Überlegenheit erfaßte mich. Sie warf mir wieder einen ihrer schmalen, hellen Blicke zu und verschwand im Bad. Ich trat weiter ins Zimmer hinein – es hatte im Gegensatz zu meinem ein Doppelbett –, setzte mich in einen der Sessel und zog ebenfalls die Schuhe aus. Ich hörte im Bad Klappern und Wasserrauschen. Dann war es still. Ich wollte mich besinnen und spürte, von einem Gefühl der Überlegenheit konnte schon wieder keine Rede mehr sein. Alles, was ich mit Sicherheit wußte, war, daß es sich mir im Kopf drehte, als sie aus dem Bad kam. In einem lachsfarbenen Hauch von Flatterhemd, das ihre festen Beine in ganzer Länge freigab, bloßstellte! Meinen reflexartigen Gedanken: Ein bißchen zu neckisch, für eine *reife* Frau, hatte ich noch nicht zu Ende gebracht, da wußte ich, spürte ich, er war fehl am Platze. Ihr Blick war heiter und selbstverständlich auf mich gerichtet. Sie stieg ins Bett, wie man eine Treppe hinaufsteigt, und den Schritt lang war ihre schwarze Scham zu sehen.

Ich hob mich aus dem Sessel, zog das Hemd aus der Hose, fummelte die Knöpfe auf, stieg aus der Hose und ging ebenfalls ins Bad. Sie sah mir aufmerksam nach. Im Bad merkte ich, daß ich noch die Socken anhatte. Auf der gläsernen Waschbeckenkonsole lag zwischen anderen Toilettenutensilien die Tablettenfolie, aus der zur Hälfte die Pillen herausgedrückt waren.

Sie hatte die Stehlampe ausgemacht. Von der Straße fiel ein mattes Lichtviereck ins Zimmer, schräg über das Doppelbett, in dem sie lag, aber eigentlich nur als Andeutung. Tatsächlich jedoch war sie alles andere als unwirklich. Ich lag kaum, da rutschte sie an mich heran. Sofort hatte ich ihren ganzen Körper von den Schultern bis zu den Füßen an mir, ob mit oder ohne den Hauch von Hemd, unterschied ich erst mal gar nicht.

Sie nahm sich meiner an und bestimmte auch den weiteren Lauf der Dinge. Sie trug der Sportlichkeit ihrer Erscheinung ganz und gar Rechnung. Und provozierte damit auch meinen sportlichen Ehrgeiz, zumindest insofern, als ich mich beschwor, diesmal nicht schlapp zu machen, nicht hierbei auch noch. Zu guter Letzt lagen wir uns schwer atmend in den Armen und strahlten uns an. Ein

Doppelsieg. Ich erinnere mich nicht, die Straßenbahnen gehört zu haben. Möglicherweise fuhren sie nachts nicht.

Am nächsten Tag, wieder im EMW auf dem Weg zurück, waren wir ziemlich einsilbig, alles in allem forderte die Rallye ihren Preis. Ich horchte in mich, ob sich mein Magen etwa doch wieder rührte. Ich betrachtete Karla von der Seite her, wozu ich während der Rallye kaum Zeit gehabt hatte und noch weniger in der Stimmung war, und sagte mir: Vielleicht ist die Eroberung der Welt doch nicht so sehr deine Sache, schon gar nicht auf Schuten und Dschunken, wo dir schon ein Pkw zu schaffen macht. (So weit war es mit mir gekommen!) Vielleicht liegen deine Stärken auf anderem Gebiet. – Mit der Annäherung an Zuhause, die sich Chausseebaum um Chausseebaum, Kilometer um Kilometer vollzog, indem Karin, Silke und alles, was dazugehörte, mir wieder näher kamen, begann sich irgendwo in meinem nebulösen Inneren schlechtes Gewissen zu regen: Was du nicht willst, daß man dir tu … und so weiter, wie es der Volksmund merkfähig in Worte faßt, und Kants Imperativ schickte sich an, sich meiner Stimmung zu bemächtigen. Das Nachsinnen über meine möglicherweise anders gelagerten Stärken war bereit, wieder den Rückzug anzutreten. Doch das Handicap der Kantschen Optimalbilanz ist wohl, daß sie einen Kopfmenschen unterstellt, zumindest einen Menschen, dessen Kopf das letzte Wort hat. Profane Wirklichkeit aber ist halt, daß der Restkörper dem Kopf – sozusagen – in den Rücken fällt, und nicht nur in den Rücken. Ich weiß nicht, ob ich die ganze Menschheits-, besser Menschengeschichte zu meiner Rechtfertigung aufrief, so wie sie von solchen Rückfällen strotzt, ob kaschiert im Begriff des ältesten Gewerbes, moralisch sanktioniert als Recht der ersten Nacht oder in all den Mätressen- und Konkubinengeschichten, bis zu den namentlich dingfest gemachten prominenten Ausrutschern von Marx und Fontane und sonstwem. – Es ließ sich nicht leugnen, eigentlich war ich mit mir zufrieden.

Karlas Blick war durch die Frontscheibe auf die sich anscheinend im Fluchtpunkt schließende Straße gerichtet. Ich fragte mich, ob etwas bleiben würde von diesem Ausflug. Etwas bleibt immer in einem zurück. Wenn es keinen Nachschub erhält, wird es freilich von der Zeit aufgezehrt. Alle paar Sekunden zuckten Karlas Wimpern. Ihre Lippen lagen fest aufeinander, und da fiel mir auf, daß wir uns überhaupt nicht geküßt hatten, zumindest so gut wie nicht. Und unvermittelt sagte ich mir: Womöglich hat sie dich einfach für die zwei Tage in ihr Leben einorganisiert. So wie sie am Abend auf Elfis Feier Organisation als Lebensprinzip erklärt hatte. Für zwei Tage und eine Nacht. Alles zu seiner Zeit!

Als sie mich vor unserem Haus absetzte, mir die Tasche zureichte, das Zuschlagen der Kofferraumklappe zwischen den Fassaden mit ihren ausdruckslosen Fensteraugen hallte und sie auf – soll ich sagen: selbstbewußten – Beinen das Auto umschritt, sagte sie gut gelaunt: Das machen wir wieder.

Ich nickte.

Wir sahen uns erst Jahre später an dem kalten 13. Februar 1985 bei der Riesenansammlung auf dem Theaterplatz zur Wiedereröffnung der Oper. Unvermittelt stand sie damenhaft, ihre kraftvolle Größe durch einen sandfarbenen Lammveloursmantel mit hellem Kragen betont, fünf Schritte von mir entfernt inmitten der Menschen. Sie trug nun eine Brille. Ich mußte genau hinsehen, um sie zu erkennen. Ihre Nase half mir.

Als der Wiederaufbau der Oper beschlossen worden war und die ersten Gerüste angefahren wurden, wie ich dachte – es war jedoch mein Irrtum: es waren nicht die Gerüste, sondern die Tribünengestelle für die offizielle Verkündung des Vorhabens –, war ich an der offenen Rückseite in den hohen sandsteinernen Hohlkörper hineingegangen. Angesichts des immensen Gemäuers, zwischen dessen bröckelnden Nischen Tauben hin und her flogen, erschien es mir unglaubhaft, daß daraus wieder ein intaktes Gebäude werden sollte. Wilfried verzog das Gesicht, als ich ihm von der Besichtigung der Ruine erzählte. Sosehr ich nach wie vor skeptisch war, ob und wann die Oper tatsächlich wiederhergestellt sein würde, sowenig konnte ich meine Vorfreude verbergen. Zu dieser

Stadt gehöre die sichtbare Beschädigung! wies mich Wilfried geradezu zurecht. Sein Weg war der am 13. Februar zu den Gedenkzusammenkünften an der Frauenkirchenruine. Ob ich die Akropolis, Delphi oder Pompeji auch wiederherrichten würde! Als Attrappen. Ja, am liebsten wäre ihm wohl, wenn Dresden überhaut so zerkloppt geblieben wäre, wie es war, schnauzte ich ihn an. Diese ganze Trümmerlandschaft erhalten, die da rundum vom Rathausturm zu sehen war, so weit das Auge reichte, das wäre doch was! Diese Rudolphsche Schauerwelt, diese Infernohinterlassenschaft, am besten mit dem Leichenrost vom Altmarkt. Und dann auf Trümmerbahnen die Besucher hindurchkarren. Da bliebe einem denn doch der Atem weg. Ein heutiges Pompeji! Das vielleicht könnte eine Mahnung sein, es auf so etwas nicht wieder ankommen zu lassen. Aber ein Klamottenhaufen wie die Frauenkirche, der lockt doch keinen Hund mehr hinterm Ofen vor. – Wilfried sah mich reglos und, wie mir schien, erstaunt an. – Grandiose Idee, nicht wahr! Nun bedauerst du, daß du nicht rechtzeitig aus dem Mustopf gekommen bist. Aber selbst zu so einem Einfall muß man eben Dresdner sein. – Er stammte aus einem Dorf aus der Nähe von Röderau, auf der stadtabgewandten Riesaer Elbseite.

Ich hatte ab und zu, sei es, weil ich im Verkehrsmuseum etwas erledigen mußte oder aus welchem Grund auch immer, den Weg an den Resten der Frauenkirche vorbei genommen und mir an dem Haufen schwarzer, schräg verkanteter Steinbrocken zwei Minuten Besinnung geleistet. Es war unvermeidlich, daß mir dabei bewußt wurde, was die von Gestrüpp überwachsene Schutthalde einstmals gewesen war. Die zwei aufrechten Bruchstücke ließen immer noch etwas von der Außerordentlichkeit ahnen. Nun muteten sie mit den Rundungen einstiger Fenster wie ein Viaduktrest an, der in keiner Richtung mehr ein Ziel hat und dem Luther, metallen, hohl und ungerührt, den Rücken zuwendet. In solchen dem Alltag abgetrotzten Momenten spürte ich die Einsicht in unwiederbringliche Verluste und stellte mir die Frage, die der Trümmerhaufen geradezu zwanghaft abrief, warum Gott, wenn alles, was geschieht, sein Wille ist, auch dieses Gotteshaus noch zerstören ließ, von allen anderen Zerstörungen gar nicht zu reden. Und da er es zuließ, kann er es wohl kaum grundlos getan haben! Die Fragen nach Gottes Tun halfen mir nicht. In der Nüchternheit der Thälmannstraße war ich sie spätestens wieder los, und ich war zufrieden, daß Leben um mich war, daß die Stadt, wenn auch beschädigt, lebte.

Ein paar Wochen nach dem Disput mit Wilfried kam ich übrigens das erste – und auch letzte – Mal in seine Wohnung am Wachwitzer Hang. Es war ein strahlender Vorfrühlingstag von der Art, als wollte das Wetter einen plötzlich umarmen und die Sonne alles, was sie in den zurückliegenden Wochen unterlassen hatte, mit einem Mal nachholen. Die Bäume spannten ihre Hauben aus frischem, durchscheinendem Laub aus, und das rostende Gartengeländer war überschäumt von Jasmin. Wilfried wohnte im Untergeschoß einer dahinrottenden Villa. Der äußere Zustand des Hauses setzte sich in seiner Wohnung gesteigert fort. Das Zimmer war vollgepackt mit halb zusammengesunkenen Bücherstapeln, Haufen von Blättern, herumliegenden Zeitschriften, Broschüren. Auf die Fensterbretter zwischen den Doppelfenstern, von denen die Farbe blätterte, waren Decken gestopft. Das alles war ich bereit, ihm noch nachzusehen, aber die Küche sah nicht anders aus. Jede waagerechte Fläche war vollgestellt mit unabgewaschenen Töpfen, Gefäßen, Geschirr, viel zuviel, um sich innerhalb von ein, zwei Tagen angesammelt zu haben. Halbvolle Gläser und Dosen fristeten ihr gammliges Dasein, auf dem Fußboden um das Waschbecken herum hatte sich eine Kavalkade Flaschen angesammelt, daß man an den Wasserhahn nicht herankam. Ganz abgesehen davon, daß mir die Lust verging, ihn zu benutzen, als ich einen Blick ins Becken geworfen hatte. Ich war schockiert und auf unerwartete Weise beruhigt. Ich war sicher, Karin würde es nicht zwei Tage mit ihm aushalten! Er entschuldigte sich verlegen und zog mit steifer Bewegung die Küchentür zu. Mit dem Zustand seiner Wohnung hatte er für mich das Urteil über sich selbst gefällt. Als

Karin und ich zur Straßenbahn hinuntergingen, sagte ich: Oje, du und deine Dichter! *Die großen Worte sind's, die uns erlösen, die Dinge scheitern, später oder gleich.* Na, dann gute Nacht.

Zu Karla sagte ich in dem Menschengewühl, während der Februarfrost uns ins Gesicht schnitt und ich sie ein bißchen um ihren Mantel beneidete und die Lautsprecherstimme von der Tribüne sich hallend überlagerte: Müssen die gleich wieder so ein Spektakel machen, als handele es sich um eine Großleistung des Sozialismus? Dabei war, das hatte sich im Lauf der Zeit herumgesprochen, der Wiederaufbau der Oper Honecker, dem Politbüro oder wem auch immer in Berlin von Modrow abgetrotzt worden. Wir achteten nicht auf die Tribüne, auf die uns der Blick durch die Rückseite eines roten Transparents versperrt war, das irgendeine Betriebsabordnung kraftlos hochhielt. Karla richtete in der ihr eigenen Art den Blick direkt auf mich, und er kam mir ganz vertraut vor. Daß die Oper überhaupt rekonstruktionsfähig sei und die Jahre überstanden habe, sei ihrem Onkel mit zu verdanken, sagte sie. Der habe damals nach dem Krieg das Notdach eingezogen …

Der Onkel war Anlaß für mich, nach ihrem Betrieb zu fragen.

Sie zögerte, ehe sie antwortete. Den gebe es längst nicht mehr, sei vom Tiefbaukombinat übernommen. Was so übernommen heiße. Es habe keine andere Chance gegeben.

Was sie selbst nun mache?

Arbeitsorganisation im Kombinat …

Nach einer Weile nickten wir uns zu, wir hatten genug vom Dabeisein. Wir zwängten uns durch die Menschen. Die bellenden Lautsprecherstimmen verhallten in unserem Rücken. Wir verabschiedeten uns am Postplatz. Sie habe ihr Auto an der Sächsischen Zeitung. Nein, der EMW sei es auch nicht mehr, der sei zu alt und zu teuer geworden.

Wir verzichteten diesmal selbst auf ein vages Versprechen, uns wiedersehen zu wollen.

19

Draußen das hitzedurchglühte, von hartem Gras und dürrem Gesträuch bewachsene Land im grellen Licht, in dem die Karossen der entgegenkommenden Autos aufblitzten. Der Highway, eine baumlose Asphaltpiste, durchschneidet es strichgerade, hebt sich auf die flache Hügelkuppe, bricht ab, um dahinter aus der Vertiefung als verengtes Band beim Anstieg auf die nächste Erhöhung wieder aufzutauchen, wieder abzubrechen und, ohne eine Winzigkeit aus der Richtung zu weichen, sich noch entfernter noch schmaler fortzusetzen, abermals abzubrechen und immer so weiter, bis er fadendünn in der Hitze verflimmert.

Arizona. Mein Blick aus der klimatisierten Kühle des Faradayschen Autokäfigs ist von der betörenden Weite der Landschaft gebannt. Die Erwartung, daß Reiter auftauchen, Indianer selbstverständlich, will sich nicht so richtig einstellen. Sollten sich dennoch welche zeigen, wären in der Entfernung nicht mehr als die Konturen zu sehen, vielleicht der hochgerissene Kopf des Pferdes, das dem Halt fordernden Griff am Zügel folgt. Ich wüßte sofort Bescheid: Das lange blauschwarze Haar des ersten der Männer zu Pferde ist in einem helmartigen Schopf geordnet und fällt weit auf den Rücken herab, keine Adlerfeder, kein Abzeichen schmückt den Mann, aber um den Hals der gestickte Medizinbeutel, die Friedenspfeife und die dreifache Kette der Krallen und Zähne selbsterlegter Grizzlybären. Die Züge des ernsten, männlich schönen Gesichts sind fast römisch zu nennen, nur die Backenknochen stehen kaum merklich hervor; die Farbe der Haut ein mattes Hellbraun mit einem leichten Bronzehauch. Winnetou, der Häuptling der Apachen, der herrlichste der Indianer … Welch ein Glück, der Freund dieses Mannes zu sein!

Old Shatterhands Glück ist längst aus der Geschichte und der Wirklichkeit getragen. Nur zählt nicht allein die Wirklichkeit. In Kinderzeitbildern, die keine Welterfahrung aufzehrte, ist es konserviert. Auch wenn nicht mehr daran geglaubt wird. – Oder hört man nie ganz auf, in seinen Erinnerungen und Träumen zu leben, und sollte es auch nicht? Weil das Leben mehr nicht bietet?

Statt Winnetou hatte es mir Joyce an die Seite gegeben, auf den Beifahrersitz. Entgegen jeder Absprache. Als die Maschine vom San Diego Airport Lindbergh Field abhob und die Stadt zwischen den aschigroten Bergen zusammenschrumpfte und zurückblieb, hatte ich das Gefühl, als entziehe sich damit Joyce nicht nur, sondern als habe sie sich erledigt.

In Phoenix angekommen, hatte ich sie freilich noch gedanklich loszuwerden. Sky Harbour International Airport, Connection Flights, Baggage Claim, Exit. Ich folgte den Piktogrammen. Arizona Rent a Car Systems, Inc. Budget. Ich brauchte volle Konzentration für das Vertragsformular: Mietpreis 109 Dollar pro Woche, Meilen unbegrenzt; Mexiko und das Fahren außerhalb von Straßen nicht erlaubt. Nicht nur, daß ich Mühe hatte, mir die Dresdner Telefonnummer ins Gedächtnis zu rufen, ohne mich verdächtig zu machen, es berührte mich merkwürdig, daß diese Nummer und erst recht meine Fahrerlaubnis, die sich nach wie vor durch ihren Aufdruck auf den verschwundenen Drei-Buchstaben-Staat berief, hier von Wert sein sollte. Ich unterschrieb, ohne mich von dem gewaltigen Schnörkel der Budget-Representative-Dame beeindrucken zu lassen, als gehöre einen Wagen zu mieten zu meinen ständigen Verrichtungen. Wenngleich die Fabrikatsbezeichnung, PRIZM Nummer 1AE728, mich stutzen ließ, ob es sich wirklich um ein Auto handele, worauf ich mich hier einließ, denn PRIZM war mir als Fahrzeugmarke völlig unbekannt. Ich griff Schlüssel und Papiere, die mir die dienstbereit zunickende Frau im Budget Office zuschob, stieß die Gepäckkarre hinweisgemäß zum Stellplatz 55 und fand tatsächlich ein Auto vor, blaugrau, neustrahlend (trotz der abgeleisteten 7726 Meilen, die mir bereits der Vertrag nicht vorenthalten hatte) und von komfortabler Größe, der gegenüber mein Skoda S 100 zum Kleinwagen und dazu noch zum Oldtimer degradiert wurde. Ich umlief das Glanzstück respektvoll, eigentlich zu dem Zweck, mich von seinem unbeschädigten Zustand zu überzeugen. Aber es hätte wohl zersplitterter Scheiben oder kürbisgroßer Einbeulungen bedurft, ehe ich etwas festgestellt hätte. Auf dem Sitz war mir, als nähme mich eine Theaterloge auf. Dann zwang ich mich wiederum zu Konzentration, prüfte Blinker, Lampen, Scheibenheber, das Radio ignorierte ich, um mich nicht zu überfordern. Die Wegbeschreibung legte ich auf den Beifahrersitz. Ich schaltete die Automatik auf Drive, tippte vorsichtig das Gaspedal an, der linke Fuß brauchte einige Sekunden, um sich damit abzufinden, nicht beansprucht zu werden. Ich stellte, während ich im Schatten der Garage an den reglosen Autos vorbeirollte, die Klimaanlage ein, brachte das Fahrgehäuse mit einem prüfenden Niedertreten der Bremse noch einmal zum Stehen, gab wieder Gas, folgte der Beschilderung Exit, und wie ein scharfer Hieb warf sich das grelle Sonnenlicht über mich, ein überdeutlicher Signalgeber der Hitze, vor dessen spürbarem Zugriff mich mein rollender Kokon bewahrte. Phoenix. The Valley of the Sun.

Der Termin, auf den ich mich eingelassen hatte, verlangte, mich sofort auf den Weg zu machen. Den Rallyeerfahrungen verpflichtet, hatte ich das Angebot, mich am Flugplatz abholen zu lassen, ausgeschlagen. Der Weg war tatsächlich kein Problem. State Highway 89 East, abbiegen in den 101er, und – erklärterweise – auf den University Drive. Mein Sensorium, mein psychisches Gefüge stellt sich ohne mein Zutun auf die Herausforderung ein: Mit dem Wissen um das Ziel habe ich das fremde, sich widerstandslos fügende Auto im Strom der anderen Fahrzeuge zu halten, als sei die Stadt eine Selbstverständlichkeit. Als mein Blick im Rückspiegel auf das Wolkenkratzerpanorama der Downtown fällt, das über der mir folgenden, in der Hitze flimmernden Kette der Autokarossen sich zu Spielzeuggröße verkleinert, wird mir einmal mehr für einen Lidschlag bewußt, daß es durchaus nicht selbstverständlich ist, hier zu sein. Mehr Irritation kann ich mir nicht leisten, die Beschilderungen fordern mich: Tucson, Tempe, Mesa, Globe; Highway 10, 60, 80. Dann eine gediegene Vorstadtstraße, durch die Hitze jedes Anzeichens von Leben beraubt. Auch die Wegbeschreibung auf dem Beifahrersitz hat sich erschöpft.

Die vierstellige Hausnummer an einer ockergelben Fassade bestätigte, ich war am Ziel. Die parkenden Autos am Straßenrand zwangen mich zu zweihundert Meter Weiterfahrt, die zu Fuß zurückzugehen waren und mich gnadenlos der barbarischen Hitze auslieferten. Den Zuweg zum Haus beschatteten Orangenbäume, der Hitze taten sie keinen Abbruch. Ich zog den Kopf ein, um nicht an die wie mattgoldene Weihnachtskugeln im Geäst hängenden Früchte zu stoßen. Eine große Frau meines Alters in der geöffneten Tür richtete aus einem Gesicht, das nie einem Sonnenstrahl ausgesetzt gewesen zu sein schien, ihre wasserblassen, nervös zuckenden Augen auf mich und breitete die Arme aus, als gelte es, den verlorenen Sohn aufzunehmen. Ich bin Jenny, sagte sie, zog mich dann aber doch nicht an die geblümtbebluste Brust, worauf ich gefaßt war. Mich die ersten Schritte an der Hand zu nehmen und ins Haus zu führen, als könne ich den Weg verfehlen, ließ sie sich allerdings nicht nehmen.

Die Orangenbäume filterten gedämpfte, grünlichtige Helligkeit in das Haus. Die Klimaanlage durchhauchte den Raum mit einer Kühle, daß ich es einen Moment lang nicht für ausgeschlossen hielt, durch eine meiner Wahrnehmung entgangene Schleuse nach Alaska geraten zu sein.

Hinter der offenen Doppeltür zeigte sich überraschende Weiträumigkeit mit einer langen Sitzungstafel. Die auf mich gerichteten Gesichter nickten mir zu wie einem guten Bekannten, und sowie ich der Doppelreihung personifizierter Freundlichkeit in Polohemden und T-Shirts ansichtig wurde, war ich geneigt, sie für eine Zusammenkunft mittlerer Postangestellter zu halten. Ich wurde an die Stirnseite gewiesen, die von blühenden Pflanzen verstellte Fensterfront im Rücken. Die Ventilatoren an der Decke standen still. Gastgeberin Jenny stellte mir die Anwesenden vor und korrigierte meine soziologische Fehldiagnose, indem sie jedem reihum einschüchternde Amts- und Professionsbezeichnungen zuwies: Historiker, Komparatist, ein für Urban Planning and Design Zuständiger, ein Mediziner, ein Head, ein Dean (vielleicht waren Head und Dean auch ein und derselbe), ein Politologe; zwei Frauen (Soziologin und Kommunikationswissenschaftlerin) unterbrachen die männliche Doppelreihe; dann noch einmal zwei Germanisten, die ich am meisten fürchtete, wenn ich von deutschen Schriftstellern absehe. Der Schreck von Madison steckte noch in mir, von dem von Iowa City ganz zu schweigen. Am meisten irritierte mich diesmal die Anwesenheit eines Priesters der Episkopalkirche. Im Gegensatz zu der ausführlichen Art, wie sich mir die Naturwissenschaftler in Randers präsentiert hatten, erfolgte die Vorstellung durch Jenny knapp und hastig. Indem sie bei den letzten angekommen war – den beiden Germanisten –, wußte ich nicht mehr, wer die anderen waren. Als Äquivalent stellte mich Jenny der hochkarätigen Runde in überschwenglichem Tremolo vor, als präsentiere sie einen Nobelpreiskandidaten, für welches Gebiet auch immer. Die Gesichter honorierten es nickend. Ich mußte mich auf den Grund meines Hierseins besinnen. Während ich das Thunfischsandwich, das mir gereicht worden war, in mich hineinkaute, nahm mein Thema (The Unavoidable Disaster of Real Socialism) auf meiner geistigen Bühne wieder Platz. Die freundliche Erwartung auf den Gesichtern ging bei meinen ersten Worten in den Ausdruck anteilnehmender Ernsthaftigkeit über. The unification of the two German states was one of the greatest events in the recent past. That it happened without bloodshed was a miracle, and I think this is one of the very seldom successful historical performances of Germany… Aber mein Zutrauen zum Wert dessen, was mitzuteilen ich mich anschickte, wollte sich wieder einmal nicht einstellen. Das störende Gefühl, das, was ich von mir gab, habe hier herzlich wenig zu suchen, tuckerte wieder in mir. Ich hörte den Nachhall jedes meiner Worte, was immer ein ungutes Zeichen ist. Inwieweit es als Englisch gelten konnte, fragte ich mich schon nicht mehr.

Aber als wollten die Zuhörer meine Skrupel Lügen strafen, gaben sie mit Vehemenz ihrer Hochachtung Ausdruck, die sie dem deutschen Schicksal zollten, als beschäftige sie nichts anderes. Nachdem ich mich aus der Beschämung wieder gelöst hatte, zeigte sich allerdings, daß meine Worte unerwartete Deutungen hervorgerufen hatten. Für einen jüngeren Philosophen, der einzige in der Runde, der Jackett und Schlips trug, stellte sich der Zusammenbruch des Sozialismus als die Bestätigung der Chaostheorie dar, der Unkalkulierbarkeit historischer Vorgänge. Der Sozialismus habe sich als gesellschaftlich praktizierter Irrtum erwiesen, der in der selbstgestellten Falle der Doktrin von den historischen Gesetzmäßigkeiten sein eigenes Opfer geworden sei! Für einen graugelockten Historiker, der direkt am Tischwinkel neben mir saß, war der Zusammenbruch des Kommunismus dagegen nichts als die Folge einer sprachlichen Fehlleistung eines einzigen Mannes. Jenny nickte begeistert.

Ich spürte nicht nur, wie weit Schabowski und die Vorgänge zu Hause sich mittlerweile auch mir entzogen hatten, ich fragte mich, ob und wieweit es überhaupt möglich ist, sich anderen mitzuteilen, ob es überhaupt so etwas wie ein Grundverständnis zwischen Menschen gibt, auf das man setzen kann, als ein mattblonder Mittdreißiger, der mir bis dahin in seiner blassen Ausdruckslosigkeit nahezu entgangen war, sagte, ihn würde es nicht wundern, wenn den Ostdeutschen ein Schicksal ähnlich dem der Indianer beschieden wäre.

Schlagartig kam Leben in die Runde, heftiger Widerspruch. Das Ausmaß der kulturellen und sozialen Unterschiede zwischen Indianern und Weißen sei nicht im mindesten dem zwischen Ost- und Westdeutschen gleichzusetzen. In Amerika seien zwei völlig unabhängig voneinander verlaufene ethnische Entwicklungen aufeinandergestoßen, während die Ost- und Westdeutschen vom gleichen Boden jahrhundertelanger Zivilisationsgeschichte getragen worden seien und lediglich durch eine kurze und der einen Seite aufgezwungene Fremdsozialisation getrennt waren. Der Schmächtige wuchs förmlich über sich hinaus: Er habe nicht von Gleichsetzung gesprochen, sondern von Ähnlichkeiten ... Wenn sich soziale Prägungen so leicht ablegen ließen, dann müsse man fragen, warum es den heutigen Indianern (er sagte *natives*) immer noch so schwerfalle, sich von ihrer ursprünglichen Lebensweise zu lösen, obwohl sie persönliche und gesellschaftliche Nachteile mit sich bringe und die Indianer seit zweihundert Jahren massiv der Lebensweise der Weißen ausgesetzt seien. Die Universitäten seien das beste Beispiel für die komplizierte Integration. Wie viele indianische Professoren gebe es hier, trotz Quotierung ...? Einen, zwei ...? – Es war der Priester.

Die Diskussion geriet aus dem Rahmen. Der Einwurf, ob man über Indianer oder über Deutschland reden wolle, war ein Versuch, zum Ausgangsthema zurückzugelangen. Es ging kreuz und quer über den Tisch. Der bläßliche Mann schob Teller und Glas von sich und beugte sich mir entgegen: If you're interested (das Gespräch lief in einer Mischung aus Englisch und Deutsch), bitte, kommen Sie mich besuchen. Er sei am Bischofssitz für die Indianer tätig. Die Probleme der Indianer seien sozusagen sein täglich Brot. An der Universität hier sei er lediglich Gastprofessor. Es sei typisch amerikanisch – er ließ den Blick über die Anwesenden streifen –, sich über die Nöte sonstwo in der Welt zu echauffieren, über die Indianer jedoch am liebsten kein Wort zu verlieren!

Er nannte mir seinen Namen, Stanley Duston. Er wäre sehr glücklich, wenn ich ihn besuchte. Er reichte mir seine Visitenkarte. Ja, das sei *oben* im Grenzgebiet zu Utah, am Rand des Navajo-Reservats.

Er redete voller Eifer auf mich ein – Einladung zu den Indianern, was wollte ich mehr! –, als der Türgong sich laut und klangvoll (mir schien, mit den Auftakttönen von *Üb immer Treu und ...*) meldete. Ein jüngerer Mann am entgegengesetzten Ende des

Tisches machte zu Jenny eine Geste der Bereitschaft, die Tür zu öffnen, tat es, und neben ihm stand Joyce.

Sie blickte suchend über die Anwesenden, aber so, als habe ihr Erscheinen mit mir nicht das Geringste zu tun. Ein Moment allgemeinen Stutzens, dann erhob sich Jenny so abrupt, daß mich ein Luftzug streifte, und sagte unüberhörbar und indigniert über den langen Tisch hinweg: Mit Ihnen habe ich nicht gerechnet.

Ich auch nicht, sagte ich, allerdings wortlos. Ein freudiger Schreck fuhr mir in die Brust, verrieselte in meinen Körper und setzte sich als Verwirrung ab. Alle Gesichter waren auf Joyce gerichtet. Sie hatte ihr ebenmäßiges Gesicht, kastanienbraungelockt umflort, ein bißchen wie erstaunt uns zugewandt, bemüht, ihren Lippen einen Ausdruck von Strenge zu geben, der Wirkung ihrer Weiblichkeit sichtlich bewußt: als schlagender Beweis der Chaostheorie für jegliche Art Vorgänge! Mir schwante, der Chaosgehalt werde sich mit ihrem Erscheinen nicht erschöpft haben.

Unvermittelt wurde Joyce lebhaft, entschuldigte sich, man solle sich nicht um sie bemühen, sie blickte sich um, ging in den Flur zurück, man hörte sie hantieren, sie kam mit einer Art Hocker zurück und setzte sich abseits. Auch Jenny ließ sich wieder auf dem Stuhl neben mir nieder. Die murmelnde Unruhe am Tisch war Ausdruck des Wunschs nach Aufklärung über ihr Erscheinen, zu der sich offensichtlich niemand in der Lage sah. Außer mir, der ich mich tunlichst jedes Worts enthielt, und augenscheinlich Jenny, wie ich ihrem abweisenden Gesicht ansah.

Ich gab mir Mühe, nicht den Faden zu verlieren. Aber außer meinem Episkopalkirchen-Priester gelang es keinem, sich von der Irritation durch Joyces Erscheinen zu lösen. Jenny war schließlich an einem bündigen Ende interessiert, ihre Augenlider flatterten, und sie ging auf Joyce zu, ohne sich von den Ansprechversuchen des einen oder anderen, der sich vom Tisch erhob und ihr in den Weg trat, aufhalten zu lassen.

Ich war auf eine Auseinandersetzung zwischen den beiden Frauen gefaßt. Aber der kleine Priester nahm mich in Beschlag, indem er die Visitenkarte um weitere Telefon- und Faxnummern bereicherte, und der graugelockte Philosoph beugte sich mir entgegen und lud mich zu sich nach Scottsdale ein. Ob ich Scottsdale kenne? Es liege gleich nebenan, man könne denken, es sei auch Phoenix, aber es sei es nicht, mexikanischen Ursprungs …

Und noch ein Dritter, mit einem fuchsrot-graumelierten Bart von den Schläfen bis zum Kinn, beugte sich zu mir und entschied, daß ich Hans Natonek kenne. Ich ließ mir meine totale Ahnungslosigkeit nicht ansehen, und fragte mich, ob ich als Straßenbahner oder als Dresdner zu der geforderten Kenntnis verpflichtet sei, denn in diesen zwei Rollen war ich in meinen Ausführungen aufgetreten. Zum Glück entband er mich von der Entscheidung, indem er sich auf den Halbsatz berief, den ich über die einstige gute Zusammenarbeit unserer Forschungsstelle mit dem Prager Verkehrsinstitut vor dem August '68 gemacht hatte. Natonek sei einer der bedeutendsten deutschen Schriftsteller in Prag gewesen, er habe, als die Nazis die Tschechei okkupierten, rausgemußt, und hier in Tucson sei er gestorben, dreiundsechzig. – Natürlich mußte es irgendwann auf Literatur hinauslaufen! Ich hielt dennoch dem fast bittenden Blick des Mannes stand und rang immer noch mit mir, ob ich ihm zuliebe einen Hauch von Kenntnis behaupten sollte, als er von einem Roman *Der Schlemihl* sprach, den Natonek geschrieben habe und der das Leben Chamissos schildere. Und schlagartig entschied ich: Ich kenne ihn nicht. Nicht noch einmal Chamisso!

Ich sah, daß Jenny und Joyce sich alles andere als stritten. Auflacher entspannten ihre Gesichter, Jenny legte eine Hand schwesterlich auf Joyces Unterarm, und ein schneller Blick sprang von Joyce zu mir, als müsse sie sich meiner vergewissern. Ein kleiner freudiger Stoß traf mich. Ich spürte, daß ich tatsächlich zu zweifeln begonnen hatte, ob ihr Erscheinen mit mir zu tun habe.

Natürlich hatte es. Nachdem sich die Ansammlung meiner Zuhörer aufgelöst hatte und sie zu mir getreten war, setzte sie mich über meine nächsten Lebensetappen in Kenntnis: Da mein Seminar erst in fünf Tagen stattfinde, wie sie von Jenny erfahren habe, sei genug Zeit, etwas zu unternehmen, Grand Canyon, Monument Valley oder Lake Powell. Was ich wolle!

Ich wußte erst mal nur, daß ihr Erscheinen mein bisheriges Wollen durcheinanderbrachte.

Ich wußte auch nicht, ob ich erfreut sein oder mich überrumpelt fühlen sollte. Sie wuchtete ihre Riesentasche in meinem PRIZM auf die Rücksitze und sagte, sie habe in einem Motel reservieren lassen, in Scottsdale.

Ich war bereit, Scottsdale als Schicksal anzuerkennen. Selbstverständlich könne ich mir etwas anderes suchen. Fast hätte es mit dem Ersatzlehrer nicht geklappt, wechselte sie das Thema. Erst heute früh habe es sich geklärt…

Mir schien die Frage berechtigter, ob es nicht eher an Allan als an der Ersatzlehrerin lag, daß es mit ihrem Herkommen klappte?

Der sei auf das Schiff kommandiert!

Als sie sich auf den Beifahrersitz neben mich setzte, verbot ich mir, an zu Hause zu denken.

Ich verbot es mir erst recht, als wir in dem Motel in das Zimmer mit breitem Bett traten. Sie habe sich für dieses Motel wegen des Namens der Straße entschieden – Camelbacks Road, sagte sie mit kindlicher Heiterkeit. Ich zog die Vorhänge auf. Mit einem Rundumblick über die sachliche Möblierung, mit den Ventilatoren unter der hölzernen Decke und den hohen Palmen vor dem Fenster, die den Raum einschatteten, bestätigte Joyce ihre Entscheidung: Das ist okay. Als bedürfte es solcher Bestätigung. Sie ließ den leichten Chiffonrock, den sie mit beiden Händen an der Hüfte gerafft und in halbe Wadenhöhe gehoben hatte, wieder auf Knöchelhöhe herabsinken.

Auf Scottsdale hat es die Sonne ganz besonders abgesehen. Sie steht senkrecht. Man sieht sie nicht, spürt sie dafür um so nachdrücklicher. Allein die paar Schritte, um vom Auto in den Schatten einer Kolonnade zu flüchten, genügen, daß sich einem die Haare entzünden. Aus purer Selbsterhaltung ließ ich mich von dem vor einer Ladentür sitzenden Mexikaner, der mir unter seinem wagenradgroßen Sombrero mit perlweißem, mustergültigem Gebiß entgegenlächelte, verleiten, mich in dem mit indianischen folkloristischen Dingen, Katchinas, Sand Paintings und Tinnef vollgestopften Räumen ebenfalls mit einem breitkrempigen Hut auszurüsten. Beim Verlassen des Ladens zeigte sich, daß nicht nur das Gebiß, sondern der ganze Mann unecht war. Ich fragte mich, wieweit ich mich infolge der Hitze überhaupt noch auf meine Wahrnehmungsfähigkeit verlassen könne, ob womöglich auch Joyce eine Einbildung sei. Denn als wir aus der Umschattung des Ladens wieder in das beißende Licht traten, gewahrte ich auf dem hölzernen Balkon des gegenüberliegenden Gebäudes ein lebensgroßes Pferd, reglos in der Sonne verharrend. Das Hinterteil wendete das Tier einer Stars-and-Stripes-Fahne zu.

Ich unterließ dennoch, Joyce allein zum Zweck, mich ihrer Echtheit zu vergewissern, zu berühren. Sie wies den Weg zu einem Lokal mit einem gartenartigen Innenhof im Stil einer Hazienda, die lehmartigen Mauern ziegelrot eingefärbt. Wir setzten uns in die airconditionierte Veranda. Hier gebe es ausgezeichnetes Seafood.

Ausgerechnet hier, wo sich einem schon die Vorstellung von Meer verweigert!

Und Margaritas! Joyce ließ sich nicht beirren. Ihre Augen funkelten.

Nach einer Weile kam ich noch mal auf Allan zu sprechen.

Sie zuckte die Schultern. Sie wisse nicht. Sie wisse nie, was los sei. Vielleicht sei es etwas Ernsthaftes, vielleicht auch nicht. Okay? So wie sie sich prompt der großformatigen Speisekarte zuwandte, war klar, daß das Thema Allan für sie als erledigt galt.

Das Seafood in Tonbehältnissen von der Größe eines Wäschezubers bestand aus einem Porreeauflauf mit Muscheln, Shrimps und Krebsen. Waren mir beim ersten Anblick heftige Zweifel gekommen, wie das Ganze je zu bewältigen sei, so stellte sich heraus, daß sich der Appetit von Bissen zu Bissen steigerte. Vielleicht lag dies auch an den Margaritas. Die Veranda war inzwischen zum Innenhof geöffnet worden, die Dämmerung einem seidenblauen Himmel gewichen, in dem ein alabasterweißer Mond aufgezogen war. Während ich vor Begeisterung über Mond und Essen nicht zu halten war, wurde Joyce stiller, lehnte sich im Sessel zurück, um nach einer Weile matt einzugestehen, es sei wohl zuviel gewesen.

Es war zuviel.

Oh, I think I'm going sick.

Es war keine Sache des Glaubens.

Ich fragte mich abermals, ob meine Wahrnehmung durch die Hitze gelitten hatte und mir eine Wiederholung des Auftaktabends in Old Town suggerierte. Joyce hing kraftlos und apathisch auf dem Beifahrersitz, hielt sich eine Hand vor den Mund, während ich mit einem fremden Auto in einer fremden, dunklen, zum Glück geradlinig geordneten Stadt ein Ziel anzusteuern hatte. Das ich abermals erreichte, und eben doch wieder nicht. Joyce fiel schwankend aufs Bett, brachte irgendwie den Rock von den Beinen, lag rücklings, ihr Körper kämpfte mit konvulsivischen Zukkungen. Ich hatte kein Licht angemacht, durchs Fenster fiel ein bleicher Schein. Ich versuchte, so behutsam wie möglich das Decklaken unter ihr hervor und aus dem Bettrahmen zu ziehen. Ich breitete es über ihr aus und setzte mich in den Korbsessel. Sorry, stöhnte sie zweimal.

Über die Zimmerwand wischte ab und zu der helle Schein eines Autos. Joyce atmete hörbar. Nachdem ich eine halbe Stunde im Sessel verbracht hatte, ging ich ins Bad. Im Bett legte ich mich dann so weit wie möglich an die Joyce abgewandte Kante, bemüht, es sie nicht spüren zu lassen. Ich versuchte, nicht zu denken. Es wollte nicht gelingen. Ich glaube aber nicht, daß ich an Karla gedacht habe. Irgendwann schlief ich ein und wurde wach, um Joyce nicht im Bett anzufinden. Ich hörte sie im Bad. Ich schlief ein, bevor sie wiederkam.

Sie saß bleich am Frühstückstisch, ihr Gesicht war schlaff, wie verfallen, die rot nachgezogenen, aber spannungslosen Lippen machten es doppelt deutlich. Sie hatte sich an der Bluse verknöpft. Ich wies sie darauf hin. Sie lächelte matt und korrigierte die Knöpfe, langsam, als überanstrenge sie es.

Von der Terrasse ging es vier Stufen zu einem ovalen Schwimmbecken hinab. Die leichten Bewegungen des grünlich schimmernden Wassers verzerrten die Fugen der Kacheln. Die Fächerpalmen streckten sich wie langstielige, überdimensionale Pinsel in den makellosen Himmel. Um das Motel herum rauschte gedämpft der Straßenverkehr. Die Hitze baute sich auf.

Man soll es in der Wüste halt nicht auf Meeresgetier absehen.

Joyce richtete ihren Blick verständnislos auf mich. Sorry, sagte sie abermals und tastete nach den Blusenknöpfen.

Ein Ehepaar mit einem trotzenden Jungen nahm zwei Tische entfernt von uns Platz. Joyce stand auf, ging etwas taumelig zum Bassin, setzte sich, indem sie sich sichernd mit einer Hand abstützte, an den Beckenrand und ließ die Füße ins Wasser hängen.

Als ich zu ihr trat, sagte sie, ohne zu mir aufzusehen, ich solle machen, was ich vorhätte.

Wie geht es dir? fragte ich.

Sie bleibe hier.

Dann bliebe ich auch.

Nein, ich solle fahren, wohin ich wolle.

Wir sollten warten, bis es ihr bessergehe, und dann entscheiden.

Nein, ich solle fahren.

Wenn sie es wolle, sagte ich.

Sie wollte es nicht. Zumindest nicht, daß ich alleine fuhr. Ich wuchtete ihre Tasche auf den Hintersitz.

Wohin nun? Ihre Frage klang merkwürdigerweise wie ein Vorwurf.

Joyce. Wir können bleiben, sagte ich.

Fahr.

Ich würde zu Stanley fahren, sagte ich und schaltete auf Drive.

Sie schwieg.

Was ist, Joyce?

Nichts. Sie streckt die rechte Hand über den Sicherheitsgurt hinweg, der ihre Bluse zwischen den Brüsten eindrückt, greift nach ihrem linken Oberarm und kratzt ihn.

Ich konzentriere mich, den Weg aus der Stadt hinaus zu finden. Flache Vorstadtbebauung, Tankstellen, Gewerbeareale, Ampeln in unentwegter Wiederholung. Wir sind Bestandteil des fließenden vierfachen Konvois aus Limousinen, Landrovern, Caravans und Trucks, die aus den über dem Fahrerhaus aufgerichteten Doppelauspuffen in Intervallen schwarze Dämpfe als lautlose Trompetentöne ausstoßen.

Es dauerte, bis die Stadt sich entschloß, zurückzubleiben. Irgendwann hatte sie sich zwischen den heißen Hügeln aufgelöst.

Die Karte von Arizona erweckte mit grüner Einfärbung außerhalb von Phoenix den Eindruck von Bewaldung. Es erwies sich als Irreführung. Über Anhöhen und Absenkungen erstreckte sich karge Landschaft, von hartem, strauchartigem Gehölz überwachsen, schutzlos der Hitze ausgeliefert. Vereinzelt spießten Sugaro-Kakteen wie vielarmige wulstige Kandelaber hervor. In der Entfernung zeigten sich dunstig eingeblaut Höhenzüge.

Was ich bei dem langweiligen Priester wolle! Joyce sagte es zu der mir abgewandten Seitenscheibe. Nach Arizona fahre man wegen des Grand Canyon, wegen Monument Valley, Lake Powell.

Etwas in mir weigerte sich, mir sagen zu lassen, wonach mir sein sollte, in der Art, wie sie es tat, erst recht. Aber im Grunde lag es nicht an ihrem Tonfall. Mein Zurückweichen war das Resultat der gesamten Zeit bei ihr. Es war die Bilanz, die ich mit der Abreise bereits gezogen hatte. Die letzten zwei Tage hatten sie nachdrücklich bestätigt. Mehr ging mit uns eben nicht. Und ich hatte keine Lust, es weiter darauf ankommen zu lassen. Aber ich wußte gleichzeitig, daß ich ihr Unrecht tat. Ich gab mich entschiedener, als mir zumute war. Ich wußte, eine halbe Abwehr war keine.

Ich hätte doch behauptet, es käme mir auf Landschaft an. Hier gebe es die grandiosesten Landschaften …

Eins schließe das andere nicht aus. Das andere waren für mich die Indianer.

Der Drehständer an der Rezeption des Motels in Scottsdale war vollgestopft mit Glanzprospekten. Arizona Traveller Guidebooks: Wildflowers. Parks and Monuments. Discover Arizona. Ghost Towns. Indians of Arizona. Das Stück für 4,95 Dollar. Zu teuer, hatte Joyce entschieden. Das Guidebook über die Indianer war es mir wert. Die Karte der Indianerreservate von Arizona, die es enthielt, präsentierte sich als Flickenteppich: Im Norden das große Reservat der Navajo, das nach Utah und New Mexico übergreift und das Hopi-Reservat wie einen Ring umschließt; etwas abseits davon das Reservat der Kaibab, am Grand Canyon das Gebiet der Hualapi und das der Havasupai, im Süden das der Tohono O'odham und im Osten die Reservate der Apachen.

Die Abbildungen zeigen Indianer in exotischen Trachten, die Frauen in schweren Röcken und Tücher voller Perlenstickereien über den Schultern, bei alltäglichen Verrichtungen, an Webstühlen, in den Gesichtern lächelnde, weise Zufriedenheit; Kinder in T-Shirts, wie sie Kinder in aller Welt tragen, während der Schulhofpause, ausgelassen; die Männer in prachtvollem Federschmuck bei rituellen Tänzen vor einem tiefblauen Himmel.

Das ist Kitsch! hatte Joyce mit deutlicher Betonung gesagt, die ausdrückte, daß es ihr den im Englischen nicht verfügbaren diskreditierenden Begriff wert war.

Der Himmel zumindest hielt der Behauptung der Prospekte mühelos stand.

Wir sind nach Norden unterwegs. Ich hatte mich schon deshalb für nordwärts entschieden, um mich weiter im Süden nicht noch größerer Hitze auszusetzen.

Ich habe mir auf dem Flughafen eine Cassette gekauft. My Rifle, my Pony and me. Ich lege sie ein. Johnny Cash: Ring of Fire. Hank Snow: I'm Movin' on. Johnny Western: Paladin, Paladin, where do you roam ... Den weiteren Text verstehe ich nicht. Oder will ihn nicht verstehen: Soldier in fortune. Er scheint mir nicht geheuer. Aber der schmelzende Klang umfließt mich, und ich lasse ihn von mir Besitz ergreifen. Ich sehe Joyce an, daß sie unwillig das Gesicht verzieht, obwohl es ihr eigentlich nicht anzusehen ist. Ich schalte die Cassette wieder aus. Einen Moment ist es leer im Auto, als sei auch der Landschaft die Stimme genommen, etwas, das auch Joyce nicht ausfüllt.

Wir biegen nach Sedona ab. Die Straße wird von einer windungsreichen Verengung aufgenommen. Über der Kiefernkulisse werden Felsauftürmungen sichtbar, die sich aus sandigen Abstürzen emporheben, rostrot, wie in der Anstrahlung der Abendsonne, aber es ist Spätvormittag. Die Straße ist nur mäßig befahren. Während eines leichten Anstiegs haben wir unvermittelt eine Staffel Männer im Dauerlauf am Rand der Straße vor uns, die bloßen Oberkörper tief gebräunt und schweißglänzend, Hemden in Hüfthöhe über den Jeans verknotet, Tücher um die Stirn oder haubenartig um den Kopf gewunden. Eine schwingende Körperstaffel. Während ich einen nach dem anderen überhole, wenden sie uns ihre hochwangigen, schmaläugigen Gesichter zu, manche ernst, auf manchen ein unbemühtes Lächeln. Indianer. Zwei heben winkend den Arm. Ich bin eigenartig berührt.

Was machen die? frage ich etwas hilflos Joyce. Sollte man anhalten? Es kommt mir ungebührlich vor, nachdem ein Leben lang Indianer mir als Vision im Kopf herumgeisterten, nun, da ich ihnen begegne, einfach an ihnen vorbeizufahren. Daß ich sie in Omaha schon einmal ignorierte, nagt außerdem in mir. Ich habe sie nicht nur ignoriert, ich habe sie fallenlassen. Sie waren ein Schock. Diese hier sind es nicht. Irritierend, das schon …

Sie laufen, sagt Joyce mit betontem Desinteresse. Willst du alle zehn einladen!

Ich soll ihr anhören, wie unsinnig meine Äußerung ist. Die Böschung, die die gewundene Straße einfaßt, hat im Rückspiegel die Männer bereits aus meinem Blick genommen.

Die Kiefern wichen zurück, die Landschaft weitete sich, und die rotbraunen Felsen traten ungeschützt hervor, eine getönte, großformatige Sächsische Schweiz. Joyce hatte den Blick unverwandt geradeaus gerichtet, als gebe es gar kein Draußen. Wir hätten uns vor zwanzig, dreißig Jahren begegnen sollen, dann hätten wir womöglich dieselben Wünsche gehabt. – Obwohl ich mir keineswegs schlüssig war, welches ihre Wünsche gewesen wären.

Ihr Ossis seid, wie ihr seid, sagte sie und ließ einen kurzen Blick aus ihrem Wimperngatter frei, wenn auch nur auf meine Hände am Lenkrad. Wir beide, wir hätten nie eine Chance gehabt!

Vor dreißig Jahren war ich noch nicht so sehr Ossi.

Ihr seid, wie ihr seid.

Na gut.

Sie sieht mich an, als müsse sie sich davon überzeugen, ob zutrifft, was sie behauptet. Dann schweigt sie.

Ich auch. Ich wehre mich dagegen, daß mir meine Stimmung durcheinandergerät.

Sedona.

Wir tanken. Von einem Ort ist noch so gut wie nichts zu sehen. Die Tankstelle ist ein massiver Bau aus blaßrotem Gestein, die Rundziegel des Dachs in der gleichen Farbe, der Eingang als Bogen wie ein Klosterportal. Ich hüte mich, während ich die Benzinpistole in den Tank stecke, die glühende Karosse zu berühren. Ich richte den Blick auf zwei Felsen ein Stück vor uns, die wie überdimensionale Torpfeiler das Asphaltband zwischen sich aufnehmen. Natur und was dazugefügt wurde in bestem Einvernehmen.

Der ganze ins Tal gezwängte Ort erscheint so. Wir gehen die Hauptstraße zwischen der Doppelreihe aus einstöckigen Blockhäusern und zweigeschossigen Pionierzeitbauten an dem ununterbrochenen Spalier der geparkten Autos entlang. Die Dächer sind im Hintergrund vom Steilabfall der rotschichtigen Felsen überragt, die mit ihren witterungszernagten Kuppen wie dem Verfall preisgegebene monströse Urzeitgebäude anmuten. Joyce folgt mir zögernd. Ein Stück vor uns taucht über den Dächern der pittoreske schmale Betonquader der Chapel of the Holy Cross auf. Joyce bleibt uninteressiert, auch vor dem mit grünem Malachitschmuck überladenen Schaufenster, Ketten, Ringe, Broschen, Figuren, sie bleibt kaum stehen. Der Kühle eines halbdunklen Westernshops, in dem es nach Leder riecht, verweigert sie sich gänzlich. Das Schnellrestaurant akzeptiert sie allerdings.

Bevor wir das Restaurant verlassen, rufe ich Stanley, meinen Priester an, um den vage vereinbarten Termin zu bestätigen. Er ist begeistert. Als ich ihm sage, wo wir sind, verfällt er einen Moment in Wortlosigkeit. Es sei noch früh am Tag, sehe ich mich zu Zuversicht aufgefordert. Er akzeptiert meine Zeitauslegung, obwohl sie nicht ganz zutrifft.

In mir stecken noch immer die gewohnten Vorstellungen von Entfernung und Größe. Ich billige beim Blick auf die Landkarte den einzelnen Staaten der USA etwa die Größe von DDR-Bezirken zu. Nun er*fahre* ich den Trugschluß. Um den Preis, daß ich, wenn ich den Termin einhalten will, auf die Landschaft verzichten muß.

Wieder Highwaynumerierungen, Ortsangaben, die Tachometernadel, die Konzentration, um die schnaubenden überlangen Trucks zu überholen. Und immer wieder kann ich nicht anders, als bloß zu staunen. Mir scheint die Straße in einiger Entfernung versperrt, aber die Sperre entzieht sich, das heißt, ich nähere mich ihr nur allmählich. Dann zeigt sich, es ist ein komplettes Haus, ein hölzernes mit Veranda und Schrägdach, das auf einem Tieflader vor mir hergezogen wird.

Einmal strecke ich meine Hand nach Joyces Arm aus und streichele ihn. Sie sieht mich an, wortlos.

Schließlich nähern wir uns dem Reservat. Ich weiß nicht, was ich erwarte. Tipis, Hogans kaum; etwas, was sich deutlich von den Nichtreservaten unterscheidet. Aber es setzt sich unverändert karge Landschaft fort, ab und zu treibt der Wind einen Staubschleier durch die Leere. Als er sich legt, gibt er eine Hütte frei, in einigem Abstand zeigt sich ein räderloser Caravan, umstellt von Altwagen, Autowracks, Kanistern. Man könnte die Ansammlung für eine Reparaturwerkstatt halten. Wir sind im Navajo-Reservat.

Auf die Beschilderung ist Verlaß, auch auf die Episkopalkirche wird hingewiesen. Im letzten Moment allerdings stutze ich: Ein flaches Fertigteilgebäude, zurückgesetzt auf einer leeren Fläche, für die die vereinzelten Kiefern die Bezeichnung Park nicht rechtfertigen, die Stanley mir am Telefon als Orientierungshilfe nannte. Einen Bischofssitz hatte ich mir weiß Gott anders vorgestellt. Unser Auto schaukelt in meinem vergeblichen Bemühen, einen spürbaren Schattenfleck zu finden, in dem ich es abstellen könnte, über das Gelände.

Das Innere des Hauses entspricht dem äußeren Eindruck: blaßfarbig getünchte Wände, die Räume spärlich und von der Stange möbliert: Regalwände, einfache Tische und Stühle. Ein schmuckloses Kreuz an der Wand. Stanley von überwältigender Freundlichkeit. Im Hintergrund zwei schwarzhaarige Frauen, breitwangige Gesichter, dunkle, schmale Augen. Eine jung und hochgewachsen, die andere kleiner und kräftig. Sharon, eine Laienpriesterin. Linda, Sozialarbeiterin. Stanley stellt sie uns vor, bevor wir im Halbrund auf den zerbrechlich wirkenden Stühlen Platz nehmen. Joyce gibt sich, als handele es sich um unser beider einvernehmliche Sache.

Es ist mir merkwürdig selbstverständlich, zwei Indianerinnen gegenüberzusitzen.

Stanley erklärt kurz den Anlaß meines Besuchs. Und übernimmt es, die Lebensumstände der Indianer zu schildern. Sharon, er nickt ihrer wortlosen Ernsthaftigkeit zu, habe in dem Haus, in dem sie aufwuchs, kein fließendes Wasser, keine Elektrizität, kein Telefon gehabt. Jetzt habe sie Elektrizität, aber noch immer kein fließendes Wasser…

Vertauschte Rollen, ich bin der Zuhörer, und es überrascht mich auch nicht, was ich höre: Infolge der schlechten Ausstattung gebe es bei den Indianern viel mehr Krankheiten als in anderen Teilen der Bevölkerung, Tuberkulose, Kinderlähmung. Außerhalb der Reservate werde behauptet, das läge daran, daß sie an ihrer alten Lebensart festhalten wollten. Aber das stimme nicht. Die Wahrheit ist, das Land hier sei sehr reich, an Ölfeldern, Uran, aber von den Einnahmen fließe nichts zurück, und deswegen fehle es der Indianerverwaltung an Geld, den Zustand zu verbessern. Bei einem Teil der Weißen bestehe überhaupt nicht der Wille, die Zustände im Reservat zu verbessern. Die Mormonen in Utah behaupten sogar, die dunkle Farbe der Indianer sei ein Fluch Gottes. Da die Mormonen viele Institutionen bestimmten, wirke sich so eine Auffassung als institutioneller Rassismus aus. Auch viele Lehrer seien Mormonen. Und selbst wenn sie diese Auffassung gegenüber den Schülern nicht direkt aussprächen, so lehrten sie doch aus dieser Haltung heraus. So pflanze sich Rassismus von Generation zu Generation fort...

Joyce beugt sich zu mir und fragt, ob sie übersetzen solle. Aber Stanley spricht klar, einfach und langsam. Er sei Demokrat, wie fast alle Indianer, aber es regierten die Republikaner. Die Mormonen wählten fast durchweg republikanisch. Die Indianer aber gingen kaum zur Wahl. Ein Grund dafür sei, daß der Wahlmodus nicht in die Navajosprache übersetzt sei. Jetzt endlich gebe es wenigstens Übersetzer in den Wahlbüros. Bis vor kurzem hätten die Indianer überhaupt keinen Vertreter im County gehabt, obwohl sie die Hälfte der Bevölkerung ausmachten. – Nun wendet sich Stanley an Sharon, ob sie wählen gehe?

I am not interested... Sie glaube nicht, daß das Sinn habe, sagt sie mit leiser Stimme. Aber eigentlich habe sie sich darüber noch keine Gedanken gemacht...

Nun frage ich, ob das mit einer anderen, eben der indianischen Lebensart zusammenhänge.

Sie sieht mich an und senkt ihren dunklen Blick. Sie verstehe mich nicht, dolmetscht Stanley.

Ich ändere meine Frage: Ob sie zu Hause nach indianischer Lebensart lebe?

Nein. Die Weißen hätten ihnen ihre Kultur längst genommen. Ihre Kleidung, T-Shirt und Jeans, bestätigten es. Sie wisse eigentlich nicht viel über indianische Kultur. Ihre Eltern erzählten nichts davon. Sie spreche auch wenig Navajo. Ihr Mann spreche es gut, aber sie habe keine Zeit, sich hinzusetzen und es zu lernen...

Nun reden wir über die Schule. Linda spricht bestimmt und schnell, als habe sie Sorge, wir könnten gehen, ehe alles gesagt ist. Es gebe Highschools. Wer aber weiterkommen wolle, brauche mehr. Doch es gingen zu wenige aufs College und die Universitäten. Das liege daran, daß die Indianer eine andere Art der Vermittlung gewöhnt seien, über Geschichten, nicht über abstraktes Wissen. Auch die Zeremonien gehörten zur Erfahrungsvermittlung. Es gebe keine Trennung von Ökonomie, Psychologie, Religion... Die Kinder seien mit der Separierung nicht zurechtgekommen. Ihr Verhalten habe als Trotz gegolten, und was das zur Folge gehabt habe, sei Gehirnwäsche gewesen... Für Männer sei es besonders schwer, weil sie außerhalb der Reservate Arbeit suchen müßten und sich deshalb mehr an die Lebensart der Weißen anpassen, integrieren müßten als die Frauen...

Von Stanley erfahre ich, daß die Navajokultur eine matriarchalische Kultur sei. Die Frau sei die Priesterin des Hauses, der Fokus. Ihr obliege die Verantwortung für die Kinder. Das Eigentum gehöre ihr, nicht dem Mann, und es werde von den Frauen weitervererbt. Wenn ein Mädchen erwachsen wird, gebe es ein großes Fest. Es heiße Kinalta. Für die Männer gebe es kein ähnliches Mannwerdungsritual. Eigentlich hätten die Frauen mehr Probleme mit der weißen Kultur, aber sie könnten besser ausweichen, weil sie zu Hause blieben...

Dann erzählt er mir von der Christianisierung der Indianer, die der Apachen habe bereits um 1800 begonnen, in der spanischen Zeit. – Stanley redet in blasser Angestrengtheit, als hinge sonst etwas von seinen Mitteilungen ab. Oder, wie ich mir dann sage, als könne er etwas gutmachen von der keineswegs nur guten Geschichte der Kirche im Lauf der Zeit. Sie habe sich im Dienst Gottes gesehen, aber auch immer im Dienst der weißen Siedler. Zwei unvereinbare Lebenskulturen seien aufeinandergestoßen. Die stärkere und rabiatere habe gesiegt. (Und das sehe er auch auf die

Lebensart von Former East Germany zukommen, fügt er mit einem besonders ernsthaften Blick auf mich hinzu.) Bei den Indianern – den Irokesen, den ersten, auf die die Weißen stießen – habe es kein Privateigentum gegeben. Der Begriff des Eigentums im europäischen Verständnis existierte überhaupt nicht. Aber Eigentum sei ein Leitbegriff europäischer Lebensart. Erträge und Beute wurden bei den Indianern geteilt. Es habe keine Armen und keinen Reichtum gegeben, auch keine Gesetze und Erlasse, keine Polizei, keine Verwaltung, keine Richter, keine Geschworenen, keine Gefängnisse. Der ganze Apparat der staatlichen Autorität, der die europäische Gesellschaft prägt, sei nicht vorhanden gewesen. Dennoch habe es stabile Normen für das soziale Verhalten gegeben, einen ausgeprägten Sinn für Recht und Unrecht… (Also, da seien denn doch erhebliche Unterschiede zur DDR vorhanden, füge nun ich, allerdings wortlos, ein.) Die Konsequenzen für die Indianer seien furchtbar. Und die Kirche habe sich in diesen Dienst gestellt. Die Missionierung selber sei auf Kompromisse hinausgelaufen. Man ging in die Kirche und nach wie vor zum Medizinmann. Die Leute hätten Jesus Christus als eine Art Medizinmann angesehen. Das sei bis heute so. Aber die Erziehung zu europäischem Verhalten, gerade bei Kindern in Missionsschulen, die sei unmenschlich verlaufen. Die Kinder seien den indianischen Familien entrissen und in kasernenartige Internate gesperrt worden. Ihnen sei das Haar geschoren worden, sie seien in Schulkleidung gesteckt worden, mußten christliche Namen annehmen, durften ihre Sprache nicht sprechen… Die Lebensweise der Indianer sei offensichtlich eine enorme Herausforderung für die Europäer gewesen. Allein sich auf Vergleiche und Argumentation einzulassen habe Erschütterung der europäischen Gesellschaftsstrukturen befürchten lassen. Deswegen habe es nur das Entweder-Oder gegeben…

Na, bist du nun zufrieden, wie furchtbar sich die Amis den Indianern gegenüber verhalten haben! sagte Joyce, nachdem wir vom kahlen, holprigen Vorplatz geschaukelt waren und wieder auf schnurgerader Piste dahinrollten. Tatsächlich kommt mir das harte Asphaltband unnatürlich vor, wie der Eingriff einer nicht dazugehörigen Kraft, die sich an der fast aller Vegetation und – wie es schien – auch der Menschen beraubten Landschaft vergeht. Die blassen Punkte, die in der Entfernung auf dem grauen Band erkennbar wurden, entpuppten sich im Näherkommen freilich als entgegenkommende Autos.

Jetzt hast du es gesehen, sagte Joyce.

Was habe ich gesehen?

Sie spielen keine Rolle. Es war typisch. Der Priester muß für sie von ihrer Geschichte reden. Sie können es nicht. Sie spielen einfach keine Rolle. Sie sind uninteressant. Von ihnen kommt nichts. Du solltest dich um das kümmern, was wichtig ist. Das solltest du dir ansehen, damit es mit euch nicht auch schiefgeht.

Tu ich doch, sagte ich.

Nach zwei Stunden sind wir im Apachen-Reservat, in einer Landschaft rundkuppiger, mit halbhohen Kiefern bewachsener Berge. Weich geschwungene Serpentinen führen uns abwärts zum Salt River Canyon. Über der Böschung vor uns flattert ein Sternenbanner in der nach wie vor makellosen Bläue des Himmels. Die Biegung gibt eine Talöffnung frei, den jenseitigen Hang und vor der Brücke, über die die Straße weiterführt, einen Imbißstand. Ich trete auf die Bremse, lenke das Auto an den Rand. Uns den Rücken zugekehrt, aber an dem seidig schwarzen Haar unverkennbar, auf der harten, spärlich übergrasten Erde hockend, zwei Frauen, das Gesicht der einen zerfurcht, das der anderen aufgedunsen, so daß die Augen fast zugequollen sind. Beide sind üblich gekleidet, geblümt-gemusterte Bluse und helle Tuchhose die eine, die andere in T-Shirts und Jeans.

Die Frauen sind freundlich zurückhaltend. Der Stand ist trist, was mir nicht unvertraut ist. Wir lassen uns zwei Cola light geben und gehen an die natursteinerne Brücke vor. Ich stütze mich auf die breite Brüstung. Schön, sage ich und blicke auf den Salt River hinab, der, zu einem Rest seiner selbst geschrumpft, um Felsen rieselt. Tatsächlich aber bin ich nicht in der Lage, die Landschaft zu empfinden. Ich bin durch Joyce wie blockiert.

Wir fahren weiter. Unvermittelt sagt Joyce: Bieg hier ab. Wir sind an einer Straßengabelung. Ich stutze, ich nehme die Geschwindigkeit zurück.

Du willst doch richtig ins Reservat.

Ja, will ich. Ich bremse und schlage links ein. Was auf dem Wegweiser steht, schaffe ich nicht zu lesen.

Die Straße ist schmal. Sie führt durch Pinienwald, der Schatten suggeriert, aber keinen wirft. Dann wechselt die Straße in kahle Felslandschaft, die sich mal weitet, mal in Schluchten verengt. Kein Fahrzeug außer unserem. Joyce sagt nichts. Ich sage auch nichts. Von Indianern oder was auf sie wiese ist auch hier nichts zu sehen, insofern sie nicht im nächsten Moment hinter einem Felsen hervorbrechen. Wenn jetzt das Auto schlappmacht, denke ich unwillkürlich. Aber der Motor schnurrt unverzagt. Nach geraumer Zeit signalisiert ein Schild »Pavement ends«. Ich bin erleichtert, daß es überhaupt noch ein Schild gibt. So überflüssig es auch ist. Denn es entgeht einem auch ohne Schild nicht, daß der Straßenuntergrund in Felsplatten und Geröll wechselt. Aber nicht nur, daß die Straßenbefestigung endet, hinter einer Kuppe führt sie zwar nicht in den offenen Himmel, wie es zunächst den Anschein hat, sondern im Gegenteil, zur Geröllrinne verengt, neigt sie sich abrupt abwärts, linker Hand schießt die Felswand in die Höhe, rechter Hand öffnet sich zwei Reifenstärken neben uns das Nichts. Der Blick nach vorn zeigt, daß die Spurrinne in Serpentinen am senkrechten Abbruch eines Felsvorsprungs klebt und sich in die Bodenlosigkeit windet, mal links Wand und rechts Tiefe, dann umgekehrt. Ehe ich es begreife, hat sich jeder Gedanke an Umkehr erledigt. Die einzige Möglichkeit dazu wäre, das Auto stehenlassen und auf allen vieren zurückkrauchen. Indessen springt das Auto mehr, als daß es rollt, mit nach vorn geneigter Motorhaube abwärts. Geröll prasselt gegen die Kotflügel und den Fahrzeugboden, daß ich fürchte, es durchschlägt ihn. Solange es prasselt, ist jedoch die Bodenhaftung nicht verloren. Ein achtel Blick ins Tal will mir beinah so etwas wie ein Achtel Erleichterung verschaffen, denn mit jedem Meter, den wir tiefer kommen, verringert sich die mögliche Fallhöhe. Wieviel Meter das sich in die Weite dehnende graugrüne Land tatsächlich unter uns liegt, wage ich besser nicht zu ermessen, als mein zagender Blick zwei Kehren unter uns auf ein Fahrzeug fällt, das zwischen Steilwand und Abgrund uns entgegenschleicht. Ein Begegnen auf der Geröllpiste ist unmöglich! Meine Verfassung zuckt zwischen Schreckensstarre und der Versuchung, Vollgas zu geben, hin und her, um bis zum Moment des Unvermeidlichen soviel wie möglich an Höhe hinter uns gebracht zu haben. Das Auto läßt sich von meinen Gefühlsaufwallungen nicht beirren und hoppelt Meter um Meter weiter hinab, bis das Schicksal in Gestalt eines Caravans um die letzte Kehre herum und, die ganze Wegbreite ausfüllend, frontal auf uns zukommt. Und selbstverständlich haben wir uns rechts zu halten, auf der offenen Abgrundseite, Joyce noch die halbe Fahrzeugbreite näher als ich. Ich habe weder Gedanke noch Blick für Joyce. Der Caravan wächst uns entgegen, seine Motorhaubenschnauze hebt sich, als hole sie aus, um uns zu verschlingen. Was vielleicht noch die gnädigere Version eines Endes wäre! Aber ich bin nicht auf mein Ende eingestellt, auf solches schon gar nicht. Es ist das Lenkrad, das eigenständig entscheidet und sich eine Nuance nach rechts dreht. Schotter prasselt gegen die ganze Breite des Unterbodens, auch gegen die Kotflügel auf der Beifahrerseite. Noch greifen die rechten Räder nicht ins Leere. Nun wage ich einen Winkelgrad Lenkraddrehung. Auch der Caravan weicht eine Winzigkeit aus der Geraden. Seine Seitenfront mit dem hochliegenden Fenster steht zwei Sekunden später parallel zu meinem Fenster. Ich bin drauf gefaßt, daß wir im nächsten Augenblick in die Tiefe gestoßen werden. Ich blicke in das höher liegende Innere des anderen Fahrerhauses, obwohl ich mir eigentlich keinen Blick, der von der Fahrtrichtung abweicht, leisten kann. Für den Bruchteil einer Sekunde zweifle ich wie beim Anblick des Pferdes auf dem Balkon in

Scottsdale an meiner Wahrnehmungsfähigkeit. Ich sehe ein bleiches geschminktes Altfrauengesicht, etwas vorgeneigt, den Blick nicht über die Rundung des Lenkrads sondern durch die Speichen gerichtet, jedoch ohne sichtliche Anspannung, will mir scheinen, die Augen kneistern (möglicherweise bedauert die Dame in diesem Moment, nicht die Brille aufgesetzt zu haben). Ihr Blick geht in die mir abgewandte Richtung, wahrscheinlich zum Handschuhfach, in dem sie die Brille vermutet, oder zu dem weißhaarigen Mann auf dem Beifahrersitz, der die Hände über dem Bauch gefaltet hat (soweit es aus seiner Haltung zu schließen ist). Auf dem Frauenkopf schwankt ein Strohhut, belebt von einem Kranz grellroter und himmelblauer Kunstblüten (Mohn- und Kornblumen vermutlich). Dann hat sich das Fahrerhaus des Caravans mir entzogen, und die fensterlose Seitenfront, halb Aufhellung infolge der weißen Lackierung, halb Schatten, zieht an meiner Seite hin. Während er in Höhe meiner Seitenscheibe zwei Zentimeter Zwischenraum einhält, bin ich darauf gefaßt, daß er an der Dachkante unser Gefährt aufreißt, denn er ist ganz unverkennbar geneigt. Im Außenrückspiegel, der wundersamerweise seine Position behält, sehe ich die weißen Fingerchen der Frau, die die untere Lenkradrundung umfassen. Kein Zweifel, es ist die Mutter von Henry Ford. Es gibt also Todesengel! Dann ist vor meiner Frontscheibe himmeldurchblaute Leere. Ich muß scharf links einschlagen, um die Kehre zu nehmen, der die Piste folgt. Die Geröllrinne liegt wieder mittig vor der Motorhaube, in einer unglaublichen Breite von anderthalb Metern, die zu Übermut verleiten kann. Der Caravan arbeitet sich, im Rückspiegel kleiner werdend, die Steigung hinauf.

Als wir wieder Asphalt unter den Rädern, den himmelhohen Wandabbruch im Rücken haben, halte ich an. Sag mal, was sollte das! Ich will Joyce zur Rede stellen. Ich erwarte, daß sie sagt: Manchmal irrt halt der Schutzengel.

Aber sie sieht mich verständnislos an.

Der Weg war dein Vorschlag.

Joyce nickt.

Ich bin sprachlos. Dann sage ich: Laut Mietvertrag dürfen keine unbefestigten Straßen benutzt werden.

Sie nickt wieder.

Etwas später sind wir in San Carlos. Aber ich nehme den Ort kaum wahr, eingeschossige Häuser, dazwischen Kiefern, überragt vom aufgestelzten Wasserbehälter, im Hintergrund Gebäude in der Art von Turnhallen, die sich bei genauerem Hinsehen als Kirche, High School, Health Center, Bureau of Indian Affairs erweisen, leere Tankstellen, dahinrollende Autos, manche in kläglichem Zustand. Auf der Freifläche vor dem R&S Market Leben, es können Indianer sein, müssen aber nicht, die Einkaufskarren auf Autos zuschieben. Schon auswärts, halb auf dem Weg nach Globe, das Best Western Apache Hotel, zweigeschossige Gebäude hinter einem großflächigen Parkplatz, der halb besetzt ist, von ein paar hohen Palmen umgeben. Joyce scheint mir nicht nur ernst, sondern abwesend zu sein. Sie blickt auf die Uhr. Ist was? frage ich. No, no, nothing.

Links der Straße erhebt sich in einigem Abstand ein Höhenrücken, über dem die Spätnachmittagssonne steht. Sie hat ihre grelle Strenge eingebüßt. Am Fuß der Anhöhe zieht sich der Gila River hin, der aber nicht zu sehen ist. Hinter trockenblättrigem Gebüsch am Straßenrand geht der Ort verloren.

Aber die Straße belebt sich, ein Läufer auf der Fahrbahnkante, noch so weit vor uns, daß ich mir Gedanken über ihn machen kann. Ist sein Auto defekt? Oder hat er keins? Einem Menschen gegenüber, der auf fußwegloser Straße zu Fuß unterwegs ist, ist man als Autofahrer zu der Frage verpflichtet: Can I help you? Es ist meine amerikanische Grunderfahrung.

Ich bin nicht bereit, noch einmal Läufer zu ignorieren. Ich stoppe.

Das Laufen des Mannes ist ein Traben. Er stoppt, nicht ganz, wechselt in energisches Gehen und sieht mich, den Blick auf Autoscheibenhöhe gesenkt, verwundert an. Ein breitknochiges Gesicht, das graue, halblange Haar flattert um den Nacken.

Der Mann stoppt nun auch, beugt sich mir entgegen. Sein Blick ergeht sich ungeniert im Innern des Autos. Hello, nice to meet you, sagt er und hat dabei Joyce im Auge. Er richtet sich wieder auf, stemmt die Hände in die Hüften, läßt den Blick rundum über die Gegend streifen, als suche er jemanden oder als müsse er sich vergewissern, wo er sich befindet, und sagt von uns abgewandt: Wait a moment.

Ich warte und ignoriere Joyces auf mich gerichteten herausfordernden Blick. Der Mann späht zum Höhenzug hin, an dessen Fuß der Gila River unsichtbar dahinfließt. Dann wendet er sein Gesicht wieder uns zu, sagt: Okay. Und greift nach der Klinke der hinteren Tür, zieht sie auf und setzt sich auf dem Polster zurecht.

Ich frage, wohin wir ihn mitnehmen können.

Er versteht mich nicht. Nun fragt ihn Joyce in einem langen Satz, aus dem ein vorwurfsvoller Ton herauszuhören ist.

Er wolle nicht mitgenommen werden.

Aha. – Nun versuche ich zu erklären, daß ich gedacht hätte, er sei nach irgendwo unterwegs und habe es vielleicht eilig.

Er sei Apache, das würden wir ja sehen. Er redet langsam und blickt uns beide abwechselnd an, als müsse er sich von jedem von uns einzeln überzeugen. Apachen würden lange Strecken laufen. Dies sei Apachenland, und da laufe er fünfundzwanzig Meilen.

Er blickt uns wieder an, aus schwarzen, großen Pupillen. Jeder Apache laufe lange Strecken, trinke etwas Wasser und laufe weiter. Über die Pinal Mountains in diese Richtung und über die Apache Mountains in diese Richtung, über die Cheerecao Mountains und die New River Mountains. Er weist mit der Hand. Er zupft an seinem verblichenen T-Shirt, das in den Achselhöhlen dunkle Schweißflecken hat. Heute laufe er keine fünfundzwanzig Meilen. Ein guter Apache aber läuft den ganzen Weg von Oklahoma bis hierher. Man wachse beim Laufen. Man trinke etwas Wasser und laufe. Wenn er Durst habe, suche er einen Fuchsbau, oder er folge einem Kaninchen, denn die Tiere folgten dem Wasser. Ein Apache laufe fünfundzwanzig Meilen und werde nicht verdursten und nicht verhungern. Ein Apache komme nicht um. Damit wir verstünden, was ein richtiger Apache sei.

Ich bin etwas irritiert von der Redebereitschaft des Mannes.

Das hier sei Geronimo-Land, sagt er. Fünfhundert Meilen in diese Richtung – er weist wieder mit der Hand –, fünfhundert in diese Richtung, tausend in diese Richtung, 5000 in diese Richtung – er deutet über die Schulter –, das alles sei Indianerland. Aber die Weißen haben es genommen, alles. Nur das hier hätten sie ihnen gelassen, das bißchen. Hier gehörst du her, sagten die Weißen, sonst nirgendwo. – Er sieht uns abermals an, greift nach der Klinke, öffnet die Tür und streckt ein Bein in der abgetragenen Kordhose hinaus.

Joyce, einen Arm auf die Rückenlehne gelegt, fragt ihn, ob er nicht doch ein Stück mitwolle, er habe ja Zeit versäumt …

Er bleibt, ein Bein draußen, eins im Auto, drei Sekunden wortlos. Okay, sagt er. Er wohne hier an der Straße, zweieinhalb Meilen geradeaus.

Als ich anfahre, bitte ich Joyce auf deutsch, sie solle ihn vorsichtig fragen, wieso er uns das erzählt habe … Ich könne mir nicht denken, daß er bei jeder Gelegenheit auf dieses Thema komme, aber ich sähe mich nicht in der Lage, das behutsam zu formulieren …

Aber da fragt er schon, woher wir kämen.

Ich sage es ihm, mich betreffend.

Er habe am Auto gesehen, daß wir Touristen seien, am Budget-Zeichen, sagt er.

Joyce klärt ihn über ihre Herkunft auf.

Aber wir gehörten zusammen? Halb Frage, halb Antwort.

Er könne es ja sehen, sagt Joyce salomonisch. Ich sehe im Rückspiegel, daß er nickt.

Draußen stehen in größeren Abständen einfache Häuser inmitten von spärlich bestellten Flächen.

Hier wohne er, sagt er und zeigt auf ein graues Dach in einiger Entfernung vor uns, das hinter einer Hecke verschwindet. Er würde sich freuen, wenn wir mit zu ihm kämen.

Joyce sieht mich fragend an. Sie wisse nicht, ob man sich auf ihn verlassen könne, sagt sie deutsch zu mir.

Aber ich biege schon auf den Hof ein. Das Haus ist ein gradwandiges, weißgraues Fertigteilhaus. Ich bin nicht mehr überrascht. An den Hof schließt sich ein weitflächiger Garten an, gelbblättrige Stauden und Gewächs in lockerer Anordnung. Eine Pinie, die ihre Nadeläste abspreizt, wirft löchrigen Schatten auf einen hölzernen Tisch, um den vier Plastestühle stehen. Dahin führt er uns. Joyce geht auf dem Hof hin und her, schüttelt ihr Haar, als wolle sie es loswerden, stemmt die Hände in die Taille und streckt sich. Sie ruft dem Mann ein Lob über das Haus zu. Ob wir etwas zu trinken wollen? fragt er. Die Frage ist das Signal für mich. Ich weiß, daß im Reservat Alkoholverbot besteht. Ob er ein Bier wolle? Ich warte die Antwort nicht ab, öffne den Kofferraum und taste im Gepäck nach den Packs mit den Bierdosen.

Joyce zieht sich einen Stuhl fünf Schritte weit aus dem Schatten.

Ich bestätige ebenfalls, daß er ein schönes Haus habe.

Er negiert mein falsches Kompliment. Er hieße Jameson, sagt er. Er sei Monteur, habe überall gearbeitet, in Chicago, in Milwaukee, in Montreal. Jetzt habe er ein Problem mit der Schulter. Er rudert mit dem rechten Arm in der Luft, daß der Schweißfleck seines T-Shirts übergroß zu werden scheint. Dann drückt er eine Bierdose (Guinness Draft) auf, trinkt, indem er den Kopf zurückneigt. Sein Haar fällt über die Schläfen nach hinten, und der Adamsapfel zuckt unter der spröden, braunen Haut. Er setzt die Dose ab und wirft einen kurzen, schnellen Blick über die Schulter in Richtung auf das Haus. Die wahren Amerikaner sind die Indianer, die Apachen, Navajo, Choctaw, Sioux, Cheyenne. Alles war unser Land. Wir sind von diesem Land. Wir leben von diesem Land. Wir sind eins mit diesem Land. Ich würde nie auf diesem Land verhungern.

Ein echter Apache geht in die Wüste und kommt nicht um. Das Land gibt ihm, was er braucht... Er sieht mich an, dreht die Bierdose in der Hand. Und dann schüttet er mir sein Herz aus: Er habe alles gesehen, sagt er und zählt wieder die Städte auf, in denen er war, und nennt noch einige mehr. Die Weißen haben das Land zerstört. Sie haben den Indianern die Wurzeln zerstört. Nun lebten sie in einem Ghetto. Wie die Schwarzen. Er ertrage das nicht. Aber er müsse es ertragen...

In der Haustür erscheint ein kleines Mädchen. Sie blickt neugierig und ängstlich zu uns. Joyce steht auf, geht zu dem Kind, beugt sich zu ihm herab und sagt etwas. Das Kind verschwindet blitzschnell im Haus. Jameson, der mit dem Rücken zum Haus sitzt, hatte sich bei Joyces Worten umgedreht, nun wendet er sich wieder mir zu. Es sei seine Enkeltochter. Er greift die Bierdose, trinkt hintereinanderweg, wischt sich mit dem Handrücken über die Lippen und schweigt.

Sie sei sehr niedlich, sage ich.

Er antwortet, seine Tochter sei eine Apachin, was für mich keiner Erwähnung bedurft hätte. Sie habe einen Weißen geheiratet. Es gefalle ihm nicht... Sie wohne in Globe. Die Enkelin sei ein süßes Mädchen, aber sie habe blondes Haar. (Es war mir nicht aufgefallen.) Sie sei keine Apachin. Sie sei, was man ein Halbblut nenne, halb Apache, halb weiß. Den Leuten hier gefalle es auch nicht. – Er drückt die Bierdose zusammen. Es schäumt heraus. Er lächelt verlegen, drückt aber kräftiger zu und wirft die Dose unter den Tisch. Er sei mit einer Mexikanerin verheiratet gewesen. Seine Kinder seien halb Apachen, halb Mexikaner. Aber da gebe es keine Probleme. Sein anderer Enkel aber, der sei weißer als ich...

Mehr aus Verlegenheit, um das Gespräch in eine andere Richtung zu lenken, frage ich, ob seine Tochter glücklich mit ihrem Mann sei?

Sie wisse nicht, was sie tue. Sie sehe nicht durch. Seine Mutter – er weist auf sich –, die eine echte Apachin von hier sei, sie liebe ihre Tochter und die Enkelin wahnsinnig. Aber sie gehe nicht hin, nach

Globe, zwölf Meilen. Deswegen kämen die Enkel zu ihm. Sie hätten sein Blut und seien echte Apachen. Aber sie seien Halbbluts. Sie hätten braune Haare, wie ich sie hätte. Es sei eine Freude, sie zu sehen, aber sie seien Halbbluts. Was könne er dagegen tun. Nichts könne er tun, nichts …

Ich frage, ohne seine Antwort abzuwarten, ob er noch ein Bier möchte, und stehe auf, um eins vom Auto zu holen. Joyce fragt mich in Deutsch, als ich an ihr vorbei gehe, wie lange ich noch mit ihm reden wolle.

Wir schaffen es schon noch nach Globe, sage ich und benutze mein neues Wissen. Zwölf Meilen.

Als ich mich wieder zu Jameson setze, sagt er, heute abend sei hier ein Tanz. Eine Zeremonie. So einen Tanz gebe es, wenn ein Mädchen dreizehn Jahre alt sei, reached her maidenhood. (Dieses Wort übersteigt meine Sprachkenntnis, aber es erklärt sich.) Verstehst du, sieht er sich offensichtlich durch meinen Gesichtsausdruck zu fragen genötigt. Sie sei nun eine Frau. Sie müsse nun beweisen, daß sie eine Frau sei. Sie muß mit einer Last tanzen, einem Korb, wie diesem hier. – Ein Stück entfernt steht ein Weidenkorb, ähnlich denen, wie sie mir aus der Kindheit als Kartoffelkörbe vertraut sind. – Den Korb voller Mais. Oder mit einem Kürbis. Sie müsse beweisen, daß sie jetzt heiraten könne. Dafür tanze sie. Es sei wunderschön. Ob wir es sehen wollten?

Ich leite die Frage über den Hof hinweg an Joyce weiter. Aber sie hatte zugehört. Sie wolle erst in ein Motel nach Globe.

Er müsse jetzt gleich zum Fest, sagt Jameson. Es seien seine Verwandten. Wenn er uns einlade, seien wir eingeladen.

Ich zögere.

Es sei eine Ehre, wenn Gäste aus Deutschland da wären. Wir sollten hinkommen. Es sei nicht zu verfehlen. Er beschreibt mir den Ort. Wenn es dunkel sei, würden wir das Feuer sehen. Es würde ein großes Feuer gemacht … Er würde uns erwarten …

Sie habe nichts gegen Indianer, sagt Joyce, als wir weiter nach Globe auf der Straße sind, aber der Mann sei nicht solide.

Ich bin nicht bereit, ihren Eindruck zu teilen. Joyce, was hast du?

Sie hat keine Antwort.

Es sei eine einmalige Gelegenheit...

Ich hätte eine deutsche Indianer-Neurose.

Joyce, sage ich. Sie blickt unverwandt geradeaus. Ich sehe ihren reglosen Wimpernspießen und der eingezogenen Unterlippe ihren Widerstand an.

Die Sonne taucht hinter den Höhenzug. Die Sonora-Kakteen strecken sich, indem sie sich einschatten, zu Großwesen, Posten, die das Land bewachen.

Das Motel Copper Manor ist solide und überraschungslos. Ich stelle das Gepäck in dem geräumigen Zimmer ab. Eine schwere, violett gemusterte Steppdecke auf dem Doppelbett. Joyce läßt sich rücklings darauf fallen. Sie schließt die Augen, die Wimpern bilden zwei Bogennähte. Der Rock fällt auf ihre Oberschenkel und nimmt deren Rundung an. Joyce reißt sich wieder hoch, legt die Hände an die Schläfen, als sei sie aus dem Schlaf aufgefahren. Sie müsse noch zwei Telefonate machen. Ob es mir etwas ausmachen würde, wenn ich alleine zum Fest führe.

Es macht mir etwas aus. Und plötzlich, ganz unvermittelt, ist mir, als zerrisse etwas in mir. Aber ich bin nicht in der Lage, auf die Indianer zu verzichten. Sie erbat ja auch gar nicht meinen Verzicht, und ich sage: Nein, nein, es macht mir nichts. Und korrigiere mich sofort: Doch, doch. Aber wenn sie keine Lust habe... Ich weiß, ich spüre, ich verhalte mich falsch.

Es ist mondhelle, bläulich-bleiche Nacht, als ich im Auto auf dem Weg zurück nach San Carlos bin. Ich verdränge die Gedanken an Joyce, überhaupt jeden Gedanken, und sage mir, daß der Weg kein gänzlich fremder für mich sei. Ich muß es mir einreden, damit mich das Gefühl von Fremdheit nicht übermannt und ich umdrehe.

Tatsächlich bedarf es nicht mehr, als Jamesons Beschreibung zu folgen und angespannt in die bleich durchstrahlte Dunkelheit zu spähen. Der Ort bleibt verborgen. Hinter der Schattenkulisse einer lückenhaften Hecke blinken und verlöschen im Widerschein meines Scheinwerferlichts Autokarossen auf. Ich rolle durch eine Mulde auf sie zu, stelle den Motor ab, schalte das Licht aus und werfe die Tür hinter mir zu. Stille, kein Festlärm, kein Licht, lediglich eine weiße Rauchsäule steigt hinter einer Hecke, die den Abstellplatz begrenzt, in den mondlichtigen Himmel.

Zwischen der Ansammlung der Autos bewegen sich schemenhafte Gestalten auf eine Öffnung in der Hecke zu. Ich gehe ihnen nach und leiste mir den leichtfertigen Gedanken, daß die Dunkelheit mich vielleicht schützt und nicht ohne weiteres als Fremden enttarnt. Dieser Gedanke scheint mir angebracht, denn es sei ja ein Familienfest, hatte Jameson erklärt. Auch wenn er es gleichzeitig für mich öffnete: Indianerfamilien seien groß, und da er ein Freund der Familie sei, seien seine Freunde willkommene Gäste.

Als ich durch die Hecke trete, schlägt unter der Rauchsäule ein Feuer empor. Ich bin in einem Garten, der an die Rückseite eines lichtlosen Hauses grenzt. Der Garten wimmelt von Menschen und ist von dumpfem, schwingendem Geraune erfüllt. Soviel ich sehe, sind alle ganz normal gekleidet, nicht einmal festlich, Jeans und Alltagshemden, niemand trägt Tracht, geschweige Federhauben. Ich bin erleichtert. Als ich ein paar Schritte weitergegangen bin, sehe ich auf Bänken in Doppelreihen sich wie verschwörerisch zuneigende Gestalten, Männer, von denen die dumpfen Lautkaskaden ausgehen. Kinalta-Gesang, wie mir Jameson später erklären wird, für die zukünftige Braut. Es sind mehrere solcher Doppelreihen. Sie wechseln sich ab, in einer Art Wettstreit.

Es dauert nicht lange, und Jameson hat mich entdeckt. Er hat ein anderes T-Shirt an, ein helles. Es beruhigt mich irgendwie. Die Hose scheint die von zuvor zu sein. Er wundert sich nicht, daß Joyce nicht mitgekommen ist. Er stellt mich der Gruppe Männer neben uns vor. In dem flackernden Feuerlicht bleiben die Gesichter undeutlich, ich unterscheide nur schmalere und breitere, vielleicht aufgedunsene. Die Männer reichen mir einer nach dem anderen die Hand. Nice to see you, insofern von sehen überhaupt die Rede sein kann, und sie geben sich, als stelle Jameson seinen Cousin aus Dresden, Tennessee, vor. Jameson erklärt mir noch einmal den Sinn des Festes. Es werde beim ersten Vollmond nach der ersten Menstruation des Mädchens begangen. Außer dem Mond und dem Feuer dürfe es kein Licht geben. Es ist mir recht. Das Mädchen erscheine, wenn es hell würde. Sie sei dann über und über in Blüten gehüllt. Dann müsse sie mit dem Korb tanzen. Sie tanze der aufgehenden Sonne entgegen. Zwei junge Burschen beteiligen sich an den Erklärungen. Ich habe nicht den Eindruck, daß es mit Jameson irgendwelche Probleme gebe.

Einer der Burschen knipst eine Spritedose auf und reicht sie mir. An der Hausfront sind Tafeln aufgebaut, die Frauen mit Schüsseln und Gefäßen vollstellen. Auch Stapel von Papptellern werden hingesetzt. Wenn es soweit sei, könnten wir uns Essen holen, erklärt Jameson, Gemüse, Früchte, Fleisch, Maisbrot, alles, was es gibt. Die Familie sei nicht arm, und sie mache sehr gutes Essen. Ich wage nicht genauer zu fragen, was für Gemüse und welche Art Fleisch es gibt, obwohl mich interessiert, was Indianer essen. Natürlich gehe ich auch nicht an die Tafeln, um etwa nachzusehen, was es sei.

Plötzlich formieren sich Tanzreihen, man faßt sich Schulter an Schulter, ergreift den, neben dem man gerade steht, und macht schreitende Hin- und Herbewegungen nach dem dumpfen Gesang der gebeugten Männer. Jameson reiht sich ein und zieht mich mit. Rechts umschultere ich den Burschen, der mir die Spritedose gegeben hat, die ich weiter in der Hand halte, so daß ich fürchte, ich schwappe sein T-Shirt voll. Ich gebe mir Mühe, so zu tun, als sei ich ganz ungezwungen dabei, auf einem nächtlichen Dorffest in Kolkwitz oder Fehrow. Aber statt dessen ist mir, als stünde ich neben mir, ein Beobachter. Ich verhaspele mich mit den Füßen an einer Grasstaude.

Die Tanzreihe löst sich wieder auf, ich nutze es, mich zurückzuziehen. Aber es gibt eigentlich keinen Rückzugspunkt. Mich erfaßt Unruhe. Ich fühle mich fremd, weil ich weiß, daß ich fremd bin. Und mich erfaßt Unruhe wegen Joyce. Es dauert nicht lange, und Jameson steht wieder neben mir. Die Indianer seien friedfertige Menschen, sagt er. Ich würde es hier sehen. Keine Gewalt, kein Lärm, nur der Gesangswettstreit. Das sei es, wie sich Indianer messen, nie, niemals ginge es um Vernichtung. Worauf es den Weißen ankäme. Am liebsten hätten die Weißen, die Amerikaner, die Engländer, die Franzosen und alle anderen im Weltkrieg-Zwei die Deutschen vernichten wollen.

Ich bin auf solch ein Thema nicht eingestellt. Ich wiege den Kopf. Die Deutschen wollten eher die anderen vernichten, sage ich.

Er erwidert: Okay, aber am Ende wollten die anderen am liebsten die Deutschen vernichten, so wie sie die Indianer vernichtet haben. Er hätte sich gewünscht, Hitler hätte gesiegt. Dann hätten die Indianer sich befreien können …

Ich neige mich ihm zu, weil ich wieder mal nicht sicher bin, ihn richtig verstanden zu haben. Um uns ist Unruhe. Eine neue Kette Tanzender wogt auf uns zu, hinter den schwingenden Körpern züngelt und prasselt das Feuer in die Höhe, Funken stieben in den dunklen Himmel.

Ich habe mich nicht verhört. Aber ich glaube, aus Jamesons Mund haucht mir Alkoholdunst entgegen, mehr, als sich durch mein Bier vom Nachmittag erklärt.

Jameson läßt von seinem Thema nicht ab. Hitler wäre die Rettung der Indianer gewesen.

Ich sage: Hitler wäre das sichere Ende der Indianer gewesen. Die Ideologie der Nazis sei Rassismus gewesen, und ihr Verhalten Brutalität. Sie haben die Juden umgebracht, die Zigeuner; die Russen, die Polen seien Untermenschen für sie gewesen …

Die Indianer hätten sie nicht umgebracht, beharrt er.

Ich versuche, von dem Thema wegzukommen. An uns gehen zwei Mädchen vorbei. Sie haben breite, perlenbestickte Halsbänder um, aber das ist das einzige Indianische an ihrer Kleidung, sie tragen helle Blusen, leichte Röcke. Ich frage Jameson, indem ich von den Mädchen wieder zu ihm blicke, warum bei so einem Fest nicht indianische Kleidung getragen wird?

Er sieht mich an. Ob ich eine Frau wolle? Er könne mir behilflich sein.

Ich stutze einen Moment. Dann lache ich, krampfig, aber es geht in dem Murmelgesang um uns unter. Ich habe eine zuviel! sage ich, und weiß, ich muß hier fort.

Jameson will mich animieren, an die Essenstische zu gehen. Es sammeln sich Leute davor, spähen in die Schüsseln und Töpfe. Es wäre die Gelegenheit, festzustellen, was es gibt. Aber es ist erst recht die Gelegenheit, zu verschwinden, indem ich Jameson allein hingehen lasse.

Ich tue so, als interessiere mich das Feuer, aber ich umgehe es in einem Abstand, daß ich den sprühenden Funken ausweiche, und hoffe, von Jameson nicht mehr gesehen zu werden. Ob es die Lücke von vorhin ist, durch die ich auf den Autostellplatz komme, weiß ich nicht. Mit der Hecke lasse ich auch den Schein des Feuers zurück. Wo ich mein Auto vermutete, steht es nicht. Die aufgereihten Wagen unterscheiden sich in der Dunkelheit kaum, am wenigsten in der Farbe. Um sie besser erkennen zu können, laufe ich gebückt wie einer, der sich zu verbergen hat. Ich stolpere, patsche mit den Händen auf eine Karosse, sie fühlt sich zerbeult an, fehlte noch, daß man mich der Beulen beschuldigt. Ich richte mich auf, hoffe vergebens, daß die Flamme hinter der Hecke auflodert. So dünn die Blätter auch sind, die die Bäume tragen, den Mond zu verbergen, reichen sie aus, lange Schatten liegen über der ganzen Fläche. Auf der Straße, hinter der gegenüberliegenden löchrigen Hecke, kommen die Lichter eines Autos näher. Immer wenn der Schein durch eine Lücke greift, richte ich meinen Blick auf die aufgereihten Fahrzeuge. Aber es sind nur einzelne, die einen Moment lang das Licht trifft. Dann entfernen sich schon die roten Rücklichter auf der Straße. Ich werde nervös. Ich überlege, ob ich zurückgehen soll. Die Unruhe, das Aufwallen von Stimmen befremden mich. Ich will Jameson nicht noch einmal begegnen. Ich laufe wieder die Autoreihen ab. Ich habe überhaupt keinen Anhaltspunkt mehr, wo ich das Auto abgestellt haben könnte. Ich fühle die Fahrertüren nach den Schlössern ab und probiere den Schlüssel. Natürlich paßt er nicht, statt dessen fällt er mir aus der Hand. Nun taste ich hockend den trockenen Boden ab, greife unter die Reifen des Autos. Ich halte inne, womöglich erfasse ich eine Vogelspinne, eine Schwarze Witwe, kreuzgiftig, einen Skorpion. Es wimmelt hier doch von solchem Zeug. Plötzlich ein dunkler Schuh neben meiner Hand, zwei Schuhe natürlich, die weiteren Schuhe nehme ich kaum noch wahr. Ich fahre hoch. Zwei Männer, junge, soweit die Dunkelheit es vermuten läßt. I don't find my car, sage ich mit einem bemühten Lächeln, von dem man freilich nichts sieht. Sie blicken sich an. Ich bin darauf gefaßt, daß einem ein Bowiemesser in der Hand aufspringt. Sie reden miteinander, ich verstehe sie nicht. Apachisch? Ihre Gesichter sind überschattet, das mir nächste ganz besonders. Der Mann trägt ein Baseballcap. Der andere dreht ab, läuft, rennt auf die Hecke zum Festgarten zu. Der Zurückgebliebene sagt: We must wait. Es hört sich wie ein Befehl an. Weiter sagt er nichts und blickt in Richtung auf das Festgelände, wo wieder weißer Rauch über die Hecke steigt und Unruhe hörbar ist. Ich weiß nicht, woran ich mit dem Schattenmann bin und ob und was ich mit ihm reden soll. Schließlich sage ich: It is late for me, I must go. Der Mann wendet mir sein Gesicht zu, von dem ich keinen Eindruck bekomme, und wendet es wieder ab. Dann flammt plötzlich die Hecke auf, die Flamme tanzt, sie kommt auf uns zu, vier, fünf Schattengestalten mit ihr. Die Flamme teilt sich. Zwei der Männer schwenken brennende Äste. Jameson ist nicht dabei, stelle ich erleichtert fest. Einer läuft sofort die Reihe der Autos entlang, ein anderer fragt, welches mein Auto sei. That's the problem, sage ich. Die Hölzer blaken, knistern, und sowie die Träger sie schwenken, um die Autos anzuleuchten, wehen Funkenschleier ab, daß mir angst und bange wird. Mir fällt ein, daß mein Auto das auffällige Budget-Kennzeichen hat. Ich schlage mir innerlich an die Stirn, daß es mir nicht vorher eingefallen ist. Daran hätte ich es auch im Dunkeln finden können.

Wir finden es tatsächlich anhand des Budgetzeichens. Das heißt, wir finden eins, das ein Budgetzeichen hat. Es kommt mir aber völlig fremd vor. Ich stecke den Schlüssel ins Türschloß. Das lodernde Holz wird ganz dicht an die Karosse und mir vors Gesicht gehalten, so daß ich sicher bin, daß entweder das Auto explodiert oder mein Haar Feuer fängt. Es passiert weder das eine noch das andere. Der Schlüssel paßt. Aber auf die Erleichterung legt sich die quälende Frage, wie erweise ich mich den Männern gegenüber dankbar. Mir fällt nichts besseres ein als zu sagen, daß ich aus Deutschland sei. Und um mich halb zu erklären und halb zu entschuldigen, sage ich, ich habe noch einen weiten Weg.

Sie sehen es ein. Dann reiche ich jedem die Hand, fünf Indianerhände fasse ich, fünf Indianergesichter im Halblicht der Nacht sehen mich ernst an. Es sind durchaus nicht nur Burschengesichter, eins ist klein und faltig, und die Augen sind ein mattes Leuchten in Schattenhöhlen. Dann hält mir einer seine Hand noch einmal entgegen. Er reicht mir etwas. Es ist eine Cassette. Es sei sehr gute Musik, eine sehr, sehr berühmte Gruppe. Den Namen verstehe ich nicht. Ich könne sie im Auto hören. Ich bin beschämt. Ich reiche noch einmal jedem die Hand, so wie sie im Halbrund um mich und das Auto stehen und sage fünfmal: Many many thanks. Dann sitze ich hinter dem Lenkrad, ziehe die Tür mit leisem Klacken zu, schalte die Zündung und das Licht ein. An meine Scheibe wird geklopft. Ich drehe sie herab. Einer beugt sich mir zu: No lights, sagt er. Excuse me, sage ich und schalte das Licht wieder aus, lege den Gang ein und rolle lichtlos von den Männern weg und vom Gelände.

Es dauert eine Weile, bis ich an Joyce denke.

20

Ich dachte natürlich, es liegt an der Dunkelheit im Zimmer, als ich Joyce nicht gleich entdeckte. Indem ich den Lichtschalter ertastete, ging es freilich nur noch um die Bestätigung dessen, was ich wußte. Das Bett war leer. Auf dem Tisch lag ein Zettel: Ich mußte fort. Nicht was Du denkest!!! Darunter drei Herzchen um ihren Namen.

Was denke ich? Nichts. Ich spüre, ich darf nicht denken, nachdenken schon gar nicht. Unwillkürlich sehe ich nach meinem Koffer, der Tasche, die unberührt dastehen, wie ich sie abgesetzt habe. Einen Moment verharre ich, dann ziehe ich die Leinenjacke vom Garderobenhaken, greife das Gepäck und bin aus dem Zimmer. Ich gehe den matt beleuchteten Gang zur Rezeption vor. Stille hinter den Türen. Wie ist sie fortgekommen?

An der Rezeption ist niemand. »Please ring the bell.« Nach ein paar Sekunden sind Geräusche hinter der Wand vernehmbar, dann erscheint ein Mann, der den Eindruck, verschlafen zu sein, vermeiden will. Auf meine geäußerte Absicht, zu zahlen, muß ich mir sagen lassen, daß *meine* Frau bereits bezahlt habe! Sie sei sehr nervös gewesen. Er ist voller Verständnis, daß auch ich abreise. Und ich erfahre von ihm, daß Joyce sich ein Auto gemietet habe, von Hertz.

Ich denke eigentlich immer noch nichts. Ich stelle mit einer merkwürdigen Distanz zu mir selber fest, daß ich alle Handgriffe ruhig und konzentriert verrichte. Ich ziehe aus Respekt vor der nächtlichen Stille draußen die Tür meines nicht Hertz, sondern Budget geschuldeten Autos behutsam zu, als sei damit getan, worauf es ankommt. Mir ist, als glitte alles von mir ab. Ich lasse keinen weiteren Gedanken an Joyce zu, auch keinen an das Kinaltafest, überhaupt keinen. Mir ist, als sei nun alles in Ordnung. Das Innenlicht des Autos verlöscht, Dunkelheit um mich, bis auf die phosphoreszierende Beleuchtung der Armaturen. Der Scheinwerfer streicht über die schwarzen Fenster der Motelfront und läßt sie aufscheinen, während ich das Lenkrad bis zum Anschlag drehe. Dann, nachdem ich vom Vorplatz abgebogen bin, schießt das weiße Licht das gestreckte Asphaltband der Straße entlang. Als wiese es mir den Weg. Ich trete aufs Gaspedal, die Automatik schaltet. In dem Moment, in dem die ausgeleuchteten Bäume, Hausfronten auf meiner Höhe sind, fallen sie hinter mir schlagartig in Dunkelheit. Dann ist der Ort verschwunden. Ich fahre dem Scheinwerfer hinterher, als wüßte er Bescheid. Das Fahrgeräusch des Motors nimmt einen tieferen Ton an, die Automatik schaltet wieder. Die Straße steigt an. Um mich eine Kulisse aus Dunkelheit in verschiedenen Abstufungen.

Nach einer Weile erscheint ein Lichterportal, das anwächst. Der grellweiße Schlund ist von violetten und tieforangefarbenen Flämmchen umflackert, gekrönt von einem Leuchtschrifttableau. Ich bin versucht, darauf zuzuhalten. Mit einem dröhnenden Sausen ist es an mir vorbei, der Rückspiegel bietet noch die sich entziehende Rücklichterauftürmung.

Die scheinbare Leere draußen hat Konturen angenommen. Über den dunklen, von einer unruhigen Oberkante markierten Kessel rundum spannt sich eine halbdunkle Haube, der Himmel. Langsam melden sich in meinem Kopf Gedanken zu Wort. Die naheliegende Frage, wohin ich eigentlich fahre, stellt sich mir jedoch nicht. Was gilt, ist wegzukommen. Wegzukommen von den Indianern und dem ihnen geschuldeten beklemmenden Gefühl; vom Ort der überflüssigen Erwartung; von Joyce. Weg. Ich kann nicht sagen, daß ich mich gehetzt fühle, auch wenn mir so ist, als hörte ich durch das Brummen des Motors noch immer die dumpfen Gesänge der Indianer. Das Land ist weit genug, um Abstand herzustellen, zu wem auch immer. Es scheint menschenleer, mehr noch, es wirkt, als hätte es nie etwas mit Leben zu tun gehabt, von der Straße mit ihrer orangefarbenen Endloslinie abgesehen, die mir die rechte Fahrbahnhälfte zuteilt. Dem einzigen mir nach etlicher Zeit entgegenkommenden Lkw bin ich eine Begrüßung wert, er blendet sein mehrstufiges Lampenornat auf.

Den Gedanken, anzuhalten und irgendwo am Straßenrand ein, zwei Stunden im Auto zu schlafen, lasse ich wieder fallen. Mir mit Musik zu helfen schlägt ebenfalls fehl. Die Cassette des Indianers liegt irgendwo auf den Hintersitzen, die eingelegte Countrymusik paßt nicht zu meiner Stimmung. My Rifle, my pony and me… Wie meine Stimmung ist, weiß ich nicht. Nach geraumer Zeit nehme ich die Ortsangaben auf den Schildern wieder wahr. Und treffe Entscheidungen zwischen Roosevelt und Young, Strawberry und Forest Lake. Die Orte bleiben Schattenkulissen, die sich hinter Lampenstafetten, ein paar Leuchtschriften, unbeanspruchten Tankstellen verbergen.

Ein-, zweimal muß ich mich gegen den Drang der Augenlider wehren, zuzufallen. Unmerklich sickert nebulöses Grau in die Landschaft, ganz allmählich hellt sie auf, weitet sich, gibt die bewaldeten Kuppen preis, nimmt nach und nach grauviolette und endlich rotsandige Farbe an. Der Mond, eine matte, gekippte Sichel – ich stutze: das Kinaltafest fand doch bei Vollmond statt! – hängt über der unruhigen Horizontlinie in der grauen Himmelssuppe. Ich ertappe mich dabei, wie ich langsamer werde. Aus Müdigkeit? Oder weil ich mein Tempo dem der sich ausbreitenden Helligkeit anzupassen versuche, als gehöre es sich nicht, in sie hineinzurasen. Mit der Helligkeit sind allerdings auch wieder andere Fahrzeuge da. Die entgegenkommenden Lichter verlieren ihre Schärfe; die sich mir im Rückspiegel nähernden nehmen keine Rücksicht auf die Zögerlichkeit der Morgendämmerung. Ich werde ein ums andere Mal überholt, selbst von schnaufenden Trucks. Mir bleibt nichts anderes übrig, als den Fuß wieder aufs Gaspedal zu drücken. Es ist kurz vor sechs Uhr, als ich Holbrook erreiche, Population 5960. Ich nehme das erstbeste Motel, ein drei-, viergeschossiger, weißkalkiger Bau mit der Seitenfront zur Straße.

I need a room.

Ein nur kurzes Stutzen im Gesicht der Frau an der Rezeption.

Please a quiet room.

24.95 Dollar. Breakfast till nine-thirty, sagt die Frau, indem sie mir den Schlüssel reicht.

Bauarbeiter kommen mir in Rudeln die Treppe entgegen. Der Fahrstuhl geht nicht. Mein *room* ist eine Zweizimmerwohnung. Aufgabe der Bauarbeiter ist es offensichtlich, das Hotel zu erweitern, und zwar nach allen Seiten. Als einmal die Maschinen ermatten, hat der Straßenlärm freie Bahn. Um neun Uhr fünfundzwanzig gehe ich in den Frühstücksraum. Ein Mann ist noch da. Ich lasse mir scrambled eggs bringen und bediene mich mit Kaffee aus den Ballonkanne auf dem Tisch und bereitstehendem Orangensaft. Unvermittelt werden mir die Griffe zur Kanne, zur Tasse, zu Gabel und Messer zuviel. Die Müdigkeit überwältigt mich. Zurück im Zimmer, schlafe ich tief und fest.

Am frühen Nachmittag werde ich wach. Und kann es nicht erwarten, wieder im Auto zu sein. Nimmt sich meiner ein amerikanisches Gefühl an, mehr als ein Gefühl, eine Lebenshaltung: das Auto – dein Zuhause? Weil man nur so dieses großen Landes Herr wird, der scheinbaren Endlosigkeit, weil man nur so an ihr teilhat, sie nur so einem zugehörig wird? Bis Chambers habe ich nicht viel von der Landschaft. Das Land lebt nicht nur wieder, es ist überbelebt. Ich stecke zwischen Sattelschleppern in den Ausmaßen von Transportfabriken, knallig lackiert, mit riesigen Beschriftungen und den silberweißen, schornsteinartigen Auspuffrohren über dem Fahrerhaus, deren klappernde Deckel den Abgasausstoß signalisieren. Sie gehören dazu, zu diesem Land, zu dieser Landschaft. Ich bleibe gelassen, als käme für mich nichts anderes in Frage, als so zu fahren, wie ich fahre.

In Chambers verlasse ich den Highway, Navajo-Reservat, rauhes, heißes, weites Land, es ist da, und ich fahre hindurch. Ich habe mir Ziele gesetzt: Canyon de Chelly. Doch die Ziele erweisen sich einmal mehr als weiter entfernt, als die Karte glauben macht.

Ich mache Zwischenstopp an einer Rest Area, ein festgewalztes Wegstück, das einige zehn Meter von der Straße abschwenkt, langnadlige Joshuabäume, spitzblättrige Laubbäume, von denen mehrere aus einer Wurzel buschartig in die Breite wuchern und von deren Stämmen der Bast lianenartig herabhängt. Himmelsflecken durchbrechen das lückenhafte Nadelgeäst. Ich setze mich auf eine massive Holzbank, es ist gut vorgesorgt, drei Abfallbehälter, paper, cans, garbage. In der Zufahrt ist ein zweites Auto abgestellt, das Nummernschild weist auf seine Herkunft aus Colorado, aber kein Mensch ist zu sehen. Ich weiß nicht, ob ich mir einen Menschen wünsche. Es kommt keiner. Ein leichter Wind läßt einige Zweige pendeln, andere Zweige halten ihm ungerührt stand. Aus den borkigen Kiefernstämmen preßt die Hitze das Harz, daß die Luft schwer vom Duft ist. Zwei Meter von mir entfernt züngelt eine Eidechse durch den trockenen Nadelteppich. Jenseits der Straße hebt sich, vom grellen Licht zum Leuchten gebracht, eine Kette moosgrüner Pinienschirme über einen Hügel. Eigentlich könnte ich hier bleiben.

Zwei Stunden später erreiche ich die White House Ruins im Canyon de Chelly, die in die gelb geschichtete Schluchtwand geschnittenen einstigen Behausungen der Anastazi. Ich blicke vom Aussichtspunkt auf den gegenüberliegenden Abbruch des Canyons hinab, inmitten einer Handvoll Touristen. Ein merkwürdiges Gefühl rührt mich an, indem ich mir bewußtmache, auch hier auf eine jahrtausendealte Hinterlassenschaft von Leben zu blicken. Am Parkplatz steige ich in den Hogan, der dort als touristisches Angebot hergerichtet ist. In der Türöffnung ziehe ich den Kopf ein, blicke in dem Erdrundbau auf die Feuerstelle und durch das Himmelsquadrat des Rauchabzugs in der Lehmwölbung und lasse mich wieder auf die Vorstellung vergangenen Lebens ein. Als ich in das grelle Licht, in die Hitze und zwischen die in der Sonne blendenden Autokarossen trete, ist mir, als käme ich aus einer anderen Zeit.

Wieder ins Auto. Aber das Gefühl, daß es zu mir gehört und ich zum Auto, stellt sich diesmal nicht ein. Es kostet mich eine kleine

Überwindung, den Zündschlüssel zu drehen. Ist mit Landbetrachten doch nicht genug getan, um sich so zu fühlen, wie man es sich wünscht? Würde mir Joyce doch helfen? Aber sie will nicht richtig zum Wunsch geraten. Oder wünsche ich mir mehr – Karin? Silke? Wünsche ich mir das, was eben doch mein Leben ausmacht, zum jetzigen Augenblick dazu! Geht es nicht ohne? Ist der pure Augenblick mit dem Anspruch an den idealen Zustand überfordert? Ist der ohne das Gewesene nicht möglich? Ist er vielmehr ein mühsam, mühsam aufgeschichtetes Gebäude aus Zeit mit all dem, was sie füllte? Was habe ich denn erwartet in diesem von mir mit Sehnsucht aufgeladenen Land?…

Ich lasse Kayenta hinter mir, fahre, wie ich bisher gefahren bin, aber die so lange abgewehrte Frage, wohin ich eigentlich unterwegs bin, kämpft sich an die Oberfläche. Einen nichtssagenden Ort zurückzulassen ist das wenigste. Joyce, Fred, Piet, Roberto. – Karin, Silke, Brottstein, Fritzsche, Hezi… Was ist denn mit dir los! Der Wind weht Sandfontänen über die flache Weite, sie treiben auf mich zu, ich gerate in sie hinein, mir wird die Sicht genommen. Ein graubrauner Wirbel prasselt gegen die Scheiben. Ich nehme das Gas zurück. Und denke: Du müßtest durchtreten. Du solltest es drauf ankommen lassen. Es ist die Gelegenheit. Du kannst es tun. Die Serpentinen hast du ungenutzt gelassen.

Der Staubschleier lichtet sich. Als hätte sich ein Vorhang geöffnet, ragen wie von einem zurückgewichenen Meer hinterlassene verrostete Riesenschiffe aus der schrundigen Ebene, mal mit ganzer Breitseite, mal zu Bug oder Heck verschmalt, monumentale rote Sandsteinkolosse.

Der Koppelzaun aus derben Stämmen, der etwas später die Straße ein geraumes Stück begleitet, öffnet sich zu einer Einfahrt, von einem Bretterbogen überwölbt – Horse Station, O.K. Coral –, im windigen Blau das flatternde Sternenbanner, ein rotweißgestreiftes Fanal mit weißgepunkteter blauer Zugabe. Ein Dutzend Pferde, zwei junge Männer, einer von schwarzem Haar umweht, der andere einen Texashut auf dem Kopf, sind mit den Tieren beschäftigt. Der wilde Westen, wie er im Buche steht. Ich lenke das Auto vom Asphalt auf den harterdigen Randstreifen. Im Hintergrund ein nicht gerade fabrikneuer Pickup-Truck und ein Caravan, die materielle Ausstattung des Unternehmens.

Indem ich anhalte, wird mir bewußt, daß ich bei den Männern falsche Erwartungen wecke. Ich greife mir eine Dose Pepsi von den Hintersitzen, die Hitze legt sich wie ein Mantel um mich. Ich trete an den Zaun, setze einen Fuß auf den Unterbalken, trinke und blicke auf die Pferde, auf die Männer und die Ruhe der weiten Landschaft. Ich spüre, wie ich wieder zu mir komme. Der Langhaarige, ein Pferd am Zügel, hält auf mich zu.

Can I help you? fragt der Mann, selbstverständlich ein Indianer.

Ich erkläre etwas verlegen, daß ich nur eine Pause mache. Ich sei schon lange unterwegs. Ich beuge mich rasch ins Auto zurück und halte dem Mann ebenfalls eine Pepsidose entgegen. Do you like something to drink?

Er lehnt ab, lächelnd, so daß sich seine schmalen Augen fast schließen.

Ich gebe noch eine Zusatzerklärung für meinen Halt: Die Landschaft hier sei wundervoll. Ich mache eine ausholende Geste. Ich wolle sie ein paar Minuten genießen, von Pferden verstünde ich nichts.

No problem, sagt der Mann, so großmütig, daß ich das Gefühl habe, ihm ein weiteres Wort über mich zu schulden. Ich hätte mehr mit Straßenbahnen zu tun. I'm a streetcar engineer, sage ich.

Oh, really? That's great! ruft er aus, als hätte ich gesagt, ich sei John Wayne oder Robert Redford oder wer auch immer ihm als der Größte vorschwebt.

Und mein schlechtes Gewissen muckt auf, als hätte ich mit meinen Straßenbahnen seine Pferde entwerten wollen. Aber er reicht mir die Hand hin. Er heiße Lambert, sagt er und lädt mich ein, hineinzukommen. Er weist auf eine ramponierte Autositzbank, die vor dem Caravan steht. Er führt das Pferd hinter einen zweiten

Zaun. Selbstverständlich hat er mir angehört, daß ich kein Amerikaner bin, und fragt: Where are you coming from?

Ich sage es ihm, ohne die Präzisierung Ost. Er nickt, als sei meine Fahrtunterbrechung damit legitimiert. Ich frage, ob er schon mal in Europa gewesen sei? Aber noch während ich spreche, bin ich einmal mehr unsicher, ob es eine passende Frage sei. Er verneint lachend. Aber er habe eine Freundin aus Holland. Sie sei jetzt jedoch wieder zurück.

Oh, rufe ich nun mit erfreuter Überraschtheit aus, die der seinen mir gegenüber nicht nachstehen soll, und ich mache gleich noch mein frisches gesamtdeutsches Bewußtsein dienstbar: Holland und Deutschland seien benachbart, als bezeuge ich damit Verbundenheit zu ihm; und aus der Perspektive von Arizona spielt es ja wirklich keine Rolle, daß es außer Zittau und Berchtesgaden keinen Punkt in Deutschland gibt, der weiter von Holland entfernt ist, als es die beiden mein Leben bestimmenden Orte sind.

Der Mann jedoch sagt: Er wolle nicht nach Holland, wegen des Wetters. Es regne dort zuviel.

Ich allerdings hätte im Moment nichts gegen eine himmlische Erfrischung und versuche, mich seinem Angebot, auf der Autositzbank Platz zu nehmen, zu entziehen. Sie ist nicht nur der Hitze ausgesetzt, der Caravan hält auch noch den leichten Wind ab. Ich sage, ich bevorzuge den Schatten, und mache einen Schritt, um an die Seitenwand zu treten. Aber nun lädt er mich in den Caravan ein.

Ich wage nicht, erneut abzulehnen, obwohl mir damit kein bißchen geholfen ist, im Gegenteil. Die Luft steht in dem engen Raum. Auf einem Kühlschrank, wie ich vermute, befindet sich ein Ventilator, aber er geht nicht. Ich setze mich, seiner Handbewegung folgend, auf das Bett, über das nachlässig eine Decke geschlagen ist. Alles sieht aus wie in einer provisorischen Arbeiterunterkunft, Regale mit Dosen und Kartons, ein Tisch mit Kunststoffplatte, ein paar Kleidungsstücke hängen herum. Ich frage ihn, wo er seine Reittouren unternimmt.

Überall, er könne überall mit seinen Pferden gehen, soweit es von der Versicherung abgedeckt sei.

Die Versicherung? echoe ich. Tatsächlich bin ich auf nichts weniger als eine derartige Antwort gefaßt. Die Versicherung als Maß der Freiheit! Mein lieber wilder Westen, wohin ist es mit dir gekommen! Und von einem Moment zum andern ist mir ganz leicht zumute, als sei alles selbstverständlich, auch daß ich einem Indianer in seinem Wohnwagen gegenübersitze. Banale Normalität. Ich frage, ob er das ganze Jahr über hier sei oder bloß bestimmte Monate?

Immer, im Sommer und im Winter. Es kämen immer Touristen.

Ich sage, daß er zu beneiden sei, in solcher Landschaft seiner Arbeit nachgehen zu können.

Ja, es sei besser hier als woanders. Er könne hier leben, wie er wolle. In die Stadt könnte er sein Leben nicht mitnehmen. Und er habe hier sein gutes Auskommen. Er lege sich Geld zurück, um dann auf ein College zu gehen. Er sei in Blanding auf der Schule gewesen und in Mexican Hat, aber er wolle noch in Willington aufs College.

Seine freimütige Redebereitschaft macht mich wieder etwas verlegen.

Ich blicke durch die offene Tür hinaus über das Pferdegatter in die heiße Landschaft, bis zu den Bergen, die in der Entfernung verblassen. Ich versuche mir bewußt zu machen, daß dieses Land das Indianer-Reservat ist. Auf der Straße rauschen in unregelmäßigen Abständen Autos vorbei.

Ich frage ihn, warum er aufs College gehen wolle.

Weil er dann bessere Chancen für eine gute Arbeit habe. Es gebe im Reservat nicht genügend Arbeitsmöglichkeiten. Viele gingen fort. Die blieben, müßten sich die Arbeit teilen. Es sei so geregelt, damit jeder eine Zeitlang beschäftigt würde, und dann wechsele die Arbeit auf einen anderen. Das sei gerecht. Die keine Arbeit hätten, bekämen jede Woche Sozialhilfe ausgezahlt. Aber er möchte sein Geld erarbeiten.

Was für eine Arbeit er sich vorstelle?

Er wolle sich eine *grocery* zulegen, ein Café, eine Tankstelle, irgend so etwas. Er sei jung genug dafür, er habe Initiative…

Ich erwartete nicht gerade, daß er sagte, er würde streetcar engineer werden wollen, aber etwas anderes hatte ich erwartet. Dann gebe er sein Leben hier auf, sage ich.

Nein, die Pferdestation würde er behalten. Sein Cousin – er weist auf den Mann mit dem Texashut draußen –, der würde das hier weiter betreiben. Er selbst aber bleibe der Inhaber.

Das sei eine gute Kombination, sage ich.

Ja, es sei gut, wenn man verschiedene Sachen habe. Wenn es auf der einen Seite Probleme gebe, könne man auf die andere ausweichen. Er lacht, zurückhaltend, aber ungezwungen.

Von der Straße biegt ein Auto auf die Zufahrt zur Koppel ein.

Ein Kunde, sage ich und nehme das Auto zum Anlaß, mich zu erheben und aus dem Wagen zu treten. Tatsächlich empfinde ich den leichten Windhauch auf den zwei Stufen vor der Tür als Erfrischung. Aber vor allem will ich die Situation beenden; ich habe das Gefühl, keinen Anspruch auf seine Leutseligkeit zu haben. Trotzdem frage ich ihn noch, ob er mir ein Motel empfehlen könne. Er kann. Ich bin mir nicht sicher, ob ich den Ortsnamen verstanden habe. Paradise View. Er sagt es ganz sachlich. Und fügt die Wegbeschreibung hinzu: Die 163 geradeaus, ab dem Abzweig zum Monument Valley seien es noch dreißig, vierzig Minuten…

Das ankommende Auto ist ein Buick, ein überlanger Schlitten mit Heckflossen und getönten Scheiben, er mutet menschenlos an, von unsichtbarer Hand dirigiert. Er stoppt.

Ich setze einen Schritt aus, um mich dankend zu verabschieden, beeile mich aber, weiterzugehen, um ja nicht das Geschäft zu behindern.

Ich lege mir die Karte von Arizona auf dem Beifahrersitz zurecht, die Südkante mir zugewandt. Lambert hebt zur Verabschiedung die Hand, sein schwarzes, halblanges Haar weht.

Im Buick tut sich immer noch nichts. Erst als ich den Sicherheitsgurt anlege, öffnet das Langauto die Fahrertür. Mehr sehe ich nicht, ich biege auf die Straße ein. Ich fühle mich besser.

Natürlich fahre ich zum Monument Valley. Kurz darauf stehe ich auf dem Aussichtsgelände neben dem Visitors Center, einer sandigen Plattform. Ich bin wie das halbe Dutzend anderer Besucher bis an den Rand der abfallenden Böschung vorgetreten, einen Schritt neben mir hat ein Mann mit Strohhut zwei Kamerastativs um sich aufgebaut, an einer dritten Kamera vor seinen Augen hantiert er. Vor uns Marlboro-Land. Das Abendlicht im Rücken, scheinen die in der Halbwüste gestrandeten sandsteinernen Monumentalwracks tief rostrot. In die offene Landschaft verteilt, muten sie zum Greifen nah an. Vielleicht handelt es sich auch nicht um einstige Schiffe, sondern um versteinerte Riesentiere, Saurier, deren aufrechtgerichtete, versteifte Hälse auf halber Länge abgebrochen und die damit auch um die Köpfe gebracht worden sind; oder waren es doch lediglich Festungen, Kompaktburgen, in Blick- und Schußweite aufeinander zu gerückt, um schließlich aus gegenseitigem Respekt in Abstand zu verharren. In diesem Zustand der Drohpositionen hat sie die Zeit überwältigt. Und sich an ihnen zu schaffen gemacht. Ihre Sockel sind von Schutthalden umhäuft, Rückstände, die ihre einstige Form nicht zu wahren vermochten.

Freilich kann ich mir meine Deutungsversuche schenken. Im Visitors Center werde ich aufgeklärt. Die sandsteinernen Ungetüme sind längst definiert als Elefant, Kamel, drei Schwestern, die beiden markanten mit dem seitlich hochgereckten Halsstumpf als westlicher und östlicher Handschuh. Es ist nicht nur alles benannt, ich finde mich einem nüchternen Reglement ausgesetzt, das von abends um elf bis morgens um sechs Ruhe verlangt und gebietet, daß alles sauberzuhalten ist, Tiere, Pflanzen, auch Felsen nicht zu stören und nicht zu entwenden sind.

Selbst die Sonnenauf- und untergänge werden über die Skala des ganzen Jahres genau mitgeteilt; die monatlichen Durchschnittstemperaturen und Niederschlagsmengen ebenso, um den Besuchern zweckdienliches Verhalten zu ermöglichen. Der hellerdige Weg, der sich vom Parkplatz hinab in die Vertiefung zwischen den weit ausholenden Sandwellen windet, aus denen sich die Felskolosse erheben, und der den Eindruck erweckt, als führe er ins Geheimnisvolle, ist als Valley Drive mit markierten Aussichtspunkten ausgewiesen. Ich lasse mich ein Stück auf ihn ein, die Unebenheiten rütteln mich durch. Die Sonne steht bereits so tief, daß ich in eine Schattenschlucht gerate. Kein weiteres Fahrzeug folgt mir oder kommt mir entgegen, statt dessen kommen mir Zweifel, ob es tatsächlich der Valley Drive ist, auf den ich geraten bin. Noch ehe ich mich gegen den Gedanken wehren kann, entscheidet er von sich aus: Mit Joyce wäre dir besser zumute. Ich nutze die nächste Ausweitung des Wegs, um zu wenden, wage mich dabei einmal zu weit in den sandigen Randstreifen, so daß das linke Vorderrad durchdreht. Es bleibt beim kurzen Schreck, wenn ich von der Verblüffung auf der Rückfahrt absehe, wie sehr der Weg mich vom Parkplatz und dem Visitors Center in die Tiefe geführt hat. Die Gebäude stehen wie von einer Schattenwand gehoben vor mir.

Ich komme dann doch ziemlich mühelos oben an und schwenke nicht noch einmal auf den Parkplatz ein. Es scheint mir angebracht, das Paradies vor der Dunkelheit zu erreichen. Die Sonne brennt die Zackenkulisse des westlichen Bergrückens entlang, im Wechsel von feurigem Aufblenden und abruptem Verlöschen. Die Schatten, die sie über die Weite und in mein Fahrgehäuse werfen, werden dauerhafter.

Zweifel an der Empfehlung des Indianers verbiete ich mir. Obwohl mir scheint, daß ich, sowie die Landschaft sich eindunkelt, wieder in Menschenleere gerate. Doch nach einiger Zeit taucht rechter Hand tatsächlich, von Geäst verstümmelt, die Leuchtschrift des Motels auf. Es erweist sich als doppelstöckiger Blockhausbau, der sich unter Kiefern von der Straße wegstreckt. Ich nehme die Bäume wahr, weil außer dem Rauschen in ihren Kronen nichts zu hören ist, nachdem ich den Motor abgestellt habe und aus dem Auto gestiegen bin. Dann kommt das Knirschen der Schritte über den kieseligen Boden auf den Eingang hin dazu.

Wieder die Freundlichkeit, als sei ich ein längst erwarteter Gast. I am Peggy. Ich bin geneigt zu vermuten, Lambert habe angerufen und mich angekündigt. Die Formalitäten an der Rezeption, die außer an dem Schlüsselbrett als solche nicht erkennbar ist, erschöpfen sich in der Mitteilung meiner Apartmentnummer. Der Autostellplatz mit der gleichen Nummer unter meinem Fenster stehe mir ebenfalls zu. Im dining room sei ein Fernseher. Peggy, Inhaberin und Wirtin, wie sich zeigen soll, von handfester Mütterlichkeit – etwa zehn Jahre jünger als ich –, löst in mir sofort vertrauensvolle Zuneigung aus. Ich könne zu essen bestellen, was immer ich wolle, soweit es nicht zu extrem sei. Wenn ich ihr meine Wünsche gleich nenne, sei mein Gericht fertig, sobald ich mein Zimmer belegt und mich erfrischt hätte. Sicher, das Paradies verbindet sich einem mit einer etwas anderen dinglichen Vorstellung, sage ich mir, aber von einer zeitweiligen Heimstatt mehr zu erwarten wäre Anmaßung. Was ich von ihren Angeboten, die sie dann unterbreitet, entschieden ablehne, ist Fisch. Ich lasse mich einfallslos auf Steak ein. Um 8 Uhr p.m. finde ein Vortrag statt, über Ansiedlung (settlement) – soweit ich es verstehe. Was sich wo ansiedelt, verstehe ich nicht. Selbstverständlich nehme ich die Einladung an, denn um eine solche handelt es sich.

In der hölzernen Gediegenheit und Wohnlichkeit meines Zimmers kann ich mich in eine Bergbaude versetzt glauben. Das Steak und die Beilagen, eine gedünstete Gemüsemischung – Paprika, Auberginen, Bohnen, Mais – erfordern einen Teller von der Größe einer Tortenplatte. Das Objekt der Ansiedlung sind Lamas, genauer gesagt Alpakas. Der Vortragende ist der Wirt, Robert, genannt Bob, ein Mann von sportlicher Hagerkeit und mit geradlinigem Blick. Die Zuhörer sind zwanzig Gäste, ein halbes Dutzend Kinder, die mit fortschreitenden Ausführungen zwischen Begeisterung und Ermüdung hin und her gerissen werden. Auf den Tischchen vor sich hat jeder ein Getränk, nichts Alkoholhaltiges, versteht sich, ich lasse mir eine Cola geben.

Ich erlebe einen Lichtbildervortrag von der Art, wie ich sie mehr als gewöhnt bin. Selbst die Automatik des Geräts verweigert ein paarmal den Bildwechsel, eine grelle Lichtfläche blendet von der Wand her entgegen. Es ist Bob, der Vortragende, der sich um die Seßhaftmachung südamerikanischer Alpakas im gebirgigen Grenzgebiet zwischen Arizona und Utah bemüht. Er spricht über den Sinn und Nutzen solcher Einbürgerung, über Chancen und Risiken für die Natur, die Bewohner, die ortsverpflanzten Tiere selbst. Wenn Bobs Blick auf mich gerät, wende ich mich von den treuherzig-einfältig dreinschauenden Kleinkamelen (was natürlich eine banausenhafte Artenzuordnung ist) ab, nicke ihm zustimmend und verständnisvoll zu. Die Hingabe des Mannes für sein Unternehmen läßt mich nicht unbeeindruckt. Beim Hinausgehen fällt mein Blick auf das Schild an der offenen Doppelflügeltür: Konferenzraum. Für den übernächsten Abend ist ein weiterer Vortrag angekündigt: Über die klimatischen Determinanten von Südost-Utah (San Juan Country). *Orator*: der Wirt. Durch die halboffene Tür zur Küche sehe ich die vielleicht sechzehnjährige Tochter hantieren. Der Sohn, etwa zwölf, knotet an der Haustür Plastesäcke mit Abfall zusammen. Als ich mich für die Nacht fertiggemacht habe, frage ich mich in meinem stillen Baudenzimmer – hin und wieder knackte es lediglich im trockenen Holz –, ob ich mir ein Leben wie etwa das von Bob als sinnerfüllt vorstellen könne und das Haus als Paradies? Ich frage es nicht ohne Skepsis, obwohl mir die faszinierende Szenerie des Monument Valley bewußt ist. Ich frage es, weil ich an Karin und Silke denke.

Ich weiß nicht, ob es des mehr zufälligen Blicks auf das Telefon bedurfte, um mich zu fragen, wie viele Nächte mir hier noch 28 Dollar wert sein sollen. Als der Lichtschein eines ankommenden Autos durch das dunkle Fensterglas griff und über die Holzwände wischte, traf mich wie ein Blitz der Entschluß: Du holst sie her! Karin, Silke, *deine* Familie!

Während ich noch wählte, stellten sich zwingende Begründungen für meinen Entschluß ein: Für sie wird es ein Erlebnis, wie es dir eins ist. Außerdem erlöst du sie aus dem Tohuwabohu zu Hause! – Und: Wenn dir hier etwas fehlt, so sind sie es! Der Schreck bei dem Gedanken, daß mich womöglich Joyce hier aufgabeln könnte, nahm nicht wirklich Gestalt an.

Und sie kamen. Es klappte alles. Als erstes kam die Verbindung zu Karin zustande. Ich ließ mir von ihr die Telefonnummer des Reisebüros in der Thälmannstraße nennen, die spezielle für Flugverkehr (4 86 52 53, so etwas vergißt man nicht, und – wie gesagt – ich bin ein Zahlenmensch). Es schien mir zweckmäßig, alles von mir aus einzuleiten, nach Freds Beispiel. Wenn wir die Tickets schickten, sagte man im Reisebüro, sei alles weitere kein Problem. Alles weitere übernahm Bob in dem kleinen, halb geordneten, halb chaotischen Büro. In einer Mischung aus geradezu kindlich anmutendem Eifer und nüchterner Professionalität bewältigte er einen organisatorischen Schritt nach dem anderen. Er teilte mir die Resultate mit, reichte mir Faxe und Computerausdrucke über die Schulter zu. Es war unglaublich, und merkwürdigerweise empfand ich das Ganze auch als Selbstverständlichkeit. Nach zwei Tagen lagen die Tickets im Reisebüro auf der Thälmannstraße abholbereit. Auch mit den Visa gab es keine Schwierigkeiten. Noch einige Tage – in denen ich vor Anspannung nichts unternahm und, außer alle zwei Stunden in den Swimmingpool zu steigen, kaum etwas tat –, und ich war wieder auf dem Sun Valley Airport in Phoenix und wußte nicht, wie ich mein Herz bändigen sollte, damit es mir nicht den Brustkorb sprengte.

Ich erkannte Silke im ersten Moment gar nicht. Nicht weil die Sechsjährige mit ihrer Eins-Dreißig-Größe zwischen den Erwachsenen unterging, sondern weil ihr tiefblondes Haar bis auf ein paar Restfransen von einer Haube aus bunten Luftballonschläuchen überkront war, auch um ihren Hals waren Luftballonschlangen gewunden. Sie hatte den Blick auf mich gerichtet, als entschuldige sie sich für die Kostümierung oder als sei sie sich nicht sicher, daß ich es bin. Karin war blaß, ihr Gesicht schmal, die Haut spannte über den Wangenknochen, schien mir, ein Anflug von Fremdheit ging von ihr aus, aber dann ein Aufleuchten in ihrem Blick, sie beugte sich zum Kind. Es strahlte mich nun ebenfalls an, machte eine Bewegung auf die Absperrung zu und mußte sich von Karin zurückhalten und offenbar erklären lassen, daß sie erst den Weg durch die Kontrolle nehmen müßten.

Als sie dann schließlich auf mich zugerannt kam, griff ich sie, riß sie hoch, mußte nachfassen, damit sie mir nicht aus den Händen rutschte, ich hatte mich mit ihrem Gewicht verschätzt. Die Luftballons knirschten zwischen uns, während ich ihren Körper an mich zog. Dann war auch Karin bei mir, lehnte, drückte sich an mich, daß ich etwas ins Taumeln kam. Ich setzte das Kind ab, um Karin fester an mich zu ziehen und zu spüren.

Seht ihr, so ist Amerika, sagte ich, halb außer Atem. Silke war begeistert von den Leuten, nicht nur wegen der Luftballons. Sie nennen mich Söhlkie, sagte sie stolz zu mir hoch, als sei es eine Auszeichnung.

Karin lächelte matt und nickte zum Gepäck, was hieß, ich solle es übernehmen.

Ist das dein Auto? fragte Silke beeindruckt. Nehmen wir es nach Hause mit? Karin richtete den Blick aus dem Auto hinaus auf den um uns flutenden Verkehr zwischen der Häuserkulisse der strichgeraden achtspurigen McDowell Road und genoß es, sich dem zurückgeneigten Sitz überlassen zu können. Die Städte seien furchtbar bei der Hitze, sagte ich. Ob sie noch drei Stunden durchhielten? Karin fehlte es an Kraft zum Widerspruch.

Papa, du weißt Bescheid, kam es von Silke auf dem Hintersitz, mehr als Feststellung denn als Frage.

Tatsächlich, als wir Phoenix auf dem Highway nach Norden hinter uns ließen, in die hügelige, braune Kargheit kamen, die sich allmählich einflachte und links am Horizont die Weaver Mountains, rechts die Mazatsal Mountains umdunstet erscheinen ließ, die Hinweistafeln Rock Springs, Cordes Junction, Prescott auswiesen, um rasch neuen Namen Platz zu machen – Camp Verde, Sedona, Flagstaff –, war ich überzeugt, die Frage des Kindes völlig zu Recht bejaht zu haben. Arizona war mir vertraut.

Ein Irrtum, wie sich zeigen sollte. Ich weiß nicht, was mich ritt. Jetzt will ich zum Grand Canyon! Desert View hieß nach der Karte die nächstgelegene vielversprechende Ortsangabe. Das nächstgelegene Ziel mußte es schon sein. Silke schlief auf der hinteren Sitzbank, und die Dunkelheit nahm rapide zu.

Wir kamen an, als es stockfinster war.

Ein weitläufiger Parkplatz, aber nur zu einem Viertel mit Fahrzeugen besetzt, ein langgestrecktes, schrägdachiges, sachliches Gebäude, das mich unnötigerweise an den neuen Cottbuser Bahnhof erinnerte, etwas für Kurzzeitaufenthalt und Durchgangszwecke.

Der Eindruck stimmt, es ist das Visitors Center. Nur wenige, meist junge Leute stehen, gehen ziellos, wie es scheint, in dem weiten Raum herum. Kein Hotel, kein Motel, keine Lodge. Die nächsten befänden sich in Grand Canyon Village. Gleichzeitig rät die Frau, es auf eine Anfahrt gar nicht ankommen zu lassen. Dort sei alles besetzt. Außerdem fänden Straßenbauarbeiten statt, nachts seien die Sperrungen besonders lange. Ich sehe mich hilflos um, Restaurant und der kleine Laden haben bereits geschlossen. Wieder draußen, ein paar sehr entfernte, glimmende Lichter, über uns die unfaßbare, sterneüberstreute Himmelswölbung, fühle ich mich ein bißchen verraten. Ein lauer Wind weht. Mir ist, als spürte ich Weite, eigentlich Leere.

Das Kind hängt schwer an meiner Hand. Oh, wir machen es uns schön, sagt Karin mit unerwartetem Elan. Wir schlafen im Auto, jubelt sie fast. Wie im Zelt ist das.

Für Silke ist es tatsächlich so, ihr werden die Rücksitze eingerichtet, für Karin ist es weniger wohlig, für mich am wenigsten. In dem mir verbleibenden Raum des Fahrersitzes beharren Lenkrad und Pedale auf ihrem Anspruch. Irgendwann nimmt das Wirrwarr von Sachen im Auto Ordnung an. Silke ist längst vom Schlaf überwältigt, als Karin und ich uns durch ein letztes Drehen an den Sitzen noch um Verbesserungen unserer Lage bemühen.

Als ich mich, Karin zugewandt, für meinen Irrtum mit der Unterkunft entschuldigen will, drückt sie mir die Finger auf den Mund und sieht mich an, soweit in der Lichtlosigkeit etwas zu sehen ist. Die letzten Konturen der Außenwelt sind verschwunden.

Die blendende und, wie mir scheint, zielbewußt auf uns gerichtete Sonne öffnet mir die Augen. Ich fühle mich verspannt, als säßen meine Glieder, Knochen und alles, was sonst noch zu mir gehört, nicht am richtigen Platz. Karin fährt sich mit beiden Händen durchs Haar. Das Kind sitzt schweigend auf dem Rücksitz und sieht blicklos an uns vorbei.

Ich steige aus, richte mich auf. Erfrischende Kühle erfaßt mich. Der Himmel ist pures Licht. Einen Meter vor der Motorhaube, die über die Bordsteinkante reicht, verwehrt ein brusthoher Stangenzaun das Weiterkommen, dahinter klafft die Erde auf! Kilometerbreit, zerfurcht, zerrissen, zerschnitten, in schrundigen rotsandigen Schichten und Abbrüchen. Unten am Grund, keilförmig verengt, zum lehmigen, sich windenden Bach geschrumpft, zieht sich der Colorado hin. Die Tiefe, man sieht sie nicht nur, man spürt sie, empfindet sie, als hauchte sie lautlos empor. Der gegenüberliegende zerklüftete Abbruch gibt schicht- und streifenweise die Jahrtausende preis. Seine Oberkante ist von verblüffender, geradezu unnatürlicher Geradlinigkeit, hinter der die Endlosigkeit beginnt. Darüber löst sich die Sonne aus den Resten der dunstigen Verschleierung, bis ihre Kraft sich in einem strahlenden Leuchten sammelt, das die Schatten von den Abbrüchen aufsaugt.

Ich rufe: Mädchen! Und weise mit ausgestrecktem Arm auf den Canyon, als könnte er übersehen werden.

Über das Dach des Visitors Center erhebt sich ein halbhoher, rotsteinerner Rundturm, Watchtower. Wir lassen uns von der zusätzlichen Erhöhung noch mal auf den Weit- und Tiefblick ein, als hielten wir mit den Jahrmillionen Zwiesprache. Silke wieselt zwischen den Leuten herum, es scheint mir angebracht, sie besser nicht aus dem Blick zu lassen.

Zum Grand Canyon Village zu gelangen dauert wiederum länger als gedacht. Die Bauarbeiten an der Straße finden auch tagsüber statt. Im Wechsel ist mal die eine und mal die andere Richtung gesperrt. Die mannshohen Signalscheiben – eine Seite rot, die andere grün – strecken Indianerfrauen den Fahrzeugkolonnen entgegen. Das sind Indianerinnen, sage ich zu Silke, die die Mutter damit beansprucht, sich in die momentane Situation der im Kinderzimmer zurückgelassenen Schlümpfe zu versetzen und zu schildern, was Knolli (benannt nach seiner Nase), Schupsi (mit den Händen in Abwehrhaltung) und Teli (mit dem Telefon) zu dieser Vormittagsstunde treiben, die zu Hause noch Nachtstunde ist. Dank Teli gelingt eine direkte Verbindung.

Meine Befürchtung, daß es am Canyon Village mit der Unterbringung für uns nicht leichter werden wird, bestätigt sich. Es klappt weder in der Arizona- und Bright-Angel-Lodge, die uns mit ihrem Blockhauscharme locken, noch in der Nüchternheit von Kachina- und Thunderbird-Lodge. Es bleibt nur das El Tovar, das wie eine doppelstöckige alpine Nobelbaude anmutet. Die Lobby ist durchwimmelt von Touristen. Es gelingt mir nicht gleich, die Rezeption zu entdecken. Man hört sich unser nicht überraschendes Anliegen mit freundlicher Bekümmerung an. Aber wir dürfen zumindest warten, auf rot gepolsterten Banksofas, beäugt von Wapitihirschen, die ihre Köpfe aus den Rundhölzern der oberen Wandung strecken. Dann wird uns gewunken. Das letzte verfügbare Apartment. Als uns an der Rezeption der Preis genannt wird, legt Karin erschrocken die Hand auf die Lippen. Es löst unter den Hotelbediensteten eine Debatte aus, mit dem Ergebnis, daß uns mit undurchsichtigem Lächeln und auf Silke gerichteten Blicken mitgeteilt wird, der Preis sei auf 128 Dollar reduziert. Karins Gesichtsausdruck gibt weiterhin nichts von Erleichterung zu erkennen. Ich gebe mich großmütig, als könne mir der Preis nichts anhaben. Tut er ja tatsächlich nicht, obwohl es der höchste ist, den ich je für eine Übernachtung zahlte.

Es ist eine lichtdurchflutete Luxussuite, in deren Tür wir stehen. Wir zögern, und ich sehe am Schlüssel nach, ob ich mich etwa in der Zimmernummer vertan habe, was natürlich nicht sein kann, so wie er paßte. Als wir die Tür hinter uns geschlossen und das Gepäck abgesetzt haben, verliert Karin schlagartig die Scheu und wirft sich auf eins der überbreiten Betten. Die dicke, mit Ranken und handtellergroßen Rosen gemusterte Überdecke gibt unter ihr nach und nimmt sie in weicher Mulde auf. Hier bleiben wir! Das Rosendekor wiederholt sich auf dem vasenartigen Porzellanfuß der Schirmlampe, die auf dem Nachttisch zwischen den beiden Betten steht. Silke wagt ihre sandalenbeschuhten Füße kaum aufzusetzen, als sie den bis hoch hinauf fliederfarben gefliesten Badraum inspiziert und die blanken Armaturen ausprobiert. Ich trete ans Fenster, draußen breitet sich der Grand Canyon mit dem Tiefensog seiner Schichtungen aus.

Während ich Karin im Bad klappern, rauschen und schnaufen höre, erzähle ich Silke am Fenster stehend von der jahrtausendelangen Kleinarbeit des Colorado, bis er es dazu gebracht hat, dort unten anzukommen, wo er jetzt ist und weiter am Gestein nagt. Karin kommt wieder, in Jeans und einem schwarzen, hochgeschlossenen Pulli. So, seht ihr, daß ich ein bißchen neu bin, sagt sie.

Für mich ist sie überhaupt ein bißchen neu. Das Zimmer zu genießen, verschieben wir auf später. Wir wollen uns ungeschützt dem Naturwunder stellen.

Zunächst kommen wir bloß bis zum Hopi-Haus, der terrassenförmigen, aus rotem Bruchstein gefügten Indianerhinterlassenschaft, deren einzelne Etagen über angelehnte Holzleitern zu ersteigen sind. Allerdings nicht von Touristen, was Probleme aufwirft, es dem Kind verständlich zu machen, wobei auch der Verweis auf andere Leute, die mit uns vor der Behausung stehen und sich ebenfalls die Benutzung der Leitern versagen müssen, keine besonders überzeugende Wirkung hat. Ein Eichhörnchen rettet die Situation, als es sich Silkes ausgestreckter Hand, in der sie auf Karins Hinweis zerbröselte Kiefernzapfen hinhält, entgegenschnuppert und schließlich, indem es sich auf den Hinterläufen aufrichtet, aus ihren Fingern frißt.

Nu gugge doa, Behdr, das niehdlische Dierschen! höre ich über mir, der ich mich ebenfalls wie Silke herabgebeugt habe, und fahre herum. Nein, schreit es in mir auf. Nicht das! Mir ist einen Moment lang zumute, als sei meine ganze Reise, meine lange Abwesenheit von zu Hause zusammengebrochen. Als habe sie sich erledigt! Ein Ehepaar im Übergangsalter zum Grauhaarigwerden, in Windjacken, blickt mit beglückten Augen auf die kleine Szene herab. Silke versucht ebenfalls aufzusehen, allerdings ohne den Squirrel aus dem Auge lassen zu wollen, was doppelt schwierig ist, da der Wind ihr das Blondhaar ins Gesicht weht. Ich bin darauf gefaßt, daß sie antwortet, und zwar in einer Klangfärbung, die der heimatlichen Verbundenheit mit dem freudig erstaunten Ehepaar ungehemmten Ausdruck gibt. Ich lege schnell den Finger auf die Lippen. Silke sieht mich fragend an, deutet mein Schweigegebot aber als Zeichen, das *Dierschen* nicht zu erschrecken. Ich werfe dann doch noch einen zweiten, allerdings sehr kurzen Blick auf das sächselnde Ehepaar. Denn im ersten Abwenden hatte es mir fast scheinen wollen, als könnten es Overkamps sein, Christian und Maria, die zwei Eingänge von unserem entfernt im selben Block wohnen und in einem Indianer-Club mitgemacht hatten, Ersatzleben für das Vorenthaltene, etwas, wofür ich mir bei aller Liebe doch nicht genügend Infantilität bewahrt hatte. Sie waren es nicht, und ich war mir nicht sicher, ob ich sie mir wünschte. Silke verstummte beherzt. Das sächsische Ehepaar ebenfalls.

Trotz der grandiosen Ausblicke, die uns die zerklüftete Landschaft des Canyons im Weitergehen immer wieder bietet, brauche ich eine Weile, bis ich glaube, sicher sein zu können, wo ich bin.

Also Touristik-Programm: Bright Angel Trailhead, die Hermit Road zumindest ein Stück in den Canyon hinein, um Kühle und Schauer der Tiefe direkt zu empfinden. An der Rückseite des El Tovar-Hotels ist auf einem Gleisfächer eine Dampfkessellok mit weißbandagierten eisernen Speichenrädern, Tender und Pullmanwagen aufgefahren, moosgrün lackiert mit goldgelber »Grand Canyon«-Beschriftung.

Im Market Plaza eine Riesenportion French fries für Silke. In unserer Nobelsuite zurück, schläft sie uns unter den Händen auf dem Rosenrankenbett ein. Karin und ich sind uns unschlüssig, ob wir sie bei unabgeschlossener Tür oder eingesperrt zurücklassen sollen. Wir schließen ab. Der Grand Canyon hat sich mit Dunkelheit gefüllt und seine Tiefe verloren. Jenseits auf dem Nordrand leuchten ein paar verlorene Lichter. Uns überkommt Unruhe wegen Silke, und wir überlassen den Canyon sich selbst.

Das Kind rührt sich nicht, auch nicht, als wir uns unter der großen, weichen Rosendecke aneinanderziehen, ich mich an Karins Blöße wie an eine Rettungsboje klammere. Ein-, zweimal halten wir inne und horchen. Ich drücke dann Karin das Kissen aufs Gesicht, sie umschlingt meinen Kopf und preßt so mein Gesicht ebenfalls ins Kissen.

Das Frühstück im Restaurant lassen wir uns nicht entgehen. Silke kann nicht oft genug zum Büfett gehen, um ihre Schüssel mit immer anderen der übersüßen knalligfarbenen Früchte zu füllen: Kirschen, Ananasstückchen, Brombeeren, Erdbeeren, Litschis, Kiwischeiben, Feigen … Ich greife nach Karins Hand und lasse meinen Daumen über die sanfte Landschaft ihrer Fingerknöchel gleiten. Als ich schließlich den Swimmingpool schildere, ist Silke bereit, das Früchtebüfett aufzugeben und sich auf die Fahrt zu meiner Alpaka-Lodge einzulassen.

Erspar mir, jetzt von zu Hause erzählen zu müssen, sagt Karin unterwegs und legt mir ihre Hand auf den Arm. Ich will jetzt hier sein.

Sie nimmt die Landschaft und alles, was uns umgibt, mit geschärfter Aufmerksamkeit wahr. Ich hätte das handgeschriebene, ausgeblichene Brettschild, das Dinosaurierspuren verheißt, übersehen, so wie ich es bereits zweimal übersehen habe. Mein Blick ist durch die hauswandgroßen Reklametafeln, die immer wieder die Straßen flankieren, bereits überreizt. Ich muß die ausgebleichte Leere des Moenkopi-Plateaus absuchen, bis ich in ein paar hundert Metern Entfernung von der Straße farblose Buden erkenne, die sich in der Weite verlieren.

Der Weg, der zu den Ständen führt, ist nicht gerade einladend – eine Aneinanderreihung von Löchern und Buckeln. Geröll prasselt gegen die Kotflügel unseres blaugrauen, längst nicht mehr neustrahlenden PRIZM. Ich fürchte dennoch um ihn. Als wir die Buden erreichen, wage ich sie nicht für das Ziel zu halten; ich vermute es in einiger Entfernung, wo Erhebungen und Baumgruppen Anhaltspunkte bieten. Der Indianer, der unvermittelt aus dem Schatten tritt und dessen schwarzes Haar unter der unvermeidlichen Baseballkappe hervor auf seine Schultern fällt und der es mit winkenden Bewegungen offensichtlich auf uns abgesehen hat, ist erst recht ein Grund, weiterzufahren, so schnell es geht. Aber schnell geht es schon gar nicht. Ich halte, und wir sind da.

Noch ehe wir die Autotüren zugeworfen haben, übernimmt der Mann seine Touristenführerrolle, winkt uns, ihm zu folgen, und langt nach einem Kanister. Silke greift meine Hand. We have to bring water for them …

Ich ahne mehr, was er sagt, als daß ich ihn verstehe, und Karin erst recht. Und er gießt schon – sparsam – Wasser auf eine Stelle des felsigen Bodens. Unversehens werden Abdrücke sichtbar, Bärenspuren, könnte unsereiner denken, die sich im Lauf der Zeit durch Witterungseinflüsse vergrößert haben. Aber es sind Saurierabdrücke.

Sie lebten vor vielen, vielen Millionen Jahren hier. Hier würden wir einen sehen, der in diese Richtung ging, und hier einen, der ihm entgegenkam, erzählt der Mann. Und im Schutz des Großen – ein neuer Schwapp Wasser – läuft ein Kleiner, ein Dinosaurierkind. Eine Mutter mit ihrem Kind … Ich übersetze es Silke. Der Mann zwinkert ihr zu. Aber diese Spuren enden hier. Und nun konstruiert er für uns ein Drama, das womöglich vor über zweihundert Millionen Jahren an dieser Stelle stattgefunden hat. Denn die spitzzehigen Abdrücke des einzelnen Dinosauriers ließen auf Krallen und auf einen Fleischfresser schließen, einen Tyrannosaurus vielleicht. Wahrscheinlich habe er an dieser Stelle Mutter und Kind überwältigt… Ich sehe mich gefordert, bei der Wiedergabe in deutsch nicht beim genauen Wortlaut zu bleiben, und während sich das Kind hinhockt und mit dem Finger die Umrisse der Spur in der künstlichen Pfütze nachzeichnet, lenke ich vom Thema ab, sage dem Mann, daß er eine interessante Arbeit habe.

Er geht sofort darauf ein. Er mache das, um zu leben. Damit verdiene er sein Geld. Seine Eltern lebten hier, seine Großeltern, seine Ur-Ur-Ur-Urgroßeltern. Seine Großmutter mache auch ihr Geld hier… Er weist auf die beiden Stände. Neben dem Tisch mit den Auslagen – wiederum Malachitschmuck und Keramik – steht eine kleine Frau in einem knöchellangen braunen Kleid, das viel zu dick für die Wärme erscheint. Sie zieht ihr faltiges Gesicht hinter die seitliche Plane zurück. Er bleibe bei seiner Großmutter, sagt der Mann, er verlasse sie nicht. Er ertrage die Städte nicht. It's not easy, sagt er. Sie seien ihm zu laut. Viele von ihnen gingen fort.

Weshalb?

Um zu arbeiten.

Als was?

Als Schweißer, Bauarbeiter…

Und wo? frage ich.

In Salt Lake City, in Provo, Four Corners, Chicago…

In Chicago, wiederhole ich staunend.

Einige aus seiner Familien seien noch weiter fort. In der Armee. Seine Brüder seien in der Armee.

Warum, frage ich stutzend, es gebe doch keine Wehrpflicht in den USA.

Um Geld zu verdienen. Es sei ihr Job. It's not easy. Er lächelt entschuldigend, scheint es. Ihn bekämen sie aber nicht hin. Er sei der Oppositionelle in der Familie. Wenn sie ihn wollten, müßten sie ihn hinschleppen. Oder erschießen. Er habe einen Onkel verloren und einen Cousin. Wenn die zurückkämen – er lächelt bitter –, würde er hingehen, vielleicht. Aber sie seien tot, und fort. Weit fort. In Vietnam. – Jetzt jedoch, gerade jetzt, betont er, wollten sie ihn unbedingt haben. Gestern seien sie wieder da gewesen.

Warum *unbedingt* jetzt? frage ich.

Nun blickt er mich stutzend aus seinen dunklen Augen an, die durch die hohen Wangenknochen so schmal wirken, daß man an ihrer Sehfähigkeit zweifeln könnte. Na, für den Krieg. Für den Krieg brauche man Soldaten, sagt er in einem Tonfall, als müsse er mir eine Binsenwahrheit erklären.

Mir wird bei diesem Thema unbehaglich, und ich wechsele wieder zu den Dinosauriern, derentwegen wir ja hier sind. Ich sehe mich nach Karin und Silke um, aber sie sind nicht da...

Natürlich sind sie nicht da. Sie können nicht da sein, schon gar nicht so, wie ich sie bei mir zu haben glaubte. Die Schlümpfe, die Silke inzwischen beschäftigen, heißen nicht mehr Knolli, Schupsi und Teli, sondern Basti (Sebastian), Krischi (Christian) und Matti (Mathias). Ich hatte mich in meiner Vorstellung völlig vertan. Ich hatte mich um zehn, zwölf Jahre vergriffen. – Wieso bleibe ich in meinen Erinnerungen ständig stecken? Weil damals eine Zäsur durch mein Leben ging? Weil ich von da an meine Erwartungen aufgegeben hatte, weil ein Leben ohne Erwartungen ein ungelebtes Leben ist und weil es deshalb auch keine Erinnerungen liefert?!

Nicht mal eine telefonische Verbindung mit Karin war zustande gekommen. Unruhe drang in mein Zimmer. Hastige Schritte waren auf dem Gang vernehmbar, Stimmen, die Dielen ächzten. Es war hell. Durch das Fenster sah ich Gruppen von Leuten sich um Autos sammeln, abfahren, andere Autos kamen an.

What's the matter, fragte ich Peggy im leeren Frühstücksraum, als sie nach einer Weile erschien.

There is war.

I know, sagte ich. Der Einmarsch der Iraker in Kuwait war mir nicht entgangen. Aber ich lehnte es ab, mich davon in Anspruch nehmen zu lassen. Es war weit weg, innerarabische Händel. Und es schien mir, wie ich am Vortag – oder war es bereits mehrere Tage her? – mit halbem Blick und aus der Distanz auf den Fernseher im Gemeinschaftsraum gesehen hatte, auch allgemein so aufgefaßt zu werden. Auch wenn der Krieg bei den Gästen moralische Empörung auslöste. Empörung schien durchaus angebracht. Was denkt sich dieser Mensch, aus heiterem Himmel – heiter war der Himmel wirklich – ein anderes Land zu überfallen. Auch die Flugzeugträger schienen mir als Antwort berechtigt.

I know, wiederholte ich. What's the problem.

Wir kämpfen gegen Saddam Hussein.

Was bedeutet wir? frage ich.

Our nation.

The United States?

Sie bestätigt es mit Nachdruck.

Ja, mein Lieber, sagt eine Stimme zu mir, das hast du davon, der Welt den Rücken zu kehren. – Deswegen muß sie es doch nicht gleich wieder bis zum Äußersten treiben! setze ich mich zur Wehr. – Muß sie. Sie kann nicht anders. – Muß sie nicht! Ich bringe keinen brauchbaren Gedanken zustande. Ich bin schockiert. Und gekränkt. So sieht es also aus, das Resultat dieses – geographischen – Seitensprungs! Hatte ich tatsächlich gedacht, mit dem Verschwinden der Mauer sei die Welt in Ordnung gebracht? Hinlänglich zumindest? Hatte ich ernsthaft geglaubt, sowie das eine atomwaffengespickte Großsystem abdankt – ohne Gewalt! –, sei ein neues Maß für Weltverhalten gesetzt? – Haben wir – nun dachte ich tatsächlich WIR! – womöglich einen Fehler gemacht? Braucht, wer auch immer am Drücker ist, Zügelung? Ich ging nicht so weit, mich zu fragen, ob die Sowjetunion Saddam an die Kandare genommen hätte, und erst recht nicht, ob die USA sich – die Sowjetunion vor Augen – gehütet hätten, auf ihn loszugehen. Ich war doch nicht ganz so einfältig, wirklich zu glauben, daß die Welt im Handumdrehen eine Kehrtwende zum Besseren macht, aber ein bißchen gewünscht hatte ich es mir schon. Statt dessen sah ich mich Peggys mit Kampfentschlossenheit aufgeladenem Hausfrauengesicht gegenüber. All das Schulterklopfen, mit dem ich hier so freigebig bedacht wurde, im Ernstfall für die Katz? – Mir war die Lust vergangen, in den Swimmingpool zu steigen. Mir war alle Lust vergangen.

Nicht was du denkst! Joyces Zettel mit den drei Herzchen. Klar, Allan ist Soldat. Auch wenn mir das eigentlich verborgen blieb. Im Frühstücksraum liegen Zeitungen aus, eine heißt *Navajo Nation Today*. Auf dem ganzseitigen farbigen Titelbild sehe ich zwei weitere mütterliche Frauen. Es sind Navajofrauen in den schweren, bodenlangen, faltigen Röcken, grauhaarig, zwischen sich ein übergroßes Sternenbanner, den ernsten Blick in die Ferne, jedenfalls am Betrachter vorbei gerichtet. They'll be back soon. Ich schlage die Zeitung auf und lese: In Fort Defiance demonstrierten Dutzende Menschen als Zeichen der Unterstützung für die Männer und Frauen der Navajo-Nation, die ihren Dienst am Golf leisten. Eine Frau wird zitiert: Wir Navajos respektieren unseren Präsidenten und seine Entscheidungen. Wir waren in diesem Sinne stets Patrioten. Der Kommentator schlußfolgert: Amerikanische Indianer befanden sich schon immer unter den ersten in den Schlachten als Repräsentanten dieses Landes. Die nächste Seite ist voller lustiger Zeichnungen: Nein, Großvater, wir nehmen keine Freiwilligen für den Irak, muß sich ein Alt-Navajo, dem die Enttäuschung ins Gesicht geschrieben steht, so gut wie er sich mit Flinte, Patronengurt und Tropenhelm statt mit Tomahawk und Federhaube auch ausgerüstet hat, vom Rekrutierungsoffizier sagen lassen. Ein anderer Cartoon skizziert das ferne Wüstencamp: Ein argloses Panzerchen sonnt sich im heißen Wüstensand, ein Schilderbaum, wie man ihn auf Bergwanderungen antrifft, klärt darüber auf, daß es sich um die Fernöstliche Navajo-Agentur handele. Und die Wegweiser lassen einen sich wie fast zu Hause fühlen: Navajo Nation 7, 781 mi gibt der eine an, L. A. 8,177 1/8 mi der andere, Bagdad 341 km der dritte.

Freilich, reiner Spaß ist der Krieg auch wieder nicht. Saddam und seine Kohorten vermiesen die Laune. Peggy ist außer sich, ich höre es aus dem Nebenraum, wo der Fernseher läuft. Er zeigt eine apokalyptische Landschaft, an deren Grund es rot züngelt und aufflammt, schwarze Wolken türmen sich wabernd in den Himmel. Nicht nur, daß die Iraker die Ölquellen und Pipelines in Brand stecken, daß ganz Kuwait ein einziges loderndes, qualmendes Inferno ist, eine kuwaitische Krankenschwester, von Tränen und Verzweiflung überwältigt, schildert, wie die Angehörigen der entmenschten irakischen Soldateska Babys, Frühgeburten, aus den Brutkästen rissen und reihenweise umbrachten.

He is a monster!

Später erscheint der Präsident auf dem Bildschirm. Er begründet das Tun der USA mit Worten, die jeden Widerspruch ausschließen: Demokratie, Freiheit und Menschlichkeit. Krieg für Frieden. Unsere Feinde sind brutal, sagt er, aber: They can't hold a candle to our troops. Ich sehe mich erschrocken um. Sie können unseren Truppen nicht das Wasser reichen? Ich will mich in der Runde vergewissern, ob er das wirklich gesagt hat? Wie soll die englisch-deutsche Kommunikation klappen? Ich belasse es beim Mundaufmachen.

Gott segne unsere Truppen, sagt der Präsident.

Als ich mich etwas später in meinem unversierten Englisch noch einmal an die Worte des Präsidenten herantaste, entgegnet mir ein Mann mit einem schmalen, gefurcht-geistigen Gesicht: Ein Krieg, in dem es um Gerechtigkeit geht und Freiheit, ist unser Krieg. So sei es im ersten Weltkrieg, so sei es im zweiten gewesen, egal, wo er stattfinde, ob in Europa oder Asien oder sonstwo.

Peggy verteilt gelbe Schleifen. For our troops. Ich tue so, als ob ich sie übersehe. Manche stecken sie an die Kleidung, an Polohemden, an bunte Blusen, wo sie im Muster verschwinden, manche legen sie vor sich auf den Tisch. Ich weiß nicht, was ich fühlen und denken soll. Bob höre ich am Nebentisch unbekümmert behaupten, daß es nötig sei, die Erdölquellen zu sichern, um sich nicht von Saddam erpressen zu lassen. Das haben wir nicht nötig.

Es ist nach Mitternacht, als ich beim vierten oder fünften Versuch Karin erreiche. Natürlich kein Gedanke, sie zum Herkommen zu animieren. Sie ist nicht redewillig. Es hört sich an, als koste es sie Überwindung, überhaupt zu sprechen.

Stille. Dann: Es sei etwas Furchtbares passiert.

Natürlich, der Krieg, denke ich, davon reden wir doch. Und dann durchfährt mich der blanke Schreck: Mutter!

Wieder Stille. Was denn? Aber ich spreche es nicht aus.

Wilfried ist tot.

Ich muß mich verhört haben. Die Leitung ist nicht ganz geräuschfrei, aber ich habe ihre Worte klar genug verstanden.

Furchtbar. Karins Stimme ist klanglos.

Wortlosigkeit. Dann: Wie denn das?

Nach einer Weile ein Wort, von dem ich nun doch nicht sicher bin, es richtig verstanden zu haben: Selber.

Ich schüttele den Kopf.

Wir einigen uns darauf, später noch einmal zu telefonieren. Beim zweiten Versuch klappt es. Sie ist gefaßter. Wilfried sei gekündigt worden. Ich verstehe nicht, wage aber nicht zu fragen. Seine Wohnung. Sofort. Ich würde das Haus doch kennen. Ich widerspreche nicht, obwohl mir kennen zu weit geht. Vom neuen Besitzer. Nun frage ich, woher der komme. Das sei doch völlig egal, ob aus Düsseldorf oder Mannheim. Die kämen alle aus Schweinfurt! habe Wilfried gesagt, als er die Kündigung hatte. Das Gespräch bleibt schwierig. Es sei Verschiedenes zusammengekommen. Er sei sowieso schon verbittert gewesen. Daß er nicht so richtig hinzugezogen worden sei. Das hätten die Kirchenleute alles unter sich ausgemacht. Er habe doch so große Erwartungen gehabt. Statt dessen das mit der Wohnung…

Ich liege wach.

Peggy ist zum Frühstück dienstbereit und freundlich wie je und voll tiefstem Bedauern darüber, daß ich abreise. Ob es mir etwa nicht gefallen habe und ob ich mit irgend etwas nicht zufrieden gewesen sei?

Doch doch, ihre Steaks seien fabelhaft. Ich werde sie nicht so schnell vergessen, und manches andere auch nicht…

Ich lud meine Sachen mechanisch ins Auto. Und nun?

Der Himmel, weit und hell, ließ sich nichts anmerken. Die gewaltigen Felsen, so wie sie links und rechts der Straße wirkungsvoll in die Landschaft verteilt waren, hatten in ihrer stoischen Ungerührtheit etwas Provozierendes an sich. Aber sofern das weite Land nicht menschenleer war, war es in gelben Jubel ausgebrochen, als stünde ein Volksfest an: Gelbe Tücher wetteiferten mit Sternenbannern, wehten aus Fenstern, umwanden Stelen, hingen an Telegraphenmasten, Zäune waren mit gelben Bändern durchwunden, die Motels, die Supermärkte, die Tankstellen flaggten gelb... Support our Warriors in the Gulf. Lord Protect our Troops in Service to our Country Around the World. Auch der urtümliche knallorangefarbene Schulbus war mit hellgelben Schleifen geschmückt, die zweihundert Meter lang vor mir herflatterten, ehe ich ihn überholen konnte. Die Kinder winkten mir zu. Good luck, liebe Kinder.

Paladin, Paladin, where do you roam? Paladin, Paladin, far, far from home... Ich hatte die Cassette nicht an.

Was treibt dich raus? Paladin, Paladin, weit von zu Haus!

JOOCHEN LAABS

Der Schattenfänger

Roman eines Irrtums

416 Seiten, Hardcover mit Schutzumschlag

*

Ein heißer Sommertag auf dem Land vergeht mit dem Warten auf den Besuch der Tochter, die der Erzähler seit Jahren nicht gesehen hat. Während er Beeren pflückt und den Flur wischt, suchen ihn Erinnerungen heim, die sich zu einer schonungslosen Lebensbilanz auswachsen: die berufliche Sackgasse, in die er mit seiner Verweigerung des Parteieintritts gelangt war, das Scheitern seiner Ehe mit Regina, die Flucht aus dem Alltag in Dresden auf das einsame Gehöft, sein Unvermögen, die Stille um ihn schreibend zu fassen. Mit großer Eindringlichkeit und Detailgenauigkeit liefert Joochen Laabs einen bewegenden Einblick in die DDR der achtziger Jahre, der den Zusammenbruch vorausahnen läßt.

Steidl Verlag · Düstere Straße 4 · 37073 Göttingen
www.steidl.de

JOOCHEN LAABS

Verschwiegene Landschaft

Erzählungen

stb 166, 256 Seiten

*

Es braucht nicht viel, und die scheinbar festgefügte Welt der Figuren von Joochen Laabs gerät ins Wanken. In den atmosphärischen Erzählungen gleitet das Arglos-Alltägliche unversehens hinüber ins Phantastische, Traumhafte, Hinterhältige. Darin offenbart sich etwas von den Grundsubstanzen zwischenmenschlichen Miteinanders. Laabs' kritischer Blick ist auf die Nahtstellen gerichtet, die die beiden Deutschlandhälften seit dem Ende der DDR zusammenhalten. Er ist ein genauer Beobachter der kleinen Dinge, Gesten und Verhaltensweisen, die so viel über die Menschen, ihre Ängste, Hoffnungen und Abhängigkeiten erzählen.

Steidl Verlag · Düstere Straße 4 · 37073 Göttingen
www.steidl.de